袁世凯

张鸿福

著

① 扬威异域

长江出版传媒　长江文艺出版社

图书在版编目（CIP）数据

袁世凯：全三册：全新修订珍藏版 / 张鸿福著
. -- 武汉：长江文艺出版社，2025.1
（长篇历史小说经典书系）
ISBN 978-7-5702-3507-0

Ⅰ. ①袁… Ⅱ. ①张… Ⅲ. ①长篇历史小说－中国－
当代 Ⅳ. ①I247.5

中国国家版本馆 CIP 数据核字(2024)第 062428 号

袁世凯

YUAN SHI KAI

责任编辑：田敦国　　　　　　　　　责任校对：程华清
封面设计：颜森设计　　　　　　　　责任印制：邱　莉　王光兴

出版：长江出版传媒 ｜ 长江文艺出版社
地址：武汉市雄楚大街 268 号　　　　邮编：430070
发行：长江文艺出版社
http://www.cjlap.com
印刷：湖北新华印务有限公司

开本：730 毫米×1060 毫米　　　1/16　　印张：81
版次：2025 年 1 月第 1 版　　　　2025 年 1 月第 1 次印刷
字数：1354 千字

定价：168.00 元（全三册）

目 录

第 一 章 上海滩邂逅红颜 北京城捐官受骗……………………001

第 二 章 北洋幕望而生畏 庆军营如鱼得水……………………023

第 三 章 早用心一路请教 肃军纪扬威朝鲜……………………046

第 四 章 设计谋诱捕太公 平叛乱崭露头角……………………068

第 五 章 受嘉奖遭人嫉恨 谋兵权编练朝军……………………091

第 六 章 袁世凯执掌兵权 金玉均密谋政变……………………114

第 七 章 日公使推波助澜 开化党大开杀戒……………………135

第 八 章 大清军果断平乱 开化党仓皇出逃……………………157

第 九 章 弱朝鲜再受欺凌 软北洋将功为过……………………181

第 十 章 朝鲜王背华亲俄 大院君获释归国……………………205

第 十一 章 任总理再赴半岛 正名位软硬兼施……………………229

第 十二 章 纳四妾后院起火 谋废立阻朝联俄……………………251

第 十三 章 闵泳翊窃函告密 袁世凯纵横捭阖……………………274

第 十四 章 飞扬跋扈受非议 巩固宗藩获赏识……………………297

第 十五 章 金玉均大意被刺 袁世凯自负中计……………………320

第 十六 章 好胆识虎穴劝降 太轻信再中圈套……………………342

第 十 七 章 日本人步步紧逼 袁总理虎口逃生……………………364

第 十 八 章 谋兵权得而复失 赴平壤坚城已陷……………………388

第 十 九 章 江防崩溃空余叹 练兵十万成泡影……………………409

第 二 十 章 四处钻营寻靠山 如愿以偿练新军……………………431

第二十一章 话不投机遭训斥 广揽人才打班底……………………453

第一章

上海滩邂逅红颜　北京城捐官受骗

　　上海的烟花柳巷是随着开埠而繁荣起来的。尤其是太平军定鼎金陵，东克苏常，南破杭州后，苏浙一带的富户巨室无不携款奔赴上海。因为上海有租界，太平军也不想惹，租界因此空前繁荣，以至于一屋难求。有先见的中外商人都大造其屋，以高价或售或租，无不大获其利。再加上太平军禁娼，苏州、常州的烟花女子纷纷投奔上海，高张艳帜。租界工部局认为娼妓业既能创一笔可观的税收，又可吸引人气，因此也大力支持。

　　人分三六九等，烟花女子也是如此。在上海公开合法的妓院有书寓、长三、幺二、野鸡等名头。书寓是最高档的妓院，她们沿袭中国历代曲部教坊官妓遗风，专门为客弹唱、献艺，自幼要拜师学艺，能操琴、会说书、善唱曲，俗称的卖艺不卖身，称之为"先生""词史"。平时到书场去说书、操琴献艺，有醉翁之意不在酒者，也可跟随同到住处——一般挂某某书寓的牌子，"先生"也不拒绝。就此相识后，便可随时请赴府宅、酒馆、戏馆应征，这就称堂唱，也叫出局。"先生"自带琵琶，坐一旁弹唱，不入席侍酒。如两情相悦，也只能深藏不露，绝不现之于人前，宣之于口舌。这是早期的书寓，到了后来，有些长三也冒挂书寓的牌头，这些规矩便形同虚设。长三是身份略次于书寓的妓女，因为出局陪酒、留客过夜都收银洋三元而得名。她们仅能唱曲，琴艺也不精，说书更不可能，而且嫖客可以留宿。幺二则属中等妓女，因为出局、留宿都要银洋两元而得名。与之相仿的还有二三，出局二元，留宿三元。野鸡则属下等妓院。此外还有花烟间，名义上是鸦片烟馆，其实侍候烟泡的女子也兼而卖身。此外还有为良家妇女苟且提供方便的台基、专为侍候洋人的咸水妹，还有苦力、脚夫等人光顾的最低等的"钉棚"，此处则连妓院也称不上。

书寓、长三只有富商、买办和宦囊极丰的官员才能够光顾，因为所费不菲。口袋里银子不多，到上海来碰碰运气、看看热闹的人，是没资格留恋书寓、长三的。但也有例外，比如袁公子。

他到上海本来是投奔一位当道台的故友，想寻找发展机会，不料故友已调到广东，满怀希望的他扑了个空，心情极糟可想而知，于是到书场中打发时间，不想为"先生"沈玉兰摄去魂魄。他是爱面子惯了的人，出手阔绰，结果被误认为是阔公子。书场的明白人便劝他跟沈姑娘到书寓去结一份善缘，不料这一去竟然欲罢不能，到了一日不见食宿俱废的程度。沈玉兰也是如此，望他的一双眼睛含情脉脉，绝非卖笑人的做作。这实在大出众人意料，因为这位袁公子要钱没多少，要人物更谈不上。五短身材，肥头大耳，唯一可圈可点的就是那一双炯炯有神的眼睛。沈姑娘说，她就是迷上了这双眼睛，还说袁公子绝非凡夫俗子。可不是凡夫俗子又能怎样？眼前他就几乎难以为继了。

妓院有诸多让嫖客花钱出血的办法。要认识书寓、长三，先要"打茶围"，坐下来喝杯茶，除要付不菲的茶资外，还要对"先生"以及侍候"先生"的姨娘打赏；然后是"叫局"，因为良家女子是不能抛头露面的，因此请客吃酒、打牌或看戏，便请"先生"到场侍候，一局除三元的局费外，还要对"先生"的跟班打赏；接下来是"吃花酒"，就是宴客时到相好的"先生"院里去办，酒菜都请书寓准备，相好的"先生"侍候来宾，说明彼此情分已深。经过这三道场面，花费近百元后才能"落水"得以与"先生"肌肤相亲，俗话称"借湿铺"。道行深的"先生"往往是经过了这三局，依然只给嫖客"灌米汤"，为的是吊起他的胃口，让他多破费。沈玉兰便是此中高手，有人花了上千元而借不成湿铺，很为开妓院的老鸨所赞赏。谁料到她竟然栽到这个姓袁的手里，不但三局没走完就让他"借湿铺"，而且眼见还有倒贴的可能。

进了九月，上等妓院都开始装菊山，就是在院子里用洋蓝纸扎一座假山，购来大量菊花装点其上，花丛中再点置烛台。菊香幽幽，繁花似锦，叶碧如染，烛火闪烁，正是狎妓饮酒的最好氛围，也是妓院大发利市的好时候。

客人进院，不拘是否相熟，下人们都跪地叩头，自然赏钱也是一笔可观的开销。菊山装好的当天晚上，袁公子进了院中。下人们习惯性地要磕头，妓院"本家"金姑娘说："你们磕哪门子头，磕了也是白磕，没的赏钱给你们。"

袁公子尴尬地站在欢声笑语的一群人中，进退不得。

"你们都给袁公子磕一个，赏钱他早就托给我了，比别人只多不少！"这时，沈玉兰走过来挎住袁公子的胳膊，从袖管里抽出一张银票，对管理下人的老何说，"这是袁公子的五十两银票，你拿去分给大家。"

金姑娘说："我的姑奶奶，你又何必为他人作嫁衣。我知道这五十两是你的私房，把他卖了也换不来五十两银子。"

"妈妈这话不对，只要袁公子该出的银子一分不少，你就该对他客客气气。"

"真是邪性！"金姑娘一拍大腿说，"从来没在你房里办一桌花酒，从来没叫你出一个局，你倒是贴心贴肺，只怕人家当了驴肝肺。"

"妈妈不能这么说袁公子。"沈玉兰有些赌气地说，"我愿意，何况也没坏了规矩，今晚我还要让袁公子在我屋里借湿铺。"

金姑娘不敢得罪这棵摇钱树，转而奚落袁公子，希望他知趣一点自己消失："袁公子，不是我说你，男子汉大丈夫，不能帮衬姑娘家，却要死皮赖脸揩姑娘的油。我要是你，一头撞南墙也不在这里丢人现眼。"

袁公子挣脱了沈玉兰的胳膊，指着金姑娘用浓重的河南口音说："恁个狗眼看人低的东西，此处不留爷，自有留爷处！"说罢大踏步往外闯，因为他身矮腿短，步子迈得极为夸张，惹得哄堂大笑。唯有沈玉兰带着哭腔呼喊，希望拦住他，但无济于事。

袁公子气咻咻回到栖身的客店，因为已经欠了两天店钱，只怕遇到老板。结果怕什么来什么，一进门正遇到老板从账房里走出来，满怀希望地问："袁公子，可借到店钱了？"

袁公子硬着头皮充大方道："几个小钱，难道俺会欠你的不成？"

老板闻言立即拉长了脸："小店挣的就是小钱。如果袁公子连这几个小钱也没有，那就卷铺盖走人，小店不侍候了。"

袁公子只好抹下脸皮道："老板再容俺几日，今天没找到故人，明天必定能想到办法。"

老板极不情愿地说道:"再一再二不再三,如果明天袁公子还弄不到钱,就别怪小店不近人情了。"

袁公子进了自己的客舍,冷冷清清,又气又愧,好不烦恼。这时对面房客到了廊上大声喊:"伙计,有什么好吃的,尽快给我弄几样来。"

伙计顺口报菜名,客人胡乱点了几个。袁公子情不自禁咽下一口唾沫,中午只花了几枚钱买了一只茶叶蛋,灌了一肚子茶水,此时听对面点菜,饿得更厉害了,他也走到廊上说:"伙计,有什么吃的随便给俺送房间里来。"

伙计回道:"老板吩咐,袁公子要菜,没有。"

"菜没有也罢,给我来碗面条也行。"

"阿拉上海人不吃面条,只吃白米饭。"

"来碗白米饭也行。"

"白米饭也没有。"

袁公子禁不住火起,骂道:"真是势利小人。"

伙计不与他计较,哈一哈腰说道:"袁公子,您请便。"

对面客人看不过去,走到廊上吩咐道:"伙计,你们也太不像话了,谁都有个手头不便的时候。把我的菜都上两份,拨一份给这位公子。"说罢,便回了房间。

萍水相逢,一饭相赠,无论如何要过去道声谢。袁公子敲开对面的门,双手抱拳至胸口作揖说:"素不相识,劳您破费,实在不好意思。"

对门的房客也是个年轻人,与袁公子年纪相仿,抱拳还礼道:"不过一顿饭的事,不敢劳您感谢。听公子口音好像是河南人,敢问贵姓?"

袁公子拱手道:"兄弟姓袁,名世凯,字慰廷,小号容庵。请教兄台台甫?"

对方回道:"鄙姓阮,梁山阮小七的阮,名忠枢,字斗瞻,安徽合肥人。"

"哦,是李中堂的小老乡。"协办大学士、直隶总督、淮军领袖李鸿章家是合肥,因此袁世凯有此说法。

阮忠枢回道:"不瞒慰廷兄,本家父兄皆在淮军寻碗饭吃,受李中堂关照,日子还过得下去。"

袁世凯感叹道:"李中堂不愧为天下督抚之首,眼界非常人可比,他走到哪里就把洋务办到哪里,天下无出其右者。"

"慰廷兄也对洋务感兴趣？那有得谈了。"

这时伙计把饭送来了，阮忠枢又说："不必送袁公子屋里了，都摆在这里，我要与袁公子边吃边聊。"

两人对洋务其实都没有认真研究，多是道听途说，阮忠枢因为经常出入淮军大营，对淮军装备的洋枪洋炮多有见识，谈起来头头是道。两人谈得投机，大有相见恨晚之意。阮忠枢盯着袁世凯看了老大一会儿才说："兄弟对面相之学略有心得，依我看袁兄绝非碌碌之辈，为什么到了今天这步田地？"

"说来话长，一言难尽。"

的确是一言难尽，但不妨长话短说。袁世凯两次乡试名落孙山，对科举视为畏途，既然仕途无望，能做生意挣来真金白银也不失为一途。上海华洋杂处，又是长江第一繁华港口，听说给洋人当买办的人都成巨富，因此他到上海投友，不料扑了个空。本来带的川资不多，一盘桓便捉襟见肘了。至于迷恋书寓沈玉兰的事，当然不宜相告。

阮忠枢摇手说道："我不是说袁兄目前的窘境，这算不得什么。袁兄前途极为远大，钻到钱眼里翻跟头可惜了。"

"那有什么办法？兄弟少年无状，玩心不退，荒废了时光。不过，懂事后也曾发奋用功，不瞒阮兄说，我曾看书累到吐血，无奈下场莫论文，两次都是孙山外，如今我对入闱是想也不敢想了。大丈夫难道非要在一张考卷上讨出身？我从小喜欢练武，最心仪的是投笔从戎，于千万军中取上将首级。只是如今国家承平，已没了与长毛、捻匪作战在军功上讨出身的机会。"

"不然。"阮忠枢大摇其头，"内乱虽已不足为虑，但外洋入侵却是日甚一日。俄国占着伊犁，左大帅正在虎口讨食；法国人又在打越南的主意，早晚要出乱子；就连东洋的倭寇也不是省油的灯，北面觊觎我属邦朝鲜，南面又虎视台湾。将来大清必与洋人开战，所以军功上讨出身仍然有机会。"

果然见解不一般，听阮忠枢侃侃而谈，袁世凯深为佩服："真是听君一席谈，胜读十年书。按阮兄的说法，从军还是有前途的？"

"当然有前途。袁兄的志向好得很，既然不愿走科举独木桥，又有志投笔从戎，怎么又想到商场上混？"阮忠枢又问。

袁世凯感慨道："家里人不同意，还逼我下场再试，我是赌气南下的。"

"家里人望子成龙，原也没错。目前要寻前程，还有条捷径，那就是办洋务。李中堂身边那些洋务红人，不少人并非科甲出身，擅长的是办实务，捐个前程照样被委以重任，飞黄腾达。无论是从军或者是去搞洋务，我建议袁兄先要弄个顶戴，最直接的办法就是捐一个。头上有个顶戴，办起事来方便，不然一点点去熬资历太费事。尤其像袁兄这样前程远大的人更要有垫脚石，才好站得高行得远。"

阮忠枢为袁世凯分析，有一个七品的底子，如果有提拔的机会，那至少就是从六品或者六品；如果有知府的底子，那就有望弄个道台的顶戴。捐纳的出身也是出身，不必故作清高，不屑一顾。

"受教得很！"袁世凯茅塞顿开道，"前些年一门心思要科场上讨出身，不屑于捐纳，听了阮兄的教导，我倒要好好盘算一番。"

阮忠枢笑道："袁兄不要一口一个阮兄，实在不敢当，我是咸丰十年十月生，敢问袁兄是哪一年？"

袁世凯回道："我痴长一岁，是咸丰九年九月生。"

"那我要叫一声袁四哥了。"

"那我就叫声阮二弟了。"

阮忠枢又道："四哥现在动身，回家筹笔银子进京找门路，如果一切顺利，年前能拿得到官凭。"

"说起来惭愧，如今我连店钱都还欠着，哪里有盘缠北上。"袁世凯说罢长叹了一口气。

阮忠枢笑道："这有何难，我带的川资充裕，匀给四哥就是。"

袁世凯听了有些尴尬："萍水相逢，怎好向阮二弟伸手？"

"我说过，四哥将来前程不可限量，我今天算是在四哥身上押一宝，将来四哥发达了别忘了拉兄弟一把。"阮忠枢笑着拿出两张银票递给袁世凯。

袁世凯非要写一纸借据，阮忠枢连连摇手道："四哥这就见外了，你如果是要赖的人，写了借据又有何用？如果四哥是一诺千金之人，没有借据又何妨？而且我说过了，我不要四哥还钱，只要四哥将来记得这份交情，别忘了兄弟。"

阮忠枢如此义气，很投袁世凯的脾气。他开门出去，站在廊上大喊伙计加菜、上酒。伙计回应道："袁公子，您连晚饭还是阮公子赏的，要酒要菜容易,请问您老有银子吗?"

袁世凯大骂道:"你甭管有没有银子,遇到阮老弟这般投缘的兄弟,就是当掉裤子也要喝一杯。"

这时阮忠枢也走出来吩咐伙计:"就按袁四哥说的办,好酒好菜侍候,我要与袁四哥一醉方休,酒菜就记我账上。"

两人重新回到室内,彼此感觉好像是十几年的老友,阮忠枢拱手道:"四哥口袋里没有一钱银子,照样不把钱放在眼里,豪爽义气,兄弟实在佩服。"

两人大杯对饮,一直喝到半夜。袁世凯喝多了,是伙计扶着回的房。

第二天袁世凯醒来已经十时多了,脑袋发蒙,眼睛发涩,后脑勺还一阵阵疼,想想昨天的经历,恍如梦中。他爬起来去敲对面的门,开门的却是一个中年人,一脸戒备。这时小伙计解释道:"袁公子,阮爷已经走了,现在住的是新客人。阮爷临走时把您的欠账都结了,您可是遇到财神了。"

袁世凯非常懊恼,受人资助,连声谢谢也未来得及说。人家起程,也未相送,不但失礼,而且谈兴未尽,不免遗憾。他一个人呆呆地坐着,口里发干,却连喝茶的心绪也提不起来。

正在百无聊赖,听得院子里小伙计欢天喜地地招呼:"啊,沈姑娘,是什么风把你吹到我们店里来了?是哪位贵客叫的局?"

沈玉兰回道:"是住你们这里的袁公子,他在家吧,快领我去见。"

小伙计笑道:"袁公子真是撞了大运了,总有贵人扶持。"

袁世凯连忙开门相迎,那一脸的憔悴让沈玉兰大动恻隐,眼圈一红说道:"我不来你就不去看我了?他们都是势利小人,可我沈玉兰不是,我一颗心全在你身上,你不晓得?"

"谁也不怪,只怪我穷途末路。"

"你才不是穷途末路,你的前程远着呢。"沈玉兰坐到袁世凯身边,紧紧抱住他的胳膊,生怕他跑了似的。

"你也这么说,真是奇怪了。"

沈玉兰听了警惕起来,连忙问道:"除了我,谁还这么说了?男的还是女的?"

"当然是男的。"袁世凯刮一下她小巧的鼻尖,又努努嘴说道,"就是住在对面的一位阮兄弟，自称会相面，说我将来有大富贵。"

"就是嘞！堂子里的人都是有眼不识金镶玉，只有我把你当个宝。不过窝在我那里，能有什么前程？我今天来，就是想劝你走，回去好好下番功夫，总有金榜题名的时候。"

袁世凯已经打定主意北上，正愁没法跟沈玉兰说，他接过话茬说道："我也打算回去，好好为自己的前程做一番打算。"

"你要将来富贵了，会不会把我忘到九霄云外？你要真那么没良心，我就做杜十娘，投到黄浦江里去喂鱼。"沈玉兰有些后悔了，她为自己设想的结局悲伤得不行，眼泪说来就来了。

袁世凯的一颗心被她的眼泪湿透了，发誓道："怎么可能，我袁世凯不是忘恩负义的小人。等我发达了，一定要娶你。"

沈玉兰问："什么是发达了？你要总不发达，我还是要跳黄浦江。"

"兰儿，不要张口就跳黄浦江，我袁世凯不能让自己心爱的女人跳江。那你说，怎么才算发达了？"

沈玉兰咬着嘴唇想了一会儿说道："做官做到道台，就算发达了。"

"这算什么发达？怎么着也要当个巡抚总督。"

沈玉兰不再开玩笑："后年就要秋闱了，你回去好好准备，如果高中举人了，那就算发达了，那时候你就要大轿子来抬我。"

"你放心，就是不中进士，我有了正经前程，稍稍安顿后一定来接你。"

"你走后，我就从堂子里搬出来，买个小院为你守身如玉，只等你来接我。"沈玉兰说着从袖管里摸出一个小包，一方粉红的杭绸小帕子，一层层打开，是一张五百两的银票，还有一支金簪，递给袁世凯道："我知道你银子都花光了，送你做盘缠吧。"

"我没有银子给你，已经心中有愧，无论如何不能再要你的银子。不瞒你说，昨天晚上对面住的阮兄弟，已经给了我北上的盘缠。你一个人不容易，省着点花。"袁世凯帮她重新包起来。

"穷家富路，在家千日好，出门一日难。你多带点银子在身上方便。"

袁世凯却无论如何不肯收。沈玉兰见他态度坚决，就道："这支簪子你要带在身上，时时刻刻不要忘了我。"

袁世凯把簪子收下，小心地放进口袋里。

袁世凯水陆兼程，一个多月后才回到老家河南项城县东南三十余里的袁寨。项城属陈州府，东与安徽临泉相接，地势低洼，东南一带尤甚，每年雨季常成泽国，在陈州府算是穷县。袁寨名副其实，是一个规模颇大的堡寨，占地二百余亩，兴建时正处于中原捻军勃兴之时，为防御所需，修得异常坚固。寨墙高三丈余，护城河宽两丈，寨角还建有六座炮楼。寨子里是分东中西三路多重院落，大小房屋二百八十余间，袁氏家族便在寨内聚族而居，在项城也算得上巨室望族。

袁氏一族真正发达并不太久，是在袁世凯爷爷辈上。爷爷袁树三兄弟四人，他是老大，以"廪贡生"（县学一等生员，由官府供给膳食，简称"廪生"）的资格，被任命为陈留训导兼摄教谕；老三袁凤三捐了个"禹州教谕"实缺；老四袁重三什么功名也没有，但有经营才能，是有名的铁算盘，在家主持家业。最厉害的是袁世凯的二爷爷袁甲三，中进士点翰林，任职礼部时与侍郎曾国藩关系极密。太平军、捻军兴起后，又被工部侍郎、安徽团练大臣吕贤基奏调"帮办军务"，从此投笔从戎，屡立战功，官至漕运总督，是从一品的大员。到袁世凯父亲这一辈，仍然算得上声名赫赫，父亲袁保中没有出仕为官，仅以附贡生资格捐过同知，以长房长子的身份主持家务，持家严谨，在乡间口碑不错；袁世凯的叔叔袁保庆，跟随袁甲三与捻军作战，以军功换来红顶子，官至二品江宁盐法道；他的族叔袁保恒也是中进士点翰林，受到李鸿章、左宗棠的赏识，官至刑部侍郎；袁保恒的弟弟袁保龄受到李鸿章赏识，半年前以"北洋佐理需才"为由奏调到天津，委办北洋海防营务。袁氏一门，此时已经出了两个进士、两个举人、四个廪贡生、八个知县以上的官员。

袁保中娶妻刘氏，生长子袁世昌，不久夭折，再生次子袁世敦，刘夫人便撒手归西；袁保中继弦刘氏，生三子袁世廉、四子袁世凯、五子袁世辅、六子袁世彤。袁世凯出生后，母亲奶水不足，而叔叔袁保庆儿子夭折，婶母牛氏奶水充足，自请哺育袁世凯，视他如己出，爱如掌上明珠。袁保庆年过四十，而两子皆先后夭折，又见牛氏对袁世凯非常喜爱，因此与袁保中商量，将袁世凯过继为嗣。袁保庆当时仕途一帆风顺，袁保中又不缺子嗣，因此欣然同意。

六岁的袁世凯便随嗣父一家走出偏僻的项城乡间，先后到济南、扬州、南京生活近十年。嗣父花重金请先生教授袁世凯，无奈他不肯实心用功，又加嗣母溺爱，学业了了。袁世凯倒是对武术颇感兴趣，在南京偷偷拜师学武，练得像模像样。然而在南京的第五个年头，袁保庆染霍乱病死，卒年四十八岁。年方十五的袁世凯扶柩北上，回到袁寨。失去了靠山也失去了管束的袁世凯呼朋引类，惹是生非。族叔袁保恒回家探亲，发现天资并不坏的他与无赖少年日相征逐，学业荒废，十分可惜，于是就将他带到京中，请师课读，并让袁保龄亲自督促。袁世凯也发奋振作，十分用功，每天都读书到深夜，就是生父去世，两位叔父也未准他回乡。但乡试的结果却给袁世凯一瓢凉水——榜上无名。再次回到北京，袁保恒见袁世凯对读书有所动摇，就考虑为他谋求新出路，让他一边读书，一边到刑部帮办杂务。袁世凯从小就随嗣父出入官场，耳濡目染，轻车熟路，办起事情来游刃有余，而且人情练达、机敏周密，深得同事的赞扬。后来河南中州发生大旱，赤地千里，饥民相食，袁保恒奉旨到开封赈灾，把袁世凯带去帮赈。时值隆冬，冰天雪地，袁世凯在风雪中往来驱驰，却不以为苦，所办事项无不井井有条。袁保恒见状叹息道："老四，你有做官天赋，称得上中上美才，如果能有两榜出身，那真是如虎添翼。"

袁世凯回道："八股文章，纸上谈兵，百无一用，我实在没有兴致。"

袁保恒听了训道："老四，你不能任性行事，做官至少要有一榜出身，不然难有大作为。"

叔侄两人倾心相谈，袁世凯答应回京后好好用功。然而，天不遂人愿，未等回京，袁保恒积劳成疾，病死在赈灾任上，年仅五十一岁。袁世凯扶柩回老家，秋后二度下场应试，再次名落孙山。他一把火烧掉所有备考书籍，发誓道："大丈夫应当效命疆场，安内攘外，哪能困于笔砚间，自误光阴！"

按照袁保恒生前与袁保龄的建议，此时袁家已经分家。分家的原因是，子侄中赌博、抽鸦片的都有，已有败家的苗头，袁保中、袁保庆都已去世，袁保恒、袁保龄两兄弟可算袁家当家人，两人都在外做官，无精力打理家务，如果在两人手上败亡，实在有愧祖宗。于是，他们将家产分为十二股，保字辈十兄弟每人一股，另一股作为母亲养老，再一股作为宗祠祭扫公用。兄弟两人又把属于各自的那一股全献给母亲养老。袁保庆只有袁世凯一个嗣子,因此他名下的那一股悉数归于袁世凯名下,其中包括陈州府城里的一处大宅院。这处宅院是袁甲三当年与捻军作战时购下的,当时捻军声势浩大,他担心袁寨不能久存,而陈州府城三面环湖,城高墙厚,易守难攻,因此购买城内闲置的一户院落,作为不时之备。陈州府城商贾云集,店铺栉比,其繁华非项城可比,自童年就在都市生活的袁世凯不愿久居偏僻的项城袁寨,因此立即举家迁居于此,嗣母牛氏及嗣父的两妾也都随迁。

袁世凯一个外来户如何在陈州站住脚是个问题,这难不住他。他备上若干份不菲的礼物,逐一拜访城内头面人物。这一套并不新鲜,许多人在冷眼旁观。接下来,他却一心只与文人墨客交往,出资搞了两个文社——丽泽山房和勿欺山房,时常召集他们或在自己花园中赏花饮酒,或泛舟湖上吟诗作对,极尽文人风流倜傥之雅兴。袁世凯虽然科举不顺,但诗酒唱和应付裕如,何况他久习官场,人情练达,很快就被陈州文人视为领袖,一时名声大噪,就连知府吴重熹亦经常前来聚会,令陈州绅商刮目相看。

诗酒风流是有代价的。不到两年,袁世凯继承的家产几乎挥霍一空。当时他已经娶妻生子,妻子于氏见丈夫花钱如流水,毫无理家打算,难免天天唠叨。而嗣母牛氏、族叔袁保龄仍然督促他用功备考,他不胜其烦,一气之下只身赴沪,打算投身洋人当买办。谁料买办没当成,还要靠别人资助方能还乡。

所谓近乡情怯,不过从上海弄来的一大堆礼物壮了袁世凯的胆子。那都是沪上洋人商店中惠而不费的新鲜玩意,装饰精致的小手镜,有小鸟振翅的八音盒,香气扑鼻的洋胰子,色彩鲜艳的洋手帕,一头红一头蓝的铅笔……在项城都是无从得见,每个兄弟那里都有一包,打发得皆大欢喜。给生母刘氏的一份自然特别丰厚,除了江南的小吃,还有洋人的玻璃糖、洋布花褂、老花镜,让老太太笑得合不拢嘴。袁世凯搬个小矮凳,坐在母亲面前讲上海见闻,让老太太大开眼界。母子促膝谈至深夜,仍然不能尽兴。到了第二天,袁世凯要北上陈州,老太太有些不舍,他便说道:"娘,要不我搬你到陈州住几天,也去府城逛逛。"

没想到老太太动了心:"也行,我去帮着你娘管教着你,省得你再胡闹。咳,好好一份家产,让你挥霍得只剩个空瓢头。都怪你那边的娘太顺着你,要是我……"

要是老太太在，袁世凯一定不敢那样胡闹。这是袁世凯生母一直的想法，但她又不想过于褒贬，因此把后半句硬是咽了回去。

"娘，您也别怪我娘，都怪儿子。其实，您也别怪儿子，房产钱财终究身外之物，本来就是要让人花用的，花得得当，便是物有所值。儿子虽然花了大笔家产，但在陈州何人敢小看您儿子？这就是得。舍得舍得，先舍才能得。您也不必为儿子花出去的钱财心疼了，儿子这次从上海回来，颇有心得，要好好盘算，正正经经做点事情。"

母亲没有不疼儿子的，老太太相信自己儿子总不会错到哪里去。

袁世凯亲自为母亲驾辕，同乘一辆马车北上陈州，当天下午便到了城下。无论城门口的门军还是店铺老板或是公门中人，见了袁世凯无不热情招呼，有的叫袁公子，有的叫袁少爷，有的叫袁四哥。车里的老太太见状更是乐得不得了——儿子在陈州，果然很吃得开。

袁世凯四年前结婚，儿子袁克定已近两岁，正是牙牙学语之时。祖孙、父子相见，亲热得不得了。

当天晚上听说袁世凯老母亲到了陈州，知府吴重熹打发管家从酒店抬来了两食盒精致菜肴，为老太太接风。老太太一拍大腿说道："老四真能为，连知府老爷都送菜来，这可是天大的面子。"

嗣母牛氏也觉得脸上有光："凯儿在陈州，面子那可真是大得很。他去上海后，几乎天天都有人打探何时回来，仿佛少了他，陈州城都不转了。"

袁世凯也笑道："两位母亲可不兴这么夸儿子，让管家传出去就成了陈州人的笑话。"

知府管家与袁世凯也是极为相熟，哈腰道："袁四哥这是哪里话，传出去陈州人也是都夸四哥好人缘，母慈子孝，堪为陈州楷模。"

袁世凯开玩笑道："近朱者赤，连知府的管家也都是一肚子文辞。"

他早就准备了给知府衙门众熟人的礼物，自然也包括这位管家。

第二天一早，陈州首县淮宁县衙文案徐世昌前来看望袁老太太。徐世昌祖上是浙江，后来迁居到天津，幼年时祖父在河南做官，于是举家迁居开封。六岁时父亲去世，家境陷入贫寒。徐母为人刚毅有志气，家教甚严，典当以延师教子，并亲自督课。徐世昌与弟弟徐世光发奋苦读，不负母望。徐世昌十六岁中秀才，当年执教私塾，课人兼自学，以经营薪米；十七岁就开始辗转多地,充县衙文案。淮宁知县赏识他的文采,尤其是他的一笔书法极具功力,因此聘他总司文案。徐世昌时年二十五岁,青衣布鞋,文雅清秀,他衙门薪水有限,还要补贴家用,因此处处省俭,今天登门只提一包陈州王记点心。

袁世凯接过点心,为生母介绍道:"娘,这是大才子徐菊人,在首县衙门里掌文案,俺俩是好兄弟。"

徐世昌给老太太鞠躬道:"伯母,侄子一个穷书生,只给您带来一盒点心,实在不成敬意。"

"看你说的,让你破费真是不好意思。"老太太又亲热地拉住徐世昌的手,仔细打量了一番道,"这孩子不像我那四儿,你看人家眉清目秀,一瞅就是读书人,将来少不得中进士点翰林。"

徐世昌夸赞道:"伯母,您可不要这么说四弟。我们读的是死书,四弟读的都是活书,有用的书,特别是古今兵书,无人能及。他常说,给他十万精兵,便可横扫天下。"

老太太听了满脸笑容道:"可别听我儿胡吹——不过,他从小就喜欢舞刀弄枪,带着一拨人与人家厮打,比他大的孩子也跟在他屁股后面,乖乖地听招呼。"

袁世凯笑道:"菊人,你别给我娘灌迷魂汤了。快来留幅墨宝,今年是我娘五十整寿。"

笔墨都是现成的,徐世昌略一思索,写的是:海屋筹添春半百,琼池桃熟岁三千。拳头大的行书,笔锋凌厉,状如削玉,众人连声称赞。

袁世凯送走徐世昌后,逐一拜访熟人朋友,连忙了三四天。等忙完了,才坐下来和两位母亲商量他的计划。他要先筹一笔银子,到京城捐个前程,然后或者办洋务,或者投军,再做打算。

"儿子,哪里弄银子去,除非把这宅子卖了。"牛氏一听袁世凯又要进京活动,一则是不舍得儿子远行,一则的确是没有银子,心直口快,脱口而出。

袁世凯的生母则制止道:"妹妹,先听老四仔细说说,他到底是如何打算。"

袁世凯就将在客店如何遇到阮忠枢,如何为自己出谋划策说了一遍。袁世凯的二姐袁让首先表态道:"我支持老四的想法,大丈夫就当出门觅前程,窝在家里算什么!老四不愿走科举独木桥,出门做事又不能没有顶戴,最可行的就是捐。"

袁让在袁家是个很特殊的人。她十四岁那年,母亲牛氏病重,她按照当时最盛行的办法,为母亲割股疗疾。但割了几下只在大腿上割出一道伤痕,她情急之中一咬牙剁下自己的两截手指作药引,扔进药煲中熬药。她的孝行传遍四方,项城知县亲笔题匾褒扬。十六岁她与毛家定亲,没想到还未过门丈夫就去世了。父亲征求她的意见,她咬咬牙说:"我生是他毛家的人,死是他毛家的鬼。"结果是抱着牌位入的洞房。独守空房的日子不好过,所以经常回娘家散心。她与袁世凯年纪差不多,两人一起长大,姐弟情深,对袁世凯的想法无不赞同。袁世凯在嗣父家中,上有两个姐姐,下有三个妹妹,真正是生在女儿国。妹妹尚小,大姐已出嫁,所以有事情最愿与二姐袁让商议,自己想捐前程的事,已经向她透露过。

嗣母牛氏问道:"儿啊,捐个官,那要多少银子?"

袁世凯迟疑着回道:"我也说不好,进京见了四叔再说。怎么着,也得有千把两。"

千把两不是小数目,大家都不说话。

袁让把自己腕上的一只手镯摘下来,放到桌上道:"这只镯子四弟去卖掉好了,算是我的一番心意。"

袁世凯见状连忙推辞道:"这是爹娘陪送你的嫁妆,怎么能卖掉?二姐快快收回。"

"你不要我就扔到沟里。"袁让赌气说完后,拿眼睛去扫屋子的每个人。

嗣母牛氏、两个姨娘都找了一样首饰摆到桌上。袁世凯的生母见状保证道:"老四,我走得慌张,啥也没带。你放心,我也帮你想想办法。"

看看桌上的首饰也就几百两银子,袁世凯的妻子于氏道:"要不,你去和我哥商量一下,看能不能向他借点。"

于氏的娘家是项城富户,有地千顷,几百两银子算不了什么。袁世凯第二天就骑马去岳丈家,先去与大舅子商量。大舅子对袁世凯两年间败光家产十分不满,认定他是个不成器的东西,连正眼也不瞧他便说道:"你要有万贯家产,去捐个巡抚总督也没人拦着你。自己要是没有,那就老老实实在家待着。没本事,到了北京也没用。"

袁世凯二话不说,连茶也不喝就拨马而回,进门就对妻子说道:"我要是再登你们于家门,我就不姓袁!"

于氏连忙问原因,袁世凯把马鞭扔到她脚下,连理也不理,钻到屋里生闷气。生母和嗣母都跑过来相问,听说儿子被人如此羞辱,生母也为儿子不平:"借有借的说法,不借有不借的说法,哪能这样不近人情?哼,瘦死的骆驼比马大,何况袁家还没败亡。老四你别急,不用人帮,娘给你想办法。"

牛氏也附和道:"就是,千把两银子,咱把屋子里扫扫也扫得出来。"

见两位母亲如此表态,袁世凯反而有些不安了:"你们也别急,让儿子再想想办法。"

次日一早,袁世凯出门想办法,生母则打发人去项城请袁世廉到陈州来。袁世廉排行老三,是刘氏亲生的四个儿子中的老大,有事当然要找他商量。

第二天袁世凯正要出门,下人来报,说二爷等兄弟四个都来了。

他们怎么都来了?袁世凯迎出去,二哥袁世敦、三哥袁世廉、五弟袁世辅、六弟袁世彤都站在前院,个个拉长着脸,一副兴师问罪的架势。

袁世凯忙邀道:"哥哥弟弟都来了,快进屋,我让人备饭。"

四个人都不动,老五看看老六,老六时年十五,正是莽撞无忌的年纪,他指着袁世凯说道:"四哥,你不要装糊涂。怪不得你屁颠颠地把咱娘接到陈州来,原来是为了谋夺她的养老田,亏你做得出!"

这把袁世凯弄糊涂了,他问袁世廉道:"三哥,到底怎么回事?昨天你来我连面也没见上你就走了,到底是怎么回事?"

原来,昨天老娘把袁世廉叫来,是商量要把她名下的财产变卖,给袁世凯捐官。袁保中分得十二股中的一股财产,临死前交代,家产分成五股,四个儿子各一股,另一股属刘氏养老。袁世凯因为已经出嗣,因此并无他的财产。

老五袁世辅也附和道:"四哥打的好算盘,把咱娘那份养老田卖了你去换红顶子,然后把老娘推给我们养。"

袁世凯指着老五,气得说不出话,他转脸问袁世廉道:"三哥,你最知道我的脾气,你说,我能做出这种事情来?娘找你来说了什么我根本不知道!"

袁世廉这时才解释道:"咱娘也说这事你不知道。可兄弟们不信,都觉得你给娘灌了迷魂汤。"

袁世凯看袁世敦一眼,见他把脸扭到一边,心里就有气。袁世凯兄弟四人与袁世敦同父异母,两人脾气性情相去甚远,互相不对付,便说道:"两个弟弟都还小,他们信不信全看你们这当哥的怎么说,你们不用说我也知道是谁在拿我当小人。我给你们四个说,娘的养老田我绝对不会让她卖,而且我还告诉你们四个,我虽然是过继了出来,可老娘我还认,将来老娘的老我一样养。"

袁世敦撇撇嘴说道:"你拿嘴养!不到两年你把万贯家产都挥霍光了,你到袁寨问问,哪个不说你是个败家子。"

"家产我是花掉了不少,可那不叫败家,跟你也说不明白。我还告诉你二哥,我袁世凯懂花钱,不会做抱着钱匣子睡觉的土财主。我有没有本事,会不会给袁家丢人,咱骑驴看唱本。我在这里事先声明,将来我袁世凯就是穷得光屁股讨饭,也不会讨到二哥门上。"袁世凯又转脸对袁世廉说,"三哥,娘是找你商量的,你去告诉她老人家,她的养老田不能动,真要是卖了银子,我扔到阴沟里也不会用。你们愿吃饭、喝茶,有人侍候,我还有正事要办,没闲工夫陪你们。"说罢,他扔下四兄弟出门走了。

晚上袁世凯回到家,生母便解释道:"老四,都是你二哥挑拨离间。"

袁世凯安慰道:"娘,你也别怪我二哥,你怎么能把养老田卖掉?儿子为了捐官,把老娘的养老田都要卖掉,这话传出去多难听,还让你儿子怎么见人?"

"四儿,娘还不是为你着急?"

"您老别急,我已经从知府衙门借到了五百两,还有个朋友愿借我二百两,再加这些首饰,千把两绰绰有余。"

第二天上午,袁世廉赶过来了,拿来二百两银票说道:"老四,怪三哥把事弄瞎了。三哥没本事,回去与你三嫂商量,给你凑了二百两,你先拿去用。"

在世字辈兄弟中,袁世凯与三哥最亲近,便说道:"三哥,这事怎么能怪你,谁也不怪。银子我已经凑齐了,你就别再费心了。"

"老四,你要不收,就是拿三哥见外。"

袁世凯只好收下,并告诉三哥,他明天一早就进京。

　　袁世凯的族叔袁保龄居住在京师西珠市口北面的两进四合院中。袁世凯怀揣一千二百余两银票找去的时候，袁保龄却不在京，他奉北洋大臣李鸿章之命，到旅顺去考察船坞工程。因为北洋舰队已经粗具规模，却没有维修码头。尤其是从德国定购的两艘铁甲巨舰，排水量六七千吨，一般码头根本泊不了。朝廷已旨准李鸿章在旅顺建船坞，计划将旅顺打造为固若金汤的军港，供北洋舰队驻泊、维护。婶母告诉袁世凯，大约再过十天就能回来，让他耐心等几天。

　　西珠市口北面就是京师最为繁华的大栅栏，商铺栉比，有经营中药的同仁堂，经营布匹绸缎的瑞蚨祥，经营帽子的马聚源，经营布鞋的内联升，经营茶叶的张一元，经营酱菜的六必居，此外还有一品斋、步瀛斋、聚顺和、长乘魁等著名商号。同时又是京师银号集中之地，四大恒等银号炉头不下三十家，京谣说"头顶马聚源，脚踩内联升，身穿八大祥，腰缠四大恒"，这些行头只可在大栅栏办得齐整。这里不仅商业繁荣，庆乐园、三庆园、广德楼、广和园、同乐园等大戏院也都分布在此，吸引着各色人等麇集于此，饭馆、赌场自然也是异常兴隆。

　　袁世凯百无聊赖，日日留恋于大栅栏，逛商铺，看戏，豪饮，他本有纨绔习气，何况身上又有千余两银子，因此出手大方，如同阔少。尤其饮食，一般小店还放不下身段，必挑门脸堂皇的。北京的饭庄有约定俗成的规矩，叫堂的最大，既可办宴会，又可以唱堂会，店里不仅有桌椅，还有舞台和空场，很是气派。金鱼胡同的隆福堂、东黄城根的聚宝堂、打磨厂的福寿堂、北孝顺胡同的燕喜堂再加大栅栏的衍庆堂，是京中最著名的高档饭庄，袁世凯经常光顾衍庆堂，连店中伙计也与他相熟了。

　　这天有拨客人走后，留下来结账的年轻人却发现没带银子，他表示立即回去取，店里伙计不放行，他解下身上的一块汉玉质押，伙计又担心是假货。袁世凯想起自己在上海住店的窘迫，对伙计说道："嗨，你这伙计真是不通情理，谁都有个不方便的时候，他的账我会了。"

　　小伙计这才喜笑颜开放年轻人走，年轻人对袁世凯拱手说道："大哥，您稍等，我立马取银子来还您。"

　　袁世凯挥挥手道："不到十两银子，小事一桩。"

袁世凯吃罢饭要走的时候，那个年轻人气喘吁吁回来了，把银子当面还给袁世凯后又说道："多谢大哥救我出窘境，大哥的义气令小弟佩服，小弟想请大哥喝杯洋咖啡，请大哥赏脸。"

小伙子是讲信义的人，袁世凯也乐于结交，于是两人去洋人开的咖啡店喝咖啡。小伙子姓倪，字惠良，是聚源银号的外街伙计，负责大栅栏一带揽储事宜，因为刚接手，正在打天下，希望广交朋友。三谈两谈，袁世凯便把自己捐官的事情说了出来。

倪惠良出主意道："袁四哥，这点银子只能捐个从九品的小官，意思不大，以四哥的作为，至少应该捐个七品才能用得上。"

袁世凯笑了笑道："我就这点银子，捐七品，那得多少银子？"

"不瞒四哥说，我二叔在吏部办差，捐官的事情他最门清。我最近听他说，年前因为安徽赈灾，要送出一批官帽，现银交易，只要官价的六成。七品的顶戴，本来三千多两，现在有两千两足够。"

倪惠良说起吏部的事情，事无巨细，无所不知。袁世凯动了心，但无奈银子不足。

"四哥不用愁，我有条路子钱来得快，就看四哥有无胆量。俗话说，科运不佳赌运必旺，四哥两次下场皆不顺，老天必给四哥一个公道，到赌场一试或许财运亨通。"倪惠良告诉袁世凯，他自己并不赌，但极信赌运，他的表哥就是科场不顺，但下赌场连赢三天，靠赚来的银子捐了个八品顶戴，"反正四哥也没事，只当到赌桌上打发时光，押多押少全凭四哥自主，以四哥的定力自然不会滥赌，也就不会大赔。如果手气好，三两天就可以赢来千把两银子，九品顶戴成了七品，想想美不美？"

袁世凯被说动了，问倪惠良哪家赌场人气旺。倪惠良连连摇手道："四哥不必着急，我今天晚上先到舅舅家里去问问，安徽捐官的事还办不办，问准了再下场不迟。"

第二天，袁世凯如约到羊肉胡同找倪惠良舅舅寓所，果然找到一处四合院，挂着"申寓"的匾额。他敲门，一个下人应门说一声"稍等"就进去了，一会儿出来说："倪公子有请。"

说话间，倪惠良已经迎出来了，拉着袁世凯的手进了前院，到东厢坐下，下人送来茶水，端来一碟瓜子。倪惠良说道："我舅舅去部里了，他说安徽捐赈已经停办，不过也不是没有办法，就是在手续上倒填日期，这就需要多费周折，要打点，需多花一百两。"

袁世凯不以为然道："一百两就一百两。"

倪惠良笑了笑道："四哥，我倒有些犹豫了，昨夜想了一宿，觉得捐个七品很值得，但靠赌场来钱，毕竟不是正道，如果四哥定力不够，赔了本，我们兄弟如何相见？四哥不如再回家一趟，想办法弄齐两千两再回来，快点办还来得及。"

"不瞒倪兄说，就这一千多两已经费了许多周折，回家再弄银子，无论如何行不通了。放心，我从十来岁就上赌桌，向来是赢多输少。"

见袁世凯态度坚决，两人一同出门，由倪惠良带到一家宝局。进了大厅，黑压压全是人。稍等平心细看，袁世凯很快弄明白，是一桌宝，两桌牌九。这时一个大胖子过来了，穿一件油光闪亮的缎子夹袄，指头上是一枚硕大的金戒，胸前挂一根小手指粗的表链，向倪惠良拱拱手道："倪少爷有空来玩一局？"

倪惠良拱手道："金爷，这是我铁哥们，袁四哥，他来京公干，今天闲暇无事，过来消磨时间。你照应一下，四哥下场还是在一边看热闹，一切由他。要是手痒下了场，你可帮着参谋，别让玩成了烂局，小赌怡情，大赌败家，你比谁都清楚，可不能枉我们朋友一场。"

金爷吩咐人给袁世凯端来一杯热茶，袁世凯对宝局不感兴趣，去看推牌九。金爷又让人搬来一个小方凳，让他坐在一边看。推庄的是个瘦得皮包骨头的中年人，眼窝深陷，颧骨高耸，有点白天见鬼的感觉。他面前堆着一堆银票、银圆和碎银，大声喊："快押，快押，别预磨。"

袁世凯对牌九门清，十几岁时就经常偷偷下场，看了两把觉得下门不错，凭自己的经验小赢一把问题不大。于是，他从怀里摸出一百两银票往下门一丢道："光看没意思，我也上一手。"

果然如袁世凯所料，半天工夫已经赢了二百两。他雄心大起，把一张二百两的押了上去，结果连输几把，弄得他赌火大起。每当他接近翻本打算翻本后立即收手时，必定连输三注，欲罢不能，只有咬牙继续往里扔银票。这样到了晚上，怀里的一千多两银子尽数输光。

出了赌局，袁世凯悔恨得连扇自己几个巴掌。但愿赌服输，都怪自己定力不足,也怪自己贪心不足,非要巴结七品,结果如今连九品的银子也没了。他忽然觉得事情有些凑巧,后背不禁直冒冷汗。第二天一早,他跑到聚源银号一问,根本没有姓倪的外街伙计,前台的挡手回道:"我们银号根本就没什么外街伙计,全是客人自来存取。"

袁世凯再跑到羊肉胡同,结果四合院还在,门外挂的"申寓"牌子却没了。再敲门,应门的伙计是个憨厚的中年人,一脸茫然地说道:"这里不是申寓。原来东厢是租给一个姓陈的年轻人,昨天下午已经搬走了,本来说好租期一年,结果才租了不到一个月。"

完了完了,自己被人算计了。袁世凯想姓倪的是和赌局合起伙来算计自己,跑了和尚跑不了庙,我去赌局找他们。等他气冲冲到了赌局,金老板迎出来道:"袁公子,你可来了,快还钱吧。"

袁世凯惊道:"还什么钱?我哪里欠你钱了,是你们合起伙来骗我的钱。"

金老板拿出一张借据道:"这是倪少爷打的欠条,说他急用二百两银子,一会儿就托你送过来。"

"好无道理,我现在连他的影子都没见到,给你送什么银子?"

金老板质问道:"你们不是铁哥们吗?我是冲着你们熟才借给他,他跑了,你还。不然我就报官,明明是你们唱双簧骗我。"

金老板逼袁世凯还钱,袁世凯怪金老板与倪惠良合伙骗他,一时争执不下。这时有人过来劝道:"我看你们两个都被骗了,你们赶紧报官。"

金爷打发人去报官,袁世凯觉得丢不起人,无论如何不肯报,费了好多口舌,金爷才放他走。一边走一边想,分明就是金倪两人做的局,偏偏没有证据。但说到底还是怪自己上赌桌,不然无论他们的骗局多么完美,自己口袋里的银子也到不了骗子手里。走到胡同口,他从地上拿起一块砖头,把手按到墙上,狠狠心要砸掉自己的两根手指头,挥砖头的手却被人抓住了。回头一看,原来是族叔袁保龄家里的下人老何。

老何问道:"四少爷,你这是要干吗?又是为哪桩?"

袁世凯强忍着眼里的泪说道:"我被人骗了,我恨不得砸掉自己的手指头。"

"京中最不缺的就是骗子,一不小心就上当。四少爷别懊恼,懊恼也没用。今天晚上老爷就回来了，这不夫人让我出去买菜。你快回家吧，别犯傻。被骗子骗了就够倒霉了，你再砸伤自己，这就更不合算了。"老何劝住了袁世凯。

袁世凯一边往袁保龄家里走一边想，看来瞒是瞒不住了，但无论如何不能说自己上了赌桌，族叔最恨的就是赌，以后自己在袁家还怎么混？

到了晚上吃罢饭，袁世凯这才说道："四叔，我本来是来捐官的，结果让人把银子都骗走了。"

"怎么回事？"袁保龄一听便问道，"京中各种骗局层出不穷，小则骗吃喝，大则骗房产，最多的是骗赌，你中的是哪一道？"

袁世凯把受骗的经过说一遍，唯一自己下赌场那段略了，说人家让他交银子，第二天去拿官凭，结果去的时候已经人去屋空。

袁保龄叹道："真是该有一劫！你还捐什么七品，你三叔还活着时就为你捐了从七品，没告诉你，是想让你继续下番苦功，从科场上讨出身。"

原来，当年袁世凯帮着袁保恒到河南办赈，很吃了一番苦，而且办事井井有条。袁保恒很满意，写信给袁保龄在吏部给袁世凯捐了中书科中书，并嘱咐他暂时不要告诉袁世凯，等他参加乡试后再说。第二次乡试袁世凯名落孙山，袁保龄还不死心，希望袁世凯再苦读三年，再下科场。

袁世凯听说三叔已经悄悄给自己捐了从七品官，又激动又羞愧："我对不住三叔。"

袁保龄见状又道："老四，咱袁家世字辈里就你最聪明，我和你三叔原指望你中进士点翰林，给袁家门楣再增光，所以一直逼着你苦读。如今你也是当爹的人了，一切你自己拿主意，你要是还愿读书上进，四叔给你请老师。你要是实在无意科举，咱爷俩再商量出路。"

"四叔，我不是读书的料，您老明鉴。我的志向是学二爷爷、三叔他们，投笔从戎，做当代的班超。这些年我在兵书上下了一番功夫，不是夸口，给我十万人马，定能横扫天下。"

"老四，不要动不动就夸海口，横扫天下岂是那么容易？再说，现在天下太平，你往哪里横扫？"袁保龄毫不客气地批评袁世凯，"读几本兵书未必就能带兵。你二爷爷和三叔，那都是一刀一枪拼出来的功名，哪里是看了几本兵书就能博来军功？你喜欢带兵我也知道，你偷偷看兵书的事我和你三叔心里都明镜似的。可是,带兵打仗毕竟是拿着命在拼,一仗打好了,立功换顶戴,可打不好,那就是要老命的事。四叔不赞同你带兵。"

袁世凯退而求其次道:"侄子总要干点正经事情。要不四叔给我想想办法,让我去办洋务。"

"办洋务不失为一条正道。天下洋务汇于北洋,可是四叔刚进北洋幕,人微言轻不说,也要避嫌,我没法推荐。"不过,袁保龄又想了一会儿才道,"我找找周兰溪吧,他是李中堂最信赖的幕师,打李中堂带兵到上海就效力跟前。我们两个关系还行,让他写封八行应当没有问题。"

袁世凯一听能到名声赫赫的李鸿章麾下办洋务,十分兴奋:"四叔放心,我一定给您长脸。"

袁保龄叮嘱道:"北洋幕中人才济济,你恐怕要耐住心性,苦熬几年,等弄出点名堂,才有出头之日。"

因为临近年关,袁保龄年后又准备搬到天津,因此让袁世凯先回家过年,年后先来北京,帮他搬家到天津,然后再入北洋幕。

"四叔,京城毕竟天子脚下,你搬到天津去,远离京城,好吗?"袁世凯这样问袁保龄。

"岂止搬到天津,李中堂委我的差使是筹建旅顺大船坞,等旅顺就绪,我恐怕要常驻。京中虽好,可冠盖云集,出头也不易。我到北洋帮办海防,要是干出点名堂,顶戴换得也许更快,何况咱们袁家向来是食君之禄、忠君之事。你二爷爷最后做到漕运总督一品大员,可数次受奸人攻讦,一生起起落落。他和捻匪作战,积劳成疾,在陈州家中养病时捻匪两次围攻,你二爷爷还在病榻上向守卫陈州的将吏传授破敌方法。结果陈州固若金汤,你二爷爷却心力交瘁,不满五十八岁就去世了。你三叔更不用说,你跟着他在河南赈灾,他是怎么样昼夜操劳你最清楚,可以说是办赈活活累死的。我说这些是要告诉你,男人要做官,可也要做事。皇亲国戚、天潢贵胄天生富贵,不做事高官照做,我们这些人只有靠做事换顶戴,机遇好换红顶子,机遇不佳费力不讨好也没处诉冤,也不必戚戚。"

袁世凯回道:"侄子明白四叔的教诲,将来无论做什么,一定好好用心。"

第二章

北洋幕望而生畏　庆军营如鱼得水

袁世凯拿到周馥的推荐信时已是阴历二月底,等帮着族叔袁保龄收拾完家当,他才到直隶总督署去拜见李鸿章。

李鸿章是直隶总督兼北洋大臣。直隶总督署在保定,但北洋大臣的公署却在天津。因为洋人进京,多是乘轮船先到天津,再转陆路或者乘小船走运河到通州。无论水陆,天津都是必经之地。当时朝中官员多视与洋人交往为奸人,而且善于应付洋人的人实在太少,就尽量把外交推给李鸿章,朝廷设立北洋大臣时就定制驻天津,每年天津封冻后到来春开冻前洋务事少,李鸿章才可移驻保定总督府。但后来洋务事情日多,多半年份根本不能回保定,因此天津的北洋大臣衙署便成了第二个总督署。

总督被称为大帅,上马管军,下马管民,声势赫赫,何况又是天下督抚之首的直隶总督兼北洋大臣?衙门自然关防严密,有门军执洋枪站岗,又有门役四五人对陌生人严加盘查。

袁世凯从小在嗣父衙门里混,知道规矩,包了四两银子的一个门包,连同自己的名帖递给门政道:"我是河南项城袁世凯,有一封周道台的亲笔,今天来拜见中堂,请大哥务必周全。"

门政看在四两银子的份上还算客气:"袁公子,您的名帖我立马送进去,您就在这里稍坐。中堂今天见客多,一时半会见不上,您进里面也是枯坐,不如在这大门上看看车来马往好消遣,等快见您时我一准提前请您进去候着。"

袁世凯只好在门房里坐下来，这一等就是半个多时辰。大门里的人进进出出未曾间断，却一直没有传他的消息。他又拿出二两银子去拜托门政，门政还算忠厚，摆手道："袁公子，不是银子的事，您给的已经不少了。中堂大人上马管军，下马管民，还要与洋人交涉，天天忙得不可开交。今天听说要见法兰西、英吉利驻华公使和花旗国的驻天津领事，还要见大沽口的守将，还有两位候补道新委了差使来听吩咐，今天上午能不能见您实在说不准。我让您在门房等，实在是为了您方便。如果您要无聊，不妨到前面逛逛，如果您实在不放心，我可现在把您领进去。"

"那就拜托大哥带我进去吧。"

于是，门政对一个年轻的门役说道："你，把袁公子带到胡大人那里去。"

袁世凯跟着门役绕过大堂，进了二堂所在的院子，被引到西厢房中。里面坐着五六个人，有文有武，最低的一个文官补子上绣的是白鹇，显然是五品官。胡大人专责招待客人，指挥着两个人忙前忙后。门役向他介绍袁世凯的情况，他不耐烦地摇手道："我知道了，名帖我早就收下了。来呀，给袁公子奉茶！"

奉茶的是个三十多岁的瘦高个，提着一把茶壶给众人续水，忙得满头大汗，对胡大人的吩咐没及时应。胡大人不高兴了，问道："怎么着，我说话不管用了？"

奉茶的赔着笑脸说："胡大人，哪能啊？你看这边有五六位大人，东边还有两位洋人，都是我奉茶，实在有点忙不过来。"

"怎么着，要不你坐着，把壶给我我去续水？"

"岂敢岂敢。"

"不敢就好。我跟你说，不要以为你捐了个六品的顶戴就觉得是个官了。俗话说，相府丫头七品官，在北洋衙署里，六品的顶戴一抓一大把。你好好巴结差使就是，不长眼，干多少年也是枉然。"

奉茶的小心应和道："那是那是，总要胡大人多栽培。"

"我栽培没用，总要自己长出息才是。"

袁世凯对这位有意炫耀的胡大人很反感，奉茶的显然窝了一肚子火，但还不得不赔着笑脸。二堂里一会儿传来"中堂大人请喝茶"的声音，这是送客的表示,一会儿就有官员走出来。但送走了三五位,屋子里还有两人在等。看着几上的西洋钟已指向十二时,袁世凯被召见的可能微乎其微了,于是他对胡大人说道:"胡大人,如果上午中堂大人没空,我下午再来。"

胡大人漫不经心回道:"嗯,您请便。下午您也不必太早,一时也见不上。"

袁世凯出了门,招了一辆东洋鬼子产的黄包车,拉着他去袁保龄的寓所,一路上满脑子全是那个六品差役的苦笑。北洋衙门人才济济,果然名不虚传,捐了六品顶戴尚且如此委屈,自己这从七品的顶戴又当如何?听说北洋幕中不缺举人进士,自己一个秀才功名在北洋又有多大前途?虽然有周道台的一封推荐信,但这封信不过是块敲门砖,一进衙门深似海,自己何时能有出头之日?这样一想,满怀的热情散发殆尽,看来得另谋出路。这样一路想着,到家时已经打定了主意。

袁保龄到了晚上才回到寓所,问袁世凯被委了什么差使。

"四叔,我没见到李中堂。"袁世凯如实回答。

"怎么回事,只要是周道台荐的人,李中堂是必定见一面的。"袁保龄奇怪道。

"我改主意了,不想去北洋衙门,还是想投军。"袁世凯把会见的情形以及自己的感触说了一遍,最后对袁保龄道,"四叔,人要有自知之明,更要面对现实。侄儿自知不是科举的料,所以不在八股上下功夫,这才找四叔谋一条出路。可是今天仔细想想,北洋这碗饭侄儿也吃不了。侄儿只是个从七品芝麻顶戴,在北洋红顶子一抓一大把的衙门里何时混出头?侄儿要是遇到一位像胡大人那样的上司,侄儿的脾气您也知道,真憋不住与他动了手,不是连周道台的面子也给丢尽了吗?侄儿是宁当鸡头不当凤尾的脾性,宁愿上小庙里当大和尚,不在北洋这座大庙里当小和尚。"

"老四,那你想去哪座小庙里?"

"四叔不是说吴世叔已经到登州驻防,而且还问起过我吗?侄儿想投到他营中谋份差使,以遂我投笔从戎的夙愿。"

袁世凯说的吴世叔名吴长庆(1829—1884年),字筱轩,号延陵,安徽庐江县人。他的父亲吴廷香是地方名绅,文章名气很大。太平军进攻安徽后,他被庐江父老推举出来办团练自保,屡胜太平军。咸丰四年,太平军重兵围困庐江城,誓言要活捉吴氏父子。当时庐江南面的安庆、北面的庐州、东面的巢湖、西面的六安已经全部被太平军占领,能指望得上的官军是庐江以北六百里外的宿州。当时驻守宿州的是袁世凯的叔祖、都察院左都御史袁甲三,安徽的三路官军以他的部众最具战斗力,他已经扫平皖北,正计划收复庐州(合肥)。吴长庆奉父亲之命突出重围,绕道去宿州向袁甲三请援。袁、吴两军本来交情不错,但袁甲三的长子袁保恒认为长途救援根本来不及,反而易中太平军围城打援之计;而袁世凯的嗣父袁保庆则认为地方士绅举办团练不易,而且吴氏父子的庐江团练以敢战闻名,必须全力救援。救与不救袁甲三拿不定主意,犹豫之间庐江城破,吴廷香战死。吴长庆从此与袁保恒势如水火,而对主张救援的袁保庆则十分感激,两人因此还结拜为异姓兄弟。

吴长庆接统父亲所部,并不断扩军,等李鸿章招募淮军的时候,他便率军投奔,正式组建为淮军庆字营。后来随李鸿章赴上海,战常州,取苏州,太平军战败后又北上与捻军作战,战功赫赫,之后一直驻军江苏。袁保庆调任江淮盐运使后驻在南京,驻军扬州的吴长庆时常过江看望,两家交往极密。袁保庆病死后,吴长庆和刘铭传亲自到南京主持丧事,并且护送灵柩过长江,又派亲兵十几人帮着袁世凯扶柩回乡。

一年多前吴长庆实授浙江提督,进京觐见后,又改授广东水师提督,还未赴任,因为法国在越南闹腾得厉害,而且声言要派军舰北上,东南沿海顿时紧张起来。朝廷再令吴长庆率部六营进驻山东登州,并节制山东四镇绿营。年前他到天津给李鸿章拜年,见到袁保龄时还问起袁世凯,说如果袁世凯愿意,可到他营中,他一定好好关照。

"吴世叔对我们一家可以说仁至义尽,他是个有情有义的人,我投奔他必定能得到关照,比在北洋衙门里更容易出头。"

"你吴世叔对你爹和你那真是没的说。他是淮军中有名的儒将,口碑很好,你去他那里,当然没什么不放心的。可是……四儿,世字辈里,你是最聪明的,我和你三叔向你爹夸过口,要帮你考中进士,为咱袁家增光。你三叔病重时还来信嘱咐,一定督责你用功。如今你投了军,我怎么向你爹和你三叔交代?"话说至此,袁保龄黯然神伤。

袁世凯见状安慰道:"四叔,您不必难过。我爹和三叔在天有灵,也不会怪罪四叔。要怪，只会怪侄儿不是科举的料。再说，侄儿喜欢从军也不是一天两天了。侄儿将来从军功上混出个前程，一样可以光耀门楣。叔祖爷、三叔、我爹都是军功挣出的前程，我也算得上是将门之后，靠军功博前程，也算是子承父业，又遂了侄儿的夙愿，四叔应该高兴才是。"

听了这话，袁保龄又问："要不，你跟我去旅顺建船坞如何？"

袁世凯闻言，连连摇手道："我知道四叔是挂心我，希望带在身边。可是真跟着四叔，四叔不想亏了我，也会被逼着亏我。为什么？因为咱是至亲，即便我因功受赏，别人也会闲话四叔是因私废公。我如果出点错，便不可原谅，会引众人群起而攻之。为什么？因为我是您的亲侄子。所以，我在四叔的翅膀下反而不易出头。"

"你说得也有道理。"袁保龄想了想，一跺脚道："罢罢罢，你愿从军就去找你吴世叔吧。"

袁世凯请袁保龄先向吴长庆写封信，说明他有意投奔，然后又买轮船招商局的船票，计划乘轮船到烟台，再从烟台去登州。

袁世凯投军之前回家一趟，众人自然都反对，但拗不过他。倒是袁家一个佃户的儿子叫赵国贤的，比袁世凯小一岁，打小跟在他屁股后，愿听《杨家将》《岳飞传》等故事，吹嘘自己将来一定当大将军。他十分支持袁世凯的主意，并央求袁世凯带他同去。家人觉得多个人照应也不错，就同意两人同奔烟台。

登州府驻地蓬莱县，因为这里是日本、朝鲜航海入中国的要道，因此明代专设卫所，重兵驻守，洪武九年还专设水城，抗倭名将戚继光就曾经驻守蓬莱，训练戚家军，到清代依然视为军事重镇。

吴长庆率部驻守登州，提出了一个山东沿海整体防卫计划，但因为朝廷正在紧锣密鼓为北洋水师筹建驻泊之地，无暇他顾，只能束之高阁。而且法国要入侵沿海只听雷响未见雨到，朝廷对山东的海防依然未能重视。吴长庆名为镇守，与赋闲也差不多。好在他有儒将之称，无事可以读史书，耐得住清闲。不但他本人爱读书，而且爱惜人才，延揽大批文士入职军幕，帮助他处理文案，策划治军，闲时则谈天说地。这天他打发亲兵去请张先生和朱先生，说有事情商议。

张先生是江苏南通人张謇，字季直，号啬庵，十六岁就中秀才，有神童之誉，但中秀才后科运不佳，四次乡试依然不第。加之家中贫寒，大有难以为继之虑。吴长庆驻军江苏浦口时，听到张謇的文名，邀他入幕，专门给他筑室让他清静读书备考，只有重要文书才烦他起草。调驻登州后，张謇也跟着过来了。

朱先生叫朱铭盘，字曼君，江苏泰兴人，也是早有文名，而且书法甚为著名，特别是魏体气魄雄浑，功力深厚。他与张謇相似，科运不佳，与张謇同时入吴长庆营中备考。两人年纪相仿，张謇时年二十九，朱铭盘比他小一岁。吴长庆时年五十一，论年龄是两人叔辈，但对他们却极其客气。

两人到后，他扬扬手里的信道："季直、曼君，我给你们说过的世侄袁世凯很快就到了，今天有事相托。"

吴袁两家的渊源，两人都听吴长庆讲过。张謇赞叹道："筱帅是极重情义的人，如今再对袁公子加意提携、栽培，袁中议泉下有知，必当感激不尽。"

"袁中议"就是指袁世凯的嗣父袁保庆，他病逝后朝廷予谥"中议"。

"我们兄弟两人的情分，不必谈感激不感激了。至于世凯来投我，也谈不到栽培和提携，袁子久给我来信，还是希望能劝说世凯备考，今天请两位来就为此事。我想请两位偏劳，课读世凯。"吴长庆说明了意图。

张謇回道："筱帅的吩咐当然不能推托，只怕我们才疏学浅，误人子弟。"

朱铭盘也道："是啊吴公，我和季直也都是屡试不第，以秀才课读秀才，恐怕说不过去。"

"此言差矣！俗话说下场莫论文，学问好才气高，未必能够高中；高中的人，也未必比落榜者高明。我郑重相托，自然是相信两位。你们放心，世凯拜两位为师，我一定结结实实交代他虚心就教，断然不会让两位为难。"

吴长庆的话说到这份上，两人不再推托。张謇对朱铭盘说道："人赞朱兄五言善学太白，七律亦有奇气，韵诗、策论非朱兄莫属了。"

"好！"朱铭盘痛快地说道，"那八股这份重任就交给季直兄。"

吴长庆见状大声道："好，两位既然欣然应允，那等世凯一到，就立即拜师。"

"不可,千万不可。"两个人异口同声拒绝。他们可以答应帮助袁世凯,但正经拜师却不敢答应。

吴长庆也就不再坚持:"虽然不必正式拜师,但要以师礼相待,这一点我必须交代清楚。"

第二天下午,袁世凯就到了。见了吴长庆就跪下磕头,吴长庆笑呵呵道:"世侄请起,不必如此。"然后询问路上情况,又问他家中情况,这才说道,"我本来早就有意让你到营中来读书,可刚到山东千头万绪,这一忙就是一年多。现在你来也不晚,还有一年多才大比,好好用功,一年多的工夫足以大见成效。"

袁世凯听吴长庆的意思是让他继续读书备考,这并非他的本意,可吴长庆毕竟不是自己的族叔可比,不能驳了他的面子。只听吴长庆有几分得意地说道:"世侄,不是我夸口,庆军虽是军营,可文人雅士云集,请他们来课读,比你在家中用功要强得多。我已经给你挑了两位老师,他们马上就到。虽然不必正式拜师,但还是要以师礼相待。"

吴长庆已经打发亲兵去请张謇和朱铭盘。等人的工夫,他向袁世凯介绍张、朱二人。袁世凯急得心乱如麻,根本听不进去,只知道两人学富五车,是江南五大才子之二。

说话间张謇、朱铭盘就到了,吴长庆正式介绍,袁世凯拱手过眉道:"世叔说两位都是江南才子,学富五车,才高八斗,世凯愚钝,以后要劳两位老师费心了。"

张謇和朱铭盘都拱手还礼,张謇回道:"筱帅吩咐,我们两人不敢推辞。可要说当慰廷老弟的老师,实在不敢当。我们两人也要备考,咱们三人互相学习,共同研磨。"

朱铭盘说话更直接:"是啊,我们也是穷秀才,也不比慰廷老弟高明多少,只是痴长八九岁,多下了几次科场而已,老弟只要不怪我俩误人子弟就好!"

袁世凯连忙回道:"岂敢岂敢,弟子一定虚心就教。"

吴长庆补充道:"虽然没行拜师礼,可师徒名分已定,世凯一定要尊重两位老师。俗话说严师出高徒,你们两位要抹得下脸皮来,但凡世凯有不对处,无论是学业上的还是为人处世方面,你们一定要及时纠正,不可碍于我的脸面，不闻不问。"

张謇笑道："慰廷刚到，风尘仆仆，读书的事情过两天再说不迟。"

"好，就让世凯休息一两天，先熟悉一下军营情况。我打算把世凯的住处安在你们两位的西边，也方便他请教。"吴长庆又吩咐身边的亲兵道，"你们先把世凯的行李搬到他的住处。"

张謇、朱铭盘告辞，吴长庆对袁世凯道："你在军营里一门心思读书就是，什么事情也不必你费心。我每月给你十两银子零用，此外吃、穿等用项也都由营务处报销。至于赵国贤，安排到亲兵营中当个大头兵。"

袁世凯垂头丧气回到住处，军营不同地方，一切都简朴、粗壮。他屋里除了一张行军床，一个脸盘架，一套粗笨的桌椅，此外几无长物。接下来的一天，他带着赵国贤围着军营转了一圈，又到蓬莱阁、水城游玩半天，郁闷的心情依然无法排解。

第三天上午，张謇约上朱铭盘到袁世凯住处来。袁世凯正在院子里蹲马步，一头毛汗，看见两位老师同时到来，连忙拱手相迎。张謇见状有些惊讶道："慰廷喜欢练武？你先洗把脸，咱们屋里说话。"

两位老师进屋，见袁世凯桌上光溜溜的，一本书也没有，笔墨纸砚倒是摆好了。

朱铭盘问道："慰廷，你的应试书籍没有带来？"

袁世凯不好意思地说道："不瞒两位老师说，第二次乡试落第，我一怒之下把应试的书籍资料一把火烧掉了。"

"慰廷好大的脾气，你才落第两次算得了什么，我和老朱都落第四五次了。书不是问题，到时候给你凑一套就是。我和老朱商量一下，咱们每十天出一次题，你用六七天时间写完，我和老朱用一两天看完，然后分头和你说稿，你在此基础上再改一遍，你看这样是否合适？"张謇说出了想法。

"一切听两位老师安排。"

张謇临走时留下一张纸，上面是两人布置的题目。袁世凯一想到此后就天天消磨在笔墨间，心里直发毛。到了下午，张謇打发一个亲兵抱来一大摞书，全是应试备考的书籍资料。袁世凯让亲兵摆在案头，他懒得去翻，皱着眉头，一晚上没写出几行字。费了九牛二虎之力，到了第七天勉强交了稿。

张謇看了半天，看得心头冒火。他到了朱铭盘屋里，见朱铭盘也在埋头看稿，问道："曼君，你也正在看，慰廷的策论怎么样？"

朱铭盘笑了笑道："还行。"

张謇拿过去看了不及一半，便反问道："这就算还行？"

朱铭盘又笑道："巨室子弟，声色犬马，有几个愿读书的？不像你我这种穷光蛋，只有孜孜苦读一条路可走。能写到这样，也算不错了。"

"这不是真心话。二十岁的人了，怎么才这种水平？你这策论还勉强成篇，我那几篇八股文，简直是一团茅草，无从下笔，无从删减，改也没法改。"

朱铭盘听了笑道："给别人改文章，是要费工夫挑毛病；给慰廷改文章，怕是要下功夫找几句来圈点了。"

张謇闻言一诧道："我还是头一回听说，改文章专找可圈可点之处，那还能长进吗？"

朱铭盘这才正色道："长不长进，光我们着急也没用。咱们受筱公所托，尽心尽力良心上过得去就是了，如果把他批得一文不值，他拍了桌子不学了那该如何？慰廷的脾气，依我看也是吃软不吃硬的人。"

"早晚得寻机会和筱公说一下他宝贝侄子的真实水平，别让他以为我们把千里驹教成了驽马。"

无论写还是改，对彼此来说都是一件苦差使。袁世凯被重新逼到案前，不必说是苦不堪言。而两位老师为他修改文章，更是要硬着头皮才能坚持下来。

这天张、朱两人又凑到一起，张謇叹道："曼君，实在不行咱向筱帅摊牌，这样的弟子，真是朽木难雕。"

"我看他志不在此。他每天早晨都跑到蓬莱阁，在上面练拳半个时辰，真是风雨无阻；下午又要骑马，他马术好得很，据筱帅说，他十二岁时就能驯服烈马。他有一条好处，很善与人交往。他来这个把月，已经和营哨官们混得很熟，有些人我们都叫不上名来，他却张口就来，你说奇不奇怪？"

张謇愣道："这有什么用？准备下场应试却又不肯在制艺上下功夫，这不是让我们这当老师的为难吗？"

朱铭盘直向他使眼色，原来袁世凯过来了。他进门向两人拱手道："张老师也在，学生来听朱老师的点评。"

朱铭盘从抽屉里取出稿子来,上面画了不少圈,对袁世凯说道:"这次的策论,比前几次都好。"

正在解说,亲兵跑过来叫道:"张先生、朱先生,大帅有请。"

朱铭盘把稿子递给袁世凯道:"慰廷,你回去稍等,我回来后再请你过来如何?"

袁世凯看看他乱糟糟的屋子道:"老师,我帮你整理一下房间如何?"

"天天就是这副样子,你整理了还是要乱,不如不整理。"

"两位老师走吧,这里交给我了。"

朱铭盘去了一个时辰才回来,他几乎不认识自己的住处了。院子里收拾得井井有条,屋子里几乎变了个样。案头和书橱的书籍、公文都已重新整理,分门别类,尤其是文稿,不但分了类,而且全部按时间先后归并。这时袁世凯又回到院子里,指挥着赵国贤和两个亲兵搬来两棵盆景,三盆花道:"朱老师,这是我前几天从蓬莱阁下的鬼市上买的,给你放到院子里,你休息的时候就看看盆景,顺便就把花浇了,这样可以换换脑筋,一举两得。张老师那里,我也送去了几盆。"

朱铭盘听了很满意:"慰廷真是有心人,谢了。不过我屋里你收拾得太整齐,反而什么东西也找不到了。"

袁世凯笑道:"以后朱老师无论什么东西,都放到相应位置,不出一个月,您就习惯了。"

天越来越热了,虽然海边凉爽,但海风吹来,带着咸涩的潮气,袁世凯反而有些不适应。又加新布置的题目无从着手,又急,又热,又苦闷,结果就病倒了。张、朱两位听说学生病倒了,吃过晚饭一起过来探视。袁世凯勉强坐起来,愁眉苦脸,无精打采。张謇说道:"我看你每天都用凉水洗澡,天热了,出一身汗,冷水一激,痛快倒痛快,却容易激出毛病来。"

袁世凯苦苦一笑道:"实不相瞒,学生的病,有七分是心病。"

两人对视一眼,然后望着袁世凯,听他说下文。

"学生是被八股所困,如虎入牢笼,心中烦恼。学生第二次落第就烧掉了制艺用书,发誓不再科举。天下千万士子,都往八股这条独木桥上挤,学生这种半瓶子醋,终归要被人挤下来,而且久困于笔墨之间,哪是大丈夫所为?天下功名,非科举一途。所以学生这才进京投奔四叔,托他请周兰溪道台给北洋李中堂写了封八行,打算从洋务上讨个前程。本来是等着李中堂接见的,可是后来学生改了主意,不到北洋幕中,而是投奔吴世叔。"

袁世凯将投奔北洋的经过说了一遍。张謇和朱铭盘禁不住都对袁世凯刮目相看,原来此人胸有丘壑,绝非文理不通的纨绔。

"我投奔吴世叔不是为糊口,我家中有田可耕,糊口绝无问题;更不是为了科举,如果是为科举,我又何必从京师跋涉到这胶东半岛?我以为中国现在受列国欺凌,法西兰侵略安南,扰及我南洋沿海,指顾之间,战事将起,假如对法失败,则列强或将群起瓜分;即便中法暂时相安无事,日本已经吞并琉球,又觊觎朝鲜、台湾,中日难免要起摩擦。如今各国最重视海军,我国要御敌,也必须重视海军和海疆防务。我以为吴公膺海防重镇,需才必多,正是大丈夫报国之秋,所以效班超投笔从戎前来投奔,不料到此之后,见吴世叔温雅如书生,并无请缨赴敌之意,各营将士也是应付故事,毫无虎狼之师的雄风。学生不甘心在此久居,又不忍拂了世叔和两位老师的殷殷爱护,因此极为烦恼,又加天热,这才病倒。"

两人听袁世凯这番剖白,听他对天下大势有如此见解,都有些自愧不如的感慨。张謇感叹道:"慰廷有这样一番雄心壮志,我和老朱真是自叹不如。你既然无意科举,也不必勉强,更不必烦恼,由我和老朱向筱帅去说。"

"学生知道吴世叔是一片好意,这才拜托两位老师教导学生,学生不成器,无意在科举上用功,无颜面对吴世叔,只怕世叔责备学生狗咬吕洞宾。请两位老师在世叔面前极力周全,说明学生的苦衷。若世叔不能原谅学生,学生只有另投他处。"

"慰廷不必如此为难,筱帅亦是宽厚之人,没有不原谅之理,一切都由我俩去说。"张謇连忙摇手,又转头问朱铭盘,"曼君,你意下如何?"

袁世凯无意科举,做老师的也得以解脱,真是求之不得,朱铭盘连声道:"咱俩一起去见筱帅,代慰廷说明心曲。而且,慰廷也不必再投他处,你想在军功上博前程,没有比筱帅这里更合适的了。"

第二天上午,两人同去见吴长庆,将袁世凯的心志向他说明。

吴长庆诧异道:"哦,我没想到,他来投奔我是此番心思。袁子久当初来信,只说世凯两次乡试落第,无正经营生,只怕他荒废学业,因此让我代为管教。我与袁中议情谊深过亲兄弟,所以拿世凯当自己的子侄看待,自然是盼他走正途,没想到他心不在此。"

朱铭盘劝道:"慰廷说得对,谋前程也并非只有科举一途。筱帅,牛不喝水强按头也不行,慰廷既然视八股为畏途,又极愿从军,何不成全?"

张謇也劝道:"我也是此意。大帅常叹庆营暮气日深,后继乏人,慰廷少年新进,正可为庆营补充血液。现在大讲洋务,海陆各军器械日新月异,阵法操练也是推陈出新,非有文墨者不能胜任。慰廷虽然八股制艺不算出色,但放在军中,他的文墨底子则非常厚实。他既然有志投军,不如就成全他,留他在营中历练历练。"

"他竟然想投别处,好大的气性!"吴长庆稍做思考后又问,"你们两位老师说句实话,世凯是从军的料吗?"

两人异口同声表示,袁世凯天生是从军的料。张謇先道:"慰廷虽出身世家,却谦抑自下,毫无纨绔子弟眼高于顶的毛病,才来不出一个月,就与营中不少将士混得搂肩搭背,只这一项笼络人的本领,我们两人就自叹不如。"

"还有,慰廷虽然八股上不出色,可是他办事却是井井有条,非常干练。"朱铭盘举了袁世凯帮他收拾屋子的例证又说,"慰廷爱好骑马、拳术,且持之以恒,乐此不疲,这正是将才的好苗头。"

两人你一言我一语,把袁世凯猛夸了一通。

吴长庆最后拍板道:"好,既然你们两位老师都为学生说话,那就让他从军,至于怎么安排,我要先想想。营中官弁并无缺额,而且他现在入营,决然没有立即给予实缺的可能。你们帮我参谋一下,把世凯放到哪里比较合适?"

张謇推荐道:"营中官弁没有缺额,那就把他放到营务处历练。营务处是全军的枢纽,只要他用心,也是长见识的地方。"

朱铭盘也附和道:"慰廷长于办事,而且井井有条。营务处头绪纷繁,正适合他一展所能。"

到了下午,吴长庆着人把袁世凯叫来。两位老师已经透露有可能把他安排在营务处,但到底做何安排,却不得而知。他进门后垂手站在一边,静等吴长庆发落。吴长庆示意他坐下,抽过一口水烟,缓缓吐出来后问:"听说你想在营中谋份差使?"

"是,愚侄想从军历练,将来能够上阵杀敌。"袁世凯站起来回答。

"上阵杀敌绝非易事,也需要有一番扎扎实实的本领。虽然不像下科场一样在文字上下苦功,可如何治军也是一门大学问。你若只是为脱离八股苦海,贪图投军热闹,那就大错特错了,也枉了你两位老师的举荐。"

"侄儿牢记世叔的教诲。侄儿自幼喜欢练武,稍长后喜读兵书。就是几年前备考,侄儿也是白天习制艺,夜里偷读兵书。读兵书侄儿不以为苦,反而其乐无穷。侄儿如今得世叔提携从军,一定用心学习,再也不像从前纸上谈兵。"

"你能如此想甚好,若将来果然在军功上有所建树,我也能向你父亲和四叔交代。你先到营务处去历练着,营务处是全军的枢纽,军政军令后勤保障无不与之相关,也是个长见识的地方。你去任帮办,先从稽查军纪入手,稽查队就归你统带,另外给你两名亲兵,侍候你的起居。月薪四十两,伙食、马料还有两名差弁薪水都由我出。稽查军纪是个良心活,你上心,就天天忙,不上心,你窝在屋里睡觉也没人管;如果上心,便可借机学到不少东西,不上心,便是虚度光阴,一无所长。我还是那句话,长不长出息,看你自己。"

袁世凯立即表示道:"请世叔放心,侄儿一定不辜负期望。"

从吴长庆的提督府回到住处,他立即叫来赵国贤,给他几两银子,请他到营外代买几样现成的菜肴,再买两坛蓬莱春。等置办齐整了,他把张謇和朱铭盘请了过来,感谢几个月来两人的悉心教导,更感谢推荐之恩。他亲自为两人斟满酒杯说道:"今天下午大帅找学生谈过了,让学生任营务处帮办,稽查军纪,月饷四十两,伙食、马料及差弁饷项也都由大帅出。学生四叔官至道台,督修旅顺船坞,月俸不过一百两,而且伙食、喂养仍需自己出,这样算下来,学生与四叔的饷俸几乎相当。吴世叔对学生相待极优,学生感激不尽。"

张謇叹道:"筱帅对慰廷果然是极为关照。庆军哨官月饷不过十五六两,文案上我们两人筱公格外关照,月俸是二十两。慰廷初入营伍即拿四十两饷银,的确算得上格外关照。"

袁世凯非常高兴,一扫往日郁郁寡欢,举杯道:"学生今日得成夙愿,全靠两位老师极力成全。我这个营务处帮办虽然只是稽查军纪,但我却非常珍视。人一生能否成事,关键处其实只有几步。今天对我而言,就是一大关键,也是人生第一步紧要台阶。学生必当好好珍惜,把小台阶当成大戏台,好好下一番功夫。学生将来若有所成就,必不敢忘此台阶,不敢忘两位老师的提携之恩。"

两人见袁世凯说得如此动人,且不论将来到底如何,就这番知恩图报的表白,也足令两人高兴。三人推杯换盏,开怀畅饮,都是尽醉而归。

庆军六营,前、后两营驻黄县,左营驻蓬莱县东南刘家沟,右营驻城南南王镇,中营驻蓬莱西的老龙头,副营驻蓬莱水城。副营是吴长庆的坐营,他的提督府就设在蓬莱水城南的副营驻地内。袁世凯稽查军纪,骑一匹高头枣红马,随行稽查队带着一面旗子,上面写着"庆军营务处帮办袁"八个大字,日日带着稽查队在各营驻地间往返,乐此不疲。

庆军各营管带都是随吴长庆转战南北的老部下,吴长庆又是儒将,抹不开情面批评部属,所以军纪、训练在袁世凯看来可改张处甚多。他发现各营官对他这位营务处帮办的态度各异,副营管带、记名提督吴兆有是吴长庆最信赖的部属,对袁世凯也极为客气热情,但此人城府极深,嘴上应得痛快,却未必肯实心去办;前营管带、记名提督黄仕林,军事训练有一套,但为人倨傲,对袁世凯并不热情;后营管带、副将张光前,左营管带、总兵王得功,都是吴长庆的老乡,为人忠厚,对袁世凯很热情;右营管带、总兵朱先民在袁世凯看来资质平平,却爱摆架子,而且他对袁世凯明显有些小看:"袁帮办,吴帅不过是给你碗饭吃,何必拿着鸡毛当令箭。"让袁世凯很下不来台。中营管带、副将何乘鳌,脾气暴躁,但为人直爽,袁世凯请他喝了几次酒,两人关系相当不错。

袁世凯很想杀鸡儆猴,但又怕头一脚踢不开,反而坏事,所以就向张謇请教道:"老师,庆军军纪和训练,依我看需要更张处甚多,但见营哨各官都不以为然,学生应该怎么自处?"

张謇点头应道:"庆军的营哨官,十之八九是筱帅的老乡,不要说你这个营务处帮办,就是筱帅许多时候也抹不开脸皮,所以军纪有些松弛。"

袁世凯见张謇同意他的看法,又问道:"这样下去总不是办法。我发现各营中赌风甚盛,将士嫖妓也习以为常,有的甚至将妓女带回营中,这实在不像话。我这军纪帮办,应该怎么办?请老师指点。"

张謇笑道:"士兵闲暇无事,赌钱耍耍也是情有可原,总比出去惹是生非强;至于嫖妓,武人好色,古来如此。慰廷看在眼里,心中有数,却不妨睁一只眼闭一只眼。"

袁世凯少年新进,急于谋事:"学生对赌博深恶痛绝,老师让学生睁一只眼闭一只眼,不是有愧吴帅所托?"

"不是不让你管,是要么不管,一管则必须能镇服众人,让筱帅也抹得下脸皮。不然管而无效,这些骄兵悍将会从此生出轻视之心,有损慰廷颜面,也有损筱帅威名。"

"学生懂了。学生如今不妨以稽查军务之名,行学习军务之实,静待替大帅立威之时。"

袁世凯牢记张謇教导,各营不以为然的军纪方面问题,他睁一只眼闭一只眼;而军务方面,无论训练、会操还是枯燥的规章,他都大睁双眼悉心学习,还让副营管带吴兆有为他请一位枪法极好的弁目教他施放洋枪。这样无为而为,与各营关系反而融洽。他又出手大方,营哨官或相熟的兄弟到蓬莱,若吴长庆没有安排招待,他必以私款相请,结果与各营官弁大多建立了私交。

转眼春节到了,军营照例放假五天。淮军营制,一营下设前后左右四哨和营官亲兵哨,每哨下设八个小队(亲兵哨六个小队),每小队设什长一名。按营规,营哨各官平日要驻在营中,唯有放假时准予离营,但也要安排好值营人员。所以年假一到,各营营官便把事情交代给哨官,离营办私事去。上行下效,哨官又交代给哨长(哨官的副职)、什长,自己也溜出营去。因此假日到来,营中管理相当松懈。赌博、喝酒、嫖妓,闹得乌烟瘴气。

大年三十晚上,袁世凯巡营回来,请稽查队的兄弟喝酒。稽查队三十人,设队长一名,副队长一名,下设三个小队,各设什长一名。袁世凯所请包括这五个小头目,另外还有赵国贤等随身亲兵。七八个人团团坐下,袁世凯首先道:"平时都是兄弟们敬我,今天这第一杯酒,我敬各位兄弟。"

大家都反对,说没有让帮办敬酒的道理。

袁世凯摇头道:"你们别起哄,且听我说。我这个帮办的威风,都是诸位捧出来的,没有诸位,那些个骄兵悍将谁能把我放到眼里?这是其一。所以第一杯酒,首先是感谢诸位兄弟。"

袁世凯一饮而尽,照杯给众人,众人也都纷纷干杯。

袁世凯举起第二杯酒道:"其二则是,我们军纪稽查队,首先我们自己要保证军令畅通,令行禁止,做出表率。遵令者我视为兄弟,违令者我视为仇寇,往后我对兄弟们的要求会更严,所以还请兄弟们谅解和支持。"

众人满饮第二杯。

袁世凯敬第三杯,说辞是:"我们众兄弟,有意见关起门来说,没有解不开的疙瘩;敞开门对着外人时,必须团结一致对外。所以,队员必须绝对服从什长,什长必须绝对服从队长,队长自然也要给我几分薄面。在场面上,必须是一声令下,众声称诺。如果兄弟们做得到,就满饮此杯。"

他依然是率先干掉,众人自然也是同声响应。

"各位兄弟,我听张老师说,每逢过年期间是军心最浮动的时候,容易闹纠纷。我们稽查队要随时待命,所以弟兄们只能尽兴,不能喝醉。"酒喝得很痛快,但袁世凯却很清醒,适可而止。他还为五位小头目准备了一份年礼,惠而不费的蓬莱特产,却博得诸位极大好感,因为大家还从来没遇到袁世凯这样给手下送年礼的上司。

半夜里,袁世凯被营务处的差役叫醒,急如星火,说张老师有请,可能右营官兵闹乱子了。袁世凯一边穿衣,一边命令亲兵立即传令稽查队集合到营务处待命。他则一身戎装,腰挎六响转轮洋枪,飞身上马赶到营务处。张謇正急得团团转,见袁世凯来了便急道:"慰廷,你来得正好,你看这大过年的,右营却出了乱子。"

详情张謇也不太清楚,是右营一位哨长打发人前来报告,只说有两哨兄弟因为赌博动了手,有火拼的危险。

袁世凯说道:"请张老师和我共同率稽查队前去查办。"

"应该通知筱帅吧?这些骄兵悍将,恐怕你我镇不住。"张謇有些犹豫。

"不必告诉大帅。正是过年,又是半夜,何必坏了他的兴头。再说,也许我们赶过去的时候他们已经平息下去了。"

这是袁世凯摆在桌面的理由,而他的内心想的却是他袁帮办立威的时机。小打小闹的违纪他看营哨官的面子睁一只眼闭一只眼,如今发生械斗,正是他施以霹雳手段的时机。不劳大帅出面,他这帮办能够摆得平,从此谁还敢小看?尤其是右营管带朱天民向来轻视袁世凯,他正好借机给他个教训。

"若是没有平息呢？凭我们两个能不能摆平？"张謇却想得更周全。

袁世凯心里也倏忽一下。是的，如果摆不平闹出更大的祸事，他便弄巧成拙，不但立不成威，反而从此再也爬不起来。但他很快拿定了主意，坚定地说道："张老师放心，没有摆不平的事。拿上大帅的令箭，就说奉大帅之命由我稽查队全权处理，我保证能摆得平。若万一有不周到处，学生愿独担其咎。"

张謇还在犹豫，袁世凯催促道："间不容发，稽查队已经整装以待，请张老师快拿主意。"

张謇回道："大帅的令箭不可轻动，我也没有这个权力。我跟你去，到时候我就证明你是奉大帅全权。"

袁世凯一想也行，于是到了营务处门前翻身上马，命令稽查队道："右营发生械斗，我等奉大帅命令全权处置。稽查队听令，一切唯我将令是从，要打要罚，届时全凭我一声命令，不可有半点迟疑。"

众人轰然一声"喳"，气势雄壮，先把张謇震住了，没想到袁世凯在稽查队威望如此之高。

"张老师不善骑马，第三小队留下四人护送慢行，其他人跟我即刻驰赴南王镇右营驻地。"

袁世凯拨马疾驰，稽查队二十余人前后簇拥。一刻多钟，一行人赶到右营驻地，里面人声嘈杂，百余人正打着火把，互相对打。地上已经躺了七八个人，有的在泥地上翻滚，有两个一动不动，不知是昏迷还是死了。

事情发展这种局面，也出乎袁世凯的意料，但现在不是退缩的时候。他拨马冲进混乱的人群，高声喊道："我是营务处帮办袁世凯，奉大帅之命全权查办今天之事。双方立即停手，不然法不容情！"

然而双方拼红了眼，并不把袁世凯放在眼里。袁世凯拔出转轮手枪，命令稽查队道："来呀，开枪示警！"

稽查队每人一杆马枪，背上还有一柄大刀。二十余杆马枪先后响起，震耳欲聋。众人都停了手，袁世凯脸色铁青道："如果再不停手，稽查队的枪可就不是对天放了！平日你们违犯军纪，小打小闹我也就睁一只眼闭一只眼，今天你们竟公然械斗，本帮办绝不轻纵。"

械斗的是前后两哨。前哨哨长陈成与后哨的一个什长章庆斌因为赌资出了纠纷,陈成扇了章庆斌一巴掌。章庆斌也是个心狠手辣的角色,见对方人多,跑回本哨搬来救兵十几人。双方动起手来,章庆斌人多占了上风,结果还了陈成一巴掌。一个什长敢打哨长,陈成大怒,回营拿来洋枪,一枪就打断了章庆斌的一条腿。结果后哨人马全部出动,与前哨打成群架。

袁世凯见双方气势汹汹,如果不尽快镇抚,将可能产生更严重的后果,立马下令道:"哨长陈成身为官长,聚众赌博,已犯军纪,开枪伤人,更是错上加错。来呀,把哨长陈成拿下,押回营务处等大帅发落!"

陈成并不把袁世凯放在眼里,指着他说道:"本哨长跟着大帅一刀一枪杀出来的三品顶戴,你一个打杂的帮办无权发落。"

这时张謇已经赶过来,袁世凯大声道:"你问问张先生,我有没有权力发落你。"

张謇立即道:"袁帮办是奉大帅之命,前来全权查办。"

但陈成的部众都簇拥过来,不让拿人。袁世凯对稽查队下令道:"来呀,拿下陈成,有胆敢阻拦者,格杀勿论!"

稽查队全部子弹上膛,对着簇拥过来的前哨兵勇。趁兵勇犹豫之机,三四个人扑过去把陈成扭翻在地。陈成破口大骂稽查队:"双方都打伤了人,为什么只拿老子?"又对他的部下喊,"你们这些孬蛋,你们的家伙是烧火棍?"

前哨的兵勇重新被鼓动起来,有人拿枪与稽查队对峙,形势异常严峻,张謇吓得脸色苍白,对袁世凯说道:"慰廷,要不先释回陈哨长,等大帅发落。"

陈成继续口不择言,高声辱骂。袁世凯面目狰狞,一字一顿地下令:"本帮办为严肃军纪,着稽查队立即就地斩绝陈成,有阻拦者,格杀勿论。"

袁世凯令出即行,稽查队队长抽出大刀,大家还没看明白,陈成已身首异处。袁世凯拿转轮手枪指着前哨兵勇命令道:"械斗者能立即放下枪械,本帮办不再究办,若抗命不遵,陈成就是下场!"

躁动不安的兵勇被彻底镇服,立即扔掉手里的枪械。袁世凯又高声道:"各哨哨长立即通知本哨哨官,即刻回营约束部众,正午前若有不到营者,本帮办将向大帅严加参办。本帮办特此下令,春节期间,各哨各队务必严守营盘,不得聚众赌博,不得出营嫖妓,不得聚众械斗,若有敢以身试法者,本帮办绝不手软！"

看各哨兵勇陆续散去，袁世凯着人把亲兵哨长叫来，让他无论如何找到朱管带，让他正午必须回营。又安排稽查队留下一二两队继续监视，他和张謇则带第三队回营务处。一回到营务处，张謇就拱手道："慰廷，我当时真是吓坏了，没想到你把这些骄兵悍将给镇住了，我真是佩服之至。"

袁世凯也凑到张謇耳边道："张老师，实话说，学生也是喝稀饭拉硬屎，当时心里简直是十五只吊桶打水——七上八下，都快跳出胸口了。您看，现在还跳得厉害。"

"现在得去告诉大帅一声了。"

袁世凯回道："未请帅令擅杀三品顶戴哨长，这祸惹得也不小。学生去大帅家里负荆请罪。"

"要请罪我也有一份，代表大帅全权处理我也是附赞的。你放心，我会帮你承担。"

"张老师，万万不可。学生惹了祸，没有让老师来分担的道理。再说，已经落到水里了，咱俩得有个在岸上的，到时候能帮忙说句话。所以，让学生全力来承担是最好的办法。"

袁世凯让亲兵绑了自己，徒步去吴长庆的寓所。进门先跪下磕头，高声说道："大帅，袁世凯假传帅令，斩杀三品顶戴哨长，请大帅发落。"

吴长庆吓了一跳，问张謇道："怎么回事？"

"大帅，慰廷有功无过。"张謇连忙向吴长庆讲述事情的经过。

吴长庆剑眉紧锁，用手梳理着斑白的长须。等张謇讲完了事情的来龙去脉，吴长庆一拍桌子道："不管怎么说，假传帅令有损本帅的声威，更有损于军令的严肃，若不究办，如何严肃军纪？尤其你这稽查军纪的帮办不能以身作则，如何能够服众？"

张謇见吴长庆要处分袁世凯，连忙辩解道："大帅，假传帅令我是附赞的，要处分，我也有份。"

吴长庆摇手道："季直不要为他分辩，我知道他向来胆子大，无法无天，今天必须有个说法。来人——"

这是要传军令，外面进来一个随身文员，拿着纸笔等吴长庆开口。吴长庆一字一顿地说道："营务处帮办袁世凯假传帅令，有损军纪，着罚袁世凯一个月饷银,面壁思过。"

一听是这样的处分,张謇和袁世凯都松了一口气。吴长庆又说道:"本帅奖功罚过,向来分明。营务处帮办袁世凯临机独断,果决刚毅,平息骚乱于即萌,即日起升为庆军营务处会办。"

袁世凯一听象征性的处分后竟然是升职,连忙磕头感谢世叔提携之恩。

"来呀,还不给袁会办松绑?"吴长庆吩咐完,又对袁世凯说道,"世侄,你处理得很好,好好用心,前途无量。你回去吧,我和你张老师有话说。"

打发走袁世凯,吴长庆对张謇拱手道:"季直,你的眼光很准,世凯能够临危不乱,杀人不眨眼,是块将才的好料,以后你可要好好教导。"

张謇拱手道:"大帅这是说哪里话,慰廷有如此出息,全是大帅平日教导之功。全军都知道,大帅经常对慰廷耳提面命。"

"季直,你别走了,营务处冷冷清清,你就在我家里,咱们开怀畅饮!"

阴历七月初正是最热的时候,北洋水师的威远舰到蓬莱停泊。因为军舰吃水深,无法像小船一样靠到岸边,而是先放下一只小艇,由两个水兵划着泊到岸边。小艇上走下来一个红顶子的二品武官,身后是两名护勇和一个长随。早有驻军勇丁跑过来准备盘问,一看武职狮子补服,立即改为打千请安:"禀军门,小的是庆军右营前哨哨长,负责在此巡防。小的立即为军门叫一顶轿子,并派人去报告吴大帅,请教军门,小的该如何向吴大帅回话?"

"军门"身后的护勇代为回答:"这是天津镇总兵北洋水师丁军门,奉北洋张振帅大令,有十万火急事情来见你们吴大帅。请立即禀报,并头前带路。"

北洋水师丁军门就是丁汝昌,李鸿章正在筹建北洋水师,几年前就奏调丁汝昌在北洋差遣,都知道他是将来的北洋水师提督;北洋张振帅则是署理直隶总督的张树声,字振轩。其时直隶总督兼北洋大臣李鸿章因为丁母忧回合肥葬母,作为李鸿章的老部下,两广总督张树声奉调署理直隶总督,为李鸿章守摊子。

这位哨长十分干练,很快轿子已经叫来,报告的专差已经派妥,他则亲自带着十个人的小队在轿前为丁汝昌开道。到了吴长庆的提督府,轿子直接从大门抬进去，吴长庆已经在仪门迎接，亲自扶丁汝昌下轿道："禹亭，又快有一年不见了。"

丁汝昌与吴长庆是老乡，时年四十六岁，比吴长庆小七岁，连忙拱手道："筱公，何敢劳您大驾，折杀汝昌了。事涉机密，到签押房说话。"

两人进了签押房，茶、水烟、水果、瓜子备好后，吴长庆一挥手，所有的人都退出去，并带上房门。丁汝昌从随身的文件包中取出一个北洋的大信封，是用紫泥封口，显然是封密信。

吴长庆接过信道："禹亭，我看信，你赶紧升冠，这天太热了。"

"升冠"是要丁汝昌脱下官服，换上便衣，这样既方便又凉快。本来这些都是由下人侍候，但因为事涉机密，下人不得入内，因此丁汝昌自己解开长随带来的衣包，换上便衣。他坐在一边抽水烟，吴长庆则聚精会神看密信。

原来，大清属国朝鲜发生兵乱，国王被赶走。乱兵还焚烧了日本使馆，日本人借机出兵，朝鲜将有被吞并之虞。驻日公使黎庶昌得知日本出兵消息，急电北洋张树声建议立即出兵，不要让日本占了先机。而张树声与幕僚商议，也觉得如果让日本抢了先机，借口使馆被焚，掳走国王，像对付琉球一样废国为县，那大清将失去东北屏藩。因此建议总理衙门立即出兵赴朝平乱，同时也制衡日本。还有一个原因，朝廷已令李鸿章立即回任，这显然是对张树声的能力不放心。张树声虽然是李鸿章的老部下，但如今也是封疆大吏，不免有些与老上司一争高低的雄心。因此他希望在李鸿章回任前就派出兵去，如果能够快刀斩乱麻把事情了结了，则更能让他扬眉吐气。吴长庆与张树声关系极密，两人是儿女亲家；而吴长庆对李鸿章颇有意见，因为他资历老却未能封疆，认为是李鸿章用人不公。因此张树声派吴长庆入朝，是希望两人联起手来在朝鲜唱一出好戏让世人瞧瞧，离了李鸿章北洋照样有声有色。

丁汝昌是走了李鸿章的门路才被调入北洋，是李鸿章的是铁杆心腹，与吴长庆不算一路人。正因如此，吴长庆对他特别客气，以请教的语气问道："禹亭，朝鲜兵变到底怎么回事？现在朝鲜又是谁在当家？"

丁汝昌回道："谁也说不清，张振帅那里也是从黎公使的电报里了解点情况，电报也是语焉不详。经与朝鲜派驻天津的领选使金允植了解，他估计是朝鲜国王的父亲大院君借机发难，夺了儿子的权。因此他也建议应当派兵入朝,镇压叛乱,还政于国王。"

金允植是朝鲜国王派出使团领队,一年前由他带着学徒、工匠等百余人到天津学习洋务。他之所以判断是大院君发难,依据是大院君一直反对学习洋务,对儿子国王李熙放任王妃闵氏一族搞洋务那一套非常反感,一直想夺回政权。

"实际情况到底如何,不能只听金允植一面之词,所以张振帅派我带三艘军舰先去朝鲜调查兵变详情,然后再做决定。但张振帅出兵的意志极坚,希望筱公不要等,先做好准备,朝廷一声令下,就要立即开拔。"丁汝昌又道。

"那么,振帅给我多长准备时间?"吴长庆又问,"要出兵也不是一声令下就能走,枪炮子药、吃喝拉撒、行军路线等等,都要安排周密。"

"振帅自然知道筱帅的难处,他的意思是最多有个六七天的时间。"

"那如何能够准备得好?"吴长庆瞪大眼睛说道,"光子药粮饷没得七八天也备不齐整。"

"筱公,振帅的意思,李中堂不在,他这署理不担是非,所以出兵这件事必须办得漂亮。'难处当然有,但筱轩精明强干,强将手下无弱兵,无论如何,他得在六七天内备好,别到时候我一声令下他登不了船。'筱公,这是振帅的原话,您就勉为其难吧。"

吴长庆闻言,转了话题道:"禹亭,咱们好久不见,晚上喝两盅,你明天一早出海不晚。"

丁汝昌闻言连连摇头:"那怎么行,振帅逼筱公,也同样逼我。我在您这里简单求顿午饭后立即出海,一个时辰也不敢耽误。"

丁汝昌说到做到,匆匆吃完饭就到海边登轮。吴长庆、张謇都前去相送。回来的路上,吴长庆叹道:"季直,你又要忙起来了,张振帅让庆军六营六天后登轮赴朝,你要赶紧准备。"

张謇惊呼道:"筱公,六天如何能够办完。如今营务处诸公都已离营参加乡试,我要不是因为丁忧,也下场去了。我手里真个是没人啊。"

"季直,我知道你手下没人,但时机紧迫,关乎属国安危,我不能不赴命。你要什么人,不管他官大官小,你只要开口,我立即给你调遣,这总行了吧?"

"筱公那就先把袁慰廷调给我,他办事利索,有主见。"

吴长庆听了犹豫道:"我前几天还专门找他,让他回河南参加乡试。怎么,他还没走?"

张謇回道:"他早就说过无意科举,筱帅何必还强按牛头?"

"季直,咱君子协定,如果世凯愿意参加乡试,你不能硬留。他要是自己不愿下考场,那就让他给你当帮手。"

"行,我去问他。"

第三章

早用心一路请教　肃军纪扬威朝鲜

大清的属国南有越南，东有琉球，北有朝鲜，几百年来一直向中国朝贡。然而，自从洋人的炮舰打开中国的大门后，大清内忧外患，无暇顾及属国，而这些属国也与大清的遭遇差不多，陷入内忧外患之中。法国一直在侵略越南，势力范围由南而北，直逼中越边界；而日本则干脆将琉球废为冲绳县。朝鲜则不仅有日本虎视眈眈，意图占据后作为图谋中国的跳板；而且俄国也表现出极大的野心，希望占据朝鲜，在东方有一个不冻港，这无论在军事还是经济上都意义非凡。而朝鲜对大清而言，其重要性远远超过越南和琉球。

朝鲜从明代开始就是属国。明朝开国皇帝朱元璋钦定高丽王国更改国号为"朝鲜王国"，同时发布诏书封李成桂为朝鲜国王。明清以代，朝鲜依然视大清为宗主国，延续着明朝以来的朝贡关系，新国王登基，需由大清皇帝册封，而遇有困难则请大清救助，遇有变乱，则大清出兵平定。在所有的属国中，大清尤其重视朝鲜。因为朝鲜是离京城最近的属国，也是黄海的门户，更与大清龙兴之地毗连。

朝鲜同大清一样，一直采取闭关的国策。同治三年（公元1863年），朝鲜国王哲宗去世，因为没有子嗣，由四弟李昰应之子李熙入宫继承王位，是为高宗。高宗年仅十二岁，不能亲理政务，由李昰应掌国，号兴宣大院君。大院君继续奉行闭关的政策，对列国期望通商的要求，一概以朝鲜是大清属国、通商事宜不能自主为由予以拒绝。对他这一国策，支持的人很多，被称为"事大党",但反对的人也不少,尤其是王妃闵氏及其亲信。同治十三年(公元1873年),高宗已经二十二岁,大院君被迫还政于儿子。高宗懦弱,大权实际掌握在王妃闵氏及亲族手中。日本看到朝鲜政局有变,以为有机可乘,便于光绪元年(公元1875年)派军舰到朝鲜王京汉城附近的江华湾测量、挑衅,遭到朝鲜守军的炮击,日本以此为借口逼迫朝鲜签订开国条约。当时作为宗主国的大清因为西北战事正紧,左宗棠正在准备收复新疆,根本无力东顾。北洋大臣李鸿章担心日本会趁机占据朝鲜,因此力劝朝鲜与日本签约以尽快了结危局。日朝签订了《江华条约》,日本人从朝鲜取得了贸易、外交等方面的特权,朝鲜国门被迫向日本敞开。日本为了扩大在朝鲜的影响,邀请朝鲜贵族子弟(闵氏一族居多)赴日本考察,结果日本明治维新后的景象深深震撼了考察人员。对比大清的内忧外患,他们更加倾向于亲日。

后来,日本驻朝公使提出为朝鲜训练一支新式军队。闵妃怂恿国王答应,并由闵泳翊统领,由日本军官出任教官,从朝鲜京军五营(训练都监、龙虎营、禁卫营、御营厅、总戎厅)中抽调人员组成,称为"别技军",意思是最精锐的部队。闵妃借助日本人训练别技军,怀的是一石二鸟的打算,一方面要培养自己的武装,一方面要削弱反对派的力量。最主要的反对派当然就是以大院君为首的"事大党",而"事大党"在朝鲜军队中的影响根深蒂固,因此闵妃便千方百计削弱旧军队。

别技军装备先进,扛的是日本步枪,穿的是崭新的绿色制服,军饷则是旧式军队的五倍多。而旧式军队不受待见,饷银少不说,竟然欠饷十多个月。不仅如此,朝廷还决定再次扩充别技军,将京军五营缩编为武卫、壮御两营,半数旧式军人被迫解甲,双方的矛盾到了水火难容的地步。别技军也不得民心,他们耀武扬威,训练时用日语,踢步时弄得尘土飞扬,附近百姓怨言颇多。当时已经连续大旱数月,民间盛传是闵氏引入倭人惹得天怒神怒。

光绪八年(公元1882年)阴历六月初,欠饷十三个月的武卫、壮御两营终于领到了一个月的俸米,但里面却掺杂着沙、糠等物,根本没法食用。几十名愤怒的士兵冲进负责发放俸米的都俸所,痛打了库直管仓库的库吏,而这个库直是权贵兵曹判书(相当于大清的兵部尚书)闵谦镐的家仆。闵谦镐下令抓捕了四人，交给捕盗厅惩处，挨了一顿揍的库直则力主将这四个人全部斩首。武卫、壮御两营的兄弟及被迫退伍的旧军人、汉城百姓等一万余人会集起来，拿着一封陈情书，到兵曹判书闵谦镐府上为四位士兵求情。结果在府门口正遇到闵谦镐的家仆，也就是那个被揍了一顿的库直。双方一语不合便吵起来，愤怒的士兵冲进府去追打库直，却发现闵府中堆满金银财宝和山珍海味。愤怒加上眼红，这帮人彻底失去理智，不仅打死了库直，还趁机抢劫，并一把火烧掉了兵曹判书的府宅。

哗变士兵自知闯下弥天大祸，结局将是被闵氏权贵像屠宰牛羊一样尽数铲除。于是一不做二不休，干脆推翻闵氏！谁有此能力，又有谁与闵氏一族有仇恨？自然是国王的生父、兴宣大院君李昰应。哗变士兵包围了大院君的府邸云岘宫，请求他主持公道。大院君在众人面前说："吾老矣，国事何知？圣上慈仁，必无他。"并严厉喝退士兵，随后却秘密召见兵变的发起人。

接下来哗变士兵的行动相当有计划，先是有人四处宣扬，朝鲜的灾难都是日本带来的，罪魁就是引狼入室的闵氏一族。自从朝鲜开国后，日本商品大量进入朝鲜，商人和小手工业者纷纷失业，粮食大量流入日本，使百姓生计更加艰难。怨声载道的百姓犹如干柴遇到火星，很快便化作熊熊烈火。

汇入哗变队伍的人员迅速增加，他们先占据武库，然后兵分三路：一路袭击捕盗厅和义禁府，释放被关押的犯人，高呼着"杀光闵氏"，顺路捣毁了闵台镐、闵泳翊等亲日权贵府邸；一路袭击别技军军营所在地——下都监，处死日本籍教官堀本礼造等七人，别技军土崩瓦解；一路则占领京畿监营，与民众一起攻打附近的日本公使馆，想"尽屠倭人"。朝鲜士兵和市民与日本人激战至深夜，他们焚毁了公使馆周围的民房，切断日本人后路。日本驻朝公使花房义质看到使馆外火把连天，心惊胆战，放火烧毁公使馆，与使馆人员冲出一条血路，仓皇逃窜。

第二天，哗变士兵和百姓大举向汉城进发，途中杀掉了支持开化通商的前领议政兴寅君李晸应（大院君胞兄）和吏曹参判闵昌植，从敦化门攻进了王宫昌德宫。十几个躲在王宫的闵妃集团官吏被打死，其中闵谦镐死得最惨，连肠子都被打出来。闵妃下落不明，有人说扮成宫女逃跑不成已被杀死。李熙向来对闵妃言听计从，闵妃逃走，他惊慌失措，急召大院君入宫随侍，自己避往别殿，并宣布归政于大院君以挽回局面。大院君进宫，第二次掌权摄政。

丁汝昌率超勇、扬威、威远三舰来到朝鲜西海岸的济物浦（后来改名仁川）。此地岛屿众多，可避风，可聚泊，很早就是与中国贸易的港口。往东五十余里就是朝鲜都城汉城，被称为朝鲜国都的西大门。

丁汝昌的舰队还未进港，就看到日本的金刚号已经停泊在港内。他对同行的马建忠说道："眉叔，你看，那是日本的金刚号。日本人行动真快，已经派军舰来了。"

马建忠是江苏丹徒人，眉叔是他的号。十几岁时，太平军横扫苏常，他随家人避居上海，从此学习西学，不但精通英、法语言还兼通希腊、拉丁古文，后被李鸿章派到法国学习国际法，两年前取得巴黎政治学院的法学学位，是李鸿章最得力的洋务助手。张树声派他陪同丁汝昌到朝鲜来调查详情，除了因为他懂国际法，更因为他曾奉李鸿章之命帮助监督朝鲜与美、英、法、德等国签订通商条约，算得上"朝鲜通"。

马建忠回道："丁军门，现在咱们是两眼一抹黑，兵乱的详情非上岸去打探不可。"

丁汝昌与朝鲜军队联系多，马建忠在朝谈判期间与地方官比较熟悉，他们兵分两路上岸打探情况。到了晚上各自回舰，一凑情况，与当初的估计八九不离十——大院君是这次政变的幕后主谋，而日本也有野心趁此次兵乱进一步胁迫朝鲜。

"我国应当立即出兵控制朝鲜局势，占据主动。"马建忠这样建议道。他认为大清是宗主国，出兵帮助平乱天经地义。这是其一。其二，只有立即出兵，方可杜绝日本的野心。他在朝鲜几个月，明显感觉日本对朝鲜野心极大，他们一直在鼓动朝鲜不承认大清的宗主国地位，而朝鲜权贵中甚至包括国王在内都已经动心，"日本极力怂恿朝鲜争取为'自主之国'，当然不是为了朝鲜利益，而是为了抛开大清，独吞朝鲜。可惜朝鲜君臣为日本人的虚伪奸诈所蒙蔽，自以为可以借助日本提高自己的地位。如果任由朝鲜动乱不止，则日本正好借机干涉，不知会弄出多少乱子，所以尽快平定动乱是当务之急。"

"我也是此意。据我多方了解的情况，日本还将增兵，名目是兴师问罪。"丁汝昌连连点头。据他从日本海军口中旁敲侧击打探的消息,日本还将派七艘战舰前来,其中就包括装甲舰扶桑号,"消息是否确实无从判断,日本人或者虚张声势,想把我们吓退,或许真有这样的出兵计划。如果日本人真派这么多兵来,我们只凭这三艘舰船,根本不是日本人对手,何况汉城兵乱的详情也摸不透,非来大军增援平乱不可。"

两个人意见一致,决定第二天一早丁汝昌率两艘军舰回国向张树声报告,请求立即增兵;马建忠则留在朝鲜一方面继续打探消息,一方面与日本展开初步交涉。

"丁军门放心去吧,我设法摸摸日本人的底,先稳住日本人再说。"

几天来袁世凯忙得脚后跟踢到后脑勺,却是忙而不乱。手下的稽查队在他的指挥下相当精干,大量工作都由他们去完成,不亚于第二营务处,让张謇刮目相看。到了第五天,诸事都安排得差不多了,张謇得以与袁世凯坐下来喝茶闲聊:"慰廷,这几天幸亏有你帮忙,不然真是把我愁死了。我接到筱帅的大令,当时真是心急如焚,五六天做好出征准备怎么可能,何况营务处众人大都离营参加乡试?我们能够渡过难关,你下的功夫,吃的辛苦,我心里有数。要论办事的能力,我真是自愧不如。"

"老师真是折杀学生了。"袁世凯连忙离座拱手道,"有事弟子服其劳,学生给老师打下手是本分,实在说不上辛苦,倒是学生学到了不少东西。老师自称书生,其实运筹帷幄如同隐帅,文报、军令、粮饷、子药、枪械、锅帐,每一项老师都想得周全,安排周到,学生只是奉命办事而已。学生倒是乐得有这一番忙乱,将来再遇到类似情况,学生依样画葫芦,也能应付一番。"

"慰廷事事用心,这一条又是难得。我们两人携手,总算把这件大事料理得八九不离十,小疏失难免,想来不会出什么大纰漏。如果真如丁军门所说,大军很快就应该开拔了,我肯定要随筱帅去朝鲜,不知慰廷有何打算?"张謇又问道。

"我想跟老师到朝鲜去。"袁世凯毫不犹豫地回道,"营务处本就缺乏人手,又是劳师远征,学生哪能在家里享清闲?"

这是表面的理由。去不去朝鲜袁世凯已经想了若干次,其利弊也多番分析。在他看来,这是一个难得的出头机会。

"你这么说我很欣慰。实不相瞒,我也正为出征缺帮手而犯愁。可我不能只为自己打算。到朝鲜去,不仅要与乱军作战,弄不好还会与倭寇正面冲突。乱军不足虑,但倭寇这些年来一直效法西洋,很能打仗。打仗就有危险,子弹不认人。我受筱公知遇,理应赴险。你却不同,你是袁中议唯一的嗣子,恐怕筱公不会让你轻易赴险。"张謇有些担心。

"这个学生早就想好了,要不学生也不会千方百计要从军。打仗就有伤亡,或者马革裹尸,或者功成名就,这是谁也说不准的。人生于世间,有些事会冒大险,甚至有性命之忧,但功名也来得快;有些道路四平八稳,没有大荣,也无大辱,像一杯温吞吞的白开水。人各有志,亦各有所取,而学生宁愿冒大险,不想平淡平稳混一生。"

这是袁世凯的心里话,但还不是全部。他功名心极盛,对自己期许相当高。袁门男丁很少寿过六十,他的祖父、叔祖、父亲、嗣父、三叔无不如此。他夜不能寐时,常常暗想,我已经二十多,老天只留给我三十多年的时光!我必须为人所不敢为,人所不能为,方可不辜负到世间走这一遭。

"慰廷真大丈夫也。不过我还是不能鼓动你去朝鲜,若有万一,我就是你们袁家的罪人。"

"老师这样想,学生赴朝鲜的事便再无希望,对学生来说将是终生遗憾。学生在此恳请老师向世叔进言,务必带学生入朝。"袁世凯再次离座,认认真真给张謇作揖相求。

张謇见袁世凯说得恳切,便道:"慰廷志向如此坚决,我一定向筱公进言。不过,天道未必尽皆公正,有些时候冒险吃苦不一定就会有好报,吃委屈的时候也多得很。我算是丑话说在前头,到时候慰廷未能立功,别怪张某人就行。"

"老师说哪里话,学生知道老师自然会千方百计维护学生,至于结果如何,天时,地利,人和,哪一项也缺不得,学生如何能怪老师?"

"一切尽在不言中。你能去朝鲜,我求之不得,我现在就去见筱帅。"

张謇见到吴长庆的时候,他正在读电报,见张謇来了便道:"季直,你来得正好。朝廷已经下旨派兵入朝平乱。张振帅发来密电,命令明天上午大军必须登船,怎么样,准备得差不多了吧?"

张謇回应道:"明天登船没有问题。不过我要向大帅要一个人,让袁慰廷一起入朝,前敌营务处离不开他。"

"好,就让他出任前敌营务处会办,给你打下手。怎么样,他愿不愿去?"

吴长庆一口答应,有些出乎张謇意料:"他怎么不愿去,怕的是筱公不让他去,还专门托我向您进言。慰廷是袁中议的唯一嗣子,筱公如何这样痛快?"

"我也犹豫过。不过,世凯既然走上了从军一途,就必须敢于以身历险。军功出前程,从来是把脑袋别在裤腰带上。他如果从了军又没有这份胆气,反而难成大事。他主动提出来,我心甚慰。赴朝虽险,但在承平年岁,这也是难得的历练机会。不瞒你说,我打算起用世凯这样的年轻人,来扫一扫庆军的暮气。"

张謇高兴地说道:"大帅早该如此,要让您那些骄纵惯了的老部下明白,离了张屠夫,照样不吃带毛猪。"

第二天上午,北洋舰队威远、镇东、拱北三艘战舰及日新、泰安两艘运船抵达登州,停泊在离海岸三四里的地方。丁汝昌等七八人乘一只小艇到了岸边,吴长庆亲自相迎。随丁汝昌前来的除了五舰管带,还有一位是留一把长须、年近五十的朝鲜人——朝鲜国王派到大清的领选使金允植。他是中国通,自幼接受儒学教育,潜心研究中国历代经史子集,汉诗水平很高。张树声派他随丁汝昌一起回朝,便于联络。

枪械、子药、粮食、锅帐等等无一不需要用驳船来运,因此颇费工夫。吴长庆请丁汝昌一行人到蓬莱阁去转转,然后在蓬莱阁下的八仙居吃海鲜。丁汝昌摆手道:"我对海鲜不感兴趣,天天闻海水味都够了,我还是吃点时鲜青菜最好。"其他管带也差不多。

吴长庆知道朝鲜人爱吃狗肉,特意着人去买,因为中国人夏天不吃狗肉,很费了一番周折,总算弄到一条,弄了一大盘。吴长庆问:"金大人觉得味道如何?"

两位翻译如实回道:"不及朝鲜做的味道好。"

金允植要来一支笔,写道:"味极鲜美,非人间可品。"

吴长庆哈哈大笑,取笔写道:"夏天燥热,非良食也。"

这就是所谓的笔谈。朝鲜人用中文,意思完全一样,但是读音却不同,因此直接对话没有翻译不行,但只要能写,便可交流。

等吃完饭，副营和右营已经登舰完毕。吴长庆与丁汝昌商议道："丁军门，近三千人要完成登舰，没有一天多根本不可能。我们等不起，不如先走两营，登岸再说。"

"我正有此意。"

于是决定旗舰威远和运船泰安先行，其他各舰等全部人马登船后起行。丁汝昌、吴长庆、张謇及营务处的众人随旗舰行动。袁世凯、金允植等人则登上泰安舰随行。临行前吴长庆交代右营管带朱先民和袁世凯道："朱总兵，上船后你负责约束好所部，不可随意行动；世凯，让你随泰安舰行动，是为了协调海陆关系，有什么问题和困难，你要在朱总兵和泰安舰管带之间随时沟通，这是你这前敌营务处会办的应尽之责，你可要好生侍候。还有金大人和你们一条舰，是因为威远好一点的舱室不够用，你们要把最好的舱让给他。有朋自远方来，你要照顾好他。"

吴长庆不愧是儒将，这番话听似普通，却很有讲究，在右营管带和泰安舰管带听来，好像是交代袁世凯要好好侍候他们两个，而其实是向两人表明袁世凯会办前敌营务处的身份，两人职级虽高，到时候也要听从袁世凯的招呼。袁世凯读书不太成器，但对官场的巧妙却是洞察入微，领会极准极快。他随即回道："大帅放心，我一定尽心侍候，保证水陆各方一团和气，顺利到达朝鲜。"

袁世凯踌躇满志，身后跟着赵国贤和两个稽查兵在各舱室之间穿行，每到一处都说道："弟兄们出门在外不容易，多体谅，多谦让，有什么难处，和你们什长、哨官说，和我说也行，只要能办得到，我袁某人一定设法。"

但好景不长，轮船因为已经进入深水处，波浪滔天，颠簸得厉害。他这是第二次坐轮船。第一次是从天津到烟台，虽然也摇晃但很轻微，这次遇到大风浪，颠得他肠胃都要吐出来。他被两个稽查兵送回船舱，躺在铺上头晕目眩，两个稽查兵也早就晕得出不了门，三个人此起彼伏，把肚子里的东西吐了个干净。

等袁世凯醒过来，一看西洋钟已经是晚上七时。风浪已过，船平稳了许多。他扶着舱壁勉强站起来，对两个稽查兵说道："你们两个混账东西，本来是侍候我的，结果你们比我晕得还厉害。快起来给我打扫干净，我要请金大人喝酒。"

袁世凯对兵乱的情形以及朝鲜的国情一无所知，上船时他就打算找金允植好好请教一番，没想到自己一晕晕了大半天。到朝鲜的航程听说也就一天多，除去睡觉便没有多少时间。他亲自去找泰安舰管带，顺手给他五两银子，拜托弄点像样的酒菜。管带看在银子的份上，态度相当诚恳，亲自到厨房去安排，又把一坛朝鲜酒献出来道："袁会办，这是在烟台的时候一个朝鲜商人赠给我的。朝鲜酒与咱的老烧不一个味道，金大人在天津已经大半年喝不到家乡酒，一看到这坛朝鲜酒我保准他激动得咧嘴哭。"

"承情之至，你方不方便一起去喝一杯？"

"那可不行，我不能随便离开管驾室。"管带连连摇手，又想起来道："朝鲜人五冬六夏吃狗肉，可惜我舰上没有。"

袁世凯笑了笑道："你没有我有。今天中午吃饭，我看朝鲜人见了狗肉就没命，所以到后厨讨了一块，用荷叶包了，吊在舷窗外，不知坏没坏？"

"袁会办真是有心人。放心吧，坏不了，海上比陆地的气温要低呢。"

等厨房把酒菜送到舱里来，袁世凯亲自去请金允植。金允植一进房间看到一桌酒菜，眼睛一亮，但一闪即逝，仍然是一副忧愁的样子。

袁世凯提笔写道："大人何而面带忧色？"

金允植回道："家国蒙难，妻子杳无音信，至为挂念。"

袁世凯安慰道："吉人自有天相。天兵一到，乱兵必散，不必挂怀。"

金允植回道："感谢关心，愿如吉言。"

袁世凯又问："听闻乱源系大院君，生父为何夺子权？"

金允植答复："政见不同，心有不甘。子要开国，父要闭关。"

袁世凯又问："大人以为，开国闭关孰优孰劣？"

金允植回答："开国有风险，闭关则永无振兴之日。"

袁世凯问道："大院君就是国之罪人？"

金允植连连摇头，写道："大院君秉政十数年，闭关也是为国着想，其心无二，支持者甚众。"

袁世凯又问："他所部乱军与淮军比，战力如何？"

金允植回答："大刀长矛较洋枪快炮，远甚，十不及二三。"

袁世凯听了雄心大振："予我精兵数百，直捣京师，擒贼擒王，大乱可止。"

金允植自然不信，含笑摇头。

袁世凯一本正经地写道："吾非大言，祖上皆军功出身，叔祖官至漕督，族叔、嗣父皆以武功居官。吾则自幼习武，熟读兵书。"

金允植见袁世凯不是随口大言，而且前敌营务处会办货真价实，不由得肃然起敬："非怀疑会办雄心，能不战而收平乱之效，则举国庆甚。"

袁世凯答道："擒贼擒王，即此意。"

金允植写道："如此最好。"

袁世凯又问："倭兵战力如何？"

金允植回答："极强，应避免中日冲突。日本野心大，只怕会借乱生事，凌逼我国。"

袁世凯写道："如早日平乱，日本便无借口。"

"尽早还政于我王，至为关键。"金允植抬头望着袁世凯鬓角良久，写道，"会办韶年，何至白发斑驳？"

袁世凯捞起辫梢看看，又甩到身后写道："曾随族叔赈灾，数月劳累，呕血数次，得血亏症。"

金允植钦佩得连连点头："会办忠于所职，感佩莫名。"

然后袁世凯又请教朝鲜官制设置、风俗民情，直至夜深。而狂风又起，惊涛骇浪，甚于昨天。原来是遇到台风，两舰只好回航，到威海避风。

隔天上午，台风已过，大海上风平浪静，威远舰、泰安舰起航，傍晚前到达朝鲜南阳附近的海边。因为海岸情况不明，两舰都停在离岸五六里的地方。威远打出旗语，请泰安舰管带、右营管带还有袁世凯、金允植到旗舰议事。四个人乘一只小艇到了威远舰，吴长庆、丁汝昌、张謇等人都在。

吴长庆首先道："今天召集大家过来，一起商讨一下大军进止。现在朝鲜局势很混乱，而且情况依然不甚明了。但基本宗旨不变，那就是尽快平乱，避免给日本人干涉朝鲜的机会。同时，还要尽量避免与日本人摩擦。"

丁汝昌也说了情况："北洋现在有四条军舰，两条运输舰，共六艘。据此前打探的情况，日军有七条舰船，其中战斗力较强的是装甲舰扶桑号，我超勇舰可与之抗衡。总体上海军方面势均力敌，届时可到济物浦附近聚泊，监督日本海军的行动，不到万不得已，不与之冲突。"

吴长庆接过话头又道："日军已经比我们先行一步，为了避免双方擦枪走火，因此我们选择在南阳附近海面登陆。登陆后如何平乱，还要等与马观察见面后再定。但无论如何，肯定是要向汉城进军。这就面临两个危险，一是日本军队向我军挑衅，这种可能性不大，但不能不防，日人总是不按常理行事。二是乱军如果听说大军到来，有可能在沿途设伏，如果战事一起，我人地两生，这是我们的劣势。"

袁世凯出主意道："平乱不一定非要大动干戈。上兵伐谋，不战而屈人之兵最好。擒贼擒王，只要擒住大院君平乱就成功一半。"

朱先民问道："不战而屈人之兵，说起来容易。乱军以他马首是瞻，怎么擒贼擒王？"

"给我数百人马，我直捣汉城，先把大院君抓起来再说。"

朱先民听了一哂，不屑一辩的神情。

金允植通过翻译说道："袁会办的办法并非不可行，可诱使大院君到上国军营，然后见机行事。"

吴长庆回道："季直和丁军门也有此议，只是如何施行，还要等见了马观察详议。"

"不管怎么说，大军总要尽快登岸。根据我了解的情况，南阳府一带海岸暗礁极多，即便是用小船，也必须趁涨潮时才能起运。明天初七，黎明涨潮，近中午时开始落潮。傍晚时涨潮，子夜时落潮。因此明天早晨黎明必须趁涨潮时登陆一批。"袁世凯对情况了解得这样清楚，众人无不刮目。

丁汝昌称赞道："袁会办掌握的情况，不亚于我们水师。"

吴长庆也是连连点头："明天黎明前必须开始登岸。要先派出一哨人马做先锋队，登岸探明情况，有无日军，有无乱军，还有何处适宜登陆，都要调查清楚。"又转头对朱先民说，"老朱，辛苦你一下，明天一早先率百人先锋队登陆如何？"

朱先民回道："大帅军令，必当凛遵。只是右营兵勇晕船厉害，许多人已经一两天水米未进。今天休息一宿，明天吃过早饭后再登岸如何？"

"你既然不情愿，那就等等再说。"吴长庆听了脸色不悦。

朱先民解释道："不是不情愿，实在情不得已……"

"不必再说，你已经说得很清楚了，本帅也听得明白。"随后，吴长庆挥手道，"散了吧。"

众人面面相觑,议而不决,明天到底几时登陆,没有结果就这么散了?

吴长庆回到自己的舱里,气得脸色铁青。张謇跟进来了,劝道:"大帅不必生气,朱镇台说的也是实情,毕竟旱鸭子受不了海上颠簸。"

"季直,军令如山,就是晕船晕得都起不来,我的军令他也应该不打折扣地应下来!他当着丁禹亭的面就这么让我丢面子,把庆军的脸丢到水师面前。你也知道,丁禹亭是李中堂的心腹,李中堂对我庆军本来就有偏见,这事要传到他耳朵里,他会怎么想?"

吴长庆是与刘铭传、张树声、刘秉璋等人最早跟随李鸿章到上海的元老之一,但张树声、刘秉璋都得封疆,而他却依然未得李鸿章推荐,心有不满。不过旁观者清,张謇以为这不能只怪李鸿章,朝廷对淮军又用又防,吴长庆这点委屈又算得了什么?

吴长庆又叹息道:"庆军暮气太深,已经到了积重难返的地步。如果真与乱军打起来,我真担心出什么笑话。如果日本人再捅一刀子,庆军能不能应付?要是把人丢到小日本面前,我吴长庆还有何面目见祖宗?"

"庆军暮气也不是现在才养成,一时半会也难得解决。还是筱公从前所说,应当提携年轻人。刚才朱镇台不愿带先锋队,我看慰廷有些跃跃欲试的样子。"

"是吗?"吴长庆睁大眼睛问道,"那你认为,世凯能不能胜任?"

"人都是历练出来的,没让他任,便不能知道能不能胜任。"

"好,既然老朱态度如此消极,那干脆不指望他,就让世凯去。"

说曹操曹操到,袁世凯来了,拱手道:"世叔,侄儿有事上禀。"

吴长庆和张謇会心一笑,且听袁世凯说什么。

果然,袁世凯是想出任先锋官:"世叔,兵贵神速,无论平乱还是想在汉城占据主动,我们不赶紧登岸怎么行?涨一次潮就五六个小时,一错过又要等。既然朱镇台不愿带兵上岸,那侄儿去好了。"

吴长庆问道:"你可从来没带过兵,又是在异国,可不是闹着玩的。你有把握约束得了老朱的部下?"

"约束得了,但要大帅给我一道命令,不听号令者,准我军法处置。"

"这是自然。"

这时丁汝昌也过来了,众人连忙站起来礼让。丁汝昌说道:"筱帅,明天我亲自登岸,去探查一下驻泊的地方。"

吴长庆惊讶道:"由水师去勘查,自然好得很,我们对水师的驻泊要求实在茫然。不过,何须禹亭亲自去?"

丁汝昌回道:"时间紧迫,我去现场勘查,现场确定地点,省去下面人往来报告的时间。"

"明天世凯率庆军先锋队登陆,一切听从你的调遣。"吴长庆说完,又转头交代袁世凯道,"世凯,丁军门的安危就交给你了。"

袁世凯回道:"大帅放心,若有敌情,侄儿必定护卫丁军门先撤。"

丁汝昌对袁世凯的印象并不太好,觉得他有些夸夸其谈:"我当年也是和筱帅一样,从死人堆里爬过的,放心,真有敌情也没什么好怕的。"

第二天一早,还不到五时,袁世凯就来到甲板上,右营前哨兵勇已经在甲板上列队等候。他站到消防用的沙袋上说道:"昨天吴大帅的将令诸位兄弟想必都看到了。前哨的兄弟组成庆军先锋队,委任我为先锋官。大家都知道我袁某人是管军纪的,我多次说过,遵纪者我视为兄弟,违纪者我视为仇寇。我军帮助属国平乱,军纪如何,不单单是庆军的面子,更是事关大清的体面和尊严。非常时期,必用非常手段。我在此提醒诸位兄弟,先锋队将实行最严格的军纪。我在此约法三章,杀人者斩,强奸民女者斩,抢夺民财者斩,绝不容情。"

威远舰和泰安舰所有的小艇都放了下来,一共八只,每只可载八九人,一哨人马必须分两次才能渡到岸上。这一段海岸,全是陡峭的山崖、礁石,根本不适合登陆。他们沿着海岸向西,远远看到有人影晃动。大家都紧张起来,不知道是乱军还是日本人。袁世凯的小艇上有两位朝鲜翻译,他让其他小艇稍等,带两个翻译过去探明究竟,赵国贤自告奋勇跟他去。等走近了,翻译与岸上的人打招呼,原来是南阳知府派来的向导。

彼此见过面,向导对袁世凯说道:"我们知府大人接到马观察的信,知道大军要在南阳登陆,特备了驳船十六只,大车十辆,为大军转运。这一带礁石太陡,都不适合登陆。我们帮大军选定的登陆点在西边五里地的马山浦,驳船也都在那里集中。"

丁汝昌安排人乘小艇回到船上,让他们往西边航行,到马山浦去驻泊。

他则亲自到马山浦实地查看。所有人都下艇登岸，踩着礁石往西走。礁石湿滑难行，丁汝昌脱下靴子来，光着脚板在礁石间跳跃腾挪，行动迅捷。袁世凯不想落后，也学丁汝昌的样子脱下靴子。可是走了没几步，他就哎呀一声坐在礁石上，原来脚板被礁石上的贝壳划伤了。丁汝昌听到叫声又跑回来，看了看袁世凯的伤口道："忘了提醒你，我们水师官兵长年累月在海边训练，光脚跳礁石都习惯了，你看我脚上的老茧，根本划不着。你这细皮嫩肉的脚板怎么行！"

赵国贤从口袋里拽出块手帕要为他包扎，丁汝昌连忙制止："礁石划伤脚是常有的事，不要紧，用干净纱布包扎就是，但千万别用脏布包扎，那样反而容易感染。"他向身后的一个水勇招招手说，"拿纱布来，给袁公子包扎一下。"

等包扎完了，丁汝昌又问道："袁公子，你还能不能走，不行就让人弄个架子抬着你。"

丁汝昌一口一个"袁公子"，袁世凯感觉得出他的态度，心想你甭把我当个纨绔子弟，我非做个样子给你看，所以拒绝道："丁军门放心，卑职一定跟得上队伍。"

他忍着痛穿上靴子，由赵国贤和两个兵勇扶着，单腿跳着往前走。到了马山浦，果然那里有驳船，四五里远的海上，两艘舰船早就停在那里了。丁汝昌交代道："袁公子，你马上督责朝鲜官员组织驳船驳运部队，离落潮还有三个小时，赶紧驳运。"丁汝昌乘一只小艇回威远，一路上命一个水勇测量水深，看军舰能否再往岸边靠一下。

袁世凯安排向导，动员附近百姓送淡水来，他则带着先锋队去查看大军的驻地。南阳知府给大军选的驻地离此还有二十余里地。袁世凯实在走不动了，从百姓家里雇了一头驴骑。赶到驻地，发现与荒山野地无异，唯一的建筑就是几间破败不堪的庙宇。袁世凯脚有些肿，行动不便，坐在寺庙的台阶上发号施令，打发十几个勇丁把破庙内外打扫干净，准备作吴长庆的行辕。又安排十几人分头去找水井，以备大军饮用。再打发四五十人从附近搜集石块土坯，方便长夫埋锅造饭。等收拾停当，已经是下午三时多，估计吴长庆应该起程往这边赶，袁世凯不顾脚伤疼痛，沿去马山浦的方向迎接。

路过一个村边，看到树下浓烟升腾，烟气中有几个人影晃动，好像是庆军的服饰。袁世凯问道:"怎么回事,过去看看。"

稽查队的人过去一会儿就回来了,禀报道:"会办大人,是先锋队七个人抢了百姓的鸡鸭,正在烧着吃。"

袁世凯过去一看,六七个人已经喝得醉醺醺的,问他们话则东拉西扯,不说正词。不远处的树上,捆着一对朝鲜夫妇,两个孩子抱着大人的腿,哭得脸都花了。

袁世凯让随行的翻译问怎么回事。很快有了结果,这七个人去抢他们的鸡,夫妇两人阻拦,结果被绑起来痛打一顿,把两个孩子吓得哇哇大哭。

袁世凯扭头问稽查队的人:"我说过先锋队要约法三章,都是哪三章?"

稽查队长回答:"杀人者斩,强奸民女者斩,抢劫民财者斩。"

"很好,记得很清楚,那他们这算不算抢劫民财?"

"是,可是,为几只鸡好像有点……"

"令不行则禁不止。来呀,把这几个抢劫民财的兵勇,立即斩首!"

喝醉的兵勇被吓醒了,但不大相信真能斩他们的脑袋,顶多打一顿军棍。所以几个人跪地求饶,而其中一个是什长则不以为然:"我们是右营的兵,只有朱镇台有杀生大权,别人管不着。"

"来呀,先把他的狗头砍下来。"

稽查队对袁世凯的命令向来不打折扣,两人过去把那个醉什长的胳膊扭到后边,咔嚓一声,已经人头落地。那几个早吓瘫了,但袁世凯冷着脸,稽查队只好继续执法,七颗人头全部落地,他这才说道:"你们把七颗人头收起来,我有用。走,咱们迎接大帅去。"

走了十几里地,终于迎到吴长庆一行了。吴长庆很满意道:"世凯安排得很好,一路上每隔五里有饮水点,还备有消暑的绿豆汤。"

袁世凯拱手道:"都是朝鲜百姓心向大军,这才积极响应。我大军深入异地,如果百姓不支持,必然寸步难行。"

"有道理。不过你好像有话要说。"

袁世凯指指路边丢弃的粗笨家具、箱笼道:"大帅可知道这些东西是怎么回事?"

吴长庆看了一眼道:"我倒是没留意。"

"这是我军兵勇到百姓家里抢劫,抢出来后又觉得不值钱,所以又扔掉了。"

吴长庆沉默无语，像在思考。淮军自成军之日起，就有抢掠民财的毛病。因为淮军的粮饷全靠自筹，而且欠饷严重，因此从李鸿章到营哨官，也都默许在战斗中抢掠。所以打仗便有发财的机会，这也是淮军能打胜仗一个原因。庆军出兵朝鲜，从上到下不少人当作又一次发财的机会，所以无论吴长庆还是其他营哨官，对此都习以为常，无动于衷。

袁世凯见吴长庆沉吟不语，就劝道："大帅，现在不是剿长毛的时候，可以从长毛手中抢掠财物。朝鲜百姓盼我大军来平乱，求的是能过安稳日子。如果默许兵勇抢掠，我们便尽失民心，坏了庆军名声事小，恐怕会贻笑列国。尤其是倭寇就在济物浦，侄儿听朝鲜人说，他们军纪森严，我们在外军面前，更当保存一份体面。"

"有道理，你是什么想法？"吴长庆凛然而惊。

袁世凯并不直接回答，而是问道："侄儿曾经对先锋队约法三章，杀人者、强奸者、抢掠民财者斩，如果有人违犯，大帅以为应当如何？"

"当然应当按你的约法严行。"

"有七个兵勇抢劫民财，捆打朝鲜百姓，我已经按约法严惩，把七个人就地斩决！"

因为抢劫民财杀了七个人，吴长庆吃惊不小，张謇更是惊讶得闭不上嘴巴。

袁世凯一挥手，稽查队提着七颗人头上来请吴长庆检视。

"办得对！真不愧是将门之后。我还担心你镇不住人，现在看是我的顾虑多余了。如果能以七颗首级换来军纪肃然，那值得很。"吴长庆一拍大腿，又取出随身的令箭授予袁世凯，"从即日起，整个庆军军纪都与先锋队一样，你持本帅令箭，有不服管教者，可先斩后奏。"

"侄儿正想将先锋队的约法三章在全军施行，并将七颗人头传示各营。"

"好，你去办吧。"

看着袁世凯的背影，张謇咋舌道："筱公，真没想到，袁慰廷不请令就杀了七个人，他的胆子可够大的！"

"也吓了我一跳！不过慈不掌兵，这小子是带兵的料。他说得也有道理，如今不是在国内平乱,还要考虑国际影响。如果庆军军纪混乱,被洋人在新闻纸上一起哄,张振帅就没法交代了。"

张树声与李鸿章已现不睦的迹象,庆军又是张树声派出,真要闹出乱子,首先李鸿章就不肯周全。一想到这一点,吴长庆就心烦意乱,如今有袁世凯痛下杀手,正合他的心意。他对身边的副营营官吴兆有道:"你们都看到了,袁世凯谁的面子也不给。都约束好你们的部下,包括我的子侄亲戚,触犯了军纪,我也救不了你们。"

当天晚上,吴长庆将袁世凯收拾的破庙作为临时行辕,随同前来的只有右营全部及副营两哨人马。另两哨人马将与后期赶到的四营人马乘明日黎明涨潮时登陆,估计全部人马登陆完成,总要到明天晚上。

马建忠此时赶了过来,报告汉城的有关情况。

"汉城局势稍定,但趁乱杀人的情形仍不能禁绝。"马建忠满怀忧虑地报告。

大院君借兵乱再次执政后,全面废除了闵妃集团所实行的开放措施,恢复闭关的国策,罢斥了闵妃集团的官员,起用自己的亲信和保守官员。为了控制局势,他让自己的长子李载冕兼任武卫大将、户曹判书、宣惠厅堂上等重要职务,掌握了兵权和财政。又下令将京城附近郡邑的粮米运来,作为军士的俸米及民众的粮食。

发动政变的士兵和参与政变的汉城百姓都怕闵妃势力卷土重来,为了安定军心民心,大院宣布闵妃已经于变乱中死亡,并为之举行国葬。可不知从哪里传来谣言,说别技军的统领、闵妃的侄子闵泳翊正在联络闵氏势力与褓负商数万人,准备进京洗城。

在朝鲜高丽王朝时期,就形成了"褓负商"行业,"褓商"专门贩卖装饰品等工艺品,"负商"专门贩卖生活日用品,后来"褓负商"便成了朝鲜行商的统称。闵妃实行门户开放,商人们贩卖洋人商品获利甚丰,对闵妃的政策非常支持。因此对这个谣言汉城人都确信无疑,坊民俱勒帕揭竿,冲塞街巷,声言御贼,势如潮涌。大院君下令关闭城门,开放武库,将武器发给百姓共同防备。又一次武装起来的士兵和市民,展开了对闵妃势力的新一轮清洗,不少人被认为是褓负商而死于非命,又有许多闵姓外戚和主张开放政策的官员相继为起事士兵和市民所杀。

"汉城百姓真是杀人杀红眼了，甚至连进京赶考的举子也被当作褓负商的内应而被杀害，原因是他们袖子里藏着一份名单，举子说是应举花名册，但乱民却认为那是褓负商名单。还有相当一部分是趁乱打劫，烧杀抢掠无恶不作。"

听到汉城局势如此混乱，主张开放的金允植等人大惊失色，因为他们的家眷皆在京中，他与吴长庆笔谈道："大帅应当立即进兵，唯有天兵可止乱。"

吴长庆回道："大军未登陆，目前确实无法开拔。"

"现在麻烦的是日本人已经进入汉城。"据马建忠说，日本驻朝公使花房义质已经于五日前到达济物浦，日军先后共有七艘舰船到达，登陆士兵有一千五百余人。花房义质一直要求带兵进城，大院君推拖不下去，昨天已经答应。

吴长庆闻言有些犹疑："日本兵进城，必定要占据要地，已经占了先机。我们如果再进城，势必与日本人发生争执，真动起手来也无必胜把握。"

袁世凯插话道："也未必，朝鲜百姓还是心向我军的。"

马建忠闻言也附和道："朝鲜百姓的确对我们比对日本人要亲近一些。但是避免与日本人发生争执是朝廷的既定方案，因为法国正在越南闹，英国人又在打云南的主意，朝廷无力东顾。"

大家一时无语。张謇看金允植一脸着急和忧戚，连忙安慰道："金大人不必过于担心，吴军门和丁军门率军前来，就是为了平定贵国之乱，无论遇到什么困难，这个宗旨绝无改变。"

吴长庆也附和道："对对，等大军登陆后，立即前往汉城。"

马建忠又道："对贵宝眷大可放心，我与大院君笔谈过，他称赞你是事大党的老臣，专门安排人保护你的府宅，万无一失。"

"大院君有如此安排，真是出乎意料。"金允植闻言脸色好转。

等金允植走后，马建忠与吴长庆、张謇等人谈论中日朝的微妙关系："我们目前与属国的关系，已经非常不利于宗主国的地位。越南如此，琉球如此，朝鲜更是如此。"

大清与这些属国的关系，可以概括为四个字——属国自主。也就是属国承认大清的宗主国地位，保持定期朝贡，国王登基由宗主国册封，除此之外,其他事情皆有属国自己做主。

"这种关系,作为宗主国的大清,其实只图了个面子。比如属国朝贡,朝廷的赏赐往往比贡物还要贵重。而这些属国,名义上承认是属国,不过是希望遇到困难时宗主国能给予帮助,他们看重的是自主。自从列强打开大清国门后,这些属国在他国的搬弄下,一直要谋求自主,要脱离宗主国。各国支持这些属国自主,目的只有一个,就是抛开大清更容易控制这些小国。"

袁世凯听了慨然道:"大清必须谋求宗主国之实,不然只图虚名有何益处? 就好比一把椅子,你说是你的吧,可你不把它搬进自己院子,却放在大街上,人家怎能不打主意? 趁你看不见的时候搬起来跑了,你也无能为力。人家会说,你说是你的,怎么不在你家院子里? 依我看,不如学学日本,就像他们把琉球变为州县一样,中国也应当尽早把越南、朝鲜变为郡县,这样多痛快。"

马建忠是第一次见袁世凯,见他说话如此轻巧,有些不以为然:"痛快倒是痛快,但不现实。大清秉持属国自主已经数百年,突然废为郡县,列国必然以为大清是公然侵略,要纷纷干涉,大清便成众矢之的。"

袁世凯却不认同:"大清的属国琉球,日本废为郡县,也没见哪国出来为大清说话,更没见哪国出来干涉日本。"

马建忠反驳道:"日本是日本,大清是大清,怎可能与无信无义的日本一样行事? 还是李中堂的策略比较现实,慢慢加强对宗主国的控制,以求其实。我自去年以来,协助朝鲜与列国签约,谋求朝鲜开放自强,遏制日本的侵略野心,就是谋求属邦之实。以后要善用机会,扩大大清在朝鲜的影响,中朝关系牢不可破,他国便无从置喙。"

张謇又担心道:"如何处置大院君,这里面有个矛盾。我与金允植笔谈中了解到,闵氏一族倾向开国,受日本影响很大,一心要脱离大清;而大院君是事大党的领袖,一直主张闭关锁国,只认大清为上国。如果处置大院君,便如同帮助离心离德的闵氏。"

马建忠接话道:"张先生说得有道理,我也有此顾虑,但仅是顾虑而已。闵氏为首的开化派心向日本,无非日本从前对他们影响大些、帮助大些,如果大清从此施加影响,未必就不肯心向大清。现在的关键是,任何一个国家,要闭关锁国已经不可能,所以开化派主张开国,是顺潮流而动;而大院君主张闭关,是逆潮流而动,他那一套行不通。更重要的是,大院君是以兵乱夺宫,在列国面前,他是叛乱者。只要他还在主政,朝鲜便不能算一个正常的朝廷,就不能算已经安定,不但日本可以之为借口干涉,俄国也可以干涉。为尽快稳定朝鲜局势计,驱逐大院君,扶国王复政的方针不能动摇。"

袁世凯对此倒是颇为赞同:"对,金允植也是如此说。当国王重新坐在王位上并答应惩治凶犯的时候,日本便无话可说了。"

马建忠又道:"现在日本人兵临汉城,不知道会向大院君提出什么苛刻的要求,也不知大院君是否会答应。我们该如何行动,又该如何拘捕大院君,实在无从下手。"

吴长庆回道:"张振帅给我的信中,有处置大院君的四个方案,第一个是'若其未敢显拒王师,则召赴兵船问状,不动声色暂予羁留,以一船载送来华,致之京师听候'。"

马建忠摇摇头说道:"大院君非常警觉,我在济物浦时曾经给他写信,请他到威远舰上与日人共商善后,就是打算乘机拘捕他,但他以京中形势混乱,不可离开须臾为借口拒绝。这一条做不到。"

吴长庆又道:"第二个方案,'若其伏匿不出,亦不显然抗拒,则遣人开导,谕出则恕其重戾,不出则罪及亲族,彼慑于兵威不敢不出'。第三个方案,则是'若彼畏罪出奔,则可擒诛余党,布告远近,俾所在郡县持之以献'。第四个方案,'若彼肆然罔忌,力与我抗,则严兵城外,临以天朝之威重,以康穆太妃之命赐之死'。这几个方案,现在看好像都难以实施。"

马建忠点点头道:"正是如此。现在乱兵声势颇大,如果以兵力威逼大院君,只怕他铤而走险,兵乱蔓延,祸及全朝,日本再趁机索求,反而更难办理。现在最好的办法,就是能够不动声色,擒贼擒王。只是现在大院君如惊弓之鸟,诱捕之计也难得实施。"

吴长庆一拍大腿道:"现在急也没用,且等大军登陆,打探消息后再商讨对策。反正是兵来将挡,水来土掩,以变应变。打仗如此,办理交涉也是如此。你也辛苦一天,今晚就一醉方休,在我大营中安心睡一觉就是。"

第二天早晨,就有登陆的兵勇陆续赶往驻地,袁世凯把先锋队变成了他的稽查队,制作了若干面旗子,上写"前敌营务处会办、军纪稽查袁",袁字独居旗心,硕大无比。稽查军纪的兵勇拉大旗做虎皮,对违犯军纪者毫不客气,责骂、鞭打、施以棍刑,袁世凯一概授权。所以朝鲜百姓看到写有袁字的旗子就宽心,称赞袁会办的话到处流传。而袁世凯则不再去管军纪,而是沿途查看受伤、晕船的士兵,亲自查看伤口,交代他们注意事项,甚至亲自端碗喂饭,结果袁世凯在士兵中的口碑也相当不错。

快到中午时,传令兵骑一匹快马来找袁世凯,说是大帅有急事召见。

原来,大院君派人送信给马建忠,说日本人提出了苛刻的谈判条件,并限令三日答复。大院君对日本的条件没有答应,日本驻朝公使花房义质今晨带兵回到济物浦,说期限一到,若朝鲜没有满意的答复,日本不惜兵戎相见。大院君请马建忠立即回汉城商讨办法,协调朝日关系。

"大院君请我赴汉城,这是个难得的机会。尤其是日本兵突然撤走,我们正可趁机带兵入城。"马建忠疑惑道,"不可理解的是日本为什么突然撤军回济物浦。"

吴长庆说道:"是不是日本人听说我大军登陆,给吓跑了。"

"那当然好,可这不大像日本人的行事风格。"马建忠下决心道,"不管怎么说,这是深入汉城一探究竟的机会。请大帅派给我几百人先行入城,也算为大军打前站。"

吴长庆十分赞同,但派谁带兵去,却犯犹豫。张謇这时建议道:"我看就派袁慰廷带他的先锋队去。只有一天的时间,先锋队已经被他调教得唯命是从。"

于是吴长庆急召袁世凯回营。

"世凯,你敢不敢带先锋队去汉城?"吴长庆是激将的语气。

"马观察都敢只身赴险,侄儿一个武人有何不敢?而且大帅下令,也不存在敢不敢的问题。"袁世凯回答得非常干脆。

吴长庆非常高兴,拍着他的肩膀道:"丁军门昨天对我说,'没想到袁慰廷一个世家子弟,毫无纨绔之气,脚伤了竟然单腿跳到马山浦,实在出乎意料,后生可畏'。当时,我面子上好看极了。前天老朱让我丢的脸,你总算给我扳回来了。"

"回大帅,当时侄儿并不是为面子的事,觉得跟着丁军门跑,能长长关于水师驻泊的见识,一路上听丁军门侃侃而谈,的确受益匪浅。"

"好,好,真不枉你张老师慧眼识珠。这次任务比你当初接先锋队的差使更危险,你去汉城,一切行动听从马观察指挥,遇有情况,你先要保护马观察。如果这次差使办得漂亮,我请功时一定有数。"吴长庆满意地点头,对袁世凯许以功名。

"马观察,咱们什么时候开拔?"袁世凯"喳"了一声,然后转身问马建忠,语气是下级请示上宪。

"越快越好,现在就走。"马建忠道。

第四章

设计谋诱捕太公　平叛乱崭露头角

在济物浦日军军营中，日本驻朝公使花房义质、陆军少将高岛鞆之助、海军少将仁礼景范三人正在密商对策。

日本陆军自视甚高，总觉得自己能够横扫天下，不可匹敌，高岛鞆之助尤其如此。他参加过西南战争，曾经率部迂回到叛军的背后发起猛攻，将被誉为"明治维新三杰"之一的西乡隆盛打得溃不成军，三十三岁就被晋升为陆军少将。后来他又赴法国、德国考察军事，更加锋芒毕露。他对花房义质下令日军退出汉城十分不满："既然要逼迫朝鲜签订城下之盟，我们却将大军撤出汉城，我实在无法理解。"

花房义质解释道："我们撤出汉城，向朝鲜摆出一副决裂的态度，或许更有利于我们的计划。至于为什么撤军，我已经得到确切消息，中国军队有三千人已经登陆，他们的目标也是汉城，到时双方在汉城对峙，对我方不利。"

"有何不利？我一千五百余人，皆是以一当十的天皇武士，有坚城可守，区区三千清军有何惧哉！"高岛难掩傲慢的语气。

花房义质又解释道："朝鲜人心向中国，而今主政的大院君也是最坚定的事大党首，战端一开，如果朝鲜人背后捅我们一刀，我将腹背受敌！而且，就是陆军能够胜利，海军却绝无胜算，到那时中国水师控制海岸，陆军便陷入弹尽粮绝的险境，请问高岛将军，陆军能坚持多久？"

那不用问，肯定坚持不了多久。高岛不满地看了海军少将仁礼景范一眼道:"海军在关键的时候总是指不上。"

在日本军界,陆海军闹矛盾人尽皆知,海军在陆军面前总是受窝囊气。同是少将,仁礼景范却不得不让高岛三分:"海军入夏后脚气病严重,我已经向高岛将军解释过。"

"脚气病"在日本海军中已经到了谈虎色变的程度,因为这种看似脚气的病,却绝非普通的脚气,初发时始于脚,先是走路困难,手脚感觉异常,随后感觉丧失,下肢无力,甚至瘫痪,再发展到心跳加速,下肢水肿,呼吸困难,便几乎无药可救了。这种病在日本海军中频繁发作,有些水兵一年感染四次,一舰之兵,往往感染率超过四成。

"目前停泊在济物浦的七舰,全都发生脚气病,已经有一半人员失去战斗力。"仁礼景范无可奈何道,"尤其是可与中国水师超勇抗衡的扶桑号,半数船员得了脚气病,不得不留在国内治疗,无法赶来增援。如果与中国水师发生战斗,绝无取胜的可能。"

高岛气愤地责问道:"都是夏季,同样生活在舰上,为什么中国水师没有那么多人得脚气病?是不是海军胆怯,以病为由自欺欺人?"

面对高岛的责问,仁礼景范非常生气:"请高岛将军不要羞辱海军,是不是真病,你完全可以上舰仔细检查!至于为什么日本海军脚气病比中国水师严重,实在令人费解。海军军医高木兼宽正在研究脚气病,他曾经在英国留过学,据他初步分析,问题可能出在我国海军饮食上。"

接下来三人都不说话。退出汉城,避免与清军冲突,心有不甘,但又不得不如此。

花房义质见状打破沉默道:"我们此行的目的并不是战争,而是迫使朝鲜答应我国的要求。中国虽然军力超过我们,但他们没有开战的决心,我的打算是与中国派来的官员接触,用外交手段给朝鲜施压,如果日朝谈判顺利,我们又何必动武?海军脚气病发作的消息一定要严密封锁,千万不能让中国人和朝鲜人知道,不然接下来的谈判会非常艰难。"

这时,营外值岗的士兵来报,说中国直隶道员马建忠前来拜访。花房义质交代两位少将道:"你们两位都且少安毋躁,我听听这位马道员所为何来。"

在协助朝鲜与美英等国谈判时,马建忠就与花房义质多次交往,两人算是老相识。进入军帐后,他把袁世凯介绍给花房义质:"这位是平乱先锋队的袁统领。"

彼此致礼后,花房义质问道:"听说贵国派兵三千,军舰六艘,请问所为何来?"

马建忠回道:"朝鲜是大清属国,照例会出兵帮助平定。这次海陆军前来,就是为此目的,别无他意。"

花房义质笑道:"我国派兵至此,也是希望朝鲜能够安定。如果他们自己不能平定叛乱,惩治凶手,那我国海陆军将代劳。"

袁世凯闻言,抢过话头道:"何劳贵国费神?我国海陆军足可以平乱。"

"贵国的合理要求,我国也将帮助劝说属国同意。这一点请贵使一定放心。"马建忠在一旁补充。

花房义质话中带着威胁:"如果贵国真能劝说朝鲜,我国便可按兵不动。只是朝鲜应当尽快给予答复,我国海陆军将士都极为义愤,纷纷请战,我也无法完全压制。"

马建忠摇摇头劝道:"有关贵国的要求,朝鲜如何答复,总要等平定了叛乱才好坐下来谈。听说贵使向朝鲜提出了三天的最后期限,明天就是最后一天,无论如何做不到。我今天将去会见大院君,劝他对贵国有所交代,对凶犯要给予严惩。"

"不仅仅要惩凶,我国已经向朝鲜提交了七条要求,每一条都必须答应。"花房义质提出的要求包括惩办壬午兵变凶徒、对日本遇害人员和各种损失给予赔偿、增开通商口岸和允许日本派八百人驻汉城保护日本使馆等。

"我们的立场非常明确,对贵国的合理要求,我国将力劝朝鲜应允。但当务之急是平定叛乱,否则一切都无从谈起。"马建忠又一次表明立场。

花房义质质疑道:"如今当政的大院君就是此次兵乱的主使,贵国要帮助平乱,将如何对待大院君?我知道大院君向来心向贵国,贵国对他也是极为欣赏,恐怕不会对他有所行动吧?而大院君如果继续主政,又何谈兵乱平定?"

袁世凯此时又插话道:"如果大院君是兵乱的主谋,我统领的先锋队就可以擒拿,绝不在话下。"

马建忠怕袁世凯乱表态，接过话茬道："政变的主谋是不是大院君，我们尚没有证据。但是，如果证明他确是幕后主谋，我国也绝不袒护。但贵国必须对我军的平乱行动给予支持。"

花房义质问道："阁下希望得到怎样的支持？"

"贵国海陆军但守营盘，便是对平乱的最大支持。不然两国军队杂处，难免会闹出误会。"

"我国军队军律森严，绝不会闹什么误会。不过，既然阁下提出这样的要求，我不妨代为答应。但贵国的平乱不能久拖不决，日本所能给朝鲜的延展日期，只能是两日。"

马建忠算了一下，大队人马总要两天后才能赶到，两日时间自然不够。经两人反复交涉，最后确定延期四日，届时将给予答复。

出了营帐，袁世凯便道："马观察，看来日本人也想扳倒大院君。"

"大院君从来不买日本人的账，他们当然想扳倒他。"马建忠担心袁心凯嘴快于心，提醒道，"慰廷，办外交不是交朋友，不可全抛一片心，要尽量摸清对方的底牌，而不让对方摸清自己的真意。尤其下午我们将面见大院君，他本来就心有疑惧，如果让他意识到我们有可能对他采取行动，势必要全力抵抗，那样事情就麻烦了。"

袁世凯也发觉自己今天有些抢头说话，因此保证道："马观察放心，在大院君面前，我不多一语。"

"那倒不必，如何对待大院君，我们还没最后定案，不要在言语中让他捕捉到端倪就是了。"

进宫主政的大院君此时如被架在火上烤，日子相当不好过。儿子懦弱无能，他于大乱中接掌政权是为国家着想，但无论说得多么冠冕堂皇，从儿子手里夺权的事实是掩盖不了的。而给他带来主政机会的兵变者，此时也让他头疼，他们惧怕闵氏卷土重来，疑神疑鬼，对闵氏以及主张开国的官员大开杀戒，局势已经失控，而且又有心术不正者趁火打劫，大发不义之财。他让长子李载冕掌握了军权，总算勉强控制了汉城局势，但乱兵和乱民依然聚集在汉城附近，如何解决尚无良策。如今日本又提出苛刻的要求，惩凶一条就没法答复，如果惩办举事者，那他进宫主政的合法性、正义性又在哪里？如果不答应，日本势将兵戎相见。以朝鲜的军力根本无法抵抗，国家将因此陷于灾难。宗主国派兵来了，如果中朝联手，足可以制衡日本。但据说大清军队是来平乱，是不是也会把自己当乱军平定了？这一切只有与马观察谈清楚后才能真正放心。

当听到马建忠到来的消息后，他亲自迎到大殿外。见马建忠从容坐定后，便问道："马大人见到带兵的大帅了？有多少人马？"

"有六艘军舰，五千陆军，正在向汉城赶来。我此次先带来先锋队五百人，帮助维持汉城秩序。"

"倭国提出七条苛刻要求，限本日必须答复，小国无论如何不能答应。如果倭军进攻汉城，我势将与汉城共存亡，宁为玉碎，绝不瓦全。"大院君又道。

"我已经见过日本公使，经过协调，同意再展期四天。"

"不是展期几天的问题，是倭国所提要求太苛刻，我国断然难以应允。"

马建忠劝道："当然不能完全答应，但有些合理要求也不是不能答应。"

大院君大摇其头道："倭国提出要惩办首凶，何谓首凶？就这一条恐怕双方就难以达成一致。"

"自然是那些滥杀无辜的人，比如此次兵乱的带头人。"马建忠解释道。

"绝对不可能。举事者是义军之首，如何能够当凶犯惩处？就是我答应，恐怕义兵也不答应。"

马建忠笑道："院公执政多年，睿智机变，难道不懂得丢车保帅的道理？即便不舍得丢车，以马甚至以卒充车又有何不可？"

"恐怕倭国不肯罢休。"大院君仔细琢磨，脸上绽出了笑意。

马建忠哼声道："不肯罢休又能如何？我五千大军六艘战舰当然不是来做样子的。"

这话更让大院君心中舒畅，但他还有些疑虑："大军如能帮助小国抵御外侮真是再好不过，只是不知大军统帅会不会也像马大人一样的打算。听说大军出师的名义是帮助小国平乱，不知大军打算如何平乱？"

"平乱的说法不确。大军前来是帮助属国稳定秩序，如果院公能够令行禁止，不会再有凶徒趁乱打劫，不会再有滥杀无辜的事情，大军便不动一兵一卒。如果有地方官府不能控制秩序，大军势必要前往弹压。如果日本借机发难，影响朝鲜安定，我军自然也不能坐视。"

"对小国的施政，上国是否也要干预？"

马建忠解释道："我国向来坚持的是'属国自主'，一切内政皆不干预，这是几百年的传统，想必院公尽知。即便真有不恰当的行政，我国也只是友好地提出建议，绝不会凌驾于上。大清千方百计所谋求的，只是朝鲜的利益。譬如去年以来本道协助朝鲜签订通商条约，千方百计提高税率，保护朝鲜的利益。朝鲜所签条约比之大清国与列国条约更为有利，这一点院公想必也都知晓。"

"我比较过两国的通商条约，正如大人所言。对大人的全力周全，小国上下皆感激万分。"话锋一转，大院君又问，"大人带来的五百精锐打算驻在哪里？是否驻扎宫中？"

大院君显然是在试探大军的真实意图，马建忠断然否定："这五百人纯粹是为保护我的安全而来，如今已经在城外驻扎，哪有进宫的道理？数百年来，上国军队从无驻扎属国宫中的先例，院公何出此言？"

"我希望借助上国加强宫中宿卫，既然如此就不勉强了。"说完这个，大院君又问，"大军大约何时到来？届时我先去拜访大帅。"

"最晚明天下午可到，如果顺利，上午也有可能。届时吴大帅肯定会进宫先行拜会院公，您是否回拜，届时你们两位再定不迟。"

大院君派自己的轿夫送马建忠回住所南别宫，并吩咐就地侍候。朝鲜自明代开始，对出使入朝的中国官员礼仪十分隆重，专门在西门外建了慕华馆，届时国王率世子及百官在此迎候，并接风洗尘。同时又在城内建南别宫，专供使臣居住，堪称朝鲜最高规格的国宾馆，马建忠几次到朝鲜都在此居住。因为局势不稳，袁世凯还专门派了先锋队二十人前来加强警卫。

吴长庆的大军第二天傍晚才赶到汉城城下，驻扎在南门外的南檀一带，离汉城六七里。大院君闻讯亲自到南别宫会见马建忠，问是否立即前去拜访吴长庆。马建忠听他的语气还是有所顾虑，就安慰道："暂不必去拜访，我去见筱帅，报告院公一心谋求社稷稳定之意，并细商如何牵制日人。"

马建忠赶到吴长庆大营，丁汝昌、张謇等人都在。吴长庆拿出一纸电报道："这是今天威海派出的快艇送来的电报，眉叔先看看。"

又谕：张树声奏，援护朝鲜陆师拔队起程，并查探情形。俟抵朝鲜后，扼扎海口附近地方，该提督即亲统数营，向王京进扎，拟将李昰应获致，除其凶顽，以期转危为安。所筹尚合机宜，即着该督饬令吴长庆酌度情形，稳慎进扎，务将李昰应获致，庶该国之乱自平。该提督当相机因应，妥为办理。一面约束部伍，毋任稍有扰累日本之兵。

马建忠看完电报后说道："朝廷已同意拘捕大院君，大帅可以放手干了。"

"朝廷对日本兵深为顾虑，只怕中日起冲突。如果我们拘捕大院君，日本人会不会干预？"吴长庆颇有顾虑。

马建忠解释道："大院君一直排日，日本人必欲除之而后快，我们拘捕大院君，他们求之不得，想来不会干预。我与花房义质已经见过面，他也希望能尽快平定朝乱。"

吴长庆稍稍放了心，又问："如果实行诱捕之计，把握有几成？"

"至少七成，还有三成在天。"接着，马建忠把两天来的情况简要地向吴长庆报告。

"看来大院君对你颇为信任，这省去许多麻烦，今晚咱们要好好计议一番。把世凯也叫来，他跟着眉叔先期入城，肯定也有所见闻。"吴长庆听后道。

按照马建忠的要求，袁世凯的先锋队一直待在驻地，以免引起大院君的怀疑。袁世凯自然不会待在营中，他换上为军营送菜的朝鲜人衣服，悄悄四处观察，他的结论是朝鲜乱兵武器低劣，而且号令不整，一千人足以镇服。

吴长庆告诫道："世凯，不要看事太易，别忘了关羽大意失荆州，何况我等并没有关老爷的本事。"

马建忠建议道："大院君对大军的到来其实戒心很深，为了打消他的疑虑，请大帅手书一信派人送去，以安其心。"

"这有何难？我立即写来。"

袁世凯自告奋勇进城送信，带着赵国贤等四名护兵策马直奔大院君的府邸云岘宫。云岘宫原是大院君的私邸,自从他代高宗摄政后就不断扩建,其规模直逼朝鲜王宫。袁世凯持有大院君赠给马建忠的腰牌,很容易进了大门,却被守直房的卫队拦下了。守直房是一排十几间瓦房,里面所驻是负责云岘宫管理、警备及杂务的人员,大院君的卫队统领就住在这里。因为时近傍晚,云岘宫内已经准备落锁,是否让袁世凯见大院君无人敢做主,卫队统领只好把他请进茶室,着人备冰镇西瓜,极其殷勤。为便于交流,又叫来一位懂汉语的通词,待袁世凯喝过一杯茶后才说道:"天色已晚,大院君不便见客,贵使的信可否由小职代转。"

袁世凯决心要见到大院君,两手抚膝,收腹挺胸,声音洪亮地说道:"马大人有交代,须当面呈递院公,并请院公给一张亲笔收条。"又撒谎道,"吴大帅和马大人都有话让我代转,因此必得见到院公。"

统领不敢耽搁,亲自去向大院君传话,不一会儿便回来了,相请道:"院公在迎和楼接见贵使,请随我来。"

过了守直房,从一个大门进去,便是大院君居住之地老乐堂。迎和楼则是大院君见客的地方,统领把袁世凯领进去,大院君已经在室内正襟危坐。他是长脸颊,下巴飘着一把斑白的胡须,两眼炯炯,不怒而威。他略略欠身,以示客气,并示意袁世凯坐。袁世凯拱手向大院君施礼,然后落座,两脚外分,双手抚膝,收腹挺胸后才说道:"吴大帅有一封亲笔信,马观察派小职送呈。"然后不慌不忙从怀里取出信来,双手递给站在一旁的统领,统领再呈给大院君。

"感谢吴大帅和马大人的好意,有上国大军帮助,鄙国定能度过眼前危机,请代我表达谢意。"大院君看完了信,然后又问袁世凯,"听说贵使还有话要转,我洗耳恭听。"

袁世凯信口编道:"吴大帅和马大人的意思,明天上午进宫拜会院公,主要是商讨应付倭国的对策,请院公也事先筹划,届时可互相参酌。此事不宜行诸文牍,因此要小职务必转告。"

"请转告吴大帅和马大人,我方自然用心谋划,一切还需偏劳上国大军。"

"我国派军前来,就是为帮助属国应付倭国,自然应当为院公解忧,说不上偏劳,实是职责所系。"

听袁世凯谈吐不凡，因此大院君问道："看贵使气度，不似一般信使。"

袁世凯表明身份道："小职是前敌营务处会办、先锋队统领并专责军纪稽查。不过既然奉命前来送信，便是信使而已。"

大院君赞道："上国果然人才济济，贵使干练、沉着，英气逼人！"

"在院公面前，小职实在不敢当英气二字。小职常听马大人说，院公德高望重，治国理政朝鲜无出其右者。此次变乱，院公协调各方，调度有据，幸未酿成大乱，院公厥功至伟。今日有幸面见，院公不怒而威，名不虚传。"袁世凯顺口送出一沓高帽，尤嫌不足，还指了指站在一边的统领道，"卫队统领寸步不离，名为侍应，实则防备，极其尽职。管中窥豹，可见院公用人得才，驭下有术。"

这无形之中，又送卫队统领一顶高帽。统领满面笑容，拱手称"谬赞"。

大院君亲笔写一纸收到条，并让卫队统领送袁世凯出门。卫队统领对袁世凯十分客气，一直送到大门外，亲自扶袁世凯上马。

袁世凯纨绔脾气发作，从口袋里摸出十两银子，塞到统领手中道："初次相见，来得匆匆，几两银子请你和兄弟们买瓜果消暑。"

十两银子不多也不算少，而且上国官员何曾给他这样的小官送礼？统领一激动，自己当了上马石，两手托住袁世凯的脚，帮他跨上马背。

袁世凯抱拳扬鞭，直奔城外。他回到吴长庆大帐，交上大院君的收条，说了自己的经历，众人无不称赞，马建忠笑道："慰廷此行真是非常值得，大院君的疑心几乎可以尽除了。"

丁汝昌则向袁世凯直竖大拇指。

"诱捕大院君此时有八成把握了。"吴长庆舒了口气又转头对张謇道，"季直，一旦拘捕了大院君，必须立即发布告示，以安民心，这篇文告就非你莫属了。今晚你就辛苦辛苦，明天能够拿出大稿，抄录数十份，以备广为张贴。"

张謇边应承边思索道："这是分内之事。除此之外，这些天我一直在想，朝鲜这次变乱，看似是饷米质次引起，其实根源并不在此。朝鲜如何善后，必当深思统筹，我打算尽快拿出个稿子，请大帅及诸位指正。"

吴长庆心中大悦，赞道："那真是太好了，咱们虽为平乱，但平乱是治标不治本，朝鲜未来是得好好谋划。你专心去写这两篇大文章，一般事情就不劳驾你了。"

几个人对明天如何诱捕大院君已经进行详细的谋划，其中有一个关键问题就是如何把大院君的随行人员隔开，而且不能放走一人，不然消息一旦败露，朝鲜军队前来救援，局面将非常棘手。

"这有何难，交给我来处置。"袁世凯向众人讲了自己的计划，都觉得可行。他又建议，如果一切顺利，捕到了大院君，由他率先锋队直接送到马山浦登舰，交由朝廷发落。

"早有此议，但送人的事就不劳慰廷了，这是我水师的职责。明天我带一百水勇过来，专责押解到马山浦。"丁汝昌插话说道。

"如果吴大帅的军营中又出现水师官兵，恐怕会引起大院君怀疑，还是由先锋队来做比较好，服色相同，彼此相熟，不易引人注目。"袁世凯摇了摇头。

吴长庆也点头道："禹亭，世凯说得有道理，我看水师兄弟不必进营，可在去马山浦的路上接应。"

事情就这样定下来，接下来众人又对可能出现的意外进行详细预测、准备，一直商议至深夜。

第二天上午，吴长庆在马建忠的陪同下去昌德宫拜会大院君。昌德宫位于汉城北岳山东麓，被称为东阙。始建于永乐三年（公元1405年，朝鲜太宗五年），本来是作为朝廷的离宫，但因为正宫景福宫被毁无力修复，离宫反而成了正宫。大院君摄政后，修复了景福宫，可是几年前，景福宫发生太监安设炸弹的事件，高宗又将朝廷搬回昌德宫。

众人都是骑马前往，袁世凯负责护卫，因此策马前行开道，另十六骑跟随在吴长庆、马建忠身后。昌德宫正门敦化门的中门大开，吴长庆一行二十余人策马直入，过禁川桥，入进善门，到达仁正门前，几个人这才下马步行入内，护卫被挡在门外。进门便是昌德宫的正殿仁政殿，朝鲜国王处理重大政务比如登基、会见外国使节等皆在此地。此殿阔五楹，最为雄壮，不过因为是属国，严守亲王府的规制，类似王府的银安殿，琉璃瓦是丹青色，有别于大清皇宫的金黄色。

大院君已经在丹陛下迎接，因为他是第一次见吴长庆，恭恭敬敬递上名帖。吴长庆双手接过道："久闻院公英名，今日得以面见，三生有幸。"

"鄙邦不幸生乱,劳驾将军跨海前来相助,感激不尽。将军威名,老夫久闻,不胜渴慕。"大院君说完,又指了指身后三十岁左右戎装男子道,"这是犬子载冕。"

李载冕是大院君的长子,根据朝鲜的习俗,"长子不为人后",所以当年他无缘王位,而由弟弟李载福(李熙)入嗣哲宗承继王位。父亲执政十余年,他却没得大用,因此颇怀怨恨,结果被闵妃收买,合谋将大院君赶出王宫。但掌权后的闵妃也未重用他,让他十分悔恨,因而对赋闲的大院君极尽孝道。大院君这次重新执政后,就重用这位长子,不仅让他出任户曹判书,还兼任训练大将,掌握着财政和兵权。

李载冕对吴长庆、丁汝昌、马建忠三人躬身一个长揖,然后做了一个请的手势,大院君陪同三人进了仁政殿。

殿内已设香案,这是要请圣安。吴长庆站在香案后面东侧,大院君和李载冕跪地磕头,问皇太后、皇上安。吴长庆答了一声"皇太后、皇上圣躬安"。

然后撤去香案,宾主落座。

大院君首先剖白道:"此次动荡,皆由当政重臣不能体恤下情、贪婪无度招致,群情激愤,揭竿而起,以致局势失控,王妃被害。国王急书请我入宫主持大局,我百般劝解,总算局势回稳,国王得以安然。谁料又扰及日本人,以致日本以此借口大兵入境,提出苛刻的条件,国步维艰,老夫不得不勉为其难。"

吴长庆应道:"朝鲜此次动荡,幸得院公力挽狂澜,功不可没,太后、皇上皆已知悉。听闻日本以此出兵,朝廷顾念属邦,派我和丁军门率陆海军前来,协助院公维持局势,以杜日本狡谋。为避人耳目,免致不必要的麻烦,对外只称入朝平乱。朝廷真意,想必院公必能明了。"

大院君澄清道:"倭国奸商从鄙国获利极厚,以至于鄙国百姓愤恨不已。此次殃及日人,可谓咎由自取。他们却借机出兵发难,提出苛刻条件,实在令人难以接受。"

马建忠闻言建议道:"日本提出的条件,当然不能一概全应。不过,为了早日稳定局势,有些也可商讨,总能有解决的办法。"

大院君肃容道:"如果商量不成,鄙国不惜举国为战。"

举国为战,则事情更难了结,这是朝廷极力避免的。吴长庆心中思绪一转道："我等已率大军前来，朝鲜并非当初的孤立无援，想来日人不致太过苛刻。尽快与他们谈判就是，届时马观察也可从旁协助。"

接下来大家就日本七项要求进行商讨，可以感觉得到，大院君所秉持的是强硬态度，通融余地很少。然后又谈当前朝鲜国内局势，吴长庆等人希望大院君尽快整顿旧军，严肃军纪，恢复秩序，以免给日人借口。大院君表示完全接受上国的要求，并表示下午将前往军营回访、犒军。

各项准备工作早已准备就绪，下午只等大院君前来。然而一直等到三时多，却不见踪影。众人都非常着急，仔细回忆是哪个环节出了问题，引起了大院君的怀疑，可实在无从想起。到了四时左右又下起微雨，大家几乎绝望，大院君一定会以下雨为借口不再前来。

然而出乎众人的意料，四时半左右，大院君在二十余人的簇拥下冒着蒙蒙细雨前来。其中护卫十人，长夫十余人，抬着一头猪，四只羊。吴长庆、丁汝昌、马建忠亲自出迎，袁世凯则去招呼大院君卫队统领。十余名长夫被请进一间营帐中，那里好酒好菜已经备齐。十名护卫紧跟在大院君后面，袁世凯拉住卫队长道："院公与吴大帅他们去谈事情，何必都跟了去。来来来，弟兄们随我去喝一杯。"

卫队统领推辞不过，安排四人跟着大院君，他们几人则跟袁世凯进了帅帐右侧一个营帐中。这里也布下一桌酒席，袁世凯请卫队统领上座，他亲自执壶劝酒。卫队统领推辞道："卑职职责所在，不能饮酒。"

袁世凯竖起拇指称赞道："尽职尽责，兄弟佩服，绝不勉强，那我就以茶代酒，敬各位一杯。"

这实在无法推辞。等几杯茶水下肚，众人只觉眼神迷离，不久都迷糊过去了。袁世凯挥挥手，先锋队的人立即将他们捆扎结实。他带着翻译来到帅帐外，对站在门外的四个卫兵士兵道："统领让你们也去喝一杯。"

他们亲眼见到袁世凯与统领勾肩搭背的亲热情形，毫不怀疑，随翻译去了营帐，一进门就被按倒在地，嘴被塞得严严实实。看事情办妥，袁世凯这才到吴长庆帅帐回话："报告大帅，晚饭已经安排妥当，两刻钟后就可开席。"

这是表示已经完全解决了大院君的随从。

吴长庆点了点头道："好，很快就开席。"

马建忠疾书道:"君知朝鲜国王为大清国皇帝册封乎?"

大院君写道:"知之。"

"王为皇帝册封,则一切政令当自王出;君趁六月九日之变擅窃大柄,使皇帝册封之王退而守府,欺王实轻皇帝也,罪当勿赦。"马建忠再书。

大院君这才发现情形不妙,一看随从也都不在跟前,便写道:"大帅难道要做云梦之游乎?"不理马建忠,拿着纸让吴长庆看。

云梦之游,典出西汉,高祖刘邦为解除韩信兵权,采取陈平之计,伪游云梦,借韩信前来拜见之际逮捕了他,贬为淮阴侯。

吴长庆心有不忍,提笔写道:"非也,是非曲直,不得不论。"

袁世凯精选的二十余人已经在帐外待命,见吴长庆还在犹豫就道:"大帅,时机紧迫,不容犹豫,须当机立断,防夜长梦多。"

"念与王有父子之亲,姑从宽假,请速登舆至马山浦,乘兵轮赴天津,听朝廷处置。"吴长庆于是提笔写罢,扔下笔与丁汝昌、马建忠出了大帐。

袁世凯对愕然的大院君说:"大院君,请吧!"

没有翻译,大院君听不懂袁世凯的话,但请的手势他当然明白,他向后退了一步,不肯向帐外走。袁世凯一挥手,赵国贤率两名兵勇架起大院君出了大帐。帐外两行兵勇手持洋枪,列队以待,大院君派给马建忠的轿子就在帐外,轿夫当然全换成了庆军的兵勇。大院君不肯登轿,袁世凯架住他的一条胳膊送进轿中,一挥手四人抬轿飞奔,百余健卒蜂拥而行,丁汝昌则策马跑在后面。离汉城十余里,二百名水师兵勇等待已久,丁汝昌与袁世凯拱手告别,带着大院君赶到马山浦,当晚乘小艇登舰。

袁世凯赶回军营向吴长庆复命,吴长庆正在设宴款待众将及幕府人员,商讨下一步的行动计划。大院君被拘捕,但兵乱并未平定,乱首尚未惩治,必须趁热打铁,尽快讨伐乱兵。讨伐乱兵必须师出有名,因此应当立即请国王李熙重新执政,由他邀请平乱,方可名正言顺。

此事已经由马建忠安排,派金允植设法给李熙送信,告诉他大院君已经被捕并押往天津听候发落,请他立即出来主持大局,并提出帮助平乱的书面要求。同时张謇负责安排人连夜在汉城各城门张贴告示,宣布大院君的罪状,以安民心,震慑乱军。

第二天一早,左承使严世荣来见吴长庆,他是奉国王之命来请清军帮助平乱,有国王亲笔手书的请求。吴长庆请严世荣转至国王,清军将立即开始平乱,请多派向导、翻译。

此事交涉结束,严世荣还有事转请:"奉国王面命,卑职请大帅释回院公。太公年事已高,不宜历风涛之险。"

"此事真是国王所请?"这个请求让吴长庆深感意外,国王被大院君夺权,怎么还会希望释回大院君?

严世荣回道:"是国王请小职向大帅面请。当初国都局势混乱,幸亏院公出面苦劝,乱军才退出汉城。国王至孝,念及院公年老无依,实在于心不忍。"

"此次兵乱,外间盛传院公系主谋,众心所附,实为其魁。皇帝欲面问其事状,冀望特切,我奉朝命,唯有奉行,臣子之义,岂可有违?我朝素行宽大,笃伦尽恩,必能两全而无弊,请国王万万放心。"如果放回大院君,乱兵便心存侥幸,其党徒势必蠢蠢欲动,难免给平乱增加变数,这个要求吴长庆无论如何不能答应。

严世荣又道:"国王还有一请,若大帅不同意释回院公,请允准国王幼弟及院公身边亲随等人随行,以照料起居。"

这个要求并不过分,吴长庆正要答应,张謇却进帐直向他使眼色。吴长庆会意道:"大人且请稍等,营中有急务需要商讨,我去去就回。"

吴长庆随张謇出大帐到了营务处。金允植也在里面,已经写了几页纸,请吴长庆过目。原来,他已经打探清楚,昨夜李载冕得到大院君被拘的消息,和母亲骊兴府大夫人到高宗面前哭求,要求释回大院君。国王心有不甘,但又不愿背不孝罪名,因此才有此一请。而要求派往陪伴大院君的两个亲随是大院君的亲信,奉李载冕之命,其实是要到北京交结朝臣,以期翻案。

张謇建议道:"大帅,此事不可不防。如果朝中不明真相者为大院君鸣冤翻案,那么我们此行不但无功,反而有过。而且大院君若释回平乱便又加变数,朝鲜局势何时才能了局?日本再兴风作浪,我们怕是要前功尽弃。以宗主国身份尽快平息事端,不给日本干涉的机会,这个原则不能动摇。"

"原来是这么回事,季直不必解释了,我知道其中的利害。大院君不能释回,他的亲信不能同行,但可以让他的幼子前往照料,也可派人送些日用之物。既然国王只是面子过意不去，才请求释回大院君，那我就来做这个恶人，帮他面子上过得去。"

主意已定，吴长庆回到帐中，严厉指出大院君的罪责，并请转告国王，他的要求无法答应，只允他的幼弟和仆从数人赴马山浦给大院君遣送行装及随行侍奉。若大院君所乘登瀛洲号已经起行，准幼弟一行搭乘其他舰船赴津。此后凡有去见大院君者，须先行告知中朝，获准后方可起行。

打发走严世荣，吴长庆对张謇说道："季直，国王的这位长兄是大院君的臂膀，又掌握着军权财权，此人是个麻烦，如果不设法控制，我们的平乱行动恐怕会受影响。"

"大帅的意思是把他也拘捕？"

"他是受父命出任要职，说不上明显的罪状，拘捕不合适。但应当限制他的行动，割断他与乱军的联系。"

张謇应承道："此事我去与马观察商议，他与李载冕相熟，比我们方便。"

"你带世凯同去，到时候需要人手的话，从他的先锋队中调遣就行。"

张謇知道，吴长庆对袁世凯十分赏识，这是有意给他立功的机会。

两人进城到了南别宫见到马建忠时，他正在与朝鲜领敦宁府事金炳国、金弘集讨论与日本签约的事情。马建忠对照日本提出的条件，逐条帮助分析道："拘捕乱党一条不用日本人提，自然要办，国王也是受害者，岂有不办乱党之理？但最好不能定期限，因为实在说不准什么时候能够彻底办清。赔偿军费一条，与国际法不符，何况日朝并未开战，何来赔偿军费？非要赔偿，可在以抚恤受害日本人名义上适当加一些。具体额度，以不超过十万日元为妥。至于日本人所提五十万日元，绝对没有答应的道理。日方要求京城驻兵一项，绝不可允。日本人的理由，无非就是这次公使馆人员受到围攻，顶多可以答应公使带若干兵员护卫使馆。"

此外日本人还要求日本公使、领事可在内地旅行，马建忠认为可以答应，但须事先征得朝鲜地方官同意。

两人又就一些具体问题请教，可以听得出来，朝鲜国王急于安抚日本人。因此，马建忠便提醒道："虽然日本人陈兵济物浦，但请两位务必转至国王，日本人狡诈多谋，不要轻易答应他们的要求。尤其是开矿、电信等利权，无论如何不能向日本人开放。"

金炳国听了又问道:"国王知道马大人善于外交,国王之意,马大人可否出面帮助鄙国与花房义质面商?"

"那不行,我国不干预属国的内政外交,这是秉持多年的传统,我只可以提供建议和参考,不宜直接出面与日本人交涉。"马建忠断然拒绝。

袁世凯却在一旁建议道:"马观察,我倒是觉得你完全可以在这方面显示出宗主国的地位,同时向日本表明,朝鲜是大清属国,让他们不要歪打主意。"

"自主自强,方是朝鲜的出路。朝鲜不断强大,方可断列国觊觎之心,这也是宗主国所乐见。我国可以帮助属国开国自强,但不能越俎代庖,因此,与日本人谈判的事情,还是请朝鲜派员去谈。"

打发走两人,马建忠又解释道:"当着朝鲜官员的面,有些话不好说。力避中日之间发生摩擦,是朝廷对我们此次出兵行动的明确要求,既不准发生军事摩擦,也不准外交上产生摩擦,避免置我国于不利地位。因为法国在越南寻衅,朝廷必须力保朝鲜无事。"

袁世凯听了却不以为然道:"避免两面受敌自然不错,可一再退让并非善策。朝鲜是大清的属国,我们帮他救灾,帮他平乱,要耗粮饷,耗军械,还要牺牲兵勇性命,可是内政、外交又坚持不干预,我们岂不是只当个冤大头?日本派几条军舰来,张口就要兵费,他凭什么要兵费?内政让朝鲜自主,外交上我们又不出面,宗主国的地位在哪里体现出来?要我理解,坐下来与日本谈判的应当是大清国,朝鲜是大清的属国,你与朝鲜交涉,当然要大清出面。就好比一把椅子,你说是你的,别人要来搬的时候,当然我就可以直接对他大喝一声,别动,这是我的椅子。"

马建忠叹道:"话不是这么说。属国自主的传统已经延续了几百年,历来如此,何况朝鲜毕竟不是一把椅子。如果算是把椅子的话,也是放在大清院墙外的椅子,已经在那里放了几百年,突然要搬进院中,容易引起异议。"

袁世凯却固执己见:"从前放在院外,是因为没有贼惦记。百年前大清国力强盛,没人敢炸毛。现在不同了,列国有坚船利炮,可以从万里外跑来与大清争东夺西,这放在院外的椅子已经不安全,所以必须搬进院内,这又有什么好说的?"

这话竟然驳得马建忠无话可说，心中禁不住火起，心想要论外交，你袁世凯还没启蒙呢，还在我面前大言不惭！他毫不客气地回道："慰廷，论打仗，我不如你。可是要说到外交，并非人人都能深谙其中奥秘。马某跟随李中堂多年，也曾经出国考究，尚不敢肆口妄言，你我还是遵令而行吧。"

"只顾听你们两人高谈阔论，忘了正事了。"场面有些尴尬，张謇打破沉默，将吴长庆希望设法绊住李载冕的意思说给马建忠。

"恐怕只有再行诱捕之计。"

张謇解释道："大帅的意思，并不是拘捕他。"

"我知道大帅意思，不是拘捕，却要他跳不出大帅的掌心。硬去拿人肯定不行，所以只有像对付大院君一样，请他入瓮。"

张謇有些不信道："有大院君的前车之鉴，他恐怕不会上当。"

"那就想个他无法拒绝的理由。"马建忠想了许久才道，"他以至孝自许，在国王面前哭求，也是以孝的名义，那就让他来商讨如何释回大院君的事情，他恐怕不能不来吧？"

张謇担心道："他来恐怕也会万分小心，如果带着大批卫队来，我们能奈其何？"

马建忠看了袁世凯一眼，用激将的语气说道："这就看慰廷有多大本事了。"

袁世凯一拍胸脯道："来不来的事，你们费心；拿下他卫队的事，交给我来处置。"

"慰廷，这可不是闹着玩的。"张謇还是有些犹豫。

"老师不必担心，他不敢带大队人马来，如果带大队人马，无异于公然反叛，城外的大军正用得上。如果他只带几十人卫队，对先锋队来说是小菜一碟。"袁世凯说完，便派人出城调先锋队入城，并与吴长庆约定，如果需要大军支援，就让人放红色信号弹。

马建忠劝道："慰廷，这应该悄悄布置，明目张胆调先锋队入城，李载冕会立即知道。"

袁世凯笑道："行的就是震慑之计，让他知道如心存反抗，则会就地剿灭。"

张謇和马建忠都觉得袁世凯行事太险，太过张扬，但他一再表示愿负其责。于是,马建忠派人给李载冕送信,他果然回话,说"军中诸事纷繁,恕不能抽身前来"。

马建忠再派人持亲笔信去,让送信人从大门口开始嚷嚷,马观察请李将军商议释回大院君的事宜,如果李将军不能赴约,大院君则不能释回。李载冕知道推托不过,亲自到南别宫来,身后跟着三十人的卫队。

南别宫大门敞开,只有两个门岗,对李载冕一行连问也不问就放行。进了二堂,袁世凯站在大厅前的台阶上说道:"李将军,我奉马大人之命在此恭候,请将卫队留在此处,您请只身入厅。"

卫队统领回道:"请马大人出来相见,我们奉命保护将军,寸步不离。"

袁世凯冷笑道:"李将军带这么多人到南别宫来,来者不善呢。如果不将卫队留下,马大人不会相见。"

卫队统领见状问道:"如果我们非要与将军一起觐见呢?"

"那就别怪我不客气,就地剿灭!"袁世凯一挥手,四十名先锋队一色洋枪把二堂院子包围起来。

"我知道此行必是鸿门宴。"李载冕对卫队统领挥挥手道,"你们退下吧。"

卫队收起刀枪,退出二堂院子。李载冕只留下翻译,大声说道:"马大人,既然请我来议事,就请出来一见吧。"

"李将军,乱兵未平,不得不如此。"马建忠从二堂大厅中走了出来。

李载冕回道:"汉城秩序井然,何来乱兵。"

"乱兵都在枉寻里、利泰村,这谁不知道?"

李载冕争辩道:"他们都是奉太公之命撤出京城驻扎,马大人怎么称之为乱兵?"

马建忠义正词严道:"杀害朝廷重臣,硬闯王宫,逼死王妃,肆行抢掠,国王都险些遇害,不是乱兵是什么?"

"马大人,他们严守太公之命,屯驻枉寻里、利泰村,井然有序,不信可请太公复临。马大人说与我细商释回太公事宜,请马大人示下。"李载冕还想做些挣扎。

"实不相瞒,太公已经乘轮去天津。今天请将军来,是请将军脱离是非之地。今晚大军将对乱军进行围剿,将军若安居南别宫,便无被乱兵胁迫之虞,事急从权,还请将军宽宥。"

李载冕苦笑道:"他们都是贫苦士兵,被克扣军饷,无以为生才不惜铤而走险。请马大人可怜他们,不要枉杀无辜。太公被囚,我自知难安于位,已经将印绶带来,一并交给马大人,我不做什么将军、判书了。"

马建忠摇摇手道:"李将军,马某岂敢?您是朝鲜的将军,做不做,那由你们的国王决定,我们绝不干涉。请将军放心,您只要不出南别宫,一切不加限制。我已经略备薄酒,给您压惊。"

事情非常顺利,张謇和袁世凯出城回营复命。吴长庆已经对晚上的军事行动做了部署,六营人马分为两路,一路前去进攻枉寻里,他则亲率两营去攻打利泰村,袁世凯的先锋队跟随吴长庆行动。

"世叔,侄儿愿率先锋队打前锋。"袁世凯一听有仗打,立即请战。

"这是真刀真枪打仗,你从未经过实战,我怎么放心让你去打前锋?"吴长庆不允。

"世叔放心,侄儿不会死打硬拼,侄儿读那么多兵书,自然会活学活用。再说,不让侄儿打前锋,与先锋队的名号也不相称,别人会说三道四。"

吴长庆不答,反而问起张謇:"季直,世凯是你的学生,你说我该不该让他打这个前锋?"

张謇顺水推舟道:"大帅就放手让慰廷去一试身手吧。自从入朝以来,他所办理的事情,经常给人意外之喜。"

晚上十时,大军起程,不到一个小时就到利泰村。利泰村、枉寻里都是朝鲜旧军及家属世代居住之地,相隔不过十里,利泰村离吴长庆的大营更近一点。袁世凯带先锋队摸过去,接近村子时突然从屋子里射出子弹,在暗夜里划出一道道亮线。陪在袁世凯身边的赵国贤腿上中弹,哎哟一声趴在地上。袁世凯也一哆嗦趴到地上,等发觉子弹大多从天空中划过,并伤不到人时,胆子便大了,弓着腰躲到一堆石块后喊道:"听我命令,都小心趴在地上,先别乱动。"

他观察了一下,前面是一片空地,没有任何遮挡,如果乱哄哄向前冲,伤亡肯定少不了。可乱兵所在的房子都是草顶,就有了主意,便下命令两个什长各带十人,把全队火把集中起来向着房顶乱扔一气,顿时火光冲天,里面的人乱纷纷向后跑。

"兄弟们都跟我冲,见人就开枪,都把枪里子弹打光了。"袁世凯命令道。

先锋队的冲锋号呜嘟嘟吹响,全体兵勇弓着腰向前冲。枪声叭叭响成一片,但全是冲锋队的来复枪声,乱军几乎没再响一枪。从房子里跑出的人都蹲在地上举着双手,几乎没遇到一点抵抗。袁世凯发现已经跑到了村子的另一头,依然没有发现大队人马。他找来翻译,叫蹲在地上的一个老者回话。老者回道:"听说上国大军来到,几天前人都跑了个差不多,今天晚上又跑了一部分,剩下的都是老弱残兵。"

袁世凯命人把蹲在地上的人集中起来,数了数只有三十余人。他感觉很不尽兴,叹道:"这仗打的,还没打就结束了。"

这时候吴长庆率军过来了,问道:"世凯,伤亡如何?"

"只伤了两人,这仗打得真没劲。"袁世凯有些丧气。

吴长庆笑道:"还头回听说打仗嫌伤亡少的,你战果如何?"

"只俘虏了三十来个人,早就都跑了。"

"这就不错了,我第一次接仗伤亡了二十多人,才俘虏了人家二三十人,你算幸运了。"

吴长庆下令大军凯旋,命袁世凯押着俘虏回大营。回到营中,天光大亮。不久后,另一路人马也回来了,押着一百余俘虏。这时天开始下雨,俘虏们蹲在泥地上,非常狼狈。

张謇冒雨前来查看,发现大多是老人孩子。老人目光茫然,孩子眼含胆怯,他心中顿生怜悯,对看管他们的兵勇说道:"你们别太凶了,别吓着孩子。"他又找到吴长庆说,"筱公,这些人都是穷苦人,不要过于为难他们。筱公可否请国王派人来分别审讯,区别主从,惩治部分主犯以儆效尤,胁从者则最好一律释放,也给那些逃散者一条生路,让他们主动归降。不然把他们逼上绝路,舍命相搏,反而不易收功。"

"季直真仁者也,我正有此意。请国王派人来审,还可体现属国自主之义。"

国王派人来审,用了一天多的时间区分主从,决定处决十五人。张謇认为太多,建议将其中五人改为徒刑,经马建忠向国王提议并被采纳。国王又颁布招抚文书,只惩元凶,胁从不问。逃散各地的乱军纷纷前来自首,兵乱很快得以平定。

但日朝谈判的结果却有些差强人意。到济物浦谈判的全权大臣是奉朝贺(退休官员的一种荣誉官名)李裕元,实际负责谈判的是全权副官、工曹参判金弘集。两人根据马建忠的指点与花房义质辩论,双方僵持不下。双方最争议的一是赔款数额。日本提出共五十五万日元的巨额赔偿,朝鲜认为太多,花房义质提出将赔款减至四十万元,但朝鲜须以矿山采掘权、电线架设权,咸兴、大邱两地开放为通商口岸等为交换条件。马建忠认为这两条损失利权太多,宁愿多付十万元也不能答应。而且"赔偿"二字于国际法不合,把"赔偿"二字改为"填补"。第二项则是日军驻扎汉城。花房义质以使馆被焚为由,认为朝鲜根本不能保护日本使馆,因此必须准许驻军保护。马建忠建议朝鲜无论如何不能答应,而日本则对朝鲜深怀野心,坚持非驻军不可。结果最后折中为"日本公使馆,置兵员若干备警"。此外还有朝鲜派出官员到日本去谢罪、扩大日本在朝商务权益等内容。大家都觉得日本无疑还是在朝鲜取得了驻兵权,以后朝鲜的局势会更加复杂。

袁世凯尤为不满,私下向吴长庆抱怨道:"马观察以擅长外交自傲,我看也不过尔尔。我军已经平定兵乱,占据优势,而仍然让日本取得驻兵权,这算办的哪门子外交? 宗主国权力没有任何增加,而日本却获得如此多的权益,恰如身上长了个巨疮,早晚要危及性命,可笑马观察还洋洋自得。"

吴长庆劝诫道:"世凯,外交的事情不在我们的职责范围,我们不可说三道四。这次入朝你功不可没,我十分欣慰。我即将咨请李中堂、张振帅奖赏有功人员,把你列为首功,我给你的评语是:治军严肃,调度有方,争先攻剿,尤为奋勇。我为你请实授同知,李中堂、张振帅能否同意,朝廷能否旨准,我就不敢保证了。"

袁世凯捐的官职是中书科中书,一个从七品虚衔,而同知则是正五品官员,那可是连升五级! 袁世凯非常激动,跪地磕头道:"谢世叔的提携之恩,无论朝廷是否旨准,侄儿对世叔的大恩永世不忘。"

吴长庆边抬手边笑道:"起来起来,是你自己争气,我不过是顺水推舟,对你父亲也算有个交代了。还有你张老师一直在帮着你说话,他的推荐之恩,你可不能忘了。"

"侄儿不敢忘恩负义,这就去看张老师。"

吴长庆告诫道:"我报功的事你不必细说,如果传扬出去,难免有人反对,那就弄巧成拙了。"

袁世凯到汉城去买了一坛米酒,一提打糕,还有一对鼓,由一个亲信稽查兵提着去看张謇。张謇正在埋头修改文稿,看到这些后惊道:"慰廷,买这么多东西,你要回国?我没听筱公说。"

"学生不回国,这是孝敬老师的。学生自入朝以来,老师多次向大帅推荐,学生没齿不忘。"

"你这话就见外了。外举不避仇,内举不避亲,我向筱公推荐,实在是你有过人之处。你到朝鲜后许多次让人刮目相看,我即便不推荐,筱公也会用你。"

袁世凯不接话,拿着礼物道:"这是朝鲜人节日用的鼓,长的叫长鼓,是女子所用,短的叫平安鼓,由男子所敲。两鼓成对,则意寓平安吉祥。都是不值钱的东西,到时候老师带回国内,做个纪念。"

"那我就愧受了。"张謇说完,话题一转道,"慰廷,这些天我一直在考虑朝鲜如何善后。朝鲜小邦,群狼环伺,大清这个宗主国,应该怎样保朝鲜?我很赞同你的观点,与其有名无实,不如把朝鲜废为郡县,反而容易存续。这早就有前例,汉初,武帝征服卫氏朝鲜,设为乐浪、玄菟、真番、临屯四郡,今日不妨参照汉例,就像日本废琉球一样,列国未必有多少话说。如果废为郡县不可行,也可沿袭周例,置监国,或置重兵守其海口,而改革其内政。"

袁世凯对此极为赞同,两人谈得十分投机。

"如果朝廷连这两条也不能赞同,那么朝鲜必须改革内政,如果依然如此行政,难免重蹈此次兵乱覆辙。"张謇扬扬手里的文章道,"我提出了朝鲜善后六策,准备上书李中堂和张振帅,督促朝鲜改弦更张,革新自强。"

张謇提出的善后六策,第一策是通人心以固国脉,要顺应民心,参与兵乱的士兵与百姓,不要再加凌逼。"概加以罪,立国者将何从易民而治也?不如此,远而五六年,近而三四年,祸且踵至,何治之可图!"第二策是破资格以用人才。"令八道布告士庶,各得条陈救时良策,封进以抉择之,其武者,则考其方略,验其胆力;其文者,则试以牧民,随时甄别,引其优者任用之。"第三策严澄叙以课吏治,第四策是谋生聚以足财用,第五策则是改行阵以练兵卒,第六策是谨防圉以固边陲。

张謇谈得头头是道,而袁世凯最感兴趣的则是第五策,笑道:"老师,学生是带兵的,所以对第五策练兵的建议很感兴趣,愿闻其详。如果有可能,将来希望能够帮助朝鲜编练新军。"

"慰廷,你既然对练兵如此感兴趣,我不妨纸上谈兵,说说我的短见。"张謇觉得自己是纸上谈兵,没想到袁世凯却极为认真,并很快从中发现了机会。

第五章

受嘉奖遭人嫉恨　谋兵权编练朝军

吴长庆为赴朝人员请功的咨文是阴历七月二十三日（公元 1882 年 9 月 5 日）递达天津的，而李鸿章也恰恰是这一天赶回天津。

李鸿章的老母亲在三月初病故，他奏请回籍守制，并推荐老部下两广总督张树声署理直隶总督兼署北洋大臣。守制应当三年，但北洋驻军皆是李鸿章的旧部，北洋水师正在筹建之中，各国通商事务又离不开他，因此朝廷只准他戴孝百日，百日之后即回天津署理北洋大臣一职。而且说明，一旦有紧急外交事务，他必须随时回天津。

结果，戴孝将满百日时，朝鲜壬午兵变发生。朝廷连下两道旨意，让安徽巡抚裕禄传知李鸿章速回天津，勿稍迟缓。李鸿章回天津途中去见两江总督左宗棠，商议海防事宜，因为法国在越南闹，日本又在朝鲜寻衅，不能不统筹考虑。结果"睥睨天下"的左宗棠豪情满怀，对法国根本不放在眼里："不怕他们来，我怕的是他们不来，他们的军舰若敢来两江，让他有来无回。"对日本更是蔑视，并对李鸿章说，"少荃，不要被洋人吓得连大气也不敢喘，挺起腰来说话，洋人吃不了人。"

李鸿章却只知忍让，办外交讲的是"和为贵"，能不战就不战，因为中国积贫积弱太久，需要争取几十年的和平来追赶列国。他常用的外交手段是"以夷制夷"，遇事请列国调停，避免发生战事。这次朝鲜兵变又事涉日本，他不想与日本冲突，因此并不主张出兵。而代他署理直隶总督的张树声对这些年中国外交软弱早有不满，如果日本以兵势胁迫朝鲜，或者将国王掳去,朝鲜岂不会成为第二个琉球?那他张树声就是通国皆曰可杀的罪人!所以他上奏朝廷,坚决主张派兵赴朝。李、张二人在是否出兵上已经不谐。

派谁去朝鲜,派多少人,两人又有不同意见。李鸿章写信给张树声,认为:"调派陆军,尤须妥筹。由陆则道路阻长,雨水多滞,转运费艰;由水则兵船装载无多,商船租雇费力。或可号称陆军继至,先声后实,俟眉叔等到彼察看情势,再行禀办。派兵则宜少不宜多,护卫亲兵两营小队可矣。若大举,有战事,唯铭军在后路可调,统将勇而乏谋,似须添派稍有智略如吴殿元辈会同照料,方能操纵合宜。"驻登州的吴长庆则根本不在李鸿章的视线内。而张树声认为派兵入朝,登州吴长庆一军最合适,他上奏朝廷说道:"吴长庆纪律严明,素谙权略,当能随机应变。至朝鲜事局多艰,靖乱扶危,尤在乘时审势,取决当几。吴长庆到朝后,凡紧要机宜,应请由该提督相度筹办,仍一面咨商臣处,随时奏陈,以应事机而纾宵旰。"而入朝的人数,则主张登州六营全部入朝,而且还要调后续部队以备支援。结果朝廷又采纳了张树声的建议,让李鸿章大为失落。

更让李鸿章尴尬的是,吴长庆入朝后快刀斩乱麻,智擒大院君,平定了叛乱,让日本无从插手朝鲜政局。京中清流对此纷纷称赞,认为这显示了宗主国该有的威风,两相对比,李鸿章奉行的"和为贵"主张更显不得人心。而且英、德、美等国对清廷此举也颇为赞赏,美国驻华公使就此发表见解,认为:"朝鲜之属于中国已数百年,众所周知。此次中国发兵往定内乱,具有担当,所为实合公法。"这些风声李鸿章也听到一些,所以一到天津,看到吴长庆请功的咨文,心里是又酸又涩。他与张树声礼节性见过一面后,当晚召集心腹幕僚天津海关道周馥坦露心迹。

"兰溪,有人为这次平乱大唱赞歌,我看醉翁之意不在酒。"李鸿章的开场白直奔主题。

"是的。如果这件事是中堂来办,同样的结果,那些人未必会这样欢天喜地。中堂其实也不必介意,主政日久,难免有人鸡蛋里挑骨头。"周馥劝道。

李鸿章摇摇头道:"这可不是鸡蛋里挑骨头,说到底他们还是想动摇'和为贵'的外交方略。我如何不知挺起腰杆来舒服,可放眼世界,大清比人家差那么远,不埋头追赶,便永远受欺。所以忍气吞声几十年,为的就是将来可以扬眉吐气。可是有人单单连这点韬光养晦的胸襟也没有,这才对这次派兵入朝如痴如狂, 好像大清已经强大到可以睥睨天下, 真是小觑短见。"

"京津的舆论,与张大公子的周旋分不开。"

周馥说的张大公子是张树声的儿子张华奎,近来与清流干将们打得火热,张树声的心曲都是通过张华奎暗通清流。

"哼,我这位老部下,大约是觉得我李鸿章不行,要取而代之。我举荐他来为我守北洋,以为他能体会我的一片苦心,曲为周全。不想他竟然想改弦更张,这是那么容易改的吗?他竟然与那些信口雌黄、纸上谈兵的清流后生打得火热,想借他们成事,岂不是错打算盘?如果为朝廷守北洋的人也成了动不动就要强硬开战的人,那国家将永无宁日!朝廷总还有明白人,未必见得会真的赏识。"

李鸿章所说的朝廷中的明白人,便是恭亲王为首的一班权要。他们吸取两次鸦片战争的教训,认为中国与列国差距太大,非埋头追赶几十年不可,因此确定的外交策略是"外敦信睦,隐示羁縻",李鸿章以"和为贵"三字概括。和为贵,实际许多时候就是忍气吞声,难怪那些清流书生会常常痛加批评。

"朝廷对中堂的信赖和倚重是任何人都撼动不了的。张振帅把大院君送往京城,朝廷却下旨追回,请中堂询问后再做曲处,足见朝廷倚界之重。"

大院君被押到天津后,抵触情绪很大,以绝食相争,张树声前去拜会也不肯相见。后来总算从天津官员中找到一位曾经出使朝鲜与大院君有一面之缘的官员前去相劝,才勉强进食。张树声怕有个三长两短不好交代,就派人护送大院君进京。行到半路,接到上谕:"着将李昰应暂行妥为安置,俟李鸿章到津后,会同张树声向李昰应纠出该国变乱缘由,及著名乱党,详细具奏,候旨遵行。"他只好再派人去追回。

李鸿章冷笑道:"朝廷让北洋大臣驻天津,就是为了在外交上先给朝廷挡一炮。遇事就推给朝廷,还要北洋大臣干什么?你说把大院君送到京城,是让太后问话还是让恭王询问?朝廷一点余地也没有了嘛!一件小事,足见振轩还欠把火。"

说完大院君,两人转而说起请功的事来。

"其实最应该请功的应该是中堂。"周馥语出惊人。

"这话怎么说?"李鸿章丁忧在籍,何来最应该请功之说?

"我大军能够及时赶到,依仗的便是水师,若没有丁禹亭率水师护航,如何能够蹈海而去?而大办水师,正是中堂的莫大功绩。"

"要说到水师,没我还真不成。"李鸿章是当仁不让的语气,想了想又道,"将来请功,应当把丁禹亭多书一笔。还有马眉叔也是功不可没,我要单独附片举荐。"向朝廷奏功,功劳最重的要在正文中提几笔,而大多数人则放在附单中,如果专为某人附片保荐,则此人获赏必优。"岂止是赴朝的北洋水师将领,你们这些后方的人,筹划粮饷,伺机调度,也是功不可没,你也列个保单来,将来我和振轩商议。"话题重新回到吴长庆的保案上,李鸿章又说道,"除了那些总兵大员外,有一个人吴筱轩看来很欣赏。"

周馥没看过吴长庆的咨文,问道:"中堂说的是谁?"

"此人叫袁世凯,从未听说过。"

周馥笑道:"是他啊!他的族叔中堂很熟悉,就是袁子久。"

李鸿章"啊"了一声:"看到这个名字时我还想呢,没想到真是他侄子。"

"子久本来要我写了一封推荐信,他的这个侄子要来投奔中堂在洋务上弄个出身,可是给吓回去了。"周馥讲了袁世凯未曾就幕的经过,"他对袁子久说,李中堂幕府人才济济,真正的是相府丫头三品官,我这从七品小芝麻官什么时候能出头?我是宁做鸡头、不当凤尾的脾气,宁愿到小庙里当大和尚,不上大庙里当小和尚。"

李鸿章听了哈哈一笑道:"有见识!还有点霸气,倒有些我当年的狂气。"

"大帅欣赏,何不罗致麾下。"

李鸿章连连摇手道:"我与吴筱轩争人才,掉不掉价?我休息一天,后天就与大院君会面,到时你也参加。"

李鸿章会同张树声询问大院君有关兵乱详情,大院君对将他作为兵乱主谋坚决不承认。但李鸿章参照各方面反馈的信息,认为大院君就是主谋。如果乱军到云岘宫诉苦时大院君能够正言开导,何至于有此大难。乱军围击宫禁,大臣被害,凶焰大张,大院君却能控制住局势,既然能够定乱于事后,独不能遏乱于方萌,是五尺童子都知其叵测。何况秉政一月有余,擅作威福,树置私人,却对乱首不加捕治,其与乱党勾连,不问可知,百喙难逃。对这个定论,大院君还是不以为然:"是不是我应该不闻不问,让乱兵肆虐,把王宫烧得片瓦无存,才能说明我与乱军没有联系?"有此一问,众人无话可说。

如何处置大院君,大家却颇费思量。朝鲜国王已经派来使臣,携带国书为大院君求情:"大院君今年六十三矣,素抱疾病,近益沉绵,今者涉风涛之险,冒雾露之忧,单身远赴,谁救谁恤?伏维大皇帝至仁至慈,孝治天下,伏乞制军大人曲垂怜悯,转达天陛,亟许大院君不日回国,俾当职得伸人子之情,感戴皇恩,永世无穷,不胜痛泣祈恳之至。"

大家觉得,既然国王如此相求,不如就放大院君回去。李鸿章却另有看法,他认为国王有此恳请,不过是尽人子之义,其本心未必真愿赦回。而且如果把大院君放回,是不是说我们抓错了?

张树声也立即点头附和:"对,如果我们抓错了,则此次派兵入朝也就从头至尾错了,我们非但无功,反而有过。大院君不能释回。"

周馥、马建忠奉李鸿章之命与朝鲜国王派来的使臣详谈,追问国王为什么要请大院君还朝。使臣最后说了实情:"国王与大院君系父子,以私情议,当迎请还朝;大院君窃取政柄,以公事论,不应释回。"李鸿章的推测被证实。

不能释回必须有过硬的道理。马建忠代为起草的奏稿说道:"大院君党羽众多,业与国王、王妃及在朝诸臣等久成嫌衅,倘再释回本国,奸人构煽,怨毒相寻,重植乱萌,必为后患。届时频烦天讨,不胜其扰。而且朝鲜贫弱小邦,变故岂堪再遇。是昰应不归,犹可保其家,安其国,全其父子;昰应一归,则父子终伤,必至害于家、凶于国而后已也。"

而周馥稽查史书,元代就曾有两次将高丽国王拘捕的前例。最后建议朝廷将大院君"安置"省城保定,生活各方面给予优待,并准许国王派人前来省问。安置的地方,则选在清河道旧署,屋宇宽广,不下二十间,足够中方看管人员及朝鲜随侍人员居住。

周馥、袁保龄、马建忠等人奉李鸿章之命拟议了《派员看守朝鲜大院君李昰应章程八条》,同时报给朝廷:

一、凡有李昰应与人信札往来，俱应露封，由看守委员查阅后始准送交。其不露封与书朝鲜俗字者，由委员驳回，不准擅送。

二、凡看守之人，俱宜分居在外不可与之亲密。在省及外来文武官员，非奉宪谕，不准任其私自入见。

三、李昰应每日需买食物，由委员派人代买，价值由彼自付；或彼自派人出买，则由委员派妥实兵弁跟同上街。不准其托故私自送信，亦不准其私买违禁之物。

四、李昰应倘欲自行赴市买物，只准随带奴子一二名。由委员先请宪示，并须举行。但一月不得过一两次，不准出城，不得隔宿。

五、李昰应随从人役，由委员查明给予腰牌。每月由练饷局查照人数，酌送米煤外，另给送银五十两以为杂用。倘以后朝鲜国王再添派官役，按人只加送米煤，不另添银两。

六、送银两米煤等物，俱由看守委员开单送入，取李昰应亲笔收条存查。

七、看守之员请于在省司道大员中专派一人督察。再由司道会商，拣派精细勤干之委员二人，由中军派武弁二人，常川住守。逾年准分次另换员弁兵接替，而唯不得同时全换。

八、所有练饷局支发各款，随时报明，请准附案汇销。

李鸿章与张树声《会同究问李昰应折》《安置李昰应片》及八条章程上奏朝廷，不到十天，朝廷便有旨意，完全同意。

同时还有一道旨意，对赴朝有功人员进行奖赏，基本是按照李鸿章、张树声所奏照颁。

吴长庆接到嘉奖上谕已是一周后。上谕加附单，厚厚一摞。前面几句话对赴朝平乱评价是"旬日之间，该国乱党悉平，局势大定，办理甚为妥速"。接下来的赏格，李鸿章"创练水师深资得力，着交部从优议叙"；张树声"相机调度，督率有方，着赏加太子少保衔"；吴长庆"统带所部，会同提督丁汝昌、道员马建忠、迅赴事机，克期定乱，吴长庆着赏给三等轻车都尉，丁汝昌着赏穿黄马褂，马建忠着赏戴花翎，以海关道员用，交军机处记名。"这五个人奖赏最优厚的应当属马建忠，此前他只是道员衔，实际品级是知府，以海关道用，则一有缺就可出任海关道，而且赏戴花翎并非轻易可得，文员非有武功不可。

其他人员的赏格，则全在附单中。这份名单很长，赴朝的统兵将领、幕府人员、轮船管驾都有份，那些并未赴朝却与此事有关的，比如李鸿章、张树声的幕府人员，办理军械、粮饷的后勤人员等等，受赏者总有五六十人。

吴长庆安排人抄录十几份，发至各营及幕府相关人员，各营再抄录分发。袁世凯的大名排得相当靠前，各位总兵之后，是布政使衔河南候补道魏纶先，接下来就是袁世凯，"候选中书科中书袁世凯，治军严肃，剿抚应机，以同知分发前先补用，并赏戴花翎"。其次是张謇的三哥张詧，在吴长庆幕中管后勤供应，也是深得倚重，但这次嘉奖名头却不及袁世凯，是"以知县仍留江西前先补用，并赏给五品花翎"。赵国贤也列名其中，赏正七品把总。他相当满意，腿上挨一枪换个七品武官，值！

不过，袁世凯的功劳却有不少人不服，认为是借右营兵成事，如果不是右营组建的先锋队，他靠什么争先攻剿？

这种说法已经有些日子。袁世凯被吴长庆推为首功后，右营管带朱先民就找到吴长庆抱怨："大帅，我的两哨给别人建了莫大功劳，如今朝乱已平，该归营了吧？！"

吴长庆知道朱先民有情绪，好言抚慰，当然立即答应归建。袁世凯于是又恢复到只带三十个稽查兵的旧局面。

一个军人无兵可带，对袁世凯来说是件异常失落的事。必须有自己的兵！但庆军各营都各有营官，不可能再从人家手里弄兵来带。而再招募新兵，更是不可能。他想起张謇《朝鲜善后六策》中所提为朝鲜练兵一策，觉得这是自己得以带兵的唯一可行之策。于是，他找金允植说了自己的想法："此次兵乱，国王险遭不测，可见王宫守卫极其薄弱；而日军来犯，朝军首先胆寒，可见兵士无刚勇血气。王宫欲自保，朝鲜欲抵御外侮，非新练数营不可，何不趁吴大帅在此，请求帮助练兵？"

当时金允植已经被国王派为使臣，将到天津去带回赴北洋考察的学生，并打算让他建立机器厂，因此他无心关注练兵，口头答应届时向国王进言，但自此再无回音。

如今嘉奖上谕一颁，袁世凯掠人之功的说法又鼓噪起来，尤其是右营，营哨官无不认为袁世凯是沾了他们的光,这些话自然让他极其烦恼。而恰恰此时,有个右营兵偷偷跑到朝鲜居民家中吸食鸦片,被稽查队拿个正着,请示袁世凯该如何处置。袁世凯本想责打五十军棍,但那个鸦片鬼胆气大壮道:"袁会办,你如今的五品顶戴都是右营兄弟挣来的,总不能对右营忘恩负义吧?"

这简直是向袁世凯伤疤上撒盐,于是他问道:"按军纪,吸食鸦片该当如何处罚?"

稽查队长回道:"应当责打五十军棍。"

那个鸦片鬼冷笑道:"五十军棍算什么,有种把小爷的脑袋砍下来。"

袁世凯怒回道:"那就成全你。来呀,拖出去砍了!"

稽查队长提醒道:"大人,罪不该斩。"

"斩他自有道理。一则他跑到朝民家中吸食,便是扰民;二则他不知悔改,自己求死,我为什么不让他如意?斩!"

袁世凯在稽查队令行禁止,结果这个倒霉鬼真被砍了脑袋。右营兵听说后,全营五六百人把吴长庆的大营给围住了,纷纷承认自己也吸鸦片,让吴大帅把他们的头砍掉。吴长庆十分恼火,急催袁世凯前来,声色俱厉道:"世凯,你办得好事。杀一人而招一营哗变,你说你打算怎么办?"

袁世凯不慌不忙地请个了安问道:"那么请问大帅,您是希望庆军禁绝鸦片,还是希望人人腰里别杆烟枪?"

吴长庆没好气道:"那还用说,人人都成了鸦片鬼,我庆军还不完蛋了?"

"那好,侄儿就传大帅令,从即日起,有吸食鸦片者,一经查实,立即问斩!"

吴长庆闻言变了脸色:"你先别说这些没用的,现在外面的五六百人怎么办?"

袁世凯正色道:"那好办,先宣布新军纪,然后挨个问吸不吸鸦片,若承认,立即斩首。"

吴长庆听了跳脚大怒:"五六百人你都给我斩了?他们要真哗变该怎么收场?"

"请大帅调两营来,看他们还敢不敢闹。"袁世凯给出建议。

吴长庆不答应:"我的兵是来杀敌的,不是对付自己兄弟的。你要有本事,就用你这三十人来解决。"

袁世凯赌气回道:"好,那大帅交给侄儿来办。但大帅得把你副营的两门行营炮调出来归侄儿用。"

吴长庆脸都白了,厉声道:"袁世凯,你真要激出大变,我也救不了你!"

"世叔,侄儿敢说斩不到五个人就没人承认吸鸦片了。您要信得过,就交给我来办。"

袁世凯命稽查队把一张桌子摆到吴长庆大帐外,站到桌子上大声道:"我,袁世凯,奉大帅将令,宣布新军纪,自即时起,有吸食鸦片者,一经查实,就地正法!"

他从桌子上跳下来,挥挥手,两门行营炮吱呀呀推了过来,并装上炮弹。右营兵群情激愤,有人带头向前进逼,袁世凯命令稽查兵子弹上膛,有敢向前冲者,格杀勿论。三十人面对五六百人,本就是杯水车薪,袁世凯的心也提了起来,只怕镇不住会出乱子。乱兵之下,他非被踩成肉酱!如果有自己的兵就好了,列出阵来,看他们还敢不敢!但这种空想已经无补于事。他挺身而出,走到稽查兵与右营兵之间问:"刚才的新军纪你们没听到吗?"

前面的人回道:"听到了,你总不能把我们都砍了。"

袁世凯冷笑道:"那得一个一个来。那我问你,你真吸鸦片,还是来为兄弟出头?"

那个带头的回道:"真吸鸦片,怎的?"

"你出来说,稽查队有规矩,必须做笔录。"

于是带头的真走出来,昂首挺胸说道:"我,真吸鸦片。"

袁世凯让稽查队有模有样问询并做了记录后,一挥手:"斩!"

立即两个稽查兵拥过去,把带头的按倒在地,一刀斩讫。

右营兵中情不自禁发出"啊呀"惊叫。

袁世凯目光狰狞,问前面的人道:"你,吸鸦片吗?"

那人回道:"吸。"

于是还是询问、笔记那一套,然后又是一刀斩讫。

右营兵已经情不自禁向后退了。

袁世凯再问:"你们谁还吸鸦片,不妨站出来!"

没人敢再承认。

袁世凯大声喊道："既然不吸鸦片,那就还是好兵,立即回营,既往不咎。仍滞留不散者,后果自负! "

右营兵见状"轰"的一声便散去了。

袁世凯提着两颗人头进帐,对吴长庆说道："大帅,右营两人吸食鸦片,侄儿已经根据新军纪将两人斩首,其他人等俱不吸食,已经回营。"

吴长庆抹抹额头的汗,指着袁世凯说道："世凯啊世凯,你让我怎么说你好! 你可真让我刮目! "

"大帅,侄儿着人把两颗人头给朱管带送去,让他好好管带部下,别再搞这等闹剧,徒送人命,何苦来哉。"

袁世凯出门,深秋的风一吹,只觉得脊背冰冷,原来刚才他出了一身汗。

稽查队的兄弟围拢过来, 像维护英雄一样簇拥着袁世凯回到稽查处,队长后怕道："大人,刚才可把属下吓坏了。咱们人太少,没想到您把那帮王八羔子给镇住了。"

袁世凯苦笑道："我也是捏着一把冷汗。手头没兵,心里便没胆呢。等着吧,我早晚会有自己的大兵。"

第二天,袁世凯约请礼曹判书、外务督办金弘集会面。金弘集字敬能,与金允植是好友,都认为朝鲜应当亲近大清,实行开化政策,深得李熙信任。袁世凯通过金允植与之相识,今天请他是为了鼓动朝鲜练兵："朝廷已经有明确旨意,吴大帅一时半会不会走了,奉旨驻扎朝鲜,以便对乱党监视弹压。"

金弘集赞同道："如此甚好,鄙邦可保无虞。"

袁世凯又道："我国驻兵朝鲜,当然不仅仅是对付乱党,还为提防日本。如今朝鲜已经开国,将来时刻都将面对列国的贪欲。所以,长远之计,还需朝鲜自强自立。"

"只希望上国天兵能够长驻朝鲜。"

袁世凯听了摇了摇头："我国士卒恐怕不能久留,如果中邦有事,恐怕会调回大军,那时将无暇顾及朝鲜。朝鲜何不趁我大军在,择选精卒由我军训练,再授以自统,这才是长久之计。开始可先练一营五百人,以观后效。能练出劲旅三千,则朝鲜政可行,侮可捍。"

金弘集话说得有些为难:"我国财赋捉襟见肘,日本五十余万赔款还不知从哪里出,如何能筹得巨款练兵?"

袁世凯出主意道:"筹银子的办法有的是。贵邦产五金、人参、牛皮、丝、麻、木材,得人以理,指日可富。而且贵邦地多荒芜,引导百姓急种桑麻,每年筹数十万饷银有何难?养精兵三四千绝无问题。有此精兵,足可使日人不敢启鲸吞之心。"

金弘集道:"鄙邦与东西洋差距实在太大,洋人火器实在厉害,要能御外侮,非有洋枪洋炮不可。此次云养大人赴天津将采购机器,举办机器厂,待洋枪有了眉目,方可谈得到练兵。"云养大人即是金允植,"云养"是他的号。

袁世凯连连摇头道:"等不得,那要等到什么时候?现在就有一条不花钱弄到洋枪洋炮的路子,不知督办大人有无兴趣?"

"不花钱能弄到洋枪洋炮,会办请指点。"金弘集一听就来了精神。

"谈不上指点。"袁世凯撒谎道,"其实吴大帅也有意为朝鲜练兵,他多次与我谈起。朝廷也希望朝鲜尽快自强,所以贵国提出练兵的要求,并顺势提出赠送一两个营的洋枪洋炮应当毫无问题。"

"愿闻其详。"金弘集一副洗耳恭听的神情。

"首先,贵国应当表现出极其关注练兵一事,如果国王能够亲自提出这一要求最好。其次,则是最好与吴大帅关系紧密的人来练兵,将来一切事情都好就近商量。"袁世凯出主意道。

"由鄙邦国王出咨请求贵国帮助练兵、并请拨给军械,此事由我进言,可有八分把握。练兵之人,会办不妨帮助推荐一二。"

袁世凯笑道:"那我就来个毛遂自荐。编练新军,首要的是军纪严明。我治军严肃,这是朝廷在上谕中都有褒扬的,我来练兵,一定练出一支令行禁止、血气方刚的劲旅。说到我与吴大帅的关系,那是三代的交情,真正的世交,我在私下里叫他世叔,想必督办大人尽知。我可以保证,如果由我来负责练兵,洋枪洋炮一定能够想办法弄来。"

金弘集这时完全明白袁世凯的心思,以他对袁世凯的了解,让他来练兵的确很合适,不过话不能说满:"袁会办与吴大帅的关系,我当然知道。但吴大帅会不会派差给袁会办,我们实在无能为力。"

袁世凯连忙道:"不不不,你们大有可为。如果督办大人能够向国王进言,向吴大帅点名要袁某来练兵,吴大帅定然会答应。"

"我可以向国王进言,届时国王有何旨意,我当随时相告。"

"那就拜托了。我毛遂自荐来担此重任,当然不是心血来潮,更不敢滥竽充数,我借此机会向督办大人作番自我剖白,也请督办明了我的一番苦心和热心。"袁世凯是怕金弘集向国王进言的时候,说话不够透彻,国王有所疑虑,那可就白费心思了。他将自己自幼如何熟读兵书,投军后如何严肃军纪,剿乱军时如何沉着指挥,详细讲了半天。金弘集临走时,袁世凯又把自己的六响转轮手枪相赠,这让金弘集喜出望外。袁世凯又特别叮嘱,此事八字还没一撇,且不可向外人道。

过了没几天,吴长庆打发人叫袁世凯去他的大帐,见面就道:"世凯,国王要召见你,不知所为何事?"

"国王召见侄儿能谈什么?"袁世凯心想十有八九是练兵的事。

"想来不会是坏事。你治军严肃,朝民多有称赞,或许国王会赏你什么。"

"应该不会。大军军纪好,首先是大帅的功劳,国王不可能召见侄儿一个军纪会办。"袁世凯又故意想了想才道,"大帅,会不会是练兵的事?前几天金弘集曾经说起,朝鲜很想编练新军,将来能够抗衡日本。不过,就是练兵也轮不到召见侄儿。"

"别再白费脑筋,去了就知道了。国王召见的情况,你回来再说。"

上司最怕外人越过自己与下属结交,吴长庆也不例外。袁世凯自然明白其中利害,连忙说:"这何须世叔吩咐?等侄儿一出宫,先来向世叔报告。"

袁世凯带着十名稽查兵策马直奔昌德宫,金弘集已经在宫门外等候。

袁世凯一见面就问道:"国王召见可是为练兵的事?"

"正是。国王大约有意考校,您的应对很重要,请您务必好好展示才能。"

袁世凯笑了笑道:"我可不敢在国王面前炫耀,只能实话实说了。"

国王在便殿召见,赐座,先问吴长庆安好,袁世凯代吴长庆问候国王,而后转入正题。

国王首先道:"上国军队军纪肃然,鄙邦百姓感激不尽,听说多是阁下的功劳。阁下治军严肃,鄙邦百姓交口称赞。"

袁世凯回道:"殿下谬赞,世凯实在不敢贪天功。我军出国前,就奉有严令,不得骚扰朝鲜百姓。吴大帅治军极严,把稽查军纪的事情交给世凯,世凯不敢不尽心。世凯以为,军纪是军队头等重要的事情,因为军纪败坏了,无论兵器如何先进、训练多么有素,都化为乌有。"

国王又道:"阁下所言极是。鄙邦军队无论军纪还是枪械,都无法与上国相比,寡人想编练一支新军,采用新式武器,不知是否可行?"

袁世凯想了想建议道:"贵国军队只要训练得法,不愁没有战斗力。洋枪洋炮杀伤力大,必须配备。不然再用旧式刀矛,无论如何训练,都无济于事。"

国王又问:"听说阁下于练兵也多有研习,如果我国练兵,应当如何着手?"

这是有意要考校,袁世凯不慌不忙地回道:"世凯于练兵不敢妄称内行,但的确多有研习。投军后负责稽查军纪,与营哨各官交往密切,经常去观操,与他们切磋练兵之道。世凯对洋枪洋炮也极感兴趣,还专门学过射击,马枪、手枪准头都还好。贵国练兵,世凯以为在精不在多。原因有二:一是练兵首先要有饷,练兵太多,则需款太巨;二是贵国险关重重,易守难攻,可以一当十。世凯以为,总数三四千足够。开始可先练一两营,待成效显著后再练数营。王宫是朝鲜国中之重,新练之兵应先用于王宫护卫,可称之为新编亲军。"

"阁下所言甚是。当初日本也曾经帮助鄙邦练兵,反而导致新旧军互相仇视,不知阁下有何化解之道?"国王又问道。

"日本帮助贵国练兵成效如何,世凯不敢妄议,但有三项极不妥当,不能不为前车之鉴。"袁世凯所说的三项不妥当,一是新军饷俸太高,引发旧军不满。将来新编亲军饷银当然要高,但不能比旧军高太多,一倍足矣。二是新军以日语为操练口令,引百姓反感,将来编练亲军口令必以朝语。三是教练不应负指挥之权。当年李中堂聘请洋教练,也只准他们负教练之责。将来编练亲军,教练与指挥之权应当分离,指挥权操于朝鲜军官。这一条并非袁世凯本意,但他知道朝王很担心亲军指挥权落入外人之手。如今不妨如此说,将来教练有无指挥之权,全看教练如何操作。

"如果拜托阁下为鄙邦教练亲军,阁下可有意否?"国王对袁世凯的印象不错。

袁世凯当即应道:"殿下吩咐,世凯受宠若惊,当竭尽全力。"

宾主相谈甚欢,国王临时起意宴请袁世凯。袁世凯出宫后,立即向吴长庆报告国王召见经过,最后说道:"听国王的意思,想让侄儿帮助训练亲军。侄儿没有贸然答应,只说侄儿一切听世叔调遣。"

吴长庆想了想道:"估计国王会与我商议,或者有正式行文,届时看情形再说。"

闻言,袁世凯请求道:"世叔,侄儿觉得这是一个历练的机会,如果届时世叔能派差给侄儿,定不会给您丢脸。"

"我心中有数。"

隔日金弘集约袁世凯会面,拱手祝贺道:"国王对会办非常欣赏,已经决定派赵箕三大人赴天津,所负使命有两项,一项请示上国派贤明练达者入朝,帮办外交、通商事务;另一项就是请示上国帮助练兵,并支援军械。"

袁世凯心中暗喜,但不想让金弘集看出他的热衷,便拱手说道:"北洋大宪若答应贵国的要求,必然责成吴大帅具体办理。届时我只有听命于大帅,大帅若派差给我,定当尽心竭力,若不派鄙人,也只能顺其自然。"

金弘集发现袁世凯好像对练兵又没兴趣了,便道:"哦,还有一事本来要告诉袁会办,今天看会办似乎对练兵不甚感兴趣,说不说就没意思了。"

袁世凯后悔自己要弄巧成拙,连忙补救道:"我当然极有兴趣练兵,只是担心吴大帅有别的安排,所以不敢把话说满。我与督办大人情同手足,有事必不会瞒我。"

原来,国王已经得到确报,闵妃并没有死。乱兵入宫那天,是骊兴府大夫人入宫救了她一命。骊兴府大夫人就是大院君的妻子,也就是李熙的生母,闵妃则是她远房的妹妹。大院君与闵妃政见不同关系闹僵后,她居中协调,两边安抚,无奈无力挽回。听到乱兵入宫,她不想看到公公杀儿媳的惨变,连忙带人入宫。当时乱兵四处寻找闵妃,骊兴府大夫人立即让闵妃扮作宫女陪侍在身边,终于把她带出宫去,由武艺别监洪启薰保护逃回忠州骊兴府老家,由左翊赞闵应植安排到阴竹长湖院村。几天前,她秘密派人向高宗报告自己的消息,高宗很高兴,决定派人接回,但考虑到乱兵尚未完全伏法,王宫守卫又极其薄弱,因此希望清军派兵保护。

金弘集提醒道:"会办大人可知道,国王对王妃言听计从。如果王妃还宫,鄗邦大政少不得征求王妃意见。如果得到王妃支持,会办帮助鄗国练兵之事便有八九分把握。"

"保护王妃还宫,是我大军义不容辞的责任。如果国王提出请求,我必定向吴大帅争取这份差使。"袁世凯下面的话不必说得太明了,迎护王妃还宫,便是获得王妃支持的绝好机会。

与金弘集告别后,袁世凯立即来见吴长庆,报道:"世叔,侄儿得到密报,朝鲜王妃还活着。"

"啊,果然还活着。消息确切吗?"吴长庆问。

"侄儿有朋友对宫中消息十分灵通,确定无疑。"袁世凯于是将金弘集通报的消息转告吴长庆,但未说国王有意请清军迎护的事情,"世叔,侄儿估计国王会请您派人迎护王妃还宫。因为朝鲜宫廷护卫力量实在太薄弱,而且乱兵并未肃清,国王不敢冒险自己迎接。"

吴长庆感慨道:"世凯,你的手段可真是厉害,入朝这么短时间就有宫中朋友,真是不可思议。如果国王果有所请,我肯定要派人去迎护王妃。"

"届时侄儿愿意效劳。"

吴长庆凝着眉头想了想道:"世凯,你这次赏五品同知,赏戴花翎,已经有些说法,如果让你带人去迎护王妃,你带谁的兵去都不合适。"

"是,侄儿听世叔吩咐。"

第二天一早,王宫就派人来请吴长庆入宫。快午饭时回来了,袁世凯在大帐中等他。一见面他就说道:"世凯,你的消息不错,国王果然要请兵迎护王妃。"

袁世凯请求道:"世叔说侄儿无兵可带,那可否派侄儿以前敌营务处会办的名义前往,不负责带兵,只代表大帅出面,以尽礼仪。"

吴长庆想了想道:"也好,总算勉强说得过去。不过,你此番前去千万不能与带兵的人争长短,只是代表我礼节性的出面就行。"

袁世凯长揖道:"谢世叔栽培。"

吴长庆派副营前哨哨官陈云龙、后哨哨官吴长纯各从本哨挑选精锐枪兵五十,合计一百人协同国王所派文武官吏兼程前往忠州骊兴府阴竹长湖院。二百里路程,两日驰至。早有朝鲜官员先期赶到,做好回宫的各项准备。陈云龙、吴长纯两人到达长湖院后,只与朝鲜官员接触,详谈迎护细节,袁世凯概不参与。他见两人并无拜会王妃的意思,便对朝鲜官员说道:"我奉大帅之命代表大帅前来迎接王妃,请转至王妃,希望能够拜见,转达吴大帅问候之意。"

王妃很快传话召见袁会办。王妃所居是个不太起眼的院子,前后两进,王妃居后进院正房。袁世凯入内见礼,王妃赐座。盛装端坐的王妃微微蹙着眉头,一双眼睛特别有神,不怒而威。袁世凯拱手说道:"吴大帅欣闻王妃无恙,深感欣慰,让下官代达问候之意。"

说话时袁世凯收腹挺胸,双眼平视,落落大方,显得异常干练。

"谢吴大帅美意。听说吴大帅派来一百精兵,此去都城二百里路程,不知是否敷用?"王妃心有余悸,还是担心清军的护卫能力。

"王妃尽可放心,此一百人皆配最新式洋枪,个个都是好枪法。就是下官也专门学过射击,不敢说百发百中,几十丈内可弹无虚发。明日王妃起驾,下官将随侍左右,若真遇不法之徒,下官愿以命相搏,也绝不让王妃受毫发之损。"袁世凯这话让王妃非常感动。

第二天起行,袁世凯向王妃介绍两位带兵的哨长:"这两位将军最为吴大帅信任,也都是久经沙场,王妃尽可放心。"

陈云龙和吴长纯一人在前面带队,一人殿后,此时被袁世凯叫过来向王妃见礼,仿佛是袁世凯的部属。只是两人都是粗疏武夫,一听是面见王妃,早有些心怯,也来不及计较,反而感激袁世凯在王妃面前的吹嘘。

王妃一行起驾后,袁世凯策马随轿而行,真正是寸步不离。王妃十五岁入宫,但李熙却并不喜欢她,而是迷恋李尚宫。王妃为排解宫中寂寞,彻夜阅读《春秋左氏传》《唐宋八大家文钞》以及慈禧垂帘后命人编纂的《治平宝鉴》。这使她间接积累了宫廷政治的经验,为后来参与政事打下了基础。后来高宗政治上遇到难题,行事果决的王妃总能帮他设法排解,以至于高宗对她到了言听计从的地步。还京三天行程中,王妃有数次就《春秋左氏传》有关问题问袁世凯。袁世凯对八股文不感兴趣,但对史籍却情有独钟,因为史籍中记载许多战事,与兵书有异曲同工之妙。他在《春秋左氏传》下的功夫不少,因此能够从容应对。王妃称赞道:"袁会办不愧为儒将。"

王妃回宫不久,援助朝鲜军械的事情已经有了结果。吴长庆接到由轮船自烟台转来的李鸿章电报,他已经奏请朝廷,由北洋军械委员负责筹拨十二磅开花铜炮十尊,配以开花子三千颗,木信三千六百枚,门火六千枝,炮药四千五百磅,炸药一千五百磅,英制来复枪一千杆,配以细洋药一万磅,大铜帽一百万颗,皮带子弹袋各千副,派轮船运至朝鲜,由吴长庆负责转交朝鲜国王验收。同时命吴长庆拣派精熟洋操员弁就近教练。

袁世凯一得到消息,立即来见吴长庆,当然是求练兵的差使。

吴长庆有些不舍道:"世凯,李中堂的意思是要我拣派精熟洋操的员弁,这似乎非你所长。再说,我幕府中正缺人,你走了,要让我唱空城计?"

袁世凯哪肯放弃这个机会:"世叔放心,到时侄儿两头兼顾。至于说精熟洋操的说法,侄儿虽然算不上精熟,但也并非门外汉。而且具体训练找那些精熟洋操的弁员就能胜任,侄儿只要抓好督促,想来也差不到哪里去。"

到了下午,国王派人请吴长庆入宫赴宴,同时被请的还有一个人,就是袁世凯。吴长庆说道:"世凯,大约国王要感谢迎接王妃的事,我听说王妃对你也很赏识。"

袁世凯回道:"侄儿只是按世叔的吩咐,尽心尽职而已。"

宴会上,国王表达了迎护王妃的谢意后,又谈起练兵的事情。吴长庆说明道:"我刚刚得到李中堂的电报,朝廷已经同意援助贵邦两个营军械,详单我已经抄来。"

国王拿过详单,仔细看了一遍道:"上国如此慷慨,小王感激不尽。军械的事情解决了,还有教练人员,还请吴将军舍得选派得力干将相助。"

"我已奉李中堂令,拣选精于洋操的员弁担任教练,请殿下放心。"

"那就先谢过吴将军。吴将军若能派袁司马帮助鄙邦练兵,则不胜感谢。"司马是同知的别称,袁世凯已经是五品同知,因此国王有此称呼。

吴长庆看袁世凯一眼,连忙离座拱手道:"殿下吩咐,长庆哪敢不从。殿下真是圣明,世凯畅晓兵机,治军严肃,忠正无私,由他来练兵当然很好,只是我幕府乏人,世凯如同我的臂膀,实在抽不开。"

国王笑了笑道:"小王听闻吴将军堪称儒将,幕府人才济济,何不割爱?"

话说至此，吴长庆再也难以推辞："恭敬不如从命。待我回营与各位将军商量一下，世凯到时恐怕要兼顾一下军幕，军纪稽查这一项，离不开他。"

李熙兴致很高，抛开国王之尊，连饮数杯，竟有些微醺了。

吴长庆也喝得有些过了，出宫后要上马回营，竟然登不上马镫。袁世凯劝道："世叔，不如咱们就到南别宫住一宿，明天回营又何妨！"

袁世凯为吴长庆牵马，一手扶着他去南别宫。吴长庆拍着他的肩膀说道："世凯，你好大的本事，竟然鼓动国王向我要人。"

袁世凯连忙解释道："世叔，侄儿哪有那么大本事，再说，哪敢鼓动国王向世叔要人？世叔要不同意侄儿去练兵，侄儿就是再喜欢，也断然不去。"

吴长庆大笑道："世侄，你误会了，我是真夸你。真正是后生可畏。"

确定了新军教练人选后，吴长庆便找袁世凯通气。他的意思是先为朝鲜训练两营，一营由右营管带朱先民和袁世凯负责，另一营由后营管带、副将张光前和参将何增珠负责。袁世凯一听与朱先民搭档，立即紧皱眉头道："世叔，侄儿和朱总镇尿不到一个壶里，能不能换别人。"

吴长庆正色道："不能。我知道你与老朱关系不好，之所以让你们俩搭档，就是想创造机会你们改善一下关系。为官者，无论文官还是武将，搭档不对脾气、不投心眼的时候十有八九，如果都要求换，那上官岂不是要坐蜡？更何况有时候，还故意拿个不合脾气的人放在你身边，为的是互相监督，便于驾驭——当然我并不是这意思。我的意思是，你既然进了官场，就要练就与不合脾气者和睦相处的本事。如果你连这个本事也没有，那你干脆回家抱伢子去。"

"侄儿听世叔的就是，一定和朱总镇搞好关系。"吴长庆说得如此严厉，袁世凯不敢再开口，嘴上这样表态，心里却像吃苍蝇一样不舒服。

"老朱这个人，就是脾气差点，人还是不错的。他是个吃软不吃硬的人，遇事你多与他商议，多尊重他，而且他如今是遇缺即补的提督大员，你一个五品同知在他面前多赔笑脸，也委屈不了你吧？"

袁世凯应道："只要世叔安排，侄儿哪还说得上委屈？侄儿只知道，世叔一切都是为了侄儿好。"

"世凯，这次请功你从七品跃升五品，大家不说，其实有些人不服气。别人不服气不怕，你只要争气，他们会闭上嘴巴的。可如果你觉得自己已经是五品大员，得意忘形，那吃亏的还是你，我想帮也帮不了。"吴长庆这才有些和颜悦色了。

"世叔放心，侄儿一定夹起尾巴做人。"

吴长庆笑道："没那么严重，你只要继续像从前一样谦下自抑就是。"

袁世凯从吴长庆那里告辞出来，立即去拜访朱先民，一口一个朱军门叫得十分诚恳："朱军门，大帅安排卑职跟着军门教练朝鲜新军，大帅之意，您是庆军中的翘楚，让我好好向您请教，多长点见识。往后教练的事，您多教导，卑职打算着好好跟您学点真功夫。"

教练新军？你懂个屁。朱先民对袁世凯没有好感，心里这样想。但扬手不打笑面人，只好勉强应付道："袁司马这次平乱露了大脸，何必这么谦虚！一切都好说，反正我主要精力还是管带右营，教练的事有精通洋操、军械的员弁，你们凑合着来就是。"

话不投机，袁世凯告辞。但不管怎么说，朱先民还算给了他面子。

接下来制定训练新军章程、赏罚细则等，几乎全是袁世凯在忙，因为其他人都是粗疏武夫，插不上手，与朝鲜官员打交道也都由他负责。朝鲜派出金允植为新军监督，又派出左右两营军使，陪同训练，将来负责指挥。

这天金允植和左营军使金钟吕来找袁世凯道："袁司马，现在已近深秋，正是练兵的好时候。大人希望尽快挑选新兵，组成营伍。"

"我也正有此意，咱们约个时间，你们先把待选的人招呼起来，我和朱军门一块去挑。"

三个人初步定于后天上午开始，然后袁世凯去找朱先民。朱先民听说让他亲自去挑选士兵，感到有些好笑："袁会办，这种事情何须你我亲力亲为？让王星武他们去办就是。以后练兵的事你具体去办，类似这种小事情，不必来和我说，我主要精力还是管带营伍。"

王星武就是右营后哨哨长王金成，星武是他的字，朱先民派他负责洋操训练。朱先民对练兵撒手不管，正合袁世凯之意，但他装出为难的模样道："朱军门，大帅说遇事让卑职多听您的意思，卑职私下做主，恐怕不妥。"

朱先民摇摇手道："没什么不妥，我抽空和大帅说一声，我听说张副将也没打算靠到新兵训练那里，交给老何负责。"张副将即是张光前，老何即哨长何增珠，他们两人负责训练亲军右营。

"好,那卑职和星武去商量。"

临出门时,朱先民又对袁世凯说道:"袁会办,训练新军的人选北洋还未回文,何妨再等几天,现在有些名不正言不顺。"

教练人选,的确北洋未回文,但按惯例,绝对没有不准的可能。于是,袁世凯拱手道:"谢朱军门提醒,不过,卑职觉得早晚是自己的事,赶晚不如赶早。"既然朱先民当甩手掌柜,袁世凯也不再找王金成商议,他正好自作主张,立即打发人给金允植送信,约准明天上午在三军府训练院挑选士兵。

按照袁世凯与金允植等人制定的训练章程,首批训练的两营称新编亲军,专为王宫护卫。袁世凯负责的左营驻三军府,张光前负责的右营驻东营。士兵只从诚朴农民中挑选,不从旧军中选拔,也不从汉城市民中选拔,为的是防止兵油子和市井无赖混进军中。这也是当年曾国藩挑选湘军的做法,所不同的是能识字的优先录用。因为洋枪洋炮,能够识文认字更好训练。

训练院在三军府的西校场,已经聚集了四五百人。五十人为一排,站在校场上等着袁世凯挑选。金允植、金钟吕陪着袁世凯从第一排开始,一个一个挑。袁世凯看着健壮顺眼的就点点头,这人算是初选合格,站到一边去。有时候反复对比,犹豫再三,颇费时间。一天只挑出了三百余人。第二天上午只挑了一百余人,下午刚开始挑就下起雨来,只好作罢。第三天上午再挑二百人,总数为六百人。因为一营定制为五百人,下午袁世凯再筛掉一百人,将余下的五百人编为五哨。等忙完这一切,已经快到晚饭时间。袁世凯叫着金钟吕的号道:"文昌,不急着吃饭,咱先到我屋里坐坐。"

三军府里,已经为袁世凯准备了三间房子。一间起居,一间签押房,一间会客。此时他把金钟吕带到签押房,坐下后说道:"文昌,你可能觉得我有些太挑剔,大可不必如此。"

"哪里,我一切听从司马大人吩咐。"金钟吕心不在焉地回道,但表情不难看出,他的确有些不以为然。

没有丝毫的不耐烦,袁世凯继续解释道:"一件事情值不值,有时要看实际需要。我之所以如此挑剔,是想让进入亲军左营的兄弟们都知道,我办事不讲半点马虎。文昌你知道,带兵最要紧的是什么?"

"请司马大人指教。"

袁世凯笑道:"谈不上指教。我觉得军械、粮饷这些都重要,但最重要的不是这些,而是带兵官的绝对权威,口出为令,令行禁止。"

金钟吕有些明白的意思。

"要做到这一条,首要便是军纪要严。以后我对左营兄弟会事事要求极严,还望文昌能够体谅。"

闻言,金钟吕大声应道:"司马大人放心,没人敢有怨言,必定言听计从。就是我,司马大人尽管吩咐就是。"

"文昌,谈不上吩咐。咱们是兄弟,这支队伍早晚是你来带,我把带兵的一点小心得与你共享。"

金钟吕听后很激动:"司马治军令行禁止,其中诀窍,我也极想请教。"

袁世凯笑着说道:"谈不上诀窍。仅有前面所说严肃军纪还不够,仅做到如此,只能算个酷吏而已。带兵的人还要做到爱兵如子,事事要为属下设想。中国古代大将,不乏以金钱甚至美妾结交属下者,众人以为俗,我则以为真大丈夫所为。用四个字概括,叫恩威并重。"

两人说得投机,几乎忘了时间。

亲军训练有洋操、射击、军械、洋炮、营规五项,分别有五人负责,领头的是负责督促洋操训练的王金成,他是赏戴花翎游击,职衔最高。具体训练则以哨为单位,每哨有洋操、射击、军械、洋炮、营规教练各二人,全营教练员弁共五十余人。王金成对洋操训练并不上心,很明显是在敷衍。外行也许觉得洋操不过是走走步子,排排队伍,没什么实际用处。但袁世凯却有不同见解,他认为这正是军威最要紧处,是培养兵勇服从意识的重要功课,也是外人看热闹的最大看点,如果连操也出不齐,没人会相信你能打胜仗。他下一番功夫终于打听出缘由,原来王金成受朱先民影响太深,从心里不想为袁世凯作嫁衣。

一天,袁世凯将王金成约到他的签押房,开诚布公与他谈心,让他确信,如果训练卓有成效,他袁某人绝不掠人之功。然后,他摆出六百两银子说道:"星武老弟,这是大帅给的赏银。当初赴朝时,大帅许下诺言,如果营务处调度得当,他将拿出私银六千两赏功。结果事情极其顺手,大帅很满意,要赏季直先生三千两,赏我一千两,张先生不肯要,最后大帅给他寄老家两千两。我那一千两推托不过,大帅赏给六百两。我不是不爱财之人,也不是家资万贯的财主，但我愿把钱用到刀刃上。"

王金成不知袁世凯何意，瞪大眼睛不说话。

袁世凯继续道："蒙朝鲜国王信任，一再亲口向大帅要我来编练亲军，如果练不出个名堂，我对不住国王的信任，更对不住大帅的栽培。而要训练出色，非有各位督责不可。尤其是星武兄，我看得出，众人皆以老兄马首是瞻。如果将来训练有效，这六百两银子，星武兄二百两，其他四人，每人一百两。"

一百两银子不算多，但也是近一年的饷银，王金成不能不动心。而且袁世凯如此行事，也算手面漂亮。他从心里已经敬服，嘴上却道："袁会办把兄弟们当什么人了？你不出银子，我们也要好好训练，职责所在，这有什么好说的？"

袁世凯连忙拱手道："星武兄，怨我没说清楚。我不敢拿银子污了各位兄弟的清誉，也知道军中兄弟讲的是义气，袁某是想以此表达一份倚重。如果星武兄不答应，反倒让袁某惴惴不安。"

王金成慨然应允："不是吹牛，有兄弟我在，没有训练不好的。只是袁会办得给我交个底，怎么才算有成效，这话太大，我不敢贸然应承。"

"这也好说，这次我们左右两营同时训练，届时我会请国王前来阅兵，如果他说一句，左营比右营好的话，就够了。"

闻言，王金成笑问道："如果国王说两营都不错，那该算有效还是无效。"

袁世凯笑了笑道："当然算有效。不过，星武兄不想和右营见个高下？"

"明白了，袁会办看着就是了。"

眨眼一个月过去了，袁世凯通过金允植请国王前来阅操。左右两营先后受阅，左营明显比右营好得多，当左营士兵迈着整齐的步伐操练队列时，开始齐声高唱袁世凯自编的《亲军歌》——"亲军兄弟都牢记，保家保国保我王。风霜雨雪磨我志，舍生取义慨以慷。尽心尽力保海防，肝脑涂地向前方……"

队列走过李熙面前时，高呼口号："保我国主，护我家乡！"

李熙见状连连称赞："一月之间，训练有此成效，实出意外。尤其左营，军容威武，步伐颇整，于枪械亦熟，袁司马真正教练有方。"

检阅过后,国王再次宴请吴长庆和袁世凯,这次是请吴长庆将亲军训练事宜交由袁世凯全权负责。从王宫出来,袁世凯则宴请王金成等训练人员,他与王金成已经成了可以换帖的好兄弟,笑着说道:"星武兄,诺言该兑现了。来呀,上第一道菜。"

第一道菜是六百两银子,由赵国贤端进来放到桌上。

第六章

袁世凯执掌兵权　金玉均密谋政变

当袁世凯在朝鲜练兵搞得有声有色的时候,朝鲜开化党人金玉均在日本的游说也是顺风顺水,收获颇丰。

金玉均是忠清道公州人,祖上是朝鲜贵族,但到他父辈时已经没落。父亲一生清贫,靠教私塾谋生,精通唐诗宋词。金玉均自幼受父亲影响,六岁就学诗词,并能吟出"月小照天下,言微怀社稷"的诗句。后来他过继给做官的叔父,从而进入汉城居住学习。他二十岁时参加科举,获得文科状元,授职成均馆(相当于大清国子监)典籍。此后他得以结识"白衣宰相"刘鸿基,从他那里阅读到从中国传入朝鲜的《海国图志》《瀛寰志略》《中西见闻》等书籍。他还得到右议政(相当于副宰相)朴珪寿的赏识,在他府上结识了一批主张开国的青年贵族子弟,比如领议政洪淳穆之子、出身南阳洪氏的洪英植;朝鲜国王驸马、出身潘南朴氏的朴泳孝;重臣尹雄烈之子尹致昊;闵妃的侄子闵泳翊;出身达城徐氏的徐光范和徐载弼等。他们都主张学习西洋,尽快改革朝鲜内政外交,开口闭口都是"开化",因此被称为"开化党"。

不过,金玉均认为西洋相隔万里,不如学习近在咫尺、一苇可航的日本。日本明治维新不过几年,国力就迅速提升,远比大清的成就更令人向往。他迫切希望了解日本,但没有机会。他不惜变卖家产,资助僧人无不言赴日本考察数月,给他带回大量书籍和见闻。

纸上得来终觉浅,金玉均一再向李熙进言,希望能到日本考察。后来终于如愿,与开化党同道数人到日本考察数月。日本宽阔整洁的城市道路,轮机轰鸣的火车,蒸汽机为动力的大型纺织厂、炼铁厂、造船厂、采矿厂,都让他大开眼界。尤其是日本人服饰习俗无不效法欧美,脚步匆匆,精气神十足,更让他赞叹不已。他还拜"日本近代教育之父"福泽谕吉为师,了解了日本人思想境界的进步。福泽谕吉对金玉均说道:"日本作为世界的文明国,保有完全的主权,而朝鲜虽有两千年以上的文明,却甘于做中国的属邦。一个国家要富强文明,先要谋求独立自主。朝鲜要富强文明,首先应当脱离清朝而自立。"

金玉均仿佛找到了救国的良药,雄心勃勃回到朝鲜准备大显身手。然而回到国内不久,正赶上"壬午兵变",先是大院君重新执政,诸闵权贵及开化革新的大臣被扫出朝廷,甚至被乱兵斩杀。他乔装逃出汉城,才算躲过一劫。

兵乱平定后,根据日朝《济物浦条约》,朝鲜要派出使臣专程赴日本谢罪。国王派他的女婿锦陵尉朴泳孝作为"谢罪兼修信使"率开化党要人东渡日本,金玉均因为曾经赴日,熟悉情况,被派为朴泳孝的助手。"壬午兵变"中朝鲜民众视日本人为仇寇,让日本政府深受刺激,觉得要想与中国争雄,必须扶持亲日势力,而金玉均这样的开化派恰可资利用,因此对使团一行极为热情。明治天皇亲自接见使团,并将还款日期由原来的五年延长为十年,而且还由横滨金正银行借给十七万日元巨款,五万元支付赔款,十二万元用于创办开化事业。使团一行满载而归,金玉均意犹未尽,恳请继续在日本考察,得到允许。一个多月的继续考察,收获颇丰,日本政府许诺只要金玉均得到朝鲜的委托书,就能借款三百万日元,支持朝鲜自强。而且日本天皇还赠给朝王五百支步枪、五万发子弹以供加强王宫守卫。

金玉均满怀信心回到朝鲜,立即觐见国王。

李熙继位后,实权先是被父亲大院君掌握,后来又掌握到闵妃手中。"壬午兵变"后,在大清的支持下他重新执政,但政权眼见得又被闵氏抓到手中。他虽然生性懦弱,但毕竟也想做一个一言九鼎的真正国王。环顾国内,曾经与"事大党"势不两立的闵妃如今对清廷满怀感激,已经成为事实上的"事大党",而重新崛起的诸闵只知固位揽权,何曾想过国家社稷;而大院君被囚,守旧势力几乎被扫荡出朝廷,因此开化派得以崭露头角。

李熙觉得不妨对开化派加以培植,以壮实力。因此他频繁召见开化派,兴致勃勃地倾听他们讲述国外见闻,并接受朴泳孝的建议,派出一百余青年到日本学习军事,称为士官生。如今金玉均又带来两份大礼,当然是立即接见。

金玉均趁机鼓动道:"西洋各国皆是独立国家,而朝鲜独为清国属国,深为可耻。朝鲜要富强,先要谋自立。日本天皇曾经亲口承诺,将支持我国脱离清国,自立自强。"

"你怎么连这样荒唐的话也说得出来?朝鲜系中国属邦已历五百余年,徒然更张,岂不更引列国觊觎?"李熙说话时直向他使眼色,表示当心隔墙有耳。

金玉均知道国王也有心脱离中国,非常兴奋,出宫后立即去见刚被任命为汉城府判尹的朴泳孝:"子纯,殿下亦有意效法日本革新内政,我国脱离清朝独立自主的日子不远了。国家将迎来新生,如果说日本是东方的英吉利,那么我国就是亚细亚的法兰西!一想到国富民强可期,我的心就要跳出胸膛!"

刚获新职的朴泳孝也是雄心勃勃,他叫着金玉均的号说道:"古筠,殿下授我新职,便是希望我辈能够效法日本,富国强兵,自主自立,我等何敢辜负!一个多月来我夜不能寐,所思所想,便是如何尽快在汉城打开局面。"

朴泳孝有好几项开化计划,目前正在筹划的包括设置博文局,筹备《汉城旬报》,以广开视野;建立治道局,完善汉城的道路基础设施;建立警巡局,效法日本警察制度,加强汉城治安;选拔留学生赴日,为开化事业培植人才;改革衣制,弃峨冠博袖,服便捷洋装……

闻言,金玉均连连击掌,兴奋道:"一项项推行起来,我国富强指日可待。"

朴泳孝却摇了摇头:"事情没那么简单。如今有清国撑腰,闵妃一族变本加厉,权要之职尽被诸闵把持,从前大院君是事大党之首,如今闵妃完全倒向清国,成了事大党的中坚。要想推行新政,实在太难。"

金玉均却没那么悲观:"不,子纯,诸闵也可改变。比如竹楣,我看他对日本也是心向往之。"

竹楣就是闵泳翊,闵妃的侄子,竹楣是他的号。"壬午兵变"前日本曾为朝鲜训练别技军,他出任营使,十九岁就升任正三品吏曹参议,二十岁筹建统理机务衙门，并担任协办。国王和闵妃都特别宠爱他，几乎到了言无不从的程度。府上则是宾客络绎，有人排队数天而不得见。他少年得志，睥睨天下，奢侈无度，所以"壬午兵变"中他是诸闵中最被痛恨的人。他的府宅被烧为灰烬，他剃光了头发假充和尚才逃出汉城。这次出使日本，他也是成员之一。他与金玉均关系很密切，虽然闵氏是依靠清军的力量重新得势，但闵泳翊对大清并无多少感激之情，在日本拜访英国驻日公使巴夏礼时说道："虽然铲除大院君对朝鲜来说不是坏事，但这种做法是辱国。清国不应该有如此干涉朝鲜内政的权力。"

巴夏礼问道："贵国有清政府的援助不是更好吗？"

"岂有此理，朝鲜人已经无法容忍清国最近的干涉了！"

闵泳翊说这番话时朴泳孝也在场，但他看事情显然更复杂一些，摇头对金玉均说道："古筠，这话我也听到了。但是，也许他是故作姿态，是闵妃在我们中安插的眼线也未可知。就算他真这样想，像他这样的人在诸闵中为数太少，他们重获大权，依然在忙着争权夺利，鱼肉百姓罢了。"

金玉均依然乐观："只要国王授我全权，从日本借来巨款，那时百废俱兴，各业并举，就是诸闵恐怕也不能不心向开化，何愁大局不在你我掌握之中？"

"古筠，我佩服你敢想敢为，但把局势说得如此乐观，我不能苟同。清军六营三千人就驻在汉城，他们未必就能眼睁睁让日本人帮助我们开化强国。"

金玉均回道："这我当然知道，可是根据《济物浦条约》，日本也可驻兵保护使馆。具体数目也未载入条约，事急从权，届时也可偷偷增兵，清国未必能占上风。"

朴泳孝深思一会儿道："古筠，你说得也有道理。可是日本未必就是真心为了朝鲜富强，我担心朝鲜会是日本人眼中的另一个琉球。"

金玉均深受福泽谕吉的影响，摇头道："我不这样认为。日本对朝鲜并非要开战、侵略，而是提携、合作。日本国民友爱正义，我确信其国家与国民为援护朝鲜打开现状之唯一友邦，应当谋以为同志，并向国王奏言，坚信以此可尽祖国之改造。"

朴泳孝只去日本一次，不像金玉均深受福泽谕吉、伊藤博文、井上馨等人的影响，他还保持着几分警惕，谨慎道："日本的确应当引为我们的外援，但他们吞并琉球的事实不能不引发我们的警惕。有人认为依靠清国似乎更可靠一些，毕竟中朝五百余年的藩属关系，却并未吞并朝鲜。"

金玉均反驳道："那是从前，如今清国在我国驻兵三千，干涉我内政，影响我朝鲜用人，听说袁世凯等人主张废朝鲜为郡县，恐怕也非空穴来风。就算朴君说得有道理，可是在强国环伺中求生存，也只有借助更有希望的国家。清国与日本比，我认为日本更有希望。如果清日开战的话，胜利者会是日本。那么请问，我们借助清国又有何意义？"

朴泳孝被问住了："我也为日本的发展震惊，但要说日本必定能够战胜清国，我看未必。清国毕竟是个大国，地广财丰，可集全国之力，大事易成。"

"子纯，肥大不等于强壮。清国虽大，但仍然墨守成规，虽有李鸿章等人举办洋务运动，但不过是少数人在那里艰难推进，怎可与日本举国维新、日新月异的形势可比？你若不信，咱们拭目以待。"

朴泳孝见状笑了笑道："古筠，咱又何必争得面红耳赤。我佩服你的，就是你的乐观，你的敢作敢当，让我自愧不如。"

"你虑事周详，正可补我不足。所以我们团结一心，定能成事。"金玉均要来纸笔，奋笔写的是"外结日本，内行改革，联日排清，脱离中国，宣布独立，君主立宪"等字，然后道，"这应当是我们的奋斗目标，为达此目标抛头颅洒热血亦在所不惜。"

朝鲜统理交涉通商事务衙门督办赵宁夏亲自陪同两位中国官员到三军府见袁世凯。他与袁世凯关系极密，到了熟不拘礼的程度，他指了指身后的两位中国官员说道："慰廷，我给你带来两位朋友，陈大人、唐大人。"

陈大人叫陈树棠，广东人，善经商，积有巨资，曾经游历美国近十年，任过大清驻旧金山领事，半年前才卸任回国，如今在李鸿章北洋幕中，二品候补道。唐大人叫唐廷枢，号景星，也是广东人，买办巨商，是李鸿章手下的洋务干将，是他把半死不活的轮船招商局经营得风生水起，后又创办开平矿务局，修筑中国第一条铁路。两人这次到朝鲜来，是奉李鸿章之命考察商务。

去年八月底，处理完"壬午兵变"，中朝就签订了《商民水陆贸易章程》，双方开放海禁,允许边民在鸭绿江两岸的栅门、义州和图们江两岸的珲春、会宁自由贸易,朝鲜商人可到北京,中国商民准入朝鲜杨花津、汉城开店经商。中朝通商并非仅止商业利益,在李鸿章看来,更是加强宗主国在朝鲜实际影响力的一个途径,因此极为重视。他打发有外交经验的陈树棠来考察,不仅考察汉城、仁川,还要考察釜山,将来根据情况扩大通商口岸。根据双方的协定章程,为了便于交通,轮船招商局将开辟中朝航线,因此特派任过轮船招商局总办的唐廷枢前来考察。接待事宜由赵宁夏负责,为了考察团一行的安全,他来找袁世凯商量,希望从新练亲军中选派干练之人负责保护。

"这个好说,他们巴不得有份美差出去放放风。"袁世凯并不亲自安排,而是派人把左营管制金钟吕叫来吩咐,"文昌,你挑十个好手来,派他们个护卫差使。"

金钟吕立马去办。

喝茶的工夫,袁世凯把赵宁夏叫到一边,叫着他的字说道:"箕三兄,请这边说话,我有事请教。"

赵宁夏出身赫赫有名的丰壤赵氏,其姑母就是朝鲜前国王的王妃神贞王后,有此关系,他二十岁就担任要职,尤其与李熙关系极密,被称以"兄"。他倾向开化,后来与闵妃联合,将大院君赶下政坛。他任训练大将的时候善待士兵,名声不错,所以"壬午兵变"时并未受到冲击。他并不希望大院君掌权,因此马建忠到朝鲜后,他日日跟随左右,参与策划擒拿大院君的全过程。"壬午兵变"平定以后,他被任命为谢恩兼陈奏使,率副使金弘集、从事官李祖渊等人前往中国,参与签订《中朝商民水陆贸易章程》。随后又出任督办交涉通商事务(外衙门督办)、工曹判书等职务,掌握着外交、财政大权。袁世凯最善笼络人,又掌握着朝鲜亲军训练大权,还是驻朝清军前敌营务处会办,而且得到国王和闵妃的赏识,因此朝鲜大员都乐得与之交往,赵宁夏便是密友之一。

"慰廷要问什么,我是知无不言。"赵宁夏有贵公子哥的脾气,不投缘的人不拿正眼瞧,投缘的人则万事好商量。

袁世凯笑问道:"开化党那帮人从日本回来后,好像招摇得很,我可得到不少消息,他们到底想干什么?"

赵宁夏原本也是开化党,但与急于效法日本的金玉均等人不同,他主张加强同清朝的藩属关系,学习洋务运动。他对金玉均等人浮躁冒进的行事很不以为然,轻蔑地说道:"他们能干什么,无非是要借重日本,钻营权势而已。"

袁世凯闻言有些担心道:"箕三,不能掉以轻心。我听说国王对他们赏识,洪英植回国不久就去你的外衙门任协办,金玉均则当参议,朴泳孝被任命为汉城府判尹,徐光范升任内衙门参议。出使日本的开化派都获提升,如果他们得势,非朝鲜之福。你只要想一想,去年的大乱是不是也有日本人的份?日本人对朝鲜野心不小,等他们与开化党那帮人弄成声势,可就尾大不掉了。"

赵宁夏宽慰道:"鄙邦百姓都讨厌日本人,他们成不了气候,而且日本人好像重在商利。"

"我不那么认为。"袁世凯摇摇头道,"箕三,听说日本人赠给武器弹药,还要帮助训练新军,这可不是只重商利的表现。"

"那依你的意思,应该怎么办?如今欣赏开化党的是国王。"赵宁夏也无计可施。

"万事都要防患于未然,你深得国王信任,应该时时提醒。"

"没用。"赵宁夏摇摇头后又建议道,"国王正在兴头上,要对金玉均那帮人有所限制,非由王妃出面不可。王妃对你的话很重视,何不乘机进言?"

"我总要有理由才能见到王妃。"

赵宁夏笑道:"理由我来给你想,你只要想如何说动王妃就行。"

袁世凯见过王妃后不到一个月,就有效果了。先是闵泳翊、洪英植、徐光范被派为报聘使赴美欧访问,接下来就是开化党中影响力最大的朴泳孝,他雄心勃勃在汉城推行多项开化措施,处处要改变旧制,不免令守旧大臣侧目,尤其是他强修汉城道路,拆毁街道旁的临时窝棚引起了民愤。领议政洪淳穆希望他自动请辞,安排的去处是广州留守兼守御使,"为国守西南大门"。他不甘心,去找李熙叫屈,李熙对他说道:"已成定局,寡人也无能为力。不过放你去广州,寡人也有厚望。"原来在日本接受过军事训练的士官生已在广州训练近千人的新军,既然国王打算他去接手,他也就勉强就职去了。

接下来是外衙门参议金玉均调任为东南诸岛开拓使兼管捕鲸事。在东南海岛之上，面对茫茫大海，如何推行他的开化大业？他也不甘心就此离开政治中心，也找李熙诉苦，希望赴日本争取巨额借款。他认为只要巨款在手，就不难推行富国强兵的大业，那时候就是守旧的大臣也要看他脸色。当时朝鲜正在推行"当五钱"，财政异常困难。李熙被说动了，答应派他去日本。国王开口，闵妃即便不情愿，也只能依从。

金玉均拿着国王的委任书到日本，满怀信心到外务省去见外务卿井上馨，没想到当初对他十分热情的井上馨拒不接见，只派一个小属员来应付他，推说日本财政也极其紧张，根本无力借款。金玉均把日本政界的熟人找遍了，也没有借到一分钱，最后只得去找老师福泽谕吉。

福泽谕吉在日本影响力大、知名度高，但并没有实权，他只能用手里的笔来帮忙，在《时事新报》上连发《朝鲜政略之急在于挪用我国资金给它》《挪用日本之资金给朝鲜无风险》《挪用资本给朝鲜对我国甚是有利》三篇文章，呼吁日本政府贷款给朝鲜，但也无济于事。

原来日本正与朝鲜交涉通商事宜，想在协定中得到更多特权，而要达此目的，非闵妃点头不可。而闵妃对金玉均没有好感，日本要讨好闵妃，只得冷落金玉均。金玉均气得跳脚大骂日本人不讲信义，他硬着头皮四处奔波，结果费了十余月的工夫，连十万日元也没借到。

到了1884年春天，金玉均带来的经费连同借到的几万日元已经花光，国王对他的大言已经不再相信，不肯再拨经费，他到了山穷水尽的地步，不得不启程回国。临行前他对福泽谕吉说道："没有资金，什么事也无从着手。如今空手归国，平素就嫉视我、欲置我于死地的闵族一派必非难中伤，策划陷我于绝境。姑且不论玉均自身，我开化党的同志必将蒙受沉重打击，改革也会化为乌有，朝鲜除了永做属国外别无他途。"福泽谕吉也是无能为力，只好看着学生垂头丧气登上回国的轮船。

金玉均回到国内，国王根本没有召见他，至于安排他什么职务也是迟迟没有动静。他只好退居家中，闭门谢客。闵泳翊、洪英植等人尚在美国，而从前视为"同志"的赵宁夏、金允植、金弘集等人也越来越疏远，他能促膝而谈的只有朴泳孝。这位国王的女婿半年前就被解职，一千多新军也被闵妃的人掌握了。两人常常是相对无语，一筹莫展，不知开化大业路在何方。

过了一个月,闵泳翊、洪英植等赴美考察团归国,金玉均、朴泳孝等人兴高采烈前往仁川港口迎接。同志相见,当然是分外高兴,谈起欧美的文明繁荣,更有谈不尽的话题。使团一行回到汉城,闵泳翊及副使洪英植立即被召见。李熙十分高兴,告诉闵泳翊他已经被任命为右营使兼军务局总办。消息传开,金玉均等人无不弹冠相庆,因为军务局总办掌握着全国的军权!

然而,令开化党人大感惊讶的是,闵泳翊出宫后并未与同志们相聚,却首先去拜访袁世凯。

袁世凯听说贵公子闵泳翊来访,立即整肃衣冠,迎到大门外,远远拱手道:"总办大人,给你道喜了。"

闵泳翊挥挥手道:"数月不见,我不是来听你说客套话的。"

两人携手进了袁世凯的签押房,仆役侍候好茶水瓜果,立即退到门外。

袁世凯请闵泳翊换了便服,他也把袍服顶戴扒下来,换上一身湖绸短打,摇着扇子问道:"竹楣,这次欧美之行收获如何?"

"真正是大开眼界。"闵泳翊在美国参观了世博会场馆、示范农场、纺织工厂、医院、医药制造公司、电气公司、铁道公司、消防署、陆军士官学校、教育局,在欧洲又参观了许多工厂、学校,讲起来自然有说不完的话题。他要推行的计划也不少,电报、邮政、育英公院、农牧试验场等等,最后话题一转说,"我在旧金山拜访了上国领事黄公度(即黄遵宪),受益匪浅。我从前只想如何大刀阔斧推进开化,认为谁敢阻拦,便把他清理出朝堂。公度的一番话让我警醒,事情没那么容易,更不是把反对者清理出朝堂那样简单。一路上我都在思考这个问题,我从前的密友都是雄心勃勃地讲开化计划,却从来没有仔细考虑如何得到朝堂内外更多的认同,如何争取更多的支持。"

袁世凯由衷地竖起大拇指称赞道:"竹楣有如此见识,真是令人刮目相看。你那些同道和日本人走得特别近,他们无非是想借助日本人的力量推进开化。我可以毫不客气地说,这无异于引狼入室。中日两国,都希望扩大在朝鲜的影响,但中国,只是谋求保持了五六百年的藩属关系,此外并无他图;而日本,有琉球前车之鉴,他们的野心不问可知。"

闻言,闵泳翊赞同道:"的确如此,当初我到日本,也曾经被他们的甜言蜜语迷惑。欧美之行,一路走一路想,我觉得与其借势日本,不如借势上国。借势日本,变数太多,因为鄙国百姓多视日本为仇寇,当年别技军不得善终便缘于此;借势上国,则民情宜洽。"

"说到关键处了!竹楣,你那些同道太过急于求成,如果任由他们开化,必然引起社稷动荡;而他们与日本人勾结,更会是火上浇油。一旦社稷动荡,国家富强便如画饼!比如我朝的洪杨之乱、捻匪之乱,十余年间,荼毒大半个国家,那真叫元气大伤。"袁世凯伸过头去,附到闵泳翊耳边说道,"抛开国家不说,如果动荡,首先受到冲击的是谁?自然是朝堂上的权要。而朝堂上的权要是谁?真有那一天,受害最烈的恐怕首先是你们闵氏一族吧?"

这话把闵泳翊说得心惊肉跳,他想了想道:"壬午之变,心有余悸,无论如何不能重演。我今天前来就是想让袁兄了解我的一片苦心,莫把我当外人。"

"竹楣这是说哪里话?我从来没把老弟当外人。"袁世凯一拍大腿,"既然你不把我当外人,我也得知无不言,言无不尽。如今竹楣兵权在手,可要提防你那些同道染指兵权。广州的新军前营虽然已被朝廷收回,但军中亲日势力仍在。我听说北青的新军最近要调进都城,此事不可不慎,谁都知道北青新军也有日本人势力渗透。不是我自夸,袁某负责的左右营和江华的镇抚营,决然没有日本人的势力,是可依靠的长城。"

闵泳翊回到府上,金玉均、朴泳孝、洪英植正等在那里,他不待几个人开口便先说道:"殿下派我总办军务的差使,不得不去敷衍一下袁世凯,大家也都知道,殿下和王妃都很看重他。"

金玉均问道:"竹楣和袁某人关系密切,这是好事,也多一条了解清人实情的路子。不知袁某人都有些什么说法?"

"能有什么说法?无非是吹嘘他如何善于治军,他的左右营如何令行禁止那一套。他是个自誉不脸红的人,一直自视甚高。"闵泳翊笑道。

大家要谈下一步的计划,闵泳翊却是不太感兴趣的神情:"来日方长,慢慢计议。我今天太累,要下逐客令了。"

三个人只得告辞出门。金玉均看上去有些疑惑不解,问道:"你们说竹楣今天说的是实话吗?如果他只听袁某人自吹自擂,为何要待两个钟头之久?"

洪英植一同随闵泳翊赴美考察,对他的变化自然有所察觉,遂摇头道:"我觉得竹楣好像在有意疏远我们,在美国时我已经有所觉察。今天他与袁世凯会面肯定没那么简单，他好像有意隐瞒。"

朴泳孝叫着洪英植的字问："仲育，竹楣是从什么时候开始变的？"

"这还真说不上来，反正我觉得在美国考察后，他的反应和大家不一样。看到美国处处生机勃然，大家都是兴致很高，讨论哪一项应该回国后立即推行，可是竹楣却很少开口。"洪英植突然想起来了，"对了，大概是从拜访了清国的旧金山黄领事后，他就心事重了。"

金玉均又问道："黄领事都谈了什么，你们当时不在场吗？"

洪英植回道："我那天吃美国七分熟牛排，受不了闹肚子，没去。听回来的人说，谈得很愉快，黄领事还赠诗一首给竹楣：褒衣博带进贤冠，礼乐东方万国看。尺二玺书旗太极，是王外戚是王官。"

"不知姓黄的灌了什么迷魂汤，你留心打听一下。"金玉均交代洪英植。

打听不难，很快有了结果，但因为闵泳翊当时以见识一下黄遵宪的藏书为由，入书屋私语很久，谈什么无人知道。

金玉均摇头道："不用再猜了，看来竹楣已经与我们离心离德，沦为清人的奴隶。"

朴泳孝闻言随即附和："我说过，诸闵与我们不同，他们为了一族之私利并不真心支持开化。殿下最近对我们似乎也很不满意，我连见殿下一面都很难。"

"如今主弱臣佞，都拿因循姑息当万全之策，都把振作进步视为亡国之计，诸闵更是汲汲于一己私利，名曰开化，实无开化之效，只顾保位固权，搜刮民脂民膏，弄得国事罔涯，财用罄竭，如今唯有登高一呼，把诸闵赶出朝堂！"金玉均说这话已经不是第一次，不过此前众人并不真正动心，因为还期望能够与诸闵合作，或者得到国王支持，推行他们的开化计划。可随着闵泳翊的背离，他们都感到与诸闵合作已经不可能。而金玉均赴日借款失败，导致国王认为开化党言过其实，对他们也有所冷淡。所以金玉均今天的话一出口中，大家都有同感。

朴泳孝向来行事谨慎，他说了实际问题："事情没那么简单，汉城的三千清军便是最大的障碍。"

但洪英植说道："还有个好消息忘了告诉大家，清军要调走三营人马。"

"什么？"金玉均以为听错了，"清国要调走一半人马？"

"千真万确。家父说清帝已经下旨,令李鸿章筹划京津防务,已经决定调回三营防守旅顺。"

洪英植的家父就是领议政洪淳穆。洪淳穆是与大院君政见相同的保守派,他认为朝鲜是天下唯一一片保全了中华衣冠和礼仪的净土并为此感到自豪,坚决反对开放门户,反对与欧美日通商修好。如此保守而能得闵妃重用,主要是因为壬午兵变期间他反对诛杀诸闵,并多加保护,而且迎还闵妃回宫也是他一手安排。

洪英植却与他政见格格不入,深慕洋制,仇视中国,并斥孔孟伦常之道为腐朽禁锢,气得他把儿子逐出家门。但李熙对洪英植很赏识,亲自过问,洪淳穆不得不让儿子回家。洪英植先后到日本和美国考察,尤其是对近代邮政事业十分关注,在日本考察期间,他专门向驿递局长前岛咨询邮政知识,并索取了相关书籍。从美国考察归国,他一再奏请开办邮政,李熙被说动,同意开设邮政局,并命他掌管。这些天他一直在筹划发行邮票、建立邮局及相关机构,这些事情自然绕不开他的父亲。父子在此事上竟然罕见的意见相同,两人关系大为改善,因此洪英植得以从父亲口中探听到清军要撤回的消息。

"太好了,真是天助我也!"金玉均兴奋地一拳砸在桌上,用力过猛,疼得他龇牙咧嘴。

驻朝鲜庆军确实要撤回三营,原因是中法战事升级。

第二次鸦片战争期间,越南遭法国侵略,当时中国尚不能自保,当然无力支援,结果越南南部六省沦为法国殖民地。法国人最初的想法是打通沿湄公河通往中国的航路,但后来发现湄公河的上游澜沧江不适于航行,因此转而向越南北部侵略,兵锋直指中越交界的广西、云南,中法战争由此开始。中国派出滇军、桂军入越,结果被法军打得落花流水,越北山西、北宁、太原、兴化很快陷落。一个月前,法国舰队又入侵台湾,并且扬言北上封锁天津海口,中国沿海形势陡然紧张。李鸿章担心正在兴建的旅顺军港遭法国舰队攻击,因此奏请朝廷调回驻朝鲜的庆军三营,加强旅顺防守。

此事事关重大,吴长庆亲自回天津与李鸿章面商,回到汉城后就单独叫袁世凯前来。袁世凯骑马很快就到,他见到吴长庆后急切地问道:"世叔,听说大军要撤回一半,可是真的?"

吴长庆点了点头:"是,中法战事紧张,李中堂担心旅顺,调我回驻金州,加强旅顺后路。"

"世叔,国内哪里抽不出三营,偏偏要调庆军回防,真是拆东墙补西墙。朝鲜局势如今很不稳,开化党那帮人蠢蠢欲动,此时撤走大军,岂不寒心?"袁世凯闻言甚至有些抱怨。

吴长庆安慰道:"开化党那帮人手里没有军队,有庆军三营,再加你训练的朝鲜亲军两营,足资震慑。"

袁世凯还是有些担心:"世叔,朝鲜广州的前营,青峰的后营,都是开化党人训练的,都有日本人的背景,只怕到时候无人能镇住局面。"

"前营远在广州,后营远在青峰,都不足为虑。而且朝旨已颁,不可能朝令夕改。还有,我的身体越来越差,我不想死在异国。"

吴长庆入朝后,水土不服,腹泻又加咳嗽,去冬以来病情加剧,五十四五的人,看上去是六十好几的模样。这样的理由让袁世凯无话可说,他只得安慰道:"世叔,您不过是冬天受不了这里的湿寒,过个夏天就好了。"

"借你吉言,但愿我能好起来。"吴长庆拍了拍袁世凯的手道,"世侄,我对你寄予厚望,我走后,打算把副营交给你管带。"

吴长庆的安排是带走前营和左右营,副营、后营和中营留在朝鲜。后营继续由张光前统带,中营继续由何腾蛟统带,而副营则交给袁世凯。庆军副营是吴长庆的座营,是他的嫡系,一直由他的族亲吴兆有统带。将副营交由袁世凯统带,则有衣钵相授的意思。袁世凯闻言心中大喜,却是一副忧戚的神情:"世叔,副营是庆军的精锐,侄儿资历浅,恐怕统带不了,辜负了您的期望。"

吴长庆交代道:"你挺起腰杆管带就是,我既然相托,就有把握说服众将。他们都是跟我战场上杀出来的老交情,我吩咐下去,他们不会有异议。"

"吴军门一直统带副营,不知世叔做何安排?"袁世凯小心问道。

"他任庆军驻朝分统,我会交代他帮衬着你。"

这个安排并不遂袁世凯心意,他期望的是吴兆有最好能够回国,那样他才好在副营立威。如今他留在朝鲜,副营部旧难免不把袁世凯放在眼里,但这话只能搁在心里,遂说道:"世叔有此安排,侄儿胆子大了些。"

　　"你的长处是善于协调各方,尤其是与朝鲜朝廷的关系,更是别人不可比。所以,我把驻朝庆军前敌营务处交你总办,转运和一切留防事宜都交代给你。这是一副重担,你可要咬牙给我挑好了。"吴长庆又交代了一番。

　　对袁世凯而言这又是一喜,总办前敌营务处,三营庆军吃喝拉撒都归他管,无异于驻朝庆军的隐帅,几乎与吴兆有并驾齐驱。他再努力装,也掩不住脸上的笑意:"世叔如此提携侄儿,侄儿真不知说什么好。侄儿唯有好好办理营务,带好副营,以报答世叔的知遇之恩。"

　　吴长庆听了又是一番叮嘱:"别说报答不报答,我也是为庆军着想,就现在人里面,没有谁比你更合适当这个总办。我没什么不放心的,就是这帮兄弟都是跟随我多年,难免倚老卖老,到时候你多担待。庆营的规矩暂时不要更张太多,我倒不是护短,而是驻军在外,稳定大局最为紧要。"

　　袁世凯应道:"世叔放心,您定的规矩,侄儿定然萧规曹随,能维持局面就不错,哪里敢更张?"

　　吴长庆进宫向国王通报庆军三营即将回国的消息,国王及关系密切的重臣都要为他饯行;行装需要收拾,兵勇也都要进城采买些礼品,营务处有许多琐事需要交接,紧赶慢赶,大军起行已是十天后。

　　临行前天晚上,营中举行宴会,为回国的庆军送行。众人都喝得不少,平时十分谨慎的吴长庆也喝多了,端着酒杯站起来道:"我这一杯敬留守的兄弟。咱们兄弟十几年来都是驻扎一地,没想到今天会相隔重洋。我身体不好,不知还有没有机会再见留守的兄弟……"这话说得十分伤感,他自己先落下泪来。

　　各位将领都忍不住了,有人暗自抹泪,有人号啕大哭,结果吴长庆更是哭得泣不成声。

　　见状,袁世凯对张謇说道:"啬翁,这个哭法不成,大帅身体本来就弱。"

　　袁世凯最早称张謇"老师",自从他被朝廷赏五品同知后,改口称"先生",自从吴长庆将副营相托,让他总办前敌营务处后,他与张謇办交接,又改口称"啬翁"。张謇号啬庵,称之为"啬翁",完全是平辈的称呼。这让张謇极为不满,对袁世凯的看法来了个大转折,原来觉得他是个精明、强干、果决的难得人才,如今觉得不过是个狡诈、蛮横、势利的奸猾小人。他连正眼也不瞧袁世凯,便道:"你是前敌营务处总办,你看着办。"

袁世凯走到席前,大声道:"各位将军,大家都哭成这样实在不成体统,大帅身体本来就弱,还是不要惹大帅伤心。"

说大家"不成体统",众将心中都不高兴,张光前睁大眼睛,拿酒杯指着袁世凯道:"你算什么东西,想管咱爷们还不够格!"

袁世凯气得脸色苍白,回敬道:"我算不上什么东西,我是大帅禀请李中堂后任命的前敌营务处总办。就是抛开总办不说,我还是大帅的侄子,为大帅身体着想,诸位难道不应该稍加控制,不惹大帅伤心才是?"

"世凯,你少说几句,我们都是十几年的兄弟,一朝分别,大家难免伤心。你放心吧,世叔的身子骨不要紧。"吴长庆给了袁世凯一个台阶,他又转向张光前,叫着他的字说道,"仲明,世凯是前敌营务处总办,照顾席面也是他的职责。他还年轻,说话不周处你们这些老兄弟看我面子,多加担待。我把前敌营务处的担子交给他,你们各位老兄弟都要帮衬着,帮他也就是帮我,如何?"

张光前是提督衔副将,堂堂二品大员,而袁世凯不过是个五品,不但统带庆军副营,而且出任前敌营务处总办,风头已经明显盖过他这位战场上拼杀出来的老将,自然牢骚满腹。但吴长庆话说到这份上,他还能说什么?遂举起酒杯说:"大帅放心,张光前唯大帅之命是从,我干了这一满杯!"说罢仰头一饮而尽。

张謇始终不离吴长庆左右,扶他回卧房后又亲自侍候茶水。他见吴长庆酒醒了大半,便问道:"筱公,你觉得慰廷能够担当得起营务处总办的重任吗?"

"季直,你觉得还有谁比他更合适吗?再说,我已经禀过李中堂,怎么能够朝令夕改?"

张謇知道吴长庆对袁世凯寄予厚望,他是君子性情,不愿论人是非,只好沉默不语。

吴长庆又解释道:"世凯是有些急躁冒进的毛病,可处在朝鲜这样的境地,必须有快刀斩乱麻的魄力,才能立得住脚。你记着,明天一早把孝亭和副营的各位哨官早早叫来,我有话对他们说。"

张謇应了一声,不问可知,一定是交代他们支持袁世凯。

第二天早饭后,领议政洪淳穆、外衙门督办赵宁夏、礼曹判书金弘集等大员奉李熙之命前来送行。吴长庆的驻地下都监在汉城东,他的意思是绕道城南去马山浦港,洪淳穆说朝鲜百姓要为大帅送别,男女老幼都盼再睹大帅风采,请务必穿城而过。吴长庆在朝期间,一直督责庆军为朝鲜修桥补路,整治江防大堤,口碑很好。自东门外开始,道路两旁拥挤着送行的百姓,有的还流下了泪水。吴长庆眼角也湿润了,不停地向人群挥手。他的坐骑一进东门,突然鼓乐齐鸣,礼曹的乐班齐唱专为吴长庆编练的《送行歌》:

> 昔公莅止,东人以守。
> 以匡以植,以咻群萌。
> 伊公之德,伊皇帝圣明!
> 唯汉之水,厥流汤汤。
> 唯公之德,奠我宗祊。
> 我公归兮,畴翼乎我王。

歌声此起彼伏,伴随着大军走出南门。南门外,早备置送行酒,洪淳穆等人向吴长庆敬酒,然后吴兆有、袁世凯等留守将领一起敬吴长庆。吴长庆与众人话别后,又特别叮嘱袁世凯道:"世凯,我将前敌营务处和副营相托,你务必悉心打理,与众位将军融洽相处,维护庆军的名声。"

袁世凯和众将都表示一定和衷共济,但吴长庆登船离岸后,吴兆有、张光前等人就自顾返回,无人理会袁世凯。

袁世凯回到三军府,立即把王金成叫来道:"星武,如今我统带副营,又任营务处总办,教练新军的事情我是顾不上了。我打算向国王递辞呈,推荐你出任这个总教习,愿不愿干?"

这还用问?当然愿干,但王金成还是推辞了一下:"谢总办栽培,不过我还是愿意跟着总办干,痛快。"

闻言,袁世凯朗声道:"你这么说我很高兴。你亲口提出来不跟着右营回国,愿意继续跟着我练兵,我很感激。亲军是咱们帮着练出来的,关键时候有大用,所以我要托付给值得信任的兄弟。你放心,不出一年,我保你换顶戴。"

王金成笑道:"有总办这句话,我就知足了。换顶戴也不是件容易的事情,就是换不成我也绝无怨言。"

"好兄弟,你越这么说,我越要上心,才不枉兄弟一场。"袁世凯拍拍王金成的肩膀,"这个总教习不同于一营的教官, 你的心思不能只放到教练上,更重要的是如何笼络人心。"

"是啊,兄弟们最佩服总办的就是这一条,总办可得好好教我。"王金成一脸的请教之情。

袁世凯笑道:"没问题!我得去副营接印,那边恐怕没这么顺,有几个人是吴军门的亲信,只怕他们要与我为难。"

王金成拍胸脯道:"总办放心,亲军左营的兄弟就如你的子弟兵,有啥难处,你只要一声令下,我们悉听调遣。"

袁世凯摇摇手道:"没那么严重,我要连个副营还摆不平,我怎么当这个营务处总办? 放心,他们难不住我。"

袁世凯和各营营哨官都不陌生, 还与副营中有两个哨官关系特别近。他们一个是前哨哨官陈云龙,一个是后哨哨官吴长纯,两个人当初与袁世凯一起迎接闵妃,完成这趟差使后,两人见袁世凯就都称之为"老弟"了。如今"老弟"去统带他们,于是先把两人叫到三军府这边来叙旧。

袁世凯亲自到门外相迎道:"劳驾两位老兄赶过来,实在不好意思。可是那边我还没接印,实在不便过去。"

陈云龙拱手道:"总办以后不能这样叫了,我们都是你的部属,不敢称兄道弟。"

"去他个毬,兄弟还是兄弟。场面上你们叫我总办、管带,私下里咱们还是兄弟相称。"袁世凯这话听上去让人心里舒服,但同时已经给两人划了条线,场面上只有公事公办,绝不马虎。他把两人让到签押房说道,"大帅把副营交给我,我怕带不好,先把两位老兄请过来,给我出出主意。"

陈云龙比吴长纯精明,笑道:"大帅相托,谁敢不服? 吴兄是大帅的族弟,他发一句话,谁还敢多嘴?"

吴长纯为人忠厚,听不出陈云龙其实是给他戴高帽,接过话茬道:"副营向来是姓吴,没他们说三道四的份。总办放心,到时候我是全力支持。"

陈云龙道:"吴兄都如此说,我当然没有二话。"

第二天上午,袁世凯去副营接印。哨官、哨长都已到齐,两位帮带却只到了一位，另一位郭帮带却迟迟未到。于是，袁世凯问营务委员道："通知的是什么时辰？"

"巳初。"营务委员回答。

巳初是九时，此时已经九时十分。袁世凯又明知故问道："现在何时？"

营务委员如实回答："回管带话，现在九时十分，已经过了十分钟。"

"不必等了，开始接印。"

副营关防早就备好，由一位亲兵捧在手上。营务委员把印接过来，双手高举过顶，袁世凯接过来，转身端端正正放到管带案上，然后坐到案后的红椅子上，众将拱手参见，齐声道："属下参见管带。"

袁世凯站起来说道："诸位兄弟，从此往后咱们就在一个锅里摸勺子了。诸位知道我的脾气，听我将令者我视为兄弟，违我将令者我视为仇寇，请各位务必约束好手下弟兄，别让我为难。"

"喳，末将遵令！"吴长纯率先高声应道。

陈云龙等人也都"喳喳"连声。

"起了早五更，还是赶了晚集。紧赶慢赶还是晚了，抱歉抱歉。"这时郭帮带才匆匆赶到，说着向众人拱手。

袁世凯装作没看到他，满脸笑容对众将说道："咱们算见过面了，正事办完，本打算今中午我请各位兄弟喝一杯，可是营务处那边还有事相商，那就改到晚上请各位。"

当天下午，袁世凯把陈云龙叫到他的签押房问道："老陈，你手下兄弟有没有知心的？我是问，你的哨长和你是不是一条心？"

陈云龙回道："那不用说，只差穿一条裤子了。"

"那就好。副营帮带不称手，我想让你去当帮带，把姓郭的提升到营务处当会办。"袁世凯行的是明升暗降之计，要把姓郭的晾到营务处。

闻言，陈云龙提醒道："袁总办，郭帮带当年救过大帅一命，他们感情非同一般。他今天敢来迟，就是仗着大帅的情分。"

"我顾不得那么多了。带兵最要紧的是令行禁止，有人不听招呼，那怎么行？让你做帮带，就是指着你帮我把副营带得唯我袁某人之命是从。营务处是一个大摊子，事情既多又繁，副营这边我无法全力关照，你要多上心，知道我的心思吧？"

陈云龙保证道:"总办放心,不用多久我就让大家明白,如今管带姓袁。"

次日袁世凯接手前敌营务处,他本来就是会办,一切驾轻就熟,但也有些内幕是从前所不了解的,主要是账目问题。负责财务的是张謇的三哥张詧,很得吴长庆信任,一直负责财务。张氏两兄弟关系很密切,张詧虽为兄,但事事都看重张謇的意见,他对袁世凯的态度也随张謇来了大转弯,打心里瞧不上他。所以当袁世凯看到一笔账不甚明了时,他不做解释,只道:"这是吴大帅安排的,至于具体支应到了哪里,只有大帅知道,恕不便透露。"

张詧的职务,不过是个七品知县,袁世凯是五品同知,见他说话如此不客气,火就冒起来了:"三哥,如今我是总办,难道也问不得?"

张詧推辞道:"总办大人可别叫我三哥,我担不起。如今你当了总办,当然事事都问得。但这事你问我我却不能说,你若非要问,就问大帅去。"

这笔账目是海防经费,每月有一千余两都不知去向。而且大军在朝鲜,办哪门子海防?袁世凯以为是张詧做了手脚,又如此托大,一拍桌子道:"不要拿大帅的帽子来压我,不明不白的花销,就是大帅那里我一样可以问。"

张詧捏起一支笔道:"总办要问,不妨现在就写信,我侍候笔墨。"

这简直是在将军,袁世凯接过笔便道:"如此,我则要非问不可了。"

袁世凯果真给吴长庆写信,不说海防经费的事,只要求把张詧调回金州,以全兄弟相聚之义。

前敌营务处的人分了两拨,一拨随吴长庆回国内,张謇便在其中;一拨留在朝鲜,张詧便在这一拨里。当初吴长庆作此安排,是对张氏兄弟的借重。袁世凯的信寄出不到二十天,吴长庆调张詧回国的信就到了。

清军撤走三营,最高兴的是金玉均一帮人。李熙对他们的态度也发生了微妙的变化,频繁请他们入宫,打探国外的见闻。金玉均也是多次进宫,君臣相谈甚欢,但国王好像只是当个听众,再没有其他的表示,就连金玉均的职务也仍是避而不谈。

到了阴历七月初,驻泊在福州马尾的法国舰队突然袭击福建水师,击沉七艘军舰,福建水师几乎全军覆没。消息传到朝鲜,李熙十分震惊,立即请金玉均进宫询问道:"清国福建水师受到法军重创,几乎全军覆没,你听说了吗?"

金玉均故作平淡道："这早在预料之中，清国根本不是法国人的对手，列国早有预见。"

"日本国内有什么消息传过来吗？"

金玉均回道："还没有。不过，早就听说日本已经与法兰西结成同盟，两国将携手对付清国，各取所需。"

"何谓各取所需？法国人取越南，那么日本人要取哪里？"李熙被这话吓得心惊肉跳。

"法国人不仅要取越南，还要割台湾。至于日本人，肯定要与清国在我国争个高低。"

"你是说，两国有可能在我国开战？"

"开不开战不好说，清国必败那是肯定的。日本一直期望帮助我国成为独立之国家，清国战败，则是我国之幸事。"金玉均还是三句话不离他的主意。

"我国会不会成为第二个琉球？"

"绝无可能。我与日本高官交往极多，他们只希望朝鲜能够独立自主，日本能够与朝鲜平等通商，而不必受到清国的牵制。但这有个前提，就是我国应当顺应世界潮流，更改国政，开化文明。如果还是任由事大党把持，冥顽不化，则更生他变，实不可测。如今中法争战，清国必败，正是我朝鲜争取独立的机会，殿下不可不早为筹划。"

李熙摇头道："中朝五百余年的宗藩关系是那么好割断的吗？爱卿宜慎言。"

然而过了没几天，金玉均就被任命为外衙门协办，地位仅次于赵宁夏。众人齐聚朴泳孝家中为金玉均庆贺，同时商议下一步的行动。

金玉均首先道："殿下让我重新看到了希望，如果殿下能够给我们一道敕谕，命我们推行开化变革，我们便名正言顺，不愁大事不成。"

朴泳孝觉得不可能，遂道："殿下优柔寡断，何况还有闵妃掣肘，恐怕这一纸敕谕难比登天。"

金玉均接话道："所以我还备有第二套方案，如果国王迟迟不能痛下决心，我们就以力从事。"所谓以力从事，就是发动武装政变。

洪英植赞同道："我们不妨做两手准备。一面争取国王宸衷独断，推行开化；一面做好准备，时机一到，便把事大党一网打尽。"

朴泳孝摇了摇头道："清军尚有三营驻军，届时恐怕不会袖手旁观。"

金玉均无奈道："虽然日本政府就像孩子脸说变就变，但若用武力，则不得不雇用日本人；独立我国，变革旧习，也非借手日本外别无他策。"

朴泳孝还是觉得不妥："日本使馆驻兵不过二百，届时恐怕非清军对手。"

金玉均慨然道："我们行事，贵在速决，不待清国干涉，则大事已成，随之通告各国，木已成舟，清国能奈我何？再说，前后两营都可为我所用，如此算来，则实力已与清军相当。"

接下来商议了几件事情，一是设法以检阅名义调广州前营和青峰后营进汉城；二是成立"忠义契"，秘密发展心向开化的年轻人加入，并秘密进行军事训练，届时可助政变一臂之力；三是设法从日本秘密购买武器、炸药。

从日本购买军火，金玉均的打算是委托福泽谕吉帮忙，但必须派人亲自去日本一趟，因为写信实在不安全，万一泄露，贻害无穷。派谁去呢？朴泳孝推荐《汉城旬报》编辑井上角五郎。

朴泳孝到日本考察后，认为要启蒙朝鲜人，推进开化运动，非有报纸不可，回国时从日本带回了报纸编辑印刷人员六人，其中就有编辑井上角五郎。朴泳孝任汉城府判尹后，开始筹备《汉城旬报》，连创刊词都写好了，可是他突然被解职，办报的事情就被搁置了。从日本带回的编辑印刷人员见出刊无望，就卷铺盖回日本，唯有井上角五郎留在汉城观望待机。四个月后统理衙门接办《汉城旬报》，由金允植的哥哥金晚植负责，他曾赴日本考察，与井上角五郎有一面之缘，便动员井上出任编辑。井上这个人虽然年轻，但非等闲之辈，他不但与开化党关系密切，与袁世凯的关系也不错，可谓左右逢源。朴泳孝与他一直关系密切，认为请他回一趟日本秘密联系，不着痕迹，比较安全。

井上角五郎很痛快地答应下来，但他认为自己不必回国，由他写一封亲笔信交可靠的日本人带给福泽谕吉——也是井上的老师。他对朴泳孝说道："我也可以设法购买一些炸药或武士刀，可以通过走私船悄悄运来。我还有一些朋友，他们很讲忠义，到时或可助一臂之力。"

第七章

日公使推波助澜　开化党大开杀戒

朝鲜半岛秋风初起的时候,伴随秋风一起进入汉城的,还有休假半年多的日本驻朝公使竹添进一郎。

竹添是个名副其实的中国通,据说他四岁诵《孝经》,五岁学《论语》,七岁读《资治通鉴》,对中国儒学研究下过大功夫,对中国传统文化十分崇拜。光绪元年(公元 1875 年),日本派曾游学西欧的森有礼出任驻华公使,考虑到森有礼所长是西洋知识,因此选派精通汉学、能文善诗的竹添作为森有礼的助手。光绪三年(公元 1877 年),中国因为连续数年大旱,直隶、山东、河南、山西、陕西、甘肃发生严重灾荒,史称"丁戊奇荒"。竹添在日本四处奔走,为中国募捐,并奉命携救灾款交给直隶总督北洋大臣李鸿章,并与李鸿章商讨赈灾办法。李鸿章很受感动,与竹添诗酒唱和,关系十分密切。

朝鲜壬午兵变后,清廷在朝鲜的实力增强,日本政府觉得必须派一名与清廷打过交道的人出任驻朝公使。竹添不仅与李鸿章有交情、在中国有较广的人脉,而且精通汉学,因此代替花房义质成为新任驻朝公使。竹添温文尔雅,更像个谦谦君子,不但与朝鲜朝廷关系不错,与吴长庆等驻朝大员关系也很融洽。他与朝鲜签订了《朝日海底电线敷设条约》,获得了从日本长崎到釜山铺设电线的权利,得以在朝鲜的电信权上先发制人;又与朝鲜新定《朝日通商章程》,不仅使日本有权在朝鲜享受最惠国待遇,还获得了朝鲜沿海的渔权、扩大了日本人在朝鲜的游历范围,设立了仁川租界。他大功告成,回国休假,由一等书记官岛村久代理公使。

听到竹添进一郎将回到汉城复任的消息，金玉均等人忧心忡忡，他把自己的担心告诉岛村久：“岛村君对我国之开化变革颇为支持，而竹添公使却一向亲华。如今竹添公使回任，我辈努力恐将付诸东流。”

岛村久已经得到国内训令，知道政府转而支持开化党在朝鲜起事，以便趁中国陷于中法战争之机谋取朝鲜，所以他胸有成竹地说道：“金君放心好了，竹添从前疑忌诸君，不过是私事；今日公辈之所谋，即国事也。竹添系日本之公使，岂有以私心废国事之理也？绝无可忧之端。”

金玉均听岛村久这样说当然高兴，但无法全信，他要求竹添进一郎一到朝鲜就前来拜访，岛村久答应届时一定让他第一个见到竹添公使。如今竹添已到汉城，所以立即请金玉均前来相见。

竹添进一郎握住金玉均的手，十分亲热地说道：“从前对金君多有误会，实在有愧于心。”

“竹添公使不是外交辞令吧？阁下向来是崇拜清国的儒学。”金玉均还是心存芥蒂。

“崇拜儒学是真，赞赏金君也是真。”竹添进一郎说道，“中法之战，中国一败涂地，我不得不重新审视从前的观点。”

竹添审视的结果，是西洋文明远胜中国儒学，开化改革才是朝鲜唯一的出路。他此时返朝，所负使命便是借中法战争之机谋求日本在朝鲜的最大利益。他试探性地问金玉均道：“若有他国赞助贵国之改革，君等当以为如何？”

金玉均闻言回道：“愚见所至，以为独立我国、变革旧习，非借手日本不可，我始终勤于其间。然而贵政府变幻无状，尤其鄙人到贵国借款一事，费时近一年而一无所获，以致我党处处被动。今天公使如此说，不知是何意思？”

竹添笑了笑道：“凡国之政略随时而变，应势而动，岂可胶见一隅而已哉！今天我明白转达我政府之意，决意全力支持金君诸同志的开化变革。”

金玉均闻之大喜：“我党早有意大举，无奈贵国不支持，而清国又驻重兵。”

竹添笑道：“中国之将亡，自顾而不及，何暇顾及贵国？贵国有志于改革之士，不可失此机会！”

两人谈得十分投机,此时,接替赵宁夏出任外衙门督办的金弘集前来拜访。竹添让金玉均暂避内室,转头对金弘集非常傲慢地说道:"我听说贵国外衙门内,不过是中国奴隶者数人在主持,与之周旋深以为耻!"

金弘集不卑不亢地回道:"鄙国是中国属邦已五百余年,何谓奴隶?"

竹添语带刺激道:"甘心屈服于他国,而不谋求自立,这样的国家世所罕见。我听说你素能于汉学,又深有附华之意,何不入仕于中国?"

金弘集的语气依旧平常:"我已为中国之属邦官员,又何必再入仕于中国?我职司外衙门督办,为国事与各国公使交往,本国朝廷也一直认中国为鄙邦之宗主国,鄙人又怎可以私情代公义?"

"贵国朝廷之意,是因受君辈影响太深之故。有先知先行者倡导开化,实为朝鲜富强之道,君等何不鉴纳支持?"

"我也被人称为开化派,也是力主变革图强,公使何来此说?"

"可是金君却主张依附中国。"

"开化变革与中国属邦并不矛盾,鄙国多项开化举措也多是中国支持,比如设海关、开创枪炮厂、新编亲军都是在中国扶持下兴办。鄙国视中国为宗主国已有五百余年,贸然更张,反而易引社稷动荡,非朝鲜之福。"

话不投机,金弘集完成礼节性拜访即告辞。

金玉均从内室走出来,指着金弘集的背影道:"真可耻也!此人面目实在可憎!他引穆麟德入我国海关,尤为朝鲜罪人!尚沾沾自喜,真可恨也!"

穆麟德是德国人,早年入中国海关,后来又帮助李鸿章从德国购买克虏伯火炮而受到赏识。朝鲜壬午兵变后,赵宁夏、金弘集奉国王之命到天津见李鸿章,请求派人帮办洋务,李鸿章便推荐穆麟德入朝鲜。朝鲜朝廷授予他"协办交涉通商事务"(外衙门协办),他也以朝鲜官员自居,"袭冠带,朝参如百僚",朝鲜官民管他叫"穆参判"。他与闵妃的亲信关系密切,与开化党金玉均等人则势成水火。金玉均曾当面指责穆麟德"无学无识、心术不正",穆麟德则认为"今为朝鲜除害,宜急先除去金玉均也"。金玉均深恨穆麟德,也更恨把穆麟德带到朝鲜的赵宁夏、金弘集。

竹添进一郎闻言笑道:"金君何必生气,等大事即成,你便可以把不喜欢的人统统赶出朝堂,把中国的势力扫出朝鲜,干干净净与列国平等通商。"

"我心情急迫,公使无法体会。"金玉均摇了摇头。

竹添提醒道:"心情急迫无用,关键要周密准备。古语云:'君不密则失臣,臣不密则失身,机事不密则害成。'金君与诸同志应当加紧准备,而且要绝守秘密,以收突袭之效。不然泄露意图,贻害无穷。"

袁世凯和庆军分统吴兆有都接到国王请柬,请两人进宫议事。吴兆有不愿与袁世凯同行,袁世凯派人相约时,他说还没准备好,磨蹭了一刻钟这才带上几名亲兵骑马直奔昌德宫。路上他追上了袁世凯一行,袁世凯则坐着八人抬的大轿,前有顶马,后有亲兵,前面还有两面大旗,上书"钦差北洋大臣奏派总理庆军等营营务处会办朝鲜防务袁"。"袁"字居于旗中,极其醒目。吴兆有看到之后讥讽道:"袁老四真他妈会摆谱,'钦差'二字他也配用?真不知自个吃几碗干饭。"

吴兆有到了昌德宫正门敦化门,没想到被门卫拦了下来。他进宫太少,门卫对他并不熟悉,费了一番口舌,这才肯放行,但他一行人的马却无论如何不允许进宫。几个人只好步行,过了禁川桥,到了进善门。这是前往仁政殿和内宫的必经之地,归亲军守卫,盘查更加严格。吴兆有没带翻译,只好与亲军笔谈,亲军识字不多,颇费工夫。正在交涉的时候,只听得外面一迭声地喊道:"袁大人到!"

"袁大人来了,袁大人来了。"守进善门的亲军都肃然起敬。

等袁世凯的八抬大轿到了门前,亲军全部肃立致礼。袁世凯从轿中探出头来问道:"怎么回事?你们怎么把吴军门挡在门外?"

袁世凯带着翻译,翻译对亲军道:"袁大人发话,立即让吴军门入宫。"

亲军立即对吴兆有做个请的手势,而袁世凯的八抬大轿则一直抬到了仁正门前。他下了轿,宦官柳在贤已经在门口迎接,一口一个袁大人,反而让一品武职大员吴兆有相形见绌。

进了仁政殿,柳在贤引导袁世凯直接到东侧的椅子上落座。按照左为上的规矩,东边是上座,应当由吴兆有坐。但既然柳在贤如此引导,袁世凯也当仁不让,一屁股坐了下去。吴兆有脸色铁青,坐到西侧的椅子上直喘粗气。

这时李熙出来了,两人连忙站起来致礼。李熙坐下后道:"今天请两位大人,是商议一下鄙国阅兵的事情。"

原来，李熙受了金玉均、朴泳孝等人的怂恿，打算进行一次盛大的阅兵，不仅驻汉城的左右两营亲军参加，驻广州和青峰的前后两营也要参加。同时，还邀请庆军派出几哨受阅，"以示范例"。

吴兆有没有深思熟虑，满口答应道："国王相邀，庆军当然乐见其成。"

但袁世凯立即发现了其中的不妥，前后两营都有日本人背景，让这两营进入汉城，清军优势便极大削弱，因此他抢过吴兆有的话头，极力制止道："吴军门说得极是，国王相邀，庆军乐见其成。只是庆军是奉旨前来，便等同于天子卫率。天子卫率受阅，得向北洋李中堂禀报。这一来二去，总要费些时日。"

朝鲜国王与大清的亲王相当，要阅天子的军队当然不是小事。因此李熙说道："袁大人说得对，那就请营务处代为禀请。"

"一般举行阅兵，往往是有大征伐。而今朝鲜局势稳定，似乎不宜举行如此规模的阅兵。尤其是前后两营，分别驻守南疆和北疆，调入都城只为受阅，似乎也不妥当，容易引列国猜疑。如果有人无事生非，有害无益。因此，我建议只阅左右两营足矣。"

闻言，李熙只好讪讪道："袁总办如此说，寡人再听听大臣们的意见，原本也没有定准。"

阅兵的事总算搪塞过去了。接下来闲谈，但说的却不是闲话。李熙貌似随口问道："上国水师受了大挫，陆路似乎也一直在吃败仗。列国都预测，此次战事上国将难免大败结局，不知两位有何看法？"

事实的确如此，海军不争气，陆军更不争气，桂军、滇军一败再败，已经退入国内。法国舰队撤出福建又进军台湾，幸亏有刘铭传驻守，总算没有太丢脸，但基隆也被法军占领了。吴兆有又羞又气，无话可说。袁世凯只好接过话茬道："我国的确都受了大挫折，但大败的说法却毫无来由。打仗要讲天时地利人和，法国人万里渡海前来，地利没有，人和谈不上，就是天时也未必有利于他们。虽然他们一年来频频获胜，但未必能够一直获胜。历史上反败为胜，先败后胜的例子比比皆是。想必殿下听说过'一鼓作气'的故事，如今法国人已经击了三次鼓，恐怕已经是强弩之末。而我国上下群情激昂，众志成城。谁笑到最后，也未可知。"

李熙虽然不太相信大清能笑到最后，但袁世凯的分析也不是没有道理,遂点头道:"袁总办说得有道理,但愿如总办所说,接下来上国军队能够一鼓作气。"

两人告辞出门,柳在贤把他俩送到仁政门外。袁世凯把柳在贤拉到一边问道:"你希望'壬午兵变'那样的事情再重演吗?"

闻言,柳在贤紧张得眉毛倒竖:"袁大人怎么会有此说?如今想起来还心惊胆战,哪里能再重演?"

"如果让前后两营进汉城,说不定就再来一次兵变。"袁世凯给他分析其中的利害。

"袁大人预计得不错,此事确实是驸马爷向国王进言。"柳在贤随即说出了原因。

"你如果真为国王着想,就要设法进言阻止此事。如果前后两军进汉城,无论与我军发生争执,还是他们有逼宫的野心,倒霉的都是朝鲜。尤其是王宫,变乱后都是争夺的重点,不说为别人着想,你在宫中恐怕也难得保全。"

"袁大人不必说,下官明白了,一定劝说殿下。"

等袁世凯上轿的时候,吴兆有已经鼓着一肚子气出宫了。他策马回到下军监,张光前正在等候,一见面就问道:"军门,你脸色不对啊?"

"袁老四欺人太甚!"吴兆有于是将袁世凯如何摆谱,如何抢上座,如何抢头说话在张光前面前数落一遍,当然自己如何被亲军挡驾、面对朝王的问话无以回答等丢人的事情一句不提。

张光前一拍桌子道:"军门才知道袁世凯?副营兄弟和营务处的人只要是当初吴大帅赏识的,哪个不受他欺负?"

吴兆有依然气有不平:"这口窝囊气我无论如何咽不下,咱得到大帅面前论论理。"

闻言,张光前却有些担心了,道:"听说大帅病势越来越重了,只怕惹大帅生气。"

"那更得和大帅说,不然大帅若不在了,姓袁的岂不更加嚣张?"

张光前建议道:"那也用不着军门亲自出面,营务处那帮弄笔杆子的早就憋着一肚子气了。"

朝鲜咸镜道兵马节度使尹雄烈来见金玉均,说他已奉国王令将青峰新军调回,金玉均一听脸都气绿了。

时年四十四岁的尹雄烈在金玉均看来是个投机取巧的小人。他年轻时武科及第,开始在军队任职,却多年不得升迁,后来大院君执掌国政,他就投靠大院君,这才得以平步青云;后来大院君被闵妃一族赶出朝堂,他又投靠闵妃,尤其与闵妃的侄子闵泳翊关系密切。他曾到日本考察,回国后极力奔走,请日本人帮助训练新军——别技军,闵泳翊任营使,他则出任左副领官,是别技军的二号人物。壬午兵变发生的时候,他与闵泳翊仓皇逃出汉城,等兵乱平定后再被重用,出任咸镜道兵马节度使。他按照当初训练别技军的办法在咸镜道青峰山下训练新军,称为新军后营,与朴泳孝在广州训练的前营相呼应,是开化党所倚重的军事力量。此次阅兵,金玉均等人的设想是前后两营都调到汉城来,但国王折中了袁世凯的意见,只让尹雄烈率青峰后营五百人前来。而更让人没想到的是,刚受阅结束,国王就让他们返回青峰。

金玉均叫着尹雄烈的字道:"英仲,你没和殿下力争吗?汉城兵力空虚,后营正可帮助加强汉城守卫。"

尹雄烈回应道:"我争取了,殿下说汉城已有左右两营,还有清军三营,再留后营就说不过去了。"

金玉均赌气道:"那你可以拒不受命。"

"我做不到,殿下的王命不奉,我岂不是乱臣贼子?"

金玉均对"乱臣贼子"四字极为反感,脸都气白了:"英仲,前军已经被那帮老顽固收编,你是我党同志唯一依靠的力量。你把兵撤回青峰,将来起事的话靠谁?"

尹雄烈听金玉均话中有玄机,连忙问道:"古筠所说起事是什么意思?莫非你们要搞兵变?那我可要提醒你们,这可不是闹着玩的。"尹雄烈支持金玉均等人的开化主张,却反对他们采取过激的办法,"我也出使过日本,也见识过日本的文明开化。但我国与日本不同,五百余年来受儒教影响,接受开化思想的人少之又少,推行变革必须稳慎行事,不然适得其反!"

金玉均后悔自己将图谋泄露给尹雄烈,连忙补救道:"我没说要搞兵变。我的意思是,你的青峰军是开化变革的重要支持。有你的后军在,那些老顽固就不敢对我们轻举妄动。"

"只要前后两军在,无论他们在哪里,都是对顽固派的威慑,在汉城反而容易引人猜忌。"尹雄烈回应道。

金玉均知道劝也没用,就默认了:"你说得也有道理,那就暂且撤回,以后再说。"

送走尹雄烈,金玉均立即去见朴泳孝,见面便道:"子纯,我看尹英仲也与我们离心离德了。"

"这话怎么说?"朴泳孝不相信,也不愿相信,如果尹雄烈与开化党人离心离德,那他们几乎就没有可依靠的军队了。

金玉均把他与尹雄烈会面的情况向朴泳孝简述了一遍,他认为尹雄烈向来是棵墙头草,而且又与闵泳翊关系极为密切,闵泳翊显然已经叛离了开化党,尹雄烈心思有变也就不难理解。两人很久没说话,心情都十分沉重。最后,金玉均一拍桌案道:"长痛不如短痛!我们现在的处境,无异于立脚在累卵之上。箭在弦上,不得不发,于今形势只有速图勿迟为上。"

朴泳孝思虑道:"如今我们唯一能指望的只有日本人的军队。必须从竹添口中讨一句准话,如果万一有事,他会不会支持我们。"

"下午我们就去见竹添公使。不过,日本人向来说话不算话。求人不如求己,如今我们的处境已到了背水一战的境地。就是日本人届时不支持,我们也要坚决举事。"

要见竹添,就必须把开化党的政变计划告诉他。金玉均让人去请来洪英植等人,再次商议政变计划。金玉均有三个方案,逐一和大家讨论。

一个是派刺客假扮清军深夜暗杀闵泳穆、韩圭稷、李祖渊等守旧派大臣,然后将罪责转嫁到闵台镐、闵泳翊父子头上,制造守旧派内部矛盾,趁机夺权。可大家认为,虽然守旧派之间有矛盾,但还不至于仇杀,如果他们警觉起来,反而会更加团结。

第二个方案是重金收买京畿道监司沈相薰,让他在僻静的白鹿洞亭子举行宴会,即席暗杀守旧派大臣。大家认为把希望寄托于收买的守旧派身上太过冒险,如果收买不成,反而先把自己暴露了。

第三个方案是在庆祝邮政局正式开办的典礼上起事。大家觉得相比较而言这个方案比较可行,因为邮政局正式开办举行典礼不易引人怀疑,而请守旧派大臣出席他们也不好推托,正可一网打尽。一帮人就这个方案又进行了详细的谋划。

下午,金玉均秘密潜往日本使馆,见到竹添进一郎道:"我等同志已经决意起事,我想听公使一句切实的话,贵国届时真的能支持我们的开化举措?"

"请金君勿再相疑,吾志亦如公一样坚决。"竹添拿出自己报给政府的两个方案让金玉均看,"金君看过这个报告,就知道我是真心实意支持贵国的开化大业。"

竹添进一郎向日本政府报告的甲案认为:"我日本因与中国政府政治路线各异,故到底不能期望亲睦,若不与中国一战以消除其虚慢心,则难有真实之交际。为此应实力支持开化党起事,朝鲜内乱一起,可应开化党之约入宫。如此则非我与中国开战,而是依朝鲜国王之依赖守卫王宫,击退刃向国王之中国兵,以此为名义并无不合之处。"

他提出的乙案是:"专以保持东洋和局为宗旨,不与中国生事,朝鲜任其自然之运。"

"公使是主张哪个方案?"

"当然是甲案。如今时势紧迫,如果任由事大党发展下去,金君诸同志势将陷入殊死之地,朝鲜永无开化独立之日。不过金君要设法拿到国王殿下的手诏,我国出兵方可堂堂正正,让中国无话可说。"

金玉均点了点头道:"这个好说,届时一定有国王的手诏。"

"现在可以告诉我你的详细计划了吧?我从即时起,将参与你们的计划。"

金玉均的计划是,以庆祝邮政局正式开业为名,请各国使馆人员、各位大臣赴宴,在宴会期间派人放火,然后趁乱诛杀守旧大臣。"

竹添听了摇头道:"如果乱起来,混杂各国公使,如何行事?"

"公使有所不知,只要王宫起火,按照我国规制,四位营使必然要去调军队救火。他们四人一离开宴会厅,便可在中途诛杀。此四人一死,便除去了心头大患,其他文臣便如杀鸡般容易。"

朝鲜军队主要是前后左右四营,分别由闵泳翊、韩圭稷、尹泰骏、李祖渊四位营使任最高统领,如果四人被诛,则可由朴泳孝以国王驸马的名义调动军队。那时候再把国王和王妃挟持起来,大事可成。

"不要挟持国王,让国王心甘情愿听我们的建议才是上策,所以争取国王的信任非常重要。明天我将进宫一趟,送国王一份礼物。"

第二天上午,竹添进一郎进宫觐见李熙,赠给国王两条村田步枪和七百五十粒子弹后道:"殿下,我奉日本政府之训令,向您报告我国政府的一个重大决定,按照《济物浦条约》贵国尚未偿还的四十万日元赔款,我国政府已经全部豁免,用于支持贵国的开化变革。"

李熙接过村田步枪爱不释手,称赞道:"早闻村田步枪其名,今日一见,可称为重宝。"

竹添又向李熙介绍日本的明治维新成就,让李熙确信日本的实力已经今非昔比:"如今中法战争中国一再失利,李鸿章独木难支,中国必将从此衰亡。如果中日一战,中国必败无疑,万望朝鲜切勿卷入战争,严守中立。一旦朝鲜有事,只要国王请求,日本必尽保护之责。"

李熙虽然高兴,但并未忘形,警觉地问道:"难道贵国要与中国在我国都城交战? 战端一开,无论谁胜谁负,对朝鲜百姓而言,都将是灾难。"

竹添听了连忙否认道:"绝无此意。我是说万一朝鲜遇到特殊情况,需要帮助之时,请殿下想到日本的友好之意,只要殿下开口,日本必竭尽全力给予帮助。"

李熙见状应付道:"遇到困难,朝鲜当设法自己解决,尽量不麻烦到贵国才好。如果万一需要帮助,当然会向公使请求。"

袁世凯在朝鲜朋友众多,对开化党与驻日公使频繁联系以及国王态度的变化十分清楚,他预感到事情不妙,觉得有必要提醒北洋关注朝鲜的新动向。

按正常情况,袁世凯有所建言首先应当报给吴长庆,是否向上面报告则由吴长庆决定。按这个常规来行文,如果吴长庆不以为然,袁世凯的敏锐发现便无从上达李鸿章耳中;即便吴长庆转报李鸿章,那也将变成吴长庆的报告,连袁世凯的名字也未必能出现在呈文中。如果袁世凯直接密报李鸿章,这便是官场中最忌讳的越级行文,轻则惹上级不高兴,重则受排挤丢顶戴。袁世凯对此中利害不能不知,可他最后决定还是越过吴长庆,直接上书李鸿章。

袁世凯决定如此行事,并非鲁莽,而是经过反复权衡,促使他最后下定决心的是吴长庆越来越严重的病情。据可靠消息，吴长庆的病已是华佗束手。而一旦吴长庆病逝，那庆军将难免发生一系列人事变更。那时候一切都将由李鸿章来做主，李鸿章与吴长庆关系本来就淡，说不定会对庆军来一番改造，袁世凯营务处总办的位子能不能坐得下去，实在很难说。此时让袁世凯三个字在李鸿章脑海中留下印象至关重要，如果再给他留下一个能干的印象，则是求之不得。想清楚这其中的利害，袁世凯运笔如飞，一气呵成，次日誊清后即刻派人送往仁川，交由轮船招商局的轮船带往天津。

李鸿章收到袁世凯的密函已是五天后。袁世凯三个字早在他脑子中有印象，但仅限于他是袁保龄的侄子、吴长庆十分关照而已。看过这封密函，他则是暗中赞赏。他说过不与吴长庆争夺人才，却不反对别人帐下的俊才主动向他靠拢。他把密函递给周馥道："兰溪你看，袁子久的侄子上了封密函。"

周馥接过来仔细过目：

朝鲜君臣为日人播弄，执迷不悟，每浸润于王，王亦深被其惑，欲离中国，更思他图。探其本源，由法人有事，料中国兵力难分，不唯不能加兵朝鲜，更不能启衅日人，乘此时机，引强邻自卫，即可称雄自主，并驾齐驱，不受制中国，并不俯首他人。此等意见，举国之有权势者，半皆如是。独金允植、尹泰骏、闵泳翊意见稍歧，大拂王意，渐疏远。似此情形，窃虑三数年后，形迹必彰。

朝鲜屏藩中国，实为门户关键，他族逼处，殊堪隐忧。该国王执拗任性，日事嬉游，见异思迁，朝令夕改。近明受人愚弄，似已深信不疑，如不设法杜其骛外之心，异日之患，实非浅显。卑职谬膺重任，日思维系，不避艰险，竭力图维。自中法兵端既开，朝鲜人心渐歧，举止渐异；虽百计诱导，似格格难入。日夕焦灼，寝食俱废，大局所关，不敢壅于宪听。近闻福州台湾同时告警，东洋讹传最多，韩人不久必又有新闻。鬼蜮之谋，益难设想。外署虽与日人不睦，而王之左右，咸用日谋。又闻竹添回国带兵换防，八九日内必到。嗣有所闻，再当密禀。

周馥看完了密函道："中堂，朝鲜这些新动向，陈荩南好像从来没有报告过,不知袁慰廷是否言过其实。"

"他反映的是实情,他的判断也相当准确。日本人必定借中法战事而狡谋,原本也在意料之中。陈荔南专事与朝鲜交涉,似乎还不及袁世凯看得明白。"陈荔南就是驻朝鲜的商务总办陈树棠,他名为商务总办,其实更重要的是负责与朝鲜的外交。他精于商务,但在巧使手段、笼络人心方面却远远不及袁世凯,对朝鲜局势及朝野的实情,不及袁世凯掌握的详细,而且又没有袁世凯的天生敏感,因此见事迟,行动也总是慢半拍。

"袁世凯是个聪明人,除了报告朝鲜局势,还在为自己表功。"李鸿章接过袁世凯的密函,选读其中的几句给周馥听,"卑职谬膺重任,日思维系,不避艰险,竭力图维……虽百计诱导,似格格难入。日夕焦灼,寝食俱废……兰溪你说,袁世凯不过是庆军营务处总办,只操心驻军的事就够了,外交上的事情何劳他费神,又何须他'日夕焦灼,寝食俱废'!他的手是不是伸得过长了?不过,就我来说,很喜欢他这样的人,如果不是他及时报告,我还真不知道朝鲜局势已经到了如此地步。"

周馥笑了笑道:"能得中堂赞赏,是袁慰廷的造化。只是他在吴筱帅那里,恐怕更难做人了。"

"这话怎么说?"李鸿章问。

周馥兼着北洋海防营务处总办的差,对旅顺、金州的情形自然有密报。袁世凯在朝鲜跋扈专擅早被同僚在吴长庆那里大告特告,幸亏吴长庆看在死去的义兄份上一直庇护着他。但袁世凯越过吴长庆直接上书李鸿章,虽仅是两三页纸的一封密函,若吴长庆知道,必定愤恨不已。

"袁世凯年纪轻轻就获膺大任,自然惹人嫉恨。我常说人无完人,求才不可苛求,袁世凯这种人,你要他像谦谦君子,肯定是缘木求鱼。我用人是用其所长,宁愿用有缺陷的人才,也不养四平八稳的庸才。"

两人又就人才难求问题发了一番议论,周馥最后又问道:"中堂,应该如何答复袁慰廷?"

"八个字:'不动声色,坚守镇定。'中法战事把我弄得焦头烂额,和法国人谈判又谈不出个切实的结果来,此时我最担心的就是日本人趁机在朝鲜寻衅闹事,那时两面受敌,如何应付得过来!所以必须千方百计维持朝鲜的平稳,千万不要与日本人起冲突,待中法战事结束,再回过头来打理朝鲜。"

袁世凯有一封密函直接呈给李鸿章的事情，重病的吴长庆还是知道了。他把张謇叫到病榻前问道："季直，提携袁世凯，我是不是做错了？"

张謇不忍吴长庆病中还自责，劝慰道："大帅没有错，是袁某人忘恩负义。"

"忘恩负义四字送给他再合适不过。看在义兄的份上，我对他一再提携，甚至不惜开罪死人堆里一起滚出来的兄弟。他排挤我看重的人也就罢了，他查我的海防用项我也忍了，他拉大旗做虎皮我也原谅了，可是如今，我还没死他竟然要另寻靠山，我伤心呢季直！"

张謇见吴长庆拍着床板，灰败的脸色更加难看，知道他气得厉害，连忙劝道："大帅何必如此生气，不值当。再说，也许袁慰廷虑事不周，他担心你在病中，不忍让你为朝鲜的局面着急，所以直接上书李中堂。"

吴长庆摇头道："季直，你也别安慰我，他不愿让我知道还勉强说得过去，可他可以把实情报给你这恩师。不管怎么说，你是我为他请的老师，我屡次提携他也有你一再推荐的功劳，可是他竟然连你也不放在眼里了。我听说他现在叫你啬翁，真是不知天高地厚，真是不知世间还有羞耻二字！"

吴长庆胸脯急剧起伏，脸色铁青，张謇连忙招呼郎中。郎中一边把脉，一边让张謇按吴长庆脚上的太冲穴消气，然后又运笔如飞，写了一张药方，着人立即熬药。

吴长庆气消了些，脸色不再那么难看了，大约是累了，不知是闭目养神还是真的睡着。郎中示意张謇到外面去，小声禀道："张先生，我看情形不好。大帅先是病根在肺上，但拖累心脏、肝胆都虚弱，最忌的是生气。今天一口闷气憋在胸中，损伤实在太大。又加已经几乎断食，恐怕是凶多吉少。"

"有那么严重吗？大帅昨天还在说笑。"

"说笑那是做给你们看的，他自己恐怕也知道。依我看，今天晚上和明天天亮前是个关口，这两关一过，也许还能延寿几个月。如今大公子没回来，你是大帅最倚重的人，当为大帅预备一下后事。"

张謇一听，眼泪一下迸出来了："真有那么严重？这可让我怎么办。大公子去旅顺请洋医生了，不知下午能不能赶回。"

吴长庆的儿子晚饭前赶了回来，张謇总算松了一口气。洋医生是旅顺营务处聘请的洋军医，拿着一个洋玩意在吴长庆胸口、腹部反复听了多次，认为吴长庆心脏和肺都严重衰弱,必须打强心针。可吴长庆却无论如何不答应让洋人把药水推进自己的身体,他对儿子道:"我不过是早一天晚一天的事,何必再把洋药水弄到我的身上!身体发肤受之父母,你真要让我体无完肤?"

最后只好采取变通的办法,口服两种洋药片。

洋医生见状直摇头:"中国人太不可思议,如果打针,可能会挽救他的生命。"

到了半夜,吴长庆好多了,叫儿子和张謇过去口述遗折,开头几句还很清楚,到后来说话越来越含混,遗折没有口授完,忽然两眼发直,口不能言。郎中拿手指在他鼻下一试,随后道:"大帅已经去了。"

金州庆军大营,顿时一片哭声。

朝鲜清军接到吴长庆去世的消息,已经是十月十七(公元 1884 年 12 月 4 日),营务处立即忙起来,扎灵棚,摘帽缨,备花圈。吴兆有说道:"袁总办,吴大帅对我恩重如山,我得回金州给大帅料理丧事,你回不回?"

袁世凯知道吴兆有是有意相逼,但此时他如何能够离开?便道:"吴军门,要说恩重如山,大帅对我何尝不是?可是李中堂发来钧谕要你我'不动声色,坚守镇定',你我都不宜离开。就是想回去,也得禀过北洋李中堂。李中堂不是不知道庆军兄弟与大帅都是生死情谊,可是却没有钧谕准我们回国,可见李中堂也知道朝鲜局面不稳,不能不留你我坐镇。"

吴兆有诘问道:"李中堂何时有过'坚守镇定'的钧谕?我从来没听说过。我必须回国奔丧,不能当忘恩负义的白眼狼。"

袁世凯也是分毫不让:"李中堂的钧谕我请军门曾过目,若实在想不起来,可回去查一下,我还专门有一份抄件给军门。至于回不回国奔丧,你是正一品的庆军分统,我无权过问。"

吴兆有不过是说气话,真让他不奉命而回国,他也没那份胆量。将领私离汛地,严格追究起来够得上革职。

袁世凯知道众位庆军将领都在瞪着眼看着他,他必须到灵棚里切切实实痛哭一场才能过关。回想十五岁时嗣父去世,多亏吴长庆过江相助,还派人帮他护灵回项城,如今斯人已去,从今往后恐怕再无人如此关心。这样一想,眼泪真就泪泪流淌,真是如丧考妣。等他哭过了,叫来营务处郭会办交代道："郭兄，大帅过世，我本当回国奔丧，无奈形势不许。我托你回金州，代我为大帅治丧。"说着从怀里掏出一千两银票递给郭会办，"这是一千两奠仪，略表心意。拜托郭兄今天立即赶往马山浦，那里有军舰回天津。"

这时李熙派知中枢府事赵宁夏、外衙门督办金弘集前来吊唁，两人与吴长庆关系都十分密切。祭奠完毕，赵宁夏和金弘集密报袁世凯，说近日开化党频频出入日本公使馆，行动十分可疑，请他一定严加防范。

袁世凯拱手道："请诸位放心，我已经密令副营兄弟衣不解带，一如战时。其他各营我已请吴军门下令，都是严阵以待。"

赵宁夏又道："今晚洪英植设宴庆祝邮政局开业，遍请各国公使和朝中大臣，不知袁总办接到请柬没有？"

袁世凯听了刻意提醒道："没有，如今庆军正在治丧，一切宴筵全免，有请柬我也不去。你们诸位倒是要多加小心，当心他们玩花样。"

赵宁夏谢道："谢袁总办提醒。宴会上还有列国公使，光天化日，谅他们不敢轻举妄动。"

袁世凯点了点头："有道理，不过还是小心为妙。"

晚上六时，参加庆祝邮政局成立宴会的客人陆续赶到，各国公使只有日本公使竹添说偶感风寒，派参赞岛村久出席，中国商务总办陈树棠、税务司穆麟德，守旧派大臣闵泳翊、赵宁夏、金允植、鱼允中等中外人士十七人参加。

金玉均与岛村久坐在一起，正在用日语交谈。岛村久问道："袁世凯等清国将领一个也没来？"按照他们的预先计划，要在宴会上把中国将领扣押，并把守旧派大臣全部诛杀。

金玉均回道："他们统领死了，正在出丧，不便参与宴会。不过没关系，只要把顽固大臣收拾掉，便无碍大局。"

洪英植作为邮政局的总办，一直在招呼席面，满面笑容，可也掩不住重重心事。菜已经上完，酒已经喝过几巡，可是预定的大火却没有燃烧起来。金玉均更着急，岛村久一次次拿目光催促。这时酒宴上的侍者来告诉金玉均，说家中来人，有事相告。

金玉均离席来到院子里，正是负责放火的带头人。他禀道："离宫那边防卫太严，根本没机会放火。"

离宫离此不远,是世子所居之宫室。选在离宫放火,主要是考虑此为重地,重臣必相救。可是忽略了此地防守严密,下手困难。

金玉均怒道:"离宫不行,找附近民室草房放火一样。只要火起,你们就喊离宫着火了。"

回到坐席,岛村久问他怎么回事,他只好如实相告。岛村久则道:"若不起火,你打算怎么办?"

"放心好了,已经安排人到别处放火。大火一定会烧起来的。"

可是大火并未烧起来,这时负责放火的人又来找金玉均,告诉他街上突然增加了巡警,放火实在难寻机会,大家都要求直接杀到宴会上来,把顽固大臣一刀一个结果了痛快!

"真是糊涂话,各国公使都在,你们到宴席上误杀了外国人怎么办?你立即回去,找巡警少的地方放火,不拘何处,只要火起就行。"

金玉均回到席上,已经开始上饭了。闵泳翊等人发觉金玉均行迹有异,直向他和岛村久这边张望。岛村久相当紧张,问道:"金君是如何安排的,为什么还没有火起?"

金玉均额头上冒出汗来,却故作镇定道:"马上,马上就会烧起来。"

这时已开始上水果,再晚宴会就要结束了。突然外面有人喊离宫着火了,闵泳翊闻讯站起来就向外跑,一边跑一边大声道:"我去调人救火。"

他刚跑到院子里,从假山后蹿出一个日本浪人照他一刀砍来。闵泳翊是武官出身,再加行刺者立功心切,又有几分紧张,结果只伤到了他的大腿。闵泳翊看势不妙,转身就往回跑,另一个杀手照他背上砍了一刀。他跑进宴会厅,扑倒在地大喊道:"有人行刺!"

屋里立即乱了起来,众人乱哄哄向外跑,分不清谁是谁。金玉均、洪英植见已经无法控制局势,也跳出窗户离开邮政局。陈树棠逃回总办署,关闭大门严加防范,同时派人去报告袁世凯。

袁世凯得到消息,立即率二百人赶往邮政局。但当他赶到的时候,里面已经空无一人,只有地上的斑斑血迹。邮政局还有几个值班的差役,他们惊魂未定,也说不清发生了什么事,只说有人受伤,后来被一个洋人救走了。

陈树棠报信说闵泳翊被人杀死,看来只是受了重伤,找到闵泳翊也许能了解到更多的情况。于是,袁世凯问道:"洋人?是哪国洋人?"

"洋人都一个模样,哪里分得清?"年老的差役分不清楚,但年轻些的差役突然想来道,"那个洋人是穿着朝服来的,开宴的时候才换上洋人衣服。"

各国驻朝鲜公使绝对不会穿朝鲜衣服。税务司穆麟德是外衙门协办,他以朝鲜官员自居,平时穿朝鲜官服。袁世凯一想到是他,立即率队赶往穆麟德税务司旁边的住处。快接近大门时,有人大声喊:"什么人,再靠近就开枪了。"

袁世凯挥手让兵勇们退后,他策马往前高声道:"不要误会,我是大清总理庆军营务袁世凯,前来拜会穆麟德税务司。"

问话的人道:"哦,是袁总办。"

袁世凯走近了,见门前站着一个二十岁左右的年轻人,目光敏锐,英气勃勃,手按在腰间的洋枪上,还保持着一份警惕:"我是唐绍仪,穆麟德先生的助手。黑灯瞎火,没法确认是袁总办,还请见谅。"

袁世凯见唐绍仪如此尽责,十分欣赏:"我听人说过,穆麟德阁下有位助手非常能干,是开平矿务局唐总办的侄子,想必就是老兄啰?"

"正是在下。"

唐绍仪是广东人,他父亲是富商,他族叔就是李鸿章手下的洋务干将唐廷枢。当年曾国藩和李鸿章联手奏请朝廷,向美国选派留学生。当时大部分家庭都不愿让孩子出洋,负责选派留学生的容闳与唐廷枢是香港马礼逊教会学校的同学,经他一再动员,十二岁的唐绍仪赴美留学。后来朝廷听说这些留学生洋化得厉害,中途将他们全部撤回,经唐廷枢推荐,唐绍仪被李鸿章派到天津海关工作。穆麟德被派到朝鲜"襄办"外交及海关事务,唐绍仪等几个留美学生作为助手也来到朝鲜。唐绍仪英文相当好,海关业务又熟,工作又极为认真,很得穆麟德的赏识。

袁世凯在唐绍仪的带领下见到穆麟德,在密室中见到了半昏迷状态的闵泳翊。闵泳翊背上、腿上受了重伤,深及骨头,幸未伤及要害,此时,美国传教士、医生安连正在给他缝合伤口。等安连忙完了,听说袁世凯要问话,连忙摇手道:"伤者失血过多,身体极弱,不宜打扰。"

"事情紧急,我必须问一句。放心,我不会啰嗦。"话毕,袁世凯握住闵泳翊的手问道,"竹楣,到底怎么回事?是不是开化党干的?"

"开化党要杀我,里面有日本人。"问了好几次,闵泳翊终于翻开眼皮,说完又昏睡过去。

穆麟德也说不清,只知道外面失火,闵泳翊跑出去要调人救火,结果受了重伤。

"外面失火,竹楣去调人救火,刚到院子里就被人砍伤,这分明是早有预谋,不然哪有这么巧?竹楣原本是开化党,近来才与金玉均那帮人闹翻了,我看十有八九是开化党在搞鬼。"袁世凯说完,又叫着唐绍仪的字道,"少川,你说呢?我想听听你的高见。"

"高见不敢。"唐绍仪道,"依我看,那些人恐怕不仅仅是针对闵大人一个人,我听说当天晚上赴宴的除了金玉均、洪英植外,其他朝鲜大臣都是事大党人。袁总办想想看,他们是不是打算把事大党一网打尽?"

袁世凯不由得伸出大拇指道:"少川老弟高见!刚才竹楣说刺客里有日本人,十有八九是开化党与日本人联手搞的阴谋。"

"其他事大党人不知是否有危险。"唐绍仪听了还有些担心。

"对,我立即派人去看看。"

金玉均与洪英植离开邮政局后,立即与负责放火的朴泳孝会合。朴泳孝听说宴会上只伤了闵泳翊一个人,十分失望,觉得计划难以成功。

金玉均鼓气道:"子纯,小小挫折何必如此丧气?开弓没有回头箭!只要我们把殿下控制在手上,便不难把事大党一网打尽。"

朴泳孝又问道:"日本人现在会不会变卦?如果他们不支持,仅凭我们自己难以成事。"

洪英植也附和道:"子纯说得有道理,如果日本人支持我们,我们就干下去。如果他们打了退堂鼓,咱们就尽快让同志们撤,反正闵泳翊死无对证。"

金玉均感觉得出岛村久的不满,日本人反复无常,他们的态度实在无从把握。但他仍然坚持无论日本人支持与否都要干下去,便道:"宫内外我们都已经布置妥当,殿下身边也有我们的人,只要殿下在我们手上,我们就掌握着主动。"

朴泳孝和洪英植都认为应当先确认一下日本人的态度。洪英植决定去日本使馆看一下,日本使馆与邮政局对门,他是邮政局总办,就是遇上什么人也好解释。

等回音的工夫,金玉均一直在给朴泳孝打气。等了半个小时,洪英植回来了,说道:"竹添说话算话,他的二百人已经全副武装,只等殿下手诏!"

"那还等什么,我们立即进宫,把殿下掌握在手上。"金玉均一挥手就走。

三人深夜进宫,宫门守卫自然要盘查。金玉均说道:"出大事了,你们要是不让我们进去,误了大事你们谁负得了责?"又把朴泳孝拉过来说道,"这位是国王殿下的驸马,你们总该认得,难道连驸马你们也信不过?"

朴泳孝立即上前唬道:"少废说,把你们带班的叫过来,我跟他说话。"

带班的守卫是朴泳孝的老部下,秘密参与了政变计划,他故意道:"驸马见国王,我们当然不敢拦。不过万一上面追究下来,届时还请三位给我等作个见证,并非我等渎职无为。"

有守卫领班带领,很容易进了宫。到了进善门前,金玉均让守卫领班去找宫女顾大嫂,通知她在半小时后点燃炸药,并趁势在几处放火。几个人过进善门,进肃章门,到了后朝熙政殿外。这里是李熙的寝殿,有武监守卫。武监的领班也早被金玉均收买,不加盘问就把三人引进熙政殿院内。院内有国王的宠监柳在贤亲自负责守卫,他原本也与金玉均等人走得很近,后来受闵泳翊的影响逐渐疏远。他拦住三人道:"各位大人,没有殿下的诏谕,谁也不能擅闯!"

金玉均诘问道:"外面发生了大事情,我们要立即奏报殿下,你一个太监哪有饶舌的份?"

柳在贤回道:"职责所在,不得不如此。殿下今天看了一下午奏章,这会儿刚刚睡着,如何能叫醒?"

金玉均不与柳在贤废话,扯开嗓门喊道:"殿下,出大事了,臣等请见。"

"柳在贤,放他们进来。"这时李熙已被吵醒。

三人进殿,李熙披衣走出来问道:"到底出了什么事?"

金玉均上前就是一通胡说:"清军作乱,在邮政局庆典上杀死了闵泳翊。听说他们要进攻王宫,挟持殿下,另立新王。"

李熙闻言有些讶异:"清军作乱,不可能吧?"

洪英植见状也在一旁附和:"千真万确,臣正在宴客,清军在邮政局外放火。闵泳翊要出门调兵灭火,结果被清军杀死。"

这时王妃也走了出来，因为事出突然，没来得及穿戴整齐。闵泳翊是她偏爱的侄子，关心则乱，便问道："你是说，闵泳翊被清军杀死了？"

"是，那些人外面穿着朝鲜服装，里面却是清军的军服。臣确定无疑。"

闵妃又问道："你能确定闵泳翊死了吗？"

洪英植没有正面回答："当时闵将军逃回宴会厅，倒在地上就没再站起来，鲜血流了一地。"

闵妃擦了一下眼角道："闵泳翊与清军营务处总办袁世凯及各位将领关系都不错，清军没有道理杀他，你们是不是搞错了？"

金玉均正在编造理由，突然仁政殿方向传来几声巨响，又有几处燃起冲天大火。

"怎么回事？"李熙惊问道。

"小人立即去查看。"回完话，柳在贤立即出去查探。

"这是清军的大炮，他们正在攻打王宫，请殿下和王妃立即移驾。"金玉均说着又向朴泳孝使了个眼色，"朴驸马，你是殿下的亲人，难道要看着殿下和王妃陷入危险吗？"

朴泳孝立即过去架住李熙的胳膊道："殿下，请先移驾景福殿，那里隐蔽，便于防守。"

"你们还不快侍候殿下、王妃移驾？"金玉均等人呵斥着太监宫女，簇拥着国王、王妃及宫女太监往昌德宫西北角的景福殿。景福殿是国王祭奠历代先王时更衣沐浴的地方，独立院落，建筑较少，位置又偏僻，便于防守。

进了景福殿，金玉均安排他秘密组织的忠义契和士官生负责守卫，但人实在太少。于是他对李熙道："殿下，清军作乱，如今能与他们抗衡的只有日本人，请殿下立即下令请竹添公使入宫护卫。"

闵妃听了劝阻道："不可，还没弄清楚是怎么回事，调日本兵入宫，万一与清军闹了误会怎么办？"

"对，不能鲁莽行事。"李熙还没有完全惊慌。

这时去调查起火原因的柳在贤回来了，回道："殿下，老奴到街上看了下，秩序井然，并没有清军作乱。"

"那刚才的爆炸是怎么回事？"

柳在贤回道："是有人在仁政殿门外引爆炸药，并非清军开炮。"

眼看谎言要被戳穿，金玉均呵斥道："柳在贤，你蒙蔽圣听，是何居心？"

柳在贤大声回道："我没有蒙蔽圣听，你们所言不实，到底是何居心？"

这时外面又传来几声爆炸，金玉均怒道："柳在贤与清军勾结，是叛徒内奸，把他拿下！"

武监头领率人把柳在贤押起来，金玉均从怀里掏出一张洋纸和一支铅笔，塞到李熙手里道："殿下，再晚了来不及了，快请日本兵入卫。"

柳在贤扯着嗓子喊道："殿下，不能让日本人入宫。"

金玉均挥手制止道："柳在贤扰乱殿下决心，立即把他斩首。"

李熙见状大喊道："不要杀人！"

但武监头领已经从一名忠义契手中拿过一把日本刀，把柳在贤按到墙角一刀下去，鲜血喷了半截墙。众人都吓得两股战战，不敢出声。

金玉均大声喊道："殿下，请日兵入卫，不然来不及了。"

李熙双手颤抖根本写不成，费了很大功夫才写下"日兵入卫"四个字，金玉均接过后塞给朴泳孝道："朴驸马，你立即去日本使馆，请日兵入卫。"

金玉均等人把李熙和闵妃请进殿内，把他们关在东暖阁，又把宫女太监关进南边的值房内，他则与洪英植等人在西暖阁密议下一步计划。

从邮政局逃离的前营使韩圭稷、在宫中值班的后营使尹泰骏和京畿监司沈相薰赶了过来，请求觐见国王。金玉均以国王受到惊吓为由，不让他们觐见。这时洪英植陪同竹添进一郎率领二百余日本兵赶到景福殿，把殿内外团团包围起来。竹添进一郎在金玉均的带领下见到李熙，安慰道："殿下不必惊慌，我已经带人把这里保护起来。"

这时金玉均、朴泳孝和洪英植等人都跪下痛哭流涕，金玉均道："事发突然，臣等保护殿下不力，请殿下治罪。"

李熙已经明白是金玉均等人搞政变，但此时自己已经完全被日本人控制，只好装糊涂道："你等无罪，快快请起。"

此刻，左营使李祖渊也赶了过来，与前营使韩圭稷、后营使尹泰骏窃窃私语。金玉均把朴泳孝叫到一边道："这三个人掌握着军队，一旦他们与清军勾结，我们就会前功尽弃，你立即安排人把他们干掉。"

朴泳孝听了有些不解，反问道："非要杀人吗？把他们控制起来就行。"

金玉均哼道："斩草不除根，后患无穷！"

"我来。"见朴泳孝还在犹豫,洪英植进了西暖阁,对三位营使道,"三位营使,你们还在这里窃窃私语,还不快出宫去调兵护卫?难道我们要把殿下的安危完全交给日本人?"

三位营使刚出景福殿,就被忠义契的人乱刀杀死。金玉均又道:"四位营使已全部伏诛,应该把左右两营先调进宫来握在我们手上。"

朝鲜前后左右四营新军,前后营不在京城,左右两营系袁世凯训练,如今左右营使已经被诛,派谁去调他们入宫?又如何解释?武监头领自告奋勇道:"我去吧。我与左右两位营使熟悉,而且又是殿下身边的人。我持两人的令牌前去,当没有问题。"

两位营使的令牌随身携带,已经早被搜了出来,武监头领拿上令牌,骑马出宫去了。

此时,天已经快亮了,金玉均又道:"要想顺利推行开化国策,必须把顽固守旧的挡道狗赶走,尤其是闵泳穆、赵宁夏、闵台镐三个老贼,必须统统清理掉。现在就传殿下口诏,请三人进宫觐见,在半路上就把他们干掉。"

海防总管闵泳穆是闵妃的远房侄子,左赞成闵台镐是闵泳翊的生父,为闵妃所倚重,知中枢府事赵宁夏极力赞同依附中国,三人虽然争权夺利关系并不亲密,但都是名副其实的"事大党",金玉均必欲除之而后快。三人与其他重臣早就进宫来了,但没有诏命只能在肃章门外等待。此时三人一同被传进,还未到景福殿就被忠义契和日本人杀死。金玉均得到消息,对洪英植、朴泳孝道:"老狗都上了西天,我们应当立即发布新任的大臣名单,开始实行开化国策。"

其实谁出任什么职务,事前已经商议多次,几个人到西暖阁简单商议后,就拿出了一个名单,王室宗亲李载元为左议政,洪英植为右议政,李载元不过是摆设,实权由洪英植掌控;金玉均为户曹参判,掌握财政实权;朴泳孝为前后营使,徐光范为左右营使,掌握着军权。金弘集、金允植虽然亲华,却是老资历的开化派,与事大党并不相同,算是中间派,因此也被金玉均引为同道,金弘集被任命为汉城府判尹,金允植则被任命为礼曹判书。

这份名单由洪英植去向李熙奏报,朴泳孝看了则有些迟疑道:"殿下未必同意。"

金玉均哼了一下道:"此时由不得他,如果他执迷不悟,就另立新君!"

第八章

大清军果断平乱　开化党仓皇出逃

袁世凯带人转遍汉城也并未发现异常,他先后两次路过日本使馆和昌德宫,都发现其大门紧闭。他留下十几个人在城内打探情况,其他人跟他回营。折腾了一夜,实在撑不住了,大家倒头呼呼大睡。他是被人叫醒的,坐起来一看,吴兆有和张光前两人都在。

"慰廷,夜里发生了什么事?也没人告诉我一声。"吴兆有这是有些怪袁世凯的意思了。

袁世凯心想,我忙了大半夜,反倒有错了?他简单讲了一遍后道:"当时情形紧急,来不及与两位商量,我就带着人去了邮政局。到了那里空无一人,又弄不清到底怎么回事,所以就没再惊动两位。本来想回来后再向吴军门报告,可是因为实在太困,一沾床就睡着了。"

这时留在汉城的探勇头目回来了,拿来了"宫门抄",上面是朝鲜新任命的官员,袁世凯一看后就道:"朝鲜朝廷成了开化党的天下! 果然是金玉均之流搞的鬼!"

他把宫门抄递给吴兆有,转头问探勇头目道:"那些老臣呢? 特别是事大党大臣,可有他们消息?"

探勇头目回道:"据说他们半夜都进宫了,可是一直没有出来,具体什么情况,宫门紧闭,实在打听不出来。"

袁世凯一挥手命令道:"好,你回去继续打听。一有新消息,立即来报。"

此刻,接替袁世凯负责训练左右两营的王金成和驻朝鲜商务总办陈树棠一前一后进来了,陈树棠拱了拱手道:"三位都在,那我省心了。告诉诸位一个不好的消息,朝鲜发生了政变,开化党已全面接掌了政权。"据说他想进宫面见国王,却未被允许。今晨,美、英、德三国外交人员已经应邀进宫见过国王,国王说话似乎不太方便,只说朝廷官员变动,但政局稳定,希望各国不要惊讶。

袁世凯听后分析道:"国王说话不太方便,那一定是被开化党挟持了。"

陈树棠点了点头继续道:"不仅是开化党,日本人也掺和在里面,半夜里使馆的二百多日本兵全部进宫了。"

一听有日本人,吴兆有插话问道:"日本人参与政变图什么?"

"当然是图谋胁迫国王脱离我朝。开化党的目标有两个,一个是开化,一个是独立,这是路人皆知之事。他们以为日本人可以帮他们独立,真是白日做梦。我两次带人路过日本使馆,他们大门紧闭,看不出异常。日本兵是什么时候进宫的?"袁世凯一边讥讽一边像是自问。

陈树棠摇摇头道:"具体时间说不清,据美国公使说,国王所居宫殿外面全是日本兵。"

袁世凯不假思索便道:"国王在手,便占据了主动。国王一定是受到日本人胁迫,我们应当带兵进宫救出国王。"

闻言,吴兆有有些顾忌道:"掺杂了日本人,事情就没那么简单。如果只有开化党闹事,我们进宫就是。如今我们要是进宫,假如日本人阻拦,中日难免起冲突,这是朝廷绝对不允许的。"

袁世凯大声道:"难道我们就眼睁睁看着国王被日本人控制?日本人野心很大,如果他们愚弄国王脱离我国,我们这些人可就难辞其咎了。"

此刻,陈树棠又说了各国的意见:"英、美等国公使的意思,咱们暂时不要率兵入宫,中日如果再起摩擦,朝鲜局势难免动荡,这是各国都不希望看到的局面。不如等等看,根据日本人下一步举动再决议不迟。"

袁世凯心有不甘,但大家都认为如此较为妥当,他也只好隐忍。送走陈树棠,王金成才得到说话的机会,禀报道:"朝鲜亲军左右两营夜里被调入宫了,说是加强宫中禁卫。"

袁世凯把心里的不快发泄到好友头上,皱着眉头问:"你怎么不早说?"

王金成解释道:"我来的时候,你正在睡觉,看你睡得熟,没忍心叫你。"

袁世凯又问道:"他们入宫后都在哪里驻防,你知不知道?"

王金成摇了摇头:"不知道,我派人去联络,可是宫门紧闭,没法打听。"

大家正在议论,金允植突然来了,袁世凯见后十分惊喜,道:"云养,快说说,到底宫中怎么回事?"

金允植未开口先流泪:"金玉均他们大开杀戒了。四位营使,闵泳穆、闵台镐、赵宁夏诸位都被他们杀死了,尸体扔在宫外,还不允许家人收尸。"

这些被杀的大臣,都是归附中国的朝鲜重臣,也都是袁世凯的朋友。他一听火就腾起来了,额上青筋暴跳,一边急促地踱步一边道:"吴军门,我们必须立即进宫,把国王从他们手中抢过来!我们不能眼睁睁看着归附我国的大臣被杀而无动于衷,那样会寒了大家的心!"

吴兆有还是推脱道:"慰廷,我们贸然进宫,如果中日起了兵端,朝廷怪罪下来,我们如何承担得起,这事必须禀报李中堂。"

张光前对袁世凯没有好感,向来唯吴兆有之命是从,附和道:"对,非请北洋大令不可。"

袁世凯盯着张光前道:"向北洋请命,要靠轮船捎信,一去一回,总要三五天,那时候黄花菜都凉了。"

张光前反驳道:"黄花菜凉了也比被朝廷治罪强。"

"如今国王被扣在日本人手中,如果上国大兵入宫,只怕会伤及国王。"金允植听了也十分担心。

这是个严重的问题,大家一时都无话可说。

袁世凯又问道:"云养,诸位大臣对金玉均他们怎么看?"

"无不愤恨!"金允植双目喷火道,"本来大家对开化变革并不一概反对,就是我本人也主张应当变革国政,开化富强。可是金玉均他们勾结日本人,不但思想保守的大臣反对,就是像我这种被称为老开化党的人也反对,朝鲜百姓也都反对。为什么?从前都是逐倭、抗倭,如今突然勾结日本人挟持我国王,当然是举国痛恨。还有,他们勾结日本人屠戮思想保守的大臣,手段太过残忍,大臣们无不侧目,就是被他们拉拢进去的人也不甘心跟着他们胡闹。我被他们任命为礼曹判书,可是我不稀罕。其他临时被拉进的人,也都如此。"

袁世凯闻言叹了口气又道:"朝鲜朝野除了金玉均那帮人,都对日本人没有好感。可如果让这帮人把持朝廷久了,可就难说了。人心是会变的,何况日本人又特别善于伪饰。云养,日本人是如何入宫的,什么时间入宫的,你清楚吗?"

"我也不太清楚,反正是半夜。我是天快亮后才入宫的,入宫的时候就听说他们已经撤换了大批官员,我被任命为礼曹判书。据金玉均他们说,是国王亲笔手诏请日兵入卫的。"

"哼,十有八九是他们逼迫国王的。他们能进宫,我们为什么不能进?不如我们也给国王写信,请求也进宫保护国王。"

吴兆有听了立即赞同道:"这办法行得通,如果有国王手诏,我们师出有名,到时北洋那边也好解释。"

"云养,宫中守卫情况你能说得清楚吗?"袁世凯又问道。

"只能了解个大概。守卫宫门及宫中外围的是左右两营,再往里是日本兵,国王身边的人,全是金玉均秘密组织的忠义契和从日本学习回来的士官生,外人无法接近国王。"

袁世凯紧张地问道:"左右两营的管带金钟吕和申泰熙没有被害吧?"

"没有,我还见过他们。如今两人归朴驸马调遣。"

袁世凯松了口气道:"那就好。云养,这两人与我关系非比寻常,你设法给他们捎个话,给我带封信来或者能来见我一面最好。如果我们率兵进宫,请他们设法帮助,最起码不要与我们作对。"

"这件事情我能帮得上忙。左右两营都是吴大帅帮着建立的,又是慰廷帮着训练,他们应当知恩图报。"

送走金允植,袁世凯让人起草好请求入宫护卫国王的文书送到宫里去。到了下午,宫中答复道:"国王很好,敬请放心,不需上国军队入宫。"

袁世凯与吴兆有、张光前商量道:"这恐怕又是金玉均使坏,我们的信国王未必能看到。"

吴兆有见状有些气馁道:"国王在他们手里,我们实在没什么办法。"

袁世凯建议道:"我带人到昌德宫去看看,如果能够见到国王最好。"

见袁世凯又要弄险,吴兆有劝道:"慰廷,你可不能冲动。如今左右两营已经被他们控制,又有日本兵二三百人。我们手头虽有三营,可是何总兵带走两哨驻守马山浦,我们还要守大营,他们又占据了王宫,我们与他们发生冲突,绝无胜算。所以,你不可与日本人起冲突。"

"行,我只过去看看情形,如果能把竹添叫出来,我就当面问问他为什么不让我们入宫。"

袁世凯带着二百余人到了昌德宫正门敦化门,大门紧闭,空无一人。袁世凯让士兵大声呼喊,好久才有一位新军哨长出现在门楼上道:"袁大人,小的只是奉命把守大门,实在不敢私自开门。"

袁世凯大声怒喝道:"你们去把金玉均叫出来,我倒要问问他,为什么大白天关闭宫门,为什么不让我进宫,是不是他们已经谋害了国王?"

那个哨官惧于袁世凯的声威,赔着笑脸道:"袁大人,您稍等,小的把您的话传到。金大人见不见您,小的实在不能过问。"

话传进宫去,金玉均正在与同党商讨施政纲领,准备明天一早发布。他把笔扔到一边道:"不用理他,这个姓袁的狡诈奸猾,最不好对付。"

竹添却认为关闭宫门显得做贼心虚,倒不如索性打开,告诉袁世凯宫中一切正常,但国王国事繁忙,来不及见他。

"如果姓袁的要硬往里闯怎么办?"金玉均听了不无担心。

竹添进一郎却胸有成竹道:"据我们得到的情报,中国并不愿在朝鲜再起争端,而且双方兵力不相上下,我们又占据宫城,袁世凯一定不敢带兵进宫。"

金玉均来到敦化门的城楼上对袁世凯道:"袁大人,国王正在商议国政,实在无暇接见,您请回营吧。"

袁世凯却连连责问道:"国王再忙,只要我求见,还从来没有拒绝过。大白天你们却关闭宫门,是做了什么见不得人的事吧?"

"我等都是正大光明之人,行的是正大光明之举。关闭宫门是奉国王口谕,商讨国家大政,不想被人打扰。袁大人若不信,我可立即打开宫门。不过,还请袁大人带着兵马回到你的营房去,不然让百姓误会,反而有碍汉城安宁。"金玉均果然命令新军吱呀呀打开城门。

袁世凯见状,以退为进道:"我明天还会请求觐见国王殿下,只有见到国王,我才能放得下心。我国驻军在此,本来就是为维护朝鲜的安全,自然也包括国王殿下的安全。"

"我一定将袁大人的请求转至国王,不过殿下是否会见袁大人,我可就说不准了。"

金玉均回到宫中,李熙正要找他,见面便问道:"金卿家,昨天清军作乱,今天情形如何了?为什么殿内外还这么多人?"

"幸亏有日本人保护王宫,乱兵已经撤回了军营。但是怕他们贼心不死,所以不得不格外小心。"这时太监送来晚饭,金玉均劝道,"殿下与王妃只要好好吃饭,好好安寝就行。政务暂由臣等处置,非重大事件臣等不会来搅扰殿下。"

看着金玉均的背影消失在殿外,闵妃恨恨地说道:"此人太过嚣张,殿下难道不觉得上了此人的当吗?我一直在怀疑,所谓清军作乱,十有八九是假的。"

国王无话可说,走到今天这个地步,完全是他信任、纵容金玉均等开化党的结果。他唯一能够安慰自己的,就是可以通过借助日本人实现朝鲜独立的目标,他本人也能成为一言九鼎的"皇上"。这是他的如意算盘,但看金玉均等人的作为,完全是拿他当傀儡。但这些话他根本不能给王妃说,只能烂在自己心里,嘴上却道:"现在见不到外面的大臣,到底是怎么回事也无从知晓。"

闵妃喜欢吃膳房做的一种糯米糕,几乎每顿饭都要吃。每次也并不多吃,两块或者三块而已,今天不知何故只进了两片。她用银筷子夹起来,放到口中,咬下去的时候却被硌了一下牙齿。糯米糕里面有东西!她装作若无其事,放下筷子,拿起手帕挡在嘴边,发出几声咳嗽,小心地将嘴里叠成方形的纸攥到手里。等吃完后,她道:"你们给我拿本书来,就拿《资政图鉴》来好了,我要看。"

等书拿来了,她把手里的纸片舒开了,夹在书中细看。字很小,写的是:

王妃坤殿:

　　金玉均等乱臣贼子,勾结倭寇,屠戮大臣,闵泳翊、闵泳穆、闵台镐、李祖渊、尹泰骏、韩圭稷、赵宁夏七位重臣及内官柳在贤皆已被难。听闻他们唯日公使之命是从,将谋害国王,另立新君。左右两营皆被叛贼掌控,臣等束手无策,拟请上国出兵救我国王及坤殿。

臣沈相薰

沈相薰的母亲是国王李熙母亲的亲妹妹，也是闵妃的族亲姑母，而他本人又是闵泳翊麾下的"八学士"之一，他的话闵妃自然深信不疑。她看罢密信，悄悄递给国王。国王看罢，脸色苍白，问道："这该如何是好？"

闵妃冷静道："如果能够设法通知袁世凯就行了，此时，也只有他能救殿下一命。"

"可惜没法向外传递讯息。"

闵妃道："我想办法让宫女设法通知沈相薰，无论如何尽快向上国求援。"

李熙依然心存侥幸，期望这封密信所言不实，但接下来的事实让他对开化党彻底绝望了。洪英植拿来了他们讨论一天、最后商定的政纲十四条说道："殿下，明天即将在《汉城旬报》刊发，请殿下先阅。"

第一条写的是"大院君不日陪还事。朝贡虚礼，议行废止"。意思是让囚禁在中国的大院君归国，解除与中国的藩属关系，朝鲜独立。朝鲜独立是李熙所盼，但放大院君归国却非他乐意。他那强势的老父亲回国，他这位懦弱的国王在闵妃之外岂不又加一位太上皇？

接下来的几条，则是打破门阀制度，登用人才，四民平等，惩处奸吏，革罢冗官，改革租税，整编军队，一口气把朝廷的制度翻了个底朝天。而最后的三条，更让李熙愤怒。第十二条是"凡属国内财政总由户曹管辖，其余一切财簿衙门革罢事"。意思就是由户曹统辖国内财政，其他与财政有关的衙门一律裁撤，这也就意味着，王宫将来的用度也要向户曹去讨要。户曹判书是金玉均，朝鲜的财权将被他一把抓在手上了。第十三条是"大臣与参赞课日会议于阁门内议政所，以为禀定而布行政令事"。意思是各大臣、参赞每日在议政所集合，议定并执行政令，也就意味着国王被完全架空。第十四说的是"政府六曹外，凡属冗官尽行革罢，令大臣参赞酌议以启事"。意思是要罢除六曹以外的一切冗官，政令由大臣、参赞商议后施行。这意味着，不但国王被夺了权，相当一部分大臣也被赶出朝堂了！

李熙气得脸色苍白，他把十四条政纲扔到案子上道："这样的政纲如何能实施？寡人不同意！"

洪英植不紧不慢地回应道："殿下，这不都是您期盼的吗？您怎么不高兴了？殿下不是一直有意要效法日本吗？这十四条政纲都是参照日本国的君主立宪制度制定的。"

很少大声说话的李熙大声呵斥道："你就这样与寡人说话吗？你去告诉金玉均他们，这十四条政纲寡人不同意，要修改。"

"殿下，请您先看，并没有征求您的意见的意思。今天下午已经开了议政会议，决定今夜《汉城旬报》连夜印刷，明天一早宫门抄就贴到敦化门上了。"洪英植说完，收拾起被李熙扔到地上的政纲，若无其事地走了出去。

见状，闵妃气愤地说道："你看看，这就是你信任的开化党英才，这就是你倾心向往的开化变革，结果把你自己的权力都开化掉了。平时你怪我太信任事大党，事大党至少不会让你做一个摆设。"

此时，左右营统领金钟吕、申泰熙悄悄出宫来见袁世凯，商讨明天营救国王的计划。

袁世凯首先说道："如今朝鲜局势十分危险，乱党勾结日本人挟持了国王，痴心妄想抱日本人的大腿谋求朝鲜富强，这无异于与虎谋皮。日本久有吞并朝鲜之意，狼子野心，路人皆知，乱党却与日本人打得火热，岂不是开门揖盗？"

金钟吕拱手道："袁大人不必多说，朝鲜百姓恨日本人，我们也恨日本人。我等是奉命进宫护卫国王，谁料根本见不到国王的面，却当了乱党的帮凶。袁大人想要我们做什么，只管吩咐就是。"

袁世凯听了便问道："新编亲军成立之初，国王曾去阅兵，你们高呼的口号是什么，两位可曾记得？"

"当然记得，'保我国主，护我朝鲜'。"申泰熙回道。

"幸亏两位还都记得。当时我就在国王殿下身边，当你们高呼口号时，殿下眼角都湿润了。如今殿下被乱党所囚，你们说，左右营亲军应当怎么办？"

"当然是救出国王！"两人异口同声道。

"我找你们两位，正是商议此事。"

申泰熙说出了心中顾忌："如今我们归朴骈马调遣，他对我俩并不信任，宫中详情不让我们知道，还有左右营的兄弟们也不敢确保都能听招呼。"

袁世凯出主意道："你们两个不妨给朴驸马灌点迷魂汤，表现出唯命是从的态度，让他放松戒备。至于两营的兄弟，想都听招呼也难。但，你们要设法把心腹兄弟调去守大门，其他兄弟也设法争取。"

"守门的是我手下兄弟，听招呼毫无问题。"金钟吕打保票道。

"好极了。"袁世凯高兴地点头，随后冲里面喊道，"把礼物拿出来吧。"

躲在内室的赵国贤端着沉甸甸的一只木盘出来，小心翼翼放在案上。袁世凯刷啦一下揭开盖在上面的红布，呈现在眼前的是黄澄澄的金条，道："这是六百两黄金，你们两个带回营全部花掉，全力争取哨官、哨长还有什长。"

见两人眼睛都直了，袁世凯又补充道："这六百两务必发到兄弟们手中，等事成之后你们两位我单独还有馈赠。"袁世凯的意思很明白，这六百两是用来收买人心。两人都表示，一定一两不少全部用到刀刃上。

袁世凯与两人约定，如果清军不进宫，请他们务必沉住气，不可轻举妄动。而一旦清军入宫，一是请他们务必打开宫门，二是尽量争取更多的兄弟临阵倒戈。

金钟吕说道："打开宫门问题不大，开化党为了让人觉得一切正常，命令我们按照从前的时间准时启闭宫门。如果明天下午大军四时前发起进攻，大门是敞开的。"

"庆营有三营驻军，你们左右两营只要按兵不动，乱党与日军区区数百人，怎能是我大军的对手？所以，只要我大军一出动，必胜无疑。两位若能尽心竭力，必定能立下不世功勋，届时国王一定有重赏。望两位不要犹疑，牢牢把握住此次机会。"

袁世凯给两人吃定心丸，两人也请他放心，届时一定全力配合大军。

看两人态度坚决，袁世凯放了心，想好好睡一觉，以备明天行动。但他心中有事，如何能够睡得着，结果反复筹思，到鸡叫时才睡着。好像睡着不久又被吵醒了，他睁眼一看，原来已经天光大亮。探勇头目进来告诉他道："袁大人，汉城百姓中纷纷传言，乱党已经杀害国王，另立国王七岁庶子为傀儡，群情激愤，数万人已经聚集在昌德宫周围。"

袁世凯一拍床板坐了起来道："好，乱党失去百姓支持，就会自乱阵脚。你们找些信得过的人鼓动大家在宫外喊话，要求他们把日本人赶出宫去。"

探勇头目把一张"宫门抄"呈给袁世凯道："这是开化党今天早晨贴出来的,说是新政府的大纲。"

袁世凯一看,第一条就是要断绝中朝藩属关系,便道："这帮狗日的果然是要脱离我大清! 就凭这一条,我就可以带人杀进宫去。"

再往下看,袁世凯禁不住皱起眉头,因为下面的几条都于百姓有利,比如去除门阀,树立全民平等权,登用人才;改革地租,杜绝弊政,充裕国库,保护穷民;严惩贪官污吏;豁免各道的欠纳粮款等项,都是百姓所盼。袁世凯问探勇头目道:"汉城百姓看了宫门抄是什么想法?"

"说什么的都有。"探勇头目回道,"有人认为,开化党是想为老百姓办事;也有人说,开化党是想把国家大权抓到自己手里;还有人认为,他们把国王架空了,是乱臣贼子。不过有一点大家看法基本一致,他们和日本人搞到一起,准没安好心。甚至有人说,金玉均他们已经秘密与日本人签订了协议,要像琉球一样,把朝鲜改为日本的几个县。金玉均已认天皇为义父,将来要镇守朝鲜。"

袁世凯听后笑了笑道:"老百姓真能想。不过,这样的传言越盛越好,百姓越反感金玉均之流,对我们越有利。"

打发走探勇头目,袁世凯觉得营救国王的事情不能再拖下去。他拿着"宫门抄"去找吴兆有道:"吴军门,金玉均他们已经明确提出要脱离大清。我们驻军在此,一方面是为保朝鲜稳定,另一方面则是避免朝鲜脱离大清。如果我们再不干预,任由开化党这样搞下去,我们就成了大清的罪人。"

的确,开化党已经明确提出要脱离大清,而驻朝鲜的清军再无动于衷,实在说不过去。不过,如果带兵入宫万一误伤了国王,或者被日本人打败,责任实在太重,吴兆有为难道:"这种情形实在令人愤恨。不过,李中堂不是有过坚守镇定的钧谕吗? 此事总要禀过李中堂后听命而行为妙。"

"禀报李中堂,按中堂钧谕行事,固然可以卸责,但一去一回总要六七天时间,这如何来得及? 乱党搞的那一套很能收买民心,目前百姓反对他们,是因为他们与日本人搞在一起。我们应当趁现在百姓还站在我们一边,迅速进兵救出国王,赶走开化党。不然时日一久,百姓都转而支持金玉均一帮人,局势将不可扭转,大清将永远失去朝鲜。而且我可以断言,日本必将以朝鲜为根基,进而谋取我东北。那时候可真就国本动摇,要是追起责来,你我可就有杀身之祸。"袁世凯这番话把吴兆有说得脊梁骨发凉。

张光前在一旁插话道:"袁司马说的这些都是后话,还远着呢。眼前是进兵没有理由,北洋没有宪令,朝鲜国王没有邀请,我们贸然进军,胜了未必有功,败了必然有过,何苦来哉?"

"当然要以大局为重,功过先放到一边。朝鲜是我们的属国,日本兵进宫保护国王了,我们宗主国的军队却在宫外无所事事,这无论如何也说不过去。"

吴兆有摆手制止了两人争论:"你们两个暂不必争了。慰廷你看这样行不行,咱们立即给李中堂写信,说明当前的紧迫情况,请求带兵进宫,请北洋明示。将来万一局势有变,反正我们已经请示了,朝廷也不好怪我们。现在北洋水师的泰安舰正要回国,给李中堂的禀帖正好由他们带回旅顺,然后交由子久发电报,这样可省一两天时间。"子久就是袁世凯的族叔袁保龄,正在旅顺督修船坞。旅顺已经开通电报,可直达天津。

袁世凯心中不满,吴兆有的策略还是打算先为自己卸责。等北洋的复命下来,黄花菜都凉了。他还不死心,又提议道:"我们不妨再给国王写封信要求进宫,同时也给竹添写个照会,告诉他我军打算进宫保护国王,看他怎么说。"

吴兆有也点头同意:"照会当然可以发一个,但还是要避免与日本人冲突。"

给国王的信由吴兆有亲自起草,说明听闻宫中有变,日本兵已经进宫护卫,作为宗主国驻朝的军队更应当进宫,以尽护卫之责。写给竹添的照会,由营务处文案起草,说得比较客气,说中日两国驻兵朝鲜,都是为了保持朝鲜的稳定。如今朝鲜朝廷出现乱局,日本使馆已经进宫护卫国王,大清军队当然也不能袖手旁观,也将进宫。另外,听说汉城百姓群情汹汹,有不利日本人传言,我军进宫,也有保护日人之义。为避免误会,事先照会。

照会由驻朝商务总办陈树棠派人送到日本使馆,给国王的信则交给赵国贤去办。赵国贤到了昌德宫门前被拦了下来,给国王的信则交到了镇守宫门的朴泳孝手中。是不是交给国王,朴泳孝有些犹豫。他的哥哥——刚公布在新政府中任都承旨的朴泳教却干脆得多,挥手道:"不必交给国王,也不必让他们见面,以国王名义回复他就是。"

草拟王诏正是他都承旨的职责，他找了纸笔就着进善门的门板写道："朕已得日公使在护，躬身一切安好，不必带兵入卫。"

赵国贤回营把"王诏"交给袁世凯，袁世凯看了之后怒道："朝王竟然自称朕了？真是岂有此理。"

吴兆有猜测道："这未必就是国王的本意，也许是金玉均他们的主意。"

赵国贤也惊讶道："我觉得也是，我交给他们后在宫门外等，等了不多久就传出来了，我还纳闷国王办事也太快了。"

袁世凯摇头叹道："看来宫中一切事情都由开化党在操纵，我们想得到带兵入宫的名义恐怕很难。"

正在苦思对策，金允植来了，进门就跪倒在地失声痛哭道："列位大人，快发大兵救我国王。"

"云养，有话好说，何至于此！"袁世凯和吴兆有连忙把他拉起来。

金允植解释道："昨天我不让大军进宫，是怕误伤国王。如今王妃托宫女传出话来，说乱党要将国王押至仁川，另立庶子为王。殿下和坤殿已经形如囚徒，一切政令皆由乱党把持，请求大军立即进宫，救我国王殿下。"

袁世凯拍案而起道："我朝驻军于此，本就是维护朝鲜安定。如今乱党篡政，国王被囚，日人嚣张，我军必须立即进宫救出国王。再说乱党既然勾结日本人，必然全力对付我军，也许已经密调前后两营前来。如果日军再有援军继至，那时我们腹背受敌，恐怕想安然回国也不能。于人于己打算，都应当机立断，立即进宫平乱。"

闻言，吴兆有又出言阻拦道："慰廷，少安毋躁。我们已经给竹添照会，且再等等看他如何回复。如果他能率兵出宫，或者答应我们进宫，那时我们进宫便是名正言顺。"

袁世凯锋芒毕露，瞪着眼问道："我们进宫为什么要得日本人回复才算名正言顺？日本人明明与乱党密谋控制国王，又怎么会答应让我们进宫？"

道理的确如此，吴兆有噎了一下道："我的意思是，我们还是尽量做到有理有节。"

张光前随即附和道："小心驶得万年船。我支持吴军门的意见，还是等等看。"

袁世凯又问道："那要等到什么时候？日本人如果不答复，我们是不是要一直等下去？"

一家人在金允植面前争得面红耳赤，实在有失体面，吴兆有有些不好意思道："云养，让你见笑了。你放心，我们一定会救国王殿下，等我们商量出妥当办法，立即派人告诉你。"

"如果有消息，直接送我家中。我如果在宫中，家人也会设法告诉我的。"

吴兆有应承道："一定送到，请放心。"

见迟迟不能出兵，袁世凯不得已也只好请求道："云养，我们率兵进宫，总要名正言顺才好。你奉王命前来，已经算是师出有名，但毕竟口说无凭。你可否探听一下稚华的意思，请他出一纸正式公文，将来我们也好交代。"

"稚华"是指领议政沈舜泽，稚华是他的字，袁世凯与他关系也十分密切。他本人比较懦弱平庸，但因为比较听话，所以得到闵妃重用。正因为他没有多大主见，因此开化党对他并未赶尽杀绝。虽然已经靠边站，但领议政的职务并未剥夺。只是太胆小，袁世凯怕他不敢担事，因此让金允植先和他商量。

"包在我身上。"金允植大包大揽，"稚华虽然谨慎，但事关殿下安危，他不能不有所担当。而且我也是奉王妃之命，他不能推辞。我去找他，信写好后立即送来。"

"别忘了用印。"袁世凯提醒道。

袁世凯与朝鲜官员关系密切，门路开阔，不能不令吴兆有心服口服，他也赞同道："如此甚好！云养快去办理，我们商议一下进兵细节。"

三人商议决定兵分三路，中路进攻昌德宫正门敦化门，东路进攻东门宣化门，西路作为策应，从西门金虎门进军。三路当中，敦化门是双方争夺的重点，战斗必然激烈。听到日本兵战斗力很强，吴兆有和张光前都有些胆怯。而且与日本兵直接接仗，将来朝廷追究，难免有挑起事端的责任。因此吴兆有决定把这块难啃的骨头推给袁世凯，问道："慰廷，你看这三路，谁进军敦化门？"

张光前早转移目光，看院子里光秃秃的老槐树，仿佛没听到吴兆有的问话。袁世凯知道两人是有意让他带兵前往，早已跃跃欲试，回道："军门负责指挥全军，当然不宜冒石矢之险，中路就由我带副营四哨前往。"

副营和后营各抽一哨交由何胜鳌统领驻守马山浦,所以副营和后营都只剩四哨。

吴兆有立即应道:"那好,进攻敦化门少不得与朝鲜新军左右营打交道,慰廷去最合适。我就率左营四哨打宣化门,留下一哨驻守大营,护着大帅的灵棚。张总戎率后营四哨作为机动,在金虎门一带防守。"

袁世凯也点头应承道:"好,我与左右营接上头后让他们抽出部分人马,绕到东北角,爬墙进入后苑,到景福殿去救国王。"

到十一时左右,领议政沈舜泽派人送来请兵的信:

> 本月十七日夜,奸臣金玉均等托言宫中有乱,密召日本公使竹添进一郎带兵入卫,逼王移宫,禁止出入,内外隔绝,至今三日,声息莫通。今闻宰臣七人,中官一人,无故屠杀。我王囚辱万端,祸将不测,在外臣民痛恨号泣,莫省所措。乞三营大人(袁司马、吴统领、张总兵)火速派兵前来保护,庶见天日复明,结草为期。

吴兆有下令全军立即开饭,午后就按计划进兵昌德宫。同时派人告诉陈树棠,让他分别照会各国,中国军队将进宫平乱。

吃过午饭,吴兆有却迟迟不下令进军,犹疑道:"再等等,给日本人的照会总得有个回音吧?"

袁世凯派出两个人,一个去日本使馆询问,一个去驻朝商务总办署询问,一旦有回音,立即回来报告。这样又等了一个多小时,依然没有回音。袁世凯再次催促吴兆有发兵,吴兆有回道:"慰廷,我还是有些担心。我们未奉命而行此大事,上面责备下来,我们谁也承担不起。"

见状,袁世凯横下一条心道:"吴军门,你看这样好不好?营务处负责驻军的对外交涉,我是营务处总办,这次行动我独负其责,如果因为挑起争端而获罪,由我一人承当,决不牵连诸位,如何?"

张光前在一旁阴阳怪气道:"袁司马如此大包大揽,当然很好。只是口说无凭,到时……"

"到时候我袁某人不承认是不是?那好,我写下一纸证明就是。"

见状,吴兆有有些下不来台,尴尬道:"慰廷,这又何必?你既然如此敢于担当,不能只让你担责。如果朝廷肯定我们的行动,行赏的话,那你也是头功。"

袁世凯心中着急,挥手道:"头功不头功无所谓,先控制朝鲜局势再说。"

临行前,袁世凯召集营哨官开会,再次强调军纪:"这一仗是我任副营统领后的第一仗,我是抱着赴死的决心前往,我期望各位也都如此。号令一下,全营赴汤蹈火,在所不辞。冲锋受伤、牺牲,我为弟兄们请功、请赏、请恤典;贪生怕死临阵脱逃,军法从事。"他又指指陈大龙道,"老陈,你是专管军纪的,执法队看到有人逃跑,立即击毙,不然到时候别怪我对你不讲情面。"

陈大龙回应道:"总办放心,我已经将军纪军法到各哨宣讲多次,人人皆知我副营法度森严。"

"好,今天就看你这执法帮办管不管用。"袁世凯又指指王金成道,"你是左右营的总教练,你跟随我行动,专事负责与左右营联络、协调。"

大军出发时已经下午二时多。汉城百姓都已出动,聚集在昌德宫周围,看到大军开来,欢声雷动。快到敦化门时,袁世凯派王金成到门前高喊道:"大清驻朝鲜大军应朝鲜议政请求,进宫护卫国王,诛杀乱党,有阻拦者,格杀勿论。"

朴泳孝下令立即关闭宫门,但敦化门的门军从首领到士兵都已经被收买,反问道:"朴大人,上国大军前来平定乱党,为什么要关闭宫门?"

朴泳孝见势不妙,命令他的随从去关,但早被守门的新军七手八脚按倒在地。袁世凯命令道:"全军听我号令,立即冲进宫去。遇到抵抗,立即开枪,绝不手软。"

袁世凯领头,赵国贤、王金成、陈大龙紧随左右,大军蜂拥而入。朴泳孝狂蹿过进善门,大声喊道:"快关门快关门。"

但负责把守进善门的正是左营统领金钟吕,他大声叫道:"弟兄们,袁总办来救殿下了,赶快接应。"结果袁世凯率军很容易冲过了进善门。

袁世凯拍了拍金钟吕的肩膀道:"干得好,你立大功了。你点数一下现在倒戈的兄弟有多少人,立即带他们绕到后苑翻墙进去,设法找到国王殿下。"

金钟吕回道:"这里应该有二百多人。我带百十人去好了,留下百十名弟兄保护总办。"

"不必留那么多,你留下几十个人,到时候帮我喊话,把左右营的兄弟们都给我拉过来。"

金钟吕带人走了,袁世凯带人继续向前冲。众人冲进仁政门,仁政殿里空无一人,大约是这里空旷不好防守的缘故,而且护卫厅、内兵营也都没有遇到抵抗。但一冲出肃章门,就遇到密集的枪弹。肃章门是通向内廷的要津,其南侧是世子居住的东宫,往北是宣政殿、熙政堂、诚正阁,东面则有承华楼、上凉亭,这些建筑都被日军和忠义契占领,袁世凯身边立即有数人倒下。他命令大家就地卧倒,经过一番观察,决定分成两路进攻,一路由朝鲜新军带路,向北进仁政门,绕到仁政殿后,从背后包抄与仁政殿一墙之隔的宣政殿,重点是攻打宣政门的敌军;一路强攻东南侧的东宫,占据东宫后登上屋顶与敌人对战。

他亲率人马进攻东宫,因为地无遮拦,只能冒着密集的枪弹向前冲,好几个人受伤倒地,但无人敢逃。数十人跟着袁世凯冲到东宫墙下,进入射击死角,敌人拿他们无可奈何了。袁世凯挥手示意几个人摸到门边,突然向门内开火,门里的人吓破了胆子,仓皇逃到院内。袁世凯率人紧追进去,逃进院子的人立即跪地投降。阁楼上有人向院子里开枪,他指挥众人齐射,很快把上面的人打哑了。他命令朝鲜新军数十人登上阁楼,居高临下,向北面喊话,劝新军兄弟不要再为乱党利用。这一招很管用,又加另一路人马已经抄了宣政门的后路,据守宣政门、诚正阁、承华楼的朝鲜新军都把枪扔出来投降了。

新军的临阵倒戈对敌人的影响很大,负责防守熙政堂、大造殿的日军和忠义契立即补充到前面来,结果顾此失彼,被困在大造殿的闵妃带着世子在武监和宫女的保护下乘机向北逃向后苑。国王李熙也在武监和李载元等人保护下匆匆逃出熙政殿,也向后苑逃走。当逃到举行科举考试的奎章阁时,被洪英植和几十名忠义契追上,阻拦道:"殿下,请到延庆堂避一避。"李熙见逃脱不了,只好跟着洪英植去了西北方向的延庆堂。

袁世凯率人攻进宣政殿、熙政殿和大造殿,都没发现国王的影子。后来遇上几个从北面逃来的朝鲜新军,从他们口中得知,国王被日本兵挟持进了后苑。后苑是昌德宫的禁苑,是王族休闲游玩的地方,占整个昌德宫的四分之三。后苑完全依自然地形而建,有小山也有山谷、溪流、池塘,建有亭台楼阁,水榭假山,地形十分复杂,要想从里面找到国王,难如大海捞针。

袁世凯看看西天只余一抹晚霞,天很快就要黑了,如果不趁天黑前找到国王,夜里就难办了。他率军向后苑追击,追到卧龙洞外,此处有一个小山坡,上面树丛茂密,就下令占据小山坡,构建防御工事。上面并没有敌军,二十多个人向小山上冲去,突然轰轰连声爆炸,前面的四五个人全被炸倒,有一个被炸成数块,一条胳膊就落在袁世凯身边。袁世凯也被爆炸气浪推倒,从小山上滚落下来。原来,日军在这里埋设了地雷。这个小山坡十分重要,而日军却未设防,显然已经估计到清军必定要去占领,因此预先埋设了地雷。都怪自己没动脑子,以致中了日军的地雷阵!袁世凯深感自责,但他不想放弃这个阵地,指挥后面的兵勇继续向上冲。等他们冲上去后,还没站稳脚跟,就成了日军的活靶子,密集的枪弹倾泻而来,他只好下令撤退。

这时,吴兆有率队过来了,大声道:"慰廷,后苑地形太复杂,易守难攻。我看不如撤退,明天再说。"

袁世凯反问道:"国王没找到,日本人也没被打退,撤了怎么办?"

吴兆有道:"国王没找到,夜里更没法找。日本人虽然还在抵抗,其实他们已经败了。朝鲜新军一倒戈,就凭他们几百人能坚持多久?咱们撤了,让日本人也撤。"

袁世凯瞪着眼睛问道:"放日本人走?"

吴兆有解释道:"咱们目标就是救国王,并非是要消灭日本人。咱们放他一条生路,避免他们狗急跳墙,这样国王反而更安全。"

"听说他们要把国王劫持到仁川,放他们走,他们把国王也押走怎么办?"袁世凯还是不太放心。

吴兆有指指昌德宫外四处点燃的火堆道:"你看,汉城百姓都聚在街头,他们押着国王能走得了?竹添没那么蠢。"

袁世凯想想也是,在这件事情上,自己的确没有吴兆有想得透彻。不过,国王没找到,毕竟是件遗憾事。

"先回去再说,咱们坐下来想想办法。你今天这一仗,打得真是没的说。看看你身上的血和泥水,我就知道你不是孬种。这一点,我佩服。"

吴兆有肯这样说,袁世凯心里舒服多了,道:"可惜一没有打败日本人,二没有找到国王,有点窝囊。"

吴兆有摇头道:"不窝囊。他们占据地利优势,咱们冒险进攻,能这样已经不错了。我跟着吴大帅打过多少仗,这种情形不知要死多少人。"

这时金钟吕带着人从北面过来了,说他们已经到景福殿看过,里面空无一人。大家稍做讨论,决定清军撤出,留下少部分探勇观察情况,主要靠朝鲜左右两营与日军对峙。袁世凯交代王金成道:"这里交给你和老金他们了,你设法联络左右营的兄弟,不必盲目进攻,各守阵地,看到日本人就打,他们跑了也不必追。"

王金成诧异地问道:"不追,不是太便宜这帮王八蛋?"

"网开一面懂不懂?我担心双方交战,只怕会误伤国王。"

安排妥当,袁世凯和吴兆有带着人马从昌德宫中穿过,出了进善门,过了禁川桥,看到张光前的一营人马还都蹲在西墙根下,吴兆有喊道:"张总戎,准备撤了。"

张光前看到袁世凯和吴兆有都是血染战袍,自己却一直窝在这里,有些不好意思道:"军门让我军策应,没得到军令,不敢擅动。"

吴兆有大声道:"你这样做也没错。"

袁世凯他们撤走后,朝鲜左右两营在金钟吕、申泰熙的率领下步步紧逼,竟然把日军逼得几乎走投无路。金玉均、洪英植、朴泳孝等开化党人及竹添、岛村久等日本使馆人员陆续会聚到延庆堂,个个灰头土脸,垂头丧气。

清点人员,使馆卫队死伤十余人,忠义契损失过半。谁都不说话,但心里都明白,他们已经一败涂地。

金玉均的打算是把李熙劫持到仁川,那里有日本人的租界,可以随时去日本。只要国王在手,就有东山再起的机会。李熙却不同意:"寡人不能到仁川,太妃还在关帝庙,寡人要去与太妃会合。"

这时朝鲜新军越逼越近了,一帮人只好挟持着国王继续向北逃。正仓皇奔走,突然对面响起枪声,大家立即躲起来,金玉均看到对面的是国王的卫队别抄军,大声喊道:"殿下在此,不要开枪。"原来是太妃派别抄军来接应国王。

国王要去关帝庙见太妃,而金玉均还是坚持一起去仁川。竹添心里明

白,在愤怒的汉城百姓面前挟持国王是件再愚蠢不过的事情,便对李熙道:
"国王殿下,您愿去关帝庙就去吧,我要带人撤了。我本来是来保护您的,没
想到却引来清军的进攻。如果我们再与您在一起,将置您于更危险的境
地。"

金玉均一听日本人要撤,急眼了,心想你把火点起来了,却拍拍屁股走
人,把我们扔下怎么办?便说道:"竹添公使,你走了我们怎么办?你们一撤,
我们便完全失去了保护。"

竹添说道:"你们诸位若愿去日本,我可带你们去仁川。"

金玉均见状也无可奈何,问道:"留得青山在,不怕没柴烧,目前也只有
如此了。诸位,你们谁愿去日本?"

众人都点头,只有洪英植和朴泳孝不愿去。洪英植觉得自己平时处事
圆滑,与袁世凯关系又不错,留下来也许能够逃过一劫,便道:"我陪殿下去
关帝庙,等着清军来抓我就是,随他们便。"朴泳孝则不屑临阵脱逃。

闻言,金玉均突然灵机一动道:"这里面倒有个反败为胜的机会。"

此时还谈反败为胜?洪英植问:"可能吗?"

金玉均的办法是让洪英植故意泄露国王的藏身地,清军必来迎接,到
时候假传国王口谕召袁世凯见面,洪英植则安排人趁机刺杀他。清军驻朝
人员中,只有袁世凯最难对付了,只要他一死,有日本人帮忙软硬兼施,也
许他们就不必亡命日本了。竹添觉得此计可行,留下几个剑术好的日本士
兵假扮朝鲜人混在国王身边,到时见机行事。

竹添率日军下山,狼狈蹿回使馆,一路上汉城百姓骂声不断,不断有人
向他们扔石块。金玉均等开化党人混在日军队列中,不敢抬头,只怕被汉城
百姓认出。

袁世凯率军回到驻地,立即吩咐营务处晚饭要上酒上肉,尤其是受伤
的兵勇要专门做病号餐。袁世凯的晚餐早就备好,此时加热一遍,很快端了
上来,主食有肉馅蒸包、馒头、米饭,还有小米粥、大米粥各一碗,菜有一盘
红烧肉,一碟蒜苗炒肉,一碟煮鸡蛋,一碗鸡丝面。袁世凯食量惊人,馒头、
蒸包都要吃几个,小米粥大米粥各一碗,鸡丝面是他专门从老家请来的厨
师完全按老家的做法制作,本来只有早餐吃一碗,今天还在路上就吩咐今
晚来一碗鸡丝面。至于好吃鸡蛋,几乎无人不知,他最多时一顿饭能吃十个

煮鸡蛋。

正在狼吞虎咽吃饭,探勇来报,说日本兵撤出昌德宫,逃回使馆了。

"国王在不在里面?"

探勇回道:"看不清,向百姓打听,好像只有开化党那帮人,没有国王。"

"好,回去继续打探,尤其是国王的消息至关重要,一有消息,立即来报。"

吃完饭,袁世凯抹一下嘴巴立即去看伤号。营务处的郎中、从穆麟德的税务司请来的西医以及美国传教士安连(即霍勒斯·艾伦)都在紧张地救治伤兵。清军战死十四人,伤十六人;随同作战的朝鲜左右营士兵战死七人,伤十几人,此时都在清军营中进行救治。袁世凯挨个看过伤员,并一一握着他们的手以示鼓励,告诉他们安心养伤,一定为他们请功。袁世凯这个习惯很得军心,虽然他军纪严苛,但普通士兵对他都很佩服。等看完伤员,他才策马赶往吴兆有驻地,与他商量寻找国王的事情。

张光前早就在座,看来两人已经商议过了。吴兆有见面便问道:"慰廷,国王还没找到,你有何妙策?"

"妙策没有,只有笨办法,悬赏寻王。"袁世凯建议如果有人报告国王的行踪,经确认无误,给予两千两赏银;如果亲自把国王送来,则赏银两万两。

吴兆有与张光前会心一笑道:"英雄所见略同。刚才我和仲明商议,也是这个笨办法。不过,赏银好像有点高。"

"不高,哪怕早一个时辰找到国王对我们来说都有重要意义。国王一旦被我们找到,我们便掌握了主动权。重赏之下才有勇夫,所以花这些银子值得。"

吴兆有赞同道:"那好,立即让人抄写数十份,到宫内外大量张贴。"

三个人围着一只铁皮炉子闲谈,吴兆有捧了一捧花生放在炉台上烤,一会儿就闻到了焦煳香味,他一边剥花生一边道:"国王没有消息,实在让人担心。慰廷你说,国王会不会被流弹打伤,或者被日本人杀死,再或者被劫持到了使馆?如果国王受伤或死了,那我们可真就惹祸了。"

袁世凯安慰道:"军门不必担心。国王身边有宫女有武监,还有忠义契,还有日本人,不可能被流弹击中。被日本人杀死的可能性也没有,日本人何必自寻麻烦?至于会不会劫持到使馆,实在说不准。不过,就是劫持到了使馆,也没什么好怕的。如今日本使馆被百姓围得水泄不通,他们要想把国王劫走,难比登天。"

到了九时多,探勇头目带着一个朝鲜新军士兵找过来了,进门就喊道:"袁总办,找到国王下落了。"

据朝鲜士兵说,他本来跟随金钟吕行动,可是脚扭伤了,落在后面,正遇上金玉均他们押着国王逃过来。他就躲在树丛中,听到他们一帮人在讨论去向。他亲眼看到洪英植跟着国王去了关帝庙。他摸黑下山出宫,因为脚伤行动不便,费了一个多小时到敦化门,看到宫门抄,知道营务处正在悬赏寻找国王下落,就立即报告了宫门上的清军。

袁世凯听后说道:"如果你所说消息属实,两千两银子少不了你的。可是,如果你为了两千两银子撒谎,我赏你一顿军棍。"

"袁教官,小的知道您军律森严,哪敢撒谎?可是,国王是不是从关帝庙又移驾他处,小的就不敢保证了。"

"只要国王的确去过关帝庙,就算你消息无误。你在营务处等着,一旦落实了,马上给你赏银。"

随后,朝鲜兵欢天喜地走了。

此刻,吴兆有又问道:"慰廷,看来重赏之下必有勇夫啊。你看,谁去迎接国王殿下?"

迎接国王殿下是件出头露脸的好事,将来国王必定有赏,而且日军已经撤走,毫无困难和危险,谁不愿去?但吴兆有既然如此问,显然是没打算让袁世凯去。这是件大事,张光前显然身份太低。袁世凯稍做思考后道:"那当然只有劳驾军门了。国王身份高贵,迎接之人当然应当身份相当,驻朝人员中,军门是一品大员,谁堪相左?所以军门去再合适不过。"

"好,那我就去一趟。不过,好像再去一个人更合适些。你看仲明如何?"吴兆有一副从善如流的神情。仲明就是张光前,他今天表现真是贻笑大方,吴兆有让他去,明显要给他争取一个立功的机会。

袁世凯笑道:"张总戎去就相当于迎接王驾的副使,当然再合适不过。营务处还有一大堆事情,殿下看来要在咱们营中暂住,他的住处必须好好做番收拾,我必须得跟上。"

吴兆有打了个哈哈道:"对对,这件事情离不开慰廷。"

　　吴兆有、张光前率二百人在朝鲜向导的带领下,夜里十二时赶到昌德宫后苑北门内的关帝庙。关帝庙外由别抄军防守,庙内则是洪英植带着几名武监、宫女相陪。吴兆有与别抄军的统领认识,说明来意,托他向国王报告。李熙拿不定主意,因为金玉均他们一直说是清军作乱,虽然他不相信,却有些疑虑。洪英植在一旁劝道:"殿下,袁世凯没有来,当心有诈。殿下最信得过袁世凯,他不来,殿下不能去清军营中。"

　　"袁总办为什么不来接寡人?他不来,寡人不去。"李熙觉得有道理。

　　吴兆有与张光前不顾别抄军的阻拦,带着几个人进了关帝庙。

　　洪英植问道:"吴军门,为什么袁世凯不来迎接殿下?"

　　吴兆有解释道:"他正在为殿下收拾行宫,实在抽不开身。"

　　按照金玉均与洪英植商讨的计划,关键是刺杀袁世凯,其他的人无足轻重,而恰恰袁世凯却没来!洪英植一时乱了方寸,见李熙要跟吴兆有走,厉声喊道:"殿下,袁世凯不来,不能去清营。"

　　闻言,吴兆有厉声呵斥道:"洪英植,你这样对殿下大呼小叫,还有臣子的样子吗?"一把拉着李熙就向外走。

　　这时洪英植身后的一个随从纵身过来拉住李熙的胳膊,张光前挥手一掌打掉了他的纱冠,长发也随着纱冠落地。那人情急骂道:"八格!"

　　原来是日本人!

　　吴兆有喊道:"洪英植勾结日本人!"

　　外面的别抄军冲了进来,朴泳孝则率领四五个乔装的日本人跳了出来争夺李熙。吴兆有不愧是历经血战的武将,此时血气冲冠,从别抄军手中夺过一把刀挥手一劈,便把那个拉住李熙的日本武士臂膀砍了下来,他的手下和别抄军一起早把朴泳孝和四五个日本武士剁成肉酱。洪英植还在那喊道:"殿下,不能去清营。"

　　吴兆有松开李熙,劈面一刀把洪英植砍倒在地。李熙吓得面色苍白,跟着吴兆有下山。山下早已备好御辇,临时拼凑起王驾仪仗,吴兆有在前,张光前在后,护卫着李熙去清军驻地。汉城百姓看到国王在清军保护下毫发无损,无不跪在泥地上磕头欢呼。

　　吴兆有指了指跪了一地的百姓对李熙道:"殿下,这就是民意。百姓都知道谁真正对您好,对朝鲜好,您还有什么疑虑呢?"

李熙看到百姓对清军如此亲切,知道清军作乱的说法纯属开化党的造谣,便道:"吴军门,寡人去上国军营,非常放心。"

李熙在清军和百姓的簇拥下路过日本使馆,使馆大门紧闭,墙上有荷枪实弹的日本兵在戒备,墙外则是成千上万的百姓在高声怒骂,有的向里扔石块,局面眼看要失控。吴兆有担心日本使馆被焚,惹出麻烦,便派一百名清军去帮忙维持秩序,并劝说百姓不要冲动。

竹添听说国王已经被请到清军军营,知道再无反败为胜的希望,而使馆外全是情绪激动的汉城百姓,随时都可能局面失控。他觉得再待下去将是万分危险,决定天亮后立即撤往仁川。金玉均等人只好断发易服,打扮成日本商人,准备随着竹添逃走。

天亮后,有百姓将火把扔进使馆内。竹添示意使馆人员用火把点燃使馆,便于将来嫁祸于朝鲜。使馆火起,门外百姓一片欢呼。竹添命人突然打开大门,二百多人的卫队不断开枪,趁着人群躲闪的时机,在卫兵的簇拥下仓皇出逃。百姓一边骂,一边向他们扔石块砖头,有几十人被打死打伤。金玉均脸颊被石块击中,血流满面。日本兵向人群开枪,杀死数十名百姓才得以脱身。

竹添一行狼狈赶到仁川,先去见仁川领事,告诉他开化党人的政变失败,朝鲜民情激愤,让他注意保护侨民。领事告诉他,国内发来的急信,正打算派人送去汉城。竹添急忙拆阅,看罢冷汗直冒,原来是外务省指示他暂时不要发动政变。原来日本驻法公使得到法国人有谋取台湾之意,令日本政府大惊,因日本视台湾为囊中之物,早晚必取,而落入法国之手,则永绝奢望,因此改变策略,暂不在朝鲜寻衅,以便中国专心对付法国人,让台湾得以暂存中国之手。竹添此前向外务省报告过政变的甲乙两个方案,国内迟迟没有回音。如今政变已经失败,却收到国内不支持政变的指令,他回国如何交代?尤其是还有金玉均等九个开化党跟他同船回国,他又该如何自辩?他把金玉均叫来道:"金君,我觉得你们还是应当留下来。你们离开朝鲜,朝鲜的开化事业便无人支持。为贵国开化大业计,我建议诸位还是留在国内更好一些。"

金玉均惊得目瞪口呆,开化党人如今已是人人喊打,如何能够留下来?他怒斥道:"竹添君,没想到你如此没有担当!与你为伍,我为之羞耻!"

闻言,竹添怫然变色道:"金君,我没想到你们开化党只会纸上谈兵,好好的机会白白让你们错过了,我不能不怀疑你们的执行能力!我原来说你无智无识,绝非妄言!"

金玉均一怒之下冲出领事馆,对他的开化党同事道:"日本人言而无信,如今要把我们抛弃了!我率领诸位即刻回汉城受死,让世界看清竹添的可耻面目!"

一同逃难的一位日本商人田中秀已看不下去了,决定帮助金玉均等人。他与日本"千岁丸"号商轮船长辻觉三郎是亲戚,出面去找了船长,他答应让金玉均他们登船。

轮船尚未起航,外务督办赵秉镐、外务协办穆麟德奉朝鲜国王令前来捉拿金玉均等人。

赵秉镐对竹添道:"公使阁下还是尽快交出金玉均等乱党,不然,日本与乱党搅到一起,对日朝关系将大为不利。"

竹添此时再次动摇,打发人去找船长,劝他交出金玉均等人。金玉均听说竹添又变卦,悲愤异常道:"我为朝鲜独立富强,希望借助贵国力量推行开化国策,谁料竹添公使如此言而无信!从来改革总有人要流血,就让我为朝鲜抛掉这颗头颅吧!"

见状,辻觉三郎又劝道:"金君勿忧,我来想办法。"

"千岁丸"上有一间密室,专门保存贵重机密物品,里面有八九只大木箱,辻觉三郎让金玉均、朴泳孝、徐光范、徐载弼、柳赫鲁、李圭完、边树、郑兰教、申应熙九名开化党人全部藏入箱中,躲过一劫。

第九章

弱朝鲜再受欺凌　软北洋将功为过

李熙已经在清军营中住了三天。他住的是袁世凯的房子,袁世凯则搬到隔壁,两人比邻而居,副营四哨几乎全部用于国王驻地的护卫。

李熙的心终于安定下来,开始接见大臣,接见前来问候的外国使节,文武大臣和朝鲜百姓则自发送来鸡鸭菜蔬。

袁世凯平乱中冒着枪林弹雨亲自带队冲锋的事情早被左右营士兵传遍,前来拜见国王的大臣又将这些传闻讲给李熙,李熙对袁世凯更加刮目相看,大小事情也都倾听他的意见。第三天晚上吃过晚饭,李熙问袁世凯道:"袁总办,寡人打算回宫,但对宫中安全放心不下,而且也有许多政务需要随时请教,寡人希望你能带部分兵勇暂时住到宫中,不知意下如何?"

这正合袁世凯之意。这次果断进宫,把国王从开化党手中救出来,朝鲜君臣大多对清军心怀感激,袁世凯认为这正是加强中朝藩属关系的良机,正可趁势扩大对朝影响力,如果能够进宫与李熙朝夕相处,再好不过。而且此次政变朝鲜尚未下定论,将来如何对外公布极为重要,必须仔细推敲和研究,他当然希望参与其间。而如何处理朝日关系,如何彻底扫荡开化党的影响,诸事繁多,能够随时与李熙商议当然是求之不得。最重要的,这也是他在朝鲜提高威望的绝好机会,他如何能够放弃?遂道:"殿下之命,世凯无不遵从。只是,世凯还要和吴军门商议,征得他的同意才能方便入宫。"

"此事寡人来说好了,吴军门肯定会答应的。"

一名武监亲自去请吴兆有。听明白国王的意思后,吴兆有心里有些泛酸,嘴上却痛快地答应。袁世凯借送吴兆有的机会,请他到自己住处小坐道:"吴军门,说真心话,我不愿担这份差使。为什么?带兵进宫,不仅仅是负责宫中宿卫那样简单。"

"除此之外,还有什么?"吴兆有瞪着袁世凯,似乎眼神在问。

"国王的脾气秉性很容易摇摆,极易受人影响。此次政变,我认为国王肯定是默许了金玉均等人与日本人勾结,他亲日的倾向非常明显。如果不及时引导,将来恐怕类似政变还要重演。还有,此次我军进宫平乱,是否师出有名,与日兵的冲突责任在谁,国王的态度至关重要。所以进宫后必须设法对他施加影响,一则稳固中朝藩属关系,二则妥善处理中日朝三方关系,如此重大的责任,我这副肩膀挑起来实在吃力。"

听袁世凯如此一分析,吴兆有对入宫一事已经怵了头,觉得非袁世凯莫属。因为这三天他见识了袁世凯左右逢源,妥善处理各方关系的能力,尤其他在国王面前从容不迫,侃侃而谈,自己更是自叹不如。而说到中日朝三方关系,更是让他心乱如麻。朝鲜百姓痛恨日本人,竹添撤走途中朝鲜百姓多次与他们发生冲突,日本商人被打死四十余名,日本士兵也有伤亡,使馆武官矶林真大尉也被打死。日本人不会轻易罢休,日朝交涉、中日交涉在所难免,如果朝廷追究责任,朝鲜对此事的报告至关重要,而能对朝鲜国王施加影响的也只有袁世凯。因此他说道:"既然国王让你去,你去就是了。营务处的事情交给别人打理,重要的事情你随时出宫办理就是。"

闻言,袁世凯勉为其难地点了点头:"好,既然如此,我奉命就是。不过,还有一件事必须尽快办理——得向朝廷请求援兵。日本人这次没占到便宜,不会就此罢休,如果他们挟兵威前来要挟,他们的军舰朝发夕至,届时只有我们三营,如何能够与之抗衡?所以必须立即禀请北洋加派援兵,尤其是北洋水师,应当尽快派几艘炮舰前来。"

吴兆有问道:"局势有那么严重吗?那样,中日不是更要起冲突?"

袁世凯摇了摇头道:"不然,日本这个国家,你要是一味向它示和,它必然要战;如果我们下定一战的决心,反而易和。这就叫以战促和。"

"此事怎么办合适,你看着办。"

"我建议军门与陈总办联衔向北洋禀请。"

陈总办是驻朝通商总办陈树棠,外交方面是他的专责。

　　吴兆有知道朝廷不愿与日本失和,要求增兵,无异于备战。他不想在此事上碰一鼻子灰,又见袁世凯事事想出头,就道:"慰廷,你是营务处总办,不如就以你个人名义与陈总办一起上书就是。"

　　"那好,等我起草个底稿,找陈总办商议。"袁世凯回答得几乎不假思索。

　　之后,袁世凯带着副营四哨人马进宫,驻在宣政殿的隔壁。宣政殿里的李熙依然有些手足无措,平时他已经习惯听从闵妃的意见,而此时闵妃流落民间,朝廷重臣惨遭屠戮,他痛失左右手,连个商议的臣子也没有。所以内政外交,事无巨细,几乎都要请袁世凯帮忙。袁世凯当仁不让,自从进宫后一手握笔,一手按剑,白天连吃饭的工夫也要处理政务,晚上则要到深夜才得安息。

　　第一件事是建起朝臣班子,沈舜泽、沈相薰、金允植、南廷哲以及左右营统领金钟吕、申泰熙等文武诸臣在政变中都反对开化党,及时传递消息,为平定政变立下功劳,因此都得重用。事大党在朝廷中的地位再次得以巩固。

　　第二件事便是将政变的经过定性、通报。李熙感激清军,但也不愿开罪日本,因此把责任全都推到金玉均等开化党的身上,不承认他曾经写过"日兵入卫"的手诏,日兵入宫护卫是受开化党的矫诏欺骗。中日冲突谁先开枪,此事极为关键,袁世凯坚持必须说清楚。国王想要滑头,推说他被囚于熙政殿,实在无从得知。袁世凯建议向参与平乱的左右营将士求证,金钟吕、申泰熙及其部下都言之凿凿。《甲申变乱事实》很快定稿,印发给朝臣及各国公使。

　　第三件事便是派人出使日本。竹添回到日本,难免会歪曲事实,为自己辩护,袁世凯建议派穆麟德赴日本说明政变真相,以尽可能缓和中日朝关系。

　　第四件事是抚恤受难大臣及平乱中伤亡人员。袁世凯以为此事宜快不宜迟,但朝鲜户曹却拿不出银子来。袁世凯大笔一挥,从营务处挪借军饷五千两,并让人立即运进宫来,当天发至受难大臣及伤亡弁兵家属手中。

　　袁世凯名声大噪,受到抚恤的遗孤自不必说,就是汉城普通百姓也都视袁世凯为救国护王的恩公。有人在街道巷口立起写着袁世凯姓名的木牌,袁世凯轿子经过,汉城百姓观者如堵;夜间听说袁世凯出宫,沿街朝民自动张灯举火,为之前导,以至于一见火光烛天,汉城人便知道袁司马到了。

此时,闵妃也有了下落,她带着世子从宫中逃出,躲到汉城东北郊的觉心寺。因为弄不清宫中详情,不敢透露行迹。等探听清楚政变已经完全平定,她这才派人向国王报告。又像两年前一样,袁世凯亲自带人前往迎接。闵妃对袁世凯十分感激,谢道:"没想到还能再见到袁大人。"说罢眼泪直流。

"坤殿洪福齐天,吉人天相,自然是遇难呈祥。"

王妃回宫后,像国王一样,非常尊重袁世凯,袁世凯俨然是朝鲜的太上皇。朝鲜官员谋求官职,也都走袁世凯的门路,袁世凯本人也不禁有些飘飘然。这天他心机一动,想起当初张謇的朝鲜善后之策,其中有一策就是向朝鲜派出监国。如今自己的地位不就形如监国吗?这一地位如果能够合法稳固下来,于国于己岂不都是一件大好事?他雄心大起,给李鸿章写了封亲笔信,谋求监国之位。

前面一段,简述此次政变原因,归根到底是因为国王懦弱,又有离心中国的私心,内受开化党蛊惑,外加列国挑拨,"此时为朝鲜计,或战或和,在中国不难即了。然泰西方盛,不数年必又有异谋,则中国尤难防御"。然后简述此次平乱后朝鲜朝野对中方的感佩,笔锋一转道:"莫如趁此民心尚知感服,中国即特派大员,设立监国,统率重兵,内治外交,均为代理,则此机不可失也。"向朝鲜增派重兵,他已经与陈树棠联衔上禀,只是仓促之间,理由说得不够充分,这次他将增兵的重要性做一个补充,"唯朝鲜非琉球、安南可比,如资他人,中原焉能安枕?伏乞派兵轮数十只,陆军数千,先入屯扎。日人见人心不附,又有我兵先入重戍,必可幡然乞和,否则日兵先至,中国落后,尤难措手。总之,示以必战,则和局可成;示以必和,则战事必开"。

他觉得最后几句话简直是神来之笔,的确,日本小国,却怀雄心,表面谦和,却用心奸诈,因此必须以实力做后盾,更要有不惜一战的决心才能杜其狡谋。袁世凯很为自己对日本的了解而得意,他想如果自己的意见为李鸿章所赞赏,出任监国便非他莫属了。这样一想,自觉前途远大,正如鸥鹏展翅,禁不住自言自语道:"张先生的妙计,竟在袁某手中成真了!"

与袁世凯雄心勃勃、志得意满不同，大学士、直隶总督兼北洋大臣李鸿章得到朝鲜政变的消息，真正是心急如焚，忧心忡忡。

袁世凯进宫平乱四天后，泰安舰才将吴兆有、袁世凯要求进宫平乱的函件带到旅顺，丁汝昌立即向李鸿章发电报。当时李鸿章正在为法军进攻台湾的事情调派援军、筹措军饷，得到电报又惊又急，只怕吴兆有他们沉不住气，与日本闹起纠纷。到了下午，轮船招商局的轮船又捎来清军已经入宫，与日兵接仗的消息。李鸿章气得跳脚发火，知道不能再拖延，连忙发电总理衙门：

> 顷接旅顺丁汝昌等电：二十二日"泰安"船自朝来，得吴兆有、袁世凯函云，十七日贼刺闵泳翊未死，十八日迁朝王于他处，杀大臣尹泰骏等六人，相臣去柄，外署皆换日党。吴等欲入宫，禀恳调重臣东渡。又，轮船招商局商轮带回消息，吴、袁、张带队入宫，日兵先放枪，已接仗。闻仁川日轮开行，恐是回国渡兵。此乱似由日人播弄，并为主持，然朝臣亲日者固多，其臣民不服者亦众。衅端既开，理处不易，目前办法总以定乱为主，力避与倭开衅。应否钦派大员驰往查办，乞转奏。鸿。

发完电报，李鸿章又与日本驻天津领事原敬打听情况，原敬却一无所知。又发电报给驻日本公使黎昌庶，让他与日本外务省联系，告诉日本，若不幸两国军队在朝鲜交战，一定是误会，绝非本国朝廷之意。他的意思，无非千方百计不与日本起冲突。

隔了一天，朝廷发来密谕，同意李鸿章派员前往朝鲜查办的意见，令帮办北洋事宜都察院左副都御史吴大澂、随同盛京将军办理盛京海防的两淮转运使续昌赴朝鲜查办。

朝廷像李鸿章一样，最怕中日在朝鲜起冲突，因此密谕李鸿章，"飞檄吴兆有等，传知该国静候大员往查；并饬该提督等，当与倭使从容商办，勿为所欺，亦勿与倭人开衅"。同时决定派两艘军舰赴朝鲜，"着李鸿章将北洋快船二号，备齐军火，令丁汝昌统率前往朝鲜，督同吴兆有等相机定乱，统归吴大澂等调度，会商李鸿章办理"。

因为海河已经封冻，天津已经不通轮船，李鸿章命吴大澂、续昌两人尽快赶往旅顺,准备从那里乘北洋轮船前往朝鲜。此时李鸿章又接到驻日公使黎昌庶的电报,报告日本"比睿""扶桑"两舰即将发往朝鲜仁川,他更加着急,只怕两国发生冲突,腹背受敌。袁世凯要求增派重兵、设立监国的上书恰在此时递到他案头,他看罢恨恨地掷到一边,一拍桌子道:"袁世凯真是多事!"

他怕袁世凯年轻气盛,轻举妄动,于是给统带北洋水师的天津镇总兵丁汝昌、北洋海防营务处会办督修旅顺船坞工程的袁保龄发去电报,再次叮嘱勿在朝鲜多事:

> 目前办法总以定乱为主,切勿与日人生衅。朝旨已令清帅乘轮督队前往,确查酌办,庶将领得所秉承,不至临事歧误。超勇、扬威不日到旅,禹亭应妥善驾驶。到马山浦后观变相机,戒诸将勿出战,严守以待。并传知吴兆有、袁世凯等一体钦遵,宜十分持重,等清帅至查办。

清帅就是吴大澂,字清卿,江苏吴县人,善书画,尤擅篆书。他与张之洞、张佩纶等人同属清流派,主张对外强硬。中法战事一起,慈禧把主战最强硬的张佩纶派到福州,督办福建海防,派吴大澂到北洋,帮办北洋海防。他因为在东北办理过边防,多次与俄国人打交道,算是有外交经验,所以朝廷派他到朝鲜查办。李鸿章知道袁保龄与袁世凯的叔侄关系,发电给他,是希望他能体会朝廷的难处,以族叔的身份劝说一下年轻气盛的袁世凯。

袁保龄接到电报,明白侄子惹祸了,连忙起草一封亲笔信让丁汝昌捎给袁世凯。北洋水师经常驻泊旅顺,丁汝昌与袁保龄是熟不拘礼的朋友,他看袁保龄一脸担忧,便劝慰道:"子久兄,何必杞人忧天?慰廷的手段我在壬午年是见识过的,这次他带兵入宫,保护国王,赶走日本人,依我看是大功一件。"

袁保龄苦笑道:"禹亭,你何必给我灌迷魂汤?现在朝廷正与法国人开战,哪能再在朝鲜与日本人闹翻?如果中日真不幸发生战事,朝廷追究妄起衅端的责任,弄不好就有杀身之祸。他年轻气盛,不知收敛锋芒,你见到他后务必帮我切实劝说。"

丁汝昌对朝廷政策也颇有不满,回道:"子久兄,日本人向来欺软怕硬,如果他们欺到头上来,就该好好教训一番,不能动不动就扣上妄起衅端的帽子。"

"禹亭,你又不是不知道朝廷,向来一味示弱,我可不愿世凯当替罪羊。他功名心太盛,你见他务必让他多长个心眼。"

丁汝昌把袁保龄的信郑重收好道:"老兄放心,信和话我一定捎到。"

往朝鲜捎信的还有金州庆军营务处的张謇,他要捎给袁世凯一封绝交书。他对袁世凯早就避之犹恐不及,视之为可耻小人。昨天又收到吴兆有的来信,状告袁世凯擅作主张,挪用巨额军饷收买人心;凌驾于众人之上,终日居于朝鲜王宫,俨然太上皇;对恩公吴长庆毫无心肝,竟然从不到灵棚祭拜……别的张謇都能忍,唯独袁世凯竟然从不祭拜吴长庆,简直是忘恩负义的白眼狼!他本来打算今天与吴长庆的长子扶棺南下,接读此信,气愤难平,推迟行期,与三哥张詧,还有一同当过袁世凯老师的朱铭盘联名写了这封绝交书,托由丁汝昌捎给吴兆有代转。之所以不直接寄交袁世凯,就是有意让驻朝诸人都知道,张謇他们已经不耻与袁世凯为伍。

丁汝昌率"超勇""扬威"两舰赶到马山浦,交代一下注意警戒事项后立即登岸,骑马去汉城见吴兆有、袁世凯。不巧袁世凯在宫里,丁汝昌只见到了吴兆有和张光前,便道:"我奉中堂令,有话对诸位说,是否打发人去叫下慰廷?"

"他一直在宫里,快成朝鲜的太上皇了,打发人叫未必能叫得出来。"吴兆有的语气里有嫉妒又有酸味,话虽如此,他还是打发人去传话。

"朝鲜这次政变,到底是怎么回事?现在又是什么情况?听说日本人要增兵,中堂派我带两艘军舰前来。"丁汝昌又问道。

"丁军门,朝廷是什么意思?"吴兆有简单叙述一下经过,又问道。

"朝廷和李中堂的意思,都是尽量不要与日本起衅端。"

吴兆有和张光前目光一碰,说道:"我是反对带兵进宫的,可慰廷非坚持进宫不可。"

张光前立马附和道:"不错,怎么劝也劝不听,他还说出了事朝廷追责,找他就是。这话当时当着营务处的人说的,十几个人都听到了。他还要写份保证书,吴军门没让他写。"

丁汝昌觉察出袁世凯已经被孤立,袁保龄估计得没错,弄不好要当替罪羊。他对吴兆有、张光前的态度有些反感,道:"两位,带兵进宫是功是过,且待北洋吴帮办调查后再说,此时下结论为时尚早吧?"

张光前没听出话里的意思,冷哼道:"哼,这是明摆着的,日本人死了那么多,能善罢甘休?弄不好要打起来,他袁慰廷就是罪人。"

"张总戎,何必把责任硬往自己身上揽?朝廷已经派吴帮办前来查办,未得出结论前,怎么就说罪不罪的话?"

吴兆有已经听出丁汝昌有意袒护袁世凯,便接话道:"对对,一切等吴帮办调查后再说。反正是功不是过,是过躲不过。"

这时袁世凯气喘吁吁进来了,见面就问道:"丁军门,听说李中堂有钧谕?"

"是,临行前中堂有封电报给我和袁子久观察。"

丁汝昌拿出李鸿章的电报念了一遍,递给吴兆有道:"中堂的话都在电报中,总之一句话,坚守镇定,不与日本人生衅。"

袁世凯兴冲冲而来,本来以为是带回来朝廷即将设立朝鲜监国的消息,没想到竟然会派人前来查办。查办自然是追究责任,那么朝廷和李中堂已经认定带兵进宫是错误?

看袁世凯像被兜头浇了一瓢凉水,吴兆有、张光前像六月天喝了酸梅汤一样痛快。张光前大声道:"不与日本人生衅恐怕也难。他们吃了亏,不可能这么算了,少不了派兵前来。"

袁世凯的脑子像进了水,转不动了。丁汝昌便转移话题道:"慰廷,我到你屋里去坐坐,子久观察有些话让我转达。"

袁世凯办公事有两个去处,一是副营驻地,离此较远;一个是营务处,就在吴兆有隔壁。两人到营务处袁世凯的签押房,一进门袁世凯就一屁股坐下,也顾不上礼数便问道:"丁军门,你说我军驻朝鲜是干什么的?是不是要保护朝鲜国王,是不是应该看住朝鲜不脱离我大清?"

丁汝昌一口赞同道:"那当然,当初进兵朝鲜平乱,为的就是不给日本人借口,杜绝日本人觊觎朝鲜的野心。"

袁世凯又接着道:"金玉均等人发动政变,把亲华的官员都杀了,换上的都是亲日的开化党,又发布政纲,第一条就是不承认朝鲜是我大清属国,你说该不该进宫诛杀这些乱党?为了不与日本起衅,我已经照会日本即将进宫保护国王,可是竹添连理也不理,我进宫的时候他们又先开枪,我该不该下令还击?"

"乱党已经明确提出要脱离我大清?这还用问,当然要诛杀乱党。"等袁世凯把事情的前因后果再说一遍,与吴兆有所说出入不小,丁汝昌认为袁世凯有功无过,所以劝道,"慰廷,你也不必着急,我看你把刚才所说仔细形成文稿,等吴大人一到立即呈给他。吴大人了解了实情,会有一个公道的说法。"

丁汝昌把袁保龄的信交给袁世凯,信有好几页,无非提醒他一定要收敛锋芒,不可急躁莽撞,要谦抑低调,与同僚搞好关系。

等袁世凯看完信,丁汝昌便道:"你如果有给子久观察的信,可交由我代转,三天后我就派人回旅顺一趟。"

"我这就把事变的过程整理清楚,到时候录一份,拜托军门转呈李中堂。"

"好,另一份你就派专人在马山浦等着,吴大人一到立即呈阅,省得有人先传了闲话。"

丁汝昌刚告辞,吴兆有打发他的长随送来一封信,说是受人所托代转。那正是张謇等三人的绝交信,袁世凯一看,禁不住气血冲头。

绝交信先指责袁世凯对不住吴长庆:

> 慰廷自结李相,一切更革,露才扬己,颇令筱公难堪者。筱公内调金州,以东事付司马,并举副营而与之。窃想司马读书虽浅,更事虽少,而筱公以三代世交,纯然相信,由食客而委员,由委员而营务处,由营务处而管带副营,首尾不过三载。筱公处万不得已之境,仅挈千五百人退守辽海,而以中东全局为司马立功名富贵之基。溯往念来,当必有感念知遇之恩。及先后见诸行事,及所行函牍,不禁惊疑骇笑,而为司马悲恨于无穷也。副营是筱公三十载坐营,筱公以副营畀司马,有举贤自带、衣钵相传之意。受人知者,虽其人之一事一物,亦须顾惜,而司马自矜家世,辄哗然谓区区一营何足奇?便统此六营,亦游刃有余。

说袁世凯露才扬己,的确不错,但要说他全然不知感恩,他觉得实在冤枉。他的确曾经说过即便是六营都给他统领，也游刃有余，但那是他胡侃善于带兵，哪里是不把吴长庆放在眼里？

绝交信接下来又历数袁世凯心术不端者十一款。比如指责袁世凯打着北洋的旗号唬人，"所谓营务处，是分统三营之营务处；会办朝鲜防务，是孝亭会办，公牍俱在，文理昭然。而司马札封辄称'钦差北洋大臣会办朝鲜防务总理营务处'。是以此愚弄朝鲜人乎？则朝鲜人非全然无知；是借北洋名义骗人乎？则人非易骗也"。又说袁世凯对吴兆有不够尊重，"司马官阶同知尔，孝亭二品记名提督，同见国王，便当孝亭居左，一应公事，便当孝亭前衔。而事事任性，妄自尊大，威福在我，凌蔑一切，致将士寒心，士卒怨涕"。"内地职官，唯实缺官员出行排列仪仗，营务处、营官从未见有排仪仗者。而司马出入仪仗显赫，乘舆张盖，制作五色马旗，部下呵斥清道，不知置自己于何种地位？置孝亭于何种地位？置国家体制于何种地位？"又指责袁世凯执法严苛，而自己却不受约束，"贩烟有诛，宿娼有禁，司马所曾以杀人刑人者，而烟膏鬻自三军府则容之，官妓三名，聚宿三军府，则躬身与之，不知何以对所杀、所刑之人而无愧乎"？

接下来又从袁世凯对张謇称呼上的变化证明袁世凯不知天高地厚，"謇今昔犹一人耳，而老师、先生、某翁、某兄之称，愈变愈奇，不解其故"。最后对袁世凯提出忠告：

> 今仆等于司马隔若秦越，亦何乐哓舌？然窃念当时交谊，实不忍坐视沉迷，故痛切言之，冀大声疾呼以悟司马。愿司马思以静气，一月不出门，将《呻吟语》《近思录》《格言联璧》诸书字字细看，事事引镜，勿谓天下人皆愚，勿谓天下人皆弱，脚踏实地，痛改前非，以副令叔祖、令堂叔及尊公之令名，以副筱公之知遇，则一切吉祥善事，随其后矣。若果然复三年前之面目，自当仍率三年前之交情。

张謇的指责，有些实有其事，有些则显然是吴兆有等人污蔑。袁世凯非常丧气，此前他一直以为自己果断利索，敢于担当，在同僚中威望极高，而现在看，根本不是这回事，他已经陷于孤立无援的境地。尤其他引以为傲的进宫平乱，本以为借此劳绩更上层楼，谁料朝廷和李中堂竟然派人追责！他现在唯一指望的是把事情写清楚，届时前来查处的吴大人能够主持公道。此时李熙又派人来请，说有事相商。袁世凯勉强支撑，不让李熙看出他的消沉和忧虑。到了晚上他才得以静下心来，开始起草平乱的前因后果。通宵达旦，天亮前终于完成初稿。睡一觉醒来，已经是中午，吃过饭开始亲自抄录，第二天一早两份抄录完成，相应的证据材料，也都附录、粘贴在后面。他叫来副营帮带陈云龙，托付他到马山浦一趟，把其中一份交由丁汝昌带回旅顺转呈李鸿章，另一份则准备吴大人一到就呈递上去。

陈云龙收好信后提醒道："总办放心，我定当办好，但你要提防吴军门。"

"有什么情况？"袁世凯努力撑起疲倦的眼皮，望着陈云龙。

陈云龙陈述道："从昨天开始，全营都知道进宫平乱妄起衅端，朝廷要派大员前来查办。吴大人找了所有参与平乱的营哨官谈话，我也被找去了。"

"他说什么了？到底怎么个意思？"

陈云龙讽刺道："能有什么意思？他虽然没明说，但意思就是你要倒霉了，只要投靠他，他就在吴大人面前设法开脱，到时可保无事；如果死心塌地跟着总办，是功是过，他就不好多说了。"

袁世凯像被灌了一壶凉水，从心窝里向外凉。落井下石这个词从前只能算理解，今天终于感同身受。他苦苦一笑道："老陈，他说的也没错。夫妻本是同林鸟，大难临头各自飞。何况咱们不过是同僚，大家为了自己前程，投靠到吴军门帐下我理解，而且也支持。就是你，我也不希望和我走得太近，省得你沾身臊气。"

陈云龙"呸"的一声吐了口唾沫道："去他奶奶的！吴兆有要胆没胆，要识没识，老子回家抱伢子也不尿他。总办放心，总办要是获罪，我陪你去坐牢。"

袁世凯眼眶一热，拍拍陈云龙的肩头道："好兄弟，不论将来荣华富贵，还是落魄获罪，我永远把你当兄弟。"

丁汝昌派人带着袁世凯的万言报告回到旅顺，袁保龄派人从陆路立即驰递天津。丁汝昌还有一封电报交由袁保龄发给李鸿章，报告他在朝鲜初步了解的情况，同时说明自己的看法——依属下看来，慰廷果绝敢当，平定政变,免于朝鲜脱离大清,有功无过。

因为渤海湾近海都结冰,尤其是天津大沽一带结冰最厉害,根本不能通航,所以赴朝鲜查办事件的钦差吴大澂和续昌,分别从天津和盛京赶往山海关碰头。但山海关近滩浮冰拥塞,驳运的小船也无法靠岸,一直等到十一月初九上午浮冰散开,先行驳运四百兵勇,两人准备午饭后登船。登船要走的时候,山海关电报局送来李鸿章的电报:

> 顷朝营二十八禀及国王二十日、二十七两函均到。篇幅太长,钞寄恐上船无及。内袁世凯分条详禀此事始末万余言,极为详尽,抵马山后可索取一阅。探闻,战时日兵死三十余,沿途为朝民截杀近四百,固竹添自取其辱,而倭恨必深。各使欲调处,无善法。鸿。

吴大澂仔细琢磨李鸿章的电报,不愿与日本人起衅的态度依旧,但对袁世凯的态度已经发生变化。在天津见李鸿章时,他还在生袁世凯的气,说袁世凯少年新进,急躁生事。如今却无一语责及,反而让他一到马山浦就索取袁世凯的万言详禀,显然这份万言详禀已经改变了李鸿章的态度。竹添是自取其辱,显然也是看过万言详禀后才有此判断。

吴大澂和续昌四日后在马山浦登岸,陈云龙立即呈上厚厚的详禀。吴大澂翻了翻道:"袁慰廷是个办事认真的人,只看这万言禀就知道了。"等他晚上看完详禀,对事变的来龙去脉已经掌握了个大概,他也和丁汝昌的判断一样,认为如果袁世凯所言不虚,则有功无过。他把详禀推给续昌,让他细看。

续昌是满人,他笑了笑道:"吴大人,我唯你马首是瞻,就不必看了吧。"

吴大澂知道让他看也是为难他,就把事情大致脉络讲一遍。

续昌听了一拍大腿道:"要是我,也得带兵进宫。袁慰廷做得对。"

第二天吃过早饭,两人带着随从及四百兵勇起程前往汉城,赶到时已经是傍晚。吴兆有和张光前在汉江边迎候,吴大澂没看到袁世凯,就问道:"慰廷呢?"

张光前上前代为回答道:"他在王宫,日理万机,哪里能抽得出空?"

一行人浩浩荡荡往汉城走,这时两骑疾驰而来,到了跟前便翻身下马,一个个头不高,阔面大耳,正是袁世凯。另一个身材魁梧,是副营帮办陈云龙。

袁世凯向吴大澂的轿子行礼道:"卑职不知大人驾到,刚刚得到消息,匆匆赶来还是迟了,请大人恕罪。"

吴大澂掀开轿帘问道:"是慰廷啊!怎么,你没得到我来的消息吗?"

"刚刚陈帮带才告诉我,此前的确不知。"

消息是昨天就送给吴兆有的,显然是他有意没告诉袁世凯。吴大澂心里不满,所以对袁世凯特别热情,说道:"你的万言详禀我已经看过了,过会儿详谈。李中堂也已经看过,有电报给我。"

袁世凯上马在前面开道,一直引导到汉城南别宫。吃过晚饭,吴大澂分别与吴兆有、张光前、袁世凯等人了解情况。等他和袁世凯了解时,已经是深夜了。他笑着解释道:"慰廷,把你留在最后,是想听你多说两句。"

袁世凯又将平乱的经过详述一遍,一些细节不是看报告能够了解的。等他报告完了,吴大澂说道:"慰廷劳苦功高,相见恨晚,当以实情上达。"

续昌也附和道:"我和吴大人必竭力保全,慰廷千万不能灰心。"

袁世凯拱手道:"一切全赖两位钦差大人保全。今天护从两位大人的兵勇好像只有三四百人,不知马山浦还有多少?"

吴大澂回道:"只有这四百人,全到汉城来了。"

袁世凯惊道:"朝廷怎么只派四百人来?日本已经派来七艘军舰,三千士兵,中日力量对比太过悬殊了。"

吴大澂解释道:"朝廷的意思绝不与日本人失和,你也知道,越南那边正与法国人打得不分胜负,实在顾不上。朝廷担心往朝鲜派人多了反而容易误会。我带这四百人来,日本驻天津领事还去问李中堂,带兵前来是何意。李中堂说是为保证钦差安全,绝无冲突之意。"

袁世凯说道:"我们抱定必和的打算没错,可是也应该向日本人表现出必战的态度,日本人向来是吃硬不吃软。"

"你要求增兵的上禀李中堂也看过了,他认为既然要和,就得拿出诚意。我们派重兵赴朝,日本也必然增派大军,岂不与主和的愿望南辕北辙?"

袁世凯心中不以为然,但不好再争论。

这天晚上,日本全权大臣、外务卿井上馨及随员也赶到了朝鲜,入驻仁川日本领事馆,立即与先期返朝的竹添等人商讨交涉策略。

井上馨问道:"竹添君,初步会谈如何?"

"非常不顺。"竹添愁眉不展。

竹添进一郎返朝后先与朝鲜外务督办赵秉镐、协办穆麟德举行预备性会谈。竹添拿出"日兵入卫"的王谕要挟,将事变责任推给朝鲜国王。赵秉镐非常强硬,当面斥责竹添参与政变,所谓"日兵入卫"的王谕也是凶党临急矫旨,并要求引渡金玉均等人回国。如果金玉均回国,那么竹添从头至尾参与政变的事实便无法掩盖。

井上馨说道:"金玉均等人绝不能返朝,一旦返朝,对我国非常不利。我们的策略是只谈损失,避谈事件原因。朝鲜国王懦弱胆小,'日兵入卫'四字又的确是他所写,我们应当善加利用,逼他就范。"

竹添又道:"昨天中国钦差大臣也到朝鲜,据说他们要参与日朝会谈。"

井上馨闻言断然拒绝道:"我们不与中国会谈。政府的意思是对中朝分而治之,待我们在朝目标达成后,将派伊藤君赴中国谈判。"

第二天一早,袁世凯陪同吴大澂、续昌进宫觐见朝鲜国王,李熙在仁政殿隆重接见。行过"请圣安"的礼仪后,李熙道:"日人陈兵仁川,极尽恐吓之事,上国钦差来了就好了,鄙邦总算有所依靠了。"

吴大澂问道:"日本人向贵国提出了什么要求?"

李熙道:"据赵秉镐说,日人十分嚣张,要鄙邦赔款、道歉、修复使馆。竹添参与乱党政变,招致汉城百姓愤恨,是自取其辱,反而要鄙邦赔款、道歉,与情不通,与理不合。"

"当然要据理力争。不过,中国不愿与邻邦失好,贵国又不能与日本相抗,其势不能不委曲求全,以息事宁人为归结,可让之处,不妨忍让。俗话说,退一步海阔天空。"

这实在有些出乎李熙的预料,因为袁世凯说过,如果日本人提出过分要求,中国不会坐视不理。听吴大澂的意思,中国分明就是没打算为朝鲜出头。李熙看着袁世凯,他只好故作糊涂。

见李熙有些迷惑,吴大澂又解释道:"殿下放心,中国当然不会袖手不问。我奉朝廷旨意,参与朝日谈判,届时自然会帮朝鲜说话。"

第二天一早,井上馨觐见李熙,一开口便道:"我奉本国政府令,作为全权大臣,前来与贵国交涉大日本商民及士兵被杀、使馆被焚事件。我国政府本着和平的意愿而来,但如果谈判的结果不能令我国满意而不幸发生战事,本国概不负责。"

李熙见井上馨咄咄逼人,心里首先怯了,回道:"贵国竹添公使与鄙国乱党预谋杀我宰臣六人,百姓因此才恨及贵国公使及商民,不然绝不会贸然侵犯。"

"国王如此说,是对大日本帝国的冒犯。竹添公使是奉诏进宫保护国王,才受到清军及贵国军队的袭击,以致殃及我商民。国王手书的诏旨难道不想承认吗?"井上馨拿出"日兵入卫"的手诏,那的确是李熙亲手所书,"请国王屏退左右,我有要言密奏。"

不知道井上馨密奏了什么,当天下午,国王便任命金弘集为全权大臣,负责与井上馨会谈。

第二天上午,双方在议政府举行第一次会谈,首先查看彼此的全权委任状。金弘集的委任状中有"京城不幸有逆党之乱,以致日本公使误听其谋,进退失据,馆焚民戕,事起仓促,均非逆料"的话,井上馨看了之后道:"竹添公使是奉国王手诏入宫护卫,'公使误听其谋,进退失据'的说法与事实不符,必须修改后我方才能同意开议。"

金弘集据理力争,井上馨坚持非修改不可。金弘集只好向国王奏报道:"日本公使参与乱党密谋,人尽皆知。这样说已经很为他们留面子,如果日本人不同意和议,臣奏请罢议备战。"

李熙却摇头道:"日本人是要完全推卸掉自己责任,上国又不肯为我国出头,备战又能如何?朝日实力悬殊,战则必败。"

君臣相对叹息,最后只好如井上馨所愿,去掉这两句话。

接下来的谈判,金弘集坚持认为日本公使竹添参与了政变,要求日本首先引渡金玉均回朝鲜,而井上馨则不顾金弘集的辩论,只强调日本的商民被害,使馆被毁,提出十几万元的赔偿及派人道歉等要求。

当天晚上,金弘集找到袁世凯,希望中国能够出面,不能任由日本颠倒黑白。袁世凯找到吴大澂,吴大澂答应出面。

第二天,吴大澂要求会见井上馨。日本使团人员回话,说外务卿正与朝鲜全权大臣会谈,暂无时间会面。吴大澂十分生气,由袁世凯陪同直接闯进会场,对金弘集道:"朝鲜应当先查办乱党,查明事情原委,不可与日本草草立约。"

金弘集回道:"我一定向国王奏明上国钦使的意见。"

井上馨见状抗议道:"大日本帝国与独立之朝鲜国会谈,中国不应干涉。"

吴大澂不予认可道:"朝鲜是中国的藩属国,辅助属国外交事务也是多年惯例。本使此次前来,是本着友好的诚意前来与贵使会谈。"

井上馨刁难道:"本使并无与中国会谈的使命。假如与中国会谈的话,也应当与拥有全权的使臣会谈,请问贵使有全权吗?"

吴大澂拿出朝廷的上谕,上谕只说让他到朝鲜查办事件,并无全权二字。井上馨便道:"贵使只负责查办事件,应当是查办贵国武员妄开衅端的责任,恕本使不能与贵大臣会谈。"

袁世凯对井上馨的无礼十分恼火,道:"贵国公使与乱党同谋,朝鲜人尽皆知,中国作为朝鲜的宗主国,当然有权过问。"

井上馨立即反击道:"这是对日本的公然挑衅!中国军队无理进攻我使馆卫队,本国人民纷纷游行,抗议中国暴行。我政府为中日友好计而派出使臣和谈,如果中国一再挑衅,一切后果皆由中国承担。"

袁世凯丝毫不让道:"是非曲直总能论清,鄙人曾经参与其事,也愿与日朝一起查明真相。贵公使也不必一味恐吓,本人及驻朝清军无不抱有为国牺牲之决心。"

"本全权无义务与无关人员辩论,也无义务与中国使臣会谈。"井上馨说罢拂袖而去。

吴大澂追出去,井上馨已经登上马车扬长而去。他有些不高兴,对袁世凯道:"慰廷,你话说多了。"

两天后,金弘集奉国王令匆匆与日本签订《汉城条约》,共五条:一是朝鲜国修国书致日本国道歉;二是赔偿受害日本国商民共计十一万元;三是限期查问捕拿杀害公使馆武官矶林真三大尉之凶徒,并明正典刑;四是新建日本使馆,由朝鲜国交付地基、房屋,并拨款两万元;五是为日本使馆卫队建筑营房。

当天晚上金弘集找到袁世凯喝得酩酊大醉,捶胸顿足,痛哭失声道:

"十月之变,出于日使竹添及我国玉均等乱党,我国本当责其欺侮邻国,围宫逼君,匿庇罪人,兴兵征赔的应当是我国,然而却不能声张,不辨曲直,反输十余万元赔银,俯首钤约,不亦辱乎?"

袁世凯见状,不知如何相劝。

金弘集红着眼睛问道:"袁大人,我知道你是敢作敢当的热血英雄,贵国有三营大军驻扎,又有朝鲜民众相助,为什么不能帮我国抵御外侮?贵国一再说朝鲜是属国,属国有难,你们袖手旁观,岂不寒了朝鲜百姓的心?你们弃朝鲜于不顾,又怎能怪朝鲜离心离德?"

袁世凯叹了口气道:"如果朝廷能允我便宜行事,三千倭寇又何惧哉!可惜金兄,我尚且自身难保!"

金弘集在袁世凯处住下,第二天一早醒来连忙说酒后无状,打扰了。

袁世凯摆了摆手道:"金兄,看你难过,我束手无策,惭愧。"

金弘集一脸歉意道:"我知道总办的难处,木秀于林,风必摧之。总办功成遭忌,将功为过,我为总办抱屈。"

"算了,且不去想它,船到桥头自然直。"

两人正吃早饭,陈云龙跑来通报道:"总办,有坏消息。"看两人正在吃饭,又不忍说了。

袁世凯一边剥鸡蛋一边道:"说吧,我是死猪不怕开水烫。"

陈云龙只好继续道:"李中堂发来电报,不知听了谁的谗言,说你私挪军饷收买人心,还让你把挪用的军饷自掏腰包还上。"

这实在出乎袁世凯的意料,他手里的筷子当啷一声落到地上道:"我去找吴大人。"也顾不上金弘集,自顾出门。

"慰廷,当时用这笔款子,你没和吴军门他们商议?"吴大澂早就知道这个消息,因为电报就是发给他的。

袁世凯解释道:"事情紧急,是没商议,可是事后我立即和他说了,他也没说什么。"

"这件事你做得有些不周,说你私挪军饷,也不是全无道理。"

"吴大人,那要看我挪军饷干了什么。如果我去嫖去赌或者借给什么人,让我赔我无话可说。我是用于抚恤朝鲜被杀大臣!被杀的大臣都是最亲近我国的事大党,正因为他们亲近我国,才被亲日的乱党所忌恨,所以他们无异于为我国而牺牲,难道我们不应该抚恤吗?我挪用军饷后,换来的是什么?是朝鲜朝野上下,无论百姓还是官员,无不感念上国恩德!我正想趁此机会,巩固两国藩属关系,没想到朝廷派人来追责,没想到朝廷对日本的欺凌不管不顾,更没想到会让我自掏腰包赔银!朝廷对朝鲜如此不负责任,还要这个藩属国干什么?还凭什么口口声声说是我五百余年的藩属国?"袁世凯相当激动,把这几天的不满全部发泄出来。

这些责问也一句句敲在吴大澂的心上,他其实对朝廷一味软弱的外交策略也腹诽得很,但如何能够轻易流露?便劝慰道:"慰廷不必着急,此事我一定面见李中堂力争。如果争不下来,我和你一起来赔这笔银子如何? "

"吴大人,我也不全是为这几千两银子,卖宅子卖地我也能凑得出。我是说理。"话说到如此地步,袁世凯还有什么好埋怨的。

吴大澂最后总结道:"于情于理,都在你这边。你放心,我会据理力争。"

袁世凯回到营务处,分管军饷的支应委员便对他道:"袁总办,刚才吴军门打发人来,说年底要关饷,无论如何要在月底发下去,谁借了银子都该还上。"

"真是小人! 此处不留爷,自有留爷处! "袁世凯狠狠一拍桌子。他明白吴兆有一伙是非挤走他不可,自己若恋栈难免招祸。此时他拿定主意,离开这个是非之地,离开这帮小人。

下午,马山浦转来老家的一封急电,袁世凯的嗣母牛氏病重,希望他能够回家一趟。袁世凯立即拿着电报去找吴大澂,说明他的想法:"吴大人,我从小由嗣母养大,待我胜过生母。嗣母生病与我远游关系极大,见母亲一面,胜过良医汤药。"

吴大澂想了想道:"好,我理解你的心情。不过,你可不能因此灰心丧气。国家多难,正需要你这样的人才。"

袁世凯叹道:"我算什么人才,吴军门他们才是'人才'。"

吴大澂又询问道:"我不日也将回国,咱们一起走如何? "

"求之不得。"

袁世凯要走的消息在朝鲜传开了, 李熙派金弘集等重臣前来挽留,袁世凯婉拒道:"老母病重,归心似箭。请转奏殿下,世凯暂不能为殿下效劳,心中实在抱愧。"

朝鲜与袁世凯有交情的不仅有大臣，还有普通商民，他们纷纷到三军府看望袁世凯，各种礼物堆满了屋子。临别前袁世凯又进宫向李熙告别，李熙赠以三品紫袍留念。

袁世凯与吴大澂、续昌同归，因此临行那天早晨就赶到南别宫。金允植奉命前来相送，亲笔手书《送慰廷归河南》：

> 名高人多嫉，功成众所忌；
> 此事古今同，处世谅不易。
> 襄集危急日，人皆敛手避。
> 黠者怀首鼠，懦夫常惴惴。
> 事定反免疵，利口交渐渍。
> 遂将功为过，摧折丈夫志。
> 君今浩然归，俯仰无所愧。
> 天日照孔昭，贤才岂中叶？
> 相见知不远，努力勉王事。

吴大澂没想到袁世凯在朝鲜威望如此之高，一时兴起道："慰廷，我也有一副对联相赠，请笑纳。"

吴大澂书画俱佳，尤其他的篆书将小篆与古籀文结合，功力甚深，独步天下。他让下人铺纸研磨，稍做思考，挥毫作书——凡秀才当以天下为任，求忠臣必于孝子之门。还觉不够尽兴，又在空白处题跋——慰廷仁弟念母情切，乞假归省。朝鲜士民方攀留之不暇，余不忍重违其意，携之同渡。时事多艰，需才正亟，尤愿慰廷以远大自期，移孝作忠，共图干济。

腊月十七，袁世凯随吴大澂、续昌一行乘超勇舰到达旅顺，袁保龄对吴大澂一行自然是殷勤接待。席间吴大澂和续昌对袁世凯交口称赞，袁保龄则拜托两人加意保全。

晚上席散后，叔侄两人这才得以促膝深谈。

说起此次挫跌，袁世凯恨恨道："都是吴孝亭搞鬼。如果不是我帮着他，他能在朝鲜立得住脚？没想到他竟然恩将仇报。"

袁保龄毕竟久经官场，摇头道："世凯，你这话不对。你在朝鲜有功无过,不仅两位钦差,其实大多数人也都明白。为什么吴孝亭他们容不下你?根子在于你不是淮系,更不是庆军出身。吴武壮把副营交给你,有衣钵相授之意,可他那些生死兄弟哪个能心甘情愿?武壮公在日,他们尚不至于撕破脸皮,武壮公一没,他们自然会群起而攻之。"

袁世凯一想,的确如此。

袁保龄又开导道:"既然明白了根源,你也不必再记恨吴孝亭他们。你自己也应当自省一下,依我看,年轻孟浪,功名心切,这些都是你这个年纪的通病。你在钱财上铺排张扬,不知吝惜,这是你的一个大毛病。他们能抓住切实把柄的,也就只有这一条。你如果不是太阔,何至于大笔一挥,就挪用数千两银子?想想你万贯家产两三年挥霍将尽,不也是阔字在作怪?"

对族叔的这一劝诫,袁世凯并不完全服气,闷声道:"侄子花钱大手大脚,这个毛病以后是得改。不过,这次在朝鲜那几千两花得值,朝鲜从官员到百姓,无不感念上国恩德。"

"人家感念上国恩德,而你却被朝廷追责、追赔。你四叔我是在官场上打了几个滚的人,有些时候,是非在官场并不重要,你做得再对,可是有把柄被人抓在手上,哪怕是个小把柄也足以把你踩到脚下。俗话说针大的窟窿斗大的风,有多少人立过大功,可是就因一点小过失被群起而攻之,最终身败名裂?所以无论行何事,先要自己立住脚。"

"侄子记住了。"

袁保龄又赞许道:"你这次能借机脱离朝鲜这个是非之地,就是聪明之举,比你四叔强多了。"

此时北方冰天雪地,沿海结冰更甚,连山海关也不能通航。所以吴大澂和续昌也无法回天津复命,就先给李鸿章写份详细报告,由他转呈朝廷。腊月二十三就封印,李鸿章复电吴大澂,不妨年后再复命。

丁汝昌盛情邀请吴大澂、续昌、袁世凯三人到烟台去度岁,吴大澂很痛快地答应了:"慰廷,听说北洋的伙食不错,就让禹亭破费破费,咱们到烟台过个好年如何?"

正如吴大澂所说,他们在烟台过了个好年。过了正月初五,一行人准备动身从陆路赶往天津,一打听大约需要二十天才能赶到,而且车马非常难雇。丁汝昌劝道:"再等十天半月天津就该开河了,那时候坐招商局轮船或乘北洋的舰船直航大沽口那多利索，何必急于一时？"

于是他们在烟台又待了十多天，正月十五听说大沽已经通航，袁世凯他们搭乘北洋通信船赶到天津。三人在驿馆住下，第二天一早，吴大澂、续昌递名刺请见李鸿章，李鸿章推掉手头的事情，立即延见。

吴大澂报告了赴朝情况后，李鸿章说道："你们这一趟，总算把是非曲直弄明白了。不过，日本人恶人先告状，向总署递交照会，说是我驻朝武员妄开衅端，非要惩办袁世凯等人不可。"

吴大澂力争道："这毫无道理，袁世凯他们有功无过，不奖功已经说不过去，怎么还能惩办？"

李鸿章将刚发来的上谕电报递给吴大澂：

> 正月十九日总署奉上谕：日人欲我惩办驻朝武员，驻朝武弁所办并无不合，断不能曲徇其请，着李鸿章等设法坚拒。

"我也知道不能惩办，可是日本人实在难缠。我这些年办外交，与各国外交官打交道，最不喜欢的就是日本人。他们不像欧美人那样直爽痛快，表面上一团和气，骨子里怀着奸诈。你如果指出他的痛处，他就像猴子被踩了尾巴，一蹦三尺高，不讲道理，胡搅蛮缠。这次日本派宫内大臣伊藤博文作为全权大臣，听说已经从日本出发。此人也曾经出过洋，少不了又是个难缠的主。"

吴大澂不以为意道："任他怎么难缠，他们公使参与政变，自取其辱，凭什么要惩治我们的武员？尤其是袁世凯，朝鲜人对他是感恩戴德，对日本人则是恨之入骨，一爱一恨，可见袁世凯更不能惩办，否则会寒了实心办差人的心。"

李鸿章笑了笑道："清卿，我记得你临去朝鲜前，对袁慰廷颇有看法，认为他年轻气盛，招惹了日本人。可你自打去了朝鲜，给我发的电报、信函，都是对袁慰廷赞不绝口，你好像很欣赏这个年轻后生。"

吴大澂回道："谁说不是。我临行前听了些不切实际的浮言，我也是想当然的推测，认为是袁慰廷多事。经过朝鲜一番调查，发现错怪袁慰廷了。中堂常赞张幼樵是天下奇才，我看天下奇才非幼樵，乃袁慰廷也。"

见吴大澂提起张佩纶，李鸿章不以为意，继续道："清卿向来眼界奇高，能入你法眼者不多。你对袁某人如此盛赞，不是夸大其词吧？"

"绝非谬赞。幼樵之才在文章，慰廷之才在办事。他办实事的能力无出其右者，中堂不信，可问燕甫。"燕甫就是续昌，燕甫是他的字。他与吴大澂一起来见李鸿章，除了开始礼节性地说了几句话，一直闷不作声。

"燕甫，你也这么认为？"李鸿章还是有些不信。

续昌附和道："袁慰廷不但是奇才，也是少年豪杰。"

"你这个评价更不得了，他袁某人竟然成了豪杰。"李鸿章笑了笑，又对吴大澂道，"吴孝亭说他私自挪用军饷，此事总不算冤枉他吧？"

"此事的确不冤枉，但用途却极正确。"吴大澂于是将朝鲜死难大臣家属如何感念朝廷的恩德向李鸿章述说了，对吴兆有告状一事，他颇不以为然，"袁慰廷私自挪用不对，但事后也向吴孝亭报告了。吴孝亭如果不同意，完全可以明确表白，可是他不置可否，袁慰廷就以为他已经同意了。可是孝亭如今再告慰廷挪用，似乎用心不够忠厚。至于要袁慰廷赔银，我觉得也不妥，我堂堂大清连几千两救济银也出不起吗？如果中堂非要坚持袁慰廷赔偿，我对慰廷说了，我和他一起赔。"

"要是别人这么说，我就要问袁慰廷花了多少银子，让你这么维护他。可谁都知道清卿刚直清介，是银子买不动的人。我就给清卿个面子，不让袁慰廷全赔，让他赔五百两，算是他私自做主的一个教训，你看如何？"

"中堂从善如流，佩服之至。"

李鸿章接见袁世凯，已经是下午。袁世凯进门便行了下属参见礼。

"坐。"李鸿章说了一声，然后瞪着眼睛观察袁世凯的举止。这是他从老师曾国藩那里学来的习惯，第一次接见新人必定仔细查察，从眼神举止上判断性格能力。

袁世凯从容不迫坐到椅子上，他不像大多数人那样哈着腰只坐半个屁股，而是挺胸抬头，两手放在膝盖上，两脚自然分开，一看就是军人气概。

李鸿章暗暗点头，一个五品同知有此气概，果然非同凡响，便说道："慰廷，朝鲜的事情我都知道了，你带兵进宫，救出国王，稳定朝局，功劳最大。"

"卑职只是尽职，不敢受中堂谬赞。卑职给朝廷惹了麻烦，心中忐忑。"

李鸿章忽然声音高起来，呵斥道："你竟敢私自挪用饷银，邀买人心，我北洋的银子是那么好胡花的吗？"

这又是李鸿章考察人的手段,在喜怒无常中观察人的应变能力和承受能力。有时甚至故意折辱,如果受不得委屈,他便认为此人难当重任。

袁世凯下意识地昂起头,仍然是从容不迫的神情:"此事卑职有错,私自动用饷银,愿受中堂责罚。但银子用处,卑职以为非常值得。"

为什么非常值得,他又向李鸿章辩解。李鸿章不待他说完,打断他的话道:"这些我都知道了。银子不必你全赔,但罚你五百两,算是对你私自做主的惩戒。你挪用银子的事情,是吴孝亭来信告诉我的,你认为吴孝亭人品如何？"

对吴兆有,袁世凯实在不敢恭维,认为他胆小懦弱,缺乏主见,心眼又小,实在没有统率一方的能力。但他牢记叔父袁保龄的告诫,不能妄议淮系的是非,尤其吴兆有与他有过节,更不能妄议,即使是公正之论,外人亦认为是挟私泄愤。他以十分诚恳的语气回道:"吴军门是卑职的上级,他向中堂报告属下的优劣,是他的职责,实在与人品没有关系。要说人品,吴军门久经沙场,体恤下属,为人宽厚,虑事周详,正可补卑职的不足。"

李鸿章对袁世凯的回答十分满意,点头道:"你能如此评价吴孝亭,可见你是个光明磊落之人。燕甫说你有豪杰秉性,果非虚言。吴清卿对你也是褒奖有加,说你熟悉朝鲜情形,与朝鲜各方关系融洽,依你看,将来朝鲜事务,应当如何办理？"

袁世凯明白,这话就有些考校的意思了。如何治理朝鲜,他几乎天天在想,几乎不假思索就侃侃而谈:"卑职浅见,保持中朝藩属关系是根本,关键是不能让朝鲜与我离心离德。经过此次变乱,朝鲜的事大党元气大伤,当务之急是设法弥补。大院君在朝鲜影响深远,是事大党的马首,应当把他释回朝鲜。其次,卑职认为朝鲜国王生性懦弱,容易被闵妃左右,必须点派重臣坐镇朝鲜,随时监督,勿使闵妃势力坐大,致干大政。再次,朝鲜堪用的军队只有左右两营,前后两营有日本人背景,不能依赖,必须再为朝鲜训练两营。此次平乱左右两营肯出力,就是北洋帮助装备、训练的原因。"

李鸿章不置可否,转移话题道:"你说的这些我会考虑的,听说你要回河南老家,还有辞职的打算？"

"卑职母亲病重,恳请中堂允假,服侍汤药,以尽孝道。"说起嗣母从小对自己的溺爱,袁世凯禁不住流泪了。

李鸿章感叹道:"难得你一片至孝。我老母亲一直在武昌我老哥那里,我没侍候一天汤药,想来实在有愧。将心比心,我准你两个月假,假期一结束,你就立即起程回朝。朝鲜局势不稳,需要你这样能干的人效力。"

闻言,袁世凯立即拱手道:"卑职临走时,已经将副营和营务处的事情交代给他人代理,请中堂另派人统带,卑职已经将关防带来,打算今天移交。"

"这两个差使由他人暂时代理,我不再派他人。关防你也不必移交,两个月后带着回任就是。"李鸿章说完,端茶送客。

第十章

朝鲜王背华亲俄 大院君获释归国

竹添参与朝鲜甲申政变,却被袁世凯轻易平定,痛定思痛,觉得驻朝清军力量强大是主要原因。日本如果想在朝鲜有所作为,必须把这一障碍扫除。所以赴中国谈判的全权大臣伊藤博文的主要使命,就是让中国撤兵。

时年四十五岁的伊藤博文出身贫寒,幼年时当过仆役,后来赴英国留学,回国后积极参与倒幕运动,成为明治维新的干将。此后又游历欧美,参观学校、工厂、医院,回国任工部卿后全面效法欧美,"劝奖百工",日本工商业得以快速发展。后又出任内务卿,掌明治政府实权。前年又赴欧美研究宪政,主持制定日本宪法。他长于外交,因此天皇派他作为全权大臣前来与中国交涉。在伊藤博文看来,让中国撤兵的要求恐怕很难达到,因为朝鲜奉中国为宗主国,一旦有事请宗主国出兵是几百年的传统,而且国际社会也普遍认同中朝的这种特殊关系。不过,他非常了解中国人怕战求和的心理,因此建议天皇下令征召士兵,做出一副要决战的架势。而他随行人员中,添加了多名与谈判无关的武职人员,而且特别叮嘱这些武官一路上要不断打探中国的军情,到天津大沽下船登岸,第一件事就是去大沽炮台侦察,有意让清军发现并遭驱赶。

伊藤博文先到北京与总理衙门交涉,总理衙门的人都知道日本人难缠,谁也不愿与他多说话,最后由总理衙门大臣孙毓汶出面,告诉他朝廷已经任命李鸿章为全权大臣,请他到天津与李鸿章谈。

李鸿章自从得到日本已经派出全权大臣前来谈判的消息,一直考虑的也是撤兵问题。他认为中日两国都在朝鲜驻有重兵,容易擦枪走火,驻朝清军不如尽快撤回,一方面减少费用,一方面又减少了与日本摩擦的麻烦。如果能说服日本人同时撤兵的话,对中国来说也不算吃亏。所以当伊藤博文提出中国撤走朝鲜的军队时,李鸿章痛快地答应了,条件是日本人也应当同时撤兵。

李鸿章竟然如此痛快,实在出乎伊藤博文的意料,他意识到自己提的要求太低了,决定为日本争取更多的利益,提出撤兵后中国永远不能派兵。这一条李鸿章当然不会答应,朝鲜作为中国的藩属国,紧急情况下中国有出兵帮助的义务。伊藤博文也没指望李鸿章答应,于是道:"我受本国政府训令,本打算与中国约定双方从此都不向朝鲜派兵,没想到中堂不肯答应。我可以不再坚持此项要求,不过将来中国往朝鲜派兵的话,应当知照日本政府一声。"

"行,不过日本要出兵的话,也必须知照中国。"李鸿章也答应得很快。

伊藤博文暗自惊喜。此前,中国因为是朝鲜的宗主国,出兵名正言顺;而日本出兵则必须处心积虑找借口。而如今李鸿章答应了这一条,也就意味着日本与中国在朝鲜具有了平等的出兵权。

而李鸿章也很高兴,他认为日本将来要向朝鲜派兵必须知会中国,中国便可提前做准备,无异于加强了对日本的监督和应对能力。李鸿章以善办外交著称,他独独忘记了中国的宗主国身份是日本所不具有的。

"此次误会,皆是因驻朝营官袁世凯无视国际公法,悍然向我国士兵开枪而引起,因此,必须严加惩处。"伊藤博文向竹添了解过情况,认为袁世凯是日本谋取朝鲜的最大障碍,必须设法把他排挤出朝鲜。

李鸿章闻言断然拒绝道:"我驻朝军队是应朝鲜朝廷之请进宫平定乱党,而且进宫前已经向贵国公使发过照会,是贵国士兵先行开枪,如何能够惩办袁世凯?此事毋庸议。"

伊藤博文威胁道:"贵军击伤我军数十人,而且焚毁我国国旗,我军威国威俱损,我国深以为耻,群情汹汹,已动公愤,如果不给个说法,我无法复命,更难以息众怒,恐怕与两国和平之意无益。"

李鸿章想了想道:"我军保护藩属名正言顺,各位统领所办并无不合,断无议处的道理。不过,为了两国和平之意,我有个办法双方都下得了台面。朝鲜的驻军都是我的部曲,就由我行文诚饬,这算不上处分,前线的将领们能够接受,贵使回国也有法交代。"

伊藤博文装出十分不情愿,而又不得不勉强答应。

三月初四,李鸿章与伊藤博文签订《中日天津会议专条》,约定双方自即日起,三个月内撤回驻朝军队;日后朝鲜若有变乱或重大事件,两国或一国派兵,彼此应先行知照,事定仍即撤回;两国均不代朝鲜练兵。

签约回到领事馆,自称最喜欢美酒、美女和烟草的伊藤博文吩咐一定要上酒,他要一醉方休:"这次真是意外之喜,不但使中国撤兵,而且意外获得与中国同等出兵权,将来我们在朝鲜就可以名正言顺地与中国针锋相对!"

领馆人员都向他敬酒,他来者不拒,喝得十分尽兴,他对领事原敬道:"醒掌天下权,醉卧美人膝。在此皆大欢喜的时刻,与其让你们给我倒杯酒,服侍我换衣服,远不如天真漂亮的美人玉手可解我心意呀。"

伊藤好色人人尽知,他的夫人梅子也是艺伎出身。原敬早有准备,便问道:"伊藤伯爵是喜欢日本美女还是中国三寸金莲?"

"各有千秋,当然都喜欢。"

李鸿章次日就上书总理衙门,密陈伊藤有治国之才,赞赏中透着忧虑:"该使久历欧美各国,极力模仿,实有治国之才,其专注于通商、睦邻、富民、强兵诸政,不欲轻言战事,埋头强兵富国,大约十年内外,日本富强,必有可观。"同时将与伊藤的会谈纪要一并驿递。因为伊藤博文特别提出要惩办袁世凯,袁世凯因之在京城名声大噪。

朝鲜受到日本的欺凌时中国不为之出头,反而劝其委曲求全,正如袁世凯所言,令朝鲜君臣感到心寒。李熙觉得日本当然无法信赖,而宗主国也不能依赖。他和闵妃私下商议,应当依靠一个更强大的国家,才能使朝鲜在夹缝中得以生存。他们心仪的国家是俄国,而牵线人则是受李鸿章信任派到朝鲜帮办海关事务的穆麟德。

穆麟德也是受本国政府训令行事。当时德法正在欧洲竞争,德国希望结好俄国共同对付法国,因此让穆麟德设法劝说朝鲜亲近俄国。他对李熙道:"中日两国都想在朝鲜占据优势地位,朝鲜欲存国家,只有置于比中日两国更强大的第三国的保护之下才可能有正常的发展，而这个国家只能是俄国。俄国据天下形胜，为天下最强，为天下最畏，朝鲜应当引俄自卫。"

李熙与穆麟德数次密商，深以为然。

按照日朝条约，朝鲜要派大臣赴日本道歉。朝鲜派左议政徐相雨为全权大臣、穆麟德为副大臣赴日本。穆麟德则负有与日本政府交涉引渡金玉均、朴泳孝诸人及引进俄国势力以对抗中日的使命。他到达日本后，秘密会见俄国驻日公使，为朝俄两国牵线搭桥。

穆麟德的巴结正合俄国心意。俄罗斯帝国是一个极富扩张性的国家，自彼得大帝以后，国土不断向西扩张。但因为受到德、法等欧洲国家的抵制而逐渐力不从心，因此锋芒开始移向东方，提出了"南下政策""亚细亚使命"，鲸吞了中国黑龙江流域大片领土，成了朝鲜的近邻。俄罗斯一直谋求在亚洲能有一个可出海的不冻港，占据中国的海参崴后，发现冬天仍然结冰，不够理想，因此一直在觊觎朝鲜。如今有穆麟德的牵线，双方一拍即合，初步确定俄朝正式建立外交关系，互派使节，并由俄国派军官帮助朝鲜训练军队。俄国驻日公使馆参赞士贝耶专程跟随穆麟德赴朝鲜，商谈具体事宜。

正所谓天下没有不透风的墙。朝俄可能有密约的风声还是传了出来，与俄国正在争夺亚洲霸权的英国迅速采取行动，占据了朝鲜南部的巨文岛。巨文岛又称巨磨岛、安岛，地处朝鲜半岛南部海域，位于朝鲜海峡丽水至济州岛水路的中间，由西岛、东岛和古岛组成。三岛鼎足而立，中间形成一个可以停泊大型军舰的天然港湾。控制巨文岛，便扼住对马海峡咽喉，不仅可控制朝日两国的海路通道，也将挡住俄国南下的航路。英俄两国明争暗斗已非一日，此时又正在为争夺阿富汗调兵遣将，战争大有一触即发之势。英国计划由黑海进攻俄国，作为战略上的配合，此时出兵占领巨文岛，便牵制俄国在阿富汗的布局，并构筑对俄作战的军事基地。阴历三月初十，英国驻朝代理总领事贾礼士照会朝鲜外衙门督办金允植道："为防不测，我国业准本国水师官，将大朝鲜国以南之小岛——英名米哈芚岛——暂行居守。"

英国此举立即引起中、日、朝、俄等国的关注。俄国反应最为激烈，训令士贝耶责问朝鲜为什么允许英国人占据巨文岛，而且威胁道："假如朝鲜政府承认英国占领巨文岛,则俄国认为有占领其他岛屿或朝鲜王国一部之必要。"同时强迫朝鲜履行《朝俄密约》的义务,并通过穆麟德向国王转交《俄国陆军教官招聘协定细案》。然而穆麟德所托之人是金允植的亲信密探,他立即将此文稿抄录一份交给金允植,朝俄之间的秘密完全暴露。

士贝耶气势汹汹去见李熙,责问他为何要将密约泄露给中国人:"十个中国也不如俄国,何必非要依靠中国而不依靠强大的俄罗斯?窃为朝鲜危之。"

此时,中日两国已经签订了撤兵条约,在朝鲜发生战争的危险暂时得以消弭,李熙便不急于引俄自卫。如何对付俄国人?他这才再回过头来,寻求中国的帮助。当然,他绝对不会承认朝俄密约的事情。在禀报总理衙门的同时,又给李鸿章写了一封信:

李傅相大人阁下:

前月来复,敬悉钧体康旺,顶礼顶祷。

巨文岛英船占据不退,已饬统署知照各国,声明不准之意,且请照约调处;近又以俄人雇送教官一事,多费唇舌。自中国与日本有互相撤兵之约,俄人谓有隙可乘,其驻日本参赞官士贝耶先其公使而来,始犹甘言诱劝,知鄙邦已请美教官,彼则大肆恫吓,全不讲理,欲以气力相加。彼既强词要挟,必不肯帖然。窃以鄙邦恪守东藩,专藉上国庇护。况近年以来,无不咨商于阁下。每奉手书,指画明晰,所以维持大局,保有今日,实阁下之赐也。今俄人凌逼,阁下将何以教之?已饬统署说与俄官,教官一事,未可轻议,俟公使来再行商酌。而闻其公使六月底可到,为期甚迫。兹派吏曹参判南廷哲面呈密函,烦阁下指授石画,应如何妥办,俾得奉遵成算,庶无大误。乞饬专送兵船趁俄使来前,快领大教,切盼切盼。

书不尽言,统希钧照。肃泐奉布,顺颂勋祺不宣。

朝鲜国王李熙顿首再拜
乙酉五月二十六

朝鲜与俄罗斯要走到一起,也令日本大为惊慌。明治天皇亲自召见从中国谈判归来的伊藤博文,征询他的意见。

伊藤博文建议道:"臣以为与其让俄国人控制朝鲜,不如还是由中国人控制对我国更有利。因为在中国人手中,日后我国不难取之,而落入北极熊之爪,日后要想夺过来就难如登天了。"

明治天皇深以为然,问有何办法可预防朝鲜被俄人控制。

"大院君是坚定的亲华派,而且在朝鲜旧部党羽众多,应劝说中国朝廷放回大院君,牵制朝鲜国王和王妃,不得与俄国过于亲近。中国驻朝鲜的陈树棠太过懦弱,应当建议中国撤回,换一个强有力的人坐镇朝鲜,监督朝鲜国王。"

"爱卿以为,中国何人可胜任此职?"

"只有袁世凯最合适。此人年轻果敢,在朝鲜耳目众多,又深得朝鲜国王和王妃信任,由他驻朝鲜,一定能够牢牢控制住朝鲜局势。"

明治天皇有些担忧道:"朕听说此人极善用兵,很难对付,如果中国真派他坐镇朝鲜,将来恐怕也是我们的麻烦。"

伊藤博文回道:"正如陛下所言,袁世凯善于用兵,两次朝鲜平乱,都是他果断用兵。不过,日中已经签订条约,都不在朝鲜驻兵,袁世凯无兵可用,只余一条三寸不烂之舌,有何惧哉?"

闻言,明治天皇连连点头。

伊藤博文又建议道:"朝俄亲近,全是德国人穆麟德从中搞鬼,应当建议中国撤回穆麟德,选派美国人到朝鲜帮办海关。"

明治天皇点了点头:"爱卿所言有理。外务省准备向中国提出解决朝鲜问题的几条建议,爱卿可与井上卿商讨,将爱卿的建议纳入其中。"

这天上午,朝鲜吏曹参判南廷哲和日本驻中国公使榎木武扬都来到天津面见李鸿章,李鸿章先接见榎木武扬。榎木武扬将井上馨所拟定的解决朝鲜问题八条提议当面提交。对日本外务省提议释回大院君、更换穆麟德的建议,正合李鸿章的心意,不过日本人竟然也推荐袁世凯坐镇朝鲜,有些不太理解,便问道:"伊藤伯爵前次谈判坚持要惩办袁世凯,此次贵国为什么又提议袁世凯代替陈总办?"

榎木武扬一脸诚意道："我国政府极爱才，虽然憎恨袁世凯，但他的才能足可胜任。正如贵国名言，内举不避亲，外举不避仇。"

打发走榎木武扬，李鸿章再接见南廷哲。南廷哲呈上国王的亲笔信后又道："国王让下官禀中堂，希望能够派袁司马重新回朝，帮办政务及外交。国王与袁司马私交甚好，袁司马离朝数月，国王极为惦念。"

"好一个袁世凯，竟然朝日两国同时推荐。"李鸿章禁不住自言自语。

端茶送客后，他让人传下话去，立即请周馥和督修旅顺船坞工程的袁保龄前来。等两人相约到来，李鸿章笑着对袁保龄说道："子久，你的侄子袁慰廷好大的本事，日朝两国都视他为奇才。"

袁保龄摸不清李鸿章真实意图，拱手道："年少轻狂，哪敢称什么奇才。这次如果不是中堂一力维护，朝廷如果追究妄起衅端的罪责，他少不得牢狱之灾。"

"他有功无过，当然我得维护。我准他两个月，都三个多月了，他为何没来销假？"

袁保龄帮着周全道："愚侄回家后，本来是打算如期前来销假的，后来中日签约，驻朝鲜的庆营不日要撤回，所以我就给他去信，暂不必回津，且在家好好用功，今年乡试再下场试试。"

李鸿章听了不以为然道："子久，大清不缺进士举人，缺的是能办事的人。我准备奏请朝廷释回大院君，负责护送的差使我打算交给慰廷，你这当叔叔的要写信催他尽快回津。"

周馥也赞同道："这个差使派慰廷最合适。我听吴总宪说，慰廷在朝鲜朋友遍朝野，在朝王面前更是一言可决官员进退。"吴总宪便是指帮办北洋防务的左都御史吴大澂。

袁保龄笑道："兰溪，吴总宪戏言怎可当真？"

"这倒不是戏言，这话清卿在我这里也说过。大院君与闵氏已经到了水火不容的地步，如果释回，双方难免起冲突，非有一个左右逢源的人居中协调。这个差使，没人比袁慰廷合适。"

"请中堂吩咐。"周馥、袁保龄听李鸿章的语气，知道主意已定。

"子久给慰廷去封信，劝他半月内务必回津。兰溪则给他发份公函，催他不得误期。"李鸿章交代完公事，又对袁保龄道，"子久，你先走一步，我和兰溪还有海关上的事情商议。"

待袁保龄退出，李鸿章便道："兰溪，我准备奏请撤换驻朝商务总办，由袁慰廷接替陈荔南，你帮我参谋一下，他能否胜任？"

周馥受袁保龄所托，对袁世凯当然是极力维护。不过，他是心胸坦荡的君子性情，不会因私情废公义，所以说道："袁慰廷的才能足可胜任，但资历有些欠缺。荔南是二品衔遇缺即补道，而慰廷还只是五品同知。"

"这倒不是难题，我可以奏请朝廷超擢袁慰廷。"

李鸿章关于释回大院君的奏请很快获准，他奉旨将大院君接到天津。

大院君于六月二十日到达天津，第二天李鸿章便与他会谈。李鸿章告诉他朝廷念及他年老，打算送他回国。大院君很希望早日归国，叹道："三年之间水土不服，旧疾迭发，年且六十有六，昼宵一念，再看祖宗坟墓，团聚家属，自娱江湖，以送余年。"

李鸿章说道："你的心事我早就知道，如今海防稍松，总算有点时间，所以把院公请来畅谈。院公欲东归江湖，以送余年，自然是人之常情。只是国人有些顾虑，怕院公回国，大乱复作，那可就有违朝廷的本意。"

大院君大呼冤枉。他自从被软禁在保定，一直不肯承认自己在壬午兵变中有错，更不肯承认他在国内树党羽："昰应罹此奇案，昼宵痛冤，至添病上之病。此冤未申，生不可为人，死不可为鬼。若蒙中堂昭明冤案，亟赐生还，至愿毕矣。随便自娱，以送墓境，实系本心。"

李鸿章不想在旧案上费口舌，便劝道："当年拘院公来华，实在是怕朝鲜无知者借名生事。院公到保定后蒙圣恩曲庇，当知感恩戴德，不该心有冤恨。现在关键是要考虑一下，回国以后如何自处，如何使国人不再生事。"

大院君仍有抵触，表示担心回国后会被人陷害，至于回国后会不会生事他无法预料，还要靠李鸿章想办法镇抚。他不愧久经宦海，轻易把球就踢回给李鸿章。

"国王至孝，诸臣即使有意见，也应当知大义，不致危及于你；你也是明达之人，不致设计陷害他人，又有谁敢设计相陷？"李鸿章劝他回馆后三思，改日再谈。既要大院君能对闵氏有所牵制，又不想让他干预朝政，但这话李鸿章实在不好直接说出口，只能旁敲侧击探准他的心思，于是再派候补道许钤身与他会谈。

许钤身询问道："如果回朝，院公应当如何固国势、定民志？"

大院君回道："朝鲜国势，外忧不足危，内忧实可虑。如今朝鲜之危，不仅是朝鲜之忧，恐怕将来会危及东三省。"

许钤身又问道："朝鲜内忧原因是否是因为闵妃干政？"

大院君回道："大人既以王妃干政与否屡屡叩问，我岂可因私而明哲保身不说真话？恕我直言，小邦国政日非，贿赂恣行，官员任命均是闵门亲戚与有财之人，而百姓则置之涂炭之中。念及国事，不觉涕泪满面。朝鲜即使有好王道，闵妃干政，则小邦虽得中朝曲庇之恩，不过几年，必难保矣。"

"那依院公之见，应当如何？"

"应当降下严旨，严禁王妃干政。特派一大臣留驻王京，大小事务办断，则国势可支撑，民心亦可安靖，非此则朝鲜必非天朝之所有。大抵人病不治内崇，只治外症，则其病必难救治，岂可望其复苏？今小邦之病亟图内外共治，或可有救。"

许钤身将大院君的意见形成节略呈报给李鸿章，对大院君自请派出监国的建议，李鸿章以为不妥，容易引起他国的不满，于是再派周馥与大院君沟通。见面后，周馥有些担忧道："往朝鲜派驻监国，当此时势恐招他国忌，也怕朝鲜积习不能听从。"

大院君却大不以为然："朝鲜系中国属邦也，他邦似无他议也。至于本国，百口同然，如闻此命，大小必手舞也。此系对症之药，此药不用，系中堂过虑。上国对此不以为然，我又有何办法？不出几年，朝鲜必非朝廷之所有，异日东三省亦何以保存？"大院君又举出元朝设监国的例证，无奈周馥认为派监国弊端太大，不宜采纳，而是让大院君举荐贤才。

大院君摇头道："我举荐谁便是害谁。我国不能改弦易辙，谁愿挺身出任？"

周馥请教朝鲜如何改弦易辙？

"国政归于国王，闵妃不得干政。"

"无奈国王太懦弱，不听臣言而听妃言，奈何奈何！"

大院君听周馥的意思，对如何防止闵妃干政并不打算拿出强硬有力的办法，甚感失望。表示他回国后只能退居林泉，自娱晚年。

周馥将会谈情况报告李鸿章。大院君为何极力主张派出监国，甚至建议将朝鲜改为行省？李、周、许三人坐下来商讨。周馥认为闵妃势力太大，大院君担心回国后不但不能牵制王妃，反而有可能被闵氏所害，所以极力主张派驻监国，以求届时有所依赖。

李鸿章对此并不同意："派驻监国一事，无论如何行不通。元朝时派过监国，可是事权不一，乱益滋纷。如果废为行省，举动又太奇崛。而且今日各国已与朝鲜立约通商，俄、日虎视眈眈，必从旁怂恿。如果朝王铤而走险，投靠俄国或日本，岂不是赔了夫人又折兵？此议不妥。"

许钤身出言道："如果大院君实在不愿回，那就让他继续待在保定，无非就是花点饭食银子。"

李鸿章也不同意："岂是花几两银子的事？大院君年届七十，如果病死在大清，到时怎么向朝鲜交代？各国又怎么评说？必须把他送回朝鲜，此议不必再犹豫。"

许钤身又道："听大院君之意，如果朝廷没有过硬的办法，他不敢回国。"

周馥也有些担心道："大院君担心并非多余。闵妃已经派他的侄子闵泳翊带着重金前来，听说要到京城去活动，拦阻释放大院君归国。"

李鸿章闻言十分惊讶，道："竟然还有这等事？堂堂朝廷不可能因她的劝阻而随意更张。我立即上书总署，建议赦还大院君，我倒要看看，朝廷是信她的，还是信我的。"

周馥出主意道："朝廷自然是采纳中堂的主意，不过闵泳翊一行倒可以利用。他是闵妃的亲信，如果能够说动他同意让大院君返朝，会减少不少麻烦。"

李鸿章点头道："这当然好，可是让谁来劝闵泳翊？"

"袁慰廷就行。他与闵泳翊关系极好，我听他亲口所说。"

李鸿章惊喜地问道："袁慰廷真有如此神通？他何时到津？"

周馥回道："大约十天以内就到了。"

闵泳翊一行几天前就到了天津。与他同行的还有两人，一个叫李应浚，是闵妃的亲信，奉命带着巨款到京中活动，阻止释放大院君；另一个是朝鲜领议政大臣金炳始的侄子金明圭，他奉国王令面交亲笔信，请求中国帮办中朝电报，同时面请李鸿章不要释回大院君。李应浚已经进京，李鸿章接见的是金明圭。金明圭请李鸿章暂时不要放大院君归国，理由是他当年暗中支持壬午兵变，国家遭难，如今放他回去，朝鲜百姓必不答应。

这样的理由唬不住李鸿章，他回绝道："大院君深得民心，国人必望其归，绝无不容之意。所不容者，不过是闵党罢了。如今大院君已经老了，并无其他想法，只要闵党不激变寻衅，总可相安无事。自从大院君来华后，贵国还是屡生事端，原因是什么？就是因为闵党主持国政者没有定见，若大院君当国，必不至于此。国王柔弱，总听枕边风，我早就知道，你也不必避讳。大院君若回，你和你叔叔应当居中说和，尽释前嫌。壬午之事，大院君实在鲁莽，所以中朝才使他来华，他也深自愧悔，愿养闲度余生。王妃如今安享尊荣，而大院君已经落拓至此，还有什么好嫌隙的？"

金明圭请求道："中堂如此说，下官实在不胜惶恐。正因为国人都心向大院君，才容易生乱。为今之计，最好还是再留三四年，徐待鄙邦民志有定，逆党次第伏法，然后再有赦命则甚好。如果实在不行，则请派一公正廉明人，带兵拥护于僻远处，携带其家眷，勿许闲人往来，就像在保定府的规矩一样才好。"

对这个要求李鸿章也断然拒绝道："阁下之言差矣！中朝可以拘大院君于保定，朝鲜则不可。大院君是国王生父，国王能囚禁自己的父亲吗？王妃本来不该干政，却左右国王及朝政，怎么就容不下七十老翁闲居？又何须派兵看护？"

两人又就电报、更换穆麟德等事密议大半天。金明圭回到驿馆，告诉闵泳翊大院君是非回国不可了。闵泳翊惶恐道："如果他回国，少不得又兴风作浪，我父亲当年被他烧死，我要不是走得早，也死在他手里了。他果真回国的话，我就不能回国自投罗网了。"

当天下午，闵泳翊就搭乘招商局的轮船南下，要去上海避祸。李鸿章得到消息，这才意识到大院君与诸闵已经到了水火不容的地步，连忙发电报给驻烟台的山东海关道，让他无论如何把闵泳翊拦下来。他的意思是无论如何要说通闵泳翊，千方百计疏通双方的关系，尽量不要闹崩。

七月中旬，袁世凯回到天津，李鸿章立即接见。

袁世凯这大半年多是在呼朋引友，饮酒赋诗，游山玩水。期间他还去了上海一趟，与沈玉兰缠绵半个多月。接到叔叔的信函和周馥的公文后，他最想知道的是李鸿章的真实意图,是护送完了就归国,还是有可能留在朝鲜。

"中堂,王妃一族和大院君势如水火,送大院君归国后,又该如何?"袁世凯希望李鸿章让他留在朝鲜,当他们的调停人。

李鸿章回道:"当然要在大院君起程前协调好双方关系,不然会梗阻重重。"

"这恐怕不是三言两语能说得通的。"

李鸿章笑了笑道:"这就看你的本事了。闵妃的亲信闵泳翊和大院君都在天津,听说你与闵泳翊关系不错,你就先从他这里下手,把他说通了,与大院君冰释前嫌。我已经给朝鲜国王写了一封信,希望他奏请朝廷释回大院君,这样符合中朝大体,大院君回去也是名正言顺。估计国王的信差八月初就能到津,你就用这十几天时间劝和双方如何?"

袁世凯闻言挺胸回道:"中堂放心,卑职必定让双方冰释前嫌。"

"你就这样有把握?我可不喜欢不过脑子胡乱答应。"李鸿章有些不相信。

"如果这点小事都无把握,如何能够胜任护送大院君回国的重任?中堂放心,卑职必不辱使命。只是不知将来如何护送?周观察给卑职的信中说,要派五百人的护送大军。"

"当时是有那么一说,因为有传言说,闵妃要派杀手在途中行凶。可是后来想,还是应该先化解彼此的仇隙,不然以硬碰硬终非了局。再说,刚和日本约定撤军,我再派大军入朝,难免引起误会。所以只派给你一个四五十人的水兵小队。"

"还是请丁军门带五百水兵护送到汉城比较放心。"

李鸿章笑道:"袁大将军在朝鲜威风八面,朝鲜人听说袁大将军到,必定欢声雷动,谁敢抗拒?原议诸员悉无所用,兵也不必多派,数十人小队足矣!"

袁世凯见李鸿章意决,决定先去看望大院君,至于怎么劝他心里没底,只有走一步说一步。三年不见,大院君老了许多,脸颊清瘦,头发、胡须白了大半。袁世凯拱手说道:"院公,中堂派我护送您归国,荣幸之至。"

大院君也回礼道:"感谢中堂盛情,也劳司马大驾辛苦,实在惶恐。"

袁世凯谦让道:"院公,这话就见外了。要以年龄论,您算得上世凯的祖父辈,为您效劳也是应当的。只是世凯年轻,这副担子太重,院公有什么要求,有什么顾虑,不妨都说出来,世凯好好准备。"

"顾虑当然有,只怕我回去,有人不待见,更怕有人设计陷害。"

袁世凯反问道:"院公,那我就要问一句,他们又为什么不待见院公?"

大院君笑道:"怕我对他们那一套看不顺眼,怕我干预他们的荒唐不经。"

"说得直白一点,就是怕院公干预朝政。那我只问院公一句话,院公能否干脆地答应我,绝不干预朝政?"袁世凯一针见血。

大院君却不正面回答,问道:"知子莫如父,国王对老父其实本没什么,只是耳根太软,受制于王妃,结果弄得朝政日非。"

见状,袁世凯劝道:"院公,恕我直言,国王性情如此。他与王妃本是夫妻,想让他不受王妃影响,根本做不到;如果院公想让国王听从您的政见,那国王便两头作难。院公年已六十有六,是豁达明智之人,又何必再给国王添烦恼。而且,如果院公的旧部以为有机可乘,煽惑百姓,朝鲜难免又一次大乱,院公可忍心如此?"

"我一辈子只愿朝鲜国泰民安,从来不曾煽动百姓。"

"如果院公真的祈望朝鲜安定,那只有切实做到不再干预朝政,寄情于林泉。如果院公能答应这一条,我便有办法保证国王和王妃善待院公。如果院公做不到这一条,那还不如不回朝鲜。"

大院君闻言,有些着急道:"我年近七十,昼夜思念祖墓,归心似箭,怎么能够不回朝鲜?"

"院公与国王、王妃,一边是亲儿子,一边又是至亲,有什么矛盾化解不了的?国王已经派出专使,前来恳请朝廷释回院公,不日即到天津。国王有孝心,哪里会容不下院公?症结所在,院公其实心中比谁都清楚。所谓舍得,有舍才有得。院公要回朝鲜过含饴弄孙的日子,享父慈子孝的天伦之乐,难道就不能有所舍弃?而且国王也非当年的无知少年,该放手时就放手。"

大院君想了一会儿,终于下定决心道:"罢了罢了,我回国只寄情山水,优游林泉,从此不问政事。"

"院公有此决心,我便有把握保证说服国王和王妃,善待院公。王妃的侄子闵竹楣已经到了天津,我和他极熟悉,他曾经表示愿与院公相见,冰释前嫌。"其实袁世凯还没见到闵泳翊，但他知道如果闵泳翊能够与大院君冰释前嫌，对调和双方关系大有裨益。

大院君闻言，叹了口气道："其实当年他父亲被烧死，与我又有何干？也绝非我所愿。"

袁世凯也感慨道："院公有此说法，竹楣便心宽不少。其实，话不说不明，只要交心一谈，什么疙瘩都能解得开。如果竹楣来探望，还望院公宽宏大量。"

"阁下放心，我自然会让着晚辈。"大院君明白袁世凯的意思。

"竹楣，今天我去见院公了。院公听说你在天津，很想见你一面。"袁世凯回头再去找闵泳翊，两人关系密切，他说话就直接多了。

"朝廷非要放他回去，我无力阻挡，可是要我去见他，那绝无可能。"闵泳翊根本就不愿意去。

袁世凯劝道："李中堂的意思也希望你能去见院公一面。院公就要回国了，从此低头不见抬头见，借机冰释前嫌岂不好？"

闵泳翊恨恨道："家父被活活烧死，这是多大的仇恨，我如何能去见他。"

"竹楣，我愿和你交朋友，最赞赏的就是你心胸豁达，怎么在这件事情上想不透彻？当时乱兵乱民完全失控，院公又怎么控制得了？把仇恨记在他头上有点不公道。院公今天对我说，对你父亲遇难，他心里非常惋惜。"

闵泳翊有些不信道："他真会这么说？他心里应该幸灾乐祸才是吧。"

袁世凯叹道："院公快七十的人了，在保定静思这三年，心性已经大异从前。一个老人的话，你总不能怀疑吧？"

闵泳翊有些心动，又有些迟疑道："我是奉王妃命来阻止他回国，使命没有完成，再去见院公，王妃会不高兴的。"

闻言，袁世凯笑道："这你可就多虑了。送院公回国是朝廷的旨意，谁能挡得住？王妃岂会怪你？既然挡不住，王妃最想知道的是什么？当然是院公回国的心思。你亲自去见院公一面，摸一下他的心思，不正是为王妃解忧？"

闵泳翊一想觉得有道理，便道："那我明天去见他一面，不过，你得陪我去，到时王妃若怪罪，你得替我辩白。"

"这何用竹楣叮嘱？说好了，明天上午巳初我来接你。"

第二天袁世凯如约前来,闵泳翊本来有些打退堂鼓,见袁世凯连礼品都替他买好,就不好变卦了。

闵泳翊与大院君见面,彼此有些尴尬。大院君是久经宦海的老官僚,城府自然比年少得势的闵泳翊要深。待闵泳翊见过礼,他微微一笑道:"闵大将军一向可好?"

闵泳翊回应道:"院公,我如今不是什么将军了。去年受了重伤,我一直在上海调养,朝廷要授我官职,我没有接受。"

大院君叹道:"开化党真是丧心病狂,连你这个当年的开化党同仁也痛下杀手,真是不可理喻。"

闻言,闵泳翊反驳道:"院公,我不是开化党,我只愿朝鲜能够国富民强。"

袁世凯趁机插话道:"你们两位虽然政见有所不同,但心愿是一样的。"见大院君不开口提壬午年的事情,他就越俎代庖道,"壬午年的事情,竹楣父亲罹难,院公也是甚为惋惜。"

大院君被袁世凯逼到墙角,不能不接茬:"是啊,当时局势混乱,我是一天后才知道你父亲的事情,想来的确可惜。"

闵泳翊也不愿在此事上过多纠结,便岔开话题道:"事情已经过去,就不必再计较了。院公,听说朝廷就要送你回国,你有什么打算?"

"能有什么打算?叶落总要归根,我老了,昼夜想念祖宗坟墓,只盼与家人团聚,以林泉为伴,不管人家高兴不高兴,总是要回去的。"大院君语气中听得出心有不甘。

闵泳翊语气平淡道:"院公操劳大半生,如今也该颐养天年了。"

袁世凯也乘机道:"要操心何时是个头?院公从此清心静养,益寿延年,既是院公之福,也是朝鲜之福。"

"袁司马放心,我已经想清楚了,从此不问政事,我是言出必行。"

再说下去,便是无话可说了。话不投机,再说出双方扫兴的话反而不好,于是袁世凯起身告辞道:"院公,不打扰您了,我和竹楣告辞。"

两人出了门,闵泳翊说出心中的担忧:"我从小就怕见他,如今还是有些怵。他虽然老了,但看人的目光仍然如锥似针。我总觉得他言不由衷,优游林泉的话也勉强得很。"

"那是当然。一个叱咤风云大半生的人,如今要彻底走下朝堂,你说他能心甘情愿?但以院公的心胸和身份,他既然说不问政事,决然不会食言,这一点我不怀疑。"

两人分别后,袁世凯直接去北洋衙门见李鸿章,报告大院君与闵泳翊见面的情形。李鸿章听后很满意,道:"让有杀父之仇的人冰释前嫌,绝非一朝之功,能办到这样已经不错了。慰廷,你是怎么做到的?"

袁世凯回道:"说起来简单,就像乡间的媒婆,两头说好话,反正千穿万穿,马屁不穿。说得文雅些,卑职是在双方之间求同存异。"

"说起来简单,做起来难。你对人情世故很有一番见地,这是难得的长处。你再多多用心,遇事沉稳些,前途不可限量。"

堂堂直隶总督如此夸赞,袁世凯怎能不心花怒放,他离座拱手道:"卑职才疏学浅,全靠中堂栽培。"

八月初朝鲜国王奏请迎回大院君的上书到了,李鸿章在转呈的同时上书总理衙门,推荐袁世凯护送大院君回国,并提议将来由他替代驻朝商务委员陈树棠:

前管庆军营务处袁丞世凯,两次带兵救护朝王,屡立战功,该国君臣士民深为敬佩,才识开展,明敏忠亮,清卿、燕甫去冬在朝所稔知。昨调来津,激劝闵泳翊往见李昰应,立为释憾交允,李、闵皆深德之;与其执政金允植、金弘集、金炳始等均莫逆之交。李昰应、闵泳翊等再三恳令袁世凯驻朝办事,可息争端而免内患,似且顺彼舆情,潜消反侧。现拟俟奉旨郝回昰应,即派袁世凯护关前往,将来或恳特恩,优加崇衔,俾接替陈树棠差使,可为耳目臂指之助。

李鸿章谨启

朝廷很快准奏,李鸿章决定由袁世凯和总兵王永胜带五十人护送小队于八月十七日起程赴朝鲜,他对袁世凯道:"慰廷,现在就像演一出大戏,台已搭,客已请,大幕已经拉开,专等你登场了。"

"请中堂放心,卑职定不辱使命。"袁世凯拍着胸脯保证。

可还没起程,不顺心的事就发生了。闵泳翊本来答应陪同大院君一起回国,可临行前却突然变卦,说他去年所受旧伤发作,需要到上海治疗,当天就要搭乘招商局轮船南下。袁世凯劝不住他,便退而求其次道:"竹楣,你已经与院公见过面,他无心干政的意思你也知道,你写封信由我带给国王岂不更好?"

闵泳翊还是有些不情愿道:"我还是不写的好,王妃知道我与院公见面会不高兴。"

"你与院公见过面瞒得了初一瞒不过十五,你越是瞒着反而越容易引起王妃的猜疑。你就写信说,听说朝廷已经决定送院公归国,你知道无力阻挡,于是前去见院公,劝他优游林泉,这样你不但无过,反而有从中劝和之功,不是更容易得王妃谅解?"

闵泳翊觉得有道理,于是写一封亲笔信交由袁世凯带回。金明圭、李应浚等人本来也是随袁世凯一同回朝,见闵泳翊变卦,他们一行也怯了,决定乘轮船招商局的客轮晚几天后回朝。

袁世凯一行乘坐北洋军舰先经旅顺,再赴烟台,五天后到达朝鲜仁川港。听说大院君归国,仁川港不少百姓迎接。大院君一登岸他们就纷纷跪倒,痛哭流涕。大院君也激动得老泪纵横,连忙去扶百姓起身。

然而,袁世凯却发现没有一名官员前来迎接,他把王永胜叫到一边道:"王总戎,事情有点不妙,朝鲜官员竟然没有一人前来,这算怎么回事?"

王永胜回道:"我看他们是故意晾咱们的台。"

袁世凯下令道:"请你立即派人去仁川府,就说上国钦使和大院君已经到港,立即前来迎接。还要派人去驿馆,让他们立即备好饭菜、房间。"

王永胜立即派人去办。

袁世凯又道:"我看大院君脸色不好看,朝鲜朝廷不给面子,咱们要把面子给他做足。"

王永胜立即请差道:"袁司马有何吩咐?我让兄弟们照做。"

袁世凯的办法就是过会儿让水兵们打足精神,给大院君开道。这时,驿丞带着几顶官轿过来了。袁世凯立即把他叫来问话,责问为什么不去港口迎接。

"袁司马,小的确实没得到消息。"驿丞有苦难言。

"你立即去府衙,请府使过来说话。"

这时仁川府府丞一路小跑过来了,袁世凯又问道:"你们大人为什么不来迎接?"

府丞回道:"府使大人被召回京有要事商议。"

袁世凯一听心里火直冒,知道这很可能是闵妃耍的把戏,有意把仁川府支走。但他又不便在大庭广众之下发作,就吩咐迎接大院君去驿馆。

大院君、袁世凯分别乘轿,王永胜骑一匹枣红马在前面引导。北洋水师的五十人护送小队清一色洋枪,抖擞精神,迈着整齐的步伐,同声喝道:"大院君归国,朝命护送,闲杂人等,各自回避!"声威浩荡,场面震撼,轿中的大院君心情总算好了些。

到驿馆安顿好了,袁世凯把府丞叫过来,知道责备他没用,就说道:"你立即亲自去汉城一趟,将我的亲笔信交给领议政大人。"

信极短,完全是责问的语气:"我奉朝命,送尔国王父亲归国,似此简慢不敬,何以对君父?无论如何,仪式必须庄重严肃,以昭敬重。国王须迎于郊野。"

袁世凯又派人分别通告各国驻仁川领事,大院君已经到仁川,请他们明天拜会。

第二天上午,各国领事果然前来拜会。下午,朝廷官员和国王派出的中使都先后到达仁川。袁世凯对前来迎接的官员道:"国王必须郊迎,否则我们暂不起程。"

中使回道:"国王已经安排,钦使和院公一至,就在南门郊迎。"

次日一早,大家趁早晨的清凉尽快赶往汉城。七十里的路途,百姓在路两侧跪迎,不少老者痛哭流涕。大院君在百姓中威望如此之高,出乎袁世凯的意料,他这才明白为什么闵妃对他如此提防。

下午到了汉城,前来迎接的百姓更是摩肩接踵。李熙在南门外举行郊迎礼,父子相见全是程式化的礼仪,大院君有些激动,而国王却显得有些冷淡。袁世凯、王永胜率护送队伍亲自将大院君送到云岘宫,一别三载,今朝还家,妻妾奔走出迎,老夫老妻执手痛哭,让袁世凯也禁不住唏嘘。

袁世凯及护送队伍驻扎新南营,驻朝商务总办陈树棠前来相请。席间陈树棠告诉袁世凯,原来是国王下令不许大臣前往迎接,也不打算举行郊迎礼,是袁世凯一再坚持后,才不得不改变主意。

陈树棠担心道:"朝鲜国王虚于应付,大院君处境恐怕很难。"

袁世凯回道:"真没想到国王会是这样一番心肠。我既然送大院君回来,得设法协调他们父子关系,不然就有辱使命。"

陈树棠笑道:"父子关系不是难题,关键是翁媳关系。"

"协调翁媳关系,要从父子关系入手。父子关系搬得上台面,翁媳关系却不好说。"

袁世凯回到住处,辗转反侧,一直到深夜才睡着。第二天刚醒来,长随就来告诉他道:"李载冕请见,看脸色十分不好。"

袁世凯匆匆洗漱了到客厅会客。李载冕拱手道:"袁大人,请您务必出面相助,不然家父实在难以度日。"

据李载冕说,大院君仁川登陆那天,闵妃就派人毒死了他的一名忠心耿耿的旧仆;昨天晚上,又连捕大院君两名亲信旧部,未经审讯,连夜正法,罪名是去年参与甲申之变;同时扬言要拘捕与大院君同归者,并宣布不许朝中大臣与大院君往来。

"你不必着急,我今天就进宫见国王。既然把院公送回来,我就一定设法让他安心度日。"打发走李载冕,袁世凯心忧道,"本来想寻机劝解,看来必须马上解决,他们也太不像话了。"

王永胜是个武夫,对这种事情没有任何经验,便问道:"老弟是啥想法?要打进宫去? 就这点人可不够用,要不我捎信让舰队派兵来? "

袁世凯笑了笑道:"没那么严重,用不着兵。这件事情看似对着大院君,其实是对着大清来的。上谕难道在他们这里不管用?涉及大清的尊严,我就有办法治他们。"

王永胜又道:"要不,叫陈总办来商议一下? "

袁世凯吸取去年的教训,觉得礼多人不怪,请教一下陈树棠起码没有坏处。他亲自去见陈树棠,陈树棠也没有办法,却劝袁世凯要忍耐。

"这件事情不能忍,也不能让,不能让他们起了轻视朝廷的念头。"

下午袁世凯就进宫,见了李熙寒暄过后便问道:"殿下,不知是否看过本月朝廷的上谕。"

"看过了。"

闻言,袁世凯的语气便加重了:"既然看过了,殿下应当知道,世凯是奉天子上谕护送大院君回国的。按惯例，上国钦使登岸之时，殿下就应该派出中使前去迎接。可是迟迟一天却没有人影，如果不是世凯强求，恐怕中使也不肯去。世凯区区五品同知固然无足轻重，殿下轻慢世凯绝无怨言；但世凯作为钦使受到轻慢，那就是对朝廷的轻慢，世凯是否该如实上奏天子……"

李熙一听脸色惶恐，连忙道："都怪中使办事不力，已经把他撤职了。寡人绝无轻慢朝廷之意，也不敢有轻慢阁下之意。几天前就命中使随时准备赴仁川，但他奉职不谨以致误事。请阁下务必体谅，不要上奏朝廷。"

见李熙诚惶诚恐，袁世凯便换了一副推心置腹的语气："既然是中使的责任，世凯当然要维护殿下的尊严。作为殿下的朋友，世凯不能不说几句肺腑之言，不知殿下愿否鉴纳？"

"阁下但讲无妨，寡人无不从善如流。"

"世凯在天津见到闵泳翊，他一再请求将大院君择地安置，还要求派人看护，而且信件也不许封口，被世凯当面斥责。朝廷既已恩释，一切自有安排，何能指地安置；殿下既为亲子，何能不顾天理人情而有此建议？"袁世凯如此说，一面是为闵泳翊开脱，说明他已经尽责了；另一方面则是从孝道上规劝李熙。

"那都是他自作主张，从来没有此议。"李熙也把责任推得一干二净。

"如此甚好。朝廷释放大院君归国，原为全其骨肉之亲，存其慈孝之意，自会让其杜门谢客，颐养天年，绝不允他干涉政事。世凯风闻诸闵近臣骄横跋扈，贪婪专权，负朝恩不忠，薄父情不孝，陷朝王于不忠不孝，腾笑各国，贻讥后世。长此以往，使朝王何以临民，诸大夫何以事君？"

袁世凯说得严厉，李熙脸上也是青红不定，解释道："鄙邦朝野无不感念朝廷全寡人父子之亲的恩意，绝无不忠不孝之举，请司马不必多疑。"

"不是世凯多疑，是有些事情做得太不近人情。世凯刚登陆仁川，大院君的旧仆就被毒杀，昨晚又有两位大院君的旧属被杀害，这不能不让世凯怀疑殿下的诚意。大院君在天津时，已经一再向李中堂表明，回国后只愿优游林泉，寄情山水，绝不再过问政事。朝廷也是有此把握，这才护送归来。殿下如果不加约束，再有类似事情发生，传出去不怕被列国笑话？"

国王解释说那些人是因为卷入旧案才被杀，绝对不是针对大院君。

"如此最好。世凯想召集朝臣及王妃的部分亲眷表明朝廷的意思，也说明殿下的心志,避免再出现大院君旧属被害的情形,希望殿下能够允许。也希望殿下将朝廷的意思告诉王妃。"

李熙见袁世凯是一副不容置辩的钦使神情,只好答应袁世凯的要求:"司马何时见大臣? 请提供个名单,寡人安排。"

次日,袁世凯会见朝鲜六曹判书、内外衙门督办及诸闵中的骨干,向他们说明朝廷释回大院君的原因,以及大院君归国后的志向,同时严厉警告诸闵,不可再捕杀大院君的旧属。

袁世凯知道这些话一定会传到闵妃的耳朵里,他之所以非要面见诸闵,就是借他们之口传话给闵妃。到了晚上,金明圭、李应浚前来见袁世凯,表示此前捕杀几人的确是他们身负旧案,确实与大院君归国没有关系。国王与王妃对大院君归国并无成见,只要大院君安分守己,绝对会安享富贵。

袁世凯知道,这其实是闵妃借两位亲信前来传话,他也知道必须恩威并施,适可而止,所以回道:"大院君归国之后,旧属接连被杀,两位说系身负旧案,与大院君归国并无关系,那时间上也太凑巧了不是? "

金、李两人面红耳赤,无言以对。

但袁世凯话锋一转道:"不过事情已经过去,我也无意再纠缠。既然两位说与大院君归国无关,我愿意相信两位所说如实。请两位也回禀王妃,我会再叮嘱大院君,不该见的人不见,不该说的话不说,杜门谢客,以度余年。彼此都互让一步,家和万事兴嘛。你们做臣子的,尽国事以忠,尽王室家事以和,诚心调和才是为臣之道。不然,贻笑百姓,贻笑列国,又有何益? "

打发走金明圭和李应浚,金允植又应约前来。一见面袁世凯就抱歉道:"云养兄,到朝鲜多日,今天才得以想见,实在是棘手事情太多,请你谅解。"

金允植笑道:"慰廷这样说就有些见外了。我早就想来拜会,只是见你忙得脱不开身,也就没来添乱。"

"一别半年多,云养兄诸事可好? "袁世凯又问道。

金允植摇了摇头道:"自从国王和闵妃在穆麟德的挑拨下开始背华亲俄,我们这些事大党都不受待见,我的职位虽然没变,但殿下对我已经大不如前。闵妃跋扈无所顾忌,朝中要津都安排上她的私人。官员们一肚子怨气,无奈无处可诉。殿下心无定见,事事听从王妃。如此下去,朝鲜前途实在令人灰心。"

自从甲申之变后，穆麟德在朝鲜几乎没发挥好作用，他一直在怂恿朝鲜背华亲俄。李鸿章给李熙写信让他辞退穆麟德，李熙迫于压力，两个月前已经免除穆麟德外衙门协办的职位，几天前又刚免去他的海关总税务司的兼差。但他依旧受信任，经常进宫面见国王。

"昨天我见到穆麟德，他得意扬扬地告诉我，朝王要留他做顾问，每月给他三百金。"

"有这回事？"袁世凯听了有些讶异，"殿下真是心无定见。李中堂有封亲笔信让我转交，就是谈尽快让穆麟德回津的事，当时殿下答应得很痛快，不料又变卦了。"

"根子还是殿下和王妃背华亲俄的心思不灭！俄国驻朝公使贝韦已经到了，向外务衙门递交了一份《陆路通商章程》，说俄国只对陆路通商感兴趣。但据我所知，俄国公使在穆麟德的陪同下已经见了国王，恐怕还有私下的秘密相谈。"

"他们私下里会谈什么？"

金允植摇摇头道："这我就实在不得而知了。不过，阁下不是和唐少川关系不错吗？他是穆麟德的助手，应当知道些内幕。"

袁世凯一拍脑袋叫道："对，把他忘了。我立即找他。"

袁世凯约唐绍仪过来吃饭，席间就以朝俄私密相询，唐绍仪笑了笑道："私密的事情穆麟德自然也不会告诉我。再说，就是告诉我，恕我也不能转口相告。"

"少川，你别打马虎眼，别忘了你还是中国人。忠于穆麟德一人是小忠，忠于大清才是大忠。"袁世凯知道出国留学的人都讲究为人保守秘密。

"一个连小忠也做不到的人，何来大忠？"不过，唐绍仪沉思了一会儿道，"其实你又何必多此一问？只凭推测也知道，他们背着人密谈的，肯定还是依傍俄国的事情。估计俄国公使无非是许诺俄国会以武力协助之类，听说俄国要派几艘军舰到仁川来。"

这就是机密了。袁世凯冷笑一声道："哼，俄国算盘打得蛮精，不过打错了。仁川是开港的口岸，好几个国家呢，能任由俄国坐大？仅英国人就不答应。"

的确，英国人还占着巨文岛未还。

"我得好好劝劝国王了。我打算写篇《摘奸论》，让他清醒清醒。"

袁世凯说写就写，当天晚饭后遣走仆从，灯下铺纸就墨，开门见山写道：

闻有人密告，"朝鲜政府引俄人保护，则他国不敢侮；请俄人教练，则不索薪俸"。骤听之下，始而惊骇，继而疑虑，终乃拊掌大笑。此等伎俩，妇孺曾不足欺，顾以欺朝鲜哉？其意视朝鲜为无人哉？朝鲜数千年文教之邦，岂乏老成哲士？以此愚弄，岂不谬妄？

俄与朝鲜犬牙接壤，包藏祸心，非一朝矣，无人不知。当年与土耳其战，英梗其议，志不得逞，于是转而东向，藉保护之名，以肆其蚕食鲸吞之计。今俄人不曰属意朝鲜，而曰保护朝鲜，易其名以欺朝鲜耳。法国保护安南，仅数月已易其君。安南昔亦被法愚弄，今则噬脐莫及矣。朝鲜引俄人保护，尚有安南称孤之日哉？至于教练而不索薪俸，欲借此收揽朝鲜兵柄耳。以朝鲜之兵，图朝鲜之国，绝胜于劳师糜饷。

接下来，袁世凯追溯中朝数百年宗藩关系，说明中国之于朝鲜，依之为外藩，而从不存灭国之意；中朝犹如唇齿，一荣俱荣，一损俱损，如果朝鲜受到欺凌，中国必全力相争。又以复杂的国际关系说明，一动不如一静，唯有与中巩固宗藩关系，才是朝鲜自保的最好方法：

英，雄国也，五印度之大，维系最重，决不愿俄人藉手于东方，以坏其全局。日，近邻也，卧榻之侧，容人鼾睡，无是理也。美、德、意、法，皆友邦也，未能坐视。且俄不足畏也。俄方构衅于英，水师则英断其路，陆军则中国扼其冲，土耳其与俄世仇，动蹑其后。万一不然，中国旅顺精兵万人朝发夕至，北洋奉天精兵数十万，不难克期而至。且北洋水师新研衽发，正在英锐，先入为主，俄亦何所用其力！

当然，仅凭纸上谈兵，李熙未必能警醒。他决定借力英国，一早就去拜访英国驻朝领事，闲扯了一通，他仿佛无意间透露道："听说俄国要派军舰南下，阁下听说过吗？"

因为英俄正在阿富汗较量,东则视朝鲜为战略要地,因此,英国公使极为敏感,低声道:"愿闻其详。"

袁世凯摇头道:"详情我哪里知道?只听说俄国公使一到任,就有派军舰南下保护朝鲜的说法。道听途说,不足为凭。"

"如果朝鲜允俄国军舰南下,英国绝不坐视。"

"何必如此小题大做?阁下提醒一下朝王就是了。"

袁世凯打听到英领事当天就进宫见了朝鲜国王,他则当天下午将《摘奸论》递进宫去。第二天一早,宫中就有内监前来,说国王急请袁大人入宫。

袁世凯得意地想,李中堂的以夷制夷之策,真收奇效。

第十一章

任总理再赴半岛　正名位软硬兼施

总办朝鲜各口商务委员陈树棠在办理商务问题时堪称一把好手,先后与朝鲜签订通商章程三项,在仁川、釜山、元山等通商口岸开辟了华商专用地界(类似租界),在朝经商中国商民由一百多人迅速增加到近千人,华商经济实力直逼先于中国进入朝鲜经商的日本人。

不过,陈树棠到朝鲜却不仅仅交涉商务,还要办理与朝鲜的外交,同时帮助朝鲜处理棘手问题。而在这一方面,他明显力不从心,尤其无法与袁世凯相比。甲申之变中,他对形势的掌握不及袁世凯及时准确,而在处理意见上与吴兆有、张光前一样没有袁世凯果决、刚毅。更让人嗤笑的是,他的家仆被日本使馆卫兵打死,他竟然连一句硬话也不敢说,而是拍电报给驻日公使徐承祖,问他像这种情形日本人会怎么处理。徐承祖对他的软弱很不满,发报给李鸿章要求兼任驻朝公使。

李鸿章派袁世凯送大院君归国,在写给朝鲜国王的信中盛赞袁世凯"才识英敏,少年老成,前在贵国捍卫有功,与政府气谊相投,情形均熟,可资指臂之助"。陈袁以代,在汉城已经不是秘密,甚至日本公使还直接派人询问陈树棠,袁世凯何时接办其职。

处境如此尴尬,陈树棠也自知难安其位,不如识趣求退。所以袁世凯尚未返回天津,他回国养病的请示就递到了李鸿章案头。这也正合李鸿章心意,但他却没有立即做出决断,他想看一下袁世凯这趟差使到底办得如何,毕竟他太年轻,不能不慎之又慎。

袁世凯九月中旬回到天津，李鸿章立即接见，听他详述赴朝过程，这一听就是一个多时辰，期间频频点头，满脸都是赞许的神色。尤其对袁世凯的《摘奸论》更是拍案赞赏道："慰廷，难得你有如此见识。回头把全文拿一份给我，我要仔细看看。"

袁世凯有备而来，从衣袋里取出抄录的《摘奸论》双手捧上道："卑职怕里面有什么不合适的话，早就备了一份，请中堂训示。"

李鸿章戴上西洋老花镜，津津有味读了一遍后道："贼娘的，弄得真不错。"

"贼娘的"是李鸿章的口头语，不满意时会脱口而出，那是骂人；此时则完全是赞赏的语气。

"不怕中堂骂，就怕中堂笑"，这是人所共知，被李鸿章骂一句"贼娘的"，那是受赏识的征兆，如果他客客气气，反而前途无望。袁世凯"被骂"已经不是第一次了，李鸿章也不再隐瞒，道："慰廷，我打算派你去朝鲜接替陈荔南，他身体不好，已经请辞回国。我给你一个月的假，回家尽快把手头的事情处理完。"

"谢中堂提携之恩。"袁世凯当即离座，跪地磕头。

李鸿章摆摆手道："快给我滚起来，别弄这些虚礼。我也不要你谢，将来好好当差，替我打理好朝鲜，比哄个都强。"

"哄个"是合肥土话，相当于官话的"什么"。

"卑职一定竭尽驽钝，全力为中堂分忧。"袁世凯起身归座，复又站起来道，"卑职还有一请，请中堂示下。"

"你说，我能做的都无不可。"

"将来卑职赴朝履职，可否将名头改一改？"陈树棠在朝鲜的职务全称是"总办朝鲜各口商务委员"，凡事认真计较的各国公使，对陈树棠以商务委员身份兼办外交事务颇有微词。袁世凯的意思，应该将办理外交的意思加进去。

"朝鲜是中国的属邦，不同于西洋列国，当然不能像派驻各国的外交使臣身份一样。"李鸿章所说当然有道理，但各国驻朝使臣却认为与国际公法不合，既然是商务委员，就没有办理外交的权力。

"中堂所说当然是至理，但洋人抠字眼，咱们不妨也在文字上动动脑筋。"袁世凯依然相请。

"不用外交二字,那么交流、交往……交涉,对,就用交涉二字,可理解为办理外交,也包括帮办一切棘手事项。"李鸿章沉吟一会儿,敲着桌子,"好,这样就很好。就加上交涉二字,你的职务是总理朝鲜各口交涉通商事宜。"

端茶送客后,李鸿章立即请文案主稿吴汝纶前来,交代他起草《派员接办朝鲜事务折》,事由是"奏为遴派干员接办朝鲜交涉通商事务,恭折仰祈圣鉴事",原因是陈树棠"驻扎汉城,兼顾仁川口岸商务,往来照料,冒雨冲风,积受潮湿。上年王宫之变,警报纷传,衣不解带者弥月,严寒所逼,旧疾加增,四肢渐觉麻木。今夏雨水过多,湿热侵寻,入秋竟成瘫痪之象"。李鸿章的意见是:"臣查陈树棠奉派赴朝两载有余,办理通商尚无贻误,兹因积劳成疾,自应给假调治,另派干员接替。"要派的干员自然是袁世凯,他简述了袁世凯与朝鲜的渊源,特别说明朝鲜君臣殷殷慰留,"昨接朝王来函,亦敦请该员在彼襄助。若令前往接办,当能措置裕如"。接下来建议参照驻外大臣例,由总理衙门颁给袁世凯文凭,"该员袁世凯官秩较卑,历著劳绩,应如何加恩超擢衔阶之处,出自逾格慈施,以重体制而资震慑"。

超擢袁世凯,那是太后、皇上的权力,李鸿章当然不能直接要求,但他可以提建议。这就随之上一个密保片,由他亲自动笔。保荐官员,密折具保是最顶用的,像李鸿章这种身份,除非特殊情况,朝廷一般会采纳。所以这样的密保片,多少银子也未必买得动。李鸿章是办文案出身,提笔就来:

再,朝鲜变乱频仍,国家所以维持而救护之者不遗余力,朝王外虽感德,内则趋向不专,阴有择强自庇之意。倭兵甫撤,俄使旋来,微臣借箸代筹,几于智尽能索。然事关藩服,明知其不足与为善,而不能不力图补救,但能补救一分,即有一分之益。袁世凯足智多谋,与朝鲜外署廷臣素能联络,遇事冀可挽回匡正,今乘朝王函请,正可迎机而导,令其设法默为转移。

该员带队两次勘定朝乱,厥功甚伟。兹令出使属邦,尤须隆其位望,使之稍有威风,借资坐镇。该员系分省补用同知,拟请以知府分发,尽先即补,俟补缺后,以道员升用,并请赏加三品衔。第恐于部章未符,可否出自特恩，俾示优异。臣为镇抚属藩需才起见，理合附片密陈，伏乞圣鉴。谨奏。

李鸿章为袁世凯谋求的官职是先将眼下的五品同知提拔为从四品知府，而且补缺后接着升为正四品道员，并赏加三品衔，真正是连升三级。要知道，当时已经在官场混迹近二十年的袁保龄才是个二品衔的候补道，他的北洋海防营务处会办、旅顺港坞工程总办，是"差"而非"职"。

李鸿章的一折一片是九月二十一日递进宫，二十三日军机处即奉旨：

袁世凯着以知府分发，尽先即补，俟补缺后，以道员升用，并赏加三品衔。余着照所议办理。该衙门知道。钦此。

朝廷完全照准了李鸿章所请，周馥立即将这个喜讯电告袁保龄。袁保龄立即给李鸿章写信表达谢意，"两世受恩，一门戴德"。又立即写信给袁世凯指授机宜，让他从此以后用心揣摩朝廷和李鸿章的意图，提醒他上任后要办几件漂亮事，几件事办顺手，声望才能渐起。同时告诫他，擢太骤，任太隆，"临事要忠诚，勿任权术；接物要谦和，勿露高兴"。

但依袁世凯的性情，如此大喜要他"勿露高兴"实在太难。他是呼朋引类惯了的人，如今他从一个五品同知一跃而为三品道，而且很快又要去朝鲜履职，所以庆贺兼饯行，饭局排得满满的，有时一晚上要赴两三局。但再忙，他也没忙得昏了头，有一件事必须有个了断。

这件事就是上海的沈玉兰。他早就与沈玉兰约定，等他发达了就明媒正娶。如今自己已经是三品候补道、驻朝总理交涉通商事宜大臣，如果再不给沈玉兰一个说法，那就太说不过去了。袁世凯的打算是把沈玉兰带到朝鲜去，但总不能说带走就带走，有一大堆麻烦必须料理清楚。一是沈玉兰青楼身份早晚是包不住的，家里人接受不接受这个"二奶奶"尚未可知。二是如果带她去朝鲜，必得有个结实的理由，不然把正室抛在家里说不过去。家务事并非袁世凯所长，他快刀斩乱麻的性情，用以处理盘根错节的家务往往行不通，越闹越拧的时候居多。不过，他有个能干的二姐袁让，可以帮他分忧。

　　袁世凯曾经向袁让透露过,他上海"有人"的事,但并未告诉她那个人出身青楼。他仔仔细细把两人结交的过程和盘向袁让托出,心里战战兢兢,只怕她说一句"纳青楼女子,袁家没这个规矩",那可就要大费周折了。可是没想到袁让非常果决明快,叹道:"她也真不容易,一咬牙就下得了决心,从此为你独守空房。光这一条,你就该敬她。"

　　"敬不敬不说,我只怕二姐嫌弃她的身份,不肯帮我的忙。"袁让没过门丈夫就死了,她是抱着牌位入的夫家,是当地有名的节妇。她是眼里容不得沙子的刚烈性情,如何能够容得下一个青楼女子? 所以袁世凯有此担心。

　　袁让叹息了一声道:"女人独守空房的苦楚,你们男人何曾知道? 她是她,我是我,我又何必嫌弃人家? 只要你喜欢就成。"

　　这一关轻松过去,那接下来谈如何告诉嗣母让她能接受这个"二奶奶"呢? 袁让自告奋勇道:"你放心好了,娘那里包在我身上。"

　　袁世凯笑嘻嘻道:"那就谢谢二姐了。为什么要带她去朝鲜而不带克定他娘,也得预先想个理由。"

　　"按起来说,你是一家之主,你说带谁就是谁,何须为难?"袁让笑道。

　　袁世凯还是有些顾忌道:"话虽如此,不过克定他娘在家上侍候老人,下教育孩子,也不容易。不喜欢归不喜欢,可我也不想让她太觉得委屈。"

　　袁让道:"上有老,下有小,这就是个理由。你在朝鲜不能尽孝,你媳妇留在家里侍候咱娘原是正办。"

　　"如果她问,沈玉兰刚进门,为什么不可以尽孝? 你怎么说? 至于克定,带到朝鲜去照顾也无不可。"

　　"总归会有办法。"袁让想了一阵道,"这事说来话长,我要与娘好好商议。明天你陪四妹回趟娘家,我用这大半天工夫,想法给你理明白。"

　　"我不愿进她家门,当年我去借钱,她家里人说的是人话吗?"

　　袁让笑道:"你如今是三品道台,他们还不高接远迎? 现在正是你扬眉吐气的时候。"

　　"二姐这倒提醒我,得先弄身顶戴,还有轿子,明天得用。"

　　袁让顶顶地说道:"这是正办,让他们都瞧瞧,我四弟可不是凡人,两三年就巴结到了三品顶戴。"

　　这难不住袁世凯,他与陈州知府关系极密,前去借他的顶戴、袍服和轿子一用。知府说道:"你如今是三品道台,着四品顶戴太委屈。家父有一套三品朝服,我留下来做个念想,今天不妨借袁仁弟一用。"

知府连轿班、随从也借给袁世凯,第二天一早,浩浩荡荡开往岳丈家。袁让则屏退下人,与母亲详谈袁世凯的家务事。听完袁让的转述,牛氏道:"这个沈姑娘倒是有志气,可是袁家没有纳青楼女人为妾的前例。"

袁让叫道:"规矩都是人定的,老四开了这个例不就有了。娘如果不同意,让老四始乱终弃,良心上说得过去?"

牛氏有些担忧道:"沈氏也不是崔莺莺,谈不上始乱终弃。不过,你说得有道理,人家对得住老四,咱们不能对不住人家。我答应了没用,老四他娘那边要是不答应呢?"

"那边让老四说去,老太太对他我看也是言听计从。再说,老四已经叫您娘了,按说您也是堂堂的父母之命,别人插不上嘴。"

按道理的确如此,袁世凯已经出嗣,嗣母之命自然应当遵从;但按人情世故来说,行事却不能如此。牛氏也就不阻拦了,又问道:"好,那边咱不操心了。克定娘那里,应当怎么说?"

袁让也没什么办法,双手一摊道:"该怎么说就怎么说,男人三妻四妾本没什么稀罕。"

"话虽如此,可她心里毕竟不好受,咱得体谅。"牛氏心软,凡事先为别人着想,所以前几年袁世凯的生母总是怪她惯坏了儿子。

袁让劝道:"娘,自家男人要纳妾,这事放到谁的头上也不好受,可是不好受也得受。你要是打算让老四少些烦恼,你就不能心太软。你一软,好像老四和咱们都理亏似的,我四妹心里更憋屈。先拿大道理往她头上一扣,到时候她无从反驳,反而委屈会少些。"

牛氏见状答应道:"行,反正我说不过你。不过,要是你四妹说,一个风尘女人凭什么进袁家门,那时我可就哑口无言。"

袁让着急地跺脚道:"我的老娘,沈玉兰的身份只有你知我知老四知,干吗让四妹知道?"

"你是说瞒着她?天下没有不透风的墙,她早晚要知道。"

"当然她早晚会知道,可是早知道和晚知道大不一样。那时候生米做成熟饭,她就没什么好闹了。"

　　母女两人又就如何拿大道理来压、拿人情世故来劝袁世凯的正室于氏，商议了大半天，以至于开饭比平时晚了半个多时辰。

　　袁世凯夫妇是第二天下午才回到家。这一趟，袁世凯自然是出尽了风头。岳丈家是大开中门，高接远迎，当年奚落他的小舅子连面也不敢见。于家精心准备了酒宴，但袁世凯一顿饭也没在岳丈家吃，县里太爷请、绅商请，在岳丈家屁股都难得坐热。袁世凯一回家，就又被请出去赴宴。

　　等吃完了饭，牛氏对于氏道："老四家里的，让克定自己去玩，咱们有事商量一下。"

　　所谓"咱们"包括牛氏、袁让，再就是于氏。

　　牛氏先拉家常道："这次你们两口子回娘家，没人再小看你和老四了吧？"

　　于氏回道："那是，克定他爹的轿子还没到，我爹和兄弟就迎到门外，一路是中门大开。我记事起，好像还没这么隆重过。他爹连顿饭也没在我娘家吃，第一顿饭就被县太爷请去了。"

　　"老四打小我就说他，将来肯定要出息。不光咱们这一房，恐怕整个袁家将来也要靠老四光大门楣了。咱们女人，得帮衬着不是？"牛氏想引上正题，却总是引不过去，就像一匹不听使唤的马，总跑不上想去的路。

　　见没个话题，于氏问道："母亲有什么吩咐，说话就是。"

　　"老四要到朝鲜去当官，你是怎么打算的？"牛氏这话问得就不妙，一下把主动权交出去了。

　　"我当然要跟他爹去，不然谁照顾他？这次去朝鲜可不是一两月的时间。"

　　闻言，牛氏叹气道："那这一大家子呢？总得有人照应。何况我身子骨又不结实，总不能到老的时候跟前没个知己的人侍候。"

　　"四妹，咱娘的意思是应该给老四纳个小。"见一直说不到正题，袁让急了，接过话茬道。

　　"为啥要纳小，是我没生儿子，还是对老人不孝？"于氏的脸呱嗒一下，就像放下门帘一样，刚才还一片明媚，瞬时暗了下来。

　　这样一反问，牛氏就没话了。袁让为了不让四妹的委屈发作，拿话堵住她道："男人三妻四妾，有什么稀罕的？就说咱们袁家，有妻有妾稀松平常，哪里谈得到孝不孝？”

牛氏这才接上腔道：“给老四纳小，不是你哪样不好，你样样都好；是形势所迫，没办法的事。老四和我都离不了人照顾，你一个人又不能分身。”

于氏没法反驳，又问道：“他要纳小，为啥瞒着我，一个字也不透。他回家六七天了，从来没从他嘴里漏出一个字。”

牛氏又无话说，袁让只好又接话道：“四妹这么说就没有道理了。婚姻大事，讲究的是父母之命、媒妁之言。咱娘还没有拿主意，他自己怎么能乱说？何况老四没跟你说，是心里有些怯，也有些愧疚，总之是在乎你。难道四妹希望老四把人娶进门了，才给你打招呼吗？”

这显然是蛮不讲理的转移话题，于氏接不上茬，委屈道：“他要找一个厉害角色骑在我头上，我可怎么过？”

牛氏听了立即回道：“这你放心，还有我呢。咱袁家讲规矩，早一天也是大，只有你调教她们的份，没有她们欺你的理。”

“他本来就对我不冷不热，娘为他讨了小，他一颗心都贴到人家那里，我这一辈子可怎么熬。”于氏此时只顾讲自己最担心的问题，说罢就要流泪。

“四妹，你好歹还有克定，我是抱着牌位入的洞房，我这一辈子又该怎么过？”袁让一想到自己所受的煎熬委屈，真个是泪如泉涌，慌得于氏连忙拿手绢递上去。

袁让擤擤鼻子后道：“总之一句话，四妹，老四到了这个地步，除了纳小没有第二个办法。”

于氏见状又问道：“这一时半会上哪里去找合适的？”

“现成就有一个。我听老四说是北洋李中堂一位心腹师爷的关系，老四多有仰仗，不能驳人家的面子。”母女两人商议的说法，是“北洋李中堂的远亲”，那样大帽子容易唬住人，但李中堂的远亲是妓女，这话怎能随便说？弄巧成拙反而可能影响袁世凯的仕途，所以袁让临时改了说辞，“老四的前途都系在李中堂的身上，不能不好好巴结。而且，人也的确不错。”

“人是怎么不错？他爹是怎么说的？”于氏刨根追底地问。

言多必失，如果沿这话题说下去，少不得穿帮。袁让搪塞道：“我哪里知道？只听老四冒了这么一句。北洋李中堂的幕僚的亲戚，想来也差不了哪里。"

"她要进门,必得板板正正给我端茶。"妾室身份低微,给正室行端茶仪式,便表示以后不仅要侍候丈夫,还要侍候正室。

牛氏立即赞同道:"那还用说,袁家规矩向来如此。"

于氏又问道:"他爹只剩半个月的假,那啥时候过门?"

这个问题还真没想过,因为今天的打算就是先让于氏接受这个人。见状,牛氏急中生智道:"这件事非老四拿主意不可,回头我问他或者你问他都行。现在我得问你句话,如今你们姊妹两个,哪一个留在家里,哪一个去朝鲜?"

"我去朝鲜好了,带着克定过去。"于氏果然有此一说。

牛氏想了老大一会儿才道:"我们这一房只有老四一个,这一家之主的位子你就甘心让给别人?咱虽然算不上万贯家产,可也不是穷门鄙户。"

这话听上去完全是为于氏打算,她又问道:"娘的意思是,让我留在家里?"

"是的,这才是正办。"袁让接过话茬道,"娘的意思,将来这个家早晚是你来做主。还有,平白让一个不熟悉的人来照顾娘,谁放得下心?再说朝鲜那么冷,你带克定去,他受得了那份罪?还有,要是娘想克定了,千里之外,又有啥办法?"

这些理由都无可辩驳,于氏只好回道:"我再想想,这一下子堆来这一大摊子事,我心乱如麻。"

袁世凯的打算是赴朝前先把沈玉兰娶进门,然后带着她去赴任。假期不够,到时候再续假十几天应当没问题。可没想到周馥发来一封急电,朝廷要求他务必于十月上旬起行。今天已经是十月初一,时间相当紧张,他只好放弃把沈玉兰娶进门再起程的打算,而是自己先走,然后派人接沈玉兰入朝,在朝鲜举办仪式。好在是纳妾,没那么烦琐。但于氏对这个打算有意见,因为这样沈玉兰就没法对她这个正室行端茶礼。袁世凯笑道:"这还不好说?到时你送她到朝鲜去,在那里一样给你端茶。"

袁世凯匆匆赶到天津,先去见周馥,打听为何如此急促。

周馥叹道:"慰廷,中法之战,朝廷已经失去了越南,朝鲜是最后一个属国,而且地位特殊,朝廷担心再起意外,所以希望你能尽早起行。可以说,朝鲜是存是失，寄予你一肩，你肩上担子不轻，朝廷和中堂都寄予厚望。"

袁世凯请教入朝后该如何履职，周馥笑了笑道："你是当朝最了解朝鲜的人，如何履职何须问我？我与子久观察的意见一致，总之你要悉心体察朝廷和中堂的心思，帮忙不添乱就是了。你临行前中堂必有一番嘱咐，好好揣摩体味，至关紧要。"

次日，袁世凯去见李鸿章请示机宜。李鸿章特意把他放在最后一个，为的是可以从容面谈。简单寒暄后立即转入正题，李鸿章先说了朝鲜于朝廷的重要性，然后说到袁世凯的职责，道："慰廷，你肩上的担子不轻，而且这个担子不容易挑。我为什么这么说？缘于中朝两国关系极其微妙。朝鲜是中国的属邦已经五六百年，可是朝廷对这个属邦向来不干涉其内政，无非是国王、王妃要得到朝廷的册封，要定期前来朝贡罢了，多是象征意义。近年有人提出要在朝鲜设立监国——你老师张季直早就提出过，甚至建议要把朝鲜废为郡县，我是不同意这个办法的。朝鲜已经与列国建交通商，如此行事必然引来列国干涉，何必多事？一动不如一静，设监国之举不可行。再有一种说法，是德国驻华公使提出来的，主张由中、俄、日三国联合保证朝鲜中立。果如所请，中、俄、日岂不在朝鲜地位相当？此议也不可行。派你出任这个交涉通商大臣，可以算是折中的办法，不是监国，但朝鲜的重要事情你还必须参与；既要有所控制，还又要符合国际公法，不能让列国提出意见。"

袁世凯听了，拱手请示道："是，卑职实在不好把握分寸，只怕不能胜任，还请中堂训示方略。"

"你的职责是交涉通商，我大清国当然不会在意蝇头小利，更不汲汲于从属国获利，所以通商在其次，你要在交涉二字上多下功夫。交涉包括两方面，一是与朝鲜交涉。你要了解朝野方方面面的情况，尤其是朝鲜君臣的情况。朝鲜两次变乱，固然有他国挑唆的原因，但朝鲜君臣有背离大清的心思是其根源。虽然朝王屡屡上书表示尊崇上国，但其真心如何？不问可知。严防朝鲜背离大清，这是你与朝鲜交涉的重中之重。二是与列国交涉。朝鲜如今与多国通商、建交，各国为各自利益，在朝鲜也是明争暗斗。你要与列国巧妙应付，既要防止他国怂恿朝鲜背离大清，又要设法阻止列国劫掠朝鲜的矿山、铁路、电报、轮运等利益，尤其是海关，务必不使他国插手。还有电报,日本已经在汉城至元山间架设电报,汉城至平壤,再至沈阳的电报,事关大清安危,不可令他国插手。好在这两项都有条约预定,大清代理天经地义。"李鸿章谆谆教诲道。

"卑职只身赴朝,无兵勇可统率,无用人行政之权,仅凭口舌之利,实在难资震慑。"袁世凯两次平定叛乱,靠的就是手里有军队,如今他只带数十人的卫队,遇到紧急情况,两手空空,如何应对?

"慰廷,派军队的事情你就不要想了,中日已经签订协议,如果一国派兵,必须知照对方,好不容易把日本兵打发走,何必再惹麻烦? 至于如何履职,我相信你不会让我失望。我给你两条建议,第一条就是广交朋友,这是你的长项,我不必多说。第二条就是以夷制夷。朝鲜已经开国,各国在朝鲜都有利益,彼此制约,互相牵制。比如,俄国觊觎朝鲜,人所共知,但英国不愿俄国向亚洲扩张,动摇他们的地位,所以反对俄国南下;日本对朝鲜有野心,也是人所共知,所以他也在提防俄国。那我们就可以联英日以抗俄;反过来,也可以联俄抵制日本。我这些年办外交,其中一条就是利用列国间的矛盾,纵横捭阖,以求自保。你在朝鲜也要明了国际大势,借力打力,就像太极高手,以四两拨千斤。"李鸿章有一封给朝王的亲笔信,交由袁世凯转交,"为了你在朝鲜办事方便,我在信中已经说得很明确,请朝王多与你协商。你到朝鲜后要摆正自己的位置,对朝王不可僭越无礼。"

"中堂请放心,卑职一定尊重朝王,绝不敢傲慢轻狂。卑职担心的是与外国人打交道,从无经验,非有一个好帮手不可。"

李鸿章笑道:"听你的意思,好像看中了什么人。只要合适,尽着你挑。"

"就是此前在朝鲜给穆麟德当助手的唐少川。"于是袁世凯把与唐绍仪结识的情况简单向李鸿章讲了。

李鸿章想了一下道:"这件事你找周兰溪谈就行,不必我出面。唐少川去年回国后,就是兰溪给他谋的差使,好像去了天津税务司。"

袁世凯请求道:"卑职想这次就带唐少川走,所以还是请中堂给周道台写封亲笔信,卑职少费周折。"

"小事一桩,不必写信,下午兰溪就过来,我当面告诉他。"

袁世凯还有请,就是驻朝总理公署卫队统领,他希望由赵国贤出任。赵国贤在甲申平乱中又立功,正升为千总,任卫队统领绰绰有余,李鸿章也通快地答应了。

袁世凯告辞回到住处,先拿出李鸿章给朝王的信来看:

朝鲜大王殿下:

　　袁守世凯回津接展惠缄,就审政履缓和,至为颂慰。闻大院君东归,贵国臣民均额手称庆,足见孝思肫笃,感格天人,而殿下调护起居,视曩年尤为加谨,从此太和翔洽,先否后喜。袁守忠亮明敏,心地诚笃,两次带队,扶危定倾,为贵邦人所信重,鄙人亦深契许。殿下欲留为将伯之助,鸿章据情奏闻,奉旨令驻扎汉城,襄助一切。以后贵国内治外交紧要事宜,望随时开诚布公,与之商榷,必于大局有裨。该员素性耿直,凤叨挚爱,遇事尤能尽言,殿下如不以为逆耳之谈,则幸甚矣……

袁世凯很高兴,"内治外交紧要事宜"都要与他商榷,他虽非监国,也与监国差不了多少。有此"尚方宝剑",不愁施展不开。

次日上午,唐绍仪就来见袁世凯。出洋留学的人沾染洋人习气,说话直截了当,丝毫不难为情。他恭贺袁世凯高升后,话题一转就问道:"不知大人给在下安排什么差使。"

袁世凯回得也是痛快:"西文翻译兼洋务委员,外交这一块要多多仰仗。实话说吧,你的大才兄弟是知道的,只要有机会,就让你独当一面。"

驻朝总理交涉通商大臣公署设在汉城,此外在仁川、元山、釜山还设有分署,所谓独当一面,便是让他出任分署委员,也即领事。袁世凯如此表态,唐绍仪当然立即剖白心迹道:"与各国外交人员打交道正是我所最愿,请观察放心,我一定尽我全力。"

袁世凯笑道:"瞧瞧,少川出洋的人也俗气了,你我兄弟,官称就没意思了。"

唐绍仪知道,袁世凯其实很在意自己的体面,私下里好可以随意,而到了台面上是马虎不得的,便笑着道:"我如今成了总理的下属,当然就得有个下属的样子。"

袁世凯的职务是驻朝鲜总理交涉通商事宜大臣,俗称是总理,所以唐绍仪有此一称。袁世凯笑道:"少川,得了吧,你快回去准备,后天咱们就起程。"

袁世凯率随从二十余人,于十月初七从天津登轮船赴烟台,在那里等待怡和洋行从上海开来的"南升"号轮船。中法战事一起,轮船招商局怕轮船被法人掳去,交由美国人经营,取消了烟台到仁川的航线。如今从中国去朝鲜,只有英国人开办的怡和洋行轮船从烟台赴仁川再到元山再至日本长崎,然后从长崎返回上海,航程需要一个月。怡和洋行的轮船初十才到烟台,十一日到达仁川,朝王派官员前来迎接。在仁川休息一天,次日赶到汉城,十五日与陈树棠办妥交接手续。次日上午进宫谒见李熙,递交了李鸿章的亲笔信。朝王阅信后道:"请转告中堂,寡人非常感谢中堂的帮助,袁观察两次救助朝鲜,内治外交,一定随时向观察请教。"

随后几天,袁世凯在唐绍仪的陪同下遍访各国驻朝外交官员。而后由唐绍仪和熟悉商务的汉城商务委员谭耿尧陪同,到元山、仁川、釜山分口巡察一遍,同时还参观了洋人的租界。这样转下来,足足费了一个月的工夫。

忙完这一圈,袁世凯召集公署人员开会,讨论几件事情。大家都知道,袁总理要公布他新官上任的"头三脚"。

"新官上任三把火,诸位都在看着我,要看袁某人放哪三把火。'放火'的说法很有意思,火着起来,自然是壮观,轰轰烈烈,有声有色。可是,袁某人实在无火可放,只想踏踏实实办几件实务。"

袁世凯的第一件实务,竟然是要新建公署。

"大家知道,官不修衙。可是我这个官,第一样就是要修衙。因为咱这个衙门太不像样,咱这个衙门又不同于国内一般衙门,事关大清的颜面呢。"

驻朝总理公署在汉城南门内,地势较为低洼,一到夏季雨天,街上的雨水就倒灌进来。而且多处漏水,就连大堂也有几处墙壁被浸洇的墙皮斑驳。陈树棠建公署的时候,只建了大堂等建筑,其他都是就近购买的民房,因陋就简,低矮潮湿,光线昏暗,袁世凯第一天参观就直皱眉头。他的意思是在公署北侧缓坡上购地新建,不但可解积水之虑,而且视野开阔,光线明亮。大家一听无不欢欣鼓舞,但又觉得不太可能,那需要一大笔银子。

袁世凯摆摆手道:"银子的事你们不用管,我找李中堂想办法。不但公署房子要重建,里面的摆设也要新购。我看了咱们的摆设一件洋玩意也没有,全是老旧木器,西洋钟、西洋沙发、西洋长条餐桌,这些都要买。需要什么洋摆设,少川你是出过洋的,就偏劳一下。应该建多少房屋,购地、工料、办公用物等等,大约需要多少银子,谭老哥你费心尽快拿出个预算。"

谭耿尧年过四十,在总理公署中年纪最大,袁世凯总是称他"老哥"。这件事袁世凯已经向"谭老哥"透露过,他是胸有成竹,屈指算给袁世凯听:"购地至少要三亩,大门三间,二门三间,大堂五间,厢房六间,花厅至少三间,签押房、办公房、家眷住宅,没有三十间拿不下来。购地加建房,大约要四千多两,如果再购西洋玩意,总共要五千两左右。"

"四五千两银子,对北洋来说是小菜一碟。"袁世凯似乎回答大家疑问的眼神,"不该花的银子一两也是多的,如果花的是地方,那四五千两又有何妨?关键是我们要向李中堂说明其中的道理。各国驻朝使馆都建得那样宽敞气派,尤其是日本公使馆,比我们旧署两倍还要大,我们这副模样还配得上宗主国的身份吗?反正理由多得很。"他又对文案道,"这就看你的了,你尽挑重要的理由来说。"

第二件事要招中国商人到朝鲜经商。巡察这几天,谭耿尧一直在说商务的好处。朝鲜是大清的藩属国,但从朝鲜并未获得多少利益,反而是日本人在朝鲜势力不可小觑,每年向朝鲜的进出口货物量都非常大。要大力发展商务,不仅仅是个经济问题,也是扩大影响力的重要手段。西洋各国都讲商战,他们无不是靠商业实现振兴。中国要讲富国强兵,就要学习洋人重视商务。大清在朝鲜发展商务具有得天独厚的条件,朝鲜人也更愿与大清商人打交道,如果不重视,那就太可惜了。袁世凯从前对商务了解较少,赴朝前李鸿章交代他要把交涉放在第一位,大清不在乎从朝鲜获得蝇头小利。但"谭老哥"改变了他的看法,觉得商务也应该大有所为。

"我的想法,应当鼓动商人到朝鲜经商。怎么鼓励呢?咱得想点实际的,比如,假如一个商人在朝鲜开了商铺,那公署可不可以补助他一笔轮船水脚费?还有没有其他的办法,都可以想。公署没有银子,还是要向北洋想办法。成不成,就看我们能不能把道理说透,把李中堂说服,如果把李中堂打动了,他也觉得非如此不可,那银子也就解决了。"袁世凯还是把担子压给"谭老哥","你是这方面的行家里手,你得帮我起草个说帖。这件事成不成,全看你的了。"

谭耿尧应道:"我尽量写,文字不是我的长项,到时再请程大主笔润色。"

程大主笔就是袁世凯带来的文案,办文案是一把好手,戴一副近视镜,外号"程瞎子"。

第三件事与第二件事紧密相关,为了方便商旅,建议轮船招商局恢复烟台到仁川的航运。中法战事起后,轮船招商局航线就停了,中国商人主要靠搭乘怡和洋行的轮船,但一个月才一趟,非常不便。而日本则乘机将三菱公司和共同运输公司合并,成立日本邮船株式会社,扩大中日朝之间的航线,每月往返两次。并且对中国商人态度很恶劣,而且运费高。

唐绍仪摇摇头道:"中法开战后,怕轮船被法国人虏获,轮船招商局押给美国商人经营,现在还没赎回,恐怕一时不能恢复。"

袁世凯摆摆手定了调道:"反正早晚得赎回,现在不妨先向北洋请示,在李中堂那里挂上号。"

这三件事两三天内都拿出了文稿,袁世凯稍加更动,立即发往天津。他很高兴,觉得自己上任一个月,就提出三件实事,也算向李鸿章交的一份答卷,而且自觉答卷还算得上漂亮,所以心情特别好。

但好心情很快被破坏了,是因朝鲜外署一个职员的一番传话。

这天上午,袁世凯路过客厅,听到一个朝鲜人正在向唐绍仪悄悄说话,驻足之间,听到"干涉内治外交"的说法。袁世凯闻之警觉起来,等朝鲜人走后,他立即把唐绍仪叫住问道:"少川,刚才那个朝鲜人是怎么回事?低声细语,好像有什么见不得人的说辞。"

唐绍仪回道:"我正要向大人报告呢。"

这个朝鲜人是外署一个小官员,叫金敏浩。他告诉唐绍仪,最近美国公使在外署发牢骚,说中国驻朝鲜公署作为外交机构,却要干涉朝鲜内治外交,与国际法不符。他已经提交本国政府要向中国发照会,询问公署到底是何机构。

"这个朝鲜人是什么意思?"袁世凯又问道。

"他本心是好意。他的意思,洋人有这种说法,他听到了,有义务来报告一声,提醒我们不要让洋人挑出刺来。"

袁世凯却有不同看法:"少川,恐怕没那么简单。李中堂写给国王的信中明确说,内治外交,都要与我商榷。我们作为宗主国,与国际法有何不符?

这不是件小事情,我得弄清楚。你去一趟美国使馆,问一下美国领事是否说过这样的话。"

"他们即便说过,也未必承认。"唐绍仪觉得查不到什么。

袁世凯冷笑道:"不承认更好。这样我就有理由追问朝鲜外署。"

闻言,唐绍仪问道:"大人的意思是要郑重与朝鲜交涉?金敏浩本来是一番好意,为这样一件小事兴师动众,好像不太好。"

袁世凯解释道:"少川,金敏浩是不是好意总要弄清楚再说,这可不是小事。宗主国行使职责,洋人凭什么多嘴多舌?而且我怀疑未必是洋人的意思,朝鲜君臣近年来多有背华自主的意图,难保不是借洋人的力量来达到自己的目的。这种苗头起不得,必须趁此机会严正交涉,正名定分,让他们放弃幻想。我临行前李中堂一再告诫,我的职责,一是加强宗藩关系,严防朝鲜背离;二是与各国妥善交涉,避免列强控制朝鲜。第一条尤为重要,朝鲜没有背离之心,列国便难以控制;如果朝鲜暗怀离华之志,则必然谋求依附他国——比如俄、日。所以,你明白我的意思?"

唐绍仪连连点头道:"我明白了,我没大人考虑得深远。既然大人是这番心思,我看不如正式给美国使馆一个照会,请他们明确答复。这样有书面凭据,追问朝鲜也更方便。"

"对对对,如此最好。"

唐绍仪到了美国使馆,直接用英语与美国公使对话道:"朝鲜是中国属邦,久为各国所承认。贵国与朝鲜通商条约中也特别声明朝鲜为中国属邦,贵使对此应当不会否认吧?"

美国公使回道:"当然,本国对此并无疑异。"

唐绍仪又问道:"既然如此,那么贵使为什么会在朝鲜外署声称,对中国干涉朝鲜内治外交不满意,要请贵国政府出面干涉?"

美国公使听了连连摇手道:"绝无此事,阁下从何得来如此荒谬的消息?"

"贵使不必细问。这是事关中美友好的大事,希望得到贵使书面答复。"唐绍仪于是将事先准备好的照会呈给美国公使。

美国公使道:"我已经明确答复,难道非要书面照会?"

"当然。"

唐绍仪拿到书面答复,立即回去见袁世凯。袁世凯吩咐道:"少川,立即派人去告诉金云养,下午到我签押房一趟。"

金云养即金允植,下午他应约前来,袁世凯则亲自到仪门迎接。到了客厅落座,金允植未开口先长叹,一脸愁容。因为事涉机密,袁世凯不用雇用朝鲜翻译,而是与之笔谈。见金允植胡须斑白,似乎又苍老了不少,袁世凯提笔写道:"云养似乎益见苍老。"

"诸事艰难,焉能不老?!总理应当预加顾问,匡正朝政。"据金允植所说,自从甲申政变平定后,闵妃骄横尤甚于昔,尽用私人,疑忌百端。她所重用的诸闵子弟均系不学少年,妄自尊大,分掌国政,百官莫不隐恨,大半托病不出。国王更加唯命是听,国事操于妇人之手,事无大小,百官无从置喙,唯宵小之辈得以参与,由此以往,国家前途何望?

袁世凯写道:"外署金敏浩前来,告知美国公使指责本总理干预贵国朝政,可有此事?"

金允植回答,他从未听美国公使有过此言,他本人亦未派金敏浩前来。他还告诉袁世凯,金敏浩投靠诸闵以求晋身之阶,肯定是受诸闵指使,借美国人之口,阻止袁总理过问朝鲜政务。

袁世凯写道:"云养深得王妃信任,当尽规劝之责。"

金允植长叹一声,告诉袁世凯自从穆麟德挑动朝王亲俄后,朝王和闵妃对他和鱼允中、金弘集等亲华官员已经大不信任。鱼允中、金弘集已被调整为闲职,他的外署督办之职恐怕也难久居。朝鲜官场如今称金允植、鱼允中、金弘集等官员为"雨履"重臣,壬午、甲申政变,三人都是在朝鲜危难之时,积极寻求大清帮助平定乱局,但事后都受到冷落,恰如"雨履"——风雨来时就用,风雨一过就弃之。

"我当借此机会,公事公办,正名定分,过问朝政。云养可不要怪我多事。"

金允植郑重回道:"若能匡正朝廷之失,感激不尽。"

第二天,中国驻朝鲜交涉通商事宜公署向朝鲜外衙门提交了一份照会:

敬启者:近日,金敏浩到署声称,本总理名目不合,美使将请政府

诘责。查朝鲜系中国藩属,已历数百年,久载史册。朝鲜与各国立约,均另有照会声明,岂容疑议!且中朝事件,美使亦无干涉之权。顷诘美使,坚称并无其事,将美使照会及会谈纪要附上。金敏浩言之凿凿,究系美使所言为虚,抑或金敏浩无中生有,另有所谋? 又究系奉何人所派,请予明确答复。

第二天上午,朝鲜外署送来照会,声称美使将请政府诘责等言均系道听途说,市井流言,亦未奉外署所派。已经严责金敏浩谨言慎行,勿为下例。

袁世凯召集唐绍仪等人商议,大家觉得中方的立场已经明确告知朝鲜外署,目的已经达到,可以到此为止。袁世凯却大摇其头道:"不然,效果远远没有达到,必须借此机会把宗主国的地位切实明确,不仅要使朝鲜不可否认,而且要向列国表明。"

唐绍仪问道:"大人的意思是咬住不放?"

袁世凯大声回道:"岂止咬住不放,我还要亲自与国王交涉。"

"与国王交涉?"唐绍仪和众人都觉得有些不可思议。

袁世凯让唐绍仪起草一份照会,首先要求将金敏浩罢出外署。其次定明驻朝总理公署与朝鲜政府交往的相关礼仪,包括与朝鲜官员交往,一概用平行照会;朝鲜政府遇有公会,袁世凯应居朝鲜官员主位之上。再次写明驻朝总理大臣地位高于各国公使,袁世凯入宫谒见国王,可乘舆直入宫内,列国公使只能在宫门口下轿;与国王会谈,袁世凯可坐在国王侧面,而外国公使只能在国王对面站着对话;各国公使聚会场合,袁世凯可派助手代替出席。

唐绍仪觉得这些要求恐怕朝鲜会有意见,列国也会有看法,袁世凯坚持己见道:"宗主国地位自然与他国不同,如果与列国公使毫无差别,又何以自证宗主国身份?"

唐绍仪起草好照会,派人送往朝鲜外署,等了三四天也没有答复。袁世凯让唐绍仪再催,外署回复说正在商议。这一商议又是三四天,仍然没有结果。袁世凯派人私下问金允植,回复说已经将照会递进宫去多日,一直没有回音,也许国王会"留中"。于是袁世凯亲自进宫面见国王,将金敏浩传话的事情详细说明。李熙推说不知,等他问过外署一定严厉处置。

袁世凯语气不容置疑地说道:"金敏浩声称是道听途说,问他到底在何处听何人所说,又支吾不能确指。不知是否受他人指使,有意要否认中朝宗藩关系?如果真是如此,其心可诛。朝鲜系中国藩属已历数百年,要想否认,岂不是掩耳盗铃?"

李熙连连否认道:"鄙邦绝无此意,请袁观察不要相信这样的流言。鄙邦向赖上国扶持,观察又两次拯救我朝廷,寡人对上国和观察都是甚怀感激,又如何会否认宗藩情谊?请观察万勿怀疑。"

闻言,袁世凯进一步道:"殿下如此说,世凯当然不敢有疑。总理公署已经向外署衙门提交一份照会,就明确宗藩关系做些约定,望殿下谕示。"

"等寡人看过再答复。中朝关系非比他国,寡人与观察的私谊也是无人可比。只是西洋各国事事讲平等,鄙邦也有难处,还望观察多多体谅。"

听朝王如此说,袁世凯知道是推托之辞。但他又不能太过逼迫,只好请国王能够尽快亲裁。

进入腊月,袁世凯的照会仍然没有任何回复。这实在有些丢面子,自己这新任总理第一脚就没踢开,以后交涉岂不更难?他正彷徨无计,机会却来了。

驻日公使徐承祖给袁世凯发来电报,他得到消息,有几百名日本浪人计划打扮成商人潜入汉城,暗杀事大党官员。据说此次行动是金玉均策划,提醒袁世凯注意防范。袁世凯得此消息先是大惊,因为他手头没有兵,日本人真来了,他无以对付;继而大喜,因为他有了一个逼迫李熙就范的办法。于是立即电告徐承祖,务必将此消息设法透露给朝鲜宫廷派驻日本的坐探。他本人则叫上唐绍仪,去日本公使馆打探消息。

日本公使听到这个消息根本不相信:"本国政府与贵国已经签订条约,日中系极友好国家,怎么可能派人暗杀朝鲜亲华官员?本国政府乐见朝鲜亲近中国,更不可能做此破坏日中、中朝友好的蠢事。"

袁世凯听了还是提醒道:"我得到的消息极为准确,希望贵公使提醒贵国政府注意严查,也许是日本民间人士所为。"

日本公使表示立即发电国内,帮忙查清。

此事绝非空穴来风。逃到日本的开化党人看到中日签订《天津条约》,两国关系缓和,日本政府对他们极为冷淡,于是大部分辗转去了美国,只有金玉均留在日本。金玉均在日本社会关系极广,不但上层有朋友,就是日本浪人中也有一大批支持者。玄洋社的头目山满到神户拜访他,送来一大笔钱,并回其老家福冈筹集资金,协助金玉均反攻朝鲜。原自由党员大井宪太郎、小林樟雄等人则希望借助金玉均达到日本的扩张目的。他们设法购买武器,制造炸药,准备举兵渡海,帮助金玉均夺取政权。金玉均则写信给江华留守李载元,希望他能做内应,共谋大事。

李载元的父亲就是大院君的亲哥李晟应,他虽然倾向开化党,但李载元又不喜欢开化党咄咄逼人的行事风格,所以不愿与他们混到一处。如今金玉均约他叛乱,他当然没那么傻,立即进京向国王告密。

此时国王已经接到派驻日本的坐探发来的电报,如今又得到金玉均的亲笔信,连忙与闵妃商议。李熙对"扶我殿下为独立之皇上"很动心,但闵妃则认为,这不过是金玉均的甜言蜜语,甲申政变他们玩弄国王于股掌,甚至打算另立国王,可见其居心不良。李熙深以为然。那该如何应变?只凭朝鲜宫中护卫力量,肯定不行,但请日本人帮助,无异于引狼入室;请俄国帮助,则英国人不高兴。美、法、德等国无兵可助,远水不解近渴。盘算来盘算去,还是请中国帮助最安全,因为中国只要求巩固宗藩体制,而没有领土野心。

袁世凯被请进王宫,他看了金玉均写给李载元的信也是大吃一惊。不过,他却故意表现出不屑一顾的神情:"区区千余人,何足惧哉?"

李熙有些困惑道:"袁观察,如今上国无一兵一卒,为何还如此镇定?"

"我只要一封电报,李中堂便可派北洋舰队前来。北洋除了扬威、超勇等铁甲舰外,从德国定造的定远、镇远两条铁甲巨舰已经到达天津。两舰排水量各七千余吨,巨舰主炮三百多毫米,仅次于英国'英弗来息白'号和德国'萨克森'号,为世界第三大巨舰,亚洲所无。殿下请想,区区千人,巨舰一到,他们必作鸟兽散。"

李熙也听说过这两艘巨舰,没想到会如此厉害,一脸神往的表情。

"金贼口口声声要助殿下成为独立之皇上,是否正说到殿下心中?"袁世凯突然又问。

李熙连连摇手道:"贼子妄言,观察不要相信,寡人从无此意。"

"开化党众宵小家眷都被处死,殿下以为他们如果进汉城,会只杀事大党?他们若攻进汉城,第一步先夺取殿下的权力自不必说,下一步要杀事大党人也不必说，再下一步，恐怕殿下和王妃信任的诸闵及近臣也不能幸免。"

李熙对此早有判断，如今听袁世凯也这么说，心头不禁一紧，道："这也是寡人所担心。还请观察立即给李中堂发报，不然来不及了。"

袁世凯为难地说道："如今贵邦有一批小人否认中朝的宗藩关系，如果北洋舰队前来，他们少不得多嘴多舌。就是西洋各国，恐怕也会大惊小怪。"

李熙立即回道："袁观察不必相信流言，鄙邦奉上国为正朔已经数百年，鄙邦有难，向来是赖上国救护，列国不会有异议。"

"列国未必有异议，可是贵国外署却有异议。此前先有金敏浩造谣生事，后有外署对总理公署的照会置之不理，我实在无法相信。"

"都怪外署的一帮庸劣蠢材昨天才把照会交来，寡人已经下旨一切照袁观察所提办理。"

见火候差不多了，袁世凯应承道："殿下如此深明大义，世凯当然要竭尽全力保护朝鲜，这是宗主国义不容辞的职责。不知殿下可否将金玉均的信给世凯一个副本，世凯立即发电给李中堂。"

"这是应当的。"李熙立即安排人去抄录副本。

袁世凯出宫，立即去与唐绍仪密议。首先分析金玉均所说的真实性。袁世凯以为金玉均好大言，可能有日本人支持他，但绝不会有千余人。如果真有几百人偷渡到江华来，又将如何？李载元既然已经向国王告密，他们君臣当然会有一番密议，自然会千方百计阻止金玉均得逞。江华有一营新军，是袁世凯当年帮助训练，还有一定的战斗力，可以抵挡一下。

"如果能把叛乱分子引到仁川最好，仁川是开放港口，各国领事馆都有几十人的卫队，还常有军舰驻泊，到时候争取外援比较容易。"唐绍仪这样建议。

"对！如果让李载元与金玉均约定双方在仁川会合，到时围剿较易。"袁世凯也深以为然，他翻着大眼望着房顶，这是又有新主意的表情，"我可以把江华的新军提前调到仁川去，有此一营，足以消灭数百日本人。"

"日本政府也不愿金玉均添乱，应当善加利用。"唐绍仪分析，因为俄国人有觊觎朝鲜的野心，日本人十分警惕，因此希望中国能够牵制俄国人。他们不想此时与中国失和，更不愿日本人到朝鲜来多事，让他们阻止日本人渡海,这是釜底抽薪之策。

袁世凯也赞同这个分析,安排唐绍仪给李鸿章发电报请尽快派兵舰前来,他则拿着金玉均密信副本去见日本公使。日本公使看了金玉均的信也非常吃惊,立即安排发电给国内,并告诉袁世凯日本警察厅正在全力侦办。

袁世凯随即义正词严道:"我提醒贵使,根据中日《天津条约》,一国出兵朝鲜必须知照对方,如果贵国真有千余人渡海入朝,我国不但会追究贵国不告之咎,而且会立即派大军入朝,若有任何误会,中国不负其责。"

这是相当严重的交涉,日本公使连忙解释道:"有无其事还需调查后才能得知。如果不幸真有此事,也绝非本国政府所愿,更非本国政府之意,万望阁下努力斡旋,勿使两国失和。"

当天晚上袁世凯得到李鸿章复电,总理衙门已经答应了派军舰赴朝的要求,但考虑到与日本的约定,超勇、扬威两舰暂不入朝鲜港,只在近海待命。袁世凯拿着电报进宫面见李熙,李熙心绪稍定。袁世凯告诉李熙他打算到仁川去的计划,李熙当然十分支持:"有袁观察坐镇,寡人就放心了。"

袁世凯拿着国王的密谕去见江华留守李载元,李载元也很高兴,因为他对袁世凯两次平乱十分钦佩,所以愿将新军交由袁世凯指挥。他则写信给金玉均,约定大年三十起事。

虽然一切都在秘密中进行,但消息还是泄露了出去,朝鲜朝野一片哗然,无论事大党还是诸闵权贵无不战战兢兢,都频繁到总理公署打探消息。袁世凯的行踪当然不能泄露,唐绍仪只有拿空言劝慰众人,说袁大人已经有周密部署,金玉均绝不会得逞。众臣心稍安定。

这样在风声鹤唳中到了小年,朝鲜也像中国一样,即将封印放假。此时传来好消息,原来日本政府自觉此时尚不是中国对手,既不想与中国失和,更不想俄国有隙可乘,因此对此案特别重视,调集全国刑侦高手围绕金玉均交往人员侦察,终于在大阪、长崎逮捕一百三十多人,金玉均也被监视软禁,一场危机终得化解。唐绍仪亲自到仁川去接回袁世凯。

袁世凯一到汉城,李熙就立即召见,对此番危机化解千恩万谢。尤其是朝野在危机中对袁世凯的依赖崇敬,让他感到应当对袁世凯善加利用。不仅有一份丰厚的过年礼品赠送,还赠给了三个大活人——闵妃宫中的三个侍女,赠给袁世凯照顾起居。

第十二章

纳四妾后院起火　谋废立阻朝联俄

这年春早,开了春后天气就暖起来,衣服是一层层地向下扒,感觉好像马上就到夏天。结果突然来了场倒春寒,气温骤降,随后就下起碎雪来,迎风而行,脸被碎雪打得生疼。

下雪时,袁世凯、唐绍仪、谭耿尧等一行六七人正在仁川赶往汉城的路上。一行人虽然各自带了衣服,但实在不顶用,全穿到身上仍然冷。袁世凯跳下轿来,跺着脚跑了一段,唐绍仪、谭耿尧也效仿。这样坚持到驿站,连忙打发人出去买衣服,总算买到了几件棉袍。大家顾不得体面,各自披到身上,总算暖和了许多。

回到汉城已是下午,袁世凯连连打喷嚏。公署里的郎中熬了一锅汤药,说是祛风寒防感冒。袁世凯不愿喝,喝一碗热姜汤蒙头大睡。结果夜里发起高烧来,天亮时又头晕得厉害。郎中对症下药也不管用,昏睡一整天,到了晚上仍不见好。于是唐绍仪派人去唯一的西洋医院——济众院,请美国人安连前来诊断。他觉得中医不可思议,不相信会有效,如果要他来治,必须立即停掉那些"汤汤水水"。公署的郎中大不高兴,认为洋鬼子的西药治标或许有效,治本却不可能。

唐绍仪见病情不能耽搁,决定道:"现在先治标,把烧退了,头晕止住了再说。"

郎中拂袖而去,安连给袁世凯打了一针,嘱咐夜里二时左右烧就能够退下,如果病人那时候想吃东西,可以喝点易于消化的粥或者面条。

半夜里袁世凯烧退了，醒过来一睁眼，就看到闵妃所赐的侍女金氏正坐在床边的矮凳上，半合着双眼，显然困倦已极。她丰润的双唇微微翕动，在仰躺的袁世凯看来，比平时更加诱人。袁世凯第一次见金氏，印象最深的就是她红润丰腴的双唇，当时情不自禁中多看了几眼，几乎在众人面前失态。更让袁世凯惊奇的是，她的唇上并未用任何女儿妆。这时，她也醒过来了，道："大人，醒了，粥。"

金氏已经侍候袁世凯两个多月，中文会说的仍然不多，几乎是往外蹦字，但袁世凯听得懂她的话，意思是给他准备了粥。他的确饿了，点点头。金氏一会就端来一碗不稀不稠的山药肉片小米粥，看袁世凯喝完了，拿眼神去问他还喝不喝？

"再来一碗。"

袁世凯已经一天没有进食，何况平时就食量惊人，喝完第二碗，还觉肚里空落落的。金氏指指西洋钟，伸出两个手指头，意思是两小时后才能再喝。但袁世凯不甚明了，金氏拿过一张纸来，上面是洋文他当然不认识，但唐绍仪翻译的中文很明白：一、醒来后喝粥一碗，至多两碗；二、一个时辰后可再进食一次。安连医生特嘱。

袁世凯没有办法，只好躺下。他身体依然虚弱，躺下不久就睡着了。等他再次醒来，看西洋钟已是五时半。金氏显然没睡，见他醒来立即就出去了，一会儿端来一碗参汤，侍候他喝完，复又出去，这次端来的是一碗"光州贡面"，是袁世凯专门从家乡带来的。这种面极细，下锅就熟，却又耐煮，久不粘锅。袁世凯喜欢以鸡汤浇面，金氏也已经掌握要领。

等他吃完了面，金氏接过碗去摇摇晃晃向外走。袁世凯刚要问她怎么回事，话未出口，金氏就一头栽到门槛上。袁世凯赤脚跳下床抱起金氏，见她额头撞破了，鲜血把他的袍袖也染红了，急得大喊道："人呢，都死绝了？"

过了一会儿，下人们才慌慌张张跑来。随着金氏一起被赐的李氏和吴氏，一个十六岁，一个才十四岁。三人情同姐妹，此时看金氏一脸血，都吓得哭起来。袁世凯喝道："不许哭，快去找郎中。"

姐妹俩没听明白，其他仆从反应过来了，两个人跑着去叫郎中。郎中背着药箱一路小跑赶过来，看了一眼伤口道："不要紧的，是皮外伤。"他让人端来热水，放上盐，拿在锅中煮过的棉布蘸着盐水给金氏清洗创面，然后倒上云南白药,再紧紧地裹住,"没事了,三天后换次药,保准好得利利索索。"

这时,唐绍仪也闻讯过来了,郎中见到他,气还没有消,哼道:"唐委员,我没经你允许就给她包扎了。你要不放心,不妨再请洋医生来。"

唐绍仪笑道:"犯不着事事都请洋医生了——袁大人,你怎么只穿着睡袍,再冻着了可就麻烦了。"

袁世凯这才觉得浑身已经凉透了,连忙跳上床去。

"袁大人,我还是给你熬碗药汤驱驱寒,你这一折腾少不得又冻着了。"郎中又问唐绍仪,"唐委员,你看行不行?"

袁世凯叫着郎中的名字道:"老阮,你就别再耿耿于怀了,快去给我熬药。"看他走了,又对唐绍仪道,"少川你坐,老阮这人医道不错,就是有点倔,你可不要跟他一般见识。"

老阮是袁世凯从天津带来的,医道的确不坏,平时有些恃才傲物,又觉得有靠山,整个公署中只对袁世凯唯命是从。不过此人倒没多少城府,喜怒皆形于色,不必提防,大家只拿他当个老小孩而已。

"我哪会和他一般见识,老阮这人倒是倔得可爱。"唐绍仪这才得空细问,"怎么回事,好好的头碰破了?"

袁世凯解释道:"你这话问的,莫不是我把她推倒了?我吃完了面,她端着碗往外走,眼看着就倒下去,脑门磕到门槛上。"

"这一定是累的。"据唐绍仪说,自从袁世凯病了后,金氏一直守在病床上,大约两夜都没合眼了,又不肯让别人替她。

"难为她一片热肠。"而袁世凯心里所想的,是刚才抱起金氏时,忙乱中不小心摸到她的胸口,掌下乳房并不太大,但结实而富弹性,正是妙龄女子所独有。

唐绍仪看袁世凯眼里浮起一片暧昧,笑道:"四哥,我看你就把她收房算了。这两个月来,人家对你那真没得说。就是一块石头,也该被焐热了。"

金氏的父母在壬午兵变中曾经帮助闵妃逃离汉城,后来在兵乱中连同两个儿子都被杀死,金氏和两个婢女因为走亲戚躲过一劫。闵妃还宫后,可怜金氏遭遇,又念及她父母的救护之恩,因此将她带进宫去。她不忍两个婢女无依无靠,恳请闵妃也允两个婢女进了宫。年前为了酬谢袁世凯,闵妃以金氏相赐。姐妹三个不忍分离,在金氏的恳求下,李氏和吴氏也一同被赐了下来。但在袁世凯看来,闵妃这是在身边安插眼线,所以对金氏三人很冷淡。但两个月下来,觉得三人毫无城府,只是一门心思侍候人,他的看法也渐渐变了。顾虑还是有的,一则是仍然有些不放心,不甘心自己身边有他人眼线;二则对沈玉兰不好交代,还没娶她进门,如何能够先娶别的女人?袁世凯便推道:"不急,让我好好想想。"

想了几天的结果,是等金氏的伤好利索了,帮她找个合适的人家嫁出去,他宁愿搭上一笔嫁妆。唐绍仪摇摇头道:"四哥,这样恐怕不好吧?好比豆腐掉进灰堆里,人家能说得清白?"

"你这是什么话,好像我把她们都污了似的,你把我当什么人?"

唐绍仪急辩道:"怪我用语不当。我的意思是,闵妃所赐,你再转手嫁人,人家会不会怀疑金氏的清白不说,闵妃那里会怎么想?"

袁世凯还是坚持己见:"她怎么想不必去管,反正我不能在身边弄个耳目。再说,既然是已经赐给我了,我自然能做得了主。当初也没说我非得娶她们做妾。"

"那你当初就不该要。一口回绝了,何来如此麻烦和顾虑?"唐绍仪却有不同意见。

"当时情形只有四个字好形容——却之不恭。当时只想反正公署里也缺女侍,又是得意之中,考虑难免太过简单。如今看来,不娶为妙,不然我没法向沈姑娘交代。当初我说好等我发达了亲自上门迎娶,如今无法兑现诺言,已觉得对不住她。"

袁世凯不能亲自上门迎娶,变通的办法是让自己的三哥袁世廉夫妇陪她到朝鲜来完婚。沈玉兰不能不答应,但在来信中,失望的意思不难看出。想想自己艰难时候她的帮助,袁世凯实在不想伤她的心。

唐绍仪开玩笑道:"拿得起放得下的四哥,因为这未进门的姨太太而前怕狼后怕虎,要是娶进门,那该如何?不会猛虎变猫吧?"

"你少站着说话不腰疼。"袁世凯也揶揄道,"这件事我实在不好出面。不娶金姑娘的话我不好开口,你帮着想想办法,也可与朝鲜翻译打听一下。总之,要嫁给一家身份相当的人家,不可太委屈人家。"

"你既然是这副心思,那最好先让金姑娘知道。或者,她如果有心仪的人家,那更省事了。"

袁世凯点了点头道："有道理。你抽空叫上朝鲜翻译，和金姑娘透露一下我的想法。"

过了三天，金姑娘到签押房来找袁世凯了。她额头的纱布已经拆掉，伤疤还很明显。签押房是办公事的地方，她从来不到前衙来，如今到这里来，是一副公事公办的神情。她出身官宦人家，自幼读书，写了一手很像样的毛笔字。她与袁世凯笔谈，写道："你为什么不娶我？"

袁世凯回道："我没说要娶你。"

金氏写道："王妃把我赐给你，就是让你娶我们。"

"有这样的规矩？"

"有。姐妹们都知道我要嫁给一个英雄，都羡慕我。我被你赶走，实在无颜面。"

"我算不上英雄。我家里有妻子，还将娶一个侧室入门，你嫁给人家做正室才是正办。"

"不，我也做你的侧室好了。被你赶走，我宁愿去死。"

袁世凯没想到金氏会直接到签押房来找他，而且行事果断，毫不拖泥带水，不禁刮目相看。又见她如此刚烈、固执，不敢太过鲁莽，提笔写道："这是极蠢的想法，以后再说如何？"

金氏没说什么，拿起两人笔谈的纸张，叠了叠攥到手里走了。

袁世凯一上午心不在焉，好几次说话前言不搭后语。等他忙完了，把唐绍仪叫来道："少川，金氏是个牛板筋，你得设法劝一下她。"

"不能怪她脾气倔，是人家非你不嫁。"据唐绍仪说，他和朝鲜翻译去找金氏，一透露想把她嫁人的意思，她就急哭了。无论怎么说，她的回答只有一句话——袁大人不娶我们，还不如让我们去死。朝鲜翻译也帮她说话，认为袁大人有娶她的义务，如果不娶她们，那当初就不该接受。

"哪有这样的规矩？你们口口声声她们她们，难道要把她们姐妹三个都娶了？这实在匪夷所思。"

"这是金氏的意思。她们三人虽然是主仆，但情比姐妹，不愿分开，而且听金氏说，李氏和吴氏也都愿意嫁给四哥。"唐绍仪苦笑道。

"哪有这样的道理？金氏一个还能勉强说得过去，一气娶三个，汉城就没有议论别的了。"袁世凯一边绕室踱步一边在心里想，闵氏心机太深，一次赐她三个美女,不娶吧,出嫁难免是个麻烦;娶了吧,陷进温柔乡中,难免会影响公事。这也许正是闵氏的打算,拿美女来消磨他的意志。哼,真是笑话,我袁某人能中你的计不成,"不娶,不娶,别想做个套子让我来钻。"

唐绍仪没听清袁世凯嘟囔的什么话,只照着自己的理解往下说道:"金氏一片痴心,我是不忍拂她的心意。"

"少川,我让你帮我想办法,不是让你转过头来帮她们劝我。既要把她好好嫁出去,还不能出毛病。你唐少川是留洋的人,脑子里头洋点子多,我倒要看看,你到底是真有好点子,还是徒有虚名。总之,这件事你只有办好。你要办不好,我可就怀疑你的办差能力了。"

袁世凯是半真半假的语气,唐绍仪只好硬着头皮答应道:"我再想办法看看。"又一跺脚道,"咳,这差使,比与狡猾的外交官打交道还难。"

这天晚上,侍候袁世凯吃过饭,金氏还不肯离开,拿起案上的纸笔与他笔谈:"大人难道非赶走我们不可?"

袁世凯写道:"不是赶你们走,是让你们嫁到好人家做女主人。"

金氏写道:"不管怎么说,还是赶我们走。我哪里做得不好吗?不容改正吗?"

"你做得很好。不是不容改正,是形势所迫,我不能娶。"

金氏放下笔,不再写,眼巴巴看着袁世凯,咬着嘴唇,两行眼泪涌出来,梨花带雨的神情,铁石心肠也会为之柔软。袁世凯几乎无法控制要把她抱到怀里的冲动,但沈玉兰那明亮的眼睛不断在他脑子里闪动,他狠狠心咬咬牙道:"此事不必再议。"又做个请她出门的手势。不赶走金氏,弄一锅夹生饭,那才是个大麻烦。

看金氏抹着泪跑了出去,袁世凯不放心,着人找来唐绍仪,嘱咐他多留心,别让金氏寻了短见。唐绍仪抱怨道:"送上门的艳福不享,偏要拧着来。真是天下奇闻。"

"少川,我听你说洋人讲婚姻自由,又讲爱情忠诚,更反对纳妾,在我这里怎么变了说辞?"

"我是入乡随俗。这又不是在美利坚,美利坚最讲人权,你把金氏推出去才是害人家,我当然要反对。"

袁世凯最后嘱咐道:"我已经下了决心了,玉兰再有个把月就该到了,必须赶在她到来前把眼前这个包袱卸掉,你可得抓紧。"

唐绍仪当然尽心去办,不知费了多少口舌,总算把金氏劝通了,但要找一个合适的人家却并不容易。二十多天过去了,却毫无进展。袁世凯急得要上房揭瓦,因为三哥和沈玉兰一行很快就到了。而偏偏此时元山分署又出了事,非他亲自去一趟不可。

原来,元山华商近来数量大增,于是商量建一座华商会馆。会馆的地址是李姓兄弟的三进院落,已经商量妥当,不料到签订协议时,老三李范宽又变了卦。华商们于是改变方案,不要李范宽的房子,只要老二李范太、老四李范祖的两个院落。老二老四好商量,很快签订了协议。三兄弟的房子,是三进院落,老四在前面,老二在最后,中间夹着老三李范宽。这样前后两进院落要想走通,势必走李范宽院落东边的公共夹道,他也没理由反对。谁料华商会馆施工的时候,他突然把夹道垒上砖头截断了。华商商董熊廷汉前往劝说,不料李范宽"口出不逊,任意侮辱"。华商非常恼火,熊廷汉盛怒之下,率三十余人将李范宽"裂破衣冠,捆打无数",扭送到元山分署。

根据《中朝商民水陆贸易章程》的规定,中国在朝鲜拥有领事裁判权,像这种华商与朝鲜人闹纠纷的案子,由中国主审,朝鲜官员只能协助。李范宽被扭送到元山分署后,元山地方官立即前来向分署委员刘家聪求情,说李范宽的大哥在京中做官,并且受到闵妃的赏识,请看在闵妃的面子上,能够从轻发落。刘家聪却认为朝鲜官员是拿闵妃来要挟,十分生气,大书"天子法庭"四字,悬于分署大堂。朝鲜官员慑于威势,只能屈从会审。结果是李范宽不仅要复通夹道,而且还要入狱半年。

李氏兄弟在元山是大族,而且李范宽平日所结交狐朋狗友极多,消息传出,数百人围住元山公署,将华商商董熊廷汉痛殴一顿。事情并未结束,元山朝鲜商人罢市,百姓围堵公署不肯离去。刘家聪这才知道闯了大祸,连忙派人向袁世凯告急。袁世凯知道此事非他亲自去料理不可,于是带上唐绍仪及汉城分署的陈帮办各骑快马,直奔元山。

当天晚上,一行人赶到元山分署。袁世凯等人匆匆吃完饭,细听刘家聪回话。听他说完经过,袁世凯问:"明明朝鲜官员有过提醒,你为什么不仔细考虑?"

"大人曾经训示过,我等不是代表个人,而是代表大清朝廷。朝廷的脸面要紧。"刘家聪如此回答,好像他把事情办糟是因为听了袁世凯的教导。

闻言,袁世凯气得拍着桌子道:"我还告诉过你,既要维护朝廷的尊严,维护华商的权利,也要善加调处,保持中朝商民的和睦,这话你怎么不听了?"

见刘家聪耷拉着脑袋无以应对,陈帮办为他解围道:"刘委员如此处理也没大错,主要是没注意到当地朝鲜人的情绪变化。"陈帮办是幕府师爷出身,擅长的是刑案,"事情的起因是李姓朝鲜人的不对,但华商殴打他则变有理为无理。扭送到公署来,如果责令李姓朝鲜人打开通道,同时命华商赔偿点医药费,或许可以小事化无。"

刘家聪自然不服,道:"那就是各打五十大板。朝鲜人有错在先,总不能轻轻放过,这关系朝廷的尊严。"

袁世凯见刘家聪如此不开窍,心里打定主意,尽早打发此人回国。

"刘委员所说不差,但你却忽略了一个问题,李姓朝鲜人在元山并非一般人物。放过他固然于脸面上有点不好看,但非要判他半年,却与刑律有些不符。像他这种情况,不过是叫到堂上训斥一番了事,顶重不过打几板子而已。"

刘家聪与陈帮办辩驳。陈帮办是衙门刑钱老夫子出身,说到大清律例那是门清,刘家聪在他面前简直是关公门前耍大刀。但他是一根筋的脾气,又加陈帮办地位低于他,最后几乎是胡搅蛮缠,不讲道理。

袁世凯却很明白,知道此事根本不能再让刘家聪参与,便道:"当局者迷,你一时掂不清楚。这样,这件事你不必管了,你先回汉城避避风头,剩下的事情有我和陈帮办。"

袁世凯是压着火气说话,虽然听上去平静,但越是平静越透着不妙。刘家聪还想说话,袁世凯摇手不让他说,而是转脸问陈帮办道:"如果你来擦屁股,你打算怎么办?"

陈帮办回道:"具体怎么办我还要盘算一番,而且事情还要随机应变,现在说出个一二三来不太可能。但我可以告诉大人我的办理结果,那就是维持刘大人的原判,保住刘大人也是保住大清朝廷的面子,还要让朝鲜人心悦诚服地散去。"

刘家聪脸上是不屑的表情,袁世凯也有些不信,问道:"这可能吗?"

陈帮办回答得斩钉截铁:"能,不信,大人可交给我试试。"

第二天一早,朝鲜人复又将元山公署大门堵住,吵吵嚷嚷,要刘家聪出来说话。一会儿分署大门大开,大堂檐下居中站着一个三十岁出头的人,长条脸,浓眉毛,一双眼睛目光锐利。他就是陈帮办,露出笑脸说道:"各位请进来说话。"

像这种情况,刘家聪必定着人把朝鲜人往外赶。他们领头的迷惑不解,说道:"我们找刘分理说话,给我们个公道。"

听翻译把朝鲜话译过来,陈帮办不慌不忙地说道:"刘大人已经被袁总理紧急召回汉城,大家有话和我说好了。"

"和你说不着,我们只找刘分理。"领头的并不领情。

"那我问你,你是成心要寻事,还是想解决问题?你要是成心寻事,朝廷自有王法在;你要是想解决问题,让李范宽少吃些苦头的话,那就该好好和我说话。我已经说过,袁大人派我来全权处理此事。"

陈帮办这几句话听似稀松平常,但暗含玄机,如果朝鲜人再不就道,那就是成心让李范宽吃苦头。朝鲜人中于是有不同声音,建议"与这位大人好好说话,如果不满意,再论不迟"。

事情的来龙去脉陈帮办早就清楚,怎么答复也是胸有成竹,听他们讲完后,他又不慌不忙地说道:"无论怎么说,华商打人不对,有事说事,有理说理,打人算什么?这件事应该道歉的是华商,而且应该赔偿伤者的医药费。"

此言一出,陪在他身边的公署人员无不窃窃私语,就是袁世凯也是一脸惊讶。朝鲜人闻言,则大喊道:"对,应该道歉。"

陈帮办挥挥手,朝鲜人都静下来听他说话:"看来大家已同意我的话有道理。我这个人曾在衙门里当过师爷,专门处理刑案,我不但讲理,还通情,更知法。"

朝鲜人鸦雀无声,要听他下文。袁世凯暗中赞叹,几句话间,陈帮办已经控制了局面,就是不知接下来他又有何话说。如果真给李范宽道歉,朝鲜人得寸进尺,不依不饶,那就骑虎难下了。

只听陈帮办又道:"办任何事情,都要通情达理,再佐以王法,便没有解不开的疙瘩。但,论情论理,都是两边的。华商打李某人不对,那么我请问各位,你们打华商对不对?而且是在我通商分署内把人打伤,又置朝廷的法度何在?按照大清律,公然喧闹衙门,那就罪加一等。不仅要道歉,要赔伤者医药费,恐怕还要追究首事者的责任。"朝鲜人又开始私语,恐慌者有之,不平者更有之。

陈帮办不容他们有私议的机会,接着大声道:"我奉袁大人令,此事既往不咎。但是诸位请想,再要华商道歉,是否也没有道理?依我看,彼此都犯了错,也都有伤情,一笔勾销罢了。"

"好,这位大人说得有道理。那么我倒要问,判我李三哥入狱半年,是何道理?"

"判他入狱半年,没有道理好讲,讲的是法。按大清律,公然违反契约,又唆使聚讼、喧闹公堂,应当入狱半年。刘委员是严格按大清律例办理,就是我来判,也是如此。但,"陈帮办话锋一转道,"大清律例讲法,也讲情,还有法外开恩的说法。这个情,就是李某人的大哥在朝中为官,为国宣劳,如果朝鲜国王求情,再有袁大人一道命令,便可不必入狱,在家闭门思过。诸位与其在这里闹,不如给李大人一封信,让他向国王求情。"

要向国王求情,谁也没有把握,因为李范宽的大哥李范晋的确受到国王和王妃的器重,但敢不敢向国王开口求情,那就说不准了。领头的不满道:"这分明是托词,向国王求情不是件容易的事情。"

"这不是托词。刘分理依法判的案子,就是袁大人也不能公然推翻。但如果有国王一句话,那就另说了。大家都知道,袁大人与国王和王妃的交情,那可不一般。袁大人两次带兵平乱,两次救国王于危难之中,诸位都听说过吧?"

"听说过,但不知详情。"有人嚷嚷道。

"那我就给大家讲一讲。"陈帮办添油加醋,把袁世凯两次平乱的情形像说大书一样讲来,足足花了半个时辰,朝鲜人已经完全被他降服。他眉飞色舞讲完了,言归正传道,"诸位请想,袁大人与国王是这样的交情,他们两人之间,还有什么事不可商量?"

道理不错,但问题是怎么向国王求情,领头的还是有些担心道:"袁大人与朝鲜有恩,我们都知道。袁大人与国王殿下交情厚,我们也早听说。可是,向国王求情可不简单。"

"不必着急,一切包在我身上。"

"那太好了!"朝鲜人都一脸兴奋,纷纷向陈帮办进言,"陈大人,这事要拜托你了。"

"好说好说。那就让李某人给他大哥写一封信,请他务必呈给国王。如果他不方便,也可交给袁大人。袁大人有的是办法,比如可请外衙门将信转呈,然后袁大人再等国王交代下来。总之,大家如果信得过我,一切我来代劳。"

众人简直视陈帮办为救星,对他的话已经是言听计从。于是,他按按腰道:"诸位,我陈某人站了一上午,口干舌燥一上午,你们总该散去,让我喝口茶吧?"

众人都歉然道:"对对,我们且散去,请陈大人喝口茶。"

回到后堂,袁世凯拍拍陈帮办的肩膀道:"真是佩服之至。"

陈帮办喝了口水禀道:"我乱打大人的旗号,大人不生气吧?"

"生什么气?称赞还来不及呢!真正是虚则虚之,实则实之,真真假假,花样百出。总之一个词:高明!"袁世凯大声赞道。

"少川,我早就发现陈帮办是个人才,这次有意带他来考校,果然有本领。我打算让他出任元山分理,你看如何?"等吃过饭,袁世凯只留下唐绍仪。

"当然十分合适。他干帮办不过几个月,等于是平步青云。"唐绍仪语气里满含着羡慕,"我到朝鲜三年多,还没得到这种机会。"

袁世凯笑道:"我早就说过,必定让你独当一面。可是,我外交上离不开你,所以不能让你出汉城。我给你谋划的是汉城分理的位子。如今把陈帮办升任元山分理,委屈你先干汉城帮办,等新署一建成,谭分理便升任公署会办,你则接他的汉城分理,同时继续帮我办外交,如何?"

"谢总理栽培。"唐绍仪连忙离座拱手。

袁世凯哈哈笑道:"什么总理,是四哥。"

"谢四哥栽培。今晚上咱可得一醉方休,我和陈分理好好敬四哥一杯。"

袁世凯点上一支雪茄道:"好说,好说,都是自家兄弟嘛。"

次日一早,袁世凯等人骑马返回汉城。一进公署,他的账房杨厚福迎出来道:"老爷,你可当心点,三老爷带着沈姑娘来了,正生气呢。"

"生气,刚来生什么气?"三老爷即是指袁世凯三哥袁世廉,说好由他和三嫂陪沈玉兰到朝鲜来。但按预定的船期,要到三四天后才到。

"小人也说不清,反正您小心点就是。"杨厚福是欲言又止的神态。

"好,你快去通报一声,我先看三哥三嫂。"

杨厚福头前通报,袁世凯随后就到了,进门就喊道:"三哥,一路还好吧?"

"好,好,一路顺利。"袁世廉和妻子都迎了出来,三嫂实话实说,"好倒是怪好,我是第一次坐船,吐得分不清东西南北。沈弟妹是江南人家,坐小船惯了的,可是第一次坐大轮船,也有些晕船。这会儿还不舒服,你说话可和气些。"

袁世凯又问道:"不是过几天才到吗?你们怎么今天就来了?"

袁世廉解释道:"我们本来在烟台等洋轮,正巧北洋水师丁提督也在烟台,他说和你很熟,又正好兵轮要到仁川,就把我们捎过来了。"

三嫂也在一旁赔着小心:"也没法给你提前捎个信,来得有些唐突。"

袁世凯摆摆手道:"这话怎么说的,自家人,有啥唐突不唐突?"

说了几句话,袁世廉叮嘱道:"你别只顾在这里说话,先去看看沈姑娘。"

袁世凯到了沈玉兰的住处,进门就喊道:"玉兰,没想到你们提前来了,也不给我个信。"

没想到沈玉兰十分冷淡:"我们来得不是时候,打搅了你的好事不是?"

"怎么回事,说话夹枪带棒的。"没来由的抢白,令袁世凯有些不快。

"你自己办的事自己还不清楚?倒怪别人夹枪带棒。"沈玉兰还是一副找不痛快的语气。

"到底怎么了,刚进门就来这一套。"袁世凯终于忍不住,大声问道。

在沈玉兰看来,袁世凯是揣着明白装糊涂,这就更可见他心里有鬼有愧,索性躺到床上不理袁世凯。

袁世凯到院子里喊道:"把下人都给我叫来,我倒要问问,是谁惹沈姑娘生气。"

一会儿,仆人、听差都来了。袁世凯看到金氏三人,心里突地一跳,大约猜到了病根,但他不能不故作糊涂:"你们,谁惹沈姑娘生气了?"

大家自然都不知道。

沈玉兰见袁世凯死不认账，愤怒地坐起来道："你别演戏给大家看，你做了什么自己不知道？我问你，这三个东西是怎么回事？"

果然毛病出在这里！袁世凯对下人挥了挥手道："你们都忙去吧。"

众人都莫名其妙地离开，沈玉兰却指着金氏道："她们三个小婊子不能走。"

沈玉兰在下人面前仍然不给面子，袁世凯忍了，但这句话一出口他却是忍无可忍，转手就给了沈玉兰一巴掌："你嘴里不干不净，真是疯了！"

沈玉兰放声大哭，但已经不敢再骂，只是撒泼哭喊道："你打死我算了，我苦等这么多年，等来的是你一巴掌。你打死我算了。"

这时三哥三嫂都闻讯跑来，袁世廉呵斥道："老四，你发啥疯？刚进门你就打人，是嫌我和你三嫂来是吧？"

袁世凯刚要辩白，袁世廉直向他使眼色，拉着他就走，回头对妻子道："你好好劝劝沈姑娘。"

袁世廉把袁世凯拖到自己屋里，责备道："老四，我和你三嫂一再劝你，要好好说话，怎么还动手打人了？"

"她和我使小性子也就罢了，她骂人家是婊子，那是王妃赐下来的人，她这么不知轻重，传到王妃耳朵里，会惹来多大麻烦？"袁世凯此时也有些后悔，但他不能示弱，搬出王妃来说事，把这三个大活人的来由详细说给三哥。

袁世廉叹道："哦，人是王妃赐下来的，那和皇后赐人也差不多，的确不能不尊重。可你也要为沈姑娘想一想，苦等你三年，一进门发现你已经纳了三个妾，这让人怎么受得了？"

"三哥，我哪里纳他们了？我就是为了玉兰才没纳她们，正让人想办法给她们寻人家。"袁世凯大呼冤枉，把自己为难的情形向三哥陈述一遍。

袁世廉听了之后道："都是误会，你为什么在信中只字不提？"

"我本打算在你们来前就把人嫁出去，谁知道你们提前赶过来了。"

"你也不能怪我们，好像我们提前几天来是大罪过，这真是岂有此理！你也不能怪玉兰，你原先说上任时就带她来；后来又改成到朝鲜安顿好了，就接她过来；再后来，又推到过了年开了春再来。一延再延，人家能不想多了？"

袁世凯解释道："让你们开了春来，也是为了玉兰。她是南方人，哪里受得了朝鲜的寒冷。前一阵我从仁川回来，本来已经穿单衣了，谁料寒潮复来，差点把我冻死。我病了一场，昏睡一天两夜，全是金氏不眨眼地照顾我。"

"你是好心好意，可你对这三个人只字不提，这就是最大的失策，反而像做贼心虚。"袁世廉一副没有办法的样子。

"三哥，你可不能这么想，我可没动人家一根手指头，不然怎么往外嫁？"

"老四，不是三哥不相信，我信不信都没什么，关键是玉兰怎么想。孤男寡女，干柴烈火，就你那性子能忍得住？我就不信，何况玉兰？"

袁世凯听三哥如此说，真是又好气又好笑："罢了，罢了，看来真是说不清了。"

"天下没有说不清的事，就是费点口舌。把症结弄明白了，让你三嫂去说。"于是袁世廉复去沈玉兰的住处把妻子叫出来，把袁世凯的一番苦心如实相告，让她好好劝一劝。

兄弟两人在袁世廉的住处喝茶聊天，不知不觉西洋钟敲了十下，袁世廉说道："已经亥正了，你赶了一天路也该歇歇了。走，过去看看，你三嫂劝得也该差不多了。"

两人相约来到沈玉兰的住处，听到三嫂还在苦口婆心地劝，而沈玉兰还在边哭边诉："他就是要了三个小婊子，我也用不着紧着生气。我气的是他明明不占理，却死不承认，还要来教训别人，还要扇我一巴掌。我虽然命苦，可从小到大还没人戳我一指头。"

三嫂劝道："玉兰，老四说他为了你没动人家，你又偏偏不信。"

沈玉兰倔强道："我就是不信，我要的是个理。要证明很简单，让三个小婊子脱下裤子，他是不是动了人家，一目了然。"

三嫂又劝道："妹子，这我就要说你了。何苦来哉！就是他真动了人家，又能如何？反正老四说，已经托人把她们嫁出去了，从此两不相涉，你干吗如此相逼？"

闻言，袁世凯大声道："看来，这事是真说不明白了。罢了罢了，一不做二不休。"

"我说你可真是没用,让你好好劝劝玉兰,你到现在还没劝好。"袁世廉故意大声,他的意思是要给里面一个信号,让他们知道袁世凯就在外面,说话留心一点。

不料沈玉兰也拗得很,反而更上劲了:"三哥三嫂你们做个见证,如果她仨是原装的黄花闺女,我给她们道歉也行,赔罪也可,他想怎么着都由着他;可是,如果她们早就开了苞,那这一巴掌,我得还到她们脸上。"

袁世凯以冰冷的语气道:"不必了。谁也别再劝,我自有办法。来人,去把唐委员找来。"

一会儿唐绍仪来了,自然不宜进室内,在院子里大声回话:"总理,我来了,请你吩咐。"

袁世凯平静地问道:"少川,托你办的事怎么样了?"

"总理是问哪一件,公事还是私事。"

"这时候叫你,自然不是公事。就是三姐妹找人家的事情。"

"哦,是这件事。"唐绍仪已经知道沈玉兰闹别扭,虽不知详情,但也猜个八九不离十,知道病根在三姐妹身上,"一个月前总理就安排,让我托人打探,打听了不下七八家,但都不太合适。你说过,她们身份非一般婢女可比,所以也不能太委屈人家。最近,找到了一个袯褒商,家境相当不错,是为他小儿子纳亲,先把金氏娶过去……"

袁世凯打断他的话道:"少川,立即辞掉,金氏三姐妹不必嫁了,我已经决定一块把她们娶进门,省得嫁出去受人家的欺负。人家对得起我,我也要对得起人家。行了,就是这意思,你回去一是立即辞了那个袯褒商,二是告诉金氏三姐妹别再担惊受怕了,我娶了她们,谁也休想欺负她们。"

唐绍仪闻言有些为难道:"四哥,这不合适吧。我费了九牛二虎之力,总算找到一家合适的。"

"没什么不合适的,反正又没定亲,就说人家不乐意了。"袁世凯回道。

沈玉兰知道自己弄巧成拙,无话可说,只有放声大哭,以示委屈。

见状,袁世廉在一旁也劝道:"老四,别赌气,有话好说,有事好商量嘛。"

袁世凯这时才把火发出来,声嘶力竭地怒吼道:"没啥好商量!我袁世凯可以疼女人,可以哄女人,可以为女人赴汤蹈火,可绝不受女人的挟制!哪个女人想把我袁世凯当软柿子捏,那就是做梦!永远不可能!"又走到内室门口,指着沈玉兰道,"就这样定了,我一次娶进你们四个,愿意就这样办,不愿意你立马卷铺盖滚蛋!我要服一句软,我是王八蛋!"

沈玉兰是第一次见袁世凯如此发火,这才知道自己办了件奇蠢无比的事情。此时她连哭也不敢了,瞪着一双惊恐的眼睛一句话不说。

袁世廉拉着袁世凯出门,对妻子道:"今晚你就在沈妹子这里睡吧,好好劝劝,我们哥俩再拉拉呱。"

回到袁世廉的住处,袁世凯道:"三哥,咱拉啥都行,就是不提沈玉兰这件事。这件事已经定局,你主持给我办喜事,我一次娶四个。她要不乐意,还是那句话,立马滚蛋。"

"好好,我才懒得谈你们这些破事。刚进门就给我一个下马威,你们都觉得三哥好欺负是不是?"袁世廉以此来分散袁世凯的愤怒。

兄弟两人抛开这个话题,开始唠小时候的事情,渐渐地忘情,到西洋钟敲了两响,袁世凯劝道:"三哥,你累了一天,快睡,我也撑不住了。"

第二天一早醒过来,袁世廉问道:"老四,你醒了没?你再想想,一次娶四个进门,像什么话?先娶了沈姑娘再说。那三个,还是嫁出去吧。"

袁世凯是铁了心不改:"三哥,昨天已经定局的事,何苦再改?不必再说了,你等着喝喜酒吧。你是代袁家长亲来受礼的,她们四个都要给你敬酒,想一想也是咱们袁家门上祖祖辈辈不曾有的盛况。"

"老四,我是说正经,你别开玩笑。"

"我没开玩笑。你赶快找本老皇历,帮我查查日子。"

吃过早饭,袁世凯把唐绍仪找来道:"少川,你打发人把李家老大叫来,元山的事得尽快了。"

两人商量定下大致原则,那就是坚持原判并无不当,但一定不能真关李范宽六个月,要找台阶尽快放人。

李范宽的大哥李范晋是大院君的亲信,自从大院君失势后,受到闵妃势力排挤,仕途一直不顺。甲申政变时,闵妃逃出王宫,就是躲到他在汉城北郊的别庄中,仕途由此才有所改善。但大院君回国后,他又受到猜忌,调任奎章阁直阁,是个徒有其名的闲差,日子并不好过。老家兄弟与元山分署闹不痛快,他早就接到信了,回信教训诸弟不要惹是生非,没想到三弟不识好歹,把事情闹大了。他接到家信,要他向国王求情,哪有那么简单?如今袁世凯请他,知道肯定与此事有关,只是两人一向无深交,如何把握颇费思量。他希望结交袁世凯,以求将来在仕途上多条路子;但又不想在袁世凯面前掉架子,尤其自己的老弟被抓入狱,总要表现出一点骨气来。所以他进袁世凯的公署时,心情相当矛盾,脸上的表情也是阴晴不定。

袁世凯只想以诚动人,也想借机结交他,将来在朝鲜官员中能多个支持者,所以对李范晋相当客气:"老兄,元山公署抓了你家老弟,实在抱歉得很。"

"抓就抓了,他们都是小老百姓,袁大人不杀掉他已经是大面子了。"

这显然是说气话,袁世凯笑道:"老兄,按大清律是应当抓。可是,还有句俗话,不看僧面看佛面,有你老兄的面子,无论如何不该到这个地步。都是我手下人办事死板,我已经把元山分署的分理撤掉了。"

李范晋绝对没想到自己在袁世凯面前会有如此大的面子。谁不知道袁总理排场大?进宫轿子可直进仁政门,与国王对话都可不必站,朝鲜官员别管官多大,在他面前都低一品。万万没想到,袁世凯这样看得起他这个闲官。他用一副推心置腹的语气说道:"袁总理,舍弟所为的确不妥,可被人打了一顿,还要入狱半年,这实在太说不过去。"

"我说过了,都是他们办事欠考虑,一切有我呢。"

李范寛问道:"如今可怎么办?人已经关进去了,老家捎信让我向国王求情,我在殿下面前实在不好开口。"

袁世凯出主意道:"一切都好商量。老兄如果能在殿下面前说一句,殿下交代给我,我立马让他们放人。如果殿下不肯为此事出头,或者老兄有任何顾虑,不便向殿下开口,那么也可以向外衙门云养督办去交涉。只要外衙门来一纸公事,这就算是公事而非私情,我下令放人也就是公事公办。"

李范晋连忙离座,恭恭敬敬给袁世凯作了个揖道:"袁大人如此给李某面子,以后有用得着李某处请不要客气,李某能为袁大人效劳为荣。"

袁世凯起身回礼道:"咦,老兄不可如此说,效劳一词不能用到袁某身上,咱们互相提携是应当的。"

袁世凯送给李范晋一块英国打簧怀表。他出门时,对袁世凯已是佩服得五体投地。

沈玉兰没有拗过袁世凯,驻朝鲜总理交涉通商事宜大臣的新公署建成后,挑了个黄道吉日,就把喜事办了。纳妾不是娶正室,一切礼仪都很简单。但袁世凯在朝鲜地位特殊,朝野朋友众多,又是一次娶四个妾,祝贺加以瞧热闹的人真正是摩肩接踵。席面公署院内自然摆不下,一直摆到大街上。公署的人员都派了差,唐绍仪负责接待各国外交人员,谭耿尧负责接待朝鲜官员,元山分署的陈分理因为与汉城商界熟悉,便负责招呼中外商人。朝鲜外衙门督办金允植也亲自带人过来帮忙招呼。

袁世凯一桌桌的敬酒,到李范晋那一桌时,他端着酒杯离座走到袁世凯身边,高举酒杯道:"袁大人,一次娶四位佳人,亘古未有。"趁与袁世凯握手之际,把一个纸条塞到他手里。袁世凯小心放到袖袋里,敬完这一桌后,他找了个僻静地方取出纸条,上面写的是——听闻亲俄派又有朝俄密约之议。

袁世凯大吃一惊,自从把穆麟德调离朝鲜后,亲俄派收敛了不少,怎么忽然又有朝俄密约?所以到了晚上,袁世凯不入洞房,而是悄悄把李范晋请来向他打听详情。李范晋对详情并不了解,但他宫中有个远亲,与亲俄派关系极密,向李范晋透露亲俄派正在密谋朝俄密约。

此事非同小可,如果朝鲜倒向俄国,中国宗主国地位便形同虚设,袁世凯这位驻朝总理便是最大的失职,有负朝廷的重托和李鸿章的信任,他的仕途也将大受影响。袁世凯设法向亲华的官员旁敲侧击,但除了亲俄的洪启薰、金嘉镇、郑秉夏等人最近十分活跃外,并无其他确实消息。袁世凯是宁可信其有,不可信其无,他频繁找理由进宫观察国王和闵妃的动向,果然发现端倪:李熙经常召见通俄语的大臣蔡贤植,而闵妃则与俄驻朝公使韦贝尔的妻子及小姨子过从甚密。然而,却没有任何确实的证据,袁世凯急得要上房揭瓦,却又不能采取任何措施。

西历七月中旬,闵妃的侄子闵泳翊从中国回到朝鲜,袁世凯一听到消息,次日就请他吃饭。闵泳翊自从甲申政变中受伤后,不久便到上海治伤,此后以治伤为由,不肯回国。此后他又经香港辗转去了英国,一个多月前才回到上海,国王立即授他兵曹判书、左捕盗大将、典圜局管理等职,并派专差赴上海接他回朝鲜。

酒桌上,袁世凯不断给他戴高帽道:"竹楣,你总算回来了,朝鲜太需要你这样既明了大局又能向国王直言敢谏的贤臣了。"

闵泳翊叹了口气道:"我国政局总是动荡不宁,实在让人灰心。我之所以一年多寄居域外,实在是不得已而为之。可朝鲜毕竟是我的祖国,生于斯长于斯,身在异国,又难免时常想念。"

"竹楣回来是对的。殿下将军权相授,可见所托之重。正如竹楣所言,贵国政局总是树欲静而风不止,非常需要竹楣这棵大树,以为朝鲜遮风挡雨。"

闵泳翊好像根本不以为意,索然道:"我哪有那么大的本事。从前事大党得势,他们视我为开化派,所以我不想回国;如今事大党风头过去了,亲俄党又招摇起来,他们未必能容得下我。争权夺利的事我见多了,没心绪了。"

袁世凯见闵泳翊是这番心思,就劝他振作起来:"竹楣,大清向来视朝鲜为兄弟之邦,从未启吞并的野心。朝鲜也只有托蔽于大清,才不至于被他国所吞。亲日、亲俄都非善策,这个道理我不必再重复,竹楣是聪明人,心中自然也明了。如今朝鲜有一股亲俄的小人,怂恿殿下亲俄。此非小事,竹楣不能不警惕,应当劝谏殿下不可受小人蛊惑。"

闵泳翊叹了口气道:"我的话殿下也未必能听得进去。"

"听不听得进去你总要劝,才能尽到臣子的职责。如果有什么事情关乎朝鲜大局,还望竹楣以朋友的身份告诉我一声,届时咱们一起想办法,总之都是为了朝鲜好。"

"这个不必袁兄嘱咐。"

十几天后的晚上,闵泳翊悄悄来访,进门便愁眉不展。袁世凯把他约进密室,厚厚的木门一关上,便无泄密之虑。室内放了两盆冰降温,亦无暑热之虞。闵泳翊这才说道:"袁兄估计得不错,殿下的确有联俄之意。"

据闵泳翊说,国王深受亲俄派大臣的影响,诸事只听从亲俄派的意见,大权实际操于亲俄派大臣手中。他们怂恿国王,中、日都不可靠,如今只有依赖俄国,才能谋求国家独立。而且,要想从英国人手中讨回巨文岛,也非请俄国帮助不可。

"这岂不是引狼入室!朝廷正在与英国人交涉巨文岛的事情,英国已经有意交还,唯一担忧的是俄国将来公然侵占朝鲜领土。李中堂正在与俄国人交涉,希望俄国人能够承诺不侵占朝鲜,然后则再要求英国交还巨文岛。殿下此时却去联俄,如果朝俄签订密约,英国人必以此为借口,久借巨文岛不还。李中堂的一番心血付诸东流不说,英俄都来争割朝鲜国土,那时朝鲜可真就朝不保夕了。"听完之后,袁世凯气得不行。

"是啊,我也是这样劝殿下,无奈殿下听不入耳,我是孤掌难鸣,更怕大局从此崩坏。怪只怪朝中亲俄的小人,如果有什么办法把他们除掉就好了。"

据闵泳翊说,朝中亲俄的人不少,最活跃的一个是掌礼院主簿金嘉镇,一个是外衙门吏员郑秉夏,两人官职都不高,但国王却经常召见两人,日见宠信。以闵泳翊看来,两人都是投机小人,不过以亲俄投国王所好,以为晋身之阶罢了,并非真为朝鲜大局着想。

"金嘉镇我不了解,郑秉夏我是知道的,专门无事生非。这些小人应当从国王跟前除去,以清君侧。可是口说无凭,没有证据无论如何做不到。竹楣千万留心,如果有文书方面的证据,一定设法保留,我便可以此为据向殿下交涉。那时候要治这些亲俄小人的罪,自然也是理直气壮。"

送走闵泳翊,袁世凯深感事关重大,必须立即电报李鸿章,于是亲自起草电报:

> 顷晤闵泳翊,探诘以所闻。据云朝王信二十余小人,时密商于韦贝,朝将不属于华,如华不允,请俄派兵相助保护。韦迟疑未许,并云恐华先动兵。朝小人云华兵无用,如俄兵来,华兵必退。韦许以三思再定。朝王使翊决之,翊知朝王蓄意已久,群小固结太深,如拂此意,不但为朝王所疏,且将为群小所害,徒死无益,不如阳顺引俄之议而阴密通华,即借华力尽除群小。有此一变,庶可持久等语。凯详告背华求俄,所关匪细,须设法力谏乃为正办。翊云成议已久,谏必不入。凯云为臣道不可料其不入而不言。驳辩良久,翊云再相机为之。

安排人发出电报已经是晚上十时多,袁世凯回到沈玉兰的住处,心里有事,对她的热情视而不见。他想朝王三番五次要背离中国,只除去他身边的小人恐怕没用。除去了亲日派,亲俄派又来,将来除去亲俄派,又会冒出亲什么派来?

侍候袁世凯躺下,沈玉兰的一只纤纤玉手攀上他的胸脯。袁世凯自从一次娶进四个姨太太后,为了平等相待,他每个人那里都是待五天,轮流交替,谁那里也不多。四个人,轮一圈就要二十天,因此到谁那里都是特别珍惜,正所谓小别胜新婚。但袁世凯心中烦乱,哪里顾得上沈玉兰的感受,把她的手拿开道:"别闹,我正想事情。"

沈玉兰赌气地转过身去,背对着袁世凯。袁世凯终于拿定主意,推推沈玉兰道:"玉兰,掌灯,我要再拟一封电报。"

沈玉兰没好气道:"我的祖宗,这都子正时刻了,你还要办公事?明天一早不行?"

"明天一早就要发出去,还是现在弄好放心。"

于是沈玉兰起身点上蜡烛,准备好纸笔。袁世凯在唐绍仪的影响下喜欢上了洋人的鹅毛笔,不必磨墨,而且字可以写得小,不像毛笔一封言简意赅的电报也要写好几页:

闵泳翊前后各语俱已详禀,细查力持附俄者乃金嘉镇、郑秉夏诸小人耳。然亦不过迎合朝王意,借为晋身阶,如仅除诸小人,亦未能清其本源,而后患未艾。伏查朝王现祈求西国保护,谋求背华自立,时以三千里山河臣服于华为耻,群小因而附和,至蛊惑日深。甲申事误于引日拒华之议,近年来谬于引俄背华之议,朝王首其意而群小附之也。圣朝驭藩属唯尽仁义,而朝鲜视之,则以为圣朝碍于各国,对其妄谬无可奈何,渐至肆无忌惮。以凯管见,朝纵送文于俄,俄兵未必能速来,不如待其引俄张露,华先派水师稍载陆兵,奉旨迅渡,废此昏君,另立李氏之贤者。次以数千兵继渡,俄见华兵先入,朝易新君,或可息事。且此时人心瓦解,各国怨谤,如明降谕旨,再由宪授谕李昰应相助,三五日可定,尚不难办。如待俄兵先入,恐难措手。凯庸愚浅陋,无能补救,苟有一得,未敢壅于上闻,冒昧上陈,无任悚惶。

沈玉兰在旁为袁世凯打扇,惊讶道:"老天爷,你要废掉国王!"

袁世凯白了她一眼道:"你小声点吧。我告诉你,这是绝密电报,不得向外吐露半个字。本来这种电报是不该在家中拟稿的,懒得再回签押房,才在家里弄。你可要知道轻重,只当没看见。"

"你不怕得罪了朝王,惹来杀身之祸?"沈玉兰吓得心惊肉跳。

"职责所在,个人生死何足挂怀?"袁世凯见沈玉兰吓得脸色有些苍白,安慰她道,"你也不必吓成这样,没什么大不了的。朝鲜君臣,借他们个胆也不敢对我下手。玉兰,朝廷派我来朝鲜,就是看住朝鲜君臣,不可背叛大清。越南已经被法国占去,琉球也被日本占去,大清这个最后的藩属国,不能在我手里丢掉了。那样,我将背上千古骂名!大清太软弱,明明琉球是我们的藩属国,日本硬生生改为冲绳县。琉球国王派人到天津、北京去哭求,朝廷却不敢对日本强硬。左文襄——就是收复新疆的左宗棠曾经说朝廷越办洋务骨头越软,没有站着撒尿的真男人,说得是一点不假。我袁某人要做个站着撒尿的真男人。我早就建议,干脆像日本对付琉球一样,把朝鲜改为郡县,永除叛离之后患。可是朝廷和李中堂都不答应,怕惹起国际纠纷。我真不明白,日本敢把琉球改为郡县,我们为什么不能把大清的藩属朝鲜改为郡县?这都不去说了。不能改为郡县,那废掉这个三心二意的国王,总可以吧?不然,他三天两头闹叛离,让我防不胜防。所以,釜底抽薪的办法,是另扶一个死心塌地依靠大清的国王。"

沈玉兰不解地问道:"你不是说,国王向来没有主张,主要是受闵妃的蛊惑吗?干吗要废国王?"

"你这个傻瓜,废了国王,王妃也就没了机会干政了。"袁世凯拿出密码本,把电文翻成密码,然后把手里的稿子就着蜡烛烧掉,又把灰烬冲到痰盂中。

沈玉兰见了说道:"你可真够小心的。"

"小心驶得万年船。你今天看到听到的,也应该像冲掉的灰烬一样,忘个干干净净才是。"

"知道了,你放心好了。"沈玉兰又道,"都后半夜了,也凉快了,我先上床等你。"

李鸿章接连收到袁世凯两封密电,立即召津海关道周馥密商。看了电报之后,周馥惊讶地说道:"袁慰廷胆子太大,竟然要废朝王!"

"胆子是够大的,不过袁慰廷目光确实超人一等,他看到了问题的症结。他的处理措施也很得当,欲擒故纵,暂且隐忍,待联俄迹象昭彰、取得证据后,以迅雷不及掩耳之势断然采取措施,俄国想干预也来不及。至于善后,可推出大院君来收拾,各国便无话好说。袁慰廷这三步棋可谓步步相扣,精彩无比。"李鸿章也是连连赞叹。

"中堂的意思,也支持袁慰廷废朝王之举?"

"当然,朝王如此朝三暮四,除了另立新君还有其他办法吗?国人都怪我太过软弱,没有顶用的帮手,我想硬也挺不起来。袁慰廷在朝鲜的确是我的一个好帮手,内外联手,绝不能再让朝鲜步了琉球和越南的后尘。"

"只怕证据不是那么好取的,没有证据,就不能兴废立之举。"

闻言,李鸿章点了点头:"你说得不错,关键是证据。不过,现在得把朝鲜的情形先让醇邸有数,且把袁慰廷的电报转给醇邸。"

醇邸就是代恭亲王而主政的七爷奕譞。他是今上光绪皇帝的生父,当年与六哥恭亲王奕訢一起协助慈禧、慈安两太后发动政变,扳倒了以肃顺为首的八位赞襄政务大臣,两宫得以垂帘,恭亲王被封为议政王,肩负军机大臣、总理衙门大臣等诸多要职,主持大清国的内政外交;奕譞才能不及奕訢,但以武人自居,得以管理神机营,军权在握,是慈禧牵制六爷的一枚棋子。去年借中法之战清军溃败之机,慈禧把恭王为首的军机全班撤换,醇亲王得以出山主政。当年看六哥主政,他意见颇多,怪六哥太软弱,如今他主政后,才发现事情不是想得那么简单,国家战和大计,不可率性而为。因此不到一年,便变得小心谨慎。而且光绪亲政在即,他的打算就是维持局面,到时候儿子能够安然接掌大政。正因如此,对袁世凯废立之举认为实属多事,回电李鸿章,现在并无证据,仅凭人言,不可为证,无题作文,不可不慎之又慎。

第十三章

闵泳翊窃函告密　袁世凯纵横捭阖

公历八月十三日上午,天出奇的热。袁世凯体胖,最怕热,他让下人们从井里提了几桶凉水倒在他签押房的木盘中,过一会儿就拿毛巾擦把脸。下人们又从井里捞起西瓜、桃子摆到他的案边,以解渴消暑。

此时,汉城电报局的陈会办到袁世凯签押房来。两人熟不拘礼,袁世凯指指案上的西瓜道:"你先吃一块消消暑再说。"

陈会办也不客气,连吃两块后抹抹嘴道:"你们总理公署什么事情也要压电报局一头,就是西瓜也比我们的甜。"

"谁不知道你们电报局花样最多,盛观察再精明也有照看不到的地方。"盛观察便是李鸿章面前的洋务红人盛宣怀,不仅插手轮船招商局,还是电报局督办。朝鲜的电报业完全由中国电报局经办,自然也隶属盛宣怀麾下。电报局属官商合办企业,经办者谋私手段层出不穷,所以袁世凯有此玩笑。

陈会办摇了摇头道:"说起来你们都不信,现在朝鲜电报局根本不挣钱。投资如此巨大,电报业务却有限,怎么可能挣钱?"

袁世凯笑道:"咦,我一句玩笑话,你就当真了?向你们盛观察解释去,我这里不听。今天你怎么有空来看我?"

"电报局电线不通,正在抢修,无法发报,所以我忙里偷闲。"

"怎么会不通了?"袁世凯听了有些奇怪。

"前天夜里大雨狂风,从义州到鸭绿江倒了好几十里线杆,正在抢修呢！三天能不能修完还说不准。"

"那就是说,现在电报不通了？"

陈会办回道:"正是,俄国使馆有一封长电要发往俄都,现在发不成,急得要上房揭瓦。"

袁世凯闻言立即警觉起来,瞪着眼问道:"你是说,俄国使馆要发长电回圣彼得堡？"

"正是,这有什么好奇怪的？发不走的电报在我那里有一撂。"

"俄国使馆发长电的时候多不多？"

陈会办想了想道:"不是太多,尤其像这次的长电,我是第一次见。"

袁世凯立即叮嘱道:"陈兄,你给我听好了,这封电报无论如何你不能发出去,就是电报通了,你也要以电线损毁为名,暂时阻拦下来。"

"这是为何？电报通了却不给客户发电,没有这样的规矩。"

"规矩是人定的。我告诉你老陈,此事关系重大,你可要听我的话。至于原因,暂时不能给你解释,反正是顶顶紧要的事情。"

袁世凯说完,拉一下绳子,立即有个庶务跑进来垂手问道:"大人有何吩咐？"

"你立即持我的名帖去请闵竹楣过来一趟, 你就说中午我请他喝酒消暑,务必过来一趟。"

陈会办见袁世凯忙得不得闲,便知趣地告辞。袁世凯再叮嘱一句:"老陈,我拜托的事情可别忘了。"

十一时多,闵泳翊过来了,手捏把扇子呼呼扇个不停:"这天真要命。"

"你先吃块瓜消消暑。"袁世凯亲手递给他一块西瓜,又拉了下响铃,把庶务叫来道,"镇在井里的酸梅汤还有没有,再弄几杯来。"

庶务应声而去。

闵泳翊吃完西瓜,拿出一块白手绢仔细地抹抹嘴巴问道:"总理找我,一定有事吧？"

"今天找你还真没事。难得清闲,叫你过来纯是喝闲酒,过会儿也让你见识一下我的清凉亭。"袁世凯的清凉亭在公署后园,园址原先是一片树林,有几株两人合抱的老楸树,据说已经有几百年的历史。树下又有一口老井,如今在楸树下、井台上架起了葡萄,又请石匠在井口之上弄了张石桌,围桌而坐,腿边凉气习习,是消暑的好地方。

这时庶务端来两杯酸梅汤,袁世凯端一杯递给闵泳翊,一杯留给自己,诡异地对闵泳翊道:"竹楣,我有件东洋的宝贝让你瞧瞧。"

"什么宝贝?"

"你出去吧,我不招呼,谁也不能进来。"袁世凯吩咐完庶务,就从抽屉里取出一册日本春宫图,男女隐私纤毫毕见。闵泳翊的眼睛一眨不眨,几乎要瞪出来。

袁世凯在一旁笑道:"你仔细看,反正吃饭的时间还早。"

闵泳翊看得全神贯注,袁世凯悄悄把一张纸条放到春宫册上,上面写的是——朝俄密约何时送到俄使馆的?

"没有,没有送去。"闵泳翊手里的杯子当啷一声落到砖地上摔得粉碎。

"那打算何时送去?"

闵泳翊回道:"朝俄并无密约。"

"你的脸色已经告诉我,有。竹楣,你该不会像那些小人一样是非不明,轻重不分吧?李中堂来电,认为亲俄小人劝主背华,都该杀。"袁世凯说着又拿出此前李鸿章的一份电报让闵泳翊看,上面果然有小人可杀的话。

闵泳翊还是不肯松口道:"如果中堂对别人说是我告密,这话传回朝鲜,我必死无疑。"

"你也太小看李中堂了,难道他堂堂大学士还不知事之轻重,什么话该说,什么话不该说竟然不知道?"

闵泳翊又道:"如果上国向我国王殿下问罪,我为人臣,有何脸面事君?"

"大清绝不会问罪国王殿下,但对怂惠背华的小人则必定要惩办。"见闵泳翊还在犹豫,袁世凯又劝道,"竹楣,现在事情还没闹大,还能去掉那些小人为国除害;如果等木已成舟,不可挽回,那时候李中堂就是想保国王殿下,恐怕说话也未必能够管用。事之轻重,你可不要糊涂。"

"的确有一个文凭,已经送到俄国使馆。"闵泳翊咬咬牙,终于下定决心。

"上面都写了什么?"

"无非是求俄国保护,朝鲜宣布与上国地位平等,如不允,则请俄派兵相助等。"

袁世凯心中暗惊,但又不能惊慌失措,他镇定地对闵泳翊道:"竹楣,现在形势十分紧迫,如果朝俄密约木已成舟,中俄朝之间必起大纷争,朝鲜必不能独善其身。现在因为电报不通,俄国公使无法与国内联络,我们必须分秒必争,你立即想办法把这个文凭抄一份给我。有此文凭,我可面见殿下,晓以利害,除掉朝中小人,立即中断与俄密约。那样,殿下可救,朝鲜大幸。"

闵泳翊又求道:"如果我送来抄件,袁兄可要保证只惩办小人,不问罪我王。"

"你放心好了,我定当全力保全殿下。"

闵泳翊认为此时两人不宜走得太近,何况他有重任在肩,如何能够安心品酒,不如回家来得方便。袁世凯也不强留,送走客人后立即着人找唐绍仪前来商议。唐绍仪认为目前只有将此事先电告李鸿章,请示机宜。袁世凯立即亲自起草密电,由唐绍仪去电报局一趟,看能不能发出。

到了下午唐绍仪回来报告说,电报还没修通,没法发电。袁世凯急得直跺脚,连呼道:"这可如何是好?"

袁世凯想了大半夜,第二天一早吃过饭,就把唐绍仪叫到签押房议道:"少川,电报还不通,我们不能傻等。咱俩先来分析一下,得拿个章程出来。"

唐绍仪也是心思缜密,反问道:"昨天晚上我也没睡,我在想朝鲜如此行事,各国又将如何反应呢?"

袁世凯点了点头:"考虑事情就应该如此,你且说说。"

"俄国早就想在亚洲弄个出海的军港,朝鲜此举正是人家打瞌睡他来送枕头,俄国必然是喜出望外,肯定会支持朝鲜的要求;但现在英俄两国较力,英国当然不愿俄国在朝鲜扩张势力;日本也对朝鲜有野心,自然也不想让俄国插足。所以,我建议可否与英使商议,请英国兵舰前来朝鲜海面附近帮助巡逻,这就是对俄国的一个警告和牵制,让他知道要想插手朝鲜,不但大清不高兴,英国人也会趁机有动作。至于日本人,心机太深,不让他们参与为妙。"唐绍仪分析道。

袁世凯一拍大腿道:"妙极了,真正是英雄所见略同!那么俄国那边,咱们应该怎么交涉?"

唐绍仪有些迟疑道:"可不可以直接去与韦贝交涉,声明朝鲜为大清藩属国,劝阻他们不要插手朝鲜事务。"

袁世凯摇了摇头道:"我也曾经这样想过,不妥。一是我们手头没有证据,就是有,俄国人死不认账怎么办? 二是,咱们的对策还未定,先打草惊蛇,反而不美。我的意思,不如我们干我们该干的事。"

"总理所说我们干该干的事是指什么? 派兵来吗?"

"可以这么说。如果俄国真派兵来,我们也必须派兵。或者说,我们应该先派兵来。派不派兵取决于朝廷,不过我们不能一无所为,应当相机而动,迫使朝鲜宣布交予俄国的文凭无效。"

"如果朝王能如此声明,事情就简单了。可是空口白话,朝王不会就范;如果来硬的,我们手里又无兵,如何是好?"

"的确是个问题啊。当年两次平乱,我手里都有兵可用,如今只有十几人的卫队,做醋不酸,做盐不咸,真是愁煞我也。"袁世凯模仿京戏中花脸的唱腔,摇头晃脑,让唐绍仪哭笑不得。

袁世凯让唐绍仪把两人商议的意见再次发给李鸿章,唐绍仪去电报局一趟,电报仍然未通。

次日上午,闵泳翊来见,看他一脸郑重仓皇的神情,袁世凯便问道:"竹楣,文凭抄来了?"

闵泳翊点点头,从怀里掏出抄录的密函交给袁世凯:

密启者:

　　鄙邦偏在一隅,虽独立自主,而终未免受辖他国。我大君主深为耻闷。今欲力加振兴,悉改前制,永不受他国辖制,唯不免有所忧忌。鄙邦与贵国睦谊尤笃,有唇齿之势,与他自别,深望贵大臣禀告贵政府,协力默允,竭力保护,永远勿违。我大君主与天下各国一律平行,或他国有所未允,望贵国派兵舰相助,期以妥当,深所景仰贵国也。

　　肃此仰布,统希雅鉴,敬颂勋安。

大朝鲜开国四百九十五年丙戌七月十三日奉敕
内务总理大臣沈舜泽致大俄国钦命大臣韦阁下

闵泳翊告诉袁世凯，原文在年号上盖有国王印玺。

袁世凯当机立断道："朝鲜背华证据确凿，有此凭证，足以与国王交涉，驱除朝中小人。我立即电告中堂，请示机宜。"

闵泳翊又一次恳请道："请总理一定恳请中堂大人，不要泄露是我举发，更不要问罪国王，此事完全是由朝中亲俄小人蒙蔽我国王殿下。"

"放心，我答应的事情，何须再次叮咛？"

送走闵泳翊，袁世凯立即叫唐绍仪前来商量，把抄件递给他道："少川你看，朝王果然妄想背叛大清。如果俄国真的答应朝王的请求，中俄交涉，那就是一场大麻烦。"

唐绍仪对这份抄件的真实性表示怀疑，疑问道："闵泳翊一再叮嘱不可泄露是他举报，是不是他从中捣鬼，是想借中国之手除去亲俄的大臣？他回国后，和亲俄的那帮人弄得很僵。"

"亲俄派不喜欢他，怕他在国王面前争宠嘛。不过我想，他还不至于打国王的旗号来造假吧？"袁世凯一拍大腿道，"先不去管他，我是宁信其有，不信其无。"

"四哥是什么打算？"

"第一，当然是立即把这份抄件全文发给李中堂。"袁世凯边想边道，"现在电报还未通，明天能不能通也无把握，我们得做两手准备。"

"两手准备？怎么准备？"唐绍仪问。

袁世凯的意思，一面把电报送到电报局，如果通了，立即发出；同时把几天积下的电报再拟一份，派专人到仁川去，如果有回大清的商船或兵轮，就乘船去烟台发报。

唐绍仪立即提醒道："我们可以派专人去烟台，不见得俄国人不会。"

袁世凯一拍脑袋道："对，我还真没想到这一点。你立即发报给仁川分署，让他们即刻派人去码头不分昼夜给我盯好了，有进出港的船一概向我报告。"

汉城北路通往平壤再至鸭绿江的电报不通，但往仁川的却畅通无阻。不过朝鲜电报全是陆线，因此到了仁川依然无法发回国内，但可以乘轮船带到烟台，从烟台再发电。袁世凯可以这样办，俄国人同样也可以如此，所以袁世凯不得不特别关注俄国人在仁川的动向。

"还有，"袁世凯道，"你把朝鲜翻译和西语翻译都派出去，让他们去各国使馆打听，听听有无关于俄国人的动向。"

唐绍仪立即派人分头办理。到了晚上，就有回电了，说有一艘日本商船进了仁川港，听说明天午后就驶往烟台。

"少川，如果明天电报还不通，俄国人恐怕会托日本商船帮忙到烟台发报。上海、天津常有俄国兵舰，他们要是到朝鲜来，快得很。那时候朝鲜要是宣布独立，我们靠什么阻止？如果各国都表示支持，那可就无法挽回了。"袁世凯急得不得了，"少川，你看有没有办法，能够阻止俄国人托日本商船发报？"

"恐怕很难。我们没理由阻止俄国人和日本人接触。"唐绍仪摇了摇头。

袁世凯自言自语道："如今最好的办法，就是我们的兵船先到，那就可化被动为主动。"

次日一早，电报局陈会办亲自来见袁世凯，那时他还未起床，陈会办在窗下报告："袁总理，电报已通，积压的电报已经全部发走。"

"老陈，别在外面说话，进屋来。"

夏天着衣甚少，又有内眷，陈会办有些犹豫。袁世凯胡乱穿上一条长可及膝的短裤，光着上身到了外间道："老陈快进来，外面说话不便。"

所谓不方便，是怕隔墙有耳。

陈会办只好进来说道："所有的电报都发走了。"

"俄国人的电报呢？"

陈会办回道："俄国人还不知道电报已通，还没派人去。"

"好得很，除了公署的电报外，其他电报一概不发，对外声称电报尚未通。"

陈会办担忧道："这要拖多久？纸终究包不住火，而且也有失诚信。"

"不会拖很久，顶多一两天。这件事极其重要，你先把诚信的问题放一边。俄国的电报，无论如何不能发。"

打发走陈会办，派出去的译员陆续报回消息，欧美驻朝使馆中已有传闻，说俄国将派兵舰到朝鲜来，而亲俄的朝臣更是频繁出入俄使馆。

唐绍仪分析道："我觉得俄国不会轻易派兵来，那样不仅要与大清闹翻，英、日两国也起交涉。至于有兵舰来的说法，估计是安慰朝鲜亲俄小人罢了。"

袁世凯依然担心："俄国人不派兵当然好,可万一真派来了呢?所以,此事宜速不宜迟。如果快刀斩乱麻,先发制人,则易了结。如果迟了,俄国必纠缠,挽回则不易,就是挽回,恐怕朝鲜国土也将不完整,至少会失去一个港口。"

唐绍仪说道："咱们想快也快不了。李中堂接到电报,再报到总理衙门,再报给两宫,怎么着也得三四天。"

"三四天,黄花菜也凉了。兵贵神速,我们不能等。"

唐绍仪提醒道："四哥,甲申年你果断带兵入宫,本是立了一大功,可是却被小人诬陷,朝廷将功为过,若不是李中堂一力保护,恐怕将蒙不白之冤。前车之鉴,不可不慎。"

袁世凯自然也有顾虑,他绕室踱步,过了十几分钟才道："少川,个人荣辱要置之度外了,如果朝鲜叛华自立,那时候你我就是一死也难辞其咎。"

"四哥,你打算怎么办?我自然追随,荣辱与共,没什么好说的。我建议再向李中堂发电,告诉他宜速不宜迟的意思,并请他速派大员筹办。如果李中堂说一句,由四哥相机办理,那就可为四哥卸去不少的责任。"

"也行,你立即发报。"

电报发了,到了下午仍然没有动静。袁世凯沉不住气了,叫来唐绍仪道："少川,不必等了,咱们得采取行动,不能坐以待毙。"

"四哥打算怎么采取行动?需要我做什么,吩咐就是。"唐绍仪知道袁世凯已经有了主张。

袁世凯道："俗话说,解铃还须系铃人。是朝鲜亲俄,那就逼着朝鲜不敢亲。不仅是我们,还要借助他国的力量,比如可以有意透露给英国、日本,让他们也给朝王施加压力,朝王内外交困,也许头脑会清醒了。"

唐绍仪立即表示支持："英、日使领馆由我负责,四哥放心就是。尤其英国人,在朝鲜没有领土野心,对我国也一直很支持,要善加利用。"

按照袁世凯的计划,当晚宴请朝鲜外衙门官员及前后左右四营使。外衙门督办金允植已经被免职,说另有任用,但迟迟没有下文。如今代他署理外衙门督办之职的是协办徐相雨。此人善于钻营,而且唯闵妃之命是从,即将取代金允植朝野尽知。金允植不便前来,而徐相雨也以身体不适为由拒绝赴宴,四位营使只来两位。本是两桌,结果只有一桌客人。袁世凯十分不悦,酒宴十分尴尬,众人越想装出高兴的样子,越发显得气氛不对。袁世凯想如此也好,反正今晚就是为了撕破脸皮让他们看,正好借机把话说破。

袁世凯把朝鲜翻译叫过来叮嘱道:"我说一句,你翻译一句——各位都是朝廷的重臣,能应约前来,本总理很感谢。但今晚兄弟十分不快,因为有些人太不给袁某人面子。不给袁某人面子无所谓,可是眼里没有宗主国,却是个大问题。"

众人都放下杯箸,鸦雀无声。

"最近,有一帮小人蛊惑殿下背叛大清,向某国使馆暗送密信,有碍宗藩体统。事情已经败露,我已经拿到密信的全文并电告李中堂。朝廷震怒,将调金州七十二营大军前来清君侧。请你们给那些小人带句话,想背叛大清是自误误人,如果及早回头,尚有一线生机,若执迷不悟,自己身死事小,恐怕连累国王殿下,累及朝鲜社稷,那就是千古罪人。"

众人都惊得脸色苍白,然后纷纷向袁世凯表示他们从未起过背华的念头。

袁世凯摆摆手道:"谁是小人,大家清楚,我也清楚。请诸位带个话,让他们好自为之。我还有几封信,烦请带给几位大人,请务必今晚送到。"

第一封信是给领议政大臣沈舜泽,信中道:"顷闻贵政府已送文于他国,有碍中国体面。上闻愕然,命予查实据报。伏念中国眷顾东藩,仁至义尽,何所负于朝鲜,而贵政府竟为此举,殊出情理之外。设中国点派劲旅,兴师问罪,贵政府何以对之?又将何以应之?尊意何居,殊不可解,尚须明白迅复为幸。"

第二、三封,分别给朝鲜左、右议大臣金炳始、金弘集,意思差不多。

第二天上午,领议政沈舜泽带着左右议大臣金炳始、金弘集来拜访袁世凯。沈舜泽时年六十有二,须发皆白,但精神尚好。此人并无多大才能,更无主见,不过是奉行内旨,奔走权门,所以虽为事大党,却仍然为国王及王妃所不弃。他说道:"昨晚接到袁总理的信,不胜惊骇,立即进宫面见殿下。殿下极为震怒,真不知谣言从何而来。"

沈舜泽与袁世凯关系十分密切,经常向他提供朝野的消息,唯有此次朝俄密约事件却只字未提。是国王和王妃有意瞒着他,还是他唯王妃之命是从有意瞒着？袁世凯不得而知。而沈舜泽张口即将此事定性为谣言，让袁世凯有些恼怒，气问道："领相大人认为是谣言？我这里有一份密信的抄件，上面还有领相的大名，领相难道从未与闻？"

沈舜泽看罢惊讶得双目大睁，连道："绝无可能，绝无可能，我从未见过这封密信。更从未有过背叛上国的念头，请袁总理明鉴。"

袁世凯又问道："那这封信又是怎么回事？"

"必定是小人伪造，本议政府从未向俄使送过什么密信。"沈舜泽坚决不承认。

袁世凯叫着沈舜泽的号道："稚华兄，你们想推得干干净净，恐怕没那么容易。你既然说是小人伪造，那么应当立即抓捕小人。既然这密函非出自朝鲜政府之意，那么就应当立即向俄使索回。"

"这恐怕有些难。我并不知道小人是谁，怎么抓？而且，我也不曾派人向俄使送过密信，更谈不到向俄使索回。如果去索，岂不是证明此密信确实有？"

在袁世凯眼里，沈舜泽平庸懦弱，很好对付，但今天的回答却相当机智。以对他的了解，在震惊之下，仓促之间绝对不可能反应如此快捷，那就说明他与国王已经反复商讨过应对措施。如果真是如此，那恰恰说明此密函是真的。

袁世凯见状冷笑道："稚华兄，你不觉得你的回答相当精彩吗？不是反复思考，恐怕不会回答得如此干脆，好像一切都是我在捕风捉影。那我问你，有一批人频繁出入俄国使馆你总该知道吧？这难道不是反常？他们所为者何？你这个领相难道一无所知？如果一无所知，是否说明你有失监督？"

这么连番责问下来，沈舜泽有些手足无措了："我的确知道有些人与俄使走得近了些。"

袁世凯不容他思索，咄咄逼人地追问道："明知道他们与俄使频繁接触，为什么没有任何过问，又为何从未向我提起？"

"袁总理息怒。领相大人政务繁忙，实在未曾顾及，都是我等失职。"金弘集和金炳始都为沈舜泽解围。

"背华亲俄，这是多大的事情！天威震怒，将派大军前来，那时候追究责任，亲俄小人自不必说，领相及两位副相恐怕也难辞其咎吧！"袁世凯把伪造的北洋将派大军前来的电报让三人传看，三人脸都吓白了，"亡羊补牢，为时未晚。请立即罢斥小人，索回密函，不然此事的后果诸位自知。"

沈舜泽拱手请求道："此事我们实在定不了，需要面奏殿下，请殿下定夺。无论如何，还请袁总理向北洋陈情，始终庇佑。"

第二天一早，沈舜泽在金炳始和金弘集的陪同下又来见袁世凯，说国王非常震怒，立即调查是何人伪造密函，并未查出来；又派人向俄使交涉，俄使称并未收到密函。

沈舜泽将一份照会递给袁世凯道："奉国王殿下教旨，特向袁总理提交照会，以昭郑重。"

朝鲜国议政府领议政沈为密行照会事。照得本政府昨闻传言，有无知小人捏本政府公文送俄国公使求其保护等情。查此事系国王暨政府所不知，乍闻惊愕，立即差人设法屡向俄国公使索交文凭。据称该公使一辞诧异，坚称未曾收到密函。事出虚妄，盘核无所，曷胜焦灼。窃小邦服事上国三百年，所偏蒙皇上字恤之恩，与天无极，小邦群臣上下感戴图报之诚可质神明。不意有何奸细之类白地构诬，欲售谗言之计，思之及此，骨颤心寒。而国王自闻此事，寝息靡安，深惧受厚诬而未获暴忠于天朝。谕本政府将此事密告贵总理详白洞悉，并祈转达总署诸王公大人、北洋大臣核办鉴原，俾小邦昭其诬而伸其枉，实为德便。合此密行照会，请烦贵总理查照施行。须至照会者，右照会钦命驻扎朝鲜总理交涉通商事宜三品衔升用道袁。

光绪十二年七月十八日

袁世凯看罢，心想让朝俄这么一推托，好像全系谣言，是我袁世凯多事。难道闵泳翊提供的密函是假的？不，就连日本使馆也听说朝鲜向俄国提交过密函。朝俄都不承认，也许是缓兵之计，等俄国大军一到，朝鲜再宣布独立自主，那时可真就束手无策了。必须防患于未然！袁世凯拿定了主意，冷笑一声道："稚华兄，你今天来，就是告诉我此事全是捕风捉影啰？"

沈舜泽连忙回道："不不，是奉殿下之命，向总理说明，请总理帮着向朝廷辩诬。"

"辩诬？稚华兄何以认定此事为诬陷？我可不可以认为这是亲俄小人的缓兵之计,在等待俄国兵舰的到来？三位想过没有,俄国出兵的许诺也许就是个骗局,目的无非是从朝鲜骗个军港。就算俄国舰队真的前来,对朝鲜真有好处吗？我大清北洋舰队,定、镇两舰坚甲巨炮,亚洲所无;英国也必定以俄国干涉为借口,久据巨文岛;日本也将以大清出兵为由,派兵前来,那时候朝鲜独立不成,恐怕先成战火重燃之地。举国上下,必定怨声载道,诸位为国之重臣,不能为国预谋善策,必将为千夫所指！"

沈舜泽一脸愁苦地说道："如今我们是夹在风箱里的老鼠,两头受气。请总理指点,我等该如何才算为国谋一善策。"

"抛开密函不说,贵国有帮小人蛊惑殿下亲俄是实,最近亲华的大臣被疏远也是事实。金云养在两次祸乱中挺身而出,救护国王和朝鲜,可是因为亲华而被罢职也是事实。我请三位转至国王殿下,亡羊补牢,尚可挽回。一是立即让金云养复职外衙门督办;二是立即抓捕亲俄的小人;三是必须向俄使讨回文凭。"袁世凯向沈舜泽提交了一份亲俄小人名单,共有十余人。

沈舜泽见了推脱道："这么多人,恐怕难以一一惩治。"

"为首者总要惩治,不然我也没法向朝廷交代。"袁世凯也并未打算逐一惩治,只是想给亲俄的大臣一个警告。

沈舜泽又道："向俄使索要文凭也很难办。俄使曾说,如果再逼迫,将调兵舰来开战。"

"这不过是虚声恫吓。你们不便去,就让那些亲俄的小人去,他们既然天天往俄国使馆跑,就让他们去要好了。"袁世凯不容分说就端茶送客。

到了晚上,大院君在两个亲信护卫的陪同下悄悄来见袁世凯。说起亲俄小人为祸国家,他十分悲愤地说道："听说上国要派大军,臣民交哄,举国鼓沸,只怕朝鲜又将陷于变乱。还请袁总理设法挽救。"

"院公,你一心为国,其情可感。可朝鲜屡屡出现危机,原因何在？小人固然可恨,可是如果殿下心志坚定,不做背叛上国的打算,小人如何有机可乘？"袁世凯一针见血道。

大院君摇摇头道："殿下心志不坚,误信人言,又唯王妃之命是从,是肇祸根源。但还请总理顾念朝鲜社稷和百姓福祉,务必设法消弭祸端。"

"院公,你为朝鲜百姓的一片苦心,袁某感同身受。院公毕竟是殿下的亲生父亲,院公有他人不可替代的作用。"袁世凯建议大院君去找大王大妃,哭求她劝说朝王罢斥亲俄小人,放弃背华妄想。

大王大妃赵氏,是朝鲜第二十四代国王宪宗的母亲。宪宗无子,死后由旁支继统,为第二十五代国王哲宗。哲宗又无子,赵氏收李昰应的二子李熙为养子,继承大统,为第二十六代国王。虽是养子,但李熙对赵氏非常孝顺,因此袁世凯建议大院君借助赵氏影响国王。

大院君答应回去后立即进宫见大王大妃。送他走时,袁世凯又道:"院公,你身份特殊,有事派人送信就行,不必亲行。"

慈禧和慈安在养心殿东暖阁召见醇亲王奕譞。殿内虽然摆了几盆冰块,但依然闷热难耐。体制攸关,天家绝不能像民间小户人家,热了可以短衫短裤,而况召见重臣,又是叔嫂召对,更不可能随意。

"老七,天这么热,我和姐姐快点问,你也快点回,没用的话就不必说了。"慈禧最怕热,虽然身边有宫女打扇,仍然有些受不了。

"嗻,奴才只拣有用的回。"奕譞回道。

"朝鲜现在是什么情况?李鸿章又是什么意思?"向来问政都是慈禧的事情,慈安只是陪坐而已。

"现在袁世凯已经拿到了朝鲜议政府给俄使的密函,朝鲜背华亲俄证据确凿,李鸿章认为应当诛乱党,废国君。"

慈安心软,听到废国君的说法,忍不住插话道:"一个国王说废就废了,是不是再考虑一下。"

慈禧是看过李鸿章发来的所有电报的,来龙去脉非常清楚,她要言不烦地向慈安解释个中原因后道:"这个主意是袁世凯拿的,李鸿章认为不失为釜底抽薪的办法。但如何办理,自然是慎之又慎。"

闻言,慈安点头道:"毕竟是个国王,还是慎之又慎得好。"

醇亲王回道:"这也是到了万不得已时才采取的办法,李鸿章现在已经派从前管理朝鲜电报的陈允颐带着四五十人的小队,扮作维修电报工,乘兵轮去朝鲜,以查看电线为名,到汉城去与袁世凯商议。同时要察看一下大院君李昰应到底在朝鲜影响如何,如果他有能力诛杀乱党,那样最好。届时是否需要派兵,再视情形而定。"

慈禧又问道:"如果他国干涉又该如何?"

醇亲王回道:"回圣母皇太后,李鸿章以为英国和日本都不希望俄国在朝鲜得势,所以他们不会与我们为难。至于俄国,大清是处置藩属国事务,不容他们干涉。"

慈禧笑着道:"李鸿章这回倒是快刀斩乱麻,不过,事情好像不会那么简单,如果万一英、俄、日都派兵去朝鲜呢?英国人还占着巨文岛,他要趁机增兵也不是没有可能。俄国和日本更不用说,觊觎朝鲜好多年了。"

"李鸿章也有此顾虑。所以,已经密令北洋调几条舰北上,同时下令在长崎维修的定、镇两舰尽快赶往仁川海面,以备万一。他还电令驻日本公使徐承祖,一旦决定派兵入朝,就让他照会日本。因为按照天津条约的约定,双方派兵到朝鲜去,都要知照彼此。"

慈禧点了点头道:"这样安排原也不错,告诉李鸿章,要做好出兵的准备,到时候能朝发夕至,抢在别人的前头。还有,俄国人到底收没收密函,这个必须得问清楚。"

醇亲王回道:"既然是密函,恐怕他们收到了也不会承认。不过,李鸿章已经电令驻俄公使询问俄国外部,向他们表明我国立场,朝鲜是我藩属国,请俄国不得受此伪信。"

慈禧又点头道:"告诉李鸿章,先事宜审慎,不可大意;临事宜决断,不可游移。还有,让他催问陈允颐和驻俄公使询问情况如何,及时回电,请旨办理。"

醇亲王知道这几句话很要紧,是发给李鸿章的旨意必须体现的,因此将"先事宜审慎,不可大意;临事宜决断,不可游疑"狠狠记在脑子里。

接下来又问园子几项工程的进展。清朝入关后,从白山黑水中下来的满人受不了关内的暑热,尤其是高墙密闭的紫禁城,夏天无异于受刑,因此从康熙朝开始大修圆明园,每年除了冬天几个月,大部分时间驻跸圆明园内。英法联军一把大火烧掉后,万园之园不复存在,便只能在紫禁城中熬。当然还有中海、南海的西苑,但规模实在太小,不是听政的最好所在。曾氏兄弟打下金陵城后,慈禧就动了修复圆明园的心思,无奈国家财力有限,而况内忧外患,从未宽松过,又加恭亲王一再阻拦,因此一直未能如愿。罢黜恭亲王,换上听话的奕譞后,这才得以施展大修园林的计划,不过经内务府勘估后,认为大修圆明园工程太过浩大,建议修近邻圆明园的清漪园(后来改为颐和园)。这是个"明修栈道,暗度陈仓"的计划,在清漪园的昆明湖内,设水师学堂,名义上是教授满族子弟学习海军,而以此为借口,挪用海军捐及海军经费。当然慈禧没那么傻,她绝对不会说出"挪用"两字,而是让奕譞出任海军衙门王大臣,又负责园林工程,两项都是要花钱的工程,让他设法协调,总之要两不误。醇亲王自然明白其中的真意,但要挪用海军经费,非有海军衙门会办大臣李鸿章的配合不可。李鸿章也是聪明人,知道违拗太后的心愿是什么后果,对醇亲王的处境十分体谅,在海军经费的使用上故作糊涂。但慈禧的胃口太大,而况又有内务府从中撮掇,所以工程越开越多,规模越来越大,让醇亲王捉襟见肘,异常苦恼。这个话题慈禧却很有兴致,问得十分详细,一议就是近半个时辰。结果前后花了近一个时辰,醇亲王出殿时,才发觉已经出了一身大汗,内衣都贴在身上。他一边走一边吩咐一名太监道:"你去军机处告诉额勒和布大人,有旨意。"

此时朝鲜的袁世凯颇为得意,他所列出的"小人"真是人人自危,纷纷到公署来见他。大院君也送来密信,说他已经见过大王大妃,哭求大王大妃劝谏国王。他本人也去见过了国王,父子携手,相顾大哭。而英国、日本使馆人员也要求面见国王,表示如果俄国派兵到朝鲜来,两国必不能坐视。袁世凯觉得火候已到,内外交困的朝王必定能够就范。

果然,这天上午署理外衙门督办徐相雨前来拜会袁世凯道:"国王殿下已经下教旨,起用金云养复任外衙门督办;同时,惩办亲俄的金嘉镇、赵存斗、金鹤羽、金养默四人,昨晚已经逮捕入狱。"

袁世凯见状问道:"密函追回来了吗?"

"已经派人反复向俄使索要,但俄使说确实未收到密函,我们已经束手无策。总理是听何人所说密函之事,可请他出来作证,向俄国人交涉。"这无异于将袁世凯一军。

袁世凯自然不能说出是何人,推脱道:"我自然有证据。可此事由朝鲜所起,当然应当由朝鲜前去交涉。"

"不是不交涉,是手无证据,实在无法做有力的交涉。"徐相雨不像一般官员那样能被袁世凯的疾言厉色所震慑,"袁总理自称有证据,又不肯提供,外衙门深感为难。"

"解铃还须系铃人,公署既无向俄使要密函的义务,也无向你出示证据的必要。之所以不出示,是为彼此都留些余地,以免逼到墙角大家都不好看。"袁世凯冷笑一声,话锋一转道,"你们的为难情形,我也不是一无所知。既然俄使不承认接到密函,也不是没有解决的办法。"

"愿听总理高见。"

袁世凯建议道:"贵国可向各国使馆发一份照会,声明朝王要求俄国保护的密函纯属小人造假,绝不可信。这样,就是万一俄国人有一天拿出这份密函要挟也无济于事。"

"应当声明密函之事纯属造假。"

如果做此声明,则无异于袁世凯是在无中生有,无事生非,他纠正道:"必须声明是密函为假,而不是此事为假。"

"有什么区别吗?"徐相雨的确认为袁世凯在捕风捉影,他不相信有这样的密函。

"当然有区别。"袁世凯脑子转得特别快,"声明密函为假,将来俄国即使拿出来也没用;声明此事为假,到时俄国若拿出密函,说有此为证,何假之有?请问,那时候朝鲜是否要按密函行事?"

徐相雨想了想道:"既然袁大人如此坚持,我再回禀殿下。"

打发走徐相雨,唐绍仪来告诉袁世凯,据从日本使馆打探到的消息,朝王确实打发人送过密函给俄国使馆,送信人叫蔡贤植,但他已于昨晚落水而亡。

"这分明是杀人灭口,可见朝王不思悔改!"想想徐相雨的强硬态度,袁世凯有种受骗的感觉,"少川,我总觉得朝王行的是缓兵之计,他很可能是在等待俄国的援军。"

唐绍仪叹气道:"我实在无从判断。按朝鲜以往的处事风格,如果真有其事,他们不敢不承认。可是这次很意外,他们还提交了照会,说明政府并无密函,国王更是不知情。照会是极正式的文件,如果朝王心中有鬼,应该不会这样明目张胆。"

袁世凯摇摇头道:"可是,朝鲜有亲俄小人却是千真万确!人闯了祸,会勉强承认,而闯的是大祸,却会死不承认。还有,朝王向无定见,就是这场风波过去了,还会耍别的诡计。所以,我坚持还是要釜底抽薪,才能永绝后患。"

"四哥的意思还是要坚持废掉朝王？此前已经提议过,李中堂未置可否。"

"未置可否,不一定就是反对。"袁世凯道,"我再起草一份密电请示！"

顷闻送文人系蔡贤植,昨晚朝已暗使蔡逃而幽害之以灭口,欲抵赖匿凭,以待俄兵。然文凭有朝王国宝,将不知从何抵赖。鬼蜮情形,殊可切齿。此时臣民交哄,举国鼓沸,如有五百兵必可废王擒小,解津候讯。查王及妃托俄已深,事必通俄,勾引串谋,愈去愈深,华难胜防。若俄兵至再抗华,诡谋难测,突乱发发。凯赤手舌战,无补大局,唯乞宪台速派大员率兵查办,或可挽回。凯本庸愚,谬叨委任,际此非常,瞬息千变,日夜焦急,伏乞宪台密授机宜,庶无陨越。

唐绍仪亲自去电报局发完密电,回来后再见袁世凯,对密函事件仍有疑虑,道:"四哥,密函的真实性非常关键,我建议让闵竹楣结结实实给四哥一个答复。"

袁世凯并不认同唐绍仪的观点,他认为阻朝联俄才是关键。朝鲜已经拿办了亲俄的小人,说明联俄已经是事实,此时再验证密函的真假已无意义,如果是假的,岂不说明他真是无事生非？但他嘴上却答应唐绍仪的要求,让他设法通知闵泳翊明天一早来商议。

第二天上午,闵泳翊应约前来,跟随着庶务来到袁世凯签押房,袁世凯却不在。庶务伸手请道:"闵大人,请稍等,袁总理刚才有事到后院,稍等就来。"

签押房是公署的禁区,非请莫入。庶务在门口止步,弓着腰做个肃客请入的手势。闵泳翊进签押房,静坐等候。但等了一会儿却不见人影,就站起来看墙上朝鲜全图。看罢全图,再看袁世凯案上的书籍,摆在案边的是一本《孙子兵法》,而兵法下面压着一份电报稿,一角在外,上用红笔写一个"密"字。人的好奇心是无法压制的,闵泳翊抽出电报,匆匆一阅,脸都吓白了,那正是袁世凯请示李鸿章罢黜李熙的密电。正在这时,听到外面响起脚步声,他连忙把电报放回原处,站到地图前装模作样看起来,强压住自己狂跳的心脏。

"竹楣,久等了。"袁世凯和唐绍仪一起进门。

唐绍仪看了一眼闵泳翊道:"竹楣,你脸色有些难看。怎么,没睡好?"

闵泳翊回道:"哪能睡得着?已经连续好几晚不能安眠。殿下也是连续几日寝食俱废。"

"殿下不能安眠,恐怕是在想如何对付我。真是岂有此理,徐相雨昨天前来,不但不肯承认密函之事,而且咄咄逼人,好像我在无事生非。事关中俄朝三国的大事,我能不慎之又慎?竹楣,这件事马虎不得,你老老实实回答我一句,那封密函没有任何问题吧?"袁世凯问道。

"当然,我何敢拿国家命运开玩笑!可此事国王的确不知情,是小人捣鬼,千万不能怪罪国王。我事先一再向总理请求,请总理不要食言。"

"我当然不能食言,可是国王行事总也要说得过去。密函的事国王可以推说不知,小人亲俄难道也能推脱掉吗?我已经一再忍让,如果俄使不肯交出密函,那朝鲜向各国发一份照会说明此密函为小人伪造,国王及政府一概不知,声明该密函作废总可以吧?可是这个小小的要求竟然也没有回音。不加罪不追究,那也要有个真诚认错的前提吧?"

"我立即进宫劝说殿下。但请总理信守诺言,不然我无颜为臣,也无颜为总理的朋友。"

"响鼓无须重锤,我今天约竹楣正为此事。既然你如此明理,我也不必废话。"

次日上午,电报局陈会办带着陈允颐一行五人来了。陈允颐当初负责创办朝鲜电报局,架电杆时找过袁世凯派兵帮忙,两人关系不错。袁世凯看他身后的人都是电报维修工的装束,就问道:"怎么,陈观察前来修电线?"

陈允颐笑了笑道:"奉李中堂电令,前来修电线。"

修电线自然不必奉李中堂令,显然,他是李鸿章派来的大员。请客入座后,袁世凯又问道:"陈兄,你这次带来多少人马?"

"既然名头是查电线,当然不能带太多的人。我先给你介绍——"

陈允颐要介绍的是张文宣,安徽合肥人,字德三,李鸿章的外甥。张李两家关系极密,李家在未得势前全靠张家接济,李鸿章兄弟读书、婚宦都受到张家资助,因此李鸿章对张氏一族特别关照。同治十三年(公元 1874 年)甲戌科张文宣中武进士,以守备派往两江听用,李鸿章将他荐入吴长庆的庆军营中为哨官。光绪六年(公元 1880 年),旅顺设防,李鸿章调张文宣管带亲军副营,驻防旅顺修筑黄金山炮台。这次带来的五十人,就是他从部下中精挑细选出来的。

听完,袁世凯起身拱手道:"德三兄,久闻大名,可惜我入庆营时老兄已经高就,今日终得一见。"

张文宣立即回礼道:"我更是久仰总理大名。我在旅顺修炮台,多蒙子久大人关照。我来之前,子久大人有信让我捎给慰廷兄。"

信很短,是劝袁世凯务必要谨慎行事,不可轻狂,要细心体察朝廷和李中堂的心思。提醒袁世凯,既然朝鲜不肯承认密函,那就不妨拖一拖再说。

见袁世凯看完信,陈允颐小声问道:"慰廷,如果让李昰应诛杀亲俄小人,然后再谋废立,你认为有几分把握?"

"如果大军前来,有此外援,李昰应趁机而动,总有八九成把握。"袁世凯回道。

"不不不,"陈允颐连连摇手,"中堂的意思,不能先派兵,派兵麻烦太多,而且师出无名。如果李昰应发动政变,我再以安定局势的名义进兵就无大碍,这个次序不能反了。"

袁世凯叹了口气道:"事大党已不得势,李昰应的亲信杀的杀,罢的罢,真正掌实权的已经没有几人。可是,他的影响还是在的。"

"就算能够一切顺利,废除国王,再立一个又如何能够保证不像李熙?"陈允颐这样问道。

"李昰应有个孙子叫李埈镕,是长子李载冕的儿子,今年十四岁,为人极孝顺,受他祖父的影响,事大坚决,绝不会像李熙。而李熙心志不定,主要是受闵妃的影响,将来为李埈镕选妃时,避免选上闵妃这样干政的女人,就可避免今天的局面。"

"世事如棋,变幻莫测。我最好能见李昰应一面,对中堂那面也好交代。"陈允颐道。

"这不难,让李昰应来或者悄悄到他府上都成。"

陈允颐摆摆手道:"你设法通知他约个时间,也不急于一时。反正我是以查电线的名义来的,总要查查电线装装样子。"

在袁世凯的联络下,第二天下午陈允颐只身进了云岘宫,晚饭前他回到公署。袁世凯急切地想知道结果,正如他所担心的,陈允颐不支持废立之举。

"大院君今非昔比,已经没有力量发动政变。而且他有自知之明,也不敢做无把握的尝试。如今宫中他唯一可联合的就是大王大妃,而恰恰大王大妃不支持政变,因为李熙对大王大妃相当孝顺。"

大王大妃不愿参与其事,更因为她经历了太多的政变和世态炎凉,不想多事。

"还有,汉城百姓也是人心思定。"陈允颐毫不掩饰他的观点,"慰廷,你我不是外人,我对你不必遮遮掩掩,我反对废立之举,我将以此上报中堂。"

"李熙亲俄却是千真万确。"袁世凯还不死心。

"我正要说此事。"陈允颐道,"我反对废立之举,但对你阻朝联俄的措置却十分赞同。经你这番交涉,已经给了朝鲜一个教训。"

这天慈禧、慈安膳后闲谈,慈安问起朝鲜的事情:"妹妹,上次老七说要废朝鲜国王的事,到底怎么样了?"

慈安很少问政,而对废除朝王一事却一直挂怀。慈禧不禁有些奇怪,问道:"姐姐对这件事好像特别上心?"

"我是想,"慈安读书不多,对政务也不感兴趣,要想确切表达自己的意思颇费思量,"儿子当国王,当爹的总是干涉,总不是件好事情。当年世祖章皇帝受多尔衮干政,圣祖仁皇帝受鳌拜的气,下场都不好。"

慈安的确没有表达清楚她的意思,但慈禧却很明白她的苦心,是希望朝鲜一动不如一静。而慈禧却从中另有体味,那就是"儿子当国王,当爹的总是干涉"这句话,因为如今光绪的生父醇亲王已经接掌了内政外交大权。虽然她自信能够驾驭得了他,但不能不生警惕,所以拿定主意要借机敲打一下醇亲王,以防患于未然。

"姐姐这样关心,那就让老七来说说。"慈禧转头对安德海道,"小安子,你去军机处看看七爷在不在,让他到这里来一趟。"

当初起用醇亲王时,上谕说军机处若有重要事件应与醇亲王斟酌,所以有人说他是太上军机。但太上军机毕竟不是军机大臣,而军机处的规矩是外人不得擅入,因此醇亲王极少到军机处。安德海对此十分清楚,响亮的"嗻"一声后,又道:"回圣母皇太后,如果七爷不在军机处,奴才也一定把话传到。"

安德海先去军机处,出了门他就耍个小聪明,打发一个小太监先跑了去打探,没想到今天醇亲王竟然在军机处。安德海连忙小跑着到乾清门西的军机值房,正赶上醇亲王出门要走,他跑过去请了个安道:"王爷,太后懿旨,请您即刻过去。"

醇亲王转身就往内右门走,那是去储秀宫的路线。安德海连忙道:"王爷,都怪奴才没说清楚,两位太后都在东边呢。"

东边就是慈安的钟粹宫,应当走内左门。进了内左门,一直往北进宫,见两宫正在柏树下纳凉,慈禧问道:"老七,朝鲜的事情怎么样了?"

"回圣母皇太后的话,"醇亲王一向恭顺,"奴才正与军机处做了商议,正要回话。"

"你说说吧。"慈安见醇亲王跑了一头毛汗,心下不忍,吩咐道,"给七爷端百合绿豆汤消暑。"

醇亲王谢了赏,先回慈禧的问话:"打发出去的人都有了回话……"

陈允颐回电认为,李昰应势力已孤,不敢多事;驻俄公使刘瑞芬经与俄国交涉,俄国外交部称绝无此事,而且表示如果朝鲜有伪文函来,可作废纸;驻日公使徐承祖电告,日本宫内大臣伊藤博文认为谣言无凭,勿激成真。而大清派去朝鲜的美国顾问、税务司墨贤里也认为,袁世凯逼迫朝鲜向俄使索要密函的行为很不妥当,已引起各国公使不满。更为重要的是,在日本的定远、镇远两舰,因为水兵上岸与日本人发生纠纷,发生互殴事件,各有伤亡,正在交涉处理,暂时不能赴朝鲜。

"那么朝鲜是什么意思呢?"慈禧一语抓住要害,因为醇亲王急切之中偏偏把最关键的朝鲜给漏掉了。

醇亲王回道:"袁世凯也有电报,朝鲜答应向各国使馆照会声明,求俄保护密函为小人伪造,作为废纸;将明文重申固守宗藩关系,绝无背叛之举。"

"双方都不承认,既然朝鲜已经声明绝不叛华,此事就不必再追究了吧？"慈安插话，是对着慈禧说的，是征求意见的语气。

"老七，听见母后皇太后的话没？不必再追究了。可是，朝鲜必须具文，明白表示固守宗藩关系，而且得加盖王印。"

"奴才立即让军机上拟旨。"醇亲王"嗻"一声，然后准备回军机处。可是，慈禧和慈安都没说让他走的意思。

正在用心思索两宫还会问什么，慈禧发话了："废立之议有些轻率，尤其是想利用李昰应的身份更加不妥。王位毕竟是儿子的，那是朝廷正式册封的，不是他李昰应传的。虽然有父子之情，可更有君臣之义。老子要打儿子王位的主意，父子之情没了，君臣之义更谈不到，若不知收敛，杀身之祸就不远了。"

最后这句话令醇亲王两肩一抖，那是他惊心动魄时不能自主的动作。慈禧知道自己的目的达到了，突然话锋一转道："定、镇两舰水兵和日本打架的事到底什么情况，你们问问清楚，明天见起时再说。"

慈安看醇亲王衣服上透出汗来，赶紧说道："老七，你快下去凉快凉快吧，瞧你出的一身汗。"

醇亲王如蒙大赦，出钟粹门时神情还有些恍惚，险些踩空。

袁世凯收到李鸿章密电：

> 七月二十六日军机大臣电寄懿旨：醇亲王奕譞进呈李鸿章信函等件均悉，俄外部既称实无此事，韩廷已拏匪治罪，且允备文申叙非国王、政府所知，前文可作废纸等语。有此两节，此事即可不再穷究。唯朝鲜所备之文，必须明晰声叙，盖用国宝，方为确据。著李鸿章督饬妥办。至原文索还与否，可以置之不问。钦此。袁道接此电旨，应立即与朝相商，促其践诺。

袁世凯找唐绍仪来密商道："少川，我有两个想法，一个是朝鲜的申叙文，必须送到天津和京城去，方见朝鲜郑重其事，而且面见了李中堂和京中大佬，将来有什么波折，我们都易解脱。"

唐绍仪回道："这样当然好，只怕朝鲜不肯去，如果只把申叙文交到公署来，又当如何？"

袁世凯早有应对之策:"那就得想办法逼他们派人去天津。这个人我都想好了,一个是外衙门金云养,由他去天津最令人放心。另一个就是闵竹楣。这就是我的第二个想法,让他去面见李中堂,主要是让他说清密函的由来,以释中堂之疑。"

"对,让他去最好。现在朝中恐怕也有人对密函有所怀疑,解铃还须系铃人,让竹楣去最好。"唐绍仪也极力赞同。

等找来闵泳翊看过电报,他很痛快地答应了:"我去面见李中堂,申叙文我一并捎去好了。"

袁世凯道:"不是你自己去,还有外衙门云养兄,他是外衙门督办,是他职责所在。"

闵泳翊自告奋勇去见朝王,朝王只同意他去天津,但派金允植带着申叙文也去天津的意见却没有回音。

"我先去也行,先向李中堂解释密函的事情。云养随后到,我们再会合也不迟。"闵泳翊这样说道。

袁世凯同意了。闵泳翊次日就乘轮船去烟台,到了烟台,却没有北上天津,而是南下上海。他给李鸿章拍去一封电报,说明他坚持朝鲜应当藩附大清的一贯立场,因此反对朝鲜背华联俄,可惜的是朝鲜小人作怪,政治无法,败坏大局,然后说明自己的一番苦心:"朝鲜政治有法,泳翊甘为民;无法,不甘为贵戚。泳翊为朝鲜大局,不敢欺中国,所以不顾欺君之罪密通,深仰天朝必有好法保护朝鲜也。奉国王命到天津,叩陈于中堂大人,并无求俄保护之事。船中细想,到津不敢欺中堂大人,又不敢诉我君事,故由烟逃罪各国,待中堂大人帮助好法,泳翊虽死亦可安心。心思烦乱,不能细禀。"

袁世凯看了李鸿章发来的电报,拍着桌子道:"闵泳翊这个滑头,密函的真伪他一字不提,岂不是让我百口莫辩?如今他一走了之,这如何是好?"

唐绍仪见状反而能冷静下来,道:"四哥,不必着急,他不去见中堂,虽不能证明密函之真,却也不能证明其必假。现在的关键,就是尽快让朝鲜派云养带着申叙文去京津。"

第十四章

飞扬跋扈受非议　巩固宗藩获赏识

朝鲜国王答应的三个条件:金允植复职外衙门督办,专文说明固守宗藩关系以及备文向各国照会一项也没有动静。袁世凯已经密报朝廷,如今是这种结果,让他又着急又恼火。于是,他约见了外衙门署理督办徐相雨,一见面徐相雨便解释道:"云养兄身体不适,已经派人询问过,暂时不能入值。专文说明固守宗藩关系,十几天前沈领相不是已经提交照会了吗?至于向各国照会说明交俄使密函为假,于俄国面子上不好,只要俄使声明作废也可达到目的,俄国外部不是已经有此声明了?所以……"

"所以,朝鲜就可以食言而肥?答应的三项事情一样也不认了,真是岂有此理!"袁世凯接过徐相雨的话大声道。

徐相雨仍要解释,袁世凯摆了摆手道:"你如果还是解释这三件事,那就免开尊口。"

徐相雨对袁世凯的无礼也是非常生气,强压怒火拱拱手就走了。袁世凯打发人持他的名帖去请金允植,让他无论如何到公署来一趟。

半个时辰的工夫,金允植来了,脸色有些苍白。他向袁世凯解释道:"病是真的,但不能正常入值的说法却不实。徐协办只是登门看望过,并未提让我复值的意思。"

闻言,袁世凯叹了口气道:"看来只有我去一趟天津,亲自向中堂面禀了。"

金允植见状劝道:"总理怎么可以回国?你一回国,朝鲜不知又会出什么乱子。如今汉城百姓都怕各国趁机派兵来朝，大家都寄望总理在此坐镇。"

"我在此坐镇有何用？朝鲜朝野竟然如此不守信诺，实在出我意料。如今不是一两封电报能说得明白，我非赴天津不可。"

金允植摇摇头道："如果百姓听说总理要走，恐怕不会答应。我听下人说，汉城百姓视总理为救星，都盼望这次波折能像前两次政变一样顺利平息。我还听说，百姓们商议总理若出汉城，他们就把城门堵上。"

"我哪有那么大能耐，汉城百姓真是抬举我了。"袁世凯苦笑着又道，"云养兄，你务必勉力复出，朝鲜如今的局面实在离不开老兄。"

金允植拱手道："我只要奉到王命，没有不复出的道理。"

"你放心好了，我说过的话一定让殿下兑现。"

金允植却没有袁世凯那样自信，叹息一声道："国王心志不定，受小人蛊惑，恐怕不能真正死心。"

送走金允植，袁世凯把唐绍仪叫来道："少川，你去各国使领馆透露一声，就说我不日将回津述职。我不在之日，由你全权负责与各国使领馆交涉。"

唐绍仪推辞道："我可挑不起这个担子。总理拿了主张，我去交涉没问题，让我全权处置，实在不敢当。"

"那你说，老谭能不能去交涉？"总署会办谭耿尧所长在商务，连外语也不会，如何能够与各国交涉？唐绍仪无话可说。

"我是不是真回天津，还说不定，你只管这样说好了。"

唐绍仪看袁世凯诡谲的表情，知道他有妙计在胸，也不多问，出门照办。

打发走唐绍仪，袁世凯又请谭耿尧过来道："老谭，你派三四个人出去，分别给我弄些朝鲜土产，多少都行，重要的是把我回天津述职的消息弄得满汉城皆知。"

谭耿尧老谋深算，笑道："总理回天津是假，让汉城人知道消息是真。"

袁世凯如实回道："也可以这么说。但你且把这话放到肚子里，万一我要真走呢？还有，千万不能让买东西的人知道实底。"

"这何须总理吩咐。"谭耿尧领命而去。

到了下午，外衙门署理督办徐相雨就急惶惶地来了，问："袁总理，外间传说你要回津，不知消息是否确实？"

袁世凯回道："我的确是要回天津，昨天就收到电报了。闵竹楣本来说好去天津向李中堂解释密函的事情，可却突然食言去了上海。中堂十分恼火，怪我办事不周，让我回天津面禀实情。"

徐相雨急道："总理这时候如何能够离开？总理一走，如果再生变乱谁负其责？"

袁世凯驳道："徐协办这话好无道理，谁生乱自然谁负责。"

徐相雨一愣，连忙改口道："总理误会了，我的意思是总理身份特殊，朝鲜朝野寄予厚望，总理一走，万一有事无人可商。"

"我走自然会安排好，外交由唐少川负责，商务由老谭负责，不见得非要我在。"

徐相雨恳求道："袁总理要回津也无不可，不过等过些日子，待汉城民心安定了再走如何？"

袁世凯苦笑道："汉城民心有何不稳定？再说朝鲜答应的三事一项也未兑现，我不向中堂面禀，仅靠电报哪能说得清？何况是中堂电召，我何敢托词！"

徐相雨见无通融余地，悻悻而去。第二天天还未亮，公署外就堵满了百姓，打听袁世凯的消息。袁世凯只好亲自到大门上安抚，百姓七嘴八舌，询问他是否要离开汉城。

袁世凯回应道："诸位父老，我前天奉李中堂电令，召我回津述职，大家放心，外交商务都已安排妥当，我在不在都无问题。"

听说他真的要走，大家更不放心，七嘴八舌劝阻。

"密函事件闹得风风雨雨，中俄关系也因此不洽，中堂对袁某非常不满，我不能不回津面禀。大家尽管放心好了，中堂允我继续总理朝鲜事务，我会立即返任，中堂如果另派大员，必定比袁某更高明。"

这话无异于火上浇油，大家乱哄哄说道："袁总理不能走。"

"我也不想离开汉城，可是密函事件处理失当，我必须到中堂驾前负荆请罪。"袁世凯垂头丧气说罢，就回署去了。

众人一时没了主张，但都不肯离去，守门的护卫乘机道："大家在这里闹有什么用?如今能挽留袁总理的恐怕只有国王,国王挽留袁总理,他在李中堂那才说得过去。"

"对对,咱们到宫门请愿去,请国王发话。"众人应声附和,旋即散去。

到了下午,领相沈舜泽来见袁世凯,见面就道:"国王听说总理要走,非常不安。汉城百姓也是百计挽留,总理难道非走不可?"

袁世凯自然表示非走不可的意思,并拿出一封新电报,果然是李鸿章再次催问密函事件,令他安排好手头要务,尽快起行。

"殿下的意思,袁总理还是不要走,让我问一声,有什么办法可以不走,朝鲜无不答应。"

"中堂召我,就是为密函事件。殿下此前曾经答应三条,如果这三条都能答应,我对中堂便有个交代,或许可以不必亟亟于行。"

"好,我回去立即回奏殿下,估计应当没有问题。"

沈舜泽要走,袁世凯伸手拦道:"领相且慢。朝鲜的申叙文必须加盖国王印,而且必须派专人到京津去面禀。"随后拿出李鸿章转发给他的懿旨。

沈舜泽问道:"袁总理以为,何人做这个专使合适。"

"当然是外衙门的人合适,如果殿下能够让云养复值,他辛苦一趟最好。"

第二天就有了回话,国王已完全同意三条意见,但赴京津的专使人选却不是金允植,而是徐相雨,理由是金允植身体尚未完全恢复。这是摆在桌面上的理由,其实真正的原因是金允植是铁杆事大党,李熙信不过。袁世凯不好反驳,只好默认,但要求把申叙文拿来他看。

徐相雨打发人把申叙文送来,这是以朝鲜国王名义的咨文,第一句是:"朝鲜国王为咨会事:照得鄙邦服事天朝二百余年,恪守侯度,罔有闲言。"开篇既承认是大清的属国,袁世凯比较满意。接下来简叙密函事件交涉经过,要表达的意思是俄使不承认收到密函,朝鲜也没有追查到密函的伪造者。这几句话的潜台词,是不承认有这份密函。袁世凯想修改一番,但的确无可修改,因为事实的确如此。他总不能在咨文中说出是闵泳翊给他密函底稿吧?

接下来表白对天朝的感恩之情,"窃念鄙邦世蒙天朝恩庇,复载高厚,山海崇深。至如近年来,尤被恩造,鄙邦宗社几危复安者数矣。东土含生之伦,虽无知妇孺,无不攒手祝天,北望归依,如婴儿之仰父母也。试想天朝之于鄙邦,有何求之不应,何难之不救,何愿之不遂",然后说明对密函事件的最后处理办法,"刻已饬令外署照会各国公使,前后如有此等不明文凭,并无外署盖印,均作废纸"。

咨文一式三份,分别咨会总署、礼部及北洋通商大臣衙门。

徐相雨与副使李应浚一行于公历九月十六日到达天津,当天即投文于北洋通商衙门。李鸿章传出话来,一路劳顿,暂且入驿馆休息,次日会见。

因为闵泳翊半途而逃,李鸿章知道密函事件没有确证,只能不了了之,但朝鲜希图亲俄自立却是事实,他必须借此机会敲打一下朝鲜君臣,所以客套之后的问话相当不客气:"这回做出这等事来,究竟大臣中是哪些人参与预谋,你任外署,不得诿为不知,请以实相告。"

徐相雨不卑不亢地回道:"这件事情,实在是做梦也想不到,不但国王不知,大臣百官也没有人知道。俯询之下,不敢妄对。"

高手过招,一试便知高低,李鸿章知道徐相雨此人不简单,不过不能由他一句话就推脱得干干净净,炯炯的目光盯着他道:"你不敢说,不过是惧祸罢了。若说百官不知,无人能信。国王也明明知道,事后矢口否认,所以你就更不能说了。究竟是谁出的主意,你当直陈,我还有办法可以弥缝。"

徐相雨回道:"我为人臣子,哪能因惧祸而不实言?但也不能以无为有,实在是万无此事。"

"朝鲜诸臣贤而明者畏祸,愚而暗者乱出主意。若不惧祸,何不直言极谏于事未发前?这件事情,不能你说没有就没有。实话对你说,我已有确据。"

但徐相雨并未被李鸿章的大话吓住,而是咄咄逼人道:"鄙邦无可悔者,原无此事。钧教确据二字,实所不晓,请中堂明示。"

这无疑将了李鸿章一军。不过,李鸿章与各国外交人员打交道二十余年,号称中国最会办外交的人,自然不会浪得虚名,他冷笑一声道:"朝鲜国王受小人蒙蔽,欲借外国以制中朝,何其梦梦!你放眼看看,究竟有何国敢于挟制中国?我有确据,暂不宣示,且察看你国君臣此后如何行事。论天理、国法、人情,壬午、甲申之事,必应感激图报大皇帝之恩庇,如果行此理外之事天必灭之。无如一班昏聩自取灭亡,幸早发觉忏悔,不然危矣!"

然而,徐相雨仍然面不改色,毫无畏惧,向李鸿章说明国王如何震惊,如何追查,总之一句话,绝不认账,而且反问道:"中邦连陆,俄国隔海,求其庇护,有其理乎?"

"听说朝鲜有背华之议,我本欲提水陆数万东下问罪,后袁道电称朝鲜君臣有悔意,俄使又不认此事,这才罢兵。不过,金嘉镇等四人罪在不赦,勿再放还。"

然而徐相雨对此四人的罪名也不肯承认:"此四人罪名未明,因此有发配之议。俄使闻之,也说此四人无罪,谁肯服之?"

"朝鲜自办内政,与俄使何干,他又凭什么说四人无罪?"李鸿章自知拿不出确凿的证据来说服徐相雨,只好以劝诫的语气让他回去后转告国王,亲贤臣、远小人,惩前毖后,勿再受小人蛊惑。徐相雨作为外衙门官员,更应匡正国王之失,勿生叛华之念。徐相雨不再争辩,看上去是一副受教的神情。

端茶送客后,陪同李鸿章会见的周馥说道:"中堂,看徐相雨如此坚持,莫非密函真的有异?"

"徐相雨此人不简单,反应敏捷,不卑不亢,真人才也。可惜不能为我所用!"李鸿章向来爱才,尤其是外交人才,不过他叹了口气,话题又回到密函上,"此人受朝鲜国王及王妃信任,真是袁慰廷的一大劲敌。如果密函有异,也只有闵泳翊能说得清,如今他不肯前来,看来要成一桩悬案。"

"如果说闵泳翊做手脚也能解释得通,那就是他想借大清之手除掉亲俄派,不然他为什么不肯前来作证。"周馥还是很疑惑。

"他为人臣,密通举报,自觉对不住李熙,不肯前来也说得过去。现在且不必去追究密函真假,他想除掉亲俄派,反正对我们来说有益无害。袁慰廷借此事端也算给了朝鲜君臣一个教训,也无失策之处。"

周馥为人谨慎,虑事周密,对袁世凯没有确证的情况下就有废立之议大不以为然。

李鸿章却不这样认为,道:"兰溪,处在群狼环伺朝鲜的境地,非有袁慰廷的手段不可。朝鲜屡生异心,我又鞭长莫及,只有靠驻扎朝鲜人手得力。袁慰廷年轻气盛,露才扬己,有时候又太过急躁,比如前次他来电,说俄国人可能派军舰到仁川,现在看完全是他的猜测,幸亏我没派兵去。这是他的短处,终归还是太年轻。俗话说,嘴上无毛,办事不牢,再老成稳重些就好了。但他处事果断,手腕灵活,机巧百出,是一把办事的好手,好好调教,是个难得的人才。试想如果换作别人,恐怕就应付不了。"

李鸿章一语中的,周馥不能不佩服,想想朝鲜局面,又的确非袁世凯不可。周馥自思处于袁世凯的位置,恐怕也没有那样的手段,因此对李鸿章说道:"中堂知道袁慰廷的难处,百般庇护,可是外人恐怕就不会那么认为了。"

"这也正是我所担心的,局外人看事太易,站着说话不腰疼,只顾大发议论,全然不顾当事者的艰难。"

李鸿章担心的事情果然发生了,不知徐相雨到京中后都说了些什么,京中关于袁世凯在朝鲜飞扬跋扈的传闻很多。有的人是不明就里,自以为仗义执言;有的人则是因为看不惯李鸿章,顺带着也看不惯袁世凯。更严重的是醇亲王受浮议的影响,也对袁世凯有了看法,亲自给李鸿章写信来:

中堂阁下:

　　来函屡接,时局萦怀。朝经此一震,或可潜消异志,袁守精于侦察,急于事功,却非通筹并计之道。较之老成硕画相去太远,似宜预储通品,为他日替人之务。继此朝再有事,希径函达总署,或邮递密折为祷。盖他事王尚能妄参末议,独朝事牵涉显应,帘前面陈与同事集议,实有难处,在大才自不言而喻矣。昆明水操,慈意参用西法,斯渐推广,并请由贵处保送教习,以资训练。先此函达,续寄公牍。此泐,虔候勋祺。阅旋祈付丙。醇亲王泐。八月二十五日发。

来函虽短,但意思却至少有三个。一是要撤换袁世凯;二是他作为光绪皇帝生父的身份,正如李昰应与李熙的身份,因此涉朝政事商议起来多有不便;三是为昆明湖水操派教习。

昆明湖水操本就是挂羊头卖狗肉,及时筹措建园经费是关键,至于教习人才,好应付得很,让李鸿章大费脑筋的是撤换袁世凯的问题。醇亲王为人宽厚,话说到这份上已经是相当不满意的表现。立即撤换袁世凯才能合王意,但朝鲜这副重任谁又能挑得起?

李鸿章叫周馥来密议道:"兰溪,你也知道如今最难办的是外交,我手里最缺的是办外交的人才。与虎狼争利,谦谦君子办不了,那些一味强硬、纸上谈兵的清流派更办不了。驻扎群狼环窥的朝鲜、监督朝鲜不生异志,更是难得其人。如今浮议如此,醇王也有此动议,难道真撤换袁慰廷?那又该让何人接替?"

周馥想了一圈,目前办外交的还真没人可比袁世凯。商量来商量去,最后李鸿章下决心道:"且不管别人怎么说,我却不能不为袁慰廷主持公道,不然便是自断手足。他毕竟是块难得的璞玉,值得用心雕琢。当然,慰廷的毛病,我也会去电规劝。"

周馥点头道:"中堂如此看重慰廷,子久观察听说了,不知如何高兴。"

李鸿章又叮嘱道:"对了兰溪,你也可以向子久透露一下我对慰廷的期许之深,让他也从旁劝导。"

周馥笑道:"子久观察心里明镜似的,书信不断,经常提醒。"

不久,袁世凯接到李鸿章的密电:

朝密函事件双方皆不认,不了了之,京中浮议颇多。以后临事,务以稳妥、慎重为要,力戒浮躁自扰。

短短几行字,令袁世凯苦恼异常。这是他总理朝鲜以来,李鸿章最严厉的批评。他反思事件始末,仍然觉得自己并无不当之处。想来想去,只觉得委屈。他在签押房踱步,抽雪茄,弄得乌烟瘴气。

而此时他的后院也起火了。起火的原因,是朝鲜金氏三姐妹不受大姨太沈玉兰的调教。袁世凯一次纳四妾后,由沈玉兰代为管束。沈玉兰憎恨三姐妹与她分宠,难免借故训斥,双方语言又不畅通,彼此关系难以改善。这几天轮到沈玉兰侍候,正赶上袁世凯忙得不可开交,没有心思床第之欢,她便始终压着一股邪火。

这天早晨,三姐妹来请安,临走时沈玉兰觉得她们步子迈得太大,不但有失庄重,而且怀疑是有意急于离开,是公然表示对她的蔑视。她叫她们回来又大加训斥,但三姐妹好像听不明白,脸色惶惑,眼神茫然。这更令沈玉兰生气,骂得很难听。金氏再也忍不住,回嘴道:"我是王妃赐下来的,不像有的人。"

不像有的人怎样？自然是嘲笑沈玉兰的青楼出身。沈玉兰勃然大怒，抬手抽了金氏一巴掌，又抽两个小姐妹。金氏本能地去阻拦，沈玉兰便以为是不服管教，更是火上浇油。她命下人把金氏一条腿捆到桌腿上，拿鸡毛掸子乱抽，而且不准哭，更不准下人出去告状："今天我话放这里，谁出去打死谁！"而金氏被抽得遍体鳞伤，却咬着牙不叫疼，更不服软。沈玉兰打累了，顾自去睡觉。

金氏的一条腿被捆在桌腿上，时间一久，血脉不通，自膝盖往下乌黑泛紫。两个小姐妹吓得大哭，要给她解开，但金氏用朝鲜语严厉警告道："不要解，我要让老爷好好看看，她是怎么欺负咱的！"

两姐妹不顾沈玉兰的警告跑出去找人，袁世凯的签押房不敢去，能找的就是三哥三嫂。三哥已借袁世凯的面子安排到电报局，此时正在外地施工，只有三嫂在家。姐妹俩一急呜里哇啦只说朝鲜话，三嫂一句也听不懂。两姐妹急中生智，拉起三嫂就走。三嫂到了沈玉兰的院子，一看金氏的腿大惊失色，动手去解，睡了一觉的沈玉兰见到后道："三嫂，俺家的事你别管，你解开试试！"

"沈玉兰，你个忘恩负义的东西，你忘了一路上我是怎么照顾你！"三嫂非常生气。

"一路上有人吐得跟猪一样，是谁照顾谁还不一定。"沈玉兰口不择言。

这话太伤人，三嫂又笨嘴拙舌，指着沈玉兰说不出话，掩面哭着向外走，与袁世凯撞个满怀。

见状，袁世凯急忙问道："三嫂，谁欺负你了？"

三嫂更觉委屈，哭着就跑了，小脚伶仃，险些摔跤。袁世凯进了院子，下人不敢吱声，沈玉兰愣在那里无话可说，金氏三姐妹于桌前相抱痛哭。走近一看金氏被绑的一条腿，袁世凯大惊失色，怒火冲顶，指着沈玉兰吼道："你好歹毒！"

"你说我歹毒，杀了我好了。"沈玉兰心中已悔，但嘴上不肯服软。

袁世凯被气昏了，摘下东墙上的一柄剑红着眼就去砍沈玉兰，幸亏去而复返的三嫂扑过来抱住他的手，大声呵斥道："你还不跑，要气死他不成！"

沈玉兰这才掩面出奔,三嫂又给下人使个眼色,让她们跟出去盯着,别出意外。袁世凯要去给金氏解绑腿的带子,三嫂忙道:"老四,还是快请郎中来看看再说。"

袁世凯瞪着下人道:"你们都是废物,没听三奶奶说,快去请郎中!"

院子里的下人哄一声都夺门而出,纷纷去请郎中。郎中老阮过来了,一看后惊道:"幸亏你们没一下解开,不然非出大毛病不可。"

按他的说法,血脉不通太久,如果一下全放开,就如洪水溃坝,半条腿不废也残。他的办法是先放开一半,同时以过江龙、白牛藤、牡丹皮和川芎熬水,然后以毛巾蘸药轻擦皮肤。他说道:"袁总理,这几味药都有讲究,过江龙活血散瘀、白牛藤消肿解毒、牡丹皮清热凉血,而川芎则是活血行气的首选。"

"老阮,你的医术没人怀疑,你赶紧救治。"

阮郎中得了袁世凯一句不过是敷衍的称赞,一脸得意,下手也勤快多了,一边忙一边说道:"袁总理放心忙去,保管明天还你一个活蹦乱跳的二姨太。"

按照阮郎中的吩咐,忙了近一个时辰,这才允许金氏躺下来静养,自然又有几服需要严守医嘱的中药。袁世凯看金氏脸色好多了,这才回签押房去忙几件急务。

袁世凯晚上有应酬,回到家中已经是戌末亥初,西洋钟正打九响。他先去看看金氏,老阮的医道的确不错,皮肤的颜色已经好看多了。他回到自己的住处,刚进门就听到外面有人问:"你们老爷回来了?"

"三奶奶,老爷刚回来。"下人小心回答。

三嫂又问道:"兴头好不好?"

下人小声道:"黑着脸,看不清。"

袁世凯听到下人乱回答,隔着门喊道:"三嫂,我在家。"

下人推开门,三嫂先进来,然后回头道:"你也进来吧。"

紧跟在她身后的是沈玉兰。她挪到前边来,低着头,谁也没有料到,竟扑通一声跪倒在地道:"老爷,我错了。"已经呜咽不成声。

沈玉兰平时招呼袁世凯时,"哎"一声就是,或者称"你",床笫亲昵时则腻称"四郎",而这个极正式的"老爷"只吩咐下人时用过,从来没这样郑重地叫过。袁世凯想到自己落魄上海时沈玉兰慧眼识珠,百般照顾和维护,心头早就软了,又被她的泪一湿,自己眼角也热了,伸手道:"玉兰,你起来说话,夫妇之间这样太见外。"

三嫂和沈玉兰都准备着一场暴风骤雨,谁也没料到会是如此春风拂面。三嫂一颗悬着的心总算放下了:"老四,你别再怪玉兰了。我们俩唠了大半天,她已经知错了。"

"多谢三嫂帮我打理家务,今天玉兰对你出言不逊,看我怎么收拾她。"

三嫂一撇嘴道:"老四,你哪里舍得。我们妯娌的事好说,你不必再操心。"

袁世凯对这位三嫂非常敬重,送出门时还道:"三嫂,隔天三哥回来,我办一桌子酒,让玉兰给你敬酒赔罪。"

三嫂挥手道:"你快回去吧,天不早了。"

袁世凯回到屋里,沈玉兰又解释道:"我今天是听到二妹讥讽我的出身,心里一急就发了昏。"

"我知道了,她也有错。你以后该管教自然还要管教,可是再不能下手这么重,也不能无事生非。俗话说家和万事兴,后院不宁,我在前面也不安心。"

沈玉兰提出要去看金氏,袁世凯以为太晚了,明天一早去也不迟。沈玉兰却道:"不行,我非看一眼不可,不然夜里睡不踏实。"

两个人去了金氏房间,金氏半躺在床上,看到沈玉兰眼里滑过一丝惊恐,两姐妹也立即拘束起来。沈玉兰坐到床边,握住金氏的手说道:"妹妹,都怪姐姐下手太狠了,姐姐……"说不下去了,眼泪叭叭落到金氏手上。

金氏脸色舒展了许多,操着拗口的中文道:"已经好多了,姐姐放心。"

两人回去后,已经九时半。

沈玉兰伏到袁世凯的胸脯上,想到一天来先是愤怒、而后惊恐、后来懊悔,五味杂陈,百感交集,化作两行热泪,把袁世凯的胸脯打湿了。

袁世凯摸摸她的头道:"玉兰,今天我吓着你了,我也后悔一下午。主要是我心情不好,李中堂来电说我了,说得很重,这是从来没有过的。"

沈玉兰听此一说,早忘了自己的委屈,从袁世凯怀里挣脱了,坐起来问道:"李中堂为什么说你?"

袁世凯语气平淡道："是为密函的事。大约李中堂觉得我逼迫朝王太甚。这些说法，很可能是使领馆的洋人向李中堂告的状，这些天来他们或明或暗都在传话给我，认为我太过干涉朝鲜内政外交。当然，也有可能是徐相雨在京中搞的鬼，这个人很难对付。"

"哼，他们都是看人挑担不腰疼。朝廷派你来就是要盯住朝王，如今他要亲俄自立，你当然要千方百计阻止，你没做错什么。"

袁世凯拍了拍沈玉兰的肩膀道："我知道你是安慰我，可是你这么说，我还是很高兴。这些天我也在反思，有些事我做得也是急躁了些。我想，李中堂也许是担心我做事太急，事与愿违，反而让朝鲜心生怨愤。"

沈玉兰笑道："那还不好办，你让朝鲜君臣都知道你是好心，是恨铁不成钢，就像父母对儿女，虽然疾言厉色，但心里别无他意，一心只想孩子有出息。"

"你说得有道理，可是这番意思怎么和他们说，既不失我这总理的身份又真诚自然，太正式了不行，太随意了也不成，真把我愁坏了。"袁世凯仍是没有办法。

"这有什么好愁的。在上海滩，无论官场还是江湖，闹了误会，最好的办法就是办一场花酒，花天酒地间，没有化不开的结。"

"这倒是个好办法。"袁世凯又开玩笑道，"不过，请国王喝花酒，闵妃会吃醋。"

沈玉兰嗔道："傻瓜，你是真傻，还是装傻，只请些大臣就行了，他们自然会把话传到国王耳朵里。"

"好，遵夫人命。"

沈玉兰话锋一转又道："光传话还不够，你还要为朝鲜解决实实在在的问题，让他们感到你的确是为他们好才行。"

袁世凯闻言点了点头："有道理，那你说，给他们办什么最好？"

沈玉兰一撇嘴道："这不是足不出户的女人能晓得的，你与手下去商量。"

"对，公事与他们去商量，与你嘛，只让'它'来说话。"袁世凯说着，轻浮地拍了拍那里。

这个轻佻的动作让沈玉兰的欲望瞬间爆发，嘤咛一声道："你快要我吧。"

袁世凯办了两桌酒宴请朝鲜大臣,说明大清一心维护朝鲜之意。效果不错,起码大臣们当面都表示朝鲜唯有藩附大清才是正道,而且朝臣中有事大倾向的人也多起来,袁世凯的心情因之大好。这时,他又收到袁保龄的信,告诉他李鸿章看重之意,密函事件,京中浮议颇多,以致醇亲王也生不满,幸得李鸿章一意保全,在给醇亲王的亲笔信中说,"各国驻朝者趋向不明,日来颇怪袁世凯多事,盖皆有嫉朝为我所属之意。袁守精明刚躁,鸿章每切谕以镇静勿扰,但因壬午、甲申两次定乱,该守身在行间,颇有德于朝民,情形亦较熟悉,权宜用之"。袁保龄唯恐袁世凯不能体会李鸿章的苦心,谆谆教导,"袁氏一门,两世受恩,唯有恪尽职守,为中堂分忧,为朝廷尽忠,方可无愧于心"。

袁世凯没想到事情竟然弄到醇亲王要撤换他的地步,更没想到李鸿章会不惜拂逆王意,为他辩解。他感动的同时,更感到肩上负荷至重。"非要做出一番成就来,让醇亲王看看,也为中堂争光。"他想起沈玉兰的话——要为朝鲜解决实实在在问题。解决什么?他分别与谭耿尧、唐绍仪密商,最后决定办一件朝鲜朝野梦寐以求的事情——讨还巨文岛。

"少川,我也想帮着要回来,可感觉是老虎吃天。你有什么想法说来听听,反正外交上你总要偏劳。"袁世凯首先道。

"说不上偏劳,我给四哥出出主意罢了,行不行两说。"唐绍仪说当初英国是以英俄在阿富汗有可能发生战争为由占据巨文岛,为的是防备俄国舰队南下。可是两国已经签订《伦敦议定书》,达成了划分阿富汗国界的原则,今年初划界已经完成,阿富汗危机解除,英国已经失去了占据巨文岛的理由。可是他们又找了个极其勉强的理由,要在此储藏煤炭。

"咦,这算什么借口。英国人凭什么要到朝鲜来储存煤炭。"袁世凯问道。

"这不过是借口。其实英国人也觉得这个借口太勉强,现在他们又提出,如果大清能够保证他国将来不会占据朝鲜的港口或某地,他们才能撤兵。"

"他国这个概念大得很,这个保证如何才能保证,这不是故意为难人?"袁世凯还是没有头绪。

唐绍仪进一步分析道："英国所谓的他国，关键是两国，即日本和俄国。而英日关系十分密切，所以最后其实就只剩俄国一国。也就是说，中国能够保证俄国将来不侵占朝鲜港口和领土，英国也许就会让步。"

袁世凯拍着脑袋道："这也麻烦得很，因为英国占据巨文岛，俄国提出来要占领永兴湾，甚至对马岛。"

"毕竟俄国还没占领，这就有交涉的余地。"唐绍仪认为不妨利用一下密函事件，"好，你既然一再否认没有这份密函，对朝鲜没有野心，那你就该敢保证将来绝不会侵占朝鲜的港口或某地。现在俄国其实也需要中国的支持，因为他也不愿看到英国在朝鲜势力抬头，同时也不愿看到日本在朝鲜太强势，而对两国都能名正言顺约束的就只有大清，因为大清是朝鲜的宗主国。"

袁世凯用心想了很久，觉得有道理，一拍大腿道："这里拐了好几弯，不过有道理。少川在琢磨国际关系上的确是高人一等！"不过，他又提出一个疑问，"少川，如果俄国答应了，英国还是赖着巨文岛不走，那该如何？"

唐绍仪回道："那当然也要做英国的工作，俄国答应了，英国也同意，那样才能圆满，不然安抚了这边那边又不干了，此起彼伏，永无了期。其实，巨文岛在英国人那里也是形如鸡肋，把道理讲明了，他们肯定愿意撤。"

"这个道理该怎么讲？英国人比猴子还精。"

"其实巨文岛军事价值对英国而言极其有限，它孤悬海外，建成要塞投资太大，即使建成了要塞战时保护起来也很费劲，会分散英国在远东的海军力量。而英国继续占据，就给了俄国占据朝鲜的借口，俄国势力南下，就会挑战英国在亚洲尤其是在大清的商业霸主地位，我听说，英国贸易部也认为，为商业着想，并不值得保有该岛。四哥请想，如果俄国能做出不占据朝鲜的承诺，英国会不会借坡下驴？"

袁世凯惊喜之余反问道："那是当然——少川，你这些消息是哪里来的？"

唐绍仪故弄玄虚道："四哥有办法知道朝鲜宫廷的一切内幕，我难道就不能摸一摸各国的实底？不然我这个外交委员也就太不称职了。"

其实，唐绍仪也在设法培植自己的力量，能够尽可能地了解各国情况，办法自然是在各国使领馆上下功夫，翻译、厨子、打杂的，在他看来都有价值。这类人虽然提供不到核心的消息,但唐绍仪却善于把只言片语连缀起来,进行分析。这就是他的本事,何况他本人也与使领馆人员极熟,关系相当不错的也不在少数。

袁世凯连连称赞道:"少川,这样做对极了。不过,这开销难免就大了些,我再每月多给你一百两的经费。"

在唐绍仪这本是份内之事,再加一百两经费,便是意外之喜:"四哥,你看着吧,我定然不会让你失望。你应该写一封长信,把你的意思向中堂说清楚,中堂在与英、俄交涉时,心中就更有数。当然我们这些念头,也许中堂早在脑子里过了好几遍,他毕竟才是真正的外交大家。"

袁世凯回道:"不然,中堂想到归他想到,我们想到了就该告诉他,起码让他知道我们这帮人不是白吃干饭的。万一他没想到,那不越见得你高明了?"

唐绍仪又提议道:"除了告诉中堂,四哥应该进宫一趟告诉朝王,你正在帮他要回巨文岛。"

"告诉朝王,如果要不回来,那不就食言了?我办事,都是有了几分把握才会说。"袁世凯有些顾忌。

唐少仪道:"办不成,当然有食言之虑。可是如果办成了,事先并未告知朝王,他未必会认为有四哥的功劳。"

"中!"袁世凯一拍大腿道,"我下午就进宫。"

下午袁世凯进王宫,李熙在仁政殿接见,一见面就道:"此前因小人作祟,挑拨中俄朝关系,给中堂、总理都带来困扰,小人实在可恨。"

袁世凯不卑不亢回道:"问题的关键不在小人,关键是殿下能够坚持定见,让小人无机可乘。我和朝廷,一切都是为朝鲜着想,为巩固中朝宗藩关系着想,但愿殿下也能够与朝廷所愿一致。"

"这是当然,徐相雨专程到京津就是申明这一点。上国宽仁厚德,能够理解朝鲜的苦衷。"其实李熙话里有话,大清朝廷已经谅解了密函事件为小人作祟,你就不必再揪住不放了。

袁世凯自然听得出李熙的意思,所谓固守宗藩关系并非他的心里话。但袁世凯不想多费口舌,接过李熙的话说道:"不但朝廷,就是我也都是一心想帮助朝鲜,维护朝鲜,多为朝鲜解决些实际困难和问题。"

李熙好像有备而来，立即接过话题道："如今英吉利还占据巨文岛不还,希望总理能够劝说英国,尽快归还。"

也许,李熙是想将袁世凯一军,拿这个难题来堵他的嘴,但袁世凯却恰恰是为这个问题而来,因此回道："我今天来见殿下,就是告诉殿下,我与李中堂正在设法让英国人归还巨文岛,撤走岛上的水兵。"

李熙闻言大喜过望,惊讶道："总理已经有办法了?"

"办法是有了,不能说有十成把握,七八成是有的。"袁世凯好大言的毛病又犯了。

闻言,李熙脸上露出灿烂的笑容："如果真能讨回巨文岛,上国对朝鲜真是恩重如山了。最近,俄国人又提出,因为英国人占据巨文岛,他们要占据永兴湾。日使也来见寡人,要求在对马岛上设炮台。三国交逼,寡人寝食俱废。"

"我所想的,就是个圆满解决的方案,不但英国人要撤走,俄国人、日本人都不得占据朝鲜的港口和国土。"

"那真是朝鲜之幸!"李熙感激之情溢于言表,袁世凯告辞时,他亲自送到仁政门。

袁世凯回到公署,立即把唐绍仪叫来道："少川,我在朝王面前吹了牛,巨文岛非要回来不可了。不然,面子可就丢大了。"

听袁世凯讲了见李熙的经过,唐绍仪问道："四哥是什么意思?"

"我的意思,你去一趟天津面见李中堂,把朝鲜希望帮助交涉巨文岛的意思面禀,同时把你的那些想法告诉中堂。"

唐绍仪思索了一下道："四哥,我去见中堂不合适吧,不如你回去一趟,也顺便把密函事件再做个详细报告。再说,我的那些想法由四哥说出来,比我说出来更有分量。"

"我要回国,麻烦得很,没有李中堂的钧令,我是不能私自回去的。你就不一样了,是我派你回去,天经地义嘛。你放心好了,如果你的那些想法成功了,我不会埋没你的功劳,如果出了什么娄子,我来背就是。"

其实不会出什么娄子,顶多纸上谈兵没有实用而已。但袁世凯做此表示,唐绍仪很感动。给别人当属下,就怕上司把功劳都揽到自己头上,把责任都推到下属肩上。袁世凯不揽功不诿过,甚至为下属揽过,实在难得。

见唐绍仪一脸感动，袁世凯又笑道："少川，我也是跟着李中堂行事而已。李中堂能够不揽功不诿过，所以北洋幕府人才济济。我袁某人想成就一番事业，也非如此不可。"

"不过我暂时走不了，我得找贝德禄谈谈。"唐绍仪所说的贝德禄是英国驻朝鲜总领事。英国因为不希望俄国势力南下，因此很支持大清作为朝鲜的宗主国地位，甚至未向朝鲜派驻公使，而是派的总领事，受命于驻大清使馆，以实际行动证明朝鲜只是大清的藩属国。唐绍仪找贝德禄所谈，就是向他陈明继续占据巨文岛得不偿失。

"四哥，如果我能说动贝德禄，向英国驻华公使欧格纳进言提议放弃巨文岛，我们交涉起来就省心多了。我已经与贝德禄沟通过，他认为最主要的还是担心俄国南下。我去告诉他，这次进京就是建议李中堂与俄人交涉，俄国不能占据朝鲜的任何地方。这是英国退出巨文岛的最好时机，贝德禄也是聪明人，我想他会有所考虑的。"

袁世凯赞同道："好得很，你先私下与他沟通，若需要我出面，随时都行。"

唐绍仪次日就去见了贝德禄，回来一脸高兴，可知事情十分顺利。

"四哥，贝德禄很愿意做此提议，而且写了一封信，让我捎给欧格纳。"唐绍仪拿出一封密封的信函，上面写的全是英文。

袁世凯觉得此事可急不可缓，立即叮嘱道："如果英国人答应了，那就只有俄国那边了。你立即去天津一趟，明天北洋有一只通信船回津，你正好搭乘回去。"

唐绍仪赶到天津，第二天下午就见到了李鸿章，详细向他报告了利用俄、英、日的利益纠葛，达成英军撤出巨文岛的目的。李鸿章听得很仔细，等唐绍仪说完了，他未置可否，而是问道："年轻人，你这些想法，是你自己的还是袁慰廷也参详其议？"

唐绍仪回道："当然是袁总理参详其议。"

李鸿章与周馥对视一笑道："好得很，袁慰廷不揽功，你又肯分功于上司，难得！"

原来，袁世凯已经发来一电，称赞唐绍仪"外交方面极有见解，办法极高明"，请李鸿章能够拨冗接见。

唐绍仪反应很快,拍马道:"袁总理不揽功不诿过,全是跟着中堂学来的。他经常对我说,袁某人有所建言,中堂若采纳,上奏建言时均说明出自袁某人,中堂不掠人之美的品德,是我辈楷模。袁总理还说,这是极高明的办法,像中堂这样不揽功不诿过,下属不待扬鞭自奋蹄。能在中堂手下做事,是我辈的幸运和际遇。"

李鸿章听了哈哈直乐,对周馥道:"兰溪,你看现在的年轻人,恭维起人来一套一套的。"

"中堂,这绝非晚辈恭维,袁观察经常写信给袁总理,盛赞中堂的成全提携之恩,时时教训袁总理要恪尽职守。"唐绍仪这话恭维得更有水平,不仅说明他的恭维不是恭维,而且连袁保龄的知恩图报也在李鸿章面前恭维上了。

李鸿章回道:"我辈都是为朝廷尽职,谈不上私恩。你和袁慰廷配合得如此之好,我也就放心了。你提的这些建议也很好,正巧俄国驻华临时代办拉德仁要来天津,和我谈图们江划界的事情,届时我要与他交涉朝鲜问题,你可以参加,长长见识。"

英俄两国在朝鲜较量,都希望得到大清的支持。唐绍仪捎来的驻朝总领事贝德禄密信起了作用,英国明确向总理衙门提出一件照会,"英国不欲久占此岛,但恐别国占去则损中英两国之利。中朝如能担保无人来占此岛,则英国可以放心"。英国驻华公使欧格纳则明确向李鸿章表示,所谓别国即指俄国,只是英国不好直接向俄国提出此项要求。

有了英国的明确态度,李鸿章认为已经至少有了七成的把握。拉德仁到天津后,第一天并未谈图们江划界的问题,依李鸿章的建议,先谈巨文岛问题,并把英国的照会交给拉德仁。

"中堂阁下,俄国也担心他国侵占朝鲜的领土,如果中国可代为保证,便找到了解决问题的一把钥匙。"拉德仁的意思,中俄结好,互换照会,约明俄国和中国以后永不取朝鲜土地。两国有此声明,则任何他国都不敢生心,英占巨文岛亦当自退。李鸿章对拉德仁的建议很感兴趣,答应向朝廷请示。

会谈结束后,李鸿章立即让周馥起草电报,向总署报告会谈的情况及拉德仁的建议。当天下午,会谈继续。会谈前等待拉德仁的时间,李鸿章问唐绍仪道:"年轻人,你觉得俄国的提议如何?有照会为证,英国应当践诺,退还巨文岛。"

唐绍仪回道："俄国明确表示不侵占朝鲜领土，对解决巨文岛的确有利。但朝鲜本是大清的属国，他却与大清共同声明，岂不是表示两国在朝鲜拥有同等权力？"

李鸿章脸色深沉，没再说话。唐绍仪以为自己说错了，吓得不敢吱声。下午谈的是图们江划界，他只有听的份。

第二天上午，会谈前李鸿章把唐绍仪叫到签押房道："年轻人，你昨天的意见很有道理，我事前应听听你的意见。"说罢，将总署发来的电报让他看——

总署本日奉懿旨：中俄因朝立约，原恐俄怀他意，若因此被彼牵制，不如不约为益。盖俄不侵朝，乃其本分，安能与我上国相提并论？若签此约，坠其术中，岂不贻后人訾笑乎？饬李鸿章商拉德仁，由俄方照会中国，表明无侵朝鲜领土之意即可。

唐绍仪暗自佩服慈禧竟然有此见识，难怪能够牢牢控制权柄二十余年，于是道："中堂，要俄国表明无侵朝之意，只怕俄国也不会答应。"

"是啊，他们不会痛快地答应的，恐怕要费些口舌。"

果然，李鸿章一提出这一要求，拉德仁回道："这不可能，俄国本无侵占朝鲜之意，凭空出此照会示人，就好比本不为盗贼，却要具文声称自己不是贼，这有伤大国体面。"

"阁下不妨电请贵国政府。英国占据巨文岛，毕竟是因英俄冲突而起。而且此前又有朝俄密约的事情闹得列国皆知，俄国自证清白似乎也不过分。不然，英国久据巨文岛，贵国势必又要防守东界，所费不为不巨。依我之见，阁下不妨劝说贵政府，既然不是贼，又何惧出一文凭？"

到图们江划界谈判结束时，俄国政府终于答应不作书面照会，但拉德仁口头向大清承诺："奉到本国国家电谕，饬向中堂担保，俄国并无欲取巨文岛或朝鲜他处地方之意。"

李鸿章很满意道："这也算个君子协定，我将记录到会谈节略中，作为与英国交涉的依据，阁下不会有异议吧。"

拉德仁答应了："当然可以,虽然不是照会,其作用也差不多。正如中堂所言,我们是君子协定。"

李鸿章对唐绍仪的外交才能十分赏识,他临回朝鲜前,李鸿章叮嘱道:"年轻人,留在天津帮我办外交如何?"

"晚辈极愿跟随中堂左右长长见识,只是袁总理那边办外交实在乏人,我不能不回。将来有机会,少不得恳请中堂关照提携。"

唐绍仪乘船回到朝鲜的时候,中英关于巨文岛的交涉也有了结果,英国照会总理衙门,表示已决定将巨文岛归还朝鲜,并请中国驻朝公署将此决定通报朝鲜,随后英国驻朝鲜领事馆也将通报。

接到电报,袁世凯拍着唐绍仪的肩膀道:"少川,你立了一大功。晚上我做东请你,不醉不归。"

晚上袁世凯果然请唐绍仪,却并未不醉不归,原因是唐绍仪喝酒很节制,而袁世凯还有两篇文章要听唐绍仪的看法。

唐绍仪去天津这几天,袁世凯也没闲着,先是写了一篇《朝鲜大局论》,又写了四款十条建议,打算呈给李熙。

《朝鲜大局论》重在分析朝鲜对清廷向背的利害关系。文章先说朝鲜是弱小国家,非依庇强国不能生存,却不能依附于东西方列强,尤其是批驳了依附俄、日的荒谬。他说,"俄国久欲在亚洲占据海口,屯驻水师,以遂其鲸吞之计"。俄人有此野心,"不引即来,乃招之乎?求俄无异于开门揖盗,不知存亡"。至于日本,"素性狡黠,唯利是视,只可与连和,而不可为依恃也"。接下来论述,朝鲜唯有依附于中国,"朝鲜本属中国,今欲去而之他,是犹孺子离其父母,而求他之顾复也"。且朝鲜依中国,其利有六,一是"中朝水陆毗连,朝发夕至,缓急能通,其势可恃"。二是"中国视天下为一家,待藩封如一体,有变乱立予削平,命将出师不索兵费,不责成供给,其德可恃"。三是"中国以大国护小国,仁至义尽。不将其国变为郡县,不在其地收租敛税,只期唇齿相依,人民相安,永保无疆,其心可恃"。四是"中国抚恤朝鲜已数百年,上下依恋,臣民乐属,若率由旧章,诚心服事,财朝野相安,政令易行,其恩泽可恃"。五是"强邻环伺,虎视眈眈,若中朝团结,则无隙可乘,其威可恃"。六是"中国待朝信而不疑,朝鲜恃中宗藩巩固,内乱不作,外侮可御,任用贤能,励精图治,富强可期,其机可恃"。而背离中国,其害有四,一是中国被疏远,必生疑心;而朝鲜亲近列强,中国必猜忌,疑忌互生,祸乱转眼就来。二是朝鲜背离中国求自主,必引欧洲以为后援。欧洲疑忌成性,以吞噬他国为计,得到机会必先夺朝鲜兵权,而后占其要地。三是中国贴近朝鲜,水陆并进,捷足先登,弹指一挥间,大兵压境,纵使欧洲有救援之师,也是缓不济急。四是朝鲜背离中国,则君臣百姓将相疑惑,人心离叛,不必中国兴师问罪,而内乱已作。最后得出结论:

> 朝鲜盲求自主,是徒取文字之体面,而不顾宗社之沦亡,贾虚名,受实祸,朝始称帝,夕已破灭。方今朝鲜上下解体,国弱民穷,欲求一至近、至大、至仁、至公之国以庇荫之,舍中国其谁与归?谨依中国以图自存,犹有他虑,况背中国自立乎?

附于《朝鲜大局论》之后,袁世凯还有四款十条建议。四款是以比喻的方式分析朝鲜现状。一是"立国如立室",中国看待朝鲜,就像一院之中的东偏房。偏房倾覆,则中间的房屋厅堂必暴露于外。他袁世凯就如东偏房的看门人,提醒说,你的房屋应该赶快修理,不然会倒塌。聪明人听到话,欣然答应;糊涂人则视之漠然,反而说东屋即使倒塌,与你何干?不但不答应,还讨厌并想赶走他。二是"朝鲜如破舟",木质已腐,必须设法弥缝,不料舟中人贪图舟中金币,不但不肯弥缝,而且故意摇摆。袁世凯充当修船工匠,已经代为修理多次,倘若舟匠智穷力竭,舟中人将漂到何处安身?三是"治国如医病",朝鲜病入膏肓,然而良药苦口,病者厌恶不肯用药。于是有以美味进献者,病者喜其适口而贪食,病情加重,以致不可救药。四是"一国如一身",治国者应修明内政,后致力外观。就好像人天天能够吃饱,虽然衣服简陋,也没什么损伤。不然,饥饿不堪,即使天天穿着锦绣华衣,又如何生存呢。

所谓十条,就是袁世凯认为朝鲜应当办的十项急务,包括任大臣、屏细臣、用庶司、收民心、释猜疑、节财用、慎听闻、明赏罚、亲中国、审外交。在这十条中,袁世凯一再强调加强宗藩关系,强化中国宗主国的地位。

唐绍仪下午已经仔细看过《朝鲜大局论》和四款十条。袁世凯时年不过二十七岁,能有如此的见识,的确不同凡响。唐绍仪深表佩服外,亦有他的忧虑:"四哥,道理说得很明白,十条措施也不错,但恐怕列国会有异议,责备我们干涉朝鲜的内政,他们向来称朝鲜为自主国家。"

"他们称朝鲜自主那是他们的事,而对大清来说朝鲜就是属国。他国在朝鲜指手画脚不行,而宗主国则不同。这一点,我们必须理直气壮地向朝鲜和列国表明态度。现在朝廷拘于国际影响,既不能把朝鲜废为郡县,也不能在朝鲜设监国。可是,朝廷与李中堂的意思,是要加强对朝鲜的控制,不然,又何必派你我驻扎朝鲜?依我的理解,我这个总理虽非监国,可要行监国之实。这次密函事件,有一个最大的好处,就是英、俄等国事实上承认了我们的宗主国地位,而朝鲜虽然心有不甘,也不能不承认其为大清属国。我就是要趁热打铁把道理讲透,把规矩讲明,不能再顾虑他国的议论,遮遮掩掩,羞羞答答。少川我告诉你,当今世界,弱肉强食,你的权力不能理直气壮地坚持,不能毫不动摇地争取,就被别人所夺。举个最简单的例子,琉球是大清几百年的属国,结果被日本废为郡县,他国有为大清说话的吗?没有。如果我们在朝鲜问题上再不敢坚定主张我们的权力,就是下一个琉球,这话我已经说了不下百遍了。当然,对各国使领馆人员,该怎么应付就怎么应付,反正讲国际法,你是内行。"

第二天上午,袁世凯进宫去见李熙,除了报告英国将归还巨文岛的消息,同时呈递两篇宏论,直到一时多才回到公署。看他的脸色,可知谈得还不错。

"有好消息垫底,和朝王说事就容易多了。无论是不是真心,朝王表示要固守宗藩关系,洗心革面,图维新政。不过,朝王又给了一个难题。"

李熙推给袁世凯的难题,是日本要架设汉城到釜山的电报线。朝鲜发展电报业是日本最先提出来的,1883 年日朝签订《海底电线架设议定书》,委托丹麦大北电信公司,架设自日本九州、长崎经对马至朝鲜釜山的海底电报线。电报不仅具有经济意义,更具有军事意义。李鸿章不甘落后,令盛宣怀与朝鲜商定《中朝电线条约》,贷款十万两给朝鲜,架设了由奉天经凤凰城经义州直达汉城的陆路电报线,而且规定二十五年内朝鲜不得允许他国在朝鲜境内设立水陆电线,一切电报电线事宜,完全由大清代办代管。日本对此很不满意,提出要架设釜山至汉城的陆路电报。日本当初与朝鲜签订的协议,并不涉及陆路电报,因此袁世凯给朝王出主意,就说从今以后朝鲜境内的电报完全由朝鲜自主办理,汉城至釜山的电报也不例外。

唐绍仪闻言则有些担心道："朝鲜电报完全由大清来办，而且有约在先，如果由朝鲜自主办理，恐怕盛观察和李中堂都不会答应。"

袁世凯笑了笑道："这不过是拒绝日本人的办法，等朝鲜和日本人签订完《日朝海底电线条约续约》，约明汉城到釜山的陆上电报线由朝鲜自主后，就由朝鲜邀请大清代办，盛观察还有何意见？"

"日本人恐怕不会答应吧？"

袁世凯不以为然道："咦，他有什么不答应的。朝鲜邀请大清代办，也是朝鲜自主办理的一种方式，他们有什么好说的？"

袁世凯露才扬己，作风霸道强硬，不但朝鲜国王心生不满，也令各国外交人员反感。因此他们屡屡向朝廷提出要求，希望撤换袁世凯。但北洋大臣李鸿章却十分清楚，虎狼环伺的朝鲜需要袁世凯这样机敏果断、任劳任怨、办事能力强的人坐镇。因此，不但不肯撤换，而且一再请奖、提携。光绪十六年（公元 1890 年）初，袁世凯第一个任期期满，李鸿章为之请奖，奉旨免补知府，以道员分省归候补班，尽先补用并加二品衔。光绪十八年（公元 1892 年）底，袁世凯第二个任满，此时作为外交人员，二品衔的袁世凯已经无可再升，李鸿章上奏朝廷历数袁世凯的劳绩："凡体制所系，利害所关，或事先预筹，或当机立应，或事后补缀，无不洞中窍要。自八年至十年两次遣兵定乱，袁世凯均在行间，熟悉彼中情势。群小因不便其所为，屡设机谋，巧图倾陷，袁世凯屹不为动，调停异党，联络各使，设法防护，卒令无隙可乘。苦心毅力，尤为卓绝。""其从事海外，不避艰险，独为其难，实非寻常劳绩可比。臣以该道胆略兼优，血性忠诚，先后奏保。近日察其器识，尤能深沉细致，历练平和，洵属体用兼备，置之交涉繁剧之区，必能胜任。"建议超拔袁世凯，以海关道擢用。海关道是有名的肥缺，从前非满人不能得任，朝廷没有答应李鸿章所请，而以海关道记名简放。记名不同于实授，要等机会。有机会，可能一年半载，没机会，可能十年八年。不过，几个月后朝廷就下旨，袁世凯补授浙江温处道，仍留任朝鲜。此时，袁世凯已经是实职的道台，只是不必到浙江赴任，继续留驻朝鲜罢了。

第十五章

金玉均大意被刺　袁世凯自负中计

光绪二十年(公元 1894 年)二月下旬,正是吹面不寒杨柳风的季节。上海外滩上的洋人已经率先除下臃肿的冬衣,换上清爽的单衣,招摇的洋女人已经穿起短裙来。汽笛长鸣,一艘巨轮向黄浦江西岸靠过来,船桅上迎风飘扬的是上海人俗称的"膏药旗"——日本邮船会社的商轮"西京丸"到岸了。

随着人们鱼贯下船的四个人显然是一行,前面两个都是四十多岁的年纪,也都是西装革履。前面的一个显然是主人,左手拿一顶洋礼帽,右手拿一根被称为"司的克"的洋拐棍,而大箱小包的行李全都不用他操心。他身后同样穿西装的人与他低声交谈,并向远处指指点点,他们说的是朝鲜话。后面一个是长袍马褂的中国人,一个是日本人,两人都三十岁上下。日本人显然是仆从,一手一个大皮箱。

他们招来四辆东洋黄包车,一人一辆,直奔美国租界日本人开设的东和客店。店主热情的接待,问客人从哪里来,要住多少天。为首的用日语道:"从大阪来,到这里旅游,总要住个十来天。"

接下来登记,店主一一询问姓名,还是为首的用日语代为回道:"我叫岩田周作,这是我的朋友,洪钟宇。"又指指那个中国人道,"他叫吴升,我的中文翻译。那个是我的仆人,北原延次。"

"我叫吉德,很荣幸接待四位。"店主又扭头对垂手站在一边的中国小伙计说道,"把客人领到房间去。"

小伙计帮忙拿着行李，带客人去了二楼。安排妥当，洪钟宇来到"岩田周作"的房间问道："古筠，坐了几天船太辛苦了，你先休息，到晚饭时我来叫你。"

古筠是金玉均的号，不错，他正是流亡日本多年的开化党人金玉均。他对洪钟宇道："羽亭，尹佐翁已经从美国回到上海了，听说在中西书院教学，拜托你设法去通知他一声，就说我晚上前去拜访。"

尹佐翁就是尹致昊，也是开化党人，甲申政变时他并未参与政变，但因为与金玉均关系密切不得已逃到日本，后来又辗转到上海，入美国教会学校中西书院学习。毕业后赴美留学，去年底从美国回到上海重新入中西书院，担任英文教习。

一个多时辰，洪钟宇就回来了，告诉金玉均他已经见到了尹致昊，说晚饭后他将前来拜访。

"你没约他一块过来吃晚饭？"金玉均问道。

洪钟宇解释道："他在教，有诸多讲究，不便与我们同席。"

因为有些晕船，金玉均等人简单吃了一顿清淡晚饭。不久，尹致昊果然如约前来，西装革履，一丝不苟。他首先解释道："我已经入教，饮食方面有诸多不便，今天又是礼拜五，只吃一餐，因此实在无法做东以尽心意。"

金玉均微笑道："哦，你也入教了。我理解，咱们这样清谈更好，省得喝了酒说话反而不着边际。"

尹致昊问道："古筠兄怎么到中国了？"

"一言难尽。"金玉均摇头苦笑道。

的确是一言难尽。金玉均逃亡到日本，寄人篱下，日子并不好过。虽然有福泽谕吉等日本友人关照，但甲申政变后日本政府与中国和朝鲜都签订了相关条约，行的是韬光养晦的策略。朝鲜和中国驻朝总理袁世凯都向日本提出，应当引渡金玉均回国。日本政府为大局计，打算应中朝所请引渡金玉均，却受到在野力量的强力反对，所以不得不把金玉均留在日本。期间朝王派杀手前往日本暗杀金玉均，被其发觉，他屡屡上书伊藤博文、井上馨要求保护，两人不予理睬；他又投诉到法院，而且在报纸上发表文章，指责朝鲜和中国。中朝两国都郑重交涉，认为日本在纵容一个发动政变的叛乱者。这样一折腾，日本政府觉得金玉均真是个麻烦，就以保护为名把他流放到太平洋中的小笠原群岛。小笠原群岛离日本有两千余里,人烟稀少,形如荒岛不说,最让金玉均受不了的是湿热天气,他浑身生湿疹,眼睛上火,不思饮食,一场大病下来险些要了他的命。他一次次上书请求转移居住地,两年后日本才把他迁到北海道的札幌。在札幌住了两年,到1890年才恢复自由,重新回到东京居住。经两次流放,他对日本政府不讲信义极其愤恨,依靠日本人帮助朝鲜开化富强的信心大为动摇。他提出了"三和主义",主张中日朝三国和平相处,共同抵御欧洲列强。他还上书李鸿章,表明了他不再依赖日本,也不与中国为敌,而是希望中朝互相尊重、和平相处的政见。当时清廷驻日本公使正是李鸿章的长子李经方(其实是养子,其父是李鸿章的六弟李昭庆),他与金玉均过从甚密,并建议他访华,并请公使馆的日语翻译吴升教他中文,为出访中国做准备。去年汪凤藻代替李经方出任驻日公使,但李经方并未食言,继续欢迎他访华。金玉均的算盘是通过李经方的斡旋,借助李鸿章的力量重回朝鲜,进行温和的开化改革。他天真地以为,有李鸿章的支持,重新得到李熙的信任并非不可能。他此次到上海就是打算在这里先与李经方详谈,然后再启程北上。

尹致昊对金玉均此行大不以为然,连连摇头。他虽然居住中国多年,但一直接受的是西方教育,崇拜的是西方文明,对中国反而偏见极深,便劝道:"古筠兄将希望寄托在中国人身上大错特错。中国就如同一栋老屋,虽然它曾经有很好的结构,但由于老屋拥有者的漫不经心,现在它的墙面已经脱落,它的栋木也已经腐朽不堪。中国就好比是一个又盲又聋又衰朽的老人,他唯一灵活的就是舌头,唯一剩下的就是舌头上的功夫。他的声音非常大,事实上,他就是靠制造很大噪音来恐吓邻居,他们把朝鲜和日本都当听到大声呵斥就害怕的孩子。中国人还自高自大,视他人为蛮夷,依然活在虚幻的梦想里。"

"佐翁,你说得也许有道理。你可以不喜欢中国,可你还是朝鲜人,应当像当年一样振作起来,为朝鲜的开化富强而斗争。我之所以与中国人交往,不过是想借助他们对朝鲜的影响力,重新启动朝鲜的开化大业。我希望届时你能够回到朝鲜,我们携起手来干一番大事业。"

尹致昊认为金玉均的想法不切实际,近乎异想天开。怪不得当年甲申政变三天就告败,就是因为金玉均空有一腔热情,虑事不周,行事冲动。但他懒得给金玉均泼凉水，只得说道："我去过日本，也到过美国，拿国外的政体与朝鲜比，真是让人绝望。如果朝鲜继续维持现状，那么一切免谈。你想在朝鲜现政府的基础上搞开化，无异于缘木求鱼。"

金玉均劝道："佐翁，你比我年轻十几岁，心态何以比我还老？只要我们能够执掌朝鲜实政，让我们来改造它好了。"

你心态倒是年轻，可是如儿童一样不成熟。尹致昊想反唇相讥，但他终于忍住了，而是极其诚恳地劝谏道："古筠兄，你向来是古道热肠，我佩服。但请原谅，我现在无意回朝鲜。我还想劝你一句……"显然说话有顾虑，欲言又止。

"劝我什么？直言好了。"

"古筠兄对身边的人不要轻信，我觉得这个人有问题。"尹致昊担心隔墙有耳，蘸着茶水在桌上写一个洪字，当然是指洪钟宇。

"绝无问题。"金玉均说得十分肯定，"我们已经有几个月的交往，他像我一样希望朝鲜开化富强，而且还与我义结金兰，怎么可能有问题？"

尹致昊见金玉均如此不受劝，笑了笑道："也许我多虑了，我只是做个友好的提醒。"

送走尹致昊，金玉均对洪钟宇道："他出过洋，见识广，本来指望他能够与我们一起振兴朝鲜，没想到他已经一蹶不振。"

"人各有志，强求不得。他在这里过着安定有尊严的生活，已经把朝鲜的苦难抛到脑后了。"洪钟宇话锋一转又道，"不过，他毕竟是出过洋的人，见识一定差不了，对朝鲜的开化富强一定会有好的建议。"

金玉均摇头道："他把朝鲜看得一团糟，除了怨天尤人，没任何建议。而且竟然还……"

洪钟宇问："还怎么了？"

金玉均稍有犹豫，但面对洪钟宇诚恳的目光，觉得不该有所隐瞒，所以道："君子坦荡荡，没什么不好说的。十分可笑，他竟然认为你可能是密探。"

"啊，我是密探？"洪钟宇先是十分惊讶，继而十分生气，"真是岂有此理。我如果做过什么见不得人的勾当，他说我是密探也就罢了，我们只有一面之缘，他凭什么说我是密探？我得去问问他，凭什么血口喷人。"

金玉均一把抓住他道："羽亭，算了。你这么去一闹，把我也弄得不好。

我都不信他的话,你又何必这样上心。"

洪钟宇气呼呼地坐下,沉默了一会儿,气小了些说道:"古筠,朝鲜开化富强,没那么容易,我们与李鸿章父子的交涉恐怕也没那么简单。咱们不宜贸然北上,必须有个长久打算。"

"是的,我也有此意。不过,如何长久打算,你说来听听。"

洪钟宇从怀里掏出一张支票道:"这是我这几年攒的一点钱,存在汇丰银行,我打算取出来,咱们合伙在上海做生意,以免坐吃山空。"

金玉均听了十分感动,道:"这实在太好了,我暂时没钱入股,我先认三分之一的股本,将来一定还你。"

"咱们就各算一半的股份好了,将来赚了有你的红利,赔了算我的。"

"没有这样的道理。"

两人争执很久,最后达成协议,金玉均算三分之一的股份,以红利陆续归还股本,若万一赔了,则算洪钟宇为开化大业的经费赞助。两人畅谈良久,楼下大堂的西洋钟敲了十一下洪钟宇才离去,金玉均紧紧握一握他的手说道:"羽亭,如果像你这样的同志多起来,何愁大事不成!"

第二天上午,洪钟宇出门去英国汇丰银行取款,半个多时辰后回来了,中文翻译吴升道:"洪先生总算回来了,上海有位朋友约我吃午饭,我现在就出门去,多年不见了。"

洪钟宇回道:"那是应当的,你尽管去好了。岩田先生呢?"

"岩田先生有点头疼,大约昨天夜里受凉了,正休息呢。"

洪钟宇回到自己房间换衣服,再出来时已经脱掉了西装革履,头上戴一顶黑纱笠帽,身上罩一件白色长袍,脚上穿的是一双黑布鞋。他对金玉均的日本仆人北原延次说道:"岩田先生病了,你出去买点治感冒的药。"

北原领命而去,洪钟宇这才上楼去见金玉均。金玉均正在靠窗的竹榻上看书,看来刚刚睡醒,还没起身,说道:"我没事,何必去买药。"又看了一眼洪钟宇道,"你怎么穿上朝鲜衣服了。"

洪钟宇道:"我已经几年未回到朝鲜了,有点想家了。"

"是啊,这毕竟是朝鲜的衣服。可太过肥大,不便于劳作。"金玉均说罢,他翻过身,把一床薄被裹在身上,打算继续睡一觉。

洪钟宇突然从宽大的长袍里掏出手枪,向金玉均头部开枪,虽然距离不远,但因为紧张,子弹仅是擦伤了金玉均的左颊。金玉均翻身而起,把手里的书扔向洪钟宇,夺门而出,洪钟宇向他当胸开了一枪,又追出门去向他背部连开数枪,一面大骂道:"逆贼,逆贼!"

洪钟宇枪中子弹已经射尽,又看金玉均倒地不动,便仓皇下楼,与上楼察看情况的店主吉岛撞个满怀。

"刚才是什么声音?"吉岛问道。

洪钟宇不理他,直接跑出门去。吉岛到了二楼,见走廊中已经聚了不少人,他挤过去一看,金玉均身下淌出一摊鲜血。

吉岛下楼去找吴升,不在,又找日本仆人北原,也不在。他出门招一辆黄包车,要去日本领事馆报告,在门口正遇上北原,来不及说话,把他拉到车上就走,路上才告诉他情况。北原告诉他,死的那个人其实并不是日本人,而是朝鲜人金玉均。到了领事馆报告情况,日本领事回道:"朝鲜人互相仇杀,我们不便出面。你们报告英美巡捕房好了。"

巡捕房将消息报告给上海县,县令黄爱棠下令全城搜捕洪钟宇,同时到客店验尸。日本副领事山座元次郎、翻译加藤义三、英捕房麦捕头、美捕房黎捕头都到现场,检验结果,确系枪杀。第二天早上,便在吴淞口的旅店内将洪钟宇捕获。

黄县令在县公堂初审,问:"你是金玉均的朋友吗?"

洪钟宇回道:"谋叛之人,怎能为友?"

"你为何杀他?"黄县令又问道。

"大逆不道之人,人人可杀,若任其回国,势必又起风波。"洪钟宇慨然道。

"杀人者死,你知道吗?"

"知道,我是为国除害,死又何惧?"洪钟宇不以为意。

"你何以知道其为金玉均?"

洪钟宇回道:"他时称岩田周作,时称岩田和三,但确系金玉均无误。今奉朝鲜王之命行刺叛臣。"

黄县令又问道:"你说系奉朝鲜王之令,怎么你身上却没有朝王令旨?"

"我虽没有王旨,但在李大人处看到过。"洪钟宇回道。

洪钟宇所说的李大人叫李逸植,奉朝王之命扮作商人到日本执行刺杀金玉均和朴泳孝的密令。朴泳孝和金玉均两人当初都是发动甲申政变的主谋,但两人早因政见不同,谁也不理谁。李逸植经过一年多的努力,与两个人都能接得上头,并且获得两人信任。但觉得自己势单力孤,怕打草惊蛇,所以迟迟未下手。去年秋末洪钟宇从法国留学回来,顺便去拜访李逸植。李逸植觉得洪钟宇法国留学生的身份很容易接近金玉均,于是极力劝说他参与暗杀行动,自然是将金玉均描述为十恶不赦的乱臣贼子。他还向洪钟宇出示了国王给他的委任状,如果能够共同诛逆,高官厚禄不在话下。洪钟宇当场行跪拜大礼,宣誓参与刺杀行动。

不过洪钟宇却另有打算,他的如意算盘是接近金玉均,如果金玉均将来能得势,不妨假戏真做,与他踏同一条船;如果金玉均不能成事,则杀之见功于朝王。他很快发现金玉均的致命弱点,太理想主义,太容易冲动,跟着他只有自寻死路。于是他再与李逸植密商,决定把金玉均骗到上海伺机除之,而李逸植则在朝鲜对朴泳孝下手。

一天,洪钟宇很诚恳地对金玉均说道:"日本人薄情寡义,如今你在日本寄人篱下,终非长久之计。如今中国对朝鲜的影响远远超过日本,我觉得古筠兄借助李鸿章回国的路子很值得一试。"

金玉均表示,他虽有此想,但从前亲近日本,对中国太过疏远,如今反过来去讨好中国,只怕热脸贴个冷屁股。

"不不不,古筠兄大可不必此想。"洪钟宇劝他道,"此一时,彼一时,时变我亦变。从前借助日本,如今借助中国,都是情理之中,都是为了朝鲜。相比较而言,中国人还是比较讲信义的。再说,行与不行,总要试一试才能知道。"

于是,就有了四人的上海之行。

洪钟宇当然不肯把详细经过告诉黄县令,黄县令穷究不舍,洪钟宇只好回道:"大人不必费功夫,我是不是奉王命行事,你向朝鲜发一封电报一问便知。"

黄县令退入后堂与刑名老夫子细商。刑名老夫子认为,如果洪钟宇系仇杀金玉均,则以一般刑案而论,无外乎杀人抵命;但如果他真是奉王命行事,杀掉当年叛乱主谋则是大功一件。因此,此事不必急于定案,而必须向上面请示。所谓上面,当然就是上海道聂缉椝,他是曾国藩的小女婿,当过江南制造局总办，在两江总督刘坤一和直隶总督李鸿章面前都很吃得开。聂缉椝在洋务上颇内行，出任上海道后修马路、办实业，是有名的能员。由他转电总理衙门以及两江总督南洋大臣刘坤一、直隶总督北洋大臣李鸿章，如何办理，秉命而行就是。因为事涉朝鲜，总理衙门必定会转电驻朝鲜的袁世凯，向朝鲜政府求证。虽然电报往返非常方便，但函电交驰，等上面指示下来，总得六七天的时间。这六七天间，洪钟宇和金玉均的尸体都得妥善保护，不能出任何意外。这份责任不轻，因此刑名老夫子建议，案子出在英美租界，人和尸体不妨都推给巡捕房，到时候出了差池，上面也怪罪不到。

黄县令十分受教，完全按老夫子的建议办理。金玉均的尸棺暂存虹口巡捕房，洪钟宇则由巡捕房羁押。金玉均的仆人北原提出异议，主张由他护送主人的尸棺返回大阪，日本领事也持此议。黄县令再禀请聂缉椝，请巡捕房喝花酒，并开销了几百两的红包，由巡捕房出头告诉日本领事馆，案子未结清前，杀人者和被杀者都不得离开租界一步。

第三天李鸿章给聂缉椝转发来袁世凯的电报，请聂缉椝办理：

> 袁道电：金玉均系朝鲜叛臣，脱逃已久，洪钟宇系官员，此案理合解归朝鲜定夺。闻洪钟宇为美捕获，囚例须交朝员讯办，而沪无朝员，可否饬由沪道以朝鲜所请索出，转解来朝，乞载施云。希酌办。鸿

洪钟宇身份确定，且有李鸿章的电报，自然不能再在巡捕房羁押，于是由聂道台出面与租界交涉，然后由黄县令安排人从巡捕房将洪钟宇接到县衙，待若上宾，并严加保护。

这时聂缉椝又接李鸿章发来的电报，还是转发袁世凯的意思：

> 袁道电：朝鲜廷臣多与金玉均通书，如发觉，必兴大狱。乞饬聂道密将金玉均行李检查，凡文迹均焚之，庶可保全多命云。望照办。鸿。

聂缉椝暗叹袁世凯虑事周详，的确，若因区区几封信在朝鲜兴起文字狱，不知多少人遭殃。他立即把上海县叫来，当然不提李鸿章的电报，而是

关切地问道:"老兄,金玉均的行囊可否仔细搜检?"

黄县令不知道台是何意图,因此回答十分小心:"已经全部从巡捕房转来,并搜检过了。"于是报告行囊细物,果然有五六封信。

聂缉椝就有些考校黄县令的意思了,问道:"这些信,你是如何打算?"

"当然要妥为保管。其他东西无关紧要,届时转交给朝鲜就是,唯有这几封信若如数转交,少不得有人遭殃。正要请示大人,该如何处置?"

聂缉椝听黄县令已有此意,甚慰道:"你说得不错,金玉均死则死耳,平白再拉几个垫背的,不值当。我的意思,这些信存下来必是祸患,不如付之一炬来得干脆利索。"

"大人如此措置,便是菩萨心肠,卑职照办就是。只是事涉刑案,如果有一角公事,办起来更方便。"黄县令这是怕将来有波折,空口无凭,讨一纸公文,为自己留余地。

"这是应当的,你放心好了,出了岔子,一切有我。"聂缉椝手里有李鸿章的电报,乐得落个痛快。

处理妥当,李鸿章电报又到,应朝鲜国王所请,朝鲜外衙门协办徐相乔已经由天津乘船南下,负责交接金玉均尸体和刺客洪钟宇。

三月底徐相乔到达上海,租界将金玉均尸体以及洪钟宇正式引渡给上海道台衙门,再由上海道台衙门移交给徐相乔。徐相乔一行希望立即起行,却暂无轮船去朝鲜。天气越来越热,金玉均的尸体已经变味,势所不能久拖。而且夜长梦多,不如早早了事利索。聂缉椝报请两江总督刘坤一同意,专门派出"威靖"号军舰将金玉均送回朝鲜。

军舰临行前,李鸿章又转来袁世凯电报,提醒"威靖"号不宜到仁川,担心仁川有金玉均的余党,而且仁川日本人势力不小,难免节外生枝。建议到仁川南面的南阳海面,他已经通知朝王,届时派轮船在海面上交接。

聂缉椝不得不暗赞,怪不得袁世凯深得李鸿章赏识,其办事的确十分可靠。

金玉均当年发动政变,大开杀戒,仇人很多,他们希望戮尸泄愤。日本公使馆对此十分不满,鼓动各国公使向朝王进言,如果辱及死人,与国际公法不合。日本驻朝公使大鸟圭介亲自来找袁世凯,希望他出面阻止。袁世凯面见李熙,李熙答应得很好。

金玉均的尸体运到南阳,在马山浦的一处民房中停尸,还派了五十人的士兵守卫。可是第二天传来消息,金玉均被判处谋叛大逆不道之罪,判处死刑,并在其尸身上追加凌迟处斩的酷刑。尸体被千刀万剐以后,首级又被砍下,高悬在汉城西郊杨花津的要冲,肢体则传示朝鲜八道。

袁世凯知道李熙玩了花样,进宫去质问。李熙说当年被害大臣家属不肯饶过金玉均,他不能不顺应舆情。听说李熙还要重用洪钟宇,袁世凯劝他最好不要徒生是非。李熙答应了,但第二天就亲自召见洪钟宇,将其视为大功臣,在汉城赐其宅邸,而且要专门为他开设科举考试,方便他正式进入政界。

消息传到日本,引起轩然大波。金玉均的老师福泽谕吉在报纸上发表文章,称凌迟日本人的朋友金玉均是"日本人的感情所完全不能谅解的",日本"金氏友人会"在东京举行盛大葬礼,在青山公园筑衣冠冢,把金玉均的头发和几件衣服下葬,竟然有数千人参加葬礼。三十多名议员向政府提出质询,认为中国将金玉均的尸体送回朝鲜是对日本帝国一大侮辱,要求对中国采取措施。金玉均的好友玄洋社最活跃成员的野半介登门造访外务大臣陆奥宗光,向他建议道:"中国对金玉均的处置,实为日本之一大耻辱,是可忍孰不可忍!我政府应对中国宣战,以雪朝、中两国加于我国之耻辱。"

陆奥宗光拒绝道:"为一亡命客而与两国开战,这样的理由你不觉得荒唐?"

打发走的野半介,陆奥宗光立即去见总理大臣伊藤博文。伊藤博文笑道:"你先不要说话,看我猜得对不对?是为金玉均被刺而来吧?"

陆奥宗光点了点头:"是,我家的大门快被人踏平了,人人都喊着要与中国开战。"

伊藤博文感叹道:"是啊,三十多名议员提出质询,要求对中国采取措施,他们也是希望向中国宣战。"

"朝野都异口同声要向中国开战,政府如果没有交代,恐怕不好过关。"

伊藤博文连连摇手道:"你可不要动摇。这个借口太勉强,我们会在国际上失分不说,关键是与中国开战有几分把握?北洋舰队便足以让人气馁。"

"此言差矣!"参谋本部次长川上操六不请自到,"首相不该气馁,中国的北洋舰队也不必说得那样可怕。"

伊藤博文立即转移了话题:"你来得正好,正要请教你,这是个十分严肃的话题,你不能随口敷衍:日中开战,我们到底有几分取胜的把握。"

"首相不必问我有几成把握,听我说完,您自己判断。"

出身于日本著名强藩萨摩藩的川上操六,在日本倒幕运动中和明治维新后的西南战事中屡立战功,且是陆军中的改革派,十年前随陆军卿大山岩出国,赴欧美考察军制,回国后实行"兵制改革",主张依德国军制改编日本军队。次年就晋升陆军少将,任陆军参谋部参谋次长,时年三十七岁。随后又赴德国留学两年,归国后复任参谋次长,主持组建了日本陆军大学,在日本陆军中影响极大。参谋总长由亲王领衔出任,他这个参谋次长是实际上的主持者。他又是对华谍报工作的总负责人,因此要与中国开战,他的意见十分关键。

"我先说陆军。中国的陆军总兵力大约有一百万,帝国陆军七个师团,近七万。但,中国一百万军队,八旗、绿营占七十万左右,这七十万,不堪一击,毫无战力可言。那么剩下的还有三十万,主要包括李鸿章的淮军、曾国藩创立的湘军余部以及各省的练军、防军。我要提醒首相注意的是,中国国土面积极大,这三十万军队,是分散在各省的,主要是为了防备内乱,而并非真正意义上的国防军。临战能够有效调动的有十万就不错了。十万对七万,差距是不是已经很小了?"

伊藤博文听了微微颔首道:"说得有几分道理,可是如果战事拉长,中国的后备兵源总胜于我们很多倍。"

川上操六继续道:"单从人数上说,的确差距巨大。但人数多未必战斗力就一定强,中国的军制要比我们落后得多。比如,帝国陆军最高战斗单元是军,一万人左右,适于大规模兵团作战。为了适应大规模作战,平时经常进行演习训练。而中国最高作战单位是营,五六百人,比较适合维护治安,诸军平时各驻一地,互不隶属,缺乏训练,也从未配合进行军事演习。如果大规模战事发生,则临时拼凑数十营,交给一位将军指挥。互不统属的营伍凑到一起,指挥错乱,龃龉百出,内部摩擦,战斗力又打折扣。两位请想,指挥统一的一万人对付临时拼凑的一万人,结果会如何?再比如,两国征兵制度不同。帝国实行兵役制,符合条件的公民都有义务应征入伍。而中国实行的是临时募兵制,固定员额的常备军人数较少,就是这些常备军也往往是吃空饷十之三四。战事发生了才四处招募,稍加训练就上战场。若论军队素质,帝国更胜一筹,帝国陆军高级军官有一半或进过本国军事学校,或到西欧学过军事,或到欧洲考察过军事,而中国陆军高级将领没有一个进过新军事学校,他们大多是行伍出身的旧式武夫而已。至于普通士兵,帝国士兵受教育程度远远高过中国,中国士兵多是无知农夫出身。帝国严格训练的军队,对付刚抛下锄头的农民,不说以一当十,以一当五总有可能。"

这么一解释,伊藤博文和陆奥宗光都禁不住连连点头。见状,川上操六话锋一转道:"至于海军方面,北洋海军实力的确不可小觑,这也是悬在国人头上的一把利剑,但经过近十年的奋起直追,帝国海军也是长足进步。从总体规模看,帝国海军有军舰 32 艘,鱼雷艇 37 艘,总吨位 59000 余吨;北洋海军有军舰 22 艘,鱼雷艇 12 艘,总吨位 41200 吨,帝国略占优势。从战舰性能看,帝国海军成军时间晚,战舰新,航速快,非北洋舰队可比,尤其是速射炮多,更是北洋舰队望尘莫及。"

伊藤博文打断川上操六的话道:"川上将军,你别只拣好听的说给我们两个。北洋舰队的定远、镇远两舰,巨炮坚甲,亚洲无出其右者,这也是事实吧?"

川上操六应道:"首相所言极是,的确这是事实。不过,近年来帝国新造了'严岛''松岛''桥立'三景舰,也都是巨炮坚甲,装备的火炮口径与定、镇两舰相比毫不逊色,足可以对付定、镇两舰。"

伊藤博文又驳道:"这一点我听海军说过,不过我还听到一种声音,说我们的三景舰巨炮不比定、镇两舰逊色,但吨位却小得多,有些头重脚轻,未必是两舰对手。"

川上操六回道:"这也只是担心,孰优孰劣,只有战场上较量了才知道。"

陆奥宗光见伊藤博文似乎无话可问,就问道:"川上将军,中国除了北洋舰队,还有南洋、广东水师,你只与北洋舰队做比较,恐怕不合适吧?"

"我正要说的就是这一点。帝国海军政令军令统一,而中国海军并未形成统一指挥,互不统属。如果战事一开,在直隶作战,南洋和广东水师未必肯参战,所以,帝国海军其实只与北洋力战而已。中国虽然成立了海军衙门,但海军衙门五大臣都是兼职,并无一人专营海军。不仅如此,海军大臣中无一人出身海军或受过海军训练,北洋水师提督丁汝昌是马队出身。而帝国海军要员大都是出过洋的海军军官,这又是中国无可比拟的。"川上操六见伊藤博文和陆奥宗光都专心静听,信心大增道,"这还不是最主要的,最主要的差距在士气。我陆海军将士无不枕戈待旦,都盼着与清军一战。而中国海陆军,军官多是贪财好色之辈,以吃空饷为能事,都积聚了可观的资财,甘心为国牺牲者寥寥无几。我去年考察了朝鲜的釜山、仁川、汉城等地之后,乘船经烟台转赴天津。在天津停留了一个月,参观了天津机器局,访问了武备学堂,观看了炮兵操演炮术和步兵操练步伐。这次中国之行,我发现中国对战争毫无准备,而帝国在中国情报网可以说疏而不漏,一旦两国交战,他们将发挥意想不到的作用。我可以告诉首相,如今若日清开战,帝国必胜无疑。"

伊藤博文与陆奥宗光两人听了后都沉默无语,各有所思。伊藤博文提醒道:"川上将军,军方急于一战的心情我可以理解,但我不得不提醒将军,战与和是关系国家存亡的大事,不可不慎之又慎。而且我发觉,帝国军队已经滋生了轻敌思想,这极其冒险,而且极其危险。"

川上操六并不完全赞同伊藤的观点,笑道:"战争从来都是冒险,要想百分之百的把握几乎是不可能的。而且,像帝国这样四面环海的岛国,要实现大陆梦想,也不能不冒险。就好像赌博,赌注大,风险大,但收益也同样大。"

伊藤博文连忙摇手道:"川上将军,你这种话当玩笑来说尚可,如果陛下问我,我总不能拿赌博这样的荒唐话来回奏吧?"

陆奥宗光也附和道:"川上将军,如今日中开战时机尚不成熟。为了区区一个亡命政客,帝国与中国翻脸,便是师出无名,将引来他国干涉,于帝国非常不利。所以,还请将军多给军方泼泼冷水。战争就是政治,也是外交,师出有名,不招他国干涉,至关重要。"

川上操六还是坚持自己的想法:"军方已经做好准备,军人只知道为国牺牲、奋勇杀敌,为战争找个合理的借口,那是你们外交的事情。"

伊藤博文见状,还是劝慰道:"川上将军,军队必须听从天皇的召唤,也必须以国家利益为重。在没有正当的出兵理由前,还是以安抚军心为上,不然,便是自寻烦恼。"

川上操六悻悻回到参谋本部,玄洋社的野半介已经等了很久。玄洋社是日本极力主张对外扩张的民间组织,不仅办有报纸,而且中国的间谍有相当一部分是该组织成员,他们向往的目标是"破中国,胜俄国,吞并朝鲜",与川上操六关系一直十分密切。

的野半介与川上操六熟不拘礼,急切地问道:"将军与首相谈得怎样?"

川上操六摇头叹气道:"不怎么样,首相与陆奥大臣都认为当前时机尚不成熟。"

"中国对我们如此无礼,帝国正应趁势与之开战,何谓时机不成熟?"的野半介大吃一惊,"大家无不认为这是一个难得的时机,错过太可惜。"

"壬午、甲申两次教训太深刻,用中国话说,一朝被蛇咬,十年怕井绳。"

"此一时彼一时。帝国卧薪尝胆十年,已非十年前可比。"

"首相和陆奥大臣的意思,必须师出有名。如果朝鲜能够自乱起来就好了,中国必然出兵,按照条约我们也可以出兵,就名正言顺了。那时候两国陈兵朝鲜,要寻衅开战便十分方便。"川上操六为难地说道。

的野半介惊喜道:"当前倒有一个好机会,听说东学党已经起事了。"

"这不失为一个绝好的机会。贵社人才济济,难道没有一放火之人?若能在朝鲜举火,剩下的事情就交给军方好了。"

两人又为如何点起这把火,密议良久。

的野半介出了参谋本部,匆匆吃过晚饭就去拜会玄洋社的当家人平冈浩太郎。平冈家里已经有两位客人,一位是头山满,平冈的好友,两人都经营煤炭发财,也是商业上的合作伙伴,同时也是玄洋社经费的主要赞助者。另一位的野半介并不熟悉,经平冈介绍才知道也是玄洋社成员,在朝鲜釜山以律师事务所的名义从事谍报活动的大崎正吉。

平冈微笑道:"大家都想到一块去了,现在就有一个最好的时机,朝鲜东学党正在起事,大崎君有个很好的建议,希望组织一部分同志渗透到东学党中,引导东学党向利于帝国的方向发展。"

据大崎介绍,朝鲜东学党已经创立二十余年,创立者是位不得志的儒生。他自称采纳儒、道、释精髓合而为一,称之为"东学道"。近年来朝鲜百姓负担沉重,诸闵贪污腐化,今年正月里,全罗道古阜郡东学党首领全瑲准振臂一呼,先是占领古阜郡,如今正在攻打全罗道的首府三南重镇全州城。但东学党的起义对日本十分不利,他们提出的口号是"逐灭倭夷,澄清圣道""驱兵入京,尽灭权贵",把日本人和腐败的朝鲜权贵作为打击目标。因为其道义都源自中国,因此对中国人十分友好,尊崇中国为上国,对中国商人秋毫无犯。大崎的建议是尽快派人入朝,与东学党接触,设法改变对日本不利的局面。这先期入朝的人员称为"天佑侠",大约十七人,有浪人、军人、间谍、记者,各司其职。

虽然只有十几人的队伍,但需要筹划的事情却很多,经费、武器、行程以及入朝后与驻日使领馆的联系等等。还需要准备一篇《天佑侠檄文》,说明日本支持东学党举义,支持讨伐暴虐的闵氏权贵,而闵氏权贵的支持者则是袁世凯,从而让举义者将矛头指向中国。这一番密议,直到深夜方才有个头绪。

大清驻朝鲜总理交涉通商事宜大臣袁世凯,真如热锅上的蚂蚁,因为前线的战事实在令人心焦。

东学军正在攻打的全州城是全罗道首府,而且供奉朝鲜太祖李成桂的祖庙庆基殿就在那,是李氏王朝的龙兴之地,如果被攻陷,国王脸面何在?而且更怕久乱不止,列国会以商务受影响为借口趁机干涉。所以,袁世凯对尽快平定东学党之乱是尽心尽力。他电请李鸿章批准,派北洋水师平远舰帮助朝鲜将汉城壮卫营八百精兵运到全州,朝王又命二百名京军从陆路向全州进军。袁世凯还派出赵国贤、丁得鹏作为军事顾问随壮卫营同行。临行前袁世凯面授机宜,让壮卫营到金州后不要与东学军正面交战,而是先截断他们的粮道。东学军上万人,粮道一断,不打自乱。袁世凯以为有此一招,然后再派人前往招降,剿抚并用,软硬兼施,应当费不了多少功夫。可是没想到的是,已经二十余天,传来的全是不利的消息。他对着地图分析双方的行军路线,连连叫苦不迭,因为东学军是在拖着官军打转转,恰如当年捻军的策略,拖得官军筋疲力尽后,必然会重兵合围,一击而中。

袁世凯把汉城分理黄元良叫来说道:"老黄,前线战事不妙,我有点不放心。"

黄元良问道:"总理有何打算?是不是想让我跑一趟?"

"是,我希望你去找到赵国贤他们,提醒他们不能与乱党打转转,当心中了他们的疲兵之计。最重要的是断敌粮道,他们好像没按我的意思办。"

"好,我立即就走。"

袁世凯自然是求之不得,但天色已晚,他也只好挽留道:"要不,还是天亮后再走吧。"

黄元良知道不能等,因此推辞道:"军情似火,耽搁不得。总理放心,这几年跑元山汉城这一线,别的没学会,学会了骑马。"

"那好,我给你派两个得力人手保护你。注意安全。"

黄元良是刑名老夫子出身,却很有武人气概。吃罢饭就走,袁世凯亲自送到南门。刚回到公署,听差就前来报告:"总理,赵守备回来了,前方吃了大败仗。"

赵守备就是公署卫队长赵国贤。

"真是怕什么来什么。"袁世凯一跺脚对听差道,"你赶快安排人飞马追回黄分理,不必再去全州了。"

袁世凯直奔签押房,一个衣衫褴褛、满面尘垢的汉子扑通一声跪倒大哭道:"总理,前线大败,老丁也阵亡了。"

"老赵,你先别哭,也不急于这一时。你先去洗个澡,然后吃顿饱饭,咱们再详谈。"袁世凯从声音上听出他是赵国贤。

心事重,袁世凯晚饭也没吃几口,绕室踱步,盘算下一步的对策。前线大败的消息不知朝王是否已经知道,是否需要派人告诉朝王,犹豫再三,觉得还是先听听前线情况,有个大体对策再说不迟。回到签押房,赵国贤已经等在门外,洗了澡,换了干净衣服,人清爽了许多,但仍见其憔悴。

"怎么回事?你们好像没听我的劝,为什么不断敌粮道,跟着人家打转转?"袁世凯急切地想知道究竟。

"嗐,他们不听劝!"赵国贤恨恨地跺脚。

这次带兵的全罗兵使兼壮卫营正领官洪启薰,因为在壬午兵变中救过闵妃,因此极受信任,得以掌握这支由美国人训练、装备美式武器的壮卫营。他到全州后,全州带兵官就派人送信,希望里应外合,在全州城下大败东学军。双方定于西历5月10日发动进攻。可是全州带兵官为了争功,提前发动进攻,结果被武器极其简陋的东学军打得大败,丢掉洋枪二百余支,狼狈退守全州城。赶到全州城下的壮卫营,已经失去里应外合的机会,晚上观察东学军营地，火把连成一片，声势极其浩大。洪启薰先自胆怯，远离东学军扎营，并接受赵国贤的建议去断东学军粮道。谁料第二天全州城下并无一兵一卒，听附近的百姓说东学军已经连夜撤走，因为害怕壮卫营的枪炮。洪启薰信心大振，提兵猛追。这一追就是十多天，从灵光到兴德，从兴德到咸平，然后转进长城郡，像样的仗一次也没打上。官军长途追击，疲于奔命，士气更为低落。四天前，洪启薰率军追至月坪洞，只见丛林密布，郁郁葱葱。忽然喊杀声起，官军吓得回头要跑，结果从林中冲出的东学军老的老、小的小，手上拿的是大刀、长矛等简陋武器。洪启薰指挥壮卫营冲锋，东学军不堪一击，纷纷逃散。洪启薰督队穷追，结果可想而知，中了埋伏，伤亡二百余人，洋枪洋炮丢弃一多半。

袁世凯生气道："国贤，你就不能提醒洪启薰一声，任由他中了东学党的计谋。"

赵国贤摇摇头叹气道："提醒了，可是他听不进去，总觉得他的洋枪洋炮把东学党打怕了。他的军纪太差，兵器再好也没用，东学党走到哪里都是秋毫无犯，可是壮卫营一路追一路抢，百姓都骂官军是匪，心向乱军，根本不帮忙。"

袁世凯治军最讲究军纪严明，因此对壮卫营的军纪败坏十分憎恨，连连顿足道："让洪启薰统军，真是误国误民。"

第二天上午，袁世凯召集会办唐绍仪、汉城分理黄元良商议对策，觉得朝鲜官军如此狼狈不堪，乱军气焰会更加嚣张，仅凭朝鲜官军恐怕无济于事。他的想法是电请李鸿章，派军平乱。

听了这个想法，唐绍仪则有些担忧道："派军平乱最大的问题是，日本也会趁机派兵。因为根据天津条约的协定，一旦朝鲜变乱，日本是可以派军队入朝的。"

袁世凯摆摆手道："我也是担心这一点，不过我觉得也不必过虑。其一，我们是宗主国，帮助属国平乱名正言顺，日本人只可以派少量军队前来保护使领馆。其二，如果日本派几百兵来保护使馆，也没什么好怕的。甲申年也不是没和日本人较量，有我袁某人在朝鲜，他们总得掂量掂量。"

黄元良出主意道："前几天汉城商人已经有议论，希望大清派兵前来。要我说，咱们就是想派兵也得等一等，由朝鲜或者他国来相请，那样出兵就更加顺理成章。"

袁世凯点了点头:"老黄说得有道理。咱们要有出兵的准备,但不能向外人透露一句,总要等时机成熟。"

第二天上午就传来更大的败讯,东学军用缴获的大炮轰击全州城,守军已经弃城而逃,全州城已经易主。汉城一时间人心惶惶,大清商人派代表呈文请求设法保护,英美德三国使领馆都派人来打听,中国是否打算派兵帮助朝鲜平乱。下午朝王派人请袁世凯入宫,商讨的正是请中国出兵的事情。但可以看得出来,朝王心情很矛盾,想请中国出兵,又担心从此更受制于中国,更担心日本也因此出兵。

袁世凯劝慰道:"殿下尽管放心,朝廷出兵帮助平叛,事毕即班师,绝无其他麻烦。壬午、甲申两次平乱都是如此,殿下有什么好担心的?"

"如果日本人也派兵来,就会有无穷的麻烦,如果俄国也借机出兵,鄙邦势必陷入极端困境中。"李熙连忙声明并不担心宗主国有任何问题,他所担心的是日本人。

袁世凯建议道:"当前最主要的是不动声色,摸清日本人的想法。"

李熙恳请道:"此事还有劳总理大驾,外衙门的人都怵与日本人打交道。"

"殿下放心交给我好了。如果殿下需要朝廷派兵,最好能让外衙门具文。"

"这是大事,当然要具文。"

袁世凯回到公署,日本使馆翻译郑永邦已经等待多时。上午,日本使馆已经得到外务省密令,务必设法诱使中国出兵朝鲜,他正是为此目的前来。

郑永邦说起来还有中国人血统,他的祖上便是郑成功的父亲郑芝龙,福建泉州府晋江县豪族,明亡后子孙流落日本,后归化为日本人,世代担任长崎地方官的"唐务通事",专办中日交涉。郑永邦曾经协助柳原前光公使赴华办理侵台事件,又协助森有礼公使同李鸿章谈判朝鲜问题,十年前跟随伊藤博文谈判天津条约。因为祖上是中国人这一渊源,郑永邦极擅长与中国人打交道,与袁世凯关系十分密切。不过,他具有日本人的特点,交情归交情,绝不以私情害公义。所以他奉命前来,掩饰得滴水不漏,愁眉苦脸道:"东学党一闹,连汉城商务也大受影响。真是受不了,如今汉城商家也都受到警告，说是如果不趁早滚出朝鲜，等他们杀到京城，尽逐夷倭，后悔晚矣。"

袁世凯没摸清他的来意，回答得也是中规中矩："这个我知道，英美公使馆也都收到东学党的揭帖，要他们识趣一点，尽早离开朝鲜。"

郑永邦又说道："在各国当中，受损失最大的还是日本。不知东学党为什么独对日本特别不友善。"

袁世凯笑了笑道："阁下是明知故问吧？岂止是东学党，朝鲜有多少人喜欢日本人？日本人应当自己多加反省才是。"

"如今说这些都无济于事，总理难道就眼看着局面混乱下去吗？从前朝鲜有乱，总是贵国帮助出兵平乱。"郑永邦故意若无其事地说出这句话。

闻言，袁世凯心头一跳，他努力按下激动道："是的，作为宗主国义不容辞，但目前朝廷并无此意。"

"总理阁下应当向贵国朝廷进言，出兵帮助平乱。"

袁世凯摆摆手道："事情还没糟糕到那种地步，也许乱党会自动散去，马上就要农忙了，不能连一年的收成也不顾吧？"

郑永邦临走时又道："我是奉代理公使之命前来，希望阁下认真考虑我的建议。"

形势越来越紧张，袁世凯把唐绍仪叫来商议道："局势如此，必须早做打算。从目前局面看，乱党不可能自行散去，而乱局持续，日本人、俄国人难免会以保护商民为由要求派兵，那时局势会更加复杂。对付乱局，必须快刀斩乱麻。现在唯一可行的是请国内派兵，尽快平定叛乱，乱局一定，立即将人马撤走，日本人和俄国人想干涉也来不及。我的意思是，请李中堂早做派兵的准备。"

唐绍仪也觉得应当趁早派兵平乱，同意先向李鸿章报告以早做准备。唐绍仪已是袁世凯的主要助手，密电一般也由他起草，袁世凯略加审定，签发就是。但这份电报措辞却很费思量，因此两人预先商议。先说明战事不利，汉城人心浮动，听说日本已经派舰前来保护商民，我国居民也纷纷呈文要求保护商务。朝王及各国公使也都希望中国能派兵。接下来要表明自己的意见，自然是字斟句酌，"朝归华保护，其内乱不能自了，求华代戡自为上国体面，未便固却。顷已嘱如需华兵，可由政府具文来，即代转电请宪核办"。

"文川,应当再加一句,如果大清不派兵,他国人必有乐为之者,将置大清于何地?宗主国不出兵,却要别国代劳,脸面何在?"袁世凯觉得这样还不够分量,不足以说明派兵的重要性。

唐绍仪一面运笔如飞,一面点头。

袁世凯踱着步,一面想一面道:"中堂所虑,肯定也是日本人会不会趁机出兵的问题。天津条约只是约明,双方派兵的话,必须知照对方,并未说大清派兵,日本也可以派兵。就算倭人多事,依我估计,也不过是调几十人前来保护使馆,也没什么好顾虑的。对了,郑永邦今天来希望我国派兵代戡,这一点务必写进电报。"

袁世凯的电报到天津时,李鸿章校阅海军刚回到天津没几天。

根据北洋海军章程,每三年校阅一次。光绪十四年(公元1888年)北洋海军正式成军时第一次校阅,那一次规模很大,海军衙门大臣醇亲王奕譞亲自校阅;光绪十七年(公元1891年)第二次校阅,此时醇亲王已经病殁,李鸿章痛失靠山,这次校阅规模上自然无法与上次相比,更糟糕的是他刚开始检阅,翁同龢主政的户部就上奏建议南北洋暂停购买外洋枪炮、船只、机器,所省价银解部充饷,上谕照准;今年又是海军校阅之期,从四月初三开始,李鸿章率津海关道盛宣怀、北洋前敌营务处山东登莱青道刘含芳、候补道龚照玙进行第三次校阅,总理北洋水陆营务处的周馥已经升任直隶按察司,因为永定河治理工程正在紧张施工,须赶在汛期前竣工,因此未能随同校阅。李鸿章时年七十有三,海陆颠簸,又受海风,结果感冒了。又听到丁汝昌、刘步蟾等人密报日本海军发展迅速,而北洋水师自上次校阅后未添一舰一炮,中枢大员无人可引为援手,极其苦恼。

接到袁世凯的电报,李鸿章不能不强打精神,召集几个心腹密议。周馥在永定河工,不可能呼之即来,洋务方面的帮手便是盛宣怀,对日外交方面则非李经方莫属。盛宣怀手里抓着电报、轮船,还想在矿业上有所展布,野心很大,很希望在朝鲜一展所能,所以极力赞同出兵平乱。李经方自幼学习英语,精通五国语言,任过驻英使馆参赞,后来任驻日公使,他了解日本人欺软怕硬而又狡诈的个性,因此也是希望朝鲜事件能够快刀斩乱麻,支持尽快出兵。

李鸿章也倾向尽快出兵,他考虑的重点是朝局方面。光绪亲政以来,处处显示欲大有作为的迫切心情,身边以翁同龢为首的亲信大臣事事都想自主强硬,很看不惯李鸿章处处示弱的外交方略,像出兵朝鲜这样的事情,肯定是不亦乐乎。何况今年又是太后六十大寿,如果能够出兵朝鲜顺利平乱,届时像壬午、甲申年一样,朝鲜派专使进京致谢,那也是一份相当不错的寿礼。

于是接下来讨论派何人带兵去朝鲜。这也无多大异议,驻山海关的直隶提督叶志超就很合适,一则他率军驻山海关,去朝鲜比较方便;二则他是李鸿章的老部下,因为打起仗来勇猛,从不顾惜自己的一条命,由他率军前往,李鸿章放得下心。同时还要派丁汝昌率四舰前往仁川、釜山等地巡航援护。

当天晚上便向总理衙门发一封密电,表示只等朝鲜请援的正式文书一到,就可派兵入朝。

公历六月三日,阴历四月三十下午,朝鲜请求中国出兵帮助平乱的呈文由外衙门督办赵秉稷亲自密送至袁世凯。袁世凯答应立即转电李中堂,不过,大军一到,朝鲜方面必须提供方便,他早已写了一张字条,列明需要协助的事项,包括准备驼、牛、马二百余匹、驳接人马的驳船、健役、翻译、向导以及随军商办人员等等。赵秉稷表示一定照办。

送走赵秉稷,日本驻朝代理公使杉村濬前来拜访。他是日本驻朝使馆的一等书记官,大鸟圭介十天前回国休假,由他代理公使。他与袁世凯也是很熟悉,不必客套,一脸焦急地问道:"东学党之乱已让日本商务大受影响,各国都盼华派兵帮助平乱,不知贵国是否答应?"

袁世凯回道:"朝王希望能够招抚,所以并未提出平乱的请求。"

"如果朝鲜提出请求,贵国是否派兵?"

"如果朝鲜有此请求,当然应该答应。如果我国派兵,按照天津条约应当知会贵国,不知应该如何知照?"

"由总理衙门向鄙国驻华公使馆知照,或者由北洋通商大臣处知照我驻津领事都可以,我政府必无他意。我政府所关心者,是商务。如果匪兵北上,汉城甚危,实在可虑,如果派兵晚了,恐怕于事无补。"

两人闲谈到五时多,杉村濬方告辞。临别时又特别叮嘱袁世凯,若朝鲜有请兵的呈文,请及时告诉他一声,"以慰盼念"。

袁世凯自觉已经探到了日本人的实底,来不及吃晚饭就立即给李鸿章发报,全文转发朝鲜请求派兵的呈文,同时特别说明杉村濬来访情况,"杉与凯旧好,察其语意,重在商民,似无他意"。

大清驻日公使汪凤藻接到了李鸿章的长篇密电,令他知会日本,大清即将出兵朝鲜:

查光绪十一年,中日议定专条,将来朝鲜若有变乱事件,中国要派兵,应先行文知照,事定即撤回,不再留防等语。本大臣今接朝鲜政府文书:全罗道所辖民习凶悍,附串东学教匪,聚众攻陷县邑,又北窜陷全州。前遣练军往剿失利,倘滋蔓日久,贻忧于上国者尤多。查壬午、甲申鄙邦两次内乱,咸赖中朝兵士代为戡定。兹援案恳请酌遣数队,速来代戡,俟悍匪挫殄,即请撤回,不敢续请留防,致天兵久劳于外等语。本大臣览其情词迫切,派兵援助乃我朝保护属邦旧例,用是奏奉谕旨,派令直隶提督叶选带劲旅,星速驰往朝鲜全罗、忠清一带,相机堵剿,克期扑灭。务使属境又安,各国在朝境通商者皆得各安生业,一俟事峻,乃即撤回,不再留防,合亟照约,行文知照。应请照以上各节,速即备文知照日本外务衙门查照。鸿。

汪凤藻立即着人备录一份,马上送至日本外务省。照会很快递到外务大臣陆奥宗光手里,他看完全文,对属下道:"总算盼来了,我要立即去见伊藤首相。不过,照会中有'保护属邦旧例'说法,帝国从来未承认朝鲜是中国的属国,你立即与他们交涉。"

第十六章

好胆识虎穴劝降　太轻信再中圈套

中国决定出兵朝鲜帮助平乱,对日本来说是莫大的好消息。陆奥宗光一接到汪凤藻提交的出兵照会,立即就去见首相伊藤博文。

伊藤博文感慨道:"万事俱备,只等这一纸照会了。"

的确是万事俱备。三天前,1894 年 6 月 2 日(光绪二十一年四月二十九日),杉村濬就发来密电,说从袁世凯处得知,中国极有可能派兵。伊藤博文当日下午就召集内阁会议,并请参谋总长炽仁亲王及参谋本部次长川上操六参加会议。会议连夜决定派陆军一个混成旅团、海军八艘战舰入朝,出兵的时间则定于中国照会一到立即行动。

如今照会到了,伊藤博文立即邀请川上操六,他一到就将派兵照会递给他说道:"中国果真派兵了,我们再商议一下,然后我进宫面奏陛下。"

川上操六看完照会后道:"不是一切都商议好了吗?而且已经奏明过陛下,难道首相有什么动摇?"

伊藤博文回道:"当然没有。只是听陛下的意思,犹觉准备不足,与中国开战,似显仓促。如何打消陛下的顾虑,坚定陛下的信心,我不能不再做思考。"

"没什么好思考的,时不我待啊。请转告陛下,中国正在与我们赛跑,时间越久,对我们越不利。以中国之地大物博,如果对帝国起了警惕,聚全国之力对付帝国,局面将更加艰难。就是要趁中国尚未觉醒,待它尚未真正站立起来前,彻底打断他的脊梁骨,帝国才可以永除后患。还有一条,俄罗斯正在修建西伯利亚铁路,而且打算从满洲修支线,一旦通车,将对帝国极为不利!"川上操六所说的俄罗斯西伯利亚铁路,1891年就已经从东西两端同时开工,起点是莫斯科,最终抵达海参崴(符拉迪沃斯托克),从西部的欧洲直达太平洋。俄罗斯对中国东北和朝鲜觊觎已久,西伯利亚大铁路开工后不久,财政大臣维特就主张修一条支线通过中国东北直达海参崴,这样不仅缩短行程,而且更可拉近中国东北与俄国之间的联系,"西伯利西铁路一旦通车,运兵将极为便捷。从前俄国要到东北亚,军舰要四十多天的行程,而通过铁路运兵,则连一半时间也不到。俄国在亚洲的势力必将大为加强,甚至可能改变整个亚洲的格局。帝国如果不赶在西伯利亚铁路完成前征服中国,将来会更加困难"。

陆奥宗光赞同道:"川上将军所虑极是。如果我们专一对付中国,胜算尚无绝对把握,一旦有第三国干预,将十分被动。所以,应当千方百计避免第三国的干预,关键时刻甚至不惜向第三国让步。"

川上操六笑道:"那正是陆奥大臣的长项,军人只管在战场上取得胜利。如今的世界是用大炮说话,只要战场上取得胜利,外交上也会容易许多。"

伊藤博文也说道:"军人只管战场上立殊勋,但政府不能不多做考虑。总之,不引起第三国干涉是我们的一大原则,陆奥大臣肩上担子也不轻松。"

川上操六又催促了一下:"首相快去见陛下吧,我就在这里等消息,将军们都摩拳擦掌好久了。"

两人等着首相,虽然是闲聊,其实话题一直离不开朝鲜的局势。大约等了一个多小时,伊藤博文回来了,两人同时站起来,都是期待的神情。伊藤博文语气严肃道:"陛下决心已定,决定立即成立由炽仁亲王、川上将军、陆军大臣、海军军令部长组成战时大本营。哦,陛下已经决定,我和枢密院山县议长也参与其事。"

日军去年制定了《战时大本营制度》,规定一到战时则由海陆军大员组成大本营,作为天皇指挥军队的最高统帅部。然而军方势力太强,难免与政府步调相异,因此伊藤博文力主首相也应参与大本营。他为此已秘密向天皇陈奏多次,当然,为了避免自己揽权的嫌疑,他同时建议枢密院议长山县有朋也加入大本营。这一计划他做得十分机密，就是陆奥宗光也未与闻，川上操六感到有些惊讶，不过他很快表示赞同道："如此最好，军务与政务、军事与外交步调一致，更见帝国团结如一。"

"陛下正是如此考虑，才让我位列其中。"伊藤博文又对陆奥宗光道，"陆奥大臣请通知大鸟公使，立即率四百人返回汉城，后续部队也将近期成行。陛下圣意，无论他国舆论如何，务求在兵力上超过中国，以避免壬午、甲申之教训。川上将军，陆奥大臣，这副担子很重，政府与军方要携起手来，共挑重担。"

"那是当然。"两人几乎异口同声。

大清驻朝鲜交涉通商事宜公署近来特别繁忙，各国驻朝使领馆人员频繁前来打探消息。俄国公使克露培亲自来见袁世凯，详细询问中国为什么出兵朝鲜，语气中满含不满的意思。

袁世凯回道："我国出兵当然是受朝鲜所请，而且这是上国保护属邦旧例，等平定叛乱，便立即撤回。"

克露培语带不满道："中国出兵，日本势必也要出兵，朝鲜局势反而复杂，俄国似乎也应出兵。"

"中国出兵是保护属邦、应邀平乱，日本又凭什么出兵？此事与俄国无干，俄国似乎也不必过问。"

"据我得到消息，日本可能会派兵到朝鲜来。"

袁世凯以肯定的语气回道："一定不会，杉村濬曾说我国出兵平乱，日本政府必无他意。"

克露培刚走，英国领事嘉托玛又来见袁世凯道："奉本国外部电令，对朝鲜局势十分关注，担心俄、日两国会乘机生事，为了保护英国商民，如果俄、日出兵，本国也有必要派兵来。"

"我国援军正赶往朝鲜，叛乱不日就可平复，不必为局势担忧。俄日两国都不会派兵，贵国千万不要多事。"袁世凯颇费一番口舌，总算说服嘉托玛电请英国暂不必派兵。

嘉托玛刚要走，朝鲜外衙门督办赵秉稷来了，一脸焦虑，惶恐难安。

袁世凯安慰道："赵大人，慢慢说，天塌不下来。"

赵秉稷出了口气，通报道："俄国公使约定，明天到外署来，恐怕是为上国出兵的事情。"

"朝鲜请上国出兵平乱是遵旧例,俄国何必多管闲事?"

如何回复俄使,两人稍做商议后赵秉稷心里就有了底,但还是有别的担心道:"我按总理的指教回复俄使就是,没什么好担心的。我现在担心的是日本人,从日本使馆打探到消息,说大鸟公使即将回任,而且要带着兵来。"

"带着兵来?"袁世凯有些不相信,"大鸟圭介我了解,他不喜欢多事,绝不会带兵来,顶多带几十个巡捕以资护卫罢了,不必庸人自扰。"

然而,赵秉稷并非庸人自扰,到了晚上李鸿章就发来电报,说日本驻津领事已经照会北洋,朝鲜局势不安,日本已经派兵入朝保护使领馆及商民。他令袁世凯与朝王相商,阻止日军上岸,更不能让日军进入汉城。

袁世凯立即让日语翻译到日本使馆去询问,一会儿回禀说日本使馆只接到大鸟圭介复任的消息,并没有派兵的电文。袁世凯自我安慰,心想也许日本人自知理亏,已经取消了派兵计划。

第二天上午,日本驻朝使馆中文翻译送来一份照会,十分简短,只有一句话:本使馆奉外部来电,我国已派兵来朝。

日本竟然真向朝鲜派兵了!这下袁世凯坐不住了,亲自去日本使馆面见临时代办杉村濬,问道:"杉村老兄当初说过日本不派兵,怎么现在又派兵入朝了?中国派兵为的是平定叛乱,贵国到底派兵所为何事?派了多少人?何处、何时登岸?"

袁世凯一口气提出一串问题,杉村濬微笑着从容回道:"阁下不必惊疑,本国派兵仅为保护使领馆。至于人数,电报你也看了,极简短,我也不知道。但阁下尽管放心,绝不会多。三四天内可到,由仁川下岸,本国驻华使馆已知照贵国总理衙门。"

袁世凯不满道:"如今仁川、汉城都十分平静,贵国似没必要派兵来。"

杉村濬回道:"眼下平静,将来未必平静。万一乱匪扰及汉城,贵国派军队来了,贵公署自然无虞,我国使领馆又有谁保护?"

"我国派军前来,是去全州平乱。就是不幸局面有失平静,朝鲜可派兵保护各国使领馆,这也是有条约的。"

杉村濬摇头道:"朝鲜连匪乱都不能平,如何能够保护他国?"

"如果贵国派兵,他国是否也派?都派兵来,局面反而更乱。因此,贵国之兵切勿到汉城来。"

杉村濬学西洋人的样子耸耸肩摊开双手道:"阁下应该知道,我只是代理而已,大鸟公使不日就到,届时阁下可与大鸟公使商讨。"

第二天上午,朝鲜外务督办赵秉稷来见袁世凯,说大鸟圭介下午就到,欲言又止数次才道:"殿下听说日本将派兵来,十分惊虑,希望总理能够协调贵国大军暂不登岸,以便鄙署与日使辩驳。"

袁世凯一听就十分生气:"这话从何说起?日本要派兵来,并非朝鲜所请,外署自然应当全力阻止。如果不能阻止日兵入汉城,那大清也调兵前来驻防。至于大军进兵与否,何时登岸,全看全州的匪乱是否平定,当然不能因为日本派兵就停止进军。赵大人请想,是朝鲜请求援军,如今又要我们看日本脸色,天下可有这样的道理?"

天热,再加紧张、羞愧,赵秉稷满脸汗水,嚅嚅连声道:"是,道理的确如此。只是日本人不讲道理惯了。"

"这更没道理,日本人不讲道理,朝鲜外署就可以来为难讲道理的大清?"

赵秉稷连连致歉,声明绝无此意。袁世凯也不想太过为难他,又道:"赵大人,我建议你到日本使馆去诘问他们为何无故派兵,以至于人心骚动。看日本人怎么说,咱们再做计较如何?"

"是,我立即去见杉村。"赵秉稷擦了擦脸上的汗水道。

袁世凯料到赵秉稷根本不是狡猾的日本人的对手,也问不出结果来,果然,他垂头丧气回来了:"杉村是个滑头,推说自己什么也改变不了,只是奉本国政府之命行事,有什么要求应当向日本政府提出。"

袁世凯立即建议道:"那你应当立即发电报给驻日人员,向日本外部诘阻。"

赵秉稷无奈地摇了摇头道:"我已经安排人发电了。不过,我看几乎没有希望。杉村很不讲道理,日本派兵保护使馆是他们应有的权利,而且还要我国为他们准备兵营,真是岂有此理。"

"赵大人,向日本外部发电诘阻是一个办法。另外,你应当禀请殿下派人到仁川去阻拦大鸟带兵登岸。大鸟是公使,当然可以登岸,但日兵是不请自来,请他们退回日本,或者待在舰上。"

赵秉稷自知此事甚难,但也只能点头受教。袁世凯安慰他同时也安慰自己道:"朝鲜也不必被吓成这样,估计大鸟不会带多少人来。"

可袁世凯的估计又错了。中午饭前,接到李鸿章电报,据驻日公使汪凤藻探查,日本派兵三千余,已经陆续出发,确数难以探确。

日本竟然派了三千人!而且恐怕还不仅仅是三千!袁世凯恨得牙痛,郑永邦、杉村濬这两个小人,当初就是有意欺骗他!日本早就有出兵的野心!可恨自己毫无察觉,竟然相信日本政府必无他意的说法!他又恨又气,心事重重,天气又热,禁不住虚火上升,平时每天总要睡两刻钟的午觉,此时却辗转反侧,不能成眠,于是找唐绍仪过来说话。唐绍仪也有睡午觉习惯,此时睡眼惺忪过来,袁世凯指了指冰镇西瓜道:"少川,先吃块西瓜,我睡不着,也让你睡不成了。"

"我也睡不着,躺着也是白躺。"

"我上了日本人的当了,当初郑永邦、杉村濬都来鼓动我国派兵入朝,并信誓旦旦地说,日本政府必无他意。结果,他们竟然派三千多人来朝鲜,我们为了平定叛乱,才派了三营前来,不过一千五六百人。"袁世凯说着把李鸿章的电报递给唐绍仪。

"四哥也未必是中了日本人的圈套,当初郑永邦、杉村濬说的也许是真话,是日本政府改了主意罢了。"

唐绍仪这样说,袁世凯心里好受了些:"少川,现在日本派兵来了,朝王很着急,希望我们前来平乱的军队暂时不登岸。可有什么法子能够阻止日本人,至少暂时能不让大鸟带来的人登岸。"

唐绍仪回道:"恐怕很难。当然办法也不是没有,能起多大作用就难说了。"

"有没有把握,说来听听。"

唐绍仪出主意道:"不但朝鲜不希望日兵到汉城来,俄国肯定也不乐意,英国、美国还有德法等国也不希望汉城陷入混乱,我想请各国公使一起去劝阻日本,也许大鸟顾忌各国的态度,会有所改变。"

袁世凯一拍大腿道:"这就是以夷制夷!很值得一试。这件事你多费心,最好与外衙门的人一起去。"

"四哥放心,下午我就去各国使馆走动。"

下午二时多,外衙门督办赵秉稷再次来面见袁世凯,说朝王已经派外衙门协办成歧运前往仁川,待大鸟一到就当面谏阻,但对结果两人都没有把握。

"日本派兵来,不过是为了与大清争体面。大鸟圭介这个人我还略有了解,当过工部大学、贵族女子大学的校长,不是蛮不讲理的人。即使劝阻不住,等他到了汉城我再与他理论。"袁世凯还心存希望。

理论自然是要劝他撤兵,但相劝的理由是什么? 自然是中国派兵是为平乱,是应朝鲜政府所请;日本派兵是不请自来,当然师出无名。

"但是,恐怕大鸟圭介会说,我们是来保护使领馆和商民。如今杉村濬就这么答复,说全州一日不能平静,汉城就有受扰可能,所以日本不能不有所准备。"赵秉稷又提醒道。

袁世凯突然不说话了,拧着眉头在努力想什么,突然一拍大腿道:"如果全州乱匪受抚,局面平静,日本岂不就没有进兵的理由了?赵大人你说是不是这道理? 全州的匪乱最近有何动向?"

"昨天洪大人有电报来,说全州乱匪听闻上国大军到岸,很受震慑,已经不断有人逃出全州城。"一连串的问题,赵秉稷一时不知如何回答。

"赵大人,请你即刻回宫请殿下派人立即与乱民讲和,如乱民的条件不太过分,不妨先答应下来。等他们一就抚撤出全州,朝鲜局面平静,日本是不是就没了借口,是不是就要退兵?"

"当然,不过也许他们会要求上国也退兵。"

袁世凯回道:"那有什么,如果全州平定,我国大军自然不必驻扎朝鲜,可以与日本约定,同时退兵也无不可。"

赵秉稷脸色舒展开来道:"那当然再好不过,关键是全匪肯不肯就抚。"

"一定肯。如今直隶叶提督的大军已经在牙山登岸,是李中堂淮军最精锐的部属,而且叶提督久经战阵,极善用兵。只要殿下派一个果敢机智的人前往议和,晓以利害,一定能够说服他们。"

赵秉稷也以为找到了破解困局的灵丹妙药,满怀信心地进宫去见朝王。袁世凯则把黄元良叫来道:"老黄,这一阵我被日本人搅得头昏脑涨,有一件大事需要你去办,不知你有没有胆量。"

先问有没有胆量,可见是一件极危险的事情。不过,到底危险到什么程度,不问清楚当然无从判断。袁世凯既然找他,可见是认为他黄某人可以胜任。依袁世凯的脾气,最看不惯优柔寡断的性情。想到这一点,黄元良拿定主意,刀山火海,先答应下来再说,到时办不成,自有办不成的道理在,所以朗声回道:"没问题,刀山火海,只要总理一声令下,我一条命就豁出去了。"

"老黄,我不要你豁出命来,我要的是你有胆有识能言善劝。你到了之后最好能找到老赵,先打听一下情况。"对这个回答袁世凯很满意。

老赵就是赵国贤,长城郡大败后他回到汉城,第三天就被袁世凯赶回全州去了。

袁世凯交给老黄的差使就是当说客,面见东学党首领全琫准,劝他接受政府招抚。如何劝说,事关成败,两人密商良久。商议差不多后,赵秉稷来见袁世凯,说朝王已经答应尽量招抚东学党,派出兵曹参判严世永前往招抚。

袁世凯点头赞同道:"严老担负招抚重任,再合适不过。"

严世永时年六十三岁,资历颇老,任过吏曹、礼曹、刑曹、兵曹参判,曾经赴日本考察过,又与英国人交涉过巨文岛事件,是个稳重老成的多面手。更重要的是十几年前他曾经任过全罗道御史,官声相当不错。朝王这次任命他为三南廉察使,负责全罗道、忠清道、庆尚道的吏治,当然,首要的是借重他当年的声望,招抚占据全州城的东学党。既然朝王派他去,就要让黄元良与他见面通通气,商议一下两人如何合作,完成使命。赵秉稷打发自己的跟班,立即去请严大人前来。

严世永一到,彼此一交流,见识非常一致,都认为第一步就是先把全州城的东学党解散,对东学党提出的要求只要不过分,就先答应下来。

"东学党作乱,有一多半原因是官逼民反,我此行去,少不得要撤换一批地方官员。我年纪大了,不怕得罪他们,无所谓了。"对黄元良肯冒险前去面见东学党头目,严世永非常感动,直竖大拇指道,"黄分理,你为朝鲜事不惜以身犯险,老夫佩服。你放心,你只管去与他们谈,能让他们坐下来谈,就是大功一件,至于受降的条件,一切都好商量。"

黄元良知道此事已十万火急,所以希望连夜赶路,先到全州与东学党见面先做个铺垫,严世永一到就可以谈判。

严世永拱手谢道:"有黄分理当臂膀,我放心多了。你辛苦先行,我今天无论如何走不了,明天一早起行如何?"

"好得很,我到了后总要先了解下情况,大人明天一早走也来得及。"

当天晚上,黄元良胡乱吃口晚饭,便在两个武弁的陪同下,趁夜直奔全罗道首府全州城。

仁川分理发来电报,大鸟公使乘坐"八重山"舰已经于晚上赶到,下舰后到仁川日本领事馆休息,所带四百多名士兵已经陆续登岸,朝鲜派去阻止日军登陆的外衙门官员根本见不到大鸟。大鸟传出话来,日本出兵是接到中国照会后采取的相应措置,带兵保护使领馆也是日本之权力,朝鲜无权干涉。

袁世凯把电报拍到桌子上,大骂道:"小日本真是可恨,竟然把出兵的原因推到我们身上。"

第二天一早又接到电报,大鸟于四时趁天凉赶往汉城,所带水兵四百名,另有五十人带炮五尊,乘一艘小火轮沿汉江溯往汉城。到了傍晚,大鸟就赶到汉城,水兵在使馆内外堆积沙袋、构筑工事,荷枪实弹,如临大敌。

袁世凯亲自前去询问他为什么带兵到汉城来,大鸟圭介回道:"我国出兵业已根据天津条约的规定,互相行文知照;至于日朝之间,根据《济物浦条约》,我国有向朝鲜派兵之权力。我国出兵实在不必大惊小怪。"

"我国出兵是应朝鲜政府之请前来剿办乱匪,等匪乱一平立即撤回国内,贵国出兵似乎没有必要。"

大鸟圭介解释道:"因为匪乱猖獗,鄙国商务大受影响。贵国出兵,自然不会保护日本商民,朝鲜之兵也无力保护,所以我率兵自卫,等朝鲜匪乱一平,自然会撤兵。"

"听说贵国已经派出三千兵赴朝,而且还不止此数。保护商民,好像不必派如此重兵。"

"我所带水兵只有四百五十名,并未接到政府派更多军队前来的消息。"

袁世凯又问道:"听说仁川到汉城多处要地都被贵国军队占据,而且对过往华人搜检极严,请问贵使是何意?"

"完全是为防备匪乱。仁川到汉城咽喉要道关系至重,本使顾虑为匪所截,故而派人据守,实无他意。至于阁下所说对过往华人搜检极严,实无其事,只是对形迹可疑之人略加盘诘,以免匪类混入汉城。"

"乱匪皆在全州,并未到汉城来。贵使带兵入城,朝鲜极为惊疑,各国也都不以为是。"

"本使带兵纯系自卫,朝鲜及各国不必惊疑。等局势安定,必撤兵回国。"

袁世凯立即追问了一句:"如果匪乱平定,我们同时撤军如何?"

大鸟圭介回道:"当然可以,不过现在做此设想为时尚早。"

"此约定望阁下勿食言。"

"本使向来讲究信诺,绝不会食言。"

根据袁世凯的建议,叶志超、聂士成赴朝清军登陆地点选在忠清道的牙山县,此地位于朝鲜西海岸,北距汉城七十余里,往东南三十里便是东学党占据的全州城。选此地作为登陆点,完全是为平定东学党,丝毫未考虑占据仁川、汉城等朝鲜要地。赴朝清军分三批登陆,首批是太原镇总兵聂士成所统芦台防军九百一十人,于6月6日(五月初三)自塘沽登图南轮,两天后下午六时抵达牙山海口。然后由民船驳接,行驶七十余里登陆,然后再走旱路十几里才到达牙山驻地。第二批是直隶提督叶志超所带榆林防营一千零五十五人,以及弹药、粮饷等,分载于海晏、定海两轮,于6月8日也就是聂士成军到达海岸开始驳接时起航,两天后下午三时抵达牙山海口,因为聂士成所部尚未驳接完毕,两天后才得全部登岸。第三批是总兵夏青云率马队一百名、旱雷兵一百名及步队三百名,乘海定轮渡海,要到十几天后才起航。

叶志超、聂士成所部完成登陆时,恰好黄元良到达全州。东学党因为在忠清道为数亦不少,有人专责打探,因此清军陆续登岸的消息早就在黄元良到达前已经在全州城传遍。自从东学党军占据全州城后,虽然遭到洪启薰部的炮击,但伤亡不大,有坚城可守,无所畏惧。但对清军却相当顾忌,因此陆续有人偷偷跑掉。但官军要想攻下全州城也绝非易事,因为人数太少,根本无法合围,城内粮食毫无困难,势必要打成胶着战。洪启薰已经得到严世永前来负责招抚的消息,心里不满,认为他是前来争功,因此猛向城内开炮,希望在严世永到来前收复全州,独收其功。但炮弹打光了,效果却很有限。

黄元良找到赵国贤先了解了城内外的情况,然后再去见洪启薰,告诉他想进城去劝降之意。为了打消他怕人争功的念头,黄元良耐心开导道:"洪大人请想,如果在严大人到来前,乱军已经答应议和,那功劳不还是洪大人的?至于我,只有一条三寸不烂之舌,绝对不会与大人争功。可如果你想靠强攻收效,恐怕十天半月都无结果。殿下是希望尽快平定匪乱,迫使日本人尽快撤兵。如果这边战事久拖不决,殿下会把罪责怪到谁的头上?"

这样一说,洪启薰吓得直冒冷汗,如果久攻不下,日本不撤兵,俄国则可能借口派兵,英国也有出兵可能,那时朝鲜局面便会乱成一锅粥,自己便真是罪大恶极。脑筋转过弯来了,他便极力促和,先停止炮击,然后再派人传话议和。本来洪启薰开始还夸口亲自进城去,但临到行前胆子怯了:"我一走,大军群龙无首,奈何?"

黄元良自然看透他的内心,却并不点破,顺势劝道:"洪大人所虑极是,你在军中坐镇,我也容易谈出结果。我独自去好了,反正是去谈和,没必要人多。"

在黄元良起行前,已经有人捷足先登,那便是日本玄洋社组织的天佑侠一行三人,为首的是《釜山日报》记者吉仓汪圣,不过他对东学党说自己是日本全权公使、陆军大将。另两人则是陆军中佐、少佐。

听说日本人来访,全琫准十分警惕,让部下严加戒备。吉仓汪圣见到全琫准,说他是奉大日本天皇之命前来帮助东学党,并把汉文写成的《天佑侠檄文》呈给全琫准,希望能在众人面前宣读。

东学党提出的口号之一便是尽逐倭夷,日本是他们的头号敌人,因此众人大都建议不要听日本人胡扯,把他们赶走就是。但东学党的另一重要首领郑益善却另有看法,他对全琫准道:"大哥,听说日本军队到了仁川,此时不宜与日本人闹僵。且听听他们说什么,再做决定不迟。若他们能帮助我们,给我们洋枪洋炮,有何不可?如果他们别有用心,让他们滚蛋就是。"

于是郑益善接过《天佑侠檄文》当众宣读,这份檄文先说明日朝友好关系,"日朝固称同祖同文之国",自然不愿看到朝鲜百姓深受盘剥。然后述说闵氏擅权,贪官横行,百姓流离失所。尤其描述百姓疾苦一段,众人都是亲身遭受,结果满堂都是啜泣声,读到奸臣横行、社稷危亡时,群情激奋,甚至还有人拔剑砍了大堂的柱子。接下来笔锋一转，说"残虐百姓者，守令也；纵容守令者，闵族也；横暴之闵氏何以横行无忌？皆因清国之庇护也。清国之庇护者何人也？袁世凯也。闵族暴政之根源，实为袁氏与清国。朝鲜百姓皆以'袁大人'之尊称赠予敌人，以'祖国''上国'之佳名献与敌国，贤明如公等出此迂腐之举，吾等实为不解也"，因此，"欲讨伐闵族，须先扫除清兵，欲扫除清兵，须先除袁贼也"。

然而，读到这里众人神情大变，面面相觑，终于有人忍不住打断郑益善道："郑头领先停停，这个说法我不赞同。朝鲜人都知道，袁大人有恩于我国，两次变乱，救我殿下于水火者都是袁大人。而两次焚馆逃跑者皆日本人，何以说袁大人是贼人？我等不服。"

"对，我等不服！"堂下附和者极众。

郑益善抬手压压道："众位少安毋躁，且待我读完全文。"

接下来便是说日本人如何视朝鲜为兄弟，愿帮朝鲜开化富强，最后说"愿奉公等为领袖，只要坚持辅国安民之志，不惜全力以赴，予以尽力，如听我等所言，吾等将欣然为公等之先驱，冒箭石、排刀剑，开辟入京城之路，全力以赴死而后已也"。

日本人愿帮着攻打京城，有人认为不妨接受他们的帮助。全琫准拿不定主意，说道："暂请三位后堂休息，稍后再议。"

打发走日本人，全琫准问道："真正是无巧不成书，袁大人派人来劝和，诸位说见还是不见？"

郑益善认为既然打算接受日本人的帮助，就不宜见袁世凯，但更多的人则认为应该见袁大人的使者，谁是谁非，总要先听听怎么说。众意难违，全琫准下令打开南门一道仅容一人侧身而过的缝隙，接黄元良进城。

全琫准行事向来讲究广采众议，因此与黄元良会谈的地方仍然选在大堂，大小头目济济一堂。

黄元良向众人拱拱手，算是见礼。众人见他从容淡定，不仅暗自称奇。

郑益善先开口问道："听说黄先生是为袁总理当说客的，又听说前来镇压我们的清军就是袁总理请来的，黄先生还敢来当说客，真是好大的胆子。"

黄元良回道："准确地说，我并非是袁总理的说客，而是大王的说客。大王派出的招抚大臣、三南廉察使严世永大人正赶往全州，我是先行一步，与诸位英雄联络。我此行完全是为朝鲜、为诸位好着想，诸位又是敢为百姓说话的豪杰，我又有何不敢来？"

郑益善不以为然道："废话少说，你只说清军是不是袁总理请来的。我们敬重袁总理，但此事做得实在不高明。"

黄元良立即反驳道："高明不高明，说透了就知道了。诸位请想，壬午、甲申两次变乱，袁总理都是亲自带兵，不惜冒矢石之险，很快稳定了朝鲜局面，朝野上下，无不感激袁总理。此次请兵，与前两次无异，是为朝鲜大局着想。"

郑益善厉声打断道："我们是替天行道，袁总理却请兵镇压，说什么为朝鲜大局着想，你莫不是欺我们都是三岁孩童？真是巧言令色。"

"袁大人请兵，原本就是希望不战而屈人之兵，并没说要来镇压谁。如果诸位肯坐下来谈，又何谈镇压？"郑益善要说话，黄元良伸出右手向下虚压，笑了笑道，"这位头领，我是客人，总要让客人先把话说完如何？我刚才说是为大局着想，的确不是巧言令色，因为三南局势动荡，各国都蠢蠢欲动，想借机干预朝鲜的国政，有的国家已经三番五次要求派兵保护商民。保护商民是假，借机在朝鲜谋利是真。大清作为宗主国，向来朝鲜有难，必伸援手。列强虎视，大变在即，所以袁大人请朝廷出兵，告诉他们，大军一到，威势所播，朝鲜乱局不日可定，以此安定各国之心，避免引来国际干涉。而如果全州城还在诸位手中，即使城中秩序井然，列国也会认为局势未平静，觊觎之心不死。诸位请想，袁总理请兵，可否是为朝鲜大局着想？诸位憎恨贪官污吏，却并不希望为朝鲜引来祸患，所以我建议诸位平心静气和政府谈谈。严大人当年任三南御史，为当地百姓办了不少好事，三南百姓无不念其善政。严大人让我先来见诸位，只要肯谈，一定能谈得成，诸位有什么要求，不妨说来听听。"

全琫准这时插话道："黄先生说得不错，我们恨贪官，恨权贵，但并无危害国家之意。"

郑益善当即劝道："大哥不要被他的花言巧语迷惑，无论他怎么说，清国庇护诸闵是实。日本全权公使说得不错，闵族和暴政的根源就是清国。"

黄元良随即问道："大清国极力维护朝鲜的安定，却不便干涉朝鲜内政。朝鲜内政向来自主，因此说大清是闵族和暴政的庇护者，此理不通。我不知这位头领从哪里听来的日本全权公使的话？"

"刚刚听到，就在你进城前。"郑益善口快道。

黄元良质疑道："这就怪了，日本驻朝公使是大鸟圭介，他刚带着兵回到汉城，我起行前他还未下兵舰，怎么可能跑到全州来了？"

"这不用你管，你只说日本公使说的是不是事实。"郑益善还要强辩。

黄元良摇摇头道："我怀疑你说的人是个骗子。连这个人的身份都是骗子，他的话能信吗？请问这位头领，你见的这位日本公使有多大年纪？"

"四十出头，身体健硕，还是陆军大将。"

黄元良哈哈大笑道："大鸟圭介六十有三，身体干瘦，何来四十出头？何来身体健硕？他戴着眼镜，文质彬彬，何时又成了陆军大将？"

黄元良这样一说，众人都愣住了，要求把日本人请出来对质。等三人一到大堂，黄元良一眼就认出为首的就是《釜山日报》记者吉仓汪圣，哈哈大笑道："吉仓先生，别来无恙啊？你何时成了日本全权公使，又何时升了陆军大将？这话要传回贵国，就是天大的笑话吧？"

吉仓汪圣的身份一被揭穿，窘迫得满面通红，但他很快镇定下来，辩解道："我是日本天佑侠的全权公使，专程来商议帮助诸位豪杰完成大业。我倒要问，你这个袁世凯身边的红人到全州又为何事？"

吉仓汪圣竟是个骗子，众人早就按捺不住怒火，此时他说什么都无用了。

"我本来不想说日本的是非，可你们竟然明目张胆来挑拨中朝关系，是可忍孰不可忍！"于是黄元良把日本派兵的事情全盘端到桌面上，"袁大人正是担心日本居心叵测，因此才特别期望各位豪杰能够为朝鲜大局着想，坐下来谈判。如今日本人的野心昭然若揭，他们是唯恐朝鲜不乱，而希望朝鲜变乱的原因，就是要趁乱谋求不可告人的目的！"

吉仓汪圣还要辩解，黄元良制止道："吉仓先生，你是记者，知道舆论的作用，你敢不敢和我一起去汉城面见大王，说你在全州都干了什么？你又敢不敢跟我一起到各国使领馆走一趟，告诉他们你是日本全权公使，是陆军大将？"

吉仓汪圣仍然嘴硬道："有什么不敢，不过我不用你陪，我自己就可以去！"

"去吧，去吧，你这个骗子。"众人都喊。

吉仓汪圣见全琫准不想理他，就对郑益善道："郑头领，既然诸位不能领会我等好意，我们只好告辞了。不过，为了安全着想，希望你能送我们一程。"

郑益善与全琫准商议，认为没必要开罪日本人，如果他们在全州出了意外，日本再派兵来进犯，全州就更难固守了，所以全琫准让郑益善亲自送吉仓汪圣等人出全州。

接下来，大家都愿听听黄元良的说辞了。其实道理很简单，如果东学党继续与官军对抗，取胜几乎不可能，因为清军两千余人已经登岸；而乱局持续下去，引来列国干涉却是必然的，朝鲜从此兵连祸结，深受其害的还是百姓，东学党为百姓争活路、为朝鲜谋出路的说法自然站不住脚。黄元良与众人反复商讨，东学党拿出了议和的十三条，其中包括限制诸闵的权力、严惩贪婪暴虐的官吏、两班和富豪，废除苛捐杂税和公私债务，废除奴婢和贱民制度，严惩私通日本者，平均分配土地等。

当天晚上严世永到达全州，黄元良、洪启薰拿着东学党的十三条与他商量，除了第一条限制闵族权势外，其他十二条稍做更改全都答应下来。限制闵族权势实在没法实行，而且容易惹起闵妃的反感，他对东学党的解释是，严惩贪婪暴虐官吏就包括闵族在内，将来只要为官贪婪不法，就当严惩，不论他是否闵族。事情非常顺利，电报往返，第二天下午就得到朝王教旨，完全批准十二条讲和条件，东学党当晚就陆续撤出全州城。

第二天一早，袁世凯收到黄元良发来的电报，知道全州东学党已经撤走，并接受招抚条件。他立即打发唐绍仪将这个信息告诉各使领馆，同时又令外衙门去与大鸟圭介交涉。他则给李鸿章发去电报，说他计划与大鸟商定同时撤兵。

此时李熙也得到消息，快吃中午饭时就派赵秉稷亲自送来一份请求中国撤兵的函。先是感谢上国大军，不战而克，神武昭著，接下来就说撤兵的理由，"巨寇即除，刻自不敢再劳天兵前进，且该匪散伏丛深，唯鄙邦卒役易图捕获，似非上国士卒堪执此责。更有危机，尤须通情。日本以天兵来剿，疑忌多端，日前突发五六百兵驻我都下，屡由外署驳论阻止，终不听从，意似必须天兵撤回始肯撤。传闻仍有数千兵继来于后,鄙邦警备素疏,有强敌包藏祸心,臣民危在旦夕,度日如年,人情大骚,不堪设想"。最后是希望袁世凯"迅即电禀中堂酌量,如荷始终庇护,望即施行,情急势迫,企望维殷"。

其实朝鲜的意图很明确,就是希望中国先撤兵,让日本没有驻兵朝鲜的理由,然后也撤回去。但毕竟是自己请来的救兵,形势稍好转就要求撤回,难道上国之兵可以呼之即来,挥之即去? 所以函中词不达意,没有出现请立即撤兵的词句。袁世凯也有撤兵的意思,但打算与日本人一起撤,朝鲜要求大清先撤,恐怕李中堂也未必答应,于是他将朝鲜函件全文转电李鸿章。

下午,大鸟圭介竟然来拜访袁世凯。其实他一入汉城,就觉得有些尴尬,因为仁川、汉城十分平静,带兵护卫使领馆和商民的说法根本站不住脚,各国使领馆都来表达相似的意思,尤其俄国口气十分不满。今天又得到全州城已经收复、东学党已经就抚的消息,各国使馆都纷纷来询问,日本打算何时撤兵。他一则不胜其烦,二则也觉得再向朝鲜增兵实在说不过去,因此主动来找袁世凯商议。当然,大鸟圭介不会直抒来意,而是问道:"听说全州匪乱已平,不知是真是假。"

"千真万确。听说贵国还在向朝鲜增兵,有十四条船正往朝鲜赶来,到底要派多少人来?"

大鸟圭介回道:"大约三个大队,每大队八百人左右。我听说贵国也将增派两千兵,可有其事?"

"我国听说日本屡屡派遣大军入朝,或许会有增兵的计划。如果阁下能够阻止贵国不再增兵,我也可以发电给李中堂,不再加派。"

"已到汉城的八百多人,暂时不能撤。虽然全州乱匪逃散,但毕竟他们还未放下武器。如果阁下能够电阻添兵,我也可以设法让已到岸的士兵不登岸,未发者不再发。"

"对阁下的提议我十二分地赞同。匪乱已平,我军的确打算及早撤回,以免雨季到来,暑热难耐。若两国交相增兵,互相提防,必生嫌隙。如果西方强国伺隙播弄,或者列国都借机派兵来,不但朝鲜危险,就是大清、日本也必有损失。中日和睦,亚洲局势可保;若生嫌隙,徒自害! "

大鸟圭介听了连连点头。

袁世凯又道："我辈忝为使臣，应统筹全局以利国家，千万不能效法趄趄武夫，动辄兵戎相见。他们为了一己之战功，置国家利益、人民福祉于不顾，我们做使臣的不能不冷静以待。也正是考虑到这一点，所以未调一兵一卒到汉城来。"

大鸟圭介赞同道："我也有同见。如今我年逾六旬，实在不愿生事，我今天就发报，请鄙国不再派兵。"

"如此甚好，我也电请李中堂撤回牙山兵勇。贵国已到岸的兵勇，最好不要登岸，不然徒加扰攘。"

"他们在船上已经多日，必须下岸稍憩即回，我今天就派参赞杉村濬专往与陆将商议，如果不登岸当然最好。"

袁世凯没想到大鸟圭介今天如此好商量，信心大增，商询道："如今汉城局面极稳定，贵国驻军八百多容易引人误会，何不稍减一部分，调到仁川去？"

大鸟圭介表示可以考虑调一部分回仁川。

送走大鸟圭介，袁世凯十分高兴，觉得一块石总算落地。当初自己太自负上了日本人的当，如今全州收复，各国诘责，终于迫使日本撤兵，一场大祸眼看烟消云散，他怎能不高兴？因此嘱咐厨房要加菜，他要请大家消消乏。

吃过晚饭，李鸿章给袁世凯发来电报，已经电奏朝廷准备撤兵，但应当与日兵同撤。李鸿章特别提醒袁世凯，日兵究竟何时必撤，是否尽撤，应当取得大鸟的书面凭据，信函也行，回文也行，总之不能空口无凭。如果大鸟游移，或仍留兵若干，那么我们也应当酌情留下部分军队。

袁世凯认为大鸟为人诚恳，不至于食言自肥，决定明天再与他商量。

而此时大鸟圭介也未休息，正在向国内发一份长电，叙述当前汉城情形，并提出建议："目前若向朝鲜派遣过多军队，就会引起朝鲜政府和百姓尤其是第三国发生不必要的怀疑，在外交上实非得计。"

陆奥宗光接到大鸟圭介的电报，辗转反侧，一直到深夜二时多才睡着。那时他已经拿定主意，第二天一早就去见伊藤博文。

"大鸟君又犯了书生气的毛病。如今已是骑虎难下之势，如何能够停止派遣军队？"伊藤博文看完电报，又望着陆奥宗光道，"你说呢？"

陆奥宗光赞同道："此时可以说是千钧一发之际，成败的关键完全取决于兵力的优劣，壬午、甲申之变帝国驻朝公使情形狼狈，皆因兵力太弱。此时，首相应当坚持定见，不但不能停止进兵，而且应当迅速将预定的混成旅团全部派去。而且我听川上将军说，中国也正在做增兵的准备。"

"在派兵前，帝国已经下定了决心，这个决心丝毫不能动摇。不但混成旅团应当派去，后续部队也应做好准备。只是，如何应付袁世凯同时撤兵的提议呢？"伊藤博文显然考虑的已不是派兵的问题。

陆奥宗光附和道："此时外交应当从权，即使陷于被动，也必须在军事上先发制人。大鸟完全可以找个堂皇的理由，敷衍袁世凯的撤兵要求。全州乱匪虽然解散，但仍然有聚起的可能。所以，大鸟完全可以派人去调查，得出一个与朝鲜政府完全不同的结论，这样，完全可以拖延个十天半月。"

伊藤博文望着房顶久久不说话，这是他深入思考的习惯，陆奥宗光不去打扰，只等着他新的主意冒出来。果然，过了一会儿伊藤博文道："这个主意就很堂皇！朝鲜屡屡发生内乱，就是因为内政不修。我们可以提出一个共同改革朝鲜内政的方案，邀请中国人参与其事。中国自视为朝鲜的宗主国，自然不愿我们干涉朝鲜内政，更不愿与我们共同改革朝鲜内政。这不但可以为留兵找到一个极好的借口，也可以为中日冲突埋下伏笔。"

陆奥宗光大喜道："那样，我们还可以扭转外交上的被动。中国人不肯共同改革朝鲜内政，便可使谈判破裂，让密云不雨天气一变为狂风暴雨。"

"且待我仔细考虑，提出一个中国人必定拒绝的方案。今天下午或最迟明天就召开内阁会议。"

"好，我给大鸟发电，让他设法敷衍袁世凯。"

陆奥宗光一回到外务省，立即亲自给大鸟起草电文：

> 当此千钧一发之际，万无撤兵之理。阁下可用最公然而坦白之态度寻找借口，如派遣公使馆人员赴暴动之地调查实况，而此调查务必缓慢，且须作成与和平状况相反之报告。即使外交上稍有纷议，亦须使大岛少将所率领的本队全部进驻汉城；并应向朝鲜政府建议，劝其速借我方兵力弭平内乱，是为上策。

袁世凯亲自到日本使馆与大鸟圭介谈撤兵问题。双方商定日本后面赶来的军队已经到仁川的,下船稍休息后就回船;大清不再加兵。日本已经进仁川的一千军队,留二百五十名驻扎,其余全部撤回国内。大清在牙山的两千兵,留四百移驻仁川附近,其余一千五百名同期撤回。

"大鸟阁下,撤走的人数已经达成共识,我们再商定一下确切的时间如何?"袁世凯见商谈顺利,想定下撤兵时间。

大鸟圭介回道:"确切的时间我实在不能做主,我与阁下一样是奉命办事,彼此先拟文稿,我派杉村濬乘快船回日本与外务省商办。"

袁世凯闻言有些不解地问道:"有电报不用,非要派人回去?"

大鸟圭介解释道:"我国与贵国不同,发表意见的人太多,一纸电文没法说服众人,与其函电往来费工夫,不如派人走一趟更能说得清楚。"

双方总算拟定了文稿,不怕将来空口无凭。但袁世凯高兴得太早了点,下午仁川分理就发来电报,日军已经上岸,霸占了各国租界,在交通要道摆沙袋构筑工事。而且运兵船已经返回,显然这些日本兵打算久驻。到了晚上,又收到李鸿章转发的驻日公使汪凤藻的电报,据探称又一批日军将乘船赴朝。汪凤藻曾经去日本外务省交涉,外务省回复,说从来没收到大鸟公使的电报。军队是稍多了点,但的确是为保护使领馆,别无他意。

第二天,袁世凯又早早去责问大鸟圭介,他回答道:"阁下放心就是,运兵船是租用的商船,他们要到贵国牛庄去装大豆,装上后即返回。"

"如今全州已经平定,可是贵国还以局势不靖为由增兵,不知道理何在?阁下又为什么不电告贵国外部?"

大鸟圭介又解释道:"我的确电告过外部,可能电报不通之故。今接外部急电,命我立即查看暴乱是否真的平定,为首者是否就擒,我已经派郑永邦带人赴全州详查。"

"东学党已经接受朝鲜朝廷招抚,全罗道官员已经返城就职,这不是已经平定了吗?何必要去调查?"

"我也是奉命行事,调查一番后我才有话好说。"

袁世凯这才发觉大鸟圭介看似诚恳厚道的老者,其实是真正的老奸巨猾,他心中暗恨自己又上当了。如今看来,大鸟一直在敷衍他。所谓运兵船去牛庄装大豆,看来不过是说辞,要想让日军回去,暂时绝无可能了,如果能阻止仁川日军到汉城来就算不错了,于是话锋一转道:"贵方在汉城军队已经一千余人,原说好同时撤兵,如果暂时不撤,还望阁下能够阻止仁川的兵不要再到汉城来。"

"那是当然,我已经电告仁川领事,让他与带兵将领交涉,约束部属,不可骚扰地方。"

袁世凯心中十分生气,所以也语带威胁道:"我希望听到阁下一句顶用的答复。如果仁川日兵到汉城来,我驻牙山兵勇也调一部分到汉城。当然,我也不希望这样,两军杂处,难免引起事端。"

"请阁下放心,我一定阻止仁川兵到汉城。"大鸟圭介为了表示他的诚意,立即叫负责电稿的过来,他口述一份给仁川领事的电报,请他亲自去与登陆的军官交涉,阻止他们进兵汉城。

袁世凯心事重重回到公署,唐绍仪又拿来一份仁川分理发来的电报,又有八百名日本兵到仁川,并且立即登岸。看完电报,袁世凯禁不住倒吸一口凉气:"少川,我又上日本人的当了。日本人一再声明派兵是为了保护使馆,只要匪乱一平,他们就撤兵。我相信了他们的说辞,所以一直在尽快平定匪乱上动脑筋。匪乱平定了,我和大鸟商讨同时撤兵的计划,我又相信了他,可是现在来看,匪乱仅仅是日本人的借口,他们出兵的真正目的并非保护使领馆。保护使领馆,大鸟开始说,到仁川的兵不登岸,只是轮流下船休憩;后来又改成下岸不带械,可是今天,他们不但下了岸,而且在仁川构筑工事,已经占尽仁川的要地。刚才我见大鸟,他又一口答应,仁川的日军绝对不到汉城来,少川,日本人的话,你信吗?"

唐绍仪回道:"从这几天来大鸟一变再变,他的话不可信。"

"绝对不可信!我现在就想,日本人一开始就给我们下了一个套,背后有一个大阴谋。这个阴谋会是什么?少川,你帮我想想看。"

唐绍仪根据已知的信息分析:"李中堂来电,说日本人只不过是争面子,不想承认我们的宗主国地位。"

"如果是为争面子,日本人已经与我国同样出兵,也就够了,劳师动众数千人运到朝鲜来,能仅仅是为面子吗?你也知道,兵马未动,粮草先行,把五千人运到朝鲜,那就是一笔不菲的花销。日本人这么傻?"

"不为面子,那就是为里子——实际利益。"

"正是如此。你想一想壬午、甲申两次政变,日本人都参与期间,他们所为者何?无非是希望控制朝鲜,扩大势力。近十年,我们在商务、政治的影响力上都把日本人压了下去,他们能甘心吗? 他们这次是与我们争夺朝鲜来了!"

窗户纸一捅破,一想果然如此。唐绍仪立即道:"怪不得全州闹东学党,日本人却派兵进汉城、占仁川,他们的目的根本就与匪乱无关。"

"前两次政变日本人都相当狼狈。这次他们派来的兵力占绝对优势,而我们的两千多人全都在牙山!那两次我手里有兵,能够很快平定政变,而这一次,我是两手空空。"

"那只有马上把叶提督的人调到汉城来。"

袁世凯叹了口气道:"叶提督只有两千余人,连日本人的一半也不够。不但叶提督要来,还应请中堂立即增兵入朝。少川,辛苦你起草两份电报,一份给李中堂请增兵,一份给叶提督,报告这边的情形。"

唐绍仪下笔很快,拿来请袁世凯过目,袁世凯稍做改动,立即发出:

> 日人跳梁,意在防我,强以大兵入我藩都,终将相机狡图。我如一振,日必自衰。麾下不妨先播进汉声势,看其如何变态,再定行止。盼立复。

到了下午,叶志超就复电了,说得很痛快:

> 超意先播虚声无益,恐反添日兵。日在汉、仁已密而战备,我亦应切实密备。应如何筹办,已电请中堂钧示。

知道叶志超有意北上,袁世凯立即给李鸿章发电:

> 顷接叶帅电,因倭猖朝危,拟拨队来汉尽保护责,议极正大。唯倭使屡食言,非言语所能抵止。华如进兵防范,须继大军于后,倭慑我军威,反易结束。此谓欲和必先欲战。如以牙兵力,似不宜轻进。已商叶,待宪示进止。当否,乞示。凯禀。

第二天吃过早饭，李鸿章电报就来了，令袁世凯大失所望：

倭性浮动，若我再添兵厚集，适启其狡逞之谋。因疑必战，殊非伐谋上计。日廷调兵五千陆续登陆，我兵不及半，切不可移近朝都挑衅。我未调一兵入仁、汉，彼岂敢夺踞汉城乎？鸿正与汪使电商日照前约撤兵。汝须力阻大鸟勿调仁川之兵赴汉为要，余则相机商办。万不可积疑成衅，致坏大局。

袁世凯把李鸿章的电报扔到桌上道："日本人都占据朝鲜都城了，还不敢移近半步，怕落下挑衅的口实。一再挑衅的是日本人，对他们退让根本就不是办法，凭三寸不烂之舌要能阻止得了日军入汉城，何来今天的麻烦？可惜我手里没兵。"

唐绍仪还是第一次遇到袁世凯对李鸿章的指示如此不满，禁不住一脸惊讶，嘴巴不自觉地半张着，半天没有合上。

第十七章

日本人步步紧逼　袁总理虎口逃生

因为东学党已经撤离全州,朝鲜官员已回任,各国都认为叛乱已经平定,中日两国都应当撤回军队。中国没有问题,袁世凯已经与大鸟圭介商定同时撤军,但日本并不想撤兵,因此又找了一个新借口,提出与中国共同改革朝鲜内政的计划。

这个计划完全由伊藤博文起草,主要三项内容:一是中日军队共同平定朝鲜内乱;二是中日共同派员改革朝鲜内政;三是整顿朝鲜财政。陆奥宗光看罢后道:"好极了,有了这个方案,我国在外交上也将占据主动。中国一直以朝鲜的宗主国自居,肯定不会答应我们的提议。即便中国不答应,我们也不能将此提案投入废纸篓中。所以,我建议应当加上两条,以明确我们的外交方略。"

伊藤博文问道:"哦,是哪两条,不妨直言。"

陆奥宗光回道:"一是不问与中国政府的商议能否成功,在获得结果以前,我国绝不撤回目下在朝鲜的军队;二是若中国政府不赞同日本提案时,帝国政府当独力使朝鲜政府实现上述之改革。"

伊藤博文同意由内阁会议讨论通过后交天皇裁定,天皇也无异议。于是,陆奥宗光约见大清驻日公使汪凤藻,将共同改革朝鲜内政的照会交给他道:"请阁下致电贵国政府,尽速同意我国提案,以便彼此同心维护东亚和平。"

"朝鲜善后当然很重要,但在商议善后办法前,中日两国军队应当先从朝鲜撤出,然后从长计议。"汪凤藻看了照会,心里暗暗吃惊,日本显然对朝鲜有野心。

陆奥宗光拒绝道:"观察目前朝鲜的形势,本国政府深信祸乱潜伏的根源很深,若不从根本上改革其弊政,就绝不可能求得永远的安宁。目下若只采取各种姑息的办法,以弥缝一时,难免乱局卷土重来,作为邻邦,日本实在一天也不能安心。如果朝鲜不改革内政,日本就不能撤退目前驻在朝鲜的军队。中国政府倘能体会我国政府的诚意所在,赞同此项提案,就是对日本安全的莫大帮助。希望贵公使务将此项提案通知贵国政府,并愿知悉贵国政府对此提案的意见。"

汪凤藻知道这项提案清廷肯定不会答应,因此一直与陆奥宗光辩论,双方仍然都不肯让步。陆奥宗光最后道:"如果贵使不愿通知国内,则由我驻华使馆直接向贵国总理衙门提出,本照会一个词都不会改动。"

陆奥宗光悻悻离开使馆,回外务省后电令驻华公使小村寿太郎将照会提交总理衙门,驻天津领事荒川已次提交直隶总督李鸿章。到了晚上李鸿章就发电问汪凤藻可否接到日本照会?汪凤藻只好将日本照会也发过去。

连续两天,日本外务省都派人询问汪凤藻可有答复。汪凤藻再给李鸿章发电催问,到了晚上,李鸿章电报终于到了,自然是不同意日本的方案,理由有三:第一,朝鲜内乱,现已平定,目前中国军队已无须代朝鲜讨伐乱党,中日两国合力平乱一节,可作罢论;第二,日本政府对朝鲜谋善后之策,用意虽善,但朝鲜内政只可由朝鲜自行改革,中国尚且不欲干预,日本既认朝鲜为独立国,当更无权干预其内政;第三,变乱平定后即撤兵一节,《天津条约》既有明文规定,今亦无再议必要。

陆奥宗光拿着汪凤藻的照会去见伊藤博文,兴奋地说道:"中国果然拒绝了我们的提议。尤其是李鸿章还未能摆脱平素倨傲的习套,并未察觉帝国此时已经下定最后决心,仍然沉迷于往昔的妄想之中,似乎认为只凭虚张声势就能了此大事,可知其无知至极。他们不想与我共享朝鲜,我们就让他们失去更多。"

伊藤博文赞同道:"马车已经开始飞奔,想停下来已经不可能,只好放手与这个看似强大的泥菩萨一搏了。"

陆奥宗光亲自修改答复大清的照会,第二天一早,先送伊藤博文审阅,伊藤博文看罢只字未改:"这无异于一封中日绝交书。"

陆奥宗光回道:"中日一战势所难免,绝交也是题中之义。"

于是派人立即送往大清驻日使馆:

> 对于朝鲜目下的形势,中日两国,所见各异,甚为遗憾。征诸已往事迹,朝鲜半岛之所以常为朋党争阋、内讧暴动之渊薮,而屡起事变,实在由于完全缺乏独立国责守之要素。鉴于我国与朝鲜疆土接近,仅隔一苇之水,在贸易方面固然具有重要关系,总的说来,日本帝国对于朝鲜的利害关系,极关重大。因此,如对该国此种惨状,袖手旁观不加援助,不仅有乖睦邻友谊,且与我国自卫之道背道而驰。日本政府为保障朝鲜之和平安宁,毫无疑问的必须实施各种计划。在足以保证该国之安宁及政治走上轨道办法以前,深信撤退驻在该国的帝国军队并非得策。此不但符合《天津条约》之精神,且为朝鲜的善后事宜,亦不得不然。
>
> 本大臣如此披沥胸襟,开诚相告,纵令贵国政府仍不能俯鉴此意,帝国政府亦断不能下令撤回驻朝鲜之军队。

汪凤藻接到日本照会,马上与同事商议,大家认为日本显然对朝有野心,空口白话,已经无济于事,应当建议朝廷增兵。

朝鲜局势发生了微妙变化,因为日本人倡导改革朝鲜内政,各国使领馆觉得有道理的颇有人在。而大鸟圭介亲自面见朝王,告诉他日本完全是出于友谊,希望扶持朝鲜独立自强。结果受压制多年的亲日派互相串通,希望说动朝王接受日本的帮助。从前亲俄的金嘉镇也成了活跃的亲日派,自告奋勇去向朝王进言。

金嘉镇极善钻营,当年他窥测朝王的心意,积极联络亲俄,最后在袁世凯压力下,朝王将他流放到全罗道南原府,但风头一过就把他派驻日本。如今他看到日本来意不善,而且兵力雄厚,于是摒弃亲俄的旧志,频频与日本人接触,而朝王竟然任命他为内务府参议。

这一任命令袁世凯十分惊讶,他正打算派人询问何以任用金嘉镇,恰好朝王派宫中亲信赵义来了。

袁世凯一见面就问道："我正要进宫,你来得正好。听说殿下已经任命金嘉镇为内务府参议,一个曾经被流放的官员,殿下何以如此器重?"

赵义回道："殿下之所以起用金大人,是考虑他对日本情形较熟。如今日本咄咄逼人,大家都发愁与日本人打交道。"

"金嘉镇不过是个狡黠的小人,他最近与日本人眉来眼去,我不是不知道。朝王重用这样的人,到底是什么打算?"袁世凯又问道。

"今天我来,正是向总理表明殿下的心迹。如今倭情叵测,朝鲜上下人心浮动,但殿下让我转告总理,朝鲜唯有恃华设法。当务之急,能够让日本退兵就好了。"

袁世凯愤懑道："我已经与大鸟约定同时撤兵,可是大鸟一再食言。"

赵义斟酌再三后道："全州之乱已经平定,不必再劳驾上国大军,可否先行撤回,日本无所凭借,似乎……"

袁世凯打断他的话反问道："似乎就能撤回是吧?殿下看来也认为日本不撤兵反倒是上国的原因?"

"总理误会,绝无此意。"赵义连忙声明道。

"我知道殿下已受了亲日小人的蛊惑,以为日本人会扶持朝鲜自主,我告诉你,日本人根本没有撤兵的打算。"袁世凯拿出日本的绝交照会让赵义看。

赵义看完,放声大哭道："日兵不撤,干我朝政,从则亡,不从亦亡。今倭已占据汉城,危在旦夕,唯望上国相救,请总理速电中堂,设法挽救。"

袁世凯连忙安慰道："你也不必太伤心,大清已经做好了援救朝鲜的准备,只是投鼠忌器,不便轻动。你回去告诉朝王,一定牢执定见,切勿受小人愚弄。大清待朝鲜为属国,要的不过是属邦的名分,而日本要的是朝鲜的实权,其中轻重利害,请一定明察。"

送走赵义,英国领事馆的翻译又来询问,中国是否要派五千兵到汉城来。

袁世凯问道："你从哪里听来的消息?"

"各国使馆都有此说。又听说日本使馆因华增兵,将调仁川四千人入汉城。"

袁世凯心中大惊,脸上却是一副从容的表情："我已经与大鸟约定同时撤兵,怎么可能再增兵汉城? 请转告贵使,千万不要听信谣传。"

袁世凯觉得此谣言不可小视,尤其被日本人利用,麻烦很大,连忙找唐绍仪来商议。

唐绍仪回想道:"我也听到这个谣言,打探消息来源,好像是从日本使馆买菜的朝鲜人口中传出来的。"

袁世凯点点头道:"这是日本人造谣,为他们调兵进汉城找借口。"

"现在想指望日本撤兵已不可能,靠空言劝阻更不会有用。"

两人商议后,决定给李鸿章发电报,要求增兵朝鲜,只有如此,才能有效制约日本人的野心。

李鸿章接到袁世凯的电报大不以为然,他认为既然日军已经分驻仁川、汉城,占据了主动,如果我们增兵到汉城,双方容易生事;如果增兵到远离汉城的地方,又没有用处。叶志超一军驻牙山,已经达到两千五百人,足可以自固。如果再多调兵,日本肯定也要增兵,这样如何能够收场? 他认为不妨做出增兵的准备和架势,不战而屈人之兵。当前最可行的办法,是请列国调停,通过外交"以夷制夷"。

日本出兵朝鲜后,他已经多次通过英、俄驻天津领事鼓动两国政府劝说日本撤兵。此时,恰好俄国公使喀希尼路过天津,李鸿章便设宴款待,对他说道:"日本人这次派兵这么多,恐怕没有他们说的那么简单,贵国与朝鲜为近邻,不能坐视不管。英国已经表示他们愿意出面调停,我对他们说,此事俄罗斯更应当有优先权。"

喀希尼当面答应道:"俄朝近邻, 当然不能任由日本对朝鲜妄行干预。我立即发电回国,请我国出面调停。"

李鸿章满怀希望等待,隔了一天,喀希尼派参赞巴福禄来告诉他,俄皇已经电令俄国驻日公使照会日本,劝他们与中国同时撤兵,然后再商议善后办法:"公使让我转告中堂,如果日本人不听劝,俄国将不惜用压服的办法。"

李鸿章很高兴,俄国要对日本用"压服"的办法,日本人能不撤兵吗?

接下来几天,袁世凯连发电报,报告朝鲜局势更加艰难。朝王看到大清一直不增兵,被日本吓怕了,开始讨好日本,派人到日本兵营犒军,送去几车酒和上百头牛羊。朝鲜百姓见大清指望不上,对汉城的大清商人多讥讽鄙夷。袁世凯再请各国劝说日本,各国公使都不积极,他本人去见大鸟也被拒之门外。袁世凯这次来电,请求下旗回国,以免受辱。

李鸿章看了袁世凯的电报,十分生气,认为他想临阵脱逃。因此毫不客气地发电报要他"应坚贞,勿怯退。倭允不先与华开战,岂可下旗归国?俄廷正在调处,必有收场"。

李鸿章对俄国的调停寄予厚望,然而日本人对俄国的劝说并不买账,不过,回绝得相当委婉。俄国也有自己的考虑,并不想过于得罪日本,如果日本完全倒向了英国,俄国在亚洲将相当孤立。喀希尼奉到俄国电令后,派参赞巴福禄到天津告诉李鸿章道:"我公使接到本国政府电令,俄国只能以友谊力劝日本撤兵,不便使用武力强迫,至于朝鲜内政改革与否,俄国也不愿与闻。"

李鸿章又失望又愤怒,责问巴福禄道:"上次也是你来告诉我,俄国勒令日本撤兵,如果不听,将采取压服的办法,今天却又说不再管了,这是不是与前意不符?"

巴福禄道:"的确与前意不符,恐怕是我国政府听了别国的说法,喀公使也很失望,但也没有办法。中堂知道外交人员的苦处,一切要听政府的训令,本人无法改变。"

"喀公使一句一切要听政府训令,就算是给我的答复吗?半个多月来,日本一直在增兵,而我国一直克制,完全让日本占了先机。"

"我国的调停未能达到大人的期望,实在抱歉。不过,大人是带兵出身的外交家,应该明白作为第三国只能积极斡旋,是战是和,是增兵还是撤兵这样的大事总要自己拿主意,和不成就打,打不赢就和,和战两手都要准备,以大人的智慧,肯定早有布局。"

这话软中带硬,把李鸿章堵得一肚子怒火而又不能发作。的确,是和是战这样的大事如何能完全指望别人?只是此时增兵,好像也来不及了。

总理衙门也得到了俄国正式答复,总理衙门大臣奕劻不敢像李鸿章那样埋怨俄国人,只有连连顿足道:"这可如何是好?!"

京中的舆论,认为日本人既然不接受调停,那只有增兵一途,因此清流言官们纷纷上折主战,但李鸿章仍然不希望增兵,而是打算撤回叶志超一军,这样可以避免与日军冲突。这时袁世凯发来电报,说日兵万余人分守汉城四路,各要害均架炮、埋设地雷,每日由水陆运炮弹、雷械甚多,兵帐、马厩架备多处,观其举动,不但无撤兵息事之意,而且将有大兵续至。如果还依赖调处,恐怕毫无益处,徒误军机。如今日本大军云集,要找理由开战容易得很。应对办法有二,一是迅速增兵,用商船载往平壤,以待大举。二是撤兵,反正朝鲜已经报告匪乱已平,我们撤兵回国,也算凯旋,面子上也不难看。如果既不增兵,又不撤军,那么战端一开,牙山清军将断绝归路。

此时,叶志超和聂士成大约与袁世凯也通了气,也急电李鸿章提出上中下三策。上策是派水陆大军北来,他则率军北上,托名护商,择要扼扎,即便双方决裂,也不至于进退无路;中策是派三四只轮船来,将牙山驻军撤回。如果继续守在牙山不动,眼看着朝鲜受困于日军,不但汉城百姓对我绝望,而且兵勇久役露外,暑雨受病,殊为可虑,这是下策。

驻日公使汪凤藻也连番发来电报,报告日军增兵的消息,提醒李鸿章增兵备战。正巧周馥到天津来,汇报河工已经完成,李鸿章便留下他一起拿主意,参加密议的还是盛宣怀和李经方等人。

"袁慰廷提出了增兵或者撤兵两条路子,与叶署青上、中两策相同,大约两个人通过气,都倾向于增兵。袁慰廷大约还以为是十几年前,手里有兵,便可以轻松击退日本人。他太小看日本人了,日本的实力今非昔比了。"李鸿章叹了口气说道。

周馥分析道:"如今的形势,如果增兵,便是要与日本一决高下。"

李鸿章语气严肃道:"是啊,两军相聚朝鲜,只能开兵见仗。打仗容易,胜之却实在没有把握。别人不知道,我自己知道北洋的底细。陆军不用说,徒有其表。新式海军,只论舰只新旧,火炮大小和速度快慢,不以数量论高低。北洋海军自成军以来,未增一舰一炮,能战的不过七八条舰。而日本海军近年来迅猛发展,大多是新舰,航速快,速射炮多,已经比北洋海军先进。我原来就说过,我们建海军,是取猛虎在山之势,能够震慑宵小,不战而屈人之兵。局外人妄自尊大,以为北洋海军亚洲第一,总以为对付小日本绰绰有余,我却不能轻于一掷。"

听了这话,李经方插言道:"爹爹所谋本来不错,但朝中那帮人未必答应。"

盛宣怀也附和道:"是啊,如今朝野上下都在喊打,都怪北洋太软弱。"

"此时中堂如果示弱,只能成为众矢之的,所以撤兵的话中堂不能说。"周馥建议道,"叶署青提了上中下三策,中堂不妨否决上下两策,把中策推给朝廷去决定。撤不撤军,让那帮清流说去。"

李鸿章接受了周馥的建议,向总署转发了叶志超、袁世凯的电报,并请示道:"可否撤回驻朝叶军,请速核示。"

正如李鸿章所料,撤回朝鲜清军的建议被严旨驳回:"我军撤回一节,尤为荒唐。彼按兵不动,我先行撤退,既先示弱,实在有伤朝廷体面。着李鸿章体察情形,如牙山地势不宜,即传谕叶志超,先择进退两便之地,扼要移扎。"

撤军是有伤体面,将来恐怕是伤筋动骨!李鸿章心里是这样想,但他对调停还是不死心,委托英国公使欧格纳请英国出面调停。

当时英国正在与日本讨论修约,英国希望借助日本牵制俄国在亚洲的扩张,对日本做出了实质性让步,比如取消在日本的租界和租界行政权;废除在日本的领事裁判权;提高关税税率等等。条约签订后,英国驻日本公使对陆奥宗光说道:"这一条约对日本不仅有重大的经济意义,而且意味着日本开始走上与世界强国平等的地位。这个条约的性质,对于日本来说,比打败中国还要有利。今后中日若不幸发生战事,上海为英国利益之中心,希望得到日本政府不在该地和附近作战的保证。"并正式提交了照会。

而对李鸿章满怀希望的调停,英国驻日公使对陆奥宗光道:"本国政府不希望中日失和,但也无意逼迫任何一方,还是建议中日双方直接会谈。"

陆奥宗光兴致勃勃将英国的态度告诉伊藤博文,伊藤博文听了之后笑道:"由此可见,与其说是英国政府坚决采取一切手段维护东亚和平,毋宁说是英国政府认为中日两国的战争已经不可避免,而且抱着无从制止的看法。我看,可以放手在朝鲜大干一场了。"

陆奥宗光建议道:"英国公使建议还是直接与中国谈判。那就不妨再谈一次,最好以失败告终,而失败的责任应当让中国人来负。"

伊藤博文点了点头回道:"让小村去总理衙门谈好了,总理衙门的人,总比老奸巨猾的李鸿章好对付。"

第二天,驻华临时代办小村寿太郎奉命到总理衙门与奕劻谈判,他提出的条件两条,一是中日两国共同改革朝鲜内政;二是若中国不愿参与,日本可独立承担此项工作。奕劻在外交谈判上几乎是门外汉，他只记住上谕的说法：先撤兵，后谈判。因此小村一直在讲改革朝鲜内政的细节，而奕劻则一直咬定先撤兵一条不放。结果正如日本所愿，谈判破裂。

陆奥宗光收到小村的电报，对伊藤博文道："中国人还在固执己见，我们可以放手大干了。"又把早就准备好的一份照会呈上，"这可以算是与中国人的第二次绝交书。"

这份照会的内容，伊藤博文已经事先与陆奥宗光商议过，但他还是认真看了一遍：

> 查朝鲜屡起变乱，实因其内政紊乱之故。我政府认为对于该国具有密切利害关系之中日两国，有帮助其改革内政之必要；因此曾向中国政府提出此项建议，不料中国政府断然予以拒绝；近日驻贵国的英国公使顾念睦谊，善意居中周旋，努力调停中日两国之间的纠纷，但中国政府除依然主张我国应由朝鲜撤兵外，并未提出任何新提案；似此情形，非中国政府有意滋事而何？事局至此，将来如果发生意外事件，日本政府不负其责。

伊藤博文觐见天皇后，大本营举行御前会议决定对华开战，并制订了作战计划。陆奥宗光电示日本驻朝公使大鸟圭介："大本营已经做出决战的决议，促成中日冲突，实为当前急务，为实行此事，可采取任何手段。"

明代到清代康熙之前，天子的寝殿本来是乾清宫，皇帝在此居住、进膳、批阅奏章、召见臣子、会见外国使节以及举办家宴，可以说是紫禁城的政治中心。所以，康熙把学习、交流的南书房设在这里也就理所当然。但到了雍正的时候，他搬到乾清宫西侧的养心殿去居住，乾清宫不再是皇帝活动的中心，但读书的南书房却一直未变，一则去养心殿并不远，出月华门就是养心门，进去就是，二则养心殿那边实在也没有合适的地方。翁同龢是光绪的老师，虽然皇帝已经亲政，但南书房并未撤，翁同龢等帝师还负有教导皇帝的责任。君臣有事相商，光绪打发小太监来叫，或者他御驾亲临，都不远。

光绪的师傅有好几个,不仅有汉文师傅,也有满文师傅,但唯有翁同龢最亲近。光绪四岁入宫,六岁开始学习,离开生身父母,又生性懦弱,慈禧又严苛,所以从小很孤独也很胆小,特别怕打雷。翁同龢没有孩子,对这位天子门生又喜欢又可怜,因此对光绪简直如父怜子,两人虽是师生,情比父子。翁同龢有几次请假回家,光绪总是放声痛哭,难分难舍。有这种非同一般的感情,翁同龢备受信任也就可想而知。大小政务,光绪都会请教他,因此,虽然翁同龢未入军机,却胜似军机。

"皇上驾到!"小太监喊了一声,这是给翁同龢信号,他连忙奔出书房迎接,但不必跪迎,这是皇帝对师傅的恩典。

师徒二人进了书房,光绪从袖管中抽出一份总理衙门的上奏,正是日本驻华使馆提交的绝交照会,扔到桌上道:"倭寇实在太可恶,竟敢要挟大清。"

翁同龢未入值总理衙门,但日本临时代办小村十分嚣张的情形略有耳闻。他一边看照会一边说道:"日本人就如同小人得志,不必生气,不值当。"

虽是这样劝皇上,但他却禁不住生了气。日本人实在可恶,明明自己无事生非,却把责任推到别人头上。大清的属国他凭什么指手画脚?这里面哪有他说话的份! 他一跺脚道:"是可忍,孰不可忍!"

"师傅,朕要主战,要增兵,你可要支持朕!"

翁同龢回道:"如今朝鲜的袁世凯主战, 他提的第一条建议就是增兵;叶志超也主战,他的上中下三策,上策也是增兵。这两个人都是李少荃欣赏的亲信,向来是唯李少荃马首是瞻,他们在这件事情上没有附和。京中的舆论更不用说,六部九卿,言官词臣,街头巷尾,茶肆酒楼,提起倭寇咄咄逼人,哪个不是拍案而起? 就是太后也没有反对增兵,如今主和的,只有李少荃一人而已!"

"李鸿章上奏说,北洋海军能战的只有八条船。北洋陆军也各有职守,难以抽调。"

"他这是找借口。要说与西洋列强开仗,没有必胜的把握,对付小小的倭寇,难道也这样前怕狼后怕虎吗?要是左文襄在就好了,他对侵略我大清者,从来没有怕过。当年他收复新疆,和阿古柏打,李少荃说没有胜算,结果不到两年收复了新疆;光绪十年和法国人打,左文襄主战,受命于危难之中,镇南关大捷,几乎要把法夷赶出越南,可是李少荃要乘胜而收。左文襄说,李少荃办洋务,越办骨头越软,真是说得一点不错。"

"主和的人也为数不少,他们也是为国家着想。"光绪说了句公道话,"六叔也捎话来,不希望打。"六叔就是指恭亲王奕訢,光绪的生父醇亲王奕譞排行老七,但光绪是继咸丰为嗣,咸丰排行老四,因此光绪称恭亲王为六叔。

"六爷千好万好,就是这一点不好。他对洋人太迁就,'外敦信睦,隐示羁縻',策略是对的,可是分寸把握不好,就成了人善人欺。只要看看这些年的情形就是了,用圣母皇太后的话说,她一个整寿也没过成。三十整寿,曾氏兄弟与金陵的长毛苦战;四十整寿的时候,倭寇侵略台湾,阿古柏占据新疆;五十整寿的时候,法夷占领越南。如今六十整寿,不必为大政操心了,可以颐养天年了,应当好好过一过,谁料倭寇又觊觎朝鲜。退让了三十多年,换来和平了吗?没有!"翁同龢大不以为然。

"是,一味退让也不是办法,把列国的贪欲都怂恿出来了。不过朕也担心,战而不胜的话,所失更巨。"

"皇上所虑极有道理。朝鲜是我属邦,民心向我大清,同是劳师远征,咱们在这一点上便占据优势。而且朝鲜与大清陆路相接,我们要增援也方便。再说现在不是我们要战不战的问题,是人家逼得不得不战。皇上请想,如果我们院子里有样东西,贼跳进院子里要抢去,主人难道捂上双眼装作看不见吗?"

"是啊,至少应该骂他一声!"

翁同龢接着道:"是贼就心虚,你一喊,他总会害怕,因为邻居们会来说公道话,甚至人人喊打。就算主人打不过他,也要打。打败了,东西也被抢走了,可是至少大家会知道,你的东西是被贼硬抢去的。可是你要捂着眼睛装没看见,让他大摇大摆偷走了,他放到自己家里,就没人知道他是偷去的。"

"这个比方好。"

"就算是败了,也未必全是坏事,至少有些人不会那么居功自傲。"这话不想可知,说的是李鸿章。在翁同龢看来,李鸿章坐镇直隶二十余年,被朝廷视为栋梁,就是光绪亲政后,心还是在太后那边。

光绪问道:"师傅不怕外人说,你反对李鸿章,也有私心?"

所谓有私心,的确有。当年翁同龢的大哥翁同书,在安徽、江苏与太平军作战立功扬名,官至为安徽巡抚,但后来丢城失地,又在处理地方团练苗沛霖的问题上失当,被曾国藩所参,奏折中有句话很要命,"臣职分所在,例应纠参,不敢因翁同书之门第鼎盛瞻顾迁就"。结果谁也不敢说情,翁同书先被判斩监候,后改为流放,他的老父亲官至体仁阁大学士、上书房总师傅的翁心存也因之郁郁寡欢去世。当时李鸿章在曾国藩幕中,据说参翁同书的奏折就出自李鸿章之手。除此之外,当然还有政见不同。翁同龢一直任京官,未出都门半步,是方正儒生,对李鸿章搞洋务、任人唯亲、重才轻德那一套看不上来,尤其在对洋人态度上,李鸿章坚持能和则和,翁同龢终日与清流交往,强硬激昂,向来主战,这又是最大的分歧。官场中已经有种说法,凡是李鸿章主张的翁同龢都反对。这话有些过,但也绝非空穴来风。光绪有此一说,也是有些风闻。

"老臣何敢以私怨废公义!"翁同龢当然不承认,"臣与李鸿章所争,皆是为国事。老臣只论是非,不论恩仇。"

"朕当然知道师傅心底无私,朕是说别人会有此说法。"

翁同龢回道:"老臣无私无畏。"

光绪下定决心道:"那朕就让李鸿章增兵。还有袁世凯要求下旗回国。两国既然未曾失和,下旗回国也不是时候,而且他在朝鲜,总还能通消息。"

朝鲜的局势对袁世凯来说已经十分不利,汉城日军达到一万余人,汉城内外重要区域都被日军控制了。相当多的店铺已经关门,买吃的用的都不方便。署内人员没事一般也不愿上街,因为会遭到日本兵的盘问,尤其大清商人要被严格搜身,无异于受辱。近期内,大清商人大批离境,因为他们对国内的援兵已经不抱任何希望,他们也不再到袁世凯的公署来探问,因为一次次失望后,他们已经不相信公署的说法。

朝鲜君臣的态度已经发生了微妙的变化,特别是李熙惧怕日本势力,明显有讨好日本的意思,而亲日的臣子活跃起来,亲华的大臣唉声叹气。从前经常有朝鲜官员来巴结袁世凯,如今已经绝迹了。

这天下午,赵秉稷抱病来见袁世凯道:"袁大人,形势有点不好,日本人逼迫太甚,殿下可能不得不否认朝鲜是大清的属邦。"

"这怎么可能!朝鲜是大清的属邦,列国皆知,朝鲜如何能够否认,如何能够否认得了？"袁世凯惊讶地反问道。

赵秉稷解释道："日朝签订条约时,约明朝鲜是自主国家。大鸟逼迫太甚,说如果朝鲜承认是大清的属国,那当初就是欺骗日本,就要兵戎相见。朝鲜的实力袁大人十分了解,连匪乱都不能平定,如何能够抵挡日军？如今眼见的俄、英等国的调停已经无用,上国又无军队在朝,殿下实在没有办法。"

袁世凯冷笑道："恐怕殿下也是求之不得吧？我听说殿下亲近的那些人频繁出入大鸟门下,说大清怕日本,不敢与之开仗;有的说大清坐视,置朝鲜于不顾;还有的说,日本不惜巨饷,扶朝自主,又整理朝政,极可感服。只差向大鸟磕头了。"

赵秉稷依然辩道："袁大人,君子坦荡荡,小人长戚戚。如今日兵虎视眈眈,有人讨好日本人也可以理解,但绝非我王之意。"

"道园最近被殿下任命为外务总理,不知他是什么意思？"袁世凯又问。

道园是金弘集的号,他与鱼允中、金允植被称为"三杰",是稳健的开化派,在两次政变中都发挥了重要作用。但危机一过,就被排挤出权力中心。他已经被闲置七八年,如今形势紧迫,又被朝王任命为外衙门督办,大约是看中他与中、日两国都有交往经验。

赵秉稷解释道："金大人心灰意冷,被殿下召见一次后,一直没到衙门里去。我临来前去看过金大人,请教他日本逼迫朝鲜否认属国,应当如何答复。他说还是请教袁大人,袁大人必有办法。"

袁世凯道："朝鲜系大清属邦,也向来允朝鲜自主,这是两回事。朝鲜以自主身份与日本互约,并无不妥,也不能因此否定与大清的宗藩关系。"

"日本人就是要朝鲜回答是,或者不是,奈何！"

这是个严峻的问题。如果朝鲜否认是大清属国,那么出兵帮属国平乱之说就立不住脚,日本无论如何对待朝鲜,都与大清无关,大清再增兵也说不过去。更尴尬的是,他这个驻朝总理,十几年来指手画脚也就成了名不正言不顺。无论如何,这种情形不能出现。怎么回答日本人？袁世凯沉思良久后回道："赵大人,你可以就条约论条约,既不否认朝鲜为自主之国家,也不否认是大清属国。再说,自主之国也有不同理解,大清属国也有自主权。这件事你与少川去谈,他最擅长弄这种文字。"

打发走赵秉稷,袁世凯陷入深思。如今日本完全占据优势,就是国内派大军来,局面已经难以改变。大军远离汉城,远水不解近渴。靠近汉城,则势必发生战争,他这个驻朝总理首当其冲会被日本人抓起来。那时候是誓死不受辱,还是忍辱偷生?死,心不甘。自己的前程才刚刚开始,一死了之,何其遗憾!忍辱偷生,那便成为人生一大污点,自己的前程也算到头了。不不不,这两种结果都不能出现。那,那……他心头闪过一词:临阵脱逃。但他立即否定了这个词,不能叫逃,势不可为,审时度势,怎能叫逃?那是变通。他已经两次电告李鸿章,希望能够回国,但至今没有明确答复。他想,应该再次电请。

赵秉稷与唐绍仪商量完如何回答日本人的照会后,赵秉稷告辞,出门时和日本参赞杉村濬迎面相遇,他神情慌乱向杉村濬致礼后匆匆而去。

虽然天已经很热,但杉村濬依然西装革履,头发一丝不乱,一副彬彬有礼的样子:"袁总理,我奉大鸟公使之命,前来询问。"

"有何见教?请讲?"

"贵国叶将军在发布的告示中,有'保护属邦'的说法。"杉村濬将叶志超发布的进剿乱匪的布告递给袁世凯,"本国历次与朝鲜所签协议中,均载明朝鲜为与日本地位一致之自主之国,贵国却说朝鲜为中国属邦,这于日本颜面极不得体。大鸟公使让我转告阁下,日本绝不承认朝鲜为贵国属邦。"

袁世凯怒道:"真是岂有此理。叶军门所出告示,系照我国与朝鲜向来体制办理,数百年来备载章籍可考,并非出自新裁。至于朝鲜与各国立约交际,内治外交向由自主,并与欧西各国照会声明在案,贵国凭什么不承认?"

杉村濬依然语气平静地说道:"日本向来认为朝鲜是自主独立之国,因此与之定约。贵国援引历史旧案,不可推究于今,本国概不承认。"

"日本不承认是日本的事,与大清何干?朝鲜为大清属国,不需要日本来承诺或证明。"

杉村濬神情一变,不像刚才那样一本正经,随意坐下来说道:"袁君,公事办完,咱们以朋友身份聊天,不必这么郑重了。"

袁世凯看杉村濬脸色变得这么快,简直像变魔术一样。日本人真正是变幻无常,袁世凯心里这样想,嘴上却道:"要以朋友身份聊天,我倒想让杉村老弟给你们大鸟公使带句话,带这么多兵到汉城来干什么?"

"大鸟公使不过是奉命行事,他对那些军人也很头痛。他让我给袁君捎句话,朝鲜是否为中国属邦的事情,袁君最好不要干涉,不然,大鸟公使将按照公法,派兵拘送袁君出境。"杉村濬虽然是笑脸,但袁世凯的脸色还是僵住了,杉村濬见状又笑道,"袁君何必这么认真?大鸟公使不过是玩笑话。不过,朝鲜与日本平等签约,又说是中国属邦,那日本低位岂不因此降低?所以我国才计较这一说法。"

袁世凯语气严肃道:"杉村老弟,不是我认真,朝鲜自前明就是中国属邦,已经数百年了,当然不允朝鲜否认。"

"好,这个问题不必再争。我国提出与贵国共同整理朝鲜内政,完全是出于善意,贵国为什么不答应?咱们一起帮助朝鲜改革不是很好吗?"

袁世凯反诘道:"日本既然承认朝鲜是自主之国,又何必逼迫他们改革?再说,朝鲜是大清的属国,大清都不逼迫他们,日本又凭什么逼迫?而且,大兵压境也不是善意的表现。要改革,要善后,那总得先撤兵后再议。"

杉村濬也反问道:"那为什么不可以先改革、善后之后才撤兵?兵一撤,乱匪卷土重来又当如何?"

"我奉本国之命,与日本约定同时撤兵,撤兵后再议善后。"

"我使馆也奉本国政府令,先整理朝鲜内政,然后再议撤兵。如果中国不愿共同整理,则日本独负其责。后天大鸟公使要进宫与朝鲜官员商议整理内政,希望袁君到时参加。"

"明天我到外衙门与各国商议仁川、汉城免战的事情,希望大鸟公使能亲临。"袁世凯也丝毫不让。

"我一定转告。"

打发走杉村濬,袁世凯对唐绍仪道:"少川,你听到了吗?大鸟竟然威胁要押我出境。要是真那样,我受辱事小,事关国家体面,国家受辱事大。"

唐绍仪惊道:"两国并未失和,按国际公法,他没有道理这样做。"

"日本人哪讲什么国际公法!再说,现在的局面,两国必定失和,除非我们先撤军回国。可是,这绝无可能。"

两人正在讨论中日开战的可能性,电员送来密电,是李鸿章转来的:

顷奉电寄:现在倭焰愈炽,朝鲜受其迫胁,势甚岌岌。他国劝阻,亦徒托空言,将有决裂之势。李鸿章督练海军有年,审量倭朝情势,应如何先事图维,熟筹措置。李鸿章老于兵事,久著勋劳,即详细筹划,迅速复奏以慰廑系。各国驻朝使臣与大鸟商请避战事如何?汉城形势如何?望随时查复。

袁世凯拿着电报给唐绍仪道:"少川你看,朝廷的意思已经很明确,可李中堂还是抱着调停的幻想。"

唐绍仪建议道:"明天各国公使到朝鲜外部商讨仁川、汉城免受战火的事情,如果这两地能免,即使两国失和,也还不致太糟。"

袁世凯对明天的会议实在不抱希望:"就算汉城能免战,我与日本人做对十几年,日本人对我恨之入骨,断不可能放过我。我上次请回国的电报,中堂早该收到了,不知为什么没有回音。"

唐绍仪安慰他道:"恐怕还得请旨,那就费功夫了。"

到了晚上,袁世凯望眼欲穿的电报来了,但给他泼了一瓢凉水:

总署微电,奉旨:现在日朝情势未定,袁世凯在彼可以常通消息,且与各国驻朝使臣商议事件,亦较熟习,著毋庸调回。钦此。应即钦遵。鸿。

袁世凯当时正在吃饭,手里的筷子落到地上竟然没有察觉,沈玉兰见状问道:"哎,你怎么了?"

袁世凯摇手道:"没事,我去签押房,和唐少川商量事情。"

"你还没吃完饭呢。"

袁世凯不说话,站起来走到门边,摇摇晃晃就要倒下。沈玉兰连忙过去扶住,袁世凯扶着门框道:"我头晕得厉害,快扶我到床上躺下。"

袁世凯躺下,只觉得天旋地转。他听到沈玉兰嘤嘤啜泣,便劝慰道:"这是老毛病了,没事。"

已经四岁的袁克文摇着他的手道:"爹爹你怎么了?爹爹不要死。"

沈玉兰连声呵斥,袁克文放声大哭,照顾袁克文的小洪妈也跑来在院子里问话。沈玉兰吩咐道:"你去叫她们三个过来。"

她们三个当然是指另外三个姨太太。袁克文是金姨太所生,沈玉兰因为一直没有怀上孩子,所以袁克文出生后就与袁世凯商量,如果金姨太再生男孩,克文则由她抚养。两个月前,金氏果然又生儿子,袁克文正式跟着沈玉兰生活。沈玉兰对他十分疼爱,胜过亲生母亲。

金姨太等三个人过来,一看袁世凯脸色苍白,急得都要落泪。沈玉兰镇定地说道:"不要哭,老爷没事。"

袁世凯吩咐道:"如今汉城局面不好,原本打算一块回国的,现在看来不及了。你们都先走,明天就走。"

沈玉兰说道:"让他们走,我留下来陪你。"

袁世凯摇摇手道:"玉兰,别跟我争,我是官身,由不得我。你们先回去,估计我也很快就回去的。"

"你病成这样,我怎么放心走。"沈玉兰还是不答应。

"没事,有老阮,还有唐少川——你打发人去叫少川过来。"

一会儿唐绍仪过来了,没进门就问道:"四哥病了?不要紧吧?"

"少川,快进屋。"袁世凯等唐绍仪进了屋,便对他道,"老毛病了,血虚,头晕,睡一觉就好了。少川,明天让他们娘几个先回去,你问一下,署里谁的家眷还打算离开的,一块走,你安排一下。"

唐绍仪保证道:"四哥放心,我一定安排好,明天有一艘英国船回烟台,我和英国领事馆联系,让他们帮忙安排。"

沈玉兰送唐绍仪出门,两人在院子里叽叽咕咕说了好一会儿话。

第二天早早吃饭,赶往仁川。临行前沈玉兰率众人跪下告别,袁世凯头晕已经轻多了,连忙坐起来道:"咦,搞这套干什么?"

"我们在家等着你,你可好生保重。"

中日两国的局面,闹崩的可能性极大,袁世凯留在汉城,其实有很大的危险。大家不说,心里都明白。袁世凯却故作轻松道:"走吧走吧,你们看,我头已经不晕了。别婆婆妈妈,再晚了赶不上船了。"

袁世凯支撑着到前院,去签押房办公。今天各国公使到朝鲜外衙门一起商议仁川、汉城免为战场的事情。唐绍仪说由他去就行,袁世凯却道:"少川,我还能撑得住。这是件大事,我不去不好。"

由唐绍仪作陪,两人乘轿去外衙门,赵国贤亲自带两个人护卫。赶去的时候英美俄三国公使馆人员已经到了,俄国是公使韦贝亲自参加,英国是总领事朱尔典,美国去了个参赞。英国历任领事与袁世凯关系都不错,尤其朱尔典驻朝三年,与袁世凯成为密友。他见袁世凯脸色苍白,便用流利的中文殷殷询问。又等了十几分钟,法德两国公使到后,日本杉村濬才到,说大鸟公使因公不能前来。众人面面相觑,就好比一台戏,观众都来了,主角却缺场。

杉村濬首先开口道:"大鸟公使虽然没来,但他让我转达本国立场:国内训令,仁川陆续到达的我国军队必须转运到汉城及有必要驻屯之地。途中若遇到攻击,无论攻击者是何身份,我军即行还击。此外,若处于交战状态,我国亦不能保证仁川、汉城免战,但各国租界当予以切实保护,也请各国加强戒备。"

袁世凯听了问道:"请问,日本打算与哪国开战?"

"这将视情形而定。"

袁世凯又问道:"贵国军队,除了仁川,还要去哪里?"

"公使正与朝王商定,将代朝鲜平叛,凡有叛乱的地方,我国军队皆可往。"

杉村濬留下一纸照会,先行离会。众人都愤愤不平,但又无可奈何,各自散去。俄国公使韦贝建议道:"看来想让日本人撤军是不可能了,目前贵国先行撤军,也是避免战争的一个可行办法。"

袁世凯回道:"只怕我朝不许。不讲道理的是日本人,应当同时撤军才是。"

韦贝摇摇头道:"现在不是讲道理的时候,讲道理已经没用了。"

袁世凯和唐绍仪回公署途中,不时见到日本兵巡逻。快到公署门口时,有几十个日本兵正在调试火炮,炮口所指,正是大清驻朝鲜总理公署。

袁世凯回到公署,心口发闷,虚汗直冒,到了晚上又发起烧来,老阮来把了脉说道:"袁大人,你是心急火躁,又加血气两虚,用中药有些慢,不如请安连鬼子来给你打一针。"老阮经常与安连切磋,已经认同西医,有时候会主动让贤。

"中西医都用。老阮你给我开点补虚的药,再让安连打针尽快退烧。"

老阮抱怨说日本人把汉城弄得鸡飞狗跳,几个中药店都关门了,药也备不齐,只能凑合了。

安连医生来后先给袁世凯测体温,打了针,又建议在额头上放冰块,又观察了半小时才离开。唐绍仪送安连出门,发现公署门外有几个人影鬼鬼祟祟,故意大声对赵国贤说道:"赵队长,往后如果有可疑的人敢靠近公署,不听劝告,就开枪。"

"好嘞,您放心。"赵国贤回道。

回到袁世凯住处,唐绍仪急道:"四哥,我想再给李中堂发封电报,报告你的病况,尽快准你回国。"

袁世凯巴不得如此,但他嘴里却道:"行,你代我发给李中堂,要走我们一起走。"

唐绍仪摆摆手道:"四哥,我说句不中听的话,你别生气。日本人恨的是你,将来他们可能找你的麻烦。但我就不要紧了,一个会办,他们不会怎么样的。所以,你先走,我盯在这里。"

"少川,我们兄弟不必客套,我想向李中堂推荐暂由你署理,我身体这个样子,的确有些吃不消。"

"四哥放心,有事我随时请示就是。"

电报很快起草好了,唐绍仪交给袁世凯审定:

> 凯素有发烧症,近因久病气虚,昨夜剧犯,头目昏瞀,周身疼痛,即延洋医诊视。据云热度过百,首置冰始稍轻。汉缺医药,可否回津医治。署事已饬唐守暂照料。

袁世凯看罢,有两处修改,画掉"汉缺医药,可否回津医治",添上"唯朝事方殷,未便废事",又在"已饬唐守绍仪暂照料"后加上几句评价:"唐守优智虑,明机宜,确有应变才,与朝、西员均熟,必不至误事。"

见袁世凯向李鸿章如此力荐,唐绍仪心里很高兴,嘴上却还谦虚道:"四哥,你太抬举我了。"

"少川,你的能力我心里清楚,我早就有个打算,如果我交卸了这个总理,只有你来接任最合适。"

"谢四哥栽培。"

第二天一早,唐绍仪又来看袁世凯。今天是大鸟约定中日共同改革朝鲜内政的日子,唐绍仪请示去不去。袁世凯认为不必去,也不能去,去就表示答应日本共同改革朝鲜内政。大清属国内政,何须日本来改?但朝鲜的态度不能不随时掌握。唐绍仪派人去朝鲜外衙门告知赵秉稷,下午请到公署一趟,报告情况,他本人则去英、美使馆打听消息。

唐绍仪走后,汉城分理黄元良来了,报告情况道:"总理,我今天看到了一个人。"

"什么人?"

"这个人当初就赞同东学党接受日本人的帮助,他和日本人混到一起,不是好苗头。"这个人是东学党的一个首领,叫郑益善,黄元良去劝降时见到过他。今天见他和几个日本浪人混在一起,有说有笑。

"是个大麻烦。如果东学党也投向日本人,我们又添了一个劲敌。"袁世凯听了又头昏脑涨。

黄元良又道:"今天我还得到一个消息,有几千日本兵往牙山方向去了,说是去讨平乱党。"

袁世凯惊道:"不好,得赶快给叶将军发电报,让他们提防日本人。"

十一时多,唐绍仪回来告诉袁世凯,各国对日本退兵都已不抱希望,英国已派一艘小军舰来撤汉城的商人,俄国据说已派兵到朝俄边界。日本兵非常恶劣,今天竟然殴打了英国总领事朱尔典夫妇。公署雇用的朝鲜人今天又有三个辞职,中医老阮、文案、翻译等四人又提出回国,前次随家眷已经有六人回国,如果放这四人回国,公署里就没几个人了。

袁世凯摆摆手道:"少川,大难来时各自飞,让大家走吧,有我们几个勉强支撑就行。"

唐绍仪见状又问道:"四哥,你和他们一块走如何?路上也有个照应。"

"我必得奉旨才行。"袁世凯摇了摇头,又说起黄元良来报告的情况,两人觉得形势越来越严峻。

唐绍仪担心道:"四哥,当初派兵镇压东学党是你极力主张的,如果东学党和日本人混到一起,必定会将你视为仇人。"

袁世凯自欺欺人道:"东学党向来尊大清为上国,不至于如此吧?"

"日本人一搅和什么都有可能,我起草电报再请示李中堂,你得尽快回国。"

一会儿就起草好了,是以袁世凯的语气——

> 凯等在汉,倭围月余,视华仇甚,赖有二三员勉可办公,今均逃避。顷接英总领事知单,身及妇皆被倭兵拦路殴打。倭兵凶悍,毫无公法,稍迟,恐华人难逃。凯病如此,唯有死,然死何益于国事,痛绝。至能否邀恩拯救,或准赴马山浦待轮,乞速示。倘蒙允许即刻成行,以唐守暂代。

袁世凯提笔在末尾加一句,"唐有胆识,日本亦不忌,打探消息,密谋助朝较易"。让唐绍仪立即发出。

到了下午,赵秉稢来报告,大鸟提交了改革朝鲜内政十几条,并各列改革时间表,要求先办的有四条,核心一条,就是要求朝鲜向日本借巨款合作建铁路、电线、开矿。袁世凯给赵秉稢出主意,可以用倒填时间的办法,与英国签订假协议,约定英国将向朝鲜以优惠利息借款,时间为十年,期间不得再向他国借贷。具体办理,可让唐绍仪帮忙。至于其他内政,朝鲜不妨先按用人、安民、节用三大端,自主改革。

赵秉稢回道:"殿下也是此意,但只怕大鸟不答应。大鸟说中国既然不愿共同改革朝鲜内政,日本政府将独立承担之。"

袁世凯知道中日撕破脸皮的日子为时不远了,到那时,自己如果还未离开汉城,必将受辱。想到这一点,他胸口发闷,头晕目眩,虚汗直冒。赵秉稢安慰几句,匆匆告辞。

署里已经没有几个人,负责买菜的朝鲜人昨天已经辞职,饭菜只能凑合着来,唐绍仪端着饭碗过来陪袁世凯。屋里太热,两人到后院井边凉亭边吃边聊。天空十分晴朗,月明星稀,月光如水,铺泻一地。

唐绍仪见到后道:"今天是六月十四,怪不得月亮这么好。"

袁世凯感叹道:"月圆之夜,千里共婵娟,不知道家人是不是也在望月相思?"

远处传来一声枪响,特别刺耳。唐绍仪也叹道:"这个月圆之夜,怕要牢记一辈子。四哥,来,干一杯。"

袁世凯心口憋闷,但不忍拂了唐绍仪的酒兴,喝下去,手里摩挲着酒杯道:"少川,咱们兄弟搭伙,一转眼就快十年了。十年来,兄弟互助,尤其外交,全靠你的臂助。我原本打算干满这个任期,就请调回国,让贤给你,谁料会遇这个局面。"

"四哥提携之恩,绍仪铭记在心。绍仪三十出头而获知府之职,已经很知足了。"唐绍仪连干两杯,以示敬意和谢意。

袁世凯摇摇头道:"十年来,我没说中堂一个不字,可是这次中日纠纷,我对中堂的处理不敢苟同。一开始就该果断增兵,如果我手里数十营人马,早把日兵赶出汉城,大鸟何敢如此放肆!中堂一味调停,错过时机。错过也就错过,果断撤兵回国也未尝不可。不增不撤,不战不守,这算什么?把我们兄弟扔在这虎口中,不把我们生死放在心上!莫非中堂把我们当成无关紧要的过河小卒,要弃之不顾?"

"中堂的外交方略我明白,他不想战,但朝廷又由不得他不战,战和不定,拖延成如今局面。至于弃我们不顾,绝然不会。"

袁世凯愤愤放下酒杯,气道:"我真看不惯大鸟那副嘴脸,依我,恨不得拿柄剑与他同归于尽!伏尸五步,流血两丈,倒也痛快。"

唐绍仪拍着袁世凯的手道:"四哥,不必如此。留得青山在,不怕没柴烧,我还等着你将来当了封疆大吏,提携兄弟们呢。四哥不必灰心,明天我再给中堂发封电报,无论如何应当先让四哥回国,岂有弃之不顾之理?"

"拜托了,四哥敬你一杯。"

第二天一早,唐绍仪起身后先起草电文:

> 袁道病日重,烧剧,心跳,左肢痛不可耐。朝事危极,医药并缺,留汉难望愈,仪目睹心如焚。朝事以袁道为最熟,调回尚可就近商办一切,无论和战,当可图效。若弃置不顾,可惜。乞恩鉴俯准。唐绍仪。

"少川,无论中堂还顾不顾我,我这里先谢你了。"袁世凯看过,只字未改。

真正是度日如年。熬到次日中午,袁世凯正在吃午饭,唐绍仪拿着电报兴冲冲跑来高声道:"四哥,皇上调你回国了。"

袁世凯接过电报,上面写的是:

> 总署午电,本日奉旨:袁世凯着准其调回。钦此。希将经手各事交唐守绍仪代办即回津。鸿。

"少川,我不忍抛下你自己先走。"袁世凯一块石头落地。

"四哥何出此言,届时有事我跑到英国领事馆可保安全,我已经与朱领事商讨过。四哥打算什么时候走?"

"今天来不及了,明天一早如何?"

"行,我下午去与朱领事商议,看能不能坐他们的军舰离开。"唐绍仪的意思,赵国贤和两个护勇一起陪袁世凯走。

"那怎么行?得有人保护公署。"

唐绍仪则认为如今几个人面对几千日军,根本无法保护公署,不如给大家条生路。袁世凯提议听听赵国贤的意思。

赵国贤回道:"四哥你放心走。我是公署卫队长,公署在一日,我便在一日。看事不好,我随唐会办跑到英国领馆去。"

"危难识英雄,你可真给我长脸。"袁世凯竖起大拇指。

"四哥不好,你现在就得走。"唐绍仪走了不一会儿又跑回来了。

"怎么了?"

原来,唐绍仪有个线人在日本使馆专做朝鲜菜,他听到日本人与东学党的人密议,今天晚上要来捉拿袁世凯。东学党首领郑益善已经和天佑侠的人勾结在一起,经日本人一挑拨,他们恨袁世凯多事,要以东学党的名义杀袁世凯报仇。因此,唐绍仪急道:"四哥你赶紧收拾,把要紧的东西带上,该烧的烧掉。我立即去找朱领事商议办法。"

袁世凯手忙脚乱收拾东西,把密电全部烧掉。忙到下午三时,唐绍仪回来便催促道:"四哥,下午四时赶到汉江边,乘英国的小军舰去仁川。"

唐绍仪找来两套朝鲜袍服,一人一个笠帽,宽大的帽檐可遮住脸面,还安排赵国贤去请安连医生,说是袁总理发高烧。安连医生前脚进门,他则拉着袁世凯从后门跑出来,在巷口树下拴着三匹马,一人一匹,另一匹驮袁世凯的行李。唐绍仪腰里别着两支手枪冲在前面,策马直奔南门。快到南门时日本兵吆喝着让他们停下, 唐绍仪用朝鲜语说道:"奉朝王令出城公干,不得阻拦。"

　　日本兵犹豫的工夫,两人已经奔出门去,向东边疾驰进树林,然后拨转马头折向西南而去。一会儿已到了汉城西南,汉江边上,英国小军舰已经遥遥在望了。

第十八章

谋兵权得而复失　赴平壤坚城已陷

袁世凯乘坐英国军舰两天后到达天津,立即前去面见李鸿章。李鸿章正在调兵遣将往朝鲜增兵,北洋通商衙门里一片忙碌。袁世凯见过礼,李鸿章指指椅子示意他坐下说话。他半个屁股蹭在椅子边上,两手扶膝,微倾着身子静等李鸿章问话。

李鸿章签完一份电报,一边递给文案一边问道:"慰廷,你接二连三来电报要求回国,朝鲜局势真那么紧张?依你看,中日一战难道真没有避免的可能?"

一问话就有些不妙,可见李鸿章对袁世凯急于回国并不满意,而他的问话中又有两个意思,一个是朝鲜局势到底如何,一个是中日能否免战。

"回中堂的话,日本咄咄逼人,朝鲜局势非常不好。"袁世凯然后将大鸟如何不听列国规劝,一意向汉城调兵,凌逼朝鲜,威胁大清驻朝人员,以及日本兵无法无天的情形,简要而有条理地向李鸿章禀报,最后得出结论道,"此次日本人心甚奢,除非尽快撤回叶提督一军,否则难免起冲突。"

"大家都要求增兵,现在撤回叶署青一军已无可能。当初派兵入朝,你说日本人绝无他意,到底是怎么回事?是日本人骗了你,还是你没查清?"李鸿章摇着手说罢,一双眼睛炯炯直视袁世凯。

袁世凯最担心的就是有此一问,果不其然。不过,好在如何回答他已经想了不下十遍,从容道:"日本人并没骗卑职,一开始,他们的确没有派兵的打算,大鸟说是议院和军方的人不答应,逼着政府派兵。杉村濬和我关系一直不错,事后他也觉得非常抱歉,屡次向卑职致歉。"

"日本人最会这一手,嘴上说得漂亮,背后来的是另一套。我正在往牙山和平壤调兵,忙得不可开交,将来会有差使派给你,你暂且休息几天,千万别走远了。"

李鸿章向牙山增兵两千五百余人,因为叶志超来电,驳船太少,因此分乘三艘轮船前后三天分三批运到,今天第一批八百人已经从塘沽登船出发。李鸿章一直没有增兵的计划,一直在靠列国调停,仓促调兵,千头万绪,要筹措饷银,要配备枪械弹药,要雇请骡马挑夫等等,需要向他请示的事情很多。门外有人探头探脑,看来有急事汇报,袁世凯知趣地告退。

这次来的是盛宣怀,来报告轮船调配的事情。他是津海关道,又兼着轮船招商局督办,后勤转运这一块自然少不了他。汇报完事情,李鸿章拿起一份电报道:"杏荪,袁慰廷刚回来,朝廷的电报就到了,要他进京备询。"

这份电报是总署发来的,盛宣怀接过来看,上面说"袁世凯熟悉朝鲜情形,现经李鸿章调回天津,拟请饬令李鸿章转饬该员迅即来京,以便臣等面询一切,以备参考。奉旨:袁世凯着饬令迅速来京"。

"世伯,总署要慰廷进京,是什么意思?"盛宣怀的父亲和李鸿章曾经换过帖,私下里,盛宣怀都称"世伯"。

李鸿章冷笑一声道:"袁慰廷一再要求增兵,正投了京中那帮书生的脾气,他们无非是想让袁慰廷证明,增兵是大对特对。"

"慰廷千好万好,就是有时候好拍胸脯说大话。世伯打算让他到京里去?"

"当然不能去。他到京里不知深浅,不知会说出什么话来,让别人利用了,岂不是添乱?而且,当初他轻信日本人的花言巧语,一再鼓动出兵朝鲜,结果才惹来了日本人也跟着出兵,弄成了如今骑虎难下的局势。始作俑者,岂能置身事外?我打算让他去平壤协调朝鲜官民,为大军效力。"

按照朝廷的要求,增兵分南北两路,南路自然是增援牙山的叶志超,北路则是到平壤集结,对汉城形成南北夹击之势。北路援军包括卫汝贵盛军七千人、马玉昆毅军两千人,分三批乘轮船运到鸭绿江口的大东沟,然后再乘驳船运到朝鲜义州登陆,由陆路赶往朝鲜,第一批于今天登轮。此处还有左宝贵率奉军、丰升阿率奉天练军由陆路赶往朝鲜。李鸿章的意思是等大军入朝后就让袁世凯赶往平壤。

盛宣怀听了便建议道:"慰廷是因病才被世伯调回,那就以病为由先拖拖再说。"

"我也是这样打算。"李鸿章点了点头。

袁世凯回到住处反复回忆与李鸿章的对话,梳理出李鸿章有两点不满。一是不满于他急于回国,李鸿章好像还说了一句"我看你身体蛮好的,精力也充沛",言外之意是他的病是装出来的。老天做证,他当时的确病得厉害,只是在船上这两天,蒙头大睡,竟然好多了。二是不满于当初日本人"绝无他意"的情报。自己的确上了日本人的当,但如今后悔也没用,而且日本人不仅对他下套,驻天津领事也给李鸿章下套了。自己对这两条早有所料,因此回答得还算得体,只是李鸿章的冷淡和不满却并没有因此消解,这是个大问题。李中堂说要派自己差使,到底是什么差使?实在无从着想。

袁世凯休息一天,等着李鸿章召见,对自己的新差使心中又期待又担忧。自己在朝鲜十余年,李鸿章是满意的,不然也不会每次考核都是优,念及功劳,所派差使应当差不了哪里去。但李鸿章的不满又是显而易见的,不知会不会迁怒于他,派一个无关紧要的差使。不会,自己对朝鲜情形熟悉,如今要与日本人较量,中堂不会把自己这个现成的助手扔到一边。

这样胡思乱想又过了两天,竟然毫无动静。他想这样空等不是办法,得设法打探。正要出门,北洋衙门的差役来了,相邀道:"袁大人,快走快走,今天上午中堂要见你。"

袁世凯问:"老兄,中堂见我,可知有何吩咐?"

"这就不知道了,兄弟我只管奉命通知。"的确,衙门里这些跑腿招呼的差役,是不可能知道的。

袁世凯到了北洋通商衙门,在东厢客厅等了不久,中堂就传下话来召见。进了门,李鸿章正在看电报,连看好几份,这才抬起头来说道:"慰廷,军机处发来电报,想让你进京面询朝鲜事宜,现在我这里正需要人手,我挡回去了。反正你总理朝鲜的差使还没交卸,增派的援军都到平壤集结,又是征粮,又是征集驮马,急需人手,你在朝鲜威望高,由你去与朝鲜官员打交道再好不过,你准备一下,尽快去平壤办理抚辑事宜。"

袁世凯大失所望,所谓办理抚辑事宜,不过是为大军后勤服务,要粮要车，一句话交代下来，就没有商量的余地，最是费力不讨好的差使。虽然自己在朝鲜有名望，但那是在汉城，平壤那边自己根本没有熟悉的官员，如何能够得心应手？便回道："中堂，朝鲜官员更调频繁，平壤官员，卑职也是一无所识，与他们打交道实在没多少优势。"

但李鸿章不容推托，道："你总算在朝鲜待过十年，别人连朝鲜都没去过，你若没有优势，北洋中谁还有优势？你不必推托，尽快准备，说走就走。"

这时，李经方不经通报急急进来，手里拿着一份电报叫道："爹爹，日本人在牙山向我运兵船开炮了。"

李鸿章霍地站起来问："什么，日本人开炮了？结果如何？"

"济远管带方伯谦从旅顺发来电报，在牙山口外，日本人先开炮，济远还击，未吃大亏，但运兵船高升号被击沉了。"

"高升号是英国商轮，日本人也敢开炮？"李鸿章闻言大吃一惊。

方伯谦的电报有数百字，说他率"济远"舰与"广乙"舰前往牙山迎护运兵船，二十一、二十二日英国商轮"爱仁""飞鲸"顺利运兵到牙山口外，并陆续驳运上岸。二十三日早晨，只等"高升"号运兵船到。可是没等到"高升"号，却与日本兵舰相遇。日本兵舰先开炮，"济远"中弹三四百个，多打在望台、烟筒、舵机、铁桅等处，弁兵阵亡十三人，伤二十七人。战至午时，"济远"舰只有尾炮还能施放，日舰尾随，我连开后炮，中伤日舰望台、船头、船腰，日舰受伤严重，仓皇而逃。"广乙"号中弹倾斜，不知是否能保。"高升"号运兵船被击中三炮，已经沉没。运饷械的"操江"号已经被日舰逼停到岸边。

"日本人这是不宣而战！幸亏雇的是英国商轮，日本人敢击沉英国人的轮船，英国必不答应！慰廷，你先好好休息，把病养好了准备到平壤去。如今中日之战已经不可避免，平壤那边更离不开你了。"下面要商量的事情还很多，李鸿章要立即召集幕僚商议。

到了第二天，李鸿章就派人来找袁世凯，让他先帮着盛宣怀为赴朝清军协调粮饷运输。因为运兵船被击沉，海上运兵已经不放心，原本运往大东沟的轮船改为运到营口，然后再由民船和小火轮驳运到大东沟。这些船吃水浅，可以贴着海岸线走，能够避开日本兵舰。这就增加了转运的困难，需要与地方官员商讨，雇请民船、驮马，军粮、马草要沿途购买，烦琐的事情非常多。袁世凯对这些事情不感兴趣，感觉终日陷在这些琐屑事务中毫无意义,心情非常糟。

此时,前线捷报频传。先是经丁汝昌核实,在牙山口外海战中,"济远"舰击伤的是日本最新式战舰"吉野","一弹飞其将台,二弹毁其船头,三弹中其船中,黑烟冒起,风闻日提督阵亡,吉野伤重,途次已经沉没"。朝廷下旨,对有功将弁皆予重赏。陆战也传来大捷的消息,原来日军去攻牙山叶志超一军,结果被叶军歼灭两千余人。慈禧下懿旨,"直隶提督叶志超一军,在朝鲜牙山一带地方,于六月二十五六等日与倭人接仗,击毙倭兵二千余人,实属奋勇可嘉。加恩着赏给该军将士银二万两,以示鼓励戎行至意"。众人都说,如果再打几个胜仗,"叶大呆子"非升官封爵不可。

"升官封爵"的说法对袁世凯刺激很大。人家在前线立功,他在这里忙这些没完没了的琐事,何时是个头?想到将来要冒着暑雨到平壤去办这样的事情,更加垂头丧气。回到住处,他万分失望,连午饭也懒得吃。天又热,心火上升,到了下午,嘴里起了泡,头又有些晕。到了下午,总算心情平静了些,能仔细地想想清楚。自己不愿去办军需,那愿意干什么?只有提出一样自己更擅长的事情来,才有可能让李中堂改变主意。对了,现在李中堂忙于增兵,自己何不像叶志超一样带兵到前线?对对对,这条路子可行。自己曾经在军中带过兵,两次平乱也展示了自己的军事才能,李中堂也清楚得很。而且带兵上阵,几仗下来,就可能换顶戴。自己如今已是浙江温处道,朝廷向来重文轻武,文职道台,总抵得上武职的总兵,如果上天开眼,连战连捷,弄个提督也不是没有可能。这样一想,袁世凯信心大振,烦恼尽除。听说周馥已经到了天津,明天不妨先去拜访他,由他向李中堂进言,比自己更有把握。

周馥此时已是直隶臬台,如今战事千头万绪,李鸿章特调他办理后勤事务。周馥心思缜密,办理粮运是他所长。

第二天,袁世凯在北洋衙门见到了周馥,但大家忙得不可开交,根本没有谈私事的机会,到了晚上九时多才各回住处。周馥就在通商衙门里暂住,袁世凯也跟了过去,周馥说道:"慰廷,你好像有话要说,现在没外人了,有什么事,但说无妨。"

"世叔,侄儿想去带兵,想托您跟中堂说说。"

对于袁世凯将作如何安排,李鸿章已经与周馥谈过,周馥也觉得将来让袁世凯到平壤去是个不错的安排,而且他也猜得出李鸿章有意不让袁世凯到京中去的意思,所以极力打消袁世凯的念头道:"慰廷,你想上阵杀敌的念头好得很,国家有难,正需要你们这样的热血男儿。不过,你这十年一直在朝鲜,不曾带兵,让李中堂拨一军给你的想法恐怕很难实现。你知道淮军向来是兵为将有,彼此都有渊源,外人很难带得顺手。不要说李中堂不答应,就是我也不同意,草率行事,对不住你四叔不是?"明明是不肯帮忙,却要拿他的族叔来说事,让袁世凯想驳也开不了口,"慰廷,你也看到了,中堂调兵遣将,正是需要人手的时候,尤其是大军入朝,急需有人能够到朝鲜帮助协调,整个北洋,舍你其谁?如今找个带兵的不难,找个你这样熟悉朝鲜的人,那真是难上加难。就算帮帮中堂的忙,你也不宜固辞。"

先是说私情,这下又搬出公义来,袁世凯更无话回绝。回到住处,带兵的念头仍然不能彻底放弃。但周馥既然不肯帮忙,北洋中能帮上忙的人就没有了,只有到京里去看看。袁保龄的儿子袁世勋在京中做官,据说与翁同龢能说得上话;还有徐世昌在京中当翰林,也应当能帮忙搭桥引见。但现在所苦是李中堂把自己拴到北洋衙门里,根本没机会进京。进不了京,先写封信给堂兄袁世勋说说想法。于是他翻身下床,掌烛伏案,给袁世勋写信。

第二天一早,周馥一到李鸿章签押房,就听他抱怨道:"兰溪,朝廷已经下旨与日本开战。朝廷只知道开战,需要多少兵马,需要多少粮饷,又需要多少军械,一概无人过问,全靠北洋支撑。"

"有人说,如今是北洋一隅敌日本一国,此言不虚。"周馥接过电报,颇长,迅速浏览了一遍又道,"中堂,如今是箭在弦上,不得不发,只有下决心与日本人见个高低了。"

"双方一宣战,就难有讲和的希望了。将来恐怕要设立前敌营务处,代我协调各军,到时少不得你代劳。前敌营务处到底设在哪里,暂时我还未想清楚。但有一条,你是不必出国门的。平壤那边,让袁慰廷去就够了。"

"一切听中堂调遣。而袁慰廷去平壤最好能够定下来,好让他早做准备。"周馥建议道。

"我早就告诉他了。"

"总署说过要调他进京面询,恐怕得等总署有明确表示慰廷才能死心。"

李鸿章听了问道:"怎么,他又有什么想法?"

"没有没有,他毕竟还是驻朝鲜通商大臣,让他赴平壤,照例得总署请旨。"周馥不愿多事。

"对对,这一阵一直忙,把这事给忘掉了。"

两人稍做商议,周馥到他办公兼居住的地方起草电稿。他本是文案出身,起草一份电稿是小菜一碟。很快抄好了,拿给李鸿章看:

> 袁世凯病体已小愈。闻倭踞汉城,逼胁朝王及大院君,黜陟朝官,更换八道监司,远近解体。我军已抵平壤,恐以后官吏悉易倭党,粮运难办,奸细更多。袁道久驻属邦,各道官民信从颇众,贤否素知,拟令力疾驰赴平壤一带联络官军,协筹粮运。平壤东北民风强悍,当有义勇愿效前驱。该道熟悉情形,借以收拾人心,有裨大局。该道本系总理朝鲜商务,倭虽踞朝,我方谋恢复,不得视为朝鲜已灭,现入朝境,似应仍膺前职兼办抚辑事宜,所需差遣员司、一切经费,仍照章由出使项下核实开支。倘蒙俞允,前敌事机关系紧要,晋京似尚可缓。乞代奏请旨遵行,鸿。

李鸿章看罢只字未改,安排人立即发往总署。次日下午,总署回电,奉旨:李鸿章电奏已悉。袁世凯着毋庸来京,即驰赴平壤办理抚辑事宜。余均照所请行。这份上谕还同时严令李鸿章参办丁汝昌,原因是自从"高升"号运兵船被日舰袭击后,指责北洋海军畏敌的参折不断,前几天已经让李鸿章察查北洋水师提督丁汝昌有无畏葸纵寇情事,因为丁汝昌率舰出海,李鸿章还未回奏,不料参劾又起,"近日奏劾该提督怯懦规避、偷生纵寇者几于异口同声。若众论属实,该大臣不行参办,则贻误军机,该大臣身当其咎矣。着接奉此旨,即日据实电复,不得稍有袒庇"。

"中堂,朝廷要参办丁禹亭,这岂不是临阵换将?这可是兵家大忌。"

"禹亭是受我的牵累。朝中那帮清流,想扳倒李鸿章而不能,于是就剪我羽翼。这帮清流,如犬吠日,真是可恨。临阵换将是兵家大忌,而且海军更不同陆师,岂是随便什么人就能统领的了?有人攻击丁禹亭是马队出身,可这些年他在海军上下了不少功夫,绝对不是像他们说的门外汉。有我在,他们休想折辱我的臂膀。"话虽如此,李鸿章还是亲自起草一份严电给丁汝昌,让他不可畏敌纵寇。

等安排完几件急务,李鸿章召见袁世凯,把电报中关于袁世凯的上谕抄件给他看了道:"慰廷,等大军到了平壤,前敌营务处设立后,你就和兰溪一起出关。现在大军转运事宜太多,你先帮着兰溪、杏荪办理后路转运事宜。"

袁世凯心里一百个不情愿,但上谕已颁,争也无用,不如痛痛快快答应下来。但到了晚上,前思后想,觉得办转运绝非自己所长,也非自己所愿。如今大战在即,正是升官封爵的大好时机,如何能够放过? 人这一辈子,关键时候的机遇也就那么几个,错过了,就可能永生难求。不行,还得设法带兵赴敌。如今的路子,唯有进京想办法。

隔一天他去见李鸿章,说收到家信,嗣母身体不豫,他希望赴朝前能回家看看,略尽孝子之意。袁世凯回国后,还不曾回家,这个要求不过分。李鸿章便说道:"慰廷,不放你走,不近人情。可现在是非常时期,不比寻常时候,我只给你十天假,快去快回。"

十天足够了。袁世凯收拾一下,当天要到码头乘小火轮赶往通州。正要起行,唐绍仪和赵国贤来看他。三人见面,都有恍如隔世之感。

据唐绍仪说,袁世凯撤走的第二天大鸟就率军进了王宫,逼迫国王剃发易服。

"四哥,你知道为国王剃发的是何人吗? 小人金嘉镇。如今他已认大鸟圭介为干爹,亲自劝朝王效法日本,亲手剪掉朝王长发。"

想到朝王叫天不应,呼地不灵,袁世凯深感羞愧,顿足道:"我们吃亏就吃在没有及时增兵,一味依赖调停。我手里若有军队,何至于如此! "

三人相见,要说的话很多,袁世凯推迟起程。次日唐绍仪去见李鸿章,赵国贤直接回河南,袁世凯则乘船去通州。下了船,又雇一顶马车,天黑前赶到京城,见到了袁世勋。

"你来得正好,我正打算写信给你,这下好了,当面谈更妥当。"袁世凯一吃完饭,兄弟两人就闭门密议,"现在京中一片主战的声音,你想带兵到前线倒是合上面的口味。如今主战最有力的,当数翁、李两位师傅。"

翁即是指翁同龢,李则是指李鸿藻。清流有南北之分,如今李鸿藻是北清流领袖,翁同龢则是南清流领袖。十几天前,两人奉旨参与朝局,因此得以到军机处看奏章阅电报,地位与军机差不到哪里去。

"要论说话管用,还是翁师傅。你要想如愿,非走翁师傅的路子不可。"

"翁师傅与李中堂闹得很不痛快,我奔走翁师傅门下,似乎……"袁世凯有些犹豫。投奔上司政敌门下,是官场大忌,袁世凯不能不有所顾虑。

"这一条我也想过。不过,你又不是恶人告状,是为报国求门,也不必太过歉然。这几天你回家一趟,我代你去见翁师傅,万一将来李中堂见怪,你推到我身上好了。"话虽如此,但真让李鸿章知道是自己求的翁同龢,即便推到袁世勋的头上,以李鸿章的精明不可能不心生芥蒂。

毕竟没打算改换门庭,此事不能不慎之又慎,所以袁世凯又道:"让我想想,明天一早给你回话。"

袁世勋在户部任主事,早晨必须去衙门点卯,临行前问袁世凯:"怎么样,想好了没有?"

袁世凯慨然道:"你说得不错,我是为报国投门,既然无第二条路好走,就拜托翁师傅好了。"

"就是这话。不过我夜里想了一想,翁师傅最恨的就是李中堂太过软弱,不肯向朝鲜增兵。都知道你是李中堂最赏识的人,不知翁师傅是否有成见?"

"十几年来我唯李中堂马首是瞻,唯有在出兵朝鲜一事上,我们分歧极大。我一直坚持应当尽快增兵,以求在汉城与日本人势均力敌,我认为只有表现出决战的态度,才能有促和的可能,无奈李中堂不能鉴纳。"

袁世勋建议道:"你把要求增兵的电报稿整理一份给我,让翁师傅知道你的态度。"

"好,我今上午就整理出来,不过这都是密电,不相干的人不要看。"

"你放心吧,我知道轻重。"

中间袁世凯回家一趟,随后匆匆赶回北京。袁世勋一见面就道:"你回来得正好,翁师傅对你的想法很赞同,不过,你还要去拜拜李师傅的门路。"

原来翁同龢以为,如今李师傅也一意主战,如果能得到他的支持,在皇上那里说话就方便得多,而且也容易获得军机上的支持。军机大臣五人,首席军机大臣礼亲王世铎,体仁阁大学士额勒和布,是甲申易枢后入的军机,慈禧看中的就是他们没本事,好驾驭。东阁大学士张之万,八十有三,最近身体不好,不能正常入值。刑部尚书孙毓汶是慈禧最赏识的人,而且与李鸿章关系密切,反对与日本开战,是人所共知的主和派。吏部侍郎、总理衙门大臣徐用仪去年十二月许庚身去世后才入军机上学习行走,一个月前才正式入军机,也倾向于主和。所以整个军机大臣,能和光绪一个心思,一力主战的几乎没有。翁同龢、李鸿藻奉旨参与朝政,正是光绪力图匡正的一个策略,所以翁同龢为了增加主战的力量考虑,对李鸿藻特别看重。

"要见李师傅,找徐菊人就行。李师傅是翰林院掌院学士,正是菊人的顶头上司。"袁世凯说道。

徐菊人就是徐世昌,他当年赴京乡试、会试都曾得到袁世凯的资助,光绪十二年中进士,授翰林院庶吉士,光绪十五年(公元 1889 年)授编修。编修七品小官,俸禄入不敷出,有人劝他外放州县,得点实惠,但他认为在京中能得以结识达官贵人,不肯外放。但他的脾气与李鸿藻不太对付,李鸿藻认为他为人虚骄。翰林能得外快的机会就是放考差,出京赴省主持乡试,一次乡试主考,可得银数万两,足以偿还多年穷债,但那得红翰林才能有此机会,徐世昌是翰林院有名的黑翰林,坐了七八年的冷板凳,日子过得相当拮据。袁世凯在朝鲜这些年,也未断了与徐世昌的联系,每年过年都有一笔年敬帮他渡过难关,袁世凯要通过他引荐给李鸿藻,他必定义无所辞。

袁世凯不想在京中招摇,让袁世勋先派人通知徐世昌,晚上有老友上门拜访。到了晚上,兄弟两人如约登门。徐世昌无论如何没想到是袁世凯,惊喜万分之下要找人去饭店传菜。袁世凯知道他手头很紧,不让他破费,便道:"有正事要谈,清茶一杯就好。"

因为多年不见,话题一时不知从何说起。袁世凯简单说了自己回国的情形,就直入正题道:"菊人兄,办理后路转运非我所愿,我现在最盼望的就是带一支人马赴朝鲜杀敌立功,换一换顶戴。"

徐世昌问道:"四弟有此志向,我只有羡慕的份,不知我能帮上什么忙?"

"你的作用无人可替。"袁世凯于是将想法向徐世昌和盘托出。

"我和高阳相国脾气有些不对付,不过引荐四弟这件事绝无问题。"徐世昌话锋一转,"高阳相国是方正之士,喜欢中规中矩,四弟切忌说过头话。"

李鸿藻早晨先入大内，到军机处看章奏、电报、议事，午饭前一般就能出宫。如果时候早，他会到翰林院去坐坐。徐世昌打算就到东华门外去等，一有结果立即通知。午饭前，徐世昌就打发人送来一张字条，约定申初也就是下午三时，前去李府拜见。

"请太老师笑纳。"袁世凯由徐世昌陪同如约前往，他带给李鸿藻的是一支上好的高丽参。

李鸿藻笑道："慰廷，太老师的称呼，实在不敢当。"

"小门生的四叔是太老师提督河南学政时的弟子，四叔又是小门生的老师，所以太老师的称呼天经地义，只求太老师不要怪小门生高攀。"

袁世凯如此谦抑，实在出乎李鸿藻的意料，因为京中盛传，袁世凯在朝鲜以监国自居，跋扈得很，于是问道："慰廷，你驻扎朝鲜十余年，朝鲜的事情没人比你更清楚。最近朝王已经更换了八道监司，内外衙门也都换上了亲倭的官员，而且布告地方官，对过境倭兵要筹备粮草，大有叛清异服的趋向。依你看，朝鲜官员及百姓，其心志到底如何？"

"这完全是日本人搞的鬼。朝王虽然怯懦，但不会真心向倭，而且闵妃憎恨日本人，更不许朝王亲日。大院君与小门生交情深厚，其心向华，坚不可移，虽然被日本人请出来，但绝对不会亲日。至于朝鲜百姓，少数人被收买有可能，但大部分百姓心向天朝。现在的关键是我国能否在军事上取得优势。如果战而能胜，朝鲜便永为属邦，如果战而不胜，朝鲜便有被日本窃取的可能。"

"那依你看，胜算几何？"李鸿藻是一副悉心请教的神情。

"开始的时候，如果迅速增兵，能在汉城与日军势均力敌，则胜算极大。小门生那时候也是力主增兵，可惜不能被俯纳。"袁世凯把自己请求增兵的电报底稿抄件给李鸿藻看。他在朝鲜办外交十二年，嘴上功夫了得，而且又有两次成功平乱的经历，知兵的美名早在京中传扬，李鸿藻自然是另眼相看。

两人倾心相谈一个多时辰，最后袁世凯道："用兵讲究先发制人，如今我们处处落于人后，已经受制于人。但朝鲜百姓心向大清，如果将士用命，战而胜之也不是没有可能。中朝山水相连，运粮、增兵都比日本方便，如果朝廷上下一力主战,坚固不摇,败而不馁,最后取胜的必是我大清。小门生对此坚信不疑。而况,日本人欺负到头上来了,无论胜负,都须应战,热血男儿都当慷慨赴死,这实在没什么好犹豫的。"

李鸿藻大声赞道:"对极了,汉武帝曾言,明犯强汉者,虽远必诛。我不好战,但人已犯我,躲避退缩岂不让人笑话?何况我国数千年文明,难道还怕小小的倭寇?"

袁世凯看看时候不早,就告辞。出门时,李鸿藻安慰道:"慰廷,你放心,我与翁师傅一定为你力争,难得你一片报国心。"

袁世凯不敢在京久留,次日一早就雇马车赶往通州,再换乘小火轮赶回天津,下午四时多便赶到北洋衙门向周馥报到。

周馥一见面便问道:"慰廷,你从哪里来?"

袁世凯不敢撒谎,但也没有说实话:"从京中赶过来的。老家有信和东西带给我堂兄,我先进京一趟,今天早晨从通州乘小火轮下来。"

"你回来就好,快忙成一锅粥了。"

隔了一天,一到衙门周馥就道:"慰廷,到我屋里坐坐。"

进了周馥的住处,他拿出一封电报递给袁世凯。袁世凯一看,竟然是关于准他带兵的上谕,这也太快了,完全出乎他的意料。电报说:

> 本日奉旨:袁世凯驻朝多年,情形熟悉。已革知州陈长庆前随吴长庆带兵赴朝,人尚勇往。着李鸿章速催姜桂题、程允和招募成军,令袁世凯会同带领,即赴前敌,相机进剿。陈长庆着交袁世凯等差遣委用。钦此。

姜桂题是毅军总兵,率部驻守旅顺。程允和则是奉聂士成之命到旅顺募兵,打算成军后带到平壤。朝廷的意思,是让袁世凯统领新募的军队。

周馥问道:"慰廷,朝廷怎么突然想起让你带兵了?你想带兵的事,除了我,还和谁谈过?"

袁世凯明白,周馥此时十有八九在替李鸿章问话,必须小心回答,便道:"别人我并未说过。对了,就是回国那几天,我堂兄来信问我有何打算,我告诉他很想带兵赴前敌。但,仅此而已。这次我从老家回京,他也没有说起过。"

周馥是一副不必深究的神情，道："也许朝廷知道你熟悉朝鲜情形，又为朝鲜训练过军队，你知兵的名气在京中很大，少不得有人上折举荐。"

"京中我还真没什么要紧的朋友。不过，朝廷有此旨意，也正合我的心思，带兵赴平壤或者驻扎旅顺，都成。"

"那是后话，募兵也不是一天两天就能募起的，中堂的意思还是希望你去平壤办理粮运。如今大军已经全部到达平壤，每日所需粮米、马草甚巨，为了减少运费，中堂的意思是就地购买，希望你去与朝鲜官员交涉。各军还需要招募朝鲜向导，此事也打算交由你来办。"

"那朝廷的旨意？"袁世凯的意思是，难道李中堂要抗旨不成？

"如今兵权在中堂手中，前线人事安排，朝廷自然尊重中堂的意见。"周馥这话虽是笑着说的，但意思已经很明确，你袁世凯的去留，完全掌握在李鸿章的手心里。

"世叔，这个侄儿自然明白。如果能带兵当然最好，您也费心在中堂面前美言。如果中堂希望我去平壤，那我奉命就是。"

"好说，中堂已经奉旨成立前敌营务处，我来任总办，很快也会出关。还要考察设粮饷转运站的事情，将来最好咱们一块出关，你也帮着我筹划筹划。"

此时，曾经驻军牙山的叶志超率部辗转朝鲜东海岸，历时近一月到达平壤。因为先是报告牙山大捷，此后一路上又不断报告击退日军的消息，朝廷以为叶志超是个帅才，一到平壤就任命他为"钦派总统诸军"。他电告李鸿章"各军云集，必须就地购粮，免远道搬运，夫驮艰难。请饬袁道来朝专办此事。志超闻沿途官民均感佩袁道，就地办粮，定可应手。并饬袁道于朝统兵大员中选一二人，在京畿、黄河、江原、平安、忠清各道招兵千余名，前敌各军各分二百名以做向导，与官、民声气相通"。

李鸿章将叶志超电报转电总署，同时建议让袁世凯以总理朝鲜交涉通商大臣和前敌营务处帮办的身份驰赴平壤，联络各军，协筹粮运。第二天便奉旨获准。

李鸿章召见袁世凯，让他看过上谕后道："慰廷，你的担子不轻，而且这副担子也只有你担得起，希望你能安下心来，踏踏实实为平壤大军筹划粮运。"

袁世凯知道自己带兵无望后,就改变了主意,打算扎扎实实办好李鸿章交办的差使,所以,此时他一挺胸脯道:"中堂放心,卑职已经想明白,带兵的将军不难觅,与朝鲜人打交道卑职最合适。中堂一声令下,卑职随时可以起行。"

袁世凯这番态度令李鸿章十分满意,他赞道:"好,你能这样想最好。三两天内就起行,你到了之后还要帮助招募朝鲜向导。"

"卑职打算不仅要招募向导,还要招募朝鲜人专编一军。朝鲜山路崎岖,进战非易,西北一带有猎户枪手万余人,以精悍闻名,对当地道路又极熟,应该派员招募数千,粗加训练,以为游击。用兵于朝,必须设法调用当地民人,否则大军云集,居人远遁,便诸事艰难。"

李鸿章听了连连点头道:"你到了平壤,先解决粮运问题,然后视情形招募当地人成军,分配各军当向导,如果招募顺手,可自成一军。"

袁世凯新加的名头是前敌营务处帮办,也就成了周馥的属下,所以一直跟随在周馥身边,忙着出关的准备。赵国贤不甘于家中赋闲,跑到天津来见袁世凯,愿意一起出关。

前线真实战况已经陆续传开,并非当初所传的大捷。牙山之战,并未歼灭日军两千人,反而是清军伤亡更大,有五百余人;牙山口外的海战,日舰"吉野"只是受轻伤,并未沉没,更没有所谓的"日海军提督"阵亡,反而是济远受伤重于日舰。而关于日军战斗力强悍的说法也开始传扬,对前线战事不看好的人越来越多。听说周馥要出关,有好友便劝阻他道:"前线必败无疑,皋台出关赴前敌又有何为?"

"无论胜败,义无可辞。我从中堂最久,不忍不顾,死生听之而已。"

按照周馥的初步计划,他将前敌营务处设于东边道驻地凤凰城,这里离中朝边界鸭绿江畔的九连城等地不足百里,便于联络。前敌粮饷转运站是设在鸭绿江西的九连城,还是设在鸭绿江东朝鲜的义州府,由袁世凯前往勘察后确定。两人连同属员十余人于八月十四日晚到达锦州,入住驿馆。

连日劳累,众人都疲惫不堪,纷纷要求在锦州过了八月十五再走。周馥虽然急于赶到凤凰城,但众意难违,答应大家在锦州过中秋,十六一早就起行。锦州城里已经处处悬灯,过节的味道极浓,毫无战争的紧张气氛。十五一早,众人怂恿周馥到城里逛逛,周馥正在犹豫,锦州电报局送来李鸿章的急电。原来平壤诸军总统叶志超发电,报告平壤粮食难购,平壤监司闵丙奭好不容易购到的几船军粮又在大同江中被日军截去,平壤存粮只能支撑数日。天已渐冷,将士尚无棉衣,其苦无比。而且数路日军正向平壤逼近,剿不胜剿,危殆万分。左宝贵右偏中风,不能起床,"诚恐饥溃即在目前"。最后李鸿章交代道:"弟等沿途察看粮台,应添设何处,应视平军能否立脚,或退扎何处,筹定办法随时电告。仍兼程速行为盼。"

周馥哪里还有逛街的心情,留下袁世凯议事道:"慰廷,看中堂话里的意思,他对能否守住平壤城都没有信心,如果平壤战败,在义州设前敌转运站就不合适了。"

袁世凯摇摇头道:"按常理来说,我军一万五千人守坚城,应该能抵挡三倍的敌军,日军仓促之间不可能聚起四五万人。我想,还不至于守不住吧?"

"关键是没有粮食。叶提督说'诚恐饥溃即在目前',现在就是从义州加紧运粮,没有七八天也到不了。"

"义州到平壤多是山路,桥梁又被洪水冲毁,恐怕十天也未必能运到。"

"这该如何是好!如果到时候吃了败仗,说是因为后路粮运没有做好,我们就是有嘴也说不清。"周馥急得直跺脚。

袁世凯感叹道:"入朝的各军应当首先在义州和平壤之间设立转运站,何至于现在粮饷堆在义州不能起运!"

"现在说这些已经来不及了,只能督促各军加紧转运。我有个想法,咱们快马加鞭赶赴平壤,由你出面与朝鲜官员交涉,尽快设法为大军筹集粮秣,你看如何?"周馥一双眼睛诚恳地望着袁世凯,像是命令,更像是恳求。

袁世凯了解周馥,办事向来认真,责任心又重,两鬓斑白、五十六七的人了,如何能让他长途跋涉到平壤去?稍做思考后道:"世叔,既然平壤有饥溃的可能,你不必去涉险。我带上两个人快马加鞭赶到平壤,就地办粮,但愿还能来得及。"

"这当然很好,就是太辛苦你了。如果能够解决粮食问题,平壤得以坚守,我一定向中堂为你请功。"周馥一颗心总算落了地,"慰廷,你还是要先到凤凰城一趟,见见东边道道台,一是请他帮忙租赁地方,以备前敌营务处之用,二是让他多雇民船,到鸭绿江上架浮桥。此前他回电李中堂,说鸭绿江面渡桥归朝鲜义州府管,东边道只负责瑷河上架浮桥,李中堂很生气。军情万急,何分中朝,他答应说派人到鸭绿江去,只怕嘴上说得好。此事至关紧要,渡兵转运,都离不开渡桥、民船。"

袁世凯建议道:"世叔,侄儿有个想法,您不必到凤凰城,先到奉天去一趟。"

"这又是为何?"

"叶提督说平壤有饥溃的可能,但愿是多虑。可万一平壤不守,大军向鸭绿江溃退,将来东边道也有变成前线的可能。这次中日之战,日本人憋了十年的气,恐怕不是一两个月能了局,粮运也不是十天半个月能够结束。奉天以北是粮仓,我们要准备采购奉北的粮食,很有必要在奉天附近设粮台。有此后备,才不至于到时手忙脚乱。"

周馥打开随身携带的地图,袁世凯指给他看道:"世叔您看,我们现在锦州,从锦州往北去奉天,往东北去凤凰城,从凤凰城去奉天,距离都差不多。军械是从天津往前线运,自从'高升'号被击沉,海运已经不甚安全,如果走陆路,必定出山海关,到锦州这一线。我觉得将来咱们可以考虑,在山海关、锦州、奉天、营口、凤凰城、九连城等地设转运站,南面一线转运军械,北面一线采购转运奉北的粮米。"

周馥见了赞同道:"人无远虑,必有近忧。慰廷这样打算,目光长远,思虑周详。也行,我们分两路,你往平壤,帮助大军筹粮;我往奉天,先考察粮运。凤凰城和九连城你都要辛苦一趟,无论战局如何发展,这两处都是转运要道。"

袁世凯领命而行,带上赵国贤及另外两个帮手,各骑一匹马,另两匹驮运必备行李,策马上路。五天后到达到凤凰城见到东边道,办完周馥交代的事情,次日一早赶往鸭绿江边,只见江边粮食军械堆积如山,靠驳船往对岸驳运,大约只有十条驳船,运力实在有限。东边道说的浮桥并没有架起来,原来船户都担心自家的船当了浮桥会损坏,而且所给价银又太少,因此宁愿往来驳运,运一船有一船的水脚银可赚。袁世凯找到岸边负责转运的安东县衙的人,写一封电报让他立即帮忙发给李鸿章,督促地方购买民船,加紧搭建浮桥。然后三人过江,登陆朝鲜义州府境。

一路上,袁世凯遇到好几拨兵勇,号衣不整,脸色惊慌。开始他以为是负责巡逻的小队,后来发觉不对头,于是拦住三个人,报出自己前敌营务处帮办的名号,他们将信将疑地问道:"你是不是驻过朝鲜的袁大人?"

袁世凯回道:"正是,我现在还是驻朝总理大臣,奉李中堂令,前往平壤为大军协调粮运。"

三个人对视一眼,为首的说道:"您要真是袁大人,平壤就不必去了,已经被小日本占领了。"

"怎么,平壤大军已经败溃了?这是什么时候的事?"

为首的回道:"八月十七的事。倭寇从八月十二开始就没一天消停,在平壤南门、西门外打了好几仗。那时候叶提督和诸位统领就商量要弃守平壤,可俺们左统领不答应。俺们左统领傻,说咱们饱食国家俸禄,就是为了有天报效国家,怎么能够临阵逃跑?马玉昆军门也支持俺们统领,就留了下来。过了八月十五,八月十六夜里开始,倭寇三面同时攻打平壤。俺们防守的是平壤城北边牡丹台,这一路打得最激烈,人又少,眼看炮台要失守,俺们统领是个傻子,大家都劝他躲一躲,他不,他要穿上黄马褂去督战,结果被大炮击中,当时就殁了。俺们就退进北门。到了下午,天降大暴雨,还下了鸡蛋大的冰雹。老哥几个都说,这是俺们左统领感动了天地。整个下午停战了,说是叶统领与倭寇讲和了。到了晚上,又让赶紧吃饭,吃完饭要突围。"

袁世凯问道:"怎么,才打了一天就不坚持了?"

为首的道:"哼,最能打仗的是俺们头领,他一死,哪里还有个男人?这一跑倒好,中了日本鬼的埋伏,死得那个惨。守平壤死了没几个人,全死在突围的路上了。"

袁世凯又问道:"那到底突出了多少人,你们知道不知道?"

为首的道:"这就不知道了,反正路上都是逃出来的兄弟。俺们统领没了,哨官也死光了,没人管俺们,俺们都是奉天的,打算回老家。"

"你们何不留下来,奉军总会有人出面统领的?"

几个人都争着说道:"俺可不当兵了,日本鬼太他们邪乎了。大炮厉害,枪法也厉害,咱们根本不是对手。"

袁世凯怒道:"休要长他人威风,灭自己锐气。我当年也曾经带兵与日本人干过,照样把他们打得满地乱爬。"

"大人威名,朝鲜人的确都念念不忘。但现在不一样,日本鬼太厉害。咱奉军是比较能打的,其他各军就不敢恭维了,老的是兵油子,听到炮响只管趴在地上装死。新招募的兵连瞄准都不会,只管乱放枪,一个炮弹过来就吓昏了。"四个人急于赶路,说完这些就匆匆而去。

袁世凯的两个随从有些怕了,便问道:"袁大人,咱们还往前走吗?"

"怎么不往前走,先到义州再说。平壤到义州好几百里地,而且还有安州、定州,一时半会没有危险。"

四人快马加鞭,转眼就到了义州府驻地,粮食、军械就堆在城南门外,堆积如山,却没看到运往朝鲜的驮队。义州城内外都是前线退下来的清军,号衣褴褛,灰头土脸,嘴里骂骂咧咧。

袁世凯找到义州电报局,先给李鸿章发电,报告路遇溃兵的情况,建议令奉军营务处派人拦截溃兵,尤其是把他们随身携带的武器留下来。又给奉天电报局发电,请转交周馥,建议先将义州的军械及存银运回九连城或凤凰城。到了晚上周馥回电,说他次日一早就起程赴凤凰城,义州军械可先拨发一部分补充给平壤退下来的兵勇,以减少搬运困难。另外,大军或许会在义州设防,也应留一部分。存银可先设法运回九连城或凤凰城。

袁世凯当晚暂住义州电报局,那里已经收拾出几间房子,准备给退下来的各军统领住。袁世凯问大军要直接撤回来,不在安州或定州设防吗?电报局分理告诉袁世凯,叶提督派专人来发电给李中堂,说兵勇伤者十之三四,脚肿者十之八九,有枪械者仅十之六七,如果在安州设防,实在无必胜把握,要求先到义州补充军械后再说。李中堂已经同意,估计明天叶提督就到了。

果然,到了第二天下午,叶志超、聂士成、马玉昆等先后到达。袁世凯与叶志超已经多次通过电报,但还是第一次相见。叶志超时年五十六岁,人相当憔悴,有两个亲兵搀扶着坐下后,胳膊肘撑在桌上,一边按着太阳穴,一边说道:"慰廷,如果中堂早用你我之计,或增兵,或撤走,何至于有今日之败!"

袁世凯安慰道:"胜败乃兵家常事,如果在义州扎下来或许能大挫敌锋。"

叶志超听了连连摇手道:"根本不可能,中日军队差得太远。我绰号叶大呆子,都知道我打起仗来不要命,可决然没有想到日寇更加不要命。炮好,枪法准,而且指挥起来数千人号令统一,哪像我们乱哄哄不成体统。"

"叶军门,按说日军是长途奔袭,我们是以逸待劳,要讲粮饷军械,我们总要占点儿优势,只要我们能多坚持几天,他们粮饷必乏,不战而溃的应当是他们。"在袁世凯看来,叶志超是为自己弃守找借口。

"哼,慰廷你会这么说?"叶志超十分不满,"大军云集平壤,粮食却买不到,都指着你能赶到平壤帮忙,我们望穿了双眼,见不到你和周臬司的影子。"

"叶军门,这话就不对了,好像兵败是周臬司和我的原因。我们奉中堂令,八月初离开天津,还要沿途考察粮饷转运路线,一路上快马加鞭,我是昨天才赶到义州。兵马未到,粮草先行,各军入朝时都带去了军粮,沿途也采购不少,我和周臬司出关前一直在筹办粮运,平壤的军粮怎么着也能再坚持三五天,莫非各军所报有误?"

的确,粮饷军械情况叶志超报告过多次。如果仔细算下来,绝没有到弹尽粮绝的地步,叶志超知道这样讨论下去,对自己没什么好处,便道:"慰廷,我绝没有怪你的意思。我的意思是说,大军中缺乏像你这样能与朝鲜官员打交道的人,朝王发了教旨给地方官员帮助日本人筹粮转运,帮助大军筹粮的平安道闵监司又被朝王免了职,要派人来接替,朝鲜人都倒向倭寇了。"说着,从怀里掏出一份外务衙门的关文递给袁世凯:

> 照得此次日本军队之派来,专为我国巩固独立起见,凡我人民宜各安绪如故,无须惊动,方尽共济之意。现准日本公使大鸟声称,本国军队前往平壤附近地方,请关饬沿途各官妥为护送,遇有该军队要购米粮、柴草,或雇用人夫牛马,随来辄应,俾便赴程。俟日本军队过境,所需粮草及雇用夫马等节,随其请求,受价卖与。唯此事军政攸关,倘敢故为浸滞,致生事端,断难免地方之责,倍加惕翘,毋至后悔等因。

袁世凯看罢后道:"日本人控制了国王,这完全是日本人的意思,哪里是国王的教旨。"

叶志超叹道:"可是朝鲜人信呢,地方官不敢违令,所以不但采购粮食困难,就是要雇一匹骡马也相当不易。我们被困在平壤,粮饷弹药用一粒少一粒,日军接济却是源源不断,慰廷你想,军心如何?而且,倭寇完全学洋人的办法,根本不用埋锅造饭,每人背着三四天的干粮,满山遍野,剿不胜剿,他们饿了可以随时开饭,随时开打,结果我们连埋锅造饭的时间也没有。"

"他们带的什么东西,能三四天不用埋锅造饭?"袁世凯对此也不甚了解。

"听说他们是学德国军队的办法,带的行军干粮,最多能支持五六天呢。还有平壤三面是山,尤其北面牡丹台,是平壤的制高点,左军门战死,日军占领后,开炮俯击城内,军心震撼,已经丧失守城的信心了。所以,众统领都希望能给兄弟们一条生路,不能困死孤城。"

袁世凯劝慰道:"叶军门,你也不必太过着急,先整顿一下溃兵,在义州站住脚再说。"

叶志超已经被吓破胆子,摇头道:"你看看这些兵勇,大部分带伤,义州城不比平壤,要守也无必胜的把握。不如稍事休整退回到江西,有鸭绿江天险,反而容易防守。现在军心动摇,经不住再次战败的打击。慰廷你说,我的话有没有道理?"

"道理当然有,只怕朝廷未必做此想。你且发电给李中堂,静候朝廷指示。义州三面环山,军门应当先派人占据形势。"

"嘻,我这个总统能统得了谁?凡事都得与大家商议。"叶志超连连摇头。

这时,电报局送来李鸿章电报,原来是要求叶志超"召集溃卒,连夜整顿,先扎山头,勿为敌占。守住义州方有进兵根基,兼保奉天门户"。叶志超看罢极其为难,让人请马玉昆、卫汝贵、丰升阿前来商议。

众将面面相觑,无人应声,卫汝贵先道:"我的部众伤亡不小,带伤再加脚肿的总有十之八九。带枪回来的,枪子不过只余数粒,锅帐、炮位都没带出来,倭寇如果来犯,我部实在没有把握。如果非要扎在义州,到时候叶军门只能安排我部做后路援军,当前敌是指望不上。"

叶志超叹道:"达三,你部盛军人数最众,如果不当前敌,又该谁当前敌?"

见状,丰升阿拱手道:"各军已是惊弓之鸟,一闻敌炮就夺路争逃,义州背山面江,能否守得住实在无把握。"

叶志超望着马玉昆,意思是征询他的意见,马玉昆回道:"请叶军门决断,我无不从命。"

最后,叶志超说道:"我将大家商议的意见电禀李中堂,建议过江驻扎。至于今晚,各位派一半人马到山顶和要道驻扎如何?"

大家都表示奔波数日,兵勇都疲惫不堪,抽调一半人去驻扎不可能。最后决定各抽两哨人马,分别驻扎。等众人散去,叶志超向袁世凯摊摊双手道:"慰廷,你也看到了,我这个总统有名无实,凡事都得商议。"

叶志超把随军文案叫来起草电报,袁世凯要告辞,叶志超说道:"慰廷,你如今兼着前敌营务处帮办,联络诸将,协调粮运,我和你商议军务也是本分。"

袁世凯推托道:"我只管转运,哪敢干预军务?"

"不是让你干预军务,实话说吧慰廷,平壤战败,将来朝廷肯定要怪罪,我是希望你给我做个证,我这个总统实在有苦难言。"叶志超这样说,袁世凯就不好意思立即离开了。等文案把文稿送来,叶志超不甚满意,亲笔改定,重抄一份,这才让袁世凯看:

> 遵已商同卫、马、丰各统将赶速查点人数,俟查明确报。兹探得倭兵现三路进兵,东由宁边取道龟城,直逼义州;中由安州、博川前进;西由定州、铁山、古津江各海汊登岸。所有朝民均已附倭,为之送饭、引路。我军过安州一带,朝民均闭城,拒守不纳,义州府尹亦不应付柴草。现在各军退回,带伤及足肿难行者十有八九,带有枪回者不过十之六七。所存枪子,每枪不过数颗,锅帐、炮位等件遗失尽净。整顿休养非月余不可,若勉强令其扎守义州,不特势所不能,亦且必至误事。

袁世凯看罢,其中虚实参半,实在不便参与意见,笑了笑道:"军门速电中堂就是。"

奔波一天,袁世凯也累了,躺下就睡着了。正睡得香时就被赵国贤叫醒了,睁眼一看,天光大亮,赵国贤大声道:"袁大人,中堂回电,要撤军回国了。"

第十九章

江防崩溃空余叹　练兵十万成泡影

按照商定的撤军计划,首先过江的是负责转运十万两饷银的盛军一哨人马。当初运来饷银的转运人员已经撤走,只余十人看护。运输饷银非同小可,袁世凯与叶志超、卫汝贵商定,从盛军中抽调身体健壮、腿脚利索的一哨人马交给一位吕姓哨官,由他全权负责运抵凤凰城。

军队过江的顺序,是丰升阿的马队、马玉昆的毅军、叶志超的部众、卫汝贵盛军一部,聂士成的芦台防军负责转运军械,卫汝贵的盛军两营负责殿后,吕本元的马队负责警戒。因为鸭绿江上只有一架浮桥,军队过江很费工夫。运输军械则更慢,运了四天还未完成。第五天吕本元派出的哨探报告,八十里外发现日军马队,另外有几艘日本船向义州方向驶来。负责殿后的盛军开始骚动,有人埋怨转运军械的芦台防军太慢。到了中午,两位营官去找袁世凯,希望撤回江西。袁世凯反问道:"那没运完的军械呢?"

"军械丢了可以补充,如果被日本人困在义州,再搭上几千人实在不值。"一位营官道。

另一位则附和道:"袁大人没与日本人打过仗,不知道厉害,就我们这些人根本不是对手。"

袁世凯不同意,希望再坚持一天,两位营官气咻咻走了。

到了晚上,突然砰砰枪声乱响,盛军中有人大喊道:"快跑,倭寇来了。"

负责殿后的盛军两营根本不听约束,纷纷奔向鸭绿江边的浮桥。仓皇之中有好几人失足落水。两位营官见状,气得直跺脚道:"袁大人你看,兵勇都如惊弓之鸟,实在没有办法。我们俩成了光杆营官,不如也过江去。"

袁世凯去找吕本元,问他马队发现新的敌情没有?吕本元说还没有。因为还有大批炮弹、枪子和近千石粮食,弃之太可惜。两人正在商议,叶志超派人过江,说为了避免浮桥为敌所用,今晚要拆掉浮桥,请连夜过江。

"粮食不能运回,不如就地分给义州的百姓。"于是袁世凯去找义州府尹,让他连夜把粮食分掉。至于未运走的炮弹枪子,则在南门外引爆。

聂士成的芦台防军和吕本元的马队,在连声爆炸中匆忙过江。第二天一早,浮桥就拆掉了。

过了江,袁世凯才听到几天前北洋水师与日军舰队在大东沟外大战一天,北洋水师连沉带伤七八条军舰,就连定、镇两艘巨舰,竟然也暂时失去战斗力。这样所有的粮械转运失去了水师保护,不敢再走水路,全部改为陆路转运,特别费工夫。他忙了七八天,才勉强在九连城储备了十来天军粮和打一两天仗的弹药。

军队士气低落,军纪混乱。这时朝廷又下旨直隶提督叶志超调度无方,以致平壤大败,革职待勘;盛军统领卫汝贵治军懈怠,革职查办。叶志超一军交由聂士成统领,卫汝贵的盛军则交由吕本元和孙显寅两人共同统带。北洋水师济远舰管带方伯谦,激战之中率先逃走,僚舰也随之而逃,已经在旅顺被斩首。而李鸿章因为平壤大败、北洋水师损失巨大而被朝廷褫夺了黄马褂。文官要得黄马褂并非易事,李鸿章是因为军功而赏穿黄马褂,因此褫夺黄马褂等于否定他的不世军功,也是相当严重的惩罚。所以大家都知道,下一仗如果再打不好,不知要有多少人倒霉。

叶志超被革职待勘,新任命四川提督、驻军旅顺的宋庆为北洋军务帮办,统领除黑龙江将军依克唐阿所部外的各军。宋庆从旅顺北来,总要十来天才能赶到。整个鸭绿江的数万大军各自为政,益加混乱。

现在军械不但缺乏,而且质量还差,尤其是天津机器局自产的炮弹和枪子,往往对不上号,各军所用枪支又相当混杂,有天津自造的前门枪,也有江南制造局制造的后门枪,还有从德国、美国、英国购买的洋枪,往往一营中便有数种,枪弹不配套的问题非常突出,常常领去了军械,发现不配套又纷纷退还,把袁世凯弄得头昏眼花。

粮食也远远不够。鸭绿江防线所在的东边道土地并不肥沃,多是种豆子和高粱,而淮军吃惯了大米,牢骚满腹,各军统领都找袁世凯诉苦。李鸿章急电周馥,要他安排辽阳转运站从盛京一带采购辽河平原的稻米,袁世凯则到凤凰城周围采购粮食。此时,周馥从辽阳发来电报,让袁世凯督促疏通辽阳到凤凰城的运道。袁世凯安排好转运局的有关事宜,决定往辽阳方向去,临行前给李鸿章发封电报,报告自己的行程:

> 前敌军火均已运交,俱可敷用。凤凰厅军粮已由转运局员等赶办就绪,唯凤至辽阳,山水层叠,各村店为过兵所扰,多闭歇。现运车络绎,殊多未便。与周臬司商派员弁分站照料,并协修桥路,凯赴各站查看路店,督饬各员赴设店栈,以利运途。

没想到李鸿章立即回电:

> 电悉。后路站店、桥路查看修理可委员弁办理,大战在即,前敌军火必须及时接济,此时离凤何意?速回凤督率妥办。

袁世凯看罢,心里沉甸甸的。自从朝廷下旨让他带兵的事情发生后,李鸿章的冷淡是十分明显。自以为做得天衣无缝,但李鸿章是多聪明的人,何况在京中又有诸多眼线,自己走翁同龢、李鸿藻的门路肯定已被发觉。这次电报明显可看出李鸿章的不信任,显然以为他离开凤凰城是为了躲避战火。天地良心,自己一心为公,何有胆怯避战的一丝念头?袁世凯十分懊恼,觉得自己聪明反被聪明误。

过了两天,周馥也赶到了凤凰城。袁世凯拿出李鸿章的电报向他诉苦,周馥安慰道:"慰廷,你想多了。中堂这一阵火气特别大,不但是你,就是我也常常受斥责。辽阳那边事情一大堆,他一封电报把我撵过来了!平壤大败,北洋水师在海战中也没占到便宜,中堂被褫夺黄马褂。朝中的清流更是连篇累牍参劾中堂,参不倒中堂,就拿北洋水陆各军统领开刀,叶署青、卫达三完了,现在有人要参掉丁禹亭,为北洋水师换帅。日本兵舰一会儿到旅顺,一会儿到威海,一会儿又到天津,朝廷一会儿让北洋水师坚守门户,一会儿又要丁汝昌带舰巡航直沽。中堂每天只睡两三个钟点,苦不堪言,又无人理解。有时候可能我们正撞上他烦恼的时候，难免会说话不客气，慰廷，我们都是中堂的嫡系，多体谅吧。”

“世叔，侄儿只怕中堂有误会，将来有机会您务必为侄儿进言。”袁世凯想想也有道理，也许自己想多了。

“放心好了，你办事情向来用心扎实，别人不了解，我能不了解吗？你只管用心办事，其他的事情交给我好了。”周馥大包大揽后又道，“慰廷，北地早寒，不到一个月就要下雪封冻了。那时候办粮运更难，所以必须赶到封冻前储备下足够的粮食。现在仅靠我们设在辽阳和凤凰城的转运站采购是办不到了，我已经上禀中堂，从周边府县仓存中调粮，凤凰城一千石、辽阳四千八百石、岫岩四千石、盖州两千四百石、熊岳一千石、牛庄三千一百石、金州两千四百石、复州两千二百石，共两万石左右，中堂已经出奏，很快由各地负责直接运到凤凰城。有此两万石军粮，我们可以从容多了。”

听了此话，袁世凯由衷地佩服：“还是世叔的办法多，这比我们采购容易多了。”

“慰廷，明天你陪我到江边去，往上游走走看。”

袁世凯有些疑惑地问：“世叔怎么要去看江面？”

周馥解释道：“宋祝三将军已经到了九连城，他考察了江防，认为九连城往下江防力量较厚，但往上兵力过单，希望依将军带人去充实北部江防，但依将军不肯去。中堂的意思，让我实地踏勘，然后居中协调宋、依两军门。”宋祝三就是被任命为军务帮办的宋庆，依将军则是指黑龙江将军依克唐阿。

袁世凯不解地问道：“那现在宋军门和依军门，到底谁主谁副？”

“问题就出在这里，依将军是满人，朝廷自然不肯委屈他，让他屈居宋军门之下。这样，依将军的人马宋军门就调不动了，难免有不痛快。”

两人第二天一早出发，带十几个随从兼护卫，从九连城往上游到了蒲石河、宽甸、长甸等地，返回九连城时，已经是晚上八时多。时年七十四岁、须发皆白的老将军宋庆亲自安排备饭，十分客气。周馥与宋庆是老朋友，向他介绍袁世凯道：“宋军门，这就是袁子久的侄子袁慰廷。”

宋庆捋着胡须，端详良久后道：“与子久竟然有几分像。子久是个厚道人，为了旅顺船坞工程活活累死，连年靠在工地上哪有不累倒的。我与你叔父,好得像亲兄弟。"

"叔父也常在家信中赞扬宋军门,船坞工程,多赖宋军门支持,才算得以交差。"袁世凯的确知道叔父与宋庆关系不错,但船坞工程是不是得到宋庆的支持,他不过是顺口恭维,好在千穿万穿,马屁不穿。

宋庆笑道:"子久这话倒也真,我毅军的确为船坞工程下了一番死力。"

等两人简单吃完饭,宋庆开始介绍鸭绿江防线情况。鸭绿江防线,从江口大东沟溯流而上。大东沟到沙河一带,由丰升阿和盛军驻防,再往上九连城一带是驻防重点,因为这里与对岸的义州隔江相望,日军要进攻,这里是最近的路线。九连城及附近江岸,由铭军刘盛休部驻防,往北的爱河两岸,由聂士成、吕本元马队驻防,宋庆部及马玉昆所部毅军作为机动部队。同时朝廷曾经下旨,依克唐阿部马队也在此驻防。再往北就是今天周馥和袁世凯考察过的蒲石河、长甸、宽甸。这几个地方都有通往盛京的道路,而且江面变窄,有些地方骑马就可渡河。而这一带驻防的只有倭恒额和聂桂林的两营人马,实在太过单薄。如果日军舍近求远,由此过江,也不是没有可能。所以宋庆认为,应当加强这一段的兵力,他的想法是让依克唐阿率部到这里驻守。依克唐阿是满洲上三旗中最尊贵的镶黄旗,身份贵重,上谕说得明白,依克唐阿部不归宋庆调遣。不归他调遣,又把人摆到他眼皮底下,到时打起仗来,到底是宋庆来指挥,还是依克唐阿来指挥?而鸭绿江防线的责任,又完全压到宋庆头上,这显然不合适。宋庆的如意算盘是两人分段防守,依克唐阿负责九连城上游,而他只管九连城往下。昨天宋庆跑到边门镇,迎接从盛京带兵过来的依克唐阿,与他商议分段防守的想法。没想到依克唐阿根本不买账,只道:"我奉旨驻扎九连城。"只此一句话,把宋庆堵得无话可说。依克唐阿说得不错,上谕的确如此安排。于是他致电李鸿章,认为"九连城一带兵集如云,而马队向不扎营,散处村庄,似太拥挤,一遇敌至,政令不一,极为棘手。似依将军移防北路为宜,纵兵力未逮,庆必亲督接应,义不容辞"。李鸿章接电报后,电令周馥先行协调。

"兰溪,咱们一家人不说两家话,如果中堂不能协调此事,那就请依将军负责整个防线好了,我悉听调度。"

"宋军门,我今天晚上就发电给中堂,请他奏请朝廷,加强上游防务,调依将军北上最好。明天我去边门见依将军,一定设法劝通。"

周馥把这件事情揽了下来，但宋庆依然愁肠百结道："兰溪，我这个帮办不好当。你知道，淮军各营头都视所属营伍为自己的一亩三分地，营哨各官也都是自己的亲属部旧，外人轻易统领不了。平时各有驻地，鲜有往来，从无大规模的集训演练。如今，把这么多营头布置到鸭绿江上让我来统领，实话说，他们有几个人能买账？"

周馥对淮军的毛病和整个清军体制的弊端非常清楚，但他还是安慰道："老将军，你是钦命军务帮办，又有中堂对各军的督责，他们谁敢不遵军令？你放心大胆地指挥就是，谁不奉令，军法从事。"

"话虽如此，但要行起军令来就难了。行军打仗，全靠大家能够密切协作，想取胜，非视如一家不可，一有敌情，并力杀敌，不分彼此。可这么多营头，哪位统领又能做到这一点？淮军看在李中堂的面子可能好一点，淮军以外的各军更不好说了。还有，如今的淮军不是当年的淮军了，各位统领都积了不少钱财，谁还肯像当年那样拼命挣前程？淮军承平日久，积弊难返，平日大家都视而不见，如今一拉到战场上就掩盖不住了。叶军门和卫总镇如今被朝廷革职，自然有咎由自取的方面，可各营头不听调度，你进我退，叶署青也是有苦难言。如今，我也坐到这个火盘上来烤了。"

周馥知道宋庆说的是实情，但还要百般剖析，给他鼓劲打气。

第二天上午，周馥和袁世凯打算去边门会见依克唐阿，却得到报告，说依将军已经率部向九连城赶来，于是就在九连城坐等。边门到九连城有五十里左右，下午三时多依克唐阿就赶到了。宋庆、周馥、袁世凯同陪依克唐阿吃饭。吃过饭，周馥和袁世凯到依克唐阿的住处"闲谈"。

依克唐阿虽是满人，却很忠厚，而且当年中俄勘界时同周馥共事过一段时间，算得上老朋友。所以见面后，依克唐阿把周馥一家上下都问候了个遍，这是满人好礼的传统，周馥也一一回问。等这一套敷衍完，周馥转入正题道："依将军到了就好了，江防由你和宋老军门把守，可保万无一失。"

依克唐阿回道："谬赞谬赞，何敢称万无一失！"

"的确不敢轻言万无一失。下游兵力较厚，但由此往上游，蒲河口、宽甸、长甸都可通往盛京，而且江面变窄，处处可渡，人马又少，需要有一位德高望重的将军去镇守。"

"兰翁，你该不是宋祝三请来的说客吧？前天他去见我，就想让我去守上游。可我奉到的旨意是守九连城，怎么能够说变就变？"依克唐阿听出点味道来了。

"依将军，我绝非宋军门的说客。我和慰廷专程往北边去了一趟，是亲眼所见，觉得上游最为可虑。不信，你问慰廷。"

袁世凯站起来，向依克唐阿抱拳一揖道："依将军，周臬台所言句句属实，我们两个的确去跑了一趟。在路上周臬台就说，上游必须增调得力一军前往驻防才行。"

依克唐阿还是心有疑虑道："兰翁的话我当然不怀疑。可要说加强上游防务，为什么非要撺我去驻防？"

"依将军言重了，谁敢撺将军前往？只是九连城及下游地段，是以淮军为主防守，上游地段都是依将军的部属。宋将军当然也可以去上游，但只怕到时候防线太长，鞭长莫及。而依将军远离部属，指挥起来也不方便。当然，依将军和宋军门都可以不动，同驻九连城也无不可。不过，说句私心话，如果万一江防有疏漏，上游出了毛病，是依将军的部下，要问责，当然要问到将军。九连城这里出了毛病，到时候皇上追责，你们两位都在九连城，打板子先打个高的，依将军身份贵重，皇上自然特别倚重，打板子当然也要先打将军，将军想想是不是这个道理？可如果依将军驻防上游，九连城往下出了毛病，就不关将军的事了。而且，倭寇重点进攻九连城的可能最大。"

依克唐阿一想道理是这样，便道："啊，兰翁一指点果不其然！可我是奉旨驻防九连城，奈何？"

"当然只有皇上才能调得动了将军。李中堂委我为前敌营务处总办，负有协调各位将军的责任，如果将军没有意见，我上禀李中堂请旨如何？"

"只要有旨意，我换防上游绝无问题。"

见此事办成，周馥又鼓气道："鸭绿江一线至关重要。如果倭寇过了鸭绿江，往北可攻盛京，往南可取旅顺，往西南可博山海关。只有诸位将军全力协防，如坚持一月，届时江面封冻，天寒地冻，行军作战极为不利，听说倭寇不耐寒，到时候也许会知难而退。我援军得此机会，源源补充，鸭绿江便成深固不摇之势。那时候各位将军都有功可赏，将军自然是首功。"

依克唐阿连忙摇手道："首功不首功我不在乎，我之所以请缨前来，是不想让小日本觊觎大清根本之地，尤其是盛京，皇陵所在，怎能任由小鬼子猖狂？我是咽不下这口气。"

周馥协调很快有了结果，第二天上午，李鸿章转电宋庆、依克唐阿：

> 奉旨：前因九连城防务紧要，谕令依克唐阿驻扎该处。现在宋庆已
> 抵九连城，诸军云集，唯长甸、蒲河一带尚觉空虚，虽有倭恒额、聂桂林
> 两军，兵力过单。着依克唐阿即于长甸、蒲河一带酌度地势，移军驻扎，
> 所有倭恒额、聂桂林两军均归节制。依克唐阿、宋庆仍当会商布置，督
> 饬各营，联络声势，合力严防。如有贼船驶近，或于浅水处偷渡，即行迎
> 头痛剿。倘防守不力，致令贼踪窜渡，即以军法从事。钦此。即转依将
> 军、宋提督钦遵云。鸿。

依克唐阿说话算数，奉旨而行，临行前只有一项要求，如果日军攻打上
游，请宋军门一定设法救援。宋庆拍着胸脯保证道："依将军，咱们唇齿相
依，你放心，如果敌军攻打上游，我一定分兵救援。"

随后几天，从各方得到的消息都是日军正在向义州集结，估计已达两
万余众。大家都知道大战将至，只是不知道日军将于何时从何地开始进攻。
宋庆估计，日军向九连城进攻的可能性比较大，他沿着鸭绿江防线巡查，鼓
励大家严防死守。周馥则回到凤凰城，向辽阳方向督促沿途站店加紧赶运，
袁世凯则因为有两批军火还未到，留在鸭绿江畔，此时便跟随宋庆巡查江
防。

这次，巡查到九连城北的叆河一带。九连城东边，便是由北而南的鸭绿
江，沿江是连绵丘陵，上置炮台，俯瞰江面；北面的叆河由西北往东南流来，
自边门以下分为两股，流入鸭绿江。要从北面进攻九连城，便要渡过两道叆
河，每道都宽百余米，河水深及马腹，算得上天然屏障。因此九连城一带，得
江河环流，天然形势，易于防守。然而，叆河北边是一片旷野，只有鸭绿江边
有一座山头，名虎耳山——像一只虎耳朵，耸在江边，俯视江面。

袁世凯指着虎耳山道："宋军门，此山十分独特，如果我军得之，可俯击
江面及山下旷地之敌，如果被日军所得，便可居高临下，炮击叆河两岸，野
战炮甚至都可能威胁九连城，所以此地最好有精锐布防。"

真是当局者迷，当初宋庆全副精力都放在如何固守九连城，因此叆河

东北没派一兵一卒。如今袁世凯一语点醒梦中人,他一拍大腿道:"慰廷好眼力! 我也正有此意,打算派一支得力兵勇前来据守。"

原来的计划,聂士成部、吕本元马队守叆河东南岸,宋庆带来的四营及马玉昆从平壤带回的两千残兵作为机动游击部队。宋庆打算派聂士成、吕本元部过河守虎耳山,而他和马玉昆的人马则改为游击兼防叆河东南岸。他问聂士成和吕本元道:"你们两位的部下,有谁胆略俱佳,可守虎耳山?将来报功,必是首功。"

独守虎耳山,将是一副千钧重担,两人不能不慎重考虑,一时都没有回答。宋庆手下的总兵马金叙却沉不住气了,道:"军门,若无人愿往,我愿带千人前去驻守。"

马金叙是安徽蒙城人,当年跟着刘铭传与太平军、捻军作战,屡立战功。后来又归毅军到旅顺驻守,向来以勇敢著称。宋庆指着他统领预备队,有些不想放手。马金叙又请战道:"军门,虎耳山位置极其重要,属下愿效命死守。"

见状,聂士成自告奋勇道:"马总镇毛遂自荐守虎耳山,我愿率部队过河,在山下配合马总镇。"

于是马金叙立即带人前往虎山建炮台,筑工事,聂士成一军也过河驻扎。为了便于叆河南北行动方便,宋庆派人与当地百姓联系,在叆河上架浮桥。

到了晚上八时多,倭恒额派来专差飞报,昨天夜里有倭寇二三百人由安平河口潜渡,被击退。今天早晨又有两路倭寇抢渡,皆被击退。但下午敌军分作数股,堵遏不及,纷纷蹿渡,有一两千倭寇已经渡河,倭恒额寡不敌众,已经退至红石磊子,请宋庆速派援军。

这名专差衣冠不整,身上多处泥水,显然吃了不少苦头。宋庆打发他先下去吃饭,他与将军们商议。大家一致认为,日军行的是声东击西之计,进攻的重点肯定还是虎耳山或九连城方向。

宋庆问道:"日军大队人马还在义州,进攻重点必是我们这一带,这毫无疑问。但当初我向依将军承诺,他若有难,我必定派人驰援。绝不能食言。哪位将军率人前去救援?"

救援讲究的是快,要论快,当然是马队。吕本元拱手道:"我去吧,什么时候起程？”

"那就偏劳了。无论如何先让兄弟们睡一觉,不然人困马乏,到了也没用。明天一早寅时出发如何？"

"好,明天寅正准时起程。"

寅正是早上四时。吕本元所部纪律严明,四时准备时起行。但夜里雾大,虽然点上马灯,却只能看十几步远。又加之要从叆河上游的桥上绕过,因此到了五时多,才到了虎耳山北侧,结果与一队人马迎头相遇,原来竟是日军。双方立即开枪互击,然后各找地方隐蔽。虎耳山下的聂士城、山上的马金叙和叆河南岸的宋庆等人都听到了枪声,但大雾弥漫,根本弄不清情况。吕本元马队目标太大,不易隐蔽,只好暂时后撤。

一直到了近七时,大雾渐散,这时才隐约看到江上竟然已架起两座浮桥,日军正匆忙过江。而虎耳山东侧已有两千多日军占据一个小土岭。宋庆拿望远镜观察情况,两座浮桥再加从上游下来的日军,共有三股向虎耳山进攻。他连忙传令,吕本元不必再去上游,就地支援虎耳山。到了近八时,大雾完全散去,双方展开了激烈的战斗。虎耳山居高临下对日军造成极大威胁,三路日军集中炮火向山上轰击,山头阵地失而复得,争夺数次。山下的聂士成部、吕本元部与日军激战,无奈敌众我寡,形势渐危。宋庆命令马玉昆过河驰援,叆河上的浮桥还没来得及搭建,马玉昆督率部下涉水过河。关外天寒,河水刺骨,但军情万急,都顾不得了。他的两千人过了河,清军声势大振,日军开始后退。

鸭绿江对岸的义州统军亭上,日军第一军司令山县有朋发现情况危急,命令列炮十余尊隔江猛轰虎耳山,又派出预备队抢过浮桥。与日军作战的清军,包括聂士成、吕本元、马玉昆所部,再加山上的马金叙不到七千人。而日军三股人马,有一万五六千人,而且配合作战,进退有据,分合有序。有时三股合为两股,有时又分四五股。站在叆河南畔高地上的宋庆和袁世凯等人,对战场形势看得清清楚楚,清军的各自为战与日军的整体配合形成鲜明对比。袁世凯深感震惊,因为他指挥作战,最多的时候也不过四营人马。像日军这样庞大的队伍却能如此指挥自如,实在出乎他的意料。

宋庆看到军情危急,传令铭军统领刘盛休,让他率部过河增援虎耳山。然而铭军迟迟没有行动,半个小时后,一支一千余人的铭军队伍才向叆河靠拢,但只是隔河开炮,无一人下水。而炮兵显然技术并不熟练,连开三炮,只有一炮落到阵地上,却是落在吕本元的马队中。宋庆气得破口大骂,令传令兵再去找刘盛休,命人必须过河。然而,此时战场形势已经不可逆转,日军分三路攻上虎耳山,马金叙部伤亡过半,只好率残部在聂士成的接应下从西侧下山,与聂士成、马玉昆等人往西撤退。日军完全占领虎耳山及瑷河北岸。前来增援的铭军仓皇撤走,匆忙中将一门山炮弃之不顾。宋庆气得大骂,但又无可奈何。

九连城里还有大量军粮及军械。袁世凯建议先退回九连城,抽调部分兵勇帮忙先把多余的军械、粮食运走。可一切都来不及了,他们还没到九连城,却见九连城的铭军已经有数百人向西溃退。有人在溃军面前开枪镇压,不但没有镇住溃军,反而引起更大混乱。守江岸的铭军也骚动起来,然后开始哗溃。而占据虎耳山的日军向这边开炮,虽然打不到清军阵地,但声势震撼。宋庆的部下也劝宋庆不能进九连城了,因为日军已经越过瑷河,一旦压下来,就被困在城中。宋庆大声道:"我是一军统帅,要死也死在九连城。"

"正因为军门是统帅,才不能轻易赴险,不如暂且退到凤凰城,再做打算。"宋庆的亲兵营营官向部下使了个眼色,拉着宋庆战马的缰绳就走。

袁世凯看着争先恐后逃命的清军,真正理解了什么叫兵败如山倒。他知道组织人去抢运丢在九连城的军械和粮饷已不可能,只好追随宋庆往西撤。

宋庆、袁世凯黄昏前到达边门,马玉昆、马金叙等将领都暂驻扎此地。吕本元派出马队侦骑,随时送来信息,日军大队已经跨过瑷河,但没有向西追击的迹象,大家总算可以松口气。聂士成、马玉昆和马金叙三人都向宋庆请罪,宋庆看看三人都是战后余生,又都受了伤,尤其是马金叙,身上受伤十余处,所幸都不致命,便道:"我看得清清楚楚,你们都是好样的,实在是寡不敌众,何罪之有?要论有罪,罪在我一人。宋某征战半生,从来没有遇到这样的敌手。怪只怪宋某不孚众望,调不动友军。"

他所说的友军,便是指铭军刘盛休。如果铭军能够像毅军一样抢过河去,战局也许不会如此之惨。

次日一早,又得到消息,日军已经占据九连城,而沙河、安东县城一带的丰升阿部、孙显寅率领的盛军,都已经往岫岩方向西撤。鸭绿江防线没两天竟全线崩溃,宋庆异常沮丧,但在众将面前还要鼓励大家振作,以挡敌锋。日军下一步的行动,一个可能是往南进攻旅顺,那是北洋舰队的基地;再一个可能就是西进,追击溃逃的清军。众将都劝宋庆,请他先到凤凰城布防,他们则在边门驻扎。

宋庆接受众将的劝说,带着亲兵继续往西,晚饭前赶到凤凰城。凤凰城已经是人心惶惶,店铺关门,有钱人纷纷出城逃避。到了电报局,已经不能发报,因为局员都已经逃走,只有分理一人不敢擅离职守。意外的是周馥也在,原来他巡查完凤凰城到辽阳的运站,考虑到前线转运量大,就赶了回来,没想到一回来就得到了大败的消息。

几个人心事重重吃了点晚饭,宋庆苦笑道:"我得向朝廷写请罪折。"

周馥劝道:"宋军门,如今电报不通,请罪的事不急于一时,我已经将战况向李中堂发报,估计朝廷已经了解。当前,咱们先盘算下一步的防守计划。"

"凤凰城是通往辽阳的咽喉,应当先在此处拒敌。"凤凰城是分巡奉天东边兵备道(简称东边道)的驻地,建有方圆不足十里的小城,而且四面环山,并非易守之地。

"军门说得不错,不过也要做好下一步的打算。"周馥所说的下一步的打算,就是凤凰城一旦不守,再在哪里驻扎御敌,"我这几次往返辽阳凤凰城之间,对地势地形还算有所了解。凤凰城往西不足二百里有摩天岭,地势最为险要,是易守难攻之地。岭北又有小高岭、韭菜岭,岭南又有新开岭,岭东又有分水岭。军门可考虑以摩天岭为中心,在几处山岭驻扎,阻敌西去辽阳。"

宋庆赞同道:"我也有此打算。兰溪可否先去预为布置,我留在凤凰城阻敌。"

"这五处山岭要地,每处须有二三营驻守,二三营巡击。摩天岭还要厚集兵力。这样算下来,总要有二三十营。此外,南边还有海城通辽阳的大道,北面宽甸也有通盛京的大道都要派人驻守,就目前兵力,左支右绌,必须向中堂再请援兵。"

"兰溪所虑极是,几仗下来,鸭绿江防线上的兵勇恐怕靠不住。我向朝廷请援,兰溪也向李中堂进言,尽快增派大军。"

"我已经安排凤凰城电报局分理,派人把跑掉的局员设法找回来,到摩天岭去建临时电报局。我明天就去摩天岭,加紧在各岭头建草屋,以备将来驻扎。"言罢,周馥又对袁世凯道,"慰廷,你先在凤凰城随宋军门行动,如果形势不好,就应当考虑将凤凰城军械粮饷运往摩天岭。"

"世叔放心去摩天岭,侄儿先盯在这里。现在的难处是,如果把军械粮饷运出去,又不便大军补充;可是运晚了,又难免被敌所获。比如九连城的军械粮饷,根本来不及外运,已经完全资敌。"袁世凯也是十分为难。

周馥听了也是有所感叹道:"是啊,这就是我们办粮远的难处,不有所储备,大军难以补充;千方百计运到了,却又有资敌的可能。只有尽人力而看天命了。"

闻言,宋庆插话道:"凤凰城的军械、粮草,等大军退扎补充后立即起运,到时候我派兵勇帮忙。"

袁世凯若有所思道:"摩天岭是辽阳最后一道防线,如果此地再挡不住日军,辽阳、盛京必受震动,所以必须死守摩天岭,不能轻易再退。"

宋庆茫然地点头称是。

周馥知道袁世凯又有什么想法,就催促他说道:"慰廷,你有什么好主意,直接说来听听。"

"好主意谈不上,我在想援兵一时也未必能到,新招募也来不及,守摩天岭还要靠当前的兵勇。现在必须对溃退、逃跑者严行军法,杀人立威。我愿带一支执法队,镇压溃兵,以肃军纪。"袁世凯很看重军纪,当初随吴长庆入朝,清军能站住脚,关键就是军纪好。

宋庆赞同道:"此议甚好,此事就委托慰廷如何?我从亲兵中拨二百名给你如何?"

袁世凯拿眼神问周馥,周馥应道:"好,但粮械转运的事你依然要负责。"

次日一早,周馥起程前往摩天岭。到了下午,开始有溃兵涌向凤凰城,说是日军开始向西进攻。袁世凯在凤凰城东、南、西三路设执法队,拦截溃勇。但溃勇络绎,根本拦不住。袁世凯命令执法队,对胆敢越过关卡者立即击毙。枪声一响,便有四个溃勇当场毙命,这下把溃勇镇住了。但有一个溃勇不顾袁世凯的警告,越过了关卡,但并未逃走,而是抱起一个已经死去的溃勇放声大哭。原来这是亲兄弟俩。他跪下给袁世凯磕头道:"大人,请您高抬贵手放我一条生路。我家有七十岁老母,还有吃奶的孩子,您总要给俺们条活路。"

袁世凯大声道:"养兵千日,用兵一时,现在谁也不能逃跑。"

那个溃勇抹一把泪,倔强地站起来道:"我们进军营连两个月都不够,哪里说得到养兵千日!我们连枪也不会放,让我们上战场,就是送死。"

原来,一个多月前,铭军到辽阳募兵,说是驻守旅顺,按月发饷。结果到了旅顺训练十几天,就随着刘盛休北上,说是驻守九连城,而且说日军绝对渡不过鸭绿江,绝无打仗的可能。谁知道,到九连城不到二十天,日军就打了过来。

"大人请想,俺们连枪也没摸热,让我们打仗,不是要俺们送死吗?俺们一听到枪炮声就害怕,谁不想逃跑拣条性命?"溃勇一副豁出去的神情,"铭军中有一半是新招募的,把俺们这样的人赶到战场上,能怪俺们怕死吗?"

袁世凯暗暗吃惊,想不到各军中新募的勇丁会这样多。凭这样的兵勇上阵杀敌,如何能够取胜?到时候闻风而逃,反而会扰乱军心。但他知道此时自己不能松口,便道:"既然当了兵,那就要上阵杀敌,这有什么好说的?你们各回本队,既往不咎,如果胆敢再逃,他们就是下场!"

执法队的镇压起了作用,溃勇都退回凤凰城。宋庆召集众将商议,打算坚守凤凰城,因为凤凰城四面环山,人马应当分为两部分,一部分坚守城池,一部分驻守山岭。大家为谁守城、守岭争论不休,议而不绝。袁世凯看不下去了,大声道:"宋军门,您是诸军统领,您下军令就是,谁不遵守,按军法处置。如此议而不决,总不是办法。"

众人都闭了嘴,等着宋庆发话。还没等他开口,突然南门附近枪炮声不断,又燃起冲天大火,有人高喊:"倭寇来了,快逃命!"

全城立即骚动起来,被袁世凯截回的溃勇纷纷夺路而逃。宋庆下令各位统领立即约束部属,不得惊溃,但根本无用。各军惊溃奔逃,而且有人乘机放火抢掠,火借风势,由南城向北延烧。到了天亮清点人数,逃走了有四千余人。铭军逃走的最多,有两千余众。而凤凰城更遭劫难,城南千余户被焚,商铺近百家被洗劫一空。

凤凰城中哭声骂声一片,宋庆看着家无片瓦的百姓,连连顿足。马玉昆劝道："军门，此地形势与平壤相似，如果日军占据山头，向城中开炮，根本无坚守的可能。而且民心尽失，不如暂且退往摩天岭，好好整顿各军后再战。"

宋庆无奈地仰天长叹，最后下决心道："暂且退往摩天岭，好好整顿各军，把那些贪生怕死者、为非作歹者以及老兵油子统统裁汰，不然，这仗真是没法打了！"

宋庆抽出四营人马，帮助袁世凯转运粮械。凤凰城存粮极多，未运走三分之一，日军已经追赶过来，袁世凯只好下令放火烧掉，以免资敌。袁世凯乘着夜色撤走，回望凤凰城，但见烈火腾空。他心想必须尽快按新法练兵，不然指望这样的军队，根本不可能取胜。

袁世凯自从出关后，经常将他在军中所见所闻密寄北京，由他的堂兄袁世勋转交李鸿藻和翁同龢。这次鸭绿江防线崩溃，袁世凯感慨尤深，认为要想取胜，必须加紧以西法练兵。这一想法与翁同龢不谋而合，他向光绪建议，可请洋人汉纳根到京详询。

汉纳根是德国人，天津海关税务司德璀琳的女婿，十几年前从陆军退伍，被岳丈推荐给李鸿章，专门负责建造旅顺和威海的炮台。炮台建完后，又被李鸿章聘为军事顾问。李鸿章雇请英国商船"高升"号向朝鲜运兵的时候，汉纳根受李鸿章之命，随船行动。"高升"号被日本军舰击沉后，汉纳根凭着良好的水性得以逃生，回到天津后提供了详尽的情况。随后他被李鸿章任命为北洋舰队总察，黄海大海战时，他在旗舰定远舰上，受轻伤。一个洋人为中国的战事而负伤，汉纳根声名鹊起，光绪下旨褒奖，加恩赏给二等宝星。如今中国军队丢城失地，光绪很想听听这位洋军事专家的意见。

汉纳根一到京，翁同龢、李鸿藻奉旨先向他征询对中日战事的建议。

翁同龢问道："如今倭寇已经侵入奉边，关外军务吃紧，你有什么好办法能够帮助中国取胜？"

汉纳根回道："中国是大国，战胜日本并非难事，但要切实办好三件事。"

"是哪三件？"翁同龢、李鸿藻异口同声地问。

"第一件，要接济、增援宋将军，不要与日军大战，也不要不战。遇到日军，与之小战一场即撤走，边打边撤，边撤边打，战线拉长，日军补给困难，兵力吃紧，而中国军队不断得到补充和增援，时间一久，必定能够反败为胜。"

建议是不错，但现在从皇上到普通百姓，都急于打一个大胜仗，要天长日久地坚持下去，朝廷等不起。

翁同龢又问道："你说得有道理。那么第二条呢？"

"中日大海战，中国舰队吃亏太大，制海权已经被日本控制。日本与中国作战，必须从海上运兵、接济，争夺制海权至关重要。因此，中国必须尽快购买军舰，组建一支新的海军，并聘请外国人统领，按照最新式的战法与日本舰队争夺制海权。"

这一条，目前根本不可能，因为要建一支舰队，花费巨大不说，一时间从哪里购买称手的军舰？而且要聘请洋人来指挥，军机上那一关根本就过不去，说实话，就是翁同龢本人也不赞同。

李鸿藻接着问道："这一条也需从长计议。那么第三条呢？"

"应当尽快编练新式军队。中国的陆军，每一个统领都有私心，根本不能形成统一的战斗力。而且军纪很差，作风不好。如果要想战胜日本军队，必须训练一支与现在军队完全不同的军队，至少应当十万人。可以聘请洋人出任首领和教习，完全按照德国陆军操典操练。如果有半年时间，就一定能够成为一支精锐部队，必定能够取得胜利。"

翁同龢、李鸿藻对第三点都很感兴趣，让汉纳根写出一个练兵的节略，由他们呈给皇帝。汉纳根临行前已经备好练兵计划，当天就交给翁同龢一份。次日光绪便有旨意，请督办军务处商议。

督办军务处是二十几天前恭亲王复出后才成立的，作为光绪指挥对日作战的参谋机构。中日开战后，请恭亲王复出的呼声日高。翁同龢也极力促成，一方面恭亲王是亲贵中最有见识的，曾经主持朝政二十余年，同治中兴他功不可没；二则翁同龢有个小心计，因为恭亲王是被慈禧罢黜赋闲的，如今光绪请他复出，他自然应当对光绪知恩图报。

督办军务处由恭亲王主持，庆亲王帮办，翁同龢、李鸿藻、长麟、荣禄会办。翁同龢已经将汉纳根的练兵节略着人抄录督办军处所有成员，所以会议直奔主题。恭亲王复出不久，行事极为谨慎小心，他不置可否，等着众人说话。庆亲王以贪贿出名，谈到军国大计实在没有主见，翁同龢、李鸿藻是汉纳根练兵的始作俑者，态度不想可知。而礼部侍郎长麟对练兵也是外行。所以，大家的目光都聚焦到刚入京不久的九门提督荣禄身上。

荣禄是满洲正白旗人，时年已经五十八岁。当年他与翁同龢都曾经力主拥立光绪，被慈禧看重，更一同受知于醇亲王，一文一武，是醇亲王的左膀右臂，两人从此官运亨通，荣禄更是做到了内务府大臣、九门提督。但后来不知什么原因，荣禄失宠于慈禧。据说，是慈禧要自己选内监，而荣禄上折劝谏惹怒了老太太，被开去总管内务府大臣的差使，随后又被降二级调用，由提督降为副将，三载闭门，赋闲家中。后来醇亲王代替恭亲王主政，荣禄得以复出，却不曾恢复到九门提督的威风。光绪十七年醇亲王薨逝，荣禄再次失去靠山，被调离京城，出任西安将军，从此远离政治中心。今年十月十日是慈禧的六十整寿，他备了一份厚礼进京祝寿，同时精心准备了一份奏疏，提出巩固畿辅、稳定根本之策，深为光绪和恭亲王赏识。军务处缺的是知兵的大员，而荣禄不仅当过九门提督，而且追随醇亲王统领神机营，因此翁同龢极力促成他留京出任九门提督，并进入督办军务处。

恭亲王首先询问道："仲华，我们这些人中，你是唯一用西法练过兵的，汉纳根的建议如何？你的意见很要紧。"

"王爷，别怪我扫大家的兴，汉纳根的建议绝不可行。"

荣禄这话大大出乎大家的预料，尤其是翁同龢，全力促成荣禄留京并入军务处，可以说是帮了荣禄的大忙，没想到军务处第一次商讨大事，他竟然提出反对意见。

翁同龢几乎不假思索地问道："为什么？"

荣禄反问道："汉纳根练十万兵要三千万两银子，叔平，你是户部尚书，知道国库的家底，朝廷一年的收入，满打满算不过九千万两左右，从哪里拿出这一笔巨款？"

翁同龢回道："户部千方百计想办法就是。再不行，可以请各省先预收明后年的钱粮。国家危难，事急从权。"

荣禄又道："好，就算银子可以弄到，汉纳根要聘请三百名洋人出任教习，仓促之间，哪里去聘三百名懂军务的洋人？而且中日开战，许多国家宣布中立，不给任何一方提供军事方面的援助，其中就包括军事人员一项，难道汉纳根想把轮船上的水手也聘请了来？"

"也并非一定要三百名,而且边聘边用,也并非一次就聘足。"这一点翁同龢的确未加考虑,总认为有银子不愁雇不到洋人。

荣禄见状又问道:"汉纳根建议洋教习要有指挥权,这岂不是要把十万大军拱手交给外国人?中国的海关收入被海关总税务司英国人赫德控制着,再把十万大军交由洋人控制,汉纳根这个想法简直是丧心病狂!"

说汉纳根是丧心病狂,而翁同龢支持汉纳根,便相当于指责他也是丧心病狂。翁同龢语带不满道:"仲华,大家都是为大清前途着想,何谓丧心病狂?营哨各官还是由中国人出任,洋人不过是负责教习之责。"

"那好,就算可以规定洋人教习无指挥权,那十万大军只营官就要三四百名,仓促之间何处觅这三四百人?如今能打仗的都已经到了前线,是把他们调回来,还是从哨官里提拔?说到哨官,那为数更巨,需要近千人。"

这个问题翁同龢更不曾细想,当初他所得意的是练出十万新兵,就可以不再看李鸿章的脸色。

这时,荣禄又提了一个问题:"还有一项更具体的问题,训练十万大军,在哪里训练,需要建多少营房,是建在一处,还是分散建立?我可以告诉大家,十万大军所需营房,不亚于一个颇具规模的镇子。"

大家都不作声,翁同龢实在无法回答荣禄的问题。

恭亲王插话问道:"仲华,如果十万之数太巨,你认为可以先练多少?"

荣禄回道:"当年编练神机营,练了四五年,不过才达到一万五千人的规模。耗费了醇贤亲王多少心血,六爷是最清楚不过。"

"一万五太少,能有什么用?怎么着也得有四五万才顶用。"最后,在翁同龢的一再坚持下,确定先练三万人。

军务处散会后,恭亲王在路上等着荣禄,招手让他过去,暗暗竖起大拇指道:"仲华,高见。"

"王爷,您谬赞。不是我高见,是这个计划形同儿戏,叔平竟然抱这样大的热望,真是不可思议。"荣禄摇了摇头。

"你总知道什么叫书生,什么叫清流了吧。"恭亲王也笑着摇了摇头。

翁同龢回到书房越想越觉得憋屈,好好的练兵计划被荣禄搅黄了。如今关外直接与日军作战的清军不下十万,却一再丢城失地,练三万兵能有什么用?在他看来,荣禄所提的问题并不是没有解决办法,只恨自己没有预先想清楚。

翁同龢做梦都想练就一支劲旅,开赴前线,捷报频传。皇上需要捷报,朝臣需要捷报,大清国的百姓更需要捷报。当初他一力主战,没想到会是这样的结果,在他看来,全误在李鸿章手里。而李鸿章一提前线战败原因,总拿光绪十七年部议停购船械说事,显然是把责任推到他这户部尚书头上。天地良心,停购船械,实因部库支绌,不得已而为之。而且他更坚信,就以目前实力根本不应该如此狼狈。如果有一支劲旅,到前线狠狠教训一下日本人,不但可出口恶气,也让李鸿章口服心服。他不能让练兵计划流产,他还有挽救的办法,那就是借皇上到书房的机会独奏。光绪快午膳时到书房来了,他所关心的也正是练兵一事。

"皇上,臣办砸了差使。"翁同龢一脸羞愧。

"怎么回事?说来朕听听。"光绪一听也十分着急。

"臣实在没想到,最不应该反对的荣仲华竟反对练兵之议。"

"他反对?理由是什么?"光绪听了惊问道。

翁同龢将荣禄反对的理由奏给光绪,当然在回奏的时候,他预留了反驳荣禄理由的机会。光绪听了之后说道:"荣禄反对的理由也不是全无道理,但这些困难也不是没法解决。再说练兵十万是个总计划,并没说要凑够了十万人一起开练。困难当然有,但只要想办法,总会有解决的路子。活人总不能让尿给憋死,你说是不是翁师傅?"皇上着急之中,鄙俗俚语也是脱口而出。

翁同龢等的正是光绪这样的态度,回奏道:"老臣以为,千难万难,练兵御敌是当务之急。在前线办粮械转运的袁世凯亲历鸭绿江防线崩溃经过,他认为,倭寇胜就胜在以西法练兵,数万人作战,如臂使指,灵捷高效。而我军虽然配备洋枪洋炮,但未得西法精髓,各营头互不统属,互不配合,尤其新募各军,技艺不熟,一闻炮声就心慌,未见敌面就自惊溃,他认为,当务之急也是按西法练兵。至于荣仲华担心军权被洋人所夺,有其道理,但也不是没办法解决。臣建议,应当着派一位老成持重且宜于练兵的干员与汉纳根会同练兵。"

光绪听后问道:"师傅可有合适的人选?"

翁同龢推荐的是广西按察使胡燏棻。他是安徽泗州人,字芸楣,当过天津海关道,深得李鸿章赏识。三年前出任广西按察使,十几天前到京,准备参加慈禧六十万寿,已被派往天津办理后路粮台,为大军筹集粮饷、转运军械。他进京时上了一份奏疏,就是谈采用西法练兵。

光绪听了却有顾虑道:"又是安徽人,还是李鸿章欣赏的人。"

"是,胡燏棻当年在天津海关道上,被李鸿章倚为臂膀。但此人人品尚好,且善于与洋人打交道,又于练兵颇有见地。"

"那就让他与汉纳根一同练兵,该计划立即施行,任何人不得掣肘。"

次日一早,荣禄早早到督办军务处。军机大臣们正在见起,军务处只有荣禄和礼部侍郎长麟。长麟为人属谨慎一路,向来不妄发议论,不过今天却就练兵十万一事发表议论,表示支持荣禄的看法。

等军机见起结束后,恭亲王、李鸿藻、翁同龢一起到军务处来,翁同龢带来了一份上谕,是发给天津的胡燏棻。他对荣禄说道:"仲华,皇上圣意已决,要千方百计推行练兵计划,为了防止洋人操控兵权,让胡芸楣会同办理。这下你可放心了吧?"

> 又谕,电寄胡燏棻:前据汉纳根呈递练军节略,意以倭氛甚炽,非赶募新勇十万人,选派洋将,用西法认真训练,成一大支劲旅,不足以大挫凶锋。现在海军单弱,亦亟须购置船炮,自成一军,纵横海面,截击敌之运船,水陆相辅,可操胜算。其说颇多中肯。倭人此次专用西法制胜,我军新挫之余,难期振作。其新募多营,技艺未娴,号令不一,猝遇大敌,均不可靠。详察汉纳根所议,实为救时之法,著照所请,由督办王大臣谕知汉纳根,一面迅购船械,一面开召新勇,招募洋将,即日来华,赶速教练成军。所有一切章程,均责成臬司胡燏棻,会同该员悉心筹划,禀明督办王大臣,立予施行,不令掣肘。至一切教练之法,悉听该员约束,倘有故违,准该员据实申呈,按律严办,决不宽贷。胡燏棻准其专折奏事。

荣禄看到"赶募新勇十万人"一句,只觉得热血冲头。昨天议定先募三万,怎么又成了十万? 通篇所谕,还是要采取汉纳根那一套,昨天所议完全被推翻。按他的脾气,恨不得立即质问翁同龢,但官场挫跌赋闲十余年,练就了他越是激动越不动声色的习惯。他对上谕不置一字之评,与众人谈起天气来。

关外已近天寒地冻,原来都以为倭寇惧寒,一入冬就停止攻势。可是,日军又增兵数万,在辽东半岛登陆,顺势南下,已经占据金州、大连,旅顺也是危在旦夕!先期侵入东北的倭寇第一军已经占据凤凰、岫岩、安东等整个东边道的地方,兵锋直指营口至盛京的咽喉海城。

过了几天,荣禄趁李莲英出宫回家的机会登门拜访。他入京时已经有一份极厚的见面礼,此次登门所赠依然不菲。李莲英拱手道:"荣大人,你这样可让我怎么说? 受之有愧。"

荣禄请道:"我是有事拜托李总管。我有大事要面奏太后,而且不想让不相干的人知道,请李总管一定设法。"

李莲英问道:"你是为私事还是公事?若私事,是为官还是为别的?我心里总要有点数才好说话。"

"不是私事,是关乎国家存亡的国事。"荣禄不瞒李莲英,将汉纳根练兵十万的事情告诉他。

"这件事太后也有耳闻,怎么,有什么不妥吗? "

"是,不是一般的不妥。"荣禄将自己的担忧告诉李莲英。

"荣大人,您老不必说给我听,说了我也不懂不是。太后知道您是一心为国,定然会见您。不过,怎么说您可要好好盘算。"说完这些,李莲英又道,"您听我信好了。"

三天后,荣禄在宁寿宫晋见慈禧。等他叩拜后将暖帽放在金砖地上,慈禧才以很恬淡的语气问道:"听说你有国事要面奏,国事应该去奏给皇上。"

荣禄回道:"皇上受人蒙蔽,奴才奏也无用。"

"什么事,你说吧。"

荣禄并不直接说事,而是问道:"太后,如果要把十万大军交给洋人,太后以为这样的军队能成我大清的长城否? "

"有这样的荒唐事?那不是让洋人在咱头上悬了一把刀?"慈禧警告道,"你可别危言耸听。"

"奴才不敢。朝廷如果把三千万两巨款也交给洋人,让他们帮忙练兵,太后以为可行否? "

"三千万两？有这么多银子，朝廷还天天为银子发愁？当年六爷托英国人买几条军舰，结果让人骗了，最后只好把舰退回去，白白搭上了一百二十万两银子。三千万两交给洋人，那还不得打水漂？"

有此两问，慈禧已经有了成见，接下来听荣禄讲完，她也觉得这个计划太荒唐，但嘴上却道："是有不妥，不过皇上已经亲政，总要让他自己去历练。你们多帮衬着他就是。"

"是，奴才们不敢不为国尽忠。本来此事督办军务处已经有了成议，军机上也都认可，可第二天又全部推翻了，奴才这才来启奏太后。奴才所担心的不是练兵一事，而是有人凌驾于军机之上。"

这是朝政的大忌。军机处向皇上有所奏陈，包括平时见起，都是军机全班一起面圣，为的就是谁说的什么大家都清楚，军机所奏也是集体决策的结果，以免偏听偏信。而新入军机的翁同龢以南书房师傅的身份得以独对，这也等于出现了军机大臣一人独奏的弊情。

慈禧嗯了一声回道："这才是顶坏的事情。你们放心好了，我会抽时机提醒皇帝的。"

练兵十万的事情又起波澜，会同练兵的胡燏棻到督办军务处大发牢骚。他经过与汉纳根的几次交涉，发现他不但有窃取军权的野心，而且想通过购买军舰枪炮自肥。他与汉纳根的每次谈话都录有节略，每次翻译是谁，陪同何人都有记录："各位大人如果认为胡某人所言为虚，可叫这些人前来对质。"

大家看了节略，汉纳根的野心和唯利是图展露无遗。翁同龢则无论如何不肯相信，正打算派人密查。此刻，汉纳根却提交了辞呈，主要原因是嫌几百万的经费难成大事，而且胡大人对经费使用颇多掣肘。这反而证明了汉纳根的确是想趁机发财，见没了机会，就没了练兵的兴趣。

这一结果让翁同龢十分尴尬，而在同一天，太后下懿旨，皇帝已经亲政，且典学有成，不必再设上书房，上书房着即撤去。

练兵十万的庞大计划，最后变为由胡燏棻参纳西法聘请洋人，先练三千五百人，名"定武军"。

第二十章

四处钻营寻靠山　如愿以偿练新军

日军在占领东边道的大部分地方后,占领凤凰城的日军立即向摩天岭推进,计划打通进军辽阳、盛京的通道。聂士成奉命坚守摩天岭,孙显寅、吕本元部盛军两千余人负责配合。聂士成部本来战斗力就不错,经过整顿后的盛军也不再闻敌即溃。因此,日军进攻一个月不但没有突破摩天岭,反而在一个风雪之夜,聂士成率三百精骑突入连山关,亲手斩杀了守关的日军指挥官,日军仓皇逃回凤凰城,再也未踏足摩天岭。摩天岭之战,是整个甲午战争中唯一胜利的阻击战。

第一军司令山县有朋见突不过摩天岭,改令部队进攻辽南重镇海城。

海城北接辽阳、奉天,南邻盖平,西南接牛庄、营口,东连凤凰城、岫岩,号称辽南之锁钥、海疆之咽喉。日军于阴历十一月上旬自安东县踏雪西进,十天后攻克海城。此后,清廷聚集重兵,自腊月中旬到正月底,一个多月的时间发动了五次收复海城战役,但均以失败告终。当时参与战役的有两将军即吉林将军长顺、黑龙江将军依克唐阿,一提督即四川提督宋庆,一巡抚即湖南巡抚吴大澂,一藩司即湖北藩司魏光焘,所部一百余营,六万余人。尤其是湖南巡抚吴大澂、湖北藩司魏光焘所率领的是大家寄予厚望的老湘军,希望他们能够改变淮军疲弱崩溃的局面。但他们同样没带来惊喜,五六万人进攻六千余日军驻守的海城,却久攻不克,严重打击了清军的信心。

海城尚未收复,而攻占了辽东半岛的日军第二军大部于腊月底乘船到胶东半岛荣成湾登陆,目标所指便是驻泊威海的北洋海军。自从旅顺陷敌后,北洋海军只能在威海驻泊。军舰与岛上炮台相配合,日军想攻进港内很难。但威海有软肋,就是陆上炮台后路守卫力量十分薄弱,而且不归丁汝昌调度。结果日军不做正面进攻,登陆后,先是断了陆路炮台的后路,继而占领了陆路炮台,调转炮口,对泊于刘公岛内的北洋海军进行海陆夹击。北洋舰队处境非常艰难,丁汝昌唯一希望的是援军能够重新夺回陆上炮台,但援军却遥遥无望。在外人看来,北洋舰队还有一条生路,就是冲出威海。但冲出威海又能去哪里?进港时镇远已经受伤,船舱进水,根本不能航行,只能当炮台使用。就是尚且完好的定远舰航速也不及日舰,冲出威海,必定被追上,这是显而易见的。而且定远舰排水量七千余吨,为了驻泊专门在旅顺、威海修建的船坞,即使逃出后又到何处驻泊?所以丁汝昌坚持株守刘公岛,等待援军。援军无望后,舰队中的洋人牵头,发动水陆将领及岛上百姓向丁汝昌"乞一条生路",就是逼迫他向日军投降。他不肯投降,便只有自杀殉国一条路。正月中旬,北洋海军提督丁汝昌、定远舰管带刘步蟾、镇远舰管带林泰曾及继任管带杨用霖自杀身亡,大量战舰被日军俘获,补充到日本海军。

随着北洋舰队的覆没,战争的前景更加悲观,以慈禧为首的主和派活跃起来。六天后,朝廷派李鸿章为全权大臣赴日本谈判。经过一个多月的谈判,李鸿章代表清廷与日本签订了《马关条约》,赔款两亿两,割让辽东半岛、台湾及澎湖列岛。后来在俄德法三国干涉下,日本不再坚持割取辽东半岛,但因此付出三千万两白银作为赎金。因为签订丧权辱国的《马关条约》,李鸿章成为举国痛骂的"卖国贼"。

袁世凯此时开始考虑寻求新的靠山。一是因为李鸿章对他的冷淡显而易见。袁世凯因为操劳过度,关外又奇寒,他咳喘厉害,甚至吐血。他转电盛宣怀,请他帮忙向李鸿章陈情希望回关内练兵。而李鸿章认为袁世凯又是装病,回电盛宣怀,"始作俑者休想置身事外"!二则是李鸿章必将失势也是显而易见。鸭绿江防线崩溃后他被褫夺黄马褂,正月里他的大哥李瀚章因御史参劾被免职。李瀚章贪墨闻名,被人参过多次,但朝廷看在李鸿章的面子上一直予以袒护,如今却因参劾去职,是个很不妙的信号。至于淮系水陆各军统兵大员入狱的、斩首的、自杀的,一时间名将凋零。李鸿章出任赴日全权大臣后,朝廷立即派王文韶署理直隶总督兼北洋大臣。而他谈判归来,职务没有恢复,反而王文韶得以实授,朝廷下旨李鸿章入阁办事。内阁本来就没多少事好办,所谓入阁办事,不过是赋闲而已。

周馥已经在一个月前奉命回天津,临走时他与袁世凯交心道:"慰廷,世人都知道我追随李中堂,中堂倒霉,我也没什么好果子吃。我不在乎,大不了早一天回家去。"

袁世凯也立即表示如果因追随中堂而受排挤,绝无怨言。周馥却笑了笑道:"慰廷,你还年轻,和我不一样。"

他这话的含义非常模糊,而袁世凯则认为,周馥是在暗示他另寻出路。其实新靠山不必另寻,战前他已经搭上线,就是主战派翁同龢、李鸿藻。但翁同龢对他好像并不太欣赏,而且翁同龢与李鸿章十分不谐,难免恨屋及乌。而李鸿藻对他印象不错,袁世勋和徐世昌来信中都提及,李鸿藻数次称赞他。所以,权衡再三后,他决定给李鸿藻写封长信。题目是"致军机大臣李鸿藻论甲午清军败因禀",完全是一副汇报公事的架势。对李鸿藻的称呼还是"太老师",自称则是"小门生",门生向老师写信抒发感慨,也是天经地义。

信的前半部分分析割让辽东和台湾的危害,后半部分则重点阐述战败的原因及对策。他认为"此次军务,非患兵少,而患在不精;非患兵弱,而患在无术。其尤足患者,在于军制冗杂,事权分歧,纪律废弛,无论如何激励,亦不能当人节制之师。即如前敌各军,共计不下十万人,而敢与寇角者亦只宋祝帅、依尧帅旧部各两千人及聂提督千百人耳。此外非望风而逃,即闻风先溃;间或有一二敢战者,又每一蹶不可复振"。清军最大的败因是兵不精、无术、军制冗杂,的确抓住了关键。这样的分析,李鸿藻在中枢中是见不到的。

袁世凯针对这些问题提出了建议:"为今之计,宜力惩前非,汰冗兵,节靡费,退庸将,以肃军政。亟检名将帅数人,优以事权,厚以饷糈,予以专责,各裁汰归并为数大枝,扼要屯扎,认真整顿。并延聘西人,分配各营,按中西营制律令参配改革,著为成宪。必须使统将以下均习解器械之用法,战阵之指挥,敌人之伎俩,冀渐能自保。仍一面广设学堂,精选生徒,延西人习武备者为之师,严加督课,明定升阶。数年成业,即检派宿将中年力尚富者分带出洋游历学习,归来予以兵柄,庶将弁得力而军政可望起色。"袁世凯重笔铺陈他对练兵、储才的建议,一则这是他几个月来一直在思考的问题,胸有成竹,不吐不快。二则他隐隐之中,还是希望将来能得练兵机会,在此先埋个伏笔。

然后再谈当前关外的大军应当如何处置。他认为"今征调诸将,亦诚不乏夙望,唯或优养既久,气血委惰;或年近衰老,利欲熏心;或习气太重,分心钻营;即或有二三自爱者,又每师心自用,仍欲以'剿击发捻'旧法御劲敌,故得力者不过数人矣。其各省防练诸军,大半安闲太久,习气熏灼,其真能御敌者,实难枚举;派驻前敌,徒足以滋扰间阎,与军务不但无补,而且闻见惊扰,反为他军之累。况和局已定,嗣后饷源尤渐支绌,新幕诸军自须依次汰遣。伏莽之起,恐不旋踵,而各省防练诸军尤须先行调回,以资弹压;其南方诸军,又宜由就近海口船载以归,免致沿途地方遭其骚扰。现值奉省荒歉,农务方殷,兵民杂处,比户弃业;如能早遣一日,即为数万生灵之福"。这几条建议,也是基于对关外诸军的充分了解而提出,非纸上谈兵者能见及。

撤走从各省调来的援军,再谈奉、直军队的处置:"且此次赔输甚巨,开源节流,亟须整理,而养兵之费,向属繁巨。似应速派明练公正、真实知兵大员,除将骄饱疲懦诸军即须遣散外,仍将拟留各军认真检点,分别裁汰,务期养一兵得一兵之用,庶库帑无虚靡,捍卫有实效。统计奉直一带,如有精兵六七万人,分二三名师扼要驻扎,计可自守。"

最后,袁世凯顺便说了一件私事:"去秋以来,家本生母右肢受风,迄今未愈;今又以小门生奔走戎马,时切系念,病每因之有加。前以军务孔亟,未敢以私干请。现值和局已定,前敌输运已商同胡臬司燨菜饬各局总办委员依次收束,拟即禀北洋赏假归省,以遂乌私;俟得批允,即将首途。此后遥期荫慈晖,养瞻愈远,尚乞不遗葑菲,随时教诲下颁,俾有遵循,不至玷辱知遇,尤为跂踌!"这话看似顺便,其实是颇具心计。中国最讲究忠孝二字,有所谓"忠臣必出于孝子之门"的说法。尤其李鸿藻这样的清流首领,最看重这一点。袁世凯表孝心,自然容易博得他的好感。同时也通过此事报告李鸿藻,前敌转运事务即将结束,明里是说他将请假回家侍奉老母,其实更是在告诉李鸿藻,他将以自由之身以供朝廷驱使,所谓请李鸿藻随时"教诲下颁",其实是希望他记得有个袁世凯需要提携。如此处理,不露一点痕迹,不得不佩服袁世凯为人处世圆融精明。

《马关条约》已经正式生效,中日战事结束。五月底,袁世凯办完交卸回到天津。此时李鸿章也已回到天津,仍驻在北洋通商衙门,但已经不是主人,而是协助直隶总督兼北洋通商大臣王文韶办理善后。

袁世凯到天津当天就去拜见。李鸿章回到天津后,因为骂声一片,除了特别知己的人以及有公事不得不登门,没人愿意与他这个"卖国贼"见面。袁世凯一回到天津就来看他,李鸿章很高兴,他指着自己脸上的枪伤道:"慰廷,我差一点就'一目了然'了。"

李鸿章到马关谈判,当时日军兵锋正锐,都在讨论"太阳旗何时插上北京城",不愿停战议和。尤其李鸿章是国际闻名的谈判高手,日本人认为会因此吃亏。有一个激进青年打算杀死李鸿章阻止谈判,就在李鸿章从春帆楼谈判回住处的途中,对着李鸿章面部开枪,子弹嵌进颧骨中,差一点打瞎一只眼睛。此事令日本十分尴尬,日本政府怕国际上转而同情中国,因此对谈判条件做了让步。李鸿章认为挨一枪换来了和约的尽快签订,便对袁世凯道:"慰廷,举国皆骂我是'卖国贼'。有此一枪,我也问心无愧了。"

袁世凯安慰道:"中堂,局外人不知局内人的艰难,只知肆口谩骂。谁都知道,中堂威名中外同钦,日本人才肯让步。如果换别人去日本和谈,未必能比中堂办得更好。"

"你替我说了句公道话。他们去也办不好,这是肯定的。当然,他们都精得很,谁也不肯去,因为都知道,谁和谈谁就是卖国贼。"李鸿章今天心情不错,也愿多说两句,用拐杖点点袁世凯道,"慰廷,日本总理大臣伊藤博文还问起你,很抬举你呢。"

据李鸿章说,马关谈判结束后,伊藤博文宴请李鸿章,席间问起袁世凯所任何职。

李鸿章回道:"一个无关紧要的小官。"

"我知道贵国何以如此狼狈了,像袁世凯这样的人才竟然不被重用。"伊藤博文感叹后道,"袁世凯绝对是中国少有之人物,中堂能用则用,不能用则杀之。"

"慰廷,我没有看错你。如此人才,我怎么能中伊藤奸谋杀掉你?我要向朝廷保举你。"袁世凯不知道还有这样一出,连忙起座向李鸿章拜谢。

"如今朝鲜已经完全脱离大清,你这个总理之职也该卸去了。你的去向,朝廷很快就该有旨意的。"

袁世凯拱手道:"中堂,卑职哪里也不去,还想追随中堂效犬马之劳。"

李鸿章挥了挥手道:"我如今赋闲了,朝廷只保留我的内阁大学士,我不能误了你们的前程。你如今还有浙江温处道的实职,如果你有意外放,随时可以要求赴任。"这话听不出李鸿章是出于真心,还是已经察觉袁世凯另投门庭的牢骚。

"中堂,卑职实无赴任地方的意思。卑职一心所愿,就是能像中堂当年在上海一样,为朝廷练一支劲旅。"

李鸿章连连摇手道:"练兵哪有那么容易?我练了一辈子兵,最后是这样一个下场,反倒不如做一个纸上谈兵的清流。我劝你,安下心学学治理民政。战后恢复,千头万绪。"

袁世凯自然不能与李鸿章争执,唯唯而退。

第二天一早,袁世凯刚起身,店内伙计从店门板上揭下一张上海《申报》,上面登了一篇托名台湾民众的《檄李鸿章、孙毓汶、徐用仪文》

痛哉!吾台民,从此不得为大清国之民也!吾大清国皇帝何尝弃吾台民哉!有贼臣焉,大学士李鸿章也,刑部尚书孙毓汶也,吏部侍郎徐用仪也。台民与汝李鸿章、孙毓汶、徐用仪有何仇乎?大清国列祖列宗与汝有何仇乎?太后皇上与汝有何仇乎?汝几将发祥之地、陵寝迫近之区割媚倭奴,祖宗有知,其谓我太后皇上何?尚且不足以快汝意,又将关系七省门户之台湾,海外二百余年戴天不二之台湾,列祖列宗深仁厚泽不使一夫失所之台湾,全输之倭奴!我台民非不能毁家纾难也,我台民非不能亲上死长也,我台民非如李鸿章、孙毓汶、徐用仪无廉耻、卖国固位、得罪于天地祖宗也。我台民父母妻子、田庐坟墓、生理家产、身家性命,非丧于倭奴之手,实丧于贼臣李鸿章、孙毓汶、徐用仪之手也。

我台民穷无所之,愤无所泄,不能呼号于列祖列宗之灵也,又不能哭诉于太后皇上之前也。均之死也,为国家除贼臣而死,尚得为大清国之雄鬼也矣!我台民与李鸿章、孙毓汶、徐用仪,不共戴天,无论其本身,其子孙,其伯叔兄侄,遇之船车街道之中,客栈衙署之内,我台民族出一丁,各怀手枪一杆,快刀一柄,登时悉数歼除,以谢天地祖宗、太后皇上,以偿台民父母妻子、田庐坟墓、生理家产、身家性命;无冤无仇,受李鸿章、孙毓汶、徐用仪之毒害,以为天下万世无廉无耻、卖国固位、得罪天地祖宗之炯戒。

除京都及各省码头自行刊刻告白外,凡有血气者,恐未周知。贵报馆食毛践土有年,主持公论有年,向为我台民所钦佩。兹奉上《申报》《沪报》新闻报刊资各四元,请为连日用大文字刊登报首。乱臣贼子,人人得而诛之,圣训昭然。贵报馆如一一照登,我台民有一线生机,必图衔报;如将贼臣名字隐晦,我台民快刀手枪具在,必将所以待李鸿章、孙毓汶、徐用仪者,转而相待。生死呼吸,无怪鲁莽,贵报馆谅之。

大清光绪二十一年四月台湾省誓死不与贼臣俱生之臣民公启

袁世凯看罢此文,感叹李鸿章竟然被人恨至如此地步,看来他要起复绝非易事。自己改投李鸿藻是明智之举,不然只靠李鸿章,何时有出头之日?

袁世凯自从出关后一直没有机会回家,他向王文韶告假回籍省亲,主要是想进京为自己的前程投门路。他临走前一天晚上,盛宣怀给他送行。

在关外期间,负责前线转运的袁世凯与盛宣怀函电交驰,打交道很多。盛宣怀是李鸿章最信任的人,袁世凯有事不便直接相求李鸿章,总是请盛宣怀设法。从关外回来,他又带给盛宣怀一支上好的山参,两人关系已经很近。

盛宣怀相请的地方,在天津最繁华之地侯家后。此地位居三岔河口西南,北临沿河码头,南近估衣街,西依北大关,东靠大胡同。南来北往的漕船停泊在三岔河口,卸货之后,饱经风浪颠簸、数月劳碌的船户、水手,纷纷登岸休整,既需要餐饮、沐浴、理发,当然也需要男欢女爱。因此元明之际,此地便日渐繁华,如今这弹丸之地,早已酒家茗肆、歌榭妓寮丛集。著名的津门"八大成"饭庄,大多集中于此,享誉海内外的狗不理包子也兴起于此,名气最大的"四轩"茶馆(三德轩、四合轩、天会轩、东来轩)以及德升园、协盛园、袭胜轩等戏园子也都开在此地。盛宣怀所选的饭庄,则是号称天津"八大成"(聚庆成、聚和成、聚乐成、义和成、义升成、福聚成、聚升成、聚源成)

之首的"聚庆成"。

聚庆成为庭院式结构,四周厢房为装饰华丽的雅座,庭院中间有唱堂会用的戏台。门前可停车轿,院内有花园,可供食客在凉亭走廊闲谈歇息,客厅陈设着老红木家具、各种不知真假的古玩、名人字画。饭菜则最具特色,既有最高档的满汉全席,也有中档的鸭翅席,海参鸡席算是低档的。李鸿章坐镇天津后,凡用中国宴席宴请洋人,必到聚庆成。他曾从北京请来恭王府厨师,融合津菜技法,将王府菜、津菜融为一席,聚庆成更是雄踞津沽,名噪一时。

盛宣怀请来相陪的,除了他幕中一个负责文案的河南中州人,再一个就是北洋水师学堂的帮办王修植。还有一个洋人叫丁家立,是李鸿章的幕僚,被聘为家庭英文教师,如今兼任美国驻天津领事馆副领事。他在天津生活十余年,带天津味的中文很好,根本无须翻译。

盛宣怀分别介绍后说道:"慰廷,咱们兄弟小聚,闲杂人等我没请,为的是说话方便。我知道你对练兵感兴趣,菀生可是练兵的行家。"

菀生是王修植的字。他是浙江定海人,三十三四的年纪,一副名士派头,眼光很高,一副天下人不入他法眼的高傲神情。一听这话,他连忙说道:"练兵的学问大得很,如今自称有兴趣的人如过江之鲫,可真能懂一点的又有几人?当然,袁观察是例外。"

如此傲慢,换作他人可能拂袖而去,但袁世凯在官场上混了十几年,人情练达,心中不满,却离座而起拱手道:"王帮办抬举了,世凯也未能免俗,也仅仅是有点兴趣而已,真的是一点不懂。"

这样一来,王修植有些不好意思了,也拱手道:"袁观察,恕我不敬,如今战败,人人喜谈兵事,我是看不惯他们一副取巧的嘴脸。你在朝鲜练过兵,又在关外与诸帅切磋,的确不能与他们相提并论。"

"慰廷,菀生在练兵上真是有傲人的资本。我告诉你,胡枭台如今在练定武军,幕后智囊全是菀生。"

据盛宣怀介绍,胡燏棻接受练兵任务后,如何练兵自然要有一个奏报。朝廷的要求是参用西方,胡燏棻抓了瞎,最后找到了王修植。王修植二十多岁中秀才,三十岁中进士,两年前授职翰林院编修,文才那自然不必说。浙江定海也是开风气之先的地方,他中秀才后又聘任英国人创办的《申报》主笔,不但与洋人熟悉,而且眼界开阔。中日开战后,他不甘于京师坐而论道,到天津来投奔李鸿章。因为他的老师浙江人俞樾,与李鸿章同师于曾国藩,有此渊源,又加李鸿章也很欣赏他的文才,因此派他帮办北洋水师学堂。有文才,又帮办水师学堂,对西式练兵并不陌生,胡燏棻便盯上他,让他写一份练兵的奏报。

王修植便以不懂西式练兵为借口拒绝,但胡燏棻有备而来。原来英国人听说德国人要帮着中国练兵,自然不甘心利益全为德国人所得,也向胡燏棻提交了一份练兵建议。洋人写中文总是有些别扭,不太好读。胡燏棻的意思是借助王修植的大笔,在此基础上提一个练兵方案。王修植便把英国人的报告润色一番,交给胡燏棻。胡燏棻认为太过烦琐,让王修植删繁就简,把大要说明白就行。结果报上去,督办军务处还算满意,很快就有了旨意。经这两番研究,王修植对西洋练兵的确颇有心得,便以懂西式练兵自诩。

"不是我说大话,胡臬司未得西式练兵的诀窍,虽然也学洋人踢腿、列阵,不过,还是按湘淮营制来练,不过是换汤不换药。"王修植对胡燏棻编练新军不以为然。

袁世凯听了连忙附和道:"对,西式练兵,不仅要学具体的练兵操法,还要学西洋的指挥体系。首先,就不能再以营为最高指挥单位。比如这次关外作战,日军万余人如一体,而我们万余人分属于若干统领,同是一万人,我们是十指舒开的巴掌,而日军是十指攥紧的拳头,焉能不败?"

眼高于顶的王修植竟然破例一笑道:"袁观察真是高见,看来你的确不是一般的有兴趣。"

"好,我牵上线了,你们两个好好得空切磋。今天,我还有事和你相商。"盛宣怀举起杯子对王修植道,"菀生,你得大力协助。"

"我能帮得上,自然是绝不推托。"王修植不知盛宣怀有什么要他协助,不敢贸然答应。

盛宣怀打算办一个西式学堂,一切按照西式教学,初定名称为"天津中西学堂",道:"日本维新以来,援照西法广开学堂书院,不但陆海军将弁皆取材于学堂,就是出使各员也都是学习西洋律例的,制造枪炮的、开矿造路的,也都是专门学习过机器工程、地学化学等科。不过十余年,粲然大备。我们这次大败，与其说是败在军事上，不如说是败在人才上。所以我认为，自强首在储才，储才必先兴学。"

两人都大加赞同，袁世凯还提了自己的看法："我认为练兵必须与兴学相结合，带兵诸统领，都得进新学堂学习军事，甚至出国留学。"

"不仅军事，方方面面的学问，都要向西方学习。"盛宣怀望着王修植道，"菀生，这个学堂的总教习我打算请老丁出任，他已经答应。"盛宣怀按中国人的习惯，称丁家立为"老丁"，其实他的英文名字是 Tenney Charles Daniel，与老丁真是风马牛不相及。

"总教习有老丁，我放心了。总办我想请伍文爵出任，他已经基本同意。还差个帮办，我想请你偏劳。"盛宣怀望着王修植，"怎么样，菀生？"

伍文爵就是李鸿章的法律顾问伍廷芳，他自幼入教会学校学习，中国第一个法学博士，由他来总办西式学堂，当然是不二人选。

"盛观察，不是我推托，这有些不合适。"王修植道，"我去年才被中堂委为水师学堂帮办，一年多就跳槽不像话。"

盛宣怀笑道："不要你跳槽，这边你可以兼起来，薪水照全职发。"

"那就更不合适了，仿佛我王修植是个贪得无厌的人。还有，关键现在中堂心绪不好，我们受中堂关照的这些人一动不如一静，不然让中堂想多了，我们无所谓，给中堂添堵，何苦来哉？"

"哦，菀生这样考虑也有道理，那我就不再勉强。"

整个晚上，袁世凯对王修植都特别巴结，一个劲向他请教练兵。王修植三十岁中进士点翰林，对仅有秀才功名的袁世凯根本不放在眼里。但袁世凯与人相谈时，一双眼睛炯炯有神，显得特别诚恳，让王修植不得不勉力敷衍。而况袁世凯在庆营带过兵，帮朝鲜练过兵，又两次带兵平乱，虽然对西法练兵所知甚少，但也不能小瞧。等宴会结束，袁世凯自告奋勇争着送王修植，他对盛宣怀说道："盛观察，王帮办回府的事包在我身上，您不必费心了。"

袁世凯最讲究排场，在天津完全按道台的规矩雇的轿班、随从。他把王修植扶进他的轿子后对赵国贤说道："你们都听好了，要好好地侍候，要是王帮办说出半个不字，我立马开销你们滚蛋。"

赵国贤在前面开道，全班人马侍候。袁世凯则雇一辆东洋人力车——

京津称黄包车,一直送到王修植家门前。他下了车,抢在王修植下轿前到了轿边,亲自把一份天津拿得出手的土产递到王修植手上道:"王帮办,初次相识,不好进府打扰,一点小意思不成敬意。我明天晚上想做个小东,还是老地方,请无论如何给我个薄面。"

"不好让观察破费吧?明天再约。"王修植见状也不好拒绝。

第二天下午,不到三时袁世凯就去了聚庆成,他已经预约了昨天的雅间,又让老板拿来纸笔,写条子让名妓花媚卿今晚务必前来。昨天就是她侑酒,看得出王修植对她情有独钟。等他亲自定好菜后,让赵国贤亲自登门带着轿子去请王修植。到了四时多,赵国贤打发人报告袁世凯,说王帮办怕是来不了,他老母病了。

袁世凯一听,立即着人买了一份宜于老年人的礼品亲自登门。王修植抱拳致歉道:"对不住袁观察,家母身体不豫,实在不好出门。"

"这好说,咱们改天就是。"

这时,郎中从内室出来了,斟酌了一会儿便开了药方。其中有一味是人参,用以扶正祛邪。袁世凯对郎中道:"老先生,恕我冒昧。人参是否可以换作高丽参,用量可以约大一些,好处是不像人参之力过猛,于老年人更相宜。"

郎中闻言奇道:"看来这位大人也懂医术。不错,是可以换作高丽参,只是天津药店未必有上好的高丽参。咱们京津一带,向来只认长白参。"

"您老只要说行,我来想办法。"袁世凯又转脸对王修植道,"王帮办,不怕你说我炫耀,我还真有上好的高丽参,是朝鲜闵妃赐的。在我手里也没用处,我正好孝敬伯母。"

王修植听了连连摆手道:"不敢当不敢当,这么贵重的东西,实在不敢收。"

"也说不上贵重,对需要的人来说是好东西,不需要便是一文不值。"说罢,袁世凯向院子里喊道,"国贤,进来说话。"

赵国贤进来垂手而立,袁世凯吩咐道:"你立马回去一趟,我箱底那支高丽参,就是最大最好的那支,前年闵妃赐我的,你立即取来。"

大约两刻钟的工夫,赵国贤取回来了,用锦盒装着,十分精致。王修植收下拿到内室让老母亲看后,一会儿出来道:"老母亲很不安,让我谢谢袁观察。"

"你一口一个袁观察,听上去实在见外。如果老兄不嫌我高攀,咱们序序齿,以兄弟相称如何?"

这没什么不可。王修植虽然是翰林,但此时比袁世凯这二品衍品道台还差好几品。两个人一序齿,袁世凯比王修植大一岁,于是被称为"四哥"。

"今天伯母身子不爽,我就不再打扰,改天一定专门来磕头。"

王修植还是一口一个不敢当,昨晚的傲气已抛到了九霄云外。

隔了一天,袁世凯派赵国贤登门拜访,问方不方便出门吃饭。

王修植不好再推辞,如约前来,进门便拱手道:"四哥,亏了你的上好高丽参,老母病已去了八分,一家人欢喜得不得了。"

"这哪是我的功劳,是郎中的方子好,你侍奉得好。"

袁世凯原来拿不定主意,如果王修植老母病体如旧,不好太过胡闹,如今放心了,立即传条子给花媚卿。花媚卿接到条子,很快过来侍候。进门先谢袁世凯,因为前天虽然没出条子,但袁世凯照付了赏银。王修植才知道原来前天还有这一出,更加佩服袁世凯。花媚卿受了袁世凯之托,对王修植加倍殷勤,结果王修植很高兴,喝多了。到了后来与袁世凯勾肩搭背,拍着胸脯道:"四哥,你有什么事尽管说,兄弟我只要帮得上,绝无二话。"

袁世凯哈哈笑道:"我还真有件事非三弟不可。你知道我这一阵最痴迷的就是练兵,如何用西法练兵,我连半瓶子醋也算不上。三弟去年曾经给胡枭台写过一个练兵方案,可好让我一饱眼福?"

王修植打了个酒嗝回道:"这有何难?只是给胡枭台那份实在太过简略。我最早写的那稿以英国公使提供的方案为蓝本,虽然烦琐一些,但更有真货,可惜没遇上识货人。四哥如果是真心想研究西法练兵,我给你第一稿如何?"

"求之不得,我是不怕其详,只怕其不详。"

"四哥,我用了一夜工夫,重新给你抄了一份。"第二天王修植就把稿子送过来了。

袁世凯看他双眼熬得通红,拍拍他的肩道:"三弟,真是为难你了。我后天就想回老家一趟,这些天一定仔细拜读,如果有不明白的地方,回来后再向三弟请教。"

"谈不到请教,我不明白的地方帮着你向洋人打听。将来如果四哥有兴趣,可请通事帮着翻译几本外国陆军操典。"

"中,中,中。"袁世凯连乡音都冒出来了,"三弟,如果你不嫌弃,咱们换个帖子如何? 咱们成了异姓兄弟,将来在练兵上,你不想帮我也不成了。"

王修植自然是欣然从命。

袁世凯回到老家,自然有一番应酬。但只要得空,他便诵读王修植一万余字的练兵方案,不但每一个问题都能熟记于胸,关键的地方能够原文背诵,张口即来。他把自己练兵的希望,甚至未来的宏图完全寄托在这一纸方案上。

其实,他在老家待了不到十天,河南巡抚刘树堂就传来上谕:

电寄刘树堂,浙江温处道袁世凯,现在请假回籍。着刘树堂,饬令来京,交吏部带领引见。

袁世凯不知道是李鸿藻起的作用,还是李鸿章真的向朝廷举荐,也不知道朝廷会做何安排,他稍做准备便起程赴京。当然,那份练兵方案无论如何要带在身上。

袁世凯先去拜见李鸿藻。李鸿藻真拿袁世凯当"小门生"了,十分关照地说道:"慰廷,如今总理朝鲜交涉通商事宜的差使已经没有了,你还有浙江温处道的实职,你若愿赴任,简单得很。不知你是如何打算?"

袁世凯拱手回道:"太老师,小门生无意赴任地方,办理转运一年,经历了我军大败的情形,小门生深受震撼,全副心思都在西法练兵,望太老师成全。"

"我估计你也是这番心思。不过,如今西法练兵朝廷已经委派给了胡芸楣,这就有些麻烦,应当从长计议。"

"小门生别无他愿,唯愿为朝廷练一支精兵,还请太老师成全。"

李鸿藻沉思了一会儿回道:"我知道,不过要等机会,要过好几关。"

第一关是荣禄,他是督办军务处唯一带兵的,要想练兵,非有他的首肯。第二关则是两位王大臣,恭亲王奕䜣和庆亲王奕劻,第三关才是皇帝那一关。而皇帝那一关,其实影响最大的是翁同龢。

李鸿藻以为袁世凯会被这五关六将吓得知难而退，没想到他回道："小门生志在西法练兵，但凡有一线希望，绝不言放弃。"

李鸿藻称赞道："你信心如此坚定，是成大事的料。你放心好了，成与不成，我一定不遗余力。荣仲华那一关最关键，就要看你肚子里有没有东西，他是带兵的，如果你肚子里没有货，是糊弄不过去。所以，你一定好好准备。"

"小门生已经向不少人请教过，自己也写了个练兵节略，希望太老师能够推荐给荣大人。"

李鸿藻与荣禄关系十分密切，他将袁世凯的练兵节略转交的同时极力推荐，说袁世凯"家世将才，娴熟兵略，如今若令其特练一军，必能矫中国绿防各营之弊"。荣禄看了节略，很快让李鸿藻传话给袁世凯，希望当面考校。

袁世凯已经下足了功夫，当面考校的结果荣禄也相当满意，赞道："慰廷，看得出你在练兵上确实下了不少功夫。你若想练兵，进督办军务处后慢慢再找机会。要进督办军务处还得过两位王爷那一关，你要好好下一番功夫。得便的时候，我会向两位王爷推荐，你随时准备两位王爷面询。"

有了这番结果，李鸿藻很高兴，道："你能过得了荣仲华那一关，已经算是有了五成把握。两位王爷那里，大约不会比荣仲华问得更详细，只要你回复得体，问题不会太大。翁师傅那里，你应当多联络一下。"

袁世凯如实禀告道："小门生已经拜访过，翁师傅对小门生好像不太热情。"

李鸿藻旁敲侧击道："叔平是方正之士，你曲意讨好没用。现在最得风气之先的是公车上书的那帮人，还有朝廷中一帮少年新进。他们经常在嵩云草堂聚会，你不妨去瞧瞧。那帮人里面，有叔平的学生，也有他的侄子。"

"小门生就住在嵩云草堂，方便得很。"

李鸿藻点了点头道："对，那里是河南会馆，我倒忘了你是河南人。"

嵩云草堂位于宣武门西南不足一里处，宣武门大街西侧，达智桥胡同以北。始建于万历年间，当时内阁大学士河南新郑人高拱在上斜街北购得荒地二亩，建了中州乡祠，以备在京豫人祭祀之所。之后历代河南显宦不断筹资扩建，规模日益扩大。咸丰年间，兵部尚书毛昶熙，还有袁世凯的族叔漕运总督袁保恒等人又筹资在会馆内修建了"精忠祠"和"报国堂"，供奉岳飞像。嵩云草堂的规模达到最大,北至后河沿,南至达智桥,包括中州乡祠、洛社、池北精舍、月牙池、听涛山馆、精忠祠、报国堂等建筑,约一百五十间。河南各府州县学子举人来京应试,都在此居住,在京豫籍显宦巨贾常以此为宴集之所,逢有乡人金榜得中,或升官,或外放都要到这里行礼祭祀。袁世凯进京,从前住族叔袁保龄家,族叔去世后就住嵩云草堂。

与嵩云草堂隔街相望,便是因参劾奸相严嵩而被害的杨益盛的故居,称松筠庵。嵩云草堂里供奉岳飞,松筠庵是骨鲠之臣的祠堂,所以成为清流派最喜聚集的地方。《马关条约》签订的消息传来,恰逢参加会试的举子云集京师,他们纷纷在此两地聚集,签名上书都察院,要求迁都、拒和、变革,这就是著名的"公车上书"。嵩云草堂和松筠庵从此名震京师。

嵩云草堂设一名班主,负责综理草堂事务。现任班主姓陈,是个琉璃球式的人物,与袁世凯关系自然也十分密切。袁世凯一回来就问道:"老陈,几个月前公车上书的事情你知道吗?"

老陈回道:"怎么不知道,当时咱们草堂设了案子,鼓动举子前来签名,有好几百人。"

"听说公车上书的人还有几个经常在草堂里聚集,都是些什么人?我想请他们聚一聚,到时你负责给我联络如何?"

"这简单。如今最活跃的一个叫康南海,今年新中的进士,到工部任主事。他就租住在草堂里,这人牛气得很,把一帮人哄得团团转。"

康南海叫康有为,号长素,广东南海人,所以人称康南海。袁世凯早闻其名,没想到就租住在草堂里。像工部这样算不上事多的衙门,一般下午他们去打个逛就出衙门。在老陈的指点下,下午三时多袁世凯见到了康有为。他递上名帖,康有为夸张地说道:"啊,原来是大名鼎鼎的慰廷兄。你驻扎朝鲜十余年,我倒有问题向你请教。"

但康有为一口广东话,袁世凯根本听不懂。好在康有为身边有一位二十余岁的年轻人,双目炯炯,十分干练机警,是康有为的学生,叫梁启超,字卓如,号任公,也是广东人,但他会说官话,权充康有为的翻译。

袁世凯一打听康有为的年齿,比自己长一岁,立即拱手称"大哥",对梁启超则称"卓如老弟"。

袁世凯说对康有为慕名已久,晚上略备薄酒,请勿固辞。康有为是好热闹的人，没有"固辞"的道理，让梁启超派人送条子约请八九个人前来。四时多就坐下来，加袁世凯正好十人。除了康有为以及他的学生梁启超、麦孟华外，还有翰林院侍读学文廷式，江西萍乡人，是光绪宠妃珍妃的老师，五年前中榜眼，成了翁同龢的门生，授翰林院编修，四年间连升五级，如今已是从四品侍讲学士。文廷式又矮又胖，肥头大耳，人如屠夫，全无翰林清雅之貌，真是人不可貌相。还有户部郎中兼军机章京陈炽及沈增植、沈增桐兄弟，都是翁同龢门生。翰林院编修张孝谦，李鸿藻的高足；举人张权，湖广总督张之洞的儿子，张之洞是李鸿藻的门生，因此也算李鸿藻一系的人物。这么一桌十人，客人九个，袁世凯很快就划清楚，其实有三部分组成，康梁是一部分，北清流李鸿藻弟子一部分，南清流翁同龢弟子一部分。虽身份各异，但他们共同点都是慷慨激昂，力主变法自强。

康有为见人到齐，便问道："慰廷，如今有人说甲午之败，是战之罪，若一力主和，便可避免惨败，你以为如何？"

袁世凯知道，京中舆论都是痛骂李鸿章主和误国，当然不会自讨骂名，遂道："此言大谬。日本人精心准备了十年，其志甚奢，哪能一个和字可了结？若说是战之罪，更是大谬。朝鲜是我藩属，日本咄咄逼人，俗话说兔子急了还咬人。如果我们不战，才会被列国所耻笑。所以我一开始就力主增兵，可惜未被鉴纳。"

文廷式赞道："慰廷高见，虽三言两语，却句句说到根本。"

袁世凯拱手道："文四哥谬赞。世凯回国又请缨赴敌，可惜也未如愿。"

张权则摇头道："前线兵败如山倒，就是袁四哥去也难扭转乾坤。有人说我大清不堪一击，袁四哥以为大清前途到底如何？"

"我大清国土人口皆十倍于日本，小小日本可以胜得了一时，胜不得一世。我大清只要振作起来，以雪国耻，并非难事。关键有二，一是变法图强，这是列位孜孜以求的。二是西法练兵，是我一向所愿。此次兵败，不是败在军械舰船不如人，而是制度不如人，日本因效法欧美制胜，我们也须走变法一途；此次兵败，也不是败在兵数不如人，而是败在兵不精，五六万人攻打六千倭寇据守的海城而不克，皆是因兵不精，非以西法练之不可。"

说起战场交战情形，袁世凯一肚子故事，众人听得聚精会神。说起西法练兵，他把工修植的练兵方案烂熟于心，说起来头头是道，众人无不折服。

一帮人慷慨激昂,谈至夜深,袁世凯已经完全被这帮人接纳。

接下来几天,袁世凯连续做东,与他们已经成了无话不谈的密友。康、梁有一次在宴会上说打算成立"强学会",希望举办报纸,翻译书籍,以开民智,变法图强。袁世凯宴后留下梁启超,拿出五百两银票对他说道:"我盼望着强学会能尽快有成,这是我支持变法的一点心意。"

袁世凯此举大获好评,康、梁不用说,就是翁同龢、李鸿藻的各系门生,也都对袁世凯的慷慨大加赞赏。

袁世凯对张之洞的儿子张权特别巴结笼络。张之洞以清廉自守闻名,对儿子张权的用度控制很严,因此张权囊中羞涩。袁世凯隔三岔五"借给"张权银子,有一天,张权主动说道:"袁四哥,你一直在帮我,兄弟无以为报。但凡有用到我的地方,请四哥开口。"

袁世凯则笑道:"几两银子的事何足挂齿。我倒真有事想拜托老弟,又怕让你误会了咱们兄弟的情谊。"

"这话是怎么说的? 四哥有事,但说无妨。"

"你知道我如今最大的心愿就是能够西法练兵,此事非有人力荐不可。"

闻言,张权立即明白了:"家父有一样好处,对人才向来是内举不避亲,外举不避仇。只是四哥不是家父的僚属,我是否能说得动他,实在没有把握。"

"事在人为,成事在天。成与不成,我都感激老弟。"

然而,事情顺利得有些令人难以置信。七月中旬张之洞上《吁请修备储才折》,除谈了改革主张外,还向朝廷推荐人才,其中对袁世凯大加褒奖,说他"年力正强,志气英锐,胆识优长""任事果敢,实为难得知兵文臣,用之练兵,必有所成"。

"定是太老师极力向张香帅推荐,小门生才得此褒奖。"袁世凯是从李鸿藻那里知道张之洞有此重笔举荐,他连忙向李鸿藻道谢,因为张之洞是李鸿藻最得意的门生。

李鸿藻不愧是方正儒生,绝不揽功,摆摆手道:"慰廷,香涛此荐与我无关,他在京中有专门办差的人,大约是听到了你的美名。今天荣仲华对我说,他已经向六爷和庆王推荐,大约最近几天两王就会考校你,你要好好准备。六爷掌朝政多年,见解与常人不同,问的事情恐怕不拘于军务。到时候你回答要想清楚了再开口,切忌轻率妄言,六爷不喜这一套。"

果然隔一天恭亲王和庆亲王一起在督办军务处召见袁世凯。两王并坐,恭亲王居首,问话也是以恭亲王为主。袁世凯怎么也没想到,恭亲王劈头就问道:"袁世凯,听说去年是你一再鼓动李少荃出兵朝鲜,才有这场塌天巨祸,到底是怎么回事?"

袁世凯脊梁上直冒冷汗,但他很快镇定下来,脑子飞速地转圈。都知道恭王爷向来主和,千万不能以主战的态度作辩解,但又不能把责任揽到自己头上。想明白了这两条,他说话就有数了。他沉思了一会儿,以示自己所说绝非信口雌黄,便道:"王爷,卑职的确有侦察不明之罪。壬午、甲申两次朝乱,日本都败得十分狼狈,十几年来他们一直暗中准备,要与我大清一决高下。出兵朝鲜,便是他们精心布下的一个圈套,为了能够得逞,他们真是煞费苦心,他们不但骗了卑职,日本驻天津领事也面见李中堂,拿同样的鬼话骗人。卑职没识破日本人的阴谋,不敢推卸责任。"

说不敢推卸责任,其实连李鸿章也拽进来,就是为自己开脱。上当的不仅仅只有袁世凯,怎么能把责任推到他一个人头上?恭亲王一眼就能看穿袁世凯的心计,便道:"倭寇阴险狡奸是实情,不过,你一直鼓动出兵也是事实。"

"王爷,卑职是驻朝鲜交涉通商大臣,责任就是保持朝鲜稳定,避免朝鲜产生离心倾向。朝鲜内乱不止,卑职希望尽快平定匪乱,以免他国干涉。卑职主张出兵朝鲜,是希望尽快平乱,从来没有主张与日本人开战。是日本人在找借口,没有这个借口,他也会找到别样借口。比如我们往朝鲜运兵,他们凭什么击沉我们的运兵船?日本人是铁了心与我们开战,所以,我们无论多么想和也和不成。外间有人传言,要把开战的责任推到卑职头上,卑职不是怕担责任,实在是责任在日本人,推到卑职头上,就好比非要把屎盆子扣到大清的头上。望王爷明鉴。"

袁世凯最后这几句话特别厉害,的确,袁世凯有责任,但如果只怪袁世凯岂不是在为日本人洗脱责任?恭亲王此前对袁世凯特别不满,就是怪他轻狂出兵的主意。经袁世凯一辩,觉得大有道理。他心里暗暗点头,觉得此人虽然没有功名,头脑却不简单。于是不再讨论这个话题,转而考校他西法练兵的见解。西法练兵的事情,两王去年已经听胡燏棻谈过一次,但胡燏棻合肥口音中夹杂广西话,两王都听不太清楚。袁世凯是专门下过一番功夫,口齿相当清楚,而且他对练兵方案狠下了一番功夫,又参酌关外战场见闻,说起来头头是道。

当天下午,两王会见的情况就有反馈,李鸿藻下衙门回来,见袁世凯正在等候,满脸笑容道:"慰廷,两王都是交口称赞。尤其是六爷向来很挑剔,竟然也是多有褒奖。我与仲华碰了下头,已经向两王推荐,希望能把你留在督办军务处。要进督办军务处,非有皇上旨意不可,这些天你好好准备,皇上召见时你可要好好奏对。"

袁世凯相当激动,但此事又不能对别人讲,一旦传开,皇上却未召见,那面子可就丢大了。所以,他努力压下这份激动和不安,强迫自己认真准备将来的奏对。

奏对要深得圣心,必须首先明白皇上最关心的是什么。这并不难,如今经常在嵩云草堂集会的人,翁同龢的弟子有好几个,他们从翁师傅那里摸得清光绪的心思。尤其是文廷式深得皇上赏识,又蒙皇上多次召见,皇上的心事他非常清楚。皇上现在所关注,一是变法,二是练兵。对于变法,袁世凯是门外汉,他向康梁等人请教。至于练兵,正是他所长。

1895 年 8 月 2 日,光绪召见袁世凯。先问了几个诸如家中兄弟几人等家长里短的问题,为的是让袁世凯不至于紧张,这也是皇上首次召见臣子时的常规。而后话题一转问道:"袁世凯,你驻扎朝鲜多年,对朝鲜、对日本都比别人了解得多。对此次战事,你有什么看法?"

此事战事,自然是指甲午之战。甲午惨败,说如何痛心疾首,这些话都非皇上所愿闻。皇上会有此问,袁世凯像考生押题一样早有准备,他以头碰地说道:"日本幅员仅我两省之地,我则十数倍之,而日本以小胜大,所以胜者,由于讲求西法,实力推行;我之所以败者,由于拘守成规,不思改辙。此次军兴失利,势诚岌岌。然而,臣以为这也是大清的机会,如果大清因此一败而上下一心,不忘仇耻,破除积习,因时变通,以我之地大物博,不过十数年间,而富强可期,必将雄视海内,强邻悚息。"

甲午虽然惨败,但中国人不能因此绝望,这也是光绪最愿听到的话,因此道:"你能有此见识,朕心甚慰。朕也深知日本因变法而富强,但在朝中是否变法,争议极大。有人认为不变法无以自强,但也有人认为,祖宗之法不可变。"

"回皇上话,臣以为祖宗之法一直在变。三代之际,行井田,设封建,秦汉而后,兵律官制,农政税法,迭经更易。降至今日,旧制所存者,百难一举。如今,通商开禁,门户洞开,即欲闭关自守已不可能。而富国强兵之道,势不得不参用各国新法,择善而从。"

光绪又提出一问:"我国效法西洋,也历数十年,而终不能胜倭国。因而有人以为,恰恰是因以夷变夏,人心不古之故。"

"并非以夷变夏之故,恰恰是效法欧美不得法。数十年来,仅以为我之器具不如人,只引进洋枪洋炮、机器轮船,而没有效仿各国制度。日本处处效法欧美,不但引进机器,连议院之制也尽行效仿,因而有今日之强盛。臣以为,变法图强势所必然。"

光绪对袁世凯的奏对很满意,接下来又询问西法练兵的事宜,袁世凯更是如数家珍。原来以为皇上不过是例行召见,顶多两刻钟,没想到竟然用了半个多时辰。等听到皇上说:"你跪安吧。"袁世凯倒退着到了门边,转身出了大殿,这才发现出了一身大汗,人像从水里捞出来一样。他站在汉白玉台阶上轻风一吹,感觉身心通透,快意之至。

袁世凯出宫后,就到李鸿藻家中等候消息。快吃午饭时,李鸿藻下朝回来对袁世凯说道:"慰廷,皇上已经有旨意,浙江温处道袁世凯,着交督办军务王大臣差委。"

袁世凯听了问道:"太老师,那小门生练兵的事,皇上没有旨意?"

李鸿藻叮嘱道:"慰廷,少安毋躁,凡事都讲水到渠成。你进了督办军务处,先在练兵上好好用心,将来不愁没有机会。仲华有事交代你,他有睡午觉的习惯,你下午三时再去就行。"

袁世凯告辞出门,觉得下午去不如现在去。于是挑了几样拿得出手的土仪去见荣禄。荣府的门房与袁世凯都十分熟悉,他先在门房稍坐,只等荣禄一吃完饭就报进。

荣禄听说袁世凯来了,连忙传见。袁世凯顶戴袍服进门,跪倒磕头,荣禄连连道:"你快换身随意的衣服,你看我也是便服。"

赵国贤在门外侍候着,知道必有此吩咐,因此立即侍候袁世凯换衣服。

袁世凯换好后重新见礼道:"中堂,此时打扰实在不该。只是今天皇上召见卑职,不知奏对是否妥当,请中堂教诲。"

荣禄不久前刚升协办大学士,因此袁世凯一口一个中堂。

"妥当得很,皇上很高兴,已有旨让你进督办军务处。我知道你的心思,是想西法练兵。我今天也给你交个底,我也希望你将来能去练兵。太后皇上让我进督办军务处,也是从军务上着眼。说句不谦虚的话,督办军务处,真正知兵的,除了两位王爷,也就数着我荣某人了。我对军务上的事,尤其是西法练兵的事,不能不特别上心。实话说,胡芸楣虽然名义上是西法练兵,但无论规模还是气度都不尽如人意,我希望将来你接手。当然,这都是后话,但今天有些话必得说清楚。慰廷你知道,如今最缺的就是懂军务的人才,我对你寄予厚望。"

袁世凯聪明透顶的人,立即明白荣禄的意思,是打算把他当心腹培养,所以立即跪到地上道:"卑职一定唯中堂马首是瞻,也请中堂驱如牛马。"

"你起来,我们都是为朝廷分忧,同殿为臣,如何能驱你如牛马!我只希望你好好用心,别让我失望。"荣禄对袁世凯的反应很满意。

"进督办军务处,卑职诚惶诚恐,心里没底,请中堂教诲。"

"也没什么好惶恐的,以你的性情定然能够拿捏好分寸。你主要把心思放在练兵上,我有个想法,就是希望你集中精力翻译几本外国人练兵方面的书籍。要讲陆军,德国兵最有名,日本陆军也是学习德国那一套,你最好能从德国陆军入手,真正明白德国陆军是如何操练,然后再拿出自己的练兵办法。时机一旦成熟,我就为你运作替代胡芸楣的事情。"

袁世凯回道:"最近强学会那边得到各国使馆的支持,英、美、德、法等国都赠送了一批书籍,卑职记得德国所赠就有陆军操典等。"

"翻译兵书的事情你主持,要用什么人,要翻译哪些书,一概由你做主。银子的事你不用愁,我来想办法。"

接下来的几个月,袁世凯请了德文翻译及几个文笔好的文案集中精力翻译编著兵书,先后翻译了《德国陆军操典》《训练操法详细图说》。又在此基础上拟定《练兵要则十三条》《新建陆军营制饷章》及《募订洋员合同》,先呈报荣禄。荣禄看过,次日对袁世凯道:"是时候了。"

是时候了,自然就是袁世凯代替胡燏棻练兵已经水到渠成。

袁世凯所呈的三份文件，主要内容包括新军编练的营制、组织结构、指挥体系、人员配备、军饷待遇、军需开支等，具体而琐屑，却是很具操作性的方案。这一方案，最大的不同是不再像从前一样单纯重视武器装备，而是特别重视军制尤其是指挥体系的革新。

1895 年 12 月 8 日，督办军务处奕訢、奕劻、李鸿藻、荣禄、翁同龢、长麟联衔入奏，请旨袁世凯督练新建陆军：

> 查有军务处差委浙江温处道袁世凯，朴实勇敢，晓畅戎机。前驻朝鲜，甚有声望。其所拟改练洋队办法，及聘请洋员合同暨新建陆军营制、饷章，均甚周妥。相应请旨派袁世凯督练新建陆军，假以事权，俾专责任。先就定武十营步队三千人、炮队一千人、马队二百五十人、工程兵五百人为根本，再加募步马各队，足七千人之数，即照该道所拟营制、饷章编伍办理，每月约支正饷银七万余两。

当天光绪就下旨：

> 谕军机大臣等。据督办军务王大臣奏，天津新建陆军请派员督练一折。中国试练洋队，大抵参用西法，此次所练，系专仿德国章程，需款浩繁，若无实际，将成虚掷。温处道袁世凯，既经王大臣等奏派，即着派令督率创办。一切饷章，着照拟支发。该道当思筹饷甚难，变法匪易，其严加训练，事事核实，倘仍蹈勇营习气，唯该道是问。懔之慎之。

第二十一章

话不投机遭训斥　广揽人才打班底

　　紫禁城东南侧的东华门,是文武大臣早朝必经之地。由此向东行一里多,便是金鱼胡同。金鱼胡同南侧,有一个幽静的大院落,这就是著名的贤良寺。原本是雍正皇帝十三弟怡亲王的府邸,死后舍府为寺,由雍正皇帝亲笔题名贤良寺。此地因近邻东华门,成为封疆大吏进京最喜欢借居之地。

　　寺庙靠出租"庙寓"增加收入,古已有之,明清更盛。贤良寺因地理之便,此项生意颇为可观。李鸿章任直隶总督二十余年,每次进京都借居在此。他以文华殿大学士而兼直隶总督、北洋大臣,是真正的百官之首,声威赫赫。他入住寺里,必有一百余名身穿灰呢窄袖衣、肩扛洋枪的淮军卫队入住护卫,贤良寺门前更是冠盖云集,翎顶辉煌。许多想走李鸿章门路的人通过方丈巴结,携带得方丈也显赫一时。

　　不过,这都是从前。甲午一役,李鸿章成为人人痛骂的卖国贼。他的直隶总督、北洋大臣之职也由王文韶接手,仅以文华殿大学士身份进京入阁办事。

　　官场炎凉,甚于世俗,京官们对李鸿章是避之犹恐不及,旧僚下属也大都树倒猢狲散。当然,并非都是如此,总还有些不屑趋炎附势之辈,不避炎凉,经常来看望、陪伴。

　　比如眼前的这位直隶候补知县、湖州人吴永。

　　吴永少年丧父,家境十分贫寒,但十分好学,尤其精于金石。客居长沙时得到郭嵩焘的赏识,被带入京城,推荐到曾国藩的长子曾纪泽府上教书。

曾纪泽也深爱其才,以次女相嫁。曾纪泽的大女婿就是李鸿章的侄子,有这层关系,吴永得以入李鸿章幕府。他文才很好,受到李鸿章器重,马关谈判的时候同去日本,任办约文案委员。他经历了马关签约的前前后后,对李鸿章所受的屈辱感同身受,因此无论全国舆论如何痛诋,他都敬重如昔。

李鸿章不愧是经历过大风大浪的人,身处窘境,依然心胸豁达,饭量不减反增。午饭过后还要喝浓粥一碗,鸡汁一杯。午休后醒来,与吴永对弈。下棋时心不在焉,一边下一边发牢骚道:"我少年科第,壮年戎马,中年封疆,晚年洋务。一路扶摇,遭遇不为不幸。乃无端发生中日交涉,至一生事业,扫地无余。"李鸿章把一子恨恨按在棋盘上,表示他对甲午之战的愤恨,"我老师因为天津教案,委曲求全,举国痛诋,以致外惭清议,内疚神明,几乎身败名裂。天津教案是我老师的劫数,甲午之役是我的劫数。天津教案是洋人欺我太甚,甲午之役是那帮纸上谈兵的书生误国!"

甲午战争前,李鸿章一直主和,不想和日本人撕破脸,他认为如果朝廷能够听他的主见,顶多失去朝鲜,何至于惨败如此?无奈翁同龢等人倡率一帮腐儒书生,高谈阔论,一力主战,他不得已增兵朝鲜,与日本决战。

其实,这只是李鸿章的想法。吴永知道日本人谋求一战暗暗准备了十余年,岂是避战能避得了的?不过他不愿给李鸿章添堵,排解道:"形势逼人,由不得中堂。"

"明知道不敌却要硬着头皮上阵,岂有不败之理!我办了一辈子的事,练兵也,海军也,都是纸糊的老虎,何尝能实在放手办理?不过勉强涂饰,虚有其表,不揭破犹可敷衍一时。如一间破屋,由裱糊匠东补西贴,居然成一间净室。即有小小风雨,打成几个窟窿,随时补葺,亦可支吾应付。乃必欲爽手扯破,又未预备何种修葺材料,何种改造方式,自然真相破露,不可收拾,但裱糊匠又何术能负其责?"李鸿章以为,在光绪面前一言九鼎的翁同龢就是撕破他破屋的人,因此对他真是恨之入骨。

"现在举国上下,都吵着要用西法练兵,好像这是药到病除的救国良方。"吴永一边重新布子一边说道,"听说袁观察去小站练兵,不日就要出都。"

"哼!练兵是那么好练的?"李鸿章对袁世凯在京中钻营,尤其是投翁同龢的门路极为不快,"我倒要等着袁大少爷练出新兵来,去打一阵我瞧瞧!"

真是说曹操曹操到,仆人进门通报道:"老爷,袁道台求见。"

李鸿章摇摇手道:"不见不见,我如今赋闲,对他袁大少爷没哄个用。"

"还是见见好。"吴永见李鸿章并不反对,便对仆人道,"请袁观察进来吧。"

袁世凯进了门,撩起袍角就跪地行礼。李鸿章并不起身,也不看袁世凯,盯着棋盘道:"袁大少爷还能拨冗来见老夫,真是意想不到。"

"袁观察请喝茶。"吴永连忙代李鸿章待客。

仆人端上茶来,袁世凯接过来放到几上,双手扶膝,挺直腰板,一副请训的架势。李鸿章这才端坐到椅上说道:"听说你在忙着练兵,几时走?"

袁世凯语气十分恭敬道:"三两天内就去天津。卑职今天来就是向中堂请教,恳请中堂推荐练兵人才,卑职对新法练兵,实在心中无谱。"

"不敢当,我手下的淮军都是残兵败将,哪里还有什么人才!"话不投机,一时陷入尴尬。李鸿章大概觉得这样拒人于千里之外有失身份,因此语气缓和了些,"你打算找些什么样的人才?"

"卑职奉诏,完全按西法练兵,懂洋人兵法的最好。"

"哼,西法练兵,我当年率军到上海就雇洋人用西法练兵。"李鸿章对西法练兵很不以为然,"我手下的那些个将领都是从战场上杀出来的,对那些个花花架子不感兴趣。有点名堂的当然不肯屈尊前去,没有名堂的,去了也没用。"

李鸿章手下的将领百战余生,不是总兵就是副将,不少人都带提督衔,一二品的武职大员,如何肯到小站去受袁世凯的约束?

袁世凯依然语气恭谦道:"职位高低无所谓,卑职想求的是懂西洋操法之人。"

"那你找荫午楼好了,他当了多年的武备学堂总办,培养的就是懂洋操的学生。"

荫午楼就是荫昌,天津武备学堂的总办。他是满洲正白旗人,当年在同文馆学过德语。后来曾经任过驻德使馆的翻译,据说根本听不懂德文。但满人的身份让他沾了光,后来被派到德国陆军学校学习,正巧与德国皇太子(后来的德皇威廉二世)同班,两人很对脾气,平时相互之间说话都以"老子"自居。有皇太子这个朋友,荫昌毕业的时候学校给出的评价很高。他毕业回国,正赶上李鸿章兴办天津武备学堂,被聘为监督,后来升帮办,再升总办。李鸿章开办武备学堂,为的就是培养新式陆军人才,聘请德国退役军官为教员,设步、马、炮、工程四科,从各营挑选精健聪颖、略通文义的弁兵入堂学习,第一期招生百余人,以后渐多,已经毕业学生近千人。

袁世凯与荫昌不熟,请李鸿章写封亲笔信,他很痛快地答应了。

等李鸿章写完信,袁世凯觉得他不再是拒人千里之外的态度,自己也应当说几句肺腑之言。他把信收好,放到贴身的口袋里说道:"中堂是再造元勋,功高汗马。现在朝廷待您如此凉薄,以首辅空名随班朝请,卑职深为不平。您不如暂时告归,养望林下,俟朝廷一旦有事,闻鼙鼓而思将帅,不能不倚重老臣。届时羽檄征驰,安车就道,方足见您的身份呢。"

没想到李鸿章勃然大怒,厉声呵斥道:"打住打住。慰廷,你来替翁叔平做说客吗?他汲汲想得协办大学士,我开了缺,腾出个协办,他即可顶补。你告诉他,叫他休想! 旁人要是开缺,他得了协办,那不干我事。想补我的缺,万万不能! 诸葛亮说'鞠躬尽瘁,死而后已'这两句话我还配说。我一息尚存,绝不无故告退,绝不奏请开缺! 花言巧语休在我面前卖弄,我不受你的骗!"

清代内阁大学士,例有定额,设保和殿、文华殿、武英殿、文渊阁、东阁、体仁阁大学士六名,但保和殿大学士自乾隆后一直空缺,常设的实际只有五人,同光年间很多时候甚至只有四人,此外,还有协办大学士两员。雍正设军机处后,大学士虽然已无实权,近乎荣誉职位,但毕竟在体制上还有宰相虚名,也只有得大学士之缺,才有资格被呼为"中堂"。所以,重臣所望。殿阁大学士出缺,例由协办大学士递补。光绪亲政后,翁同龢虽然炙手可热,但因为殿阁大学士和协办都已满员,因此一直未能得协办。李鸿章当时是文华殿大学士,是俗称的首揆,年龄又最大,如果他辞去大学士之职,以翁同龢的地位,可顺利获协办之缺。李鸿章的实缺都已被开去,再辞去大学士,他这样热衷功名的人又如何能够受得了,也就难怪他会勃然大怒。

"中堂误会了,我……"袁世凯一脸愕然。

李鸿章不耐烦地摇着手道:"你不必解释,我虽然赋闲,但也没闲工夫听你花言巧语。你快走,别在我这里误了你的前程。"

吴永见李鸿章是盛怒难抑,连忙向袁世凯使眼色,袁世凯只好唯唯退出。到了前院,吴永追出来道:"袁观察,中堂最近心绪不好,不必挂怀。"

"中堂是误会我了,我怎么会做翁师傅的说客?翁师傅是直接通天的人物,他要谋求协办的位子,何必舍近求远?即便是找人当说客,我也没那个资格。吴兄,中堂于我有再造之恩,我怎么可能背叛中堂?请吴兄务必在中堂面前转圜。"袁世凯说罢抱拳一揖,是一副重重拜托的表情。

"中堂一直盛赞观察之才,只要观察一直敬重中堂,一切误会皆不难消解。"

"当然,眼前我练兵就需要中堂指点,就是将来仍要靠中堂提携。"

吴永回去,见李鸿章余怒未消,就劝道:"中堂何必生气,袁慰廷说他的确不是翁师傅的说客,请中堂不要误会。"

"我当然不会误会。袁世凯,你不知耶?这真是小人!他巴结翁叔平,来为他做说客,说得天花乱坠,要我乞休开缺,为叔平做成一个协办大学士。我偏不告退,叫他想死!我老师的'挺经'正用得着。我是要传他衣钵的,我决计与他挺着,看他们如何摆布?"

"翁师傅堂堂帝师,还不至于托一个小小的道台来当说客吧。"

李鸿章冷笑道:"假道学一样热衷真名利。袁世凯这个人功名心太炽,自朝鲜回来后,他就不安于位,尤其从辽东回来,就一直在京中钻营,他投翁某人的门路,以为我不知道?那些个参折,弹劾我不肯增兵,贻误战机,说得有根有据,有的还直接引用我的电文,除了袁世凯,谁还能泄露出去?那时候他们嚷嚷着打,以为只要打就能胜,袁世凯也去凑热闹。结果战而惨败,恭王爷对盲目主战的那些个人十分憎恶。有一次他还对我说是袁世凯撺掇着妄开战端,要治他的罪。我对王爷说:'王爷,这件事就不必追究了,横竖一切罪名都由我李鸿章担。'我不像他们,跳着脚煽风点火,又一点责任也不肯担。"

袁世凯碰了一鼻子灰,好在得到荫昌这条线索,从武备学堂毕业生中寻人才的确是条捷径。自己从前从未想到这条路子,幸亏李鸿章一语提醒。上谕已颁,他必须尽快到天津赴任,赴任前必须见到荫昌,谈妥推荐人才的事情,这是最急需办理的大事。

荫昌在天津时候居多,但正室及子女都在京城,他也时常回京。向人打听了他的住处,但人是不是在就不得而知了。袁世凯准备了一份厚礼,第二天就登门拜访,碰一碰运气。

满人入主京城后,实行满汉分居,旗人居内城,八旗各有不同的居住范围。荫昌隶正白旗,居地集中在内城东北,他的家便在正阳门内海运仓南的扁担胡同。袁世凯住处嵩云草堂,在宣武门西南,到荫昌的宅邸有二十余里,所以一大早就起程。赶到时已经九时多,赵国贤将袁世凯的名帖和李鸿章的信交由门房递进去,很快传出话来,主人有请。

袁世凯跟随下人进了院子,一个三十多岁的瘦高男子已经站在滴水檐下,他留着两角翘起的胡须,一看就是出过洋的派头。他抱拳一揖说道:"名冠中外的袁观察,今日终得一见!"

荫昌很热情,携着袁世凯的手进入客厅,敬茶,上瓜子,布糕点,十分殷切。旗人礼多,将袁世凯一家老小问了个遍,这才转入正题。荫昌感叹道:"你还未到任就向武备学堂求人才,难得还有识货的人。"

按荫昌的说法,武备学堂虽然开办了十余年,毕业的学生上千人,但效果却差强人意。这些学生回到原来营中,能当上教官就算好的,能够真正得到提拔获得指挥实权的实在寥寥无几。

"咦,这又是为何?"袁世凯皱皱眉头表示不解。

"武大郎开店,容不得身量高的!你也知道,淮军中的将领都是当年追随李中堂与长毛、捻子作战,自恃百战余生,动不动就说老子当年从死人堆里爬出来的,打仗靠的是真刀实枪,摆弄那些花架子,去天桥练把式行,打仗没得屌用。所以,这些学生要想升职,真是难如登天。"荫昌解释道。

袁世凯摇摇头道:"中堂英名都葬送在他这些老部下手里。他们个个高官得坐,骏马得骑,几十年间喝兵血吃空饷,积下万贯家财,所以上了战场贪生怕死之辈层出不穷,不战而溃的笑话闹得多了去了,我是亲眼看见。"

"淮军已经扶不上墙了,所以编练新军才得到举国关注。可要说练新军,可不是练练洋操放放洋枪那么简单。胡枲司此前在小站练兵,还是换汤不换药,根本谈不到西法练兵。"

"这我倒要仔细请教,午楼兄以为毛病出在哪里?"袁世凯听了两眼放光。

袁、荫两人序齿,同年所生,袁世凯生日小,因此称荫昌午楼兄。

"西法练兵,依我看,队列出操,操枪弄炮,掘壕攻防,固然很重要,却不是顶顶重要的。顶顶重要的,是要学洋人的军制!淮军的最高编制是营,连长夫在内不过六七百人,能打仗的不过五百余人。每遇战事,临时凑数十营交一人统带,兵不习将不说,关键是平时缺乏大兵团作战的演练,人家数万人指挥裕如,我们数千人就形如散沙,就是再高明的将领带兵又有何用?"

袁世凯一拍大腿道:"中,和我想到一块了。"

"胡桌台到小站练兵,虽然也请了洋教习,可是还是按淮军营制来练,所以我说是换汤不换药。"

"我到小站后要扩募到七千五百人,等练出点眉目再奏请增募到一万两千人,这才堪为一军,也才能谈得到完全按西洋的军制来练。我现在最缺的就是懂西法练兵的将才,只要午楼兄舍得把你夹袋中的真正人才推荐给我,我就敢把各级统领的实权交给他们,绝对不会只让他们督督操,当摆设。"

"好,慰廷老弟台若不食言,则是给武备生开了一条发达的康庄大道。我先谢过了。海关总税务司赫德有一次曾经对我说:'你培养了新式人才,却没有新式军队。所以你培养的人才只能晾起来。'这个洋鬼子把大清的事情看透了,他用的晾这个词,也真难为他想得出来。被晾起来的何止北洋武备生,花费了巨额饷银出洋回来的人,也大都被晾了起来。原因就是咱们没有编练新式军队,所以这些人才反而显得百无一用。如果慰廷老弟训练名副其实的新军,我就给你推荐人。如果还是走淮军老路,我也不必多此一举。"

袁世凯睁大眼睛说道:"咦,说得好好的,怎么又不肯相信我了。午楼兄放心好了,我要不是为了练新军,何必费这些心思!"

"只望老弟不要食言。我给你推荐的第一人叫王士珍,字聘清,正定人,是武备学堂第一期学生,本是叶曙青军门的随身马弁,在学堂学的是炮科,回营后任炮队教习。去年随叶曙青入朝作战,叶曙青溃败平壤,身败名裂,但王聘清打得还是不错的,在平壤亲自操炮,受了伤,额头上留一条寸余的伤疤。他回来后曾经找我谈过平壤之战,他的建议都很好,无奈叶曙青不肯入耳,如今就随聂军门驻军芦台。"

袁世凯请道:"一事不烦二主,还请午楼兄写封亲笔,届时我派人去请。"

"理当效劳。"荫昌很痛快地答应了，"还有一个，是李中堂的小老乡，大名段祺瑞，字芝泉，也是武备学堂第一期，学的也是炮科，在旅顺监修过炮台，后来又被派到德国克虏伯炮厂学习。当时他们出洋五人是通过考试选拔，他考的第一名。回国后被派到威海卫炮台当教习。"

"他和午楼兄一样，是真正喝过洋墨水的。只当炮台教习，可惜了。"袁世凯也是一叹道。

"还有一位，是直隶河间人，大名冯国璋，字华甫，也是学堂一期，不过他学的是步科。华甫很聪明，又肯吃苦勤学，精通枪炮阵式，尤其熟习营垒作业。甲午战前，他随聂军门赴东北和朝鲜等地考察测绘地形，聂军门《东游纪程》一书多半功劳是华甫的。几个月前他随驻日公使赴日，目的是学习日本的军事，大约明年春就回来了。"

"人才难得，人才难得，午楼兄一定帮我设法把他们收入麾下。"袁世凯十分高兴，"懂西洋练兵的人，我是多多益善，请午楼兄多多推荐。"

"出色的十个八个都不成问题，干脆我列个单子给你，到时候你挑着用。"荫昌给袁世凯列了个单子，曹锟、段芝贵、张怀芝、何宗涟、王英楷、陆建章、田中玉、王占元、马龙标、李纯，恰好十人，"他们这些人郁郁不得志，只要老弟放手使用，他们辗转呼引，不愁没有人才投奔麾下。"

"中中中……"袁世凯如获至宝，藏到夹袋里。

回到嵩云草堂，袁世凯又拿出荫昌写给王士珍的亲笔信和开列的名单细看，真正是眉开眼笑。站在他身边的赵国贤欲言又止，终于还是没有忍住，问道："四哥，你不会只用外人吧？"

"你想干啥呢？我这次练的是新军，必须懂洋操。"袁世凯其实早有考虑。

"我在朝鲜也算学过洋操，四哥能不能派我去带兵，还是带兵威风。给我一哨人马，当个哨官……"赵国贤看袁世凯脸色阴晴不定，"四哥要为难，让我去带一棚兵也行。"

"按我给朝廷的练兵计划，一营的营官称统带，没有官职或职衔太低的，准戴三品顶戴；统带下设帮统，作为营官的副手，准戴四品顶戴；营下设队，队官称领官，准戴五品顶戴；队以下设哨，哨官六品顶戴。你如今是五品的守备，我准备让你当帮统，戴四品顶戴如何？"

袁世凯这话出乎意料，赵国贤喜笑颜开道："中，我一定给四哥好好干。"

"良臣，你是我的心腹手足，不能只管带兵，发现有啥事情，不管是带兵方面还是其他方面，都要及时向我报告。我弄到这个差使不容易，非练出个样子来不行，你们都要实心实意地帮着我，懂不懂？"

袁世凯说话最喜欢问"懂不懂"。赵国贤明白袁世凯的意思，是让他当好耳目，点头道："懂。"

"在朝鲜的那帮兄弟只要和咱贴心的，都把他们招呼来，我不会亏待。"

两个人一起商量，列出个名单。刘永庆，是袁世凯的表弟，聪明干练，袁世凯出任驻朝总理后，被提升至仁川商务委员；吴长纯，安徽庐江人，是吴长庆的族弟，袁世凯在朝鲜能在庆军中立足，多亏他的帮助；吴凤岭，江苏铜山人，是袁世凯家用人的儿子，大袁世凯五六岁，从小照顾袁世凯，到朝鲜后任跟班护卫；徐邦杰，江苏句容人，随袁世凯在朝鲜办商务，胆大心细，多计谋，曾经匹马劝说东学党，深得袁世凯赏识……此外还有江朝宗、唐天喜、王玉同等人。刘永庆、吴长纯等身份重的由袁世凯亲笔写信，其他则由赵国贤写信相约，一起到小站共谋大业。

晚上袁世凯在宣武门外广和居宴请两个老熟人，一个是翰林院编修徐世昌，一个是在李莲英四弟家中坐馆的阮忠枢。广和居是京城饭馆"八大居"之一，其菜品融合南北风味，深得文人墨客喜欢，其地虽隘窄，屋宇甚低，而食客趋之若鹜。徐世昌、阮忠枢先后赶到，广和居最有名的炒腰花、江豆腐、潘氏清蒸鱼、四川辣鱼粉皮、清蒸干贝等摆了满满一桌。

阮忠枢见状问道："四哥，你要请几个人。"

袁世凯回道："就你和菊人哥，我们三人有事商议，闲人免进。"

徐世昌指指一桌子菜说道："那这可真是有些浪费了。"

"有事相求，不敢怠慢。"

袁世凯所谓有事相求，对徐世昌，是想请他出任参谋营务处总办一职。袁世凯计划设新军督练处，作为新军的最高指挥机关，下边又设参谋、督操、执法和稽查四个营务处。而其中参谋营务处又是综合办事机构，是袁世凯最重要的助手。徐世昌为人沉稳，思虑周详，又通达权变，正可补袁世凯行事操切之不足。然而，翰林院向称朝廷储才之地，翰林虽然清苦，却很有

些虚名,翰林而出任军职,恐为世人所讥。所以此前袁世凯已经给徐世昌写过一封信,恳切地帮他剖析利弊,希望能说动他:

> 老哥困居翰院,将届十年,循予升职,限于前辈之当先,官缺少而候任者众,擢升之期遥遥无望,不如改弦更张,屈就武职,别图异路功名较为迅速也。弟之练兵处,月饷约十万左右,需人佐理,拟奏调老哥为练兵处提调,兼充参谋处总办,并任饷糈事宜。虽属大材小用,而建功列保,却较在翰院中容易十倍也。

自从太平军兴,投笔从戎成为升职的捷径,曾国藩、李鸿章、左宗棠这些中兴名臣自不必说,如今的封疆大吏,司道官员,也多半是靠军功而居要津。徐世昌在翰林院不受李鸿藻的赏识,郁郁不得志,到袁世凯幕府的确是一条不错的路子。然而,要他放下翰林的架子,袁世凯并无把握。

"恐怕要让四弟失望了。"徐世昌抱抱拳道,"朝廷定例,翰林编修须满六年资格,方可迁转。此六年中,一日不得间断,若有事出京,亦须按日补足。我编修将满五年,再熬年余当有个结果。"

显然,徐世昌对六年资格届满还抱着热望,这也是人之常情。袁世凯并不强求,退而求其次道:"翰院既然有这一层规矩,我当然不能强求。不过,大哥须答应我,有事时帮我出出主意。虽然不去小站就职,也要当我背后的诸葛亮,届时将按月略致薄酬。"

这并非什么难事,而且以袁世凯的行事风格,这份薄酬必薄不到哪里去,徐世昌很痛快地答应了。而在袁世凯来说,正所谓放长线钓大鱼。

袁世凯对阮忠枢说不上是求,是邀请他出任总文案,报酬极优,月饷及公费合计二百两。阮忠枢乐得合不上嘴,但袁世凯有一样担心:阮忠枢在李莲英四弟家里坐馆,把他挖走,会不会得罪李莲英。李莲英是太后身边的红人,是万万不能得罪的。所以此事必须问个明白,确有把握。

"四哥尽管放一百个心,我已经向四爷请示过,"阮忠枢说的"四爷"就是李莲英的四弟李升泰,"四爷说,这是好事啊,我家里的先生发达了,我脸上也有光,高兴还来不及呢。"

袁世凯听了高兴道:"好,只要处理妥了,我就放心了。我手头有一堆文案要处理,明天你就过来帮忙,大后天就起程去天津。"

山东威海卫刚下过一场雪,到处白茫茫一片。黄昏的时候,残阳如血,寒风凛冽,一派肃杀,但段祺瑞依然照老习惯一步一滑地登上公所后面的炮台。甲午海战后,北洋舰队全军覆没,日军占据威海卫,撤走前把炮台悉数破坏,巨炮或沉海,或运走,炮台只剩石块和水泥混筑的台基。自从四年前到威海出任随营学堂的教官,他就喜欢登上炮台,四面瞭望,思绪纷飞。

段祺瑞是合肥人,爷爷和父亲都是淮军军官,虽然官职不高,但家里的日子还不错。但随着爷爷和父亲去世,家境从此一落千丈,以致连私塾的学费也交不出,老师强留下他的一块砚台和书桌抵顶后,把他赶回家去。他本来也不愿读书,乐得不受那份拘束,但终日游手赋闲,也为人所看不起。他有个族叔当时在山东烟台当管带,十七岁那年决心投奔族叔。母亲不放心,但又没有更好的谋生出路,母子两人抱头大哭一场后,他怀揣着母亲给的一块鹰洋,一路乞讨,步行两千余里到达烟台。族叔赏识他的胆识,欣然收留,并督责他好好读书。

1885 年,李鸿章在天津开办武备学堂,从淮军各营中选调年轻聪颖者入学堂。当时只招收一百名,段祺瑞因读过私塾,族叔又是管带,因此被推荐入学。经过考试,他分到文化程度要求最高的炮科学习,每次考试都是优等。有一次李鸿章前往巡视,在海河上打靶,见段祺瑞弹无虚发,对这个小老乡印象极深。1888 年李鸿章决定派武备学堂五名学生赴德国留学,段祺瑞便名列其中。两年后,其他四人都按期回国,只有他留下来到克虏伯兵工厂实习一年。

回国的时候段祺瑞真正是雄心万丈,他幻想着自己当上一支炮队的指挥官,用从德国所学的最新知识改造淮军,但现实却很让他失望,他先是被派到军械局负责购买军械的检查验收。他所学是用于实战的知识,如何甘心只当一名检验员?他一再向上司要求,反而得到不安分的评语。后来他又被派到威海随营学堂当教官。当教官当然比军械委员要强,但依然不如所愿。他曾经向负责南北帮炮台的戴统领提出希望能到炮台上带兵,戴统领毫不客气地拒绝道:"你们这些喝洋墨水的,没在战场上摔打过,在学堂里当当教员、纸上谈谈兵行,真带兵,你们不是那块料。别以为带兵简单,比纸上的学问大着呢。"

段祺瑞碰了一鼻子灰,他发现威海卫无论海军还是陆军,还是炮台的军官,都各自有后台。他虽然得到李鸿章的赏识,但疏于经营关系,尤其不会也不屑于送礼巴结,结果为同行所不齿,认为有现成的路子不会走,难成气候。如今他明白,要在淮军里混,这是一个致命弱点!

这还仅仅是个人的前途之忧。甲午战败,让他对国家前途也陷入迷茫。北洋海军曾号称亚洲第一,从前每每看到巨大的定远、镇远劈波斩浪,巨炮向天,他总是满怀激动,认为国家毕竟强大了,再也不会任由列强凭几艘战舰就逼迫中国割地赔款了。那时他坐在炮台上,抚摸粗壮的炮管,他也曾经觉得威海固若金汤。然而,威海之战最终以北洋海军全军覆没告终。他亲历了全过程,经历了紧张、激动、坚守、绝望的心路历程。他最不可解的是,数十艘战舰为什么只能窝在港中被动挨打,连港口也不敢出!他更不可理解的是,南北帮炮台百余门炮,数千人,竟然在一天之内尽丧敌手,尤其是北帮炮台几乎是一炮未发,便一哄而溃!当初倨傲无礼、目中无人的戴统领落得个吞金自杀!

国家的前途在哪里?他自己又该何去何从?日军撤走后他奉命又回到刘公岛,真正是满目疮痍。北洋海军没了,炮台悉数被毁,国家命运和个人前程,一切皆是茫然!

一个多月前,他路过上海,从《申报》上看到朝廷正在天津小站练兵,参照西式兵法,分步、炮、骑、工等兵种,他的心为之一动,如果自己能到炮队去就好了!但这个念头仅是如闪电一亮,转瞬即逝,自己与负责练兵的胡燏棻司毫无瓜葛,不要做无谓的妄想吧。后来他劝慰自己说,虽说是按西法练兵,也未必真能效法西洋,换汤不换药,也未必能好到哪里去。这样一番自我安慰后,又重新陷于苦闷和茫然。

然而这天上午快吃午饭时,提督衙门电报所送来一封电报,是武备学堂总办荫昌发来的:"袁慰廷观察新任练兵大臣,赴小站西法练兵,其志甚坚,急需人才,已力荐。莫失良机。"

段祺瑞的心简直要跳出喉咙,但他性格内敛,不是那种喜怒形于色的人。他把电报折一折放进衣袋,照常去食堂就餐。回到住处,本来是睡午觉的时间,却辗转反侧,怎么也睡不着。荫昌既然是向袁世凯荐人才,那肯定不止荐他一个。武备学堂已经毕业好几期学员,优秀的何止十个八个?自己会不会被选中呢? 自己对袁世凯几乎一无所知,荫总办的推荐能起多大的作用? 自己远在威海,一切无从打探。

这样反复思索,不得要领。到了晚上,回想自己当年步行两千里到烟台,那是何等的坚决? 如今怎么这样婆婆妈妈? 干脆,明天给袁世凯发个电报,来个毛遂自荐! 这样下了决心,便不再去想,倒头呼呼大睡。

第二天吃过早饭,正要去电报房,正巧送报的人举着一封电报来找他。打开一看,是新建陆军督练处所发:"新建陆军,西法练兵,需才孔亟,已禀督办军务处请调,务于腊前到津沽小站报到,不得误期。"

电报所的人拱手道:"段教习,你要高就了,恭喜恭喜!"

段祺瑞回应道:"是高就还是低就,说不准。人家只说让去报到,没说让干什么。大不了,还是个不受待见的教员罢了。"

电报所的人道:"荫总办推荐,当然不会只让你当个教习。再说了,就是当教习,在天津卫大码头也比咱这破败不堪的威海卫强。有本事的人,赶快想办法走吧。"

段祺瑞说的是实话,他的确不知道自己此次到底是高就还是低就。如果能让他带兵,在他看来就是高就。如果继续当教习,在他看来只能算低就。荫昌是学堂总办,受他推荐,十有八九是去小站当教习。当然,电报所的人说得不错,无论如何离开破败的威海卫,总算是一件喜事。

袁世凯编练新军的小站原为退海之地,因盐碱的原因无法耕作,一直荒芜。同治九年(公元1870年),天津教案发生,英法美三国兵舰云集大沽口,扬言要夷平天津,再打进京城。当时最精锐的淮军随李鸿章到陕西协助左宗棠平叛,朝廷急调李鸿章回直隶,随后任命他为直隶总督。他的亲军营也就是周盛传所部盛字军九千人驻扎在青县马厂以为后盾。此地位于天津海口西南,到军事要塞塘沽尚有一百五六十里,真是发生战事缓不济急,所以随后又抽调一部分设防塘沽的新城。为了便于马厂与新城之间的交通,周盛传率军在马厂和新城之间修筑了"马新大道",沿途设立驿站,四十里一大站,十里一小站,共设大站四所,小站十一所。

当时周盛传的职务是天津镇总兵,同时还负责津沽屯田事务。为了便于屯田,他率部驻扎到新城东南二十余里的地方,因为新马大道在这里设有一个小驿站,所以称之为小站。他取名兴农镇,在这里兴修水利,开垦农田,引运河淡水冲碱,结果盐碱地成为丰腴沃壤,垦荒种稻六万余亩,百姓纷纷效仿,民田开垦出十余万亩,荒芜的小站因之日渐兴隆富足。

甲午战争的时候,盛军全部开赴前线,结果全军覆没,这里的兵营也就空了出来。胡燏棻奉命在马厂编练"定武军",后来发现不如小站这里方便,营房也较为完整,因此将练兵的地方迁到小站。"小站练兵"的叫法便由此始。

因为北洋已经封冻,段祺瑞只能从陆路赶往小站。从威海到小站一千三四百里,辗转半个多月到了天津,再换雇当地一驾马车赶到小站,在一条热闹的街前停了下来。马车夫指点着说道:"这里就是小站练兵的地方,过了街往北不远就是。"

这条街道显然是因军营而兴隆,小吃、饭馆、广货店、水果店、洗头铺、浴池一应俱全。段祺瑞来不及闲逛,跨街而过,不远就有一队穿着窄袖军装的士兵在路边站哨。他过去打听,站哨的士兵挺胸兜肚,根本不予理睬。在哨楼里的一个小头目走出来问:"请问您贵姓?"

"段祺瑞!"段祺瑞回道。

"哦,是段教习!我奉命在这里等您两天了,请随我来。"

段祺瑞一听"段教习"的称呼,就感到情况不妙,果不其然,袁世凯安排他当教习!满怀的期望和热情被兜头浇了一瓢凉水,脚下也沉重了许多。

小头目很热情,一边在前面带路,一边指着两边的几个四合院道:"这两边是参谋营务处、执法营务处、督操营务处,还有粮饷、军械、军医等处的办公都在这里。"等转过弯向西走不远,小头目指着一个独立的四合院道,"那就是袁大人的督练处。"

到了门口,又有站岗的士兵,门房里有个四十多岁的弁目——看样子至少是个哨长,拱手道:"你们稍等,我去通报一声。"

人进去了,却好一会儿没有回音。段祺瑞乘马车而来,天寒地冻,本来脚就冻麻了。此时又在寒风中枯等,更觉寒冷。心想这样层层通报,分明是有意摆谱,给我个下马威。看来这位袁大人不是善类。且看看再说,合得来则留,合不来则走,此处不留爷,自有留爷处!

忽然听到院子里脚步杂沓,有人高声喊道:"是芝泉老弟到了吗?"

一个矮胖子被七八个身着深色新式军服的人簇拥着走出大门,其中有两个段祺瑞再熟悉不过，都是他武备学堂的同学，一个是王士珍，一个是曹锟。

王士珍当即介绍道："芝泉老弟，这位就是袁大人！"

段祺瑞要行拜见礼，袁世凯疾走一步，虚扶一扶道："不必不必。"

段祺瑞改为抱拳一揖，袁世凯抬起右手举到眉边一挥道："芝泉，新军都是行举手齐眉的西式军礼，我不能破例。"

王士珍解释道："芝泉，袁大人听说你快到了，把我们召集起来一起来迎接你。"

后面的几个人，分别行西式军礼，自报姓名。段祺瑞在德国受过训练，也改为西式军礼相还。袁世凯举手拍拍段祺瑞的肩膀道："走走，你远道而来，先喝口茶，再给你介绍。"

"劳袁大人和各位大驾，实在不敢当！"段祺瑞见如此迎接阵势，又是专门召集起来等他，很有些意外，刚才的委屈早就抛到脑后。

袁世凯拉住他的衣袖道："走，哪里说得到不敢当，你和聘清都是午楼总办极力推荐的高才，我不敢怠慢！聘清来时，我也是这样迎接。他们几位，我也不曾怠慢，你们说是不是？"

几个人几乎同声回道："就是就是，袁大人爱才，尤其你这喝过洋墨水的，更被袁大人视为宝贝。"

袁世凯哈哈一笑道："都是宝贝，都是宝贝。"

进了客厅，当中一只大铁炉，炉火熊熊。众人围着炉子坐下来，一口热茶下肚，段祺瑞感到全身暖烘烘的，尤其是对着火炉的前胸，更是其暖无比。

袁世凯这才一一向他介绍几位将领。先介绍几位统带，左翼第二营统带杨荣泰，右翼第一营统带龚元友，第二营统带吴长纯，第三营统带徐邦杰，马队营统带任永清。袁世凯介绍完几位统带，指指王士珍等人说道："这几位都是你的同学。"

王士珍已经被任命为督操营务处总办，曹锟被任命为左翼步兵第一营的帮统。还有三个也是三十余岁，是第二期的武备学堂毕业生，一位是张怀芝，右翼步兵第三营后队领官，另一位何宗莲，左翼第二营前队领官，第三位王英楷，右翼第三营前队领官。

"芝泉,如今小站你们北洋武备生是三分天下有其二,这几位是队官以上的,要再加上哨官,有好几十个呢!我并无门户之见,既然是西法练兵,懂西洋兵法的当然要多多益善。午楼总办给我推荐的人才,只要肯来,我必定善待。"袁世凯朗声道。

看到武备生受到如此厚待,段祺瑞心里热乎乎的,只是不知道袁世凯会派给自己什么差使。如果像曹锟一样当个帮统,尤其是炮营的帮统,那就再好不过了。袁世凯一双眼睛炯炯有神,望着段祺瑞问道:"芝泉,我听说你精于洋炮,李中堂对你欣赏有加。我这里有炮营,你说说炮营里什么职位适合你?"

大庭广众之下,自己的要求太奢,不免让大家笑话;可是若把自己贬得太低,又实在太委屈。他想了想道:"如果袁大人信得过我,我愿去担任帮统。"

"咦,帮统恐怕不合适。"袁世凯好像故意卖关子,段祺瑞当面被驳,不免脸红。众人却猜到袁世凯的意思,急于验证,因此都屏息静听,"你是喝过洋墨水的,又在大名鼎鼎的克虏伯实习过,论洋炮,无出其右者,就由你去统带炮营如何?"

众人一起鼓掌,段祺瑞一挺胸,双脚后跟一碰,右手有力地在眉际一举,是一套完整的西式军礼,大声道:"感谢袁大人栽培。"

袁世凯拍了拍他的手背示意他坐下后道:"芝泉,国家多事之秋,朝廷对我们这支新军寄予厚望,可以说倚之为干城!我希望诸位兄弟能够同心协力,共襄大业。"他又指指那几位非武备生出身的将领道,"我们新军各级官弁,就是你们这两部分人组成。一部分是靠军功出身,一部分是你们武备生。如今我有个担心,担心靠军功出身的自恃资望勋劳,看不惯学堂出身的;又担心你们学堂出身的自负技能学术,看不起军功出身的。各徇一己之私,彼此意见分歧,致难融洽,岂不犯了兵家大忌?我这督练大臣,岂不是渎职误国!"

众人都表示一定和衷共济。

"诸位能如此表示,我很感欣慰。我今天之所以芝泉刚进门就说这些话,是想向诸位表明我的态度。俗话说,家和万事兴,我们带兵的又何尝不是如此?孙子曾说:'上下同欲者胜。'孙膑又说:'仁人之兵,百将一心,三军同力!'诸位同食军饷,即同是效力朝廷之臣;同受委任,即同是本督办肱股之佐!务当时时以朝廷为念,事事以本督办为心。绝不可执私见而昧公义,挟小嫌而忘大体!诸位既然进了小站大门,不管你是武备生,还是军功出身,大家只有一个身份,那就是新军将佐,新军兄弟。你们万万不要闹这门那派,你们只有一派,那就是小站派!"

众将唯唯。

"和衷共济,事关新军之成败,我不能不多说几句。诸位同在一军,将来患难相共,生死相依,正有无穷互相依赖之处。平时能彼此欢洽,临敌能互为应援,关系非轻,不可不勉!本督办对诸位是推诚相待,一秉大公,赏罚分明,绝无偏倚。若诸位各存意见,必致猜嫌互起,贻误戎机,何以报朝廷豢养之恩?又何以副本督办期望之意?"

吴长纯是袁世凯在朝鲜的旧部,首先表态道:"大人放心,我等绝不敢轻视武备学堂的各位兄弟。"

王士珍在武备生中算资格和年龄最老的, 也表态道:"大人尽管放心,我们武备生正要向军功出身的兄弟好好学习。"

"好,诸位从此务必破除畛域之私,力崇敦睦之谊。"袁世凯一拍大腿,指了指吴长纯他们道,"你们这些素有战功的,经事较多,阅历即为学问。学堂出身的正可奉为先路之导,而不得藐视。当然,你们军功出身的诸位,在西法操练方面是弱点,正可向武备生们学习,引为集益之资,而不得轻玩后进。两管相辅,各取所长,何愁新军不成气候?"说完这些,袁世凯霍地站起来,平伸出一只手大声道,"和衷共济,同铸新军!"

吴长纯站起来, 把手搭到袁世凯的手心上大声附和道:"和衷共济,听四哥的!"

王士珍也学吴长纯的样把手搭上去,大声说道:"和衷共济,唯督办马首是瞻!"

众人纷纷效仿,袁世凯的一只手托着众人手掌,感觉无比沉重,亦觉倍增力量。

当天晚上为段祺瑞洗尘,各营统领及武备学堂领官以上陪同,一直到十时多才散。众人散去,袁世凯单把王士珍、段祺瑞留了下来问道:"聘清、芝泉,我说话,你们还听不听得懂?"

袁世凯不喝酒,但王、段两人却颇有酒意。王士珍回道:"懂,还没醉到耳目失聪的程度,请大人吩咐。"

"当初午楼给我推荐人才时,郑重其事推荐了三位,又列名十余位。如今,如愿将你们两人引入麾下,可是还有一位——冯华甫如今还未能如愿。前次我去芦台请聂军门给我推荐人才,把聘清要了来,可华甫因为在日本办差,聂军门说等华甫回来再说。我担心聂军门是不想放手,你们想想看,有什么法子能把华甫请到小站来。"

王士珍与段祺瑞相视一笑道:"大人可能有所不知,我们三人在武备学堂时就义结金兰,华甫年龄最长,是我们大哥,我居二,芝泉最小,是老三。我们三人亲如兄弟,由我们两人出面相劝,不敢说满话,但八九分把握还是有的。"

袁世凯闻言一喜道:"好极了,没想到你们还是桃园三兄弟。不过,聂军门那边还要尽量维持,不能让他觉得我在挖他的墙脚。虽然督办军务处说,我相中了谁,尽管调用就是。可是同在直隶地盘,不能因华甫一事把关系弄僵了,总得有个两全其美的办法。"

聂军门即聂士成,也是李鸿章的老乡,甲午战争时率军随直隶提督叶志超赴朝,淮军一败再败,而他所部却得能战之名,因功受任直隶提督。袁世凯与他颇有渊源。当年聂士成投军时,先投的是袁世凯的叔祖袁甲三,与捻军作战。甲午战争期间,袁世凯随周馥在前敌办粮饷转运,与聂士成打了数月交道,聂士成对袁世凯的精明干练十分欣赏,而袁世凯对聂士成的带兵能力也是十分佩服。

"有这层渊源,从聂军门手下把我大哥挖过来问题不大。聂军门是武秀才出身,后来又是靠军功成名,最重视的是忠勇血气,对我们这些武备生并不多么看重。我和芝泉负责随时联络大哥,大人届时再给聂军门去封电报,事情必定能迎刃而解。"王士珍分析了一番,觉得问题不大。

"好,此事拜托你们两位,随时打探消息,华甫一回国,务必记得提醒。"

转眼到了腊月中旬。这天王士珍和段祺瑞来见袁世凯,一进门王士珍就说道:"大人,我们见到华甫了,他很愿到麾下效力。"

几天前,王士珍和段祺瑞得到冯国璋回国的消息,立即向袁世凯请假跑到芦台去看他。冯国璋日本之行收获很大,借工作之便,结识了日本陆军大将福岛安正和陆军中将青木宣纯,经常向他们讨教日军的章制图籍。在两人的安排下,冯国璋还参观了日本的陆军幼年学校、成城学校、近卫师团、警察署等。他还常常到东京大桥图书馆翻阅日本的军事书报和西洋军事读物,一边读一边写笔记体会,日积月累,成书数大册。他一回国,便把自己编写的兵书呈给聂士成,没想到聂士成连翻也没翻便道:"很好,等我有空时再搬来看看。年底了,忙得脚后跟踢到后脑勺,实在没空读闲书。"

冯国璋孜孜以求,点灯熬夜方成此大作被聂士成视为闲书,心中极为不快,也十分失望。正在这时,王、段两人一起来看他,一听两人一个做了督操营务处总办,一个当了统带,都是三品以上的顶戴,早就暗中羡慕,一听袁世凯有意延揽,哪有拒绝的道理,当即托两人把他的兵书转呈袁世凯。

段祺瑞把装在布包里的一摞兵书摆到桌上,袁世凯打开一看,蝇头小楷,字迹极其端正,一看目录,《章制》《禁令》《训条》《操法》正是他练兵所急需。尤其《操法》三卷,包括步队操法、行军操法、侦探机宜、进退定法、行军攻守、步炮结合……看得袁世凯直赞道:"这可真是一部兵书鸿宝!聘清,请他来就到督操营务处做你的帮办如何?咱们小站练兵,正需要你们这样对兵法有研究的人。将来咱们新军的训练操法,可让华甫与诸位商议,举凡营制、饷章、操典、兵法都让他随时整理编纂。"

段祺瑞建议道:"看冯大哥的意思,对小站真算得上是望眼欲穿。大人何不像对我一样,一封电报,必定能把他招来。"

"咦,哪有你说的那么简单。为了要你,我是专门去见了一趟夔帅,与北洋海防营务处打了招呼,才给你发的电报。"夔帅是指直隶兼北洋大臣的王文韶,他字夔石。段祺瑞没想到自己调到小站,后面原来也经过这么多麻烦,袁世凯接着又道,"咱在直隶的地盘上,不能让他们视咱们为异类。你们放心好了,只要你们的华甫大哥愿来,我就有把握把他挖过来。"

刚打发走王士珍、段祺瑞,右翼第二营统带吴长纯拿着一封电报快步跑进来禀报道:"四哥,电报房来送电报,我直接送过来了。"

袁世凯打开封套,看罢笑了起来:"姜老叔要来小站过年了。"

袁世凯所说的姜老叔,是安徽亳州人,大名姜桂题,人送外号姜老锅、姜过腔。亳州是捻军的发源地,当年他父亲投捻军战死。他当时只有十五六岁,身量奇高,饭量又大,家里养不活,终日在城里讨饭。冬天太冷,就偎到小吃店饭锅边取暖,所以人称姜老锅;又因身量长得太快,所以穿的长袍只能包住屁股,故又有外号"姜(将)过腔"。

在家里实在待不下去,后来就投奔了当捻军的舅舅。但那时捻军被僧格林沁追得疲于奔命,眼看大势已去,舅舅带着他投靠了僧格林沁。僧格林沁让他当个小头目,他个头大,力气大,提着一把大刀在战场上左砍右杀,十分勇猛,深得僧格林沁赏识。僧格林沁战死后,毅军统领宋庆把他招至麾下,才二十多岁就当上一营管带。后来又随宋庆到西北协助左宗棠作战,这时候袁世凯的族叔袁保恒也在西北,给左宗棠办粮运,与姜桂题脾气相投,结为金兰兄弟。后来随宋庆内调,到辽东半岛驻防。甲午战争的时候,姜桂题率军驻防北洋军港旅顺。当时旅顺守军有六统领互不隶属,难以形成有效的战斗力,结果号称铁打的旅顺一天也没坚持下来就被日军占据。姜桂题带兵守卫后路二龙山炮台,还算打得比较好,但因旅顺陷敌,遭日军屠城,朝廷震怒,所有将领都获严谴,姜桂题被革职永不叙用,在宋庆军前戴罪图功。

袁世凯一到小站就发电报给姜桂题,请"老叔"到小站帮忙。姜桂题回电说,等过了年就来,可是突然改了主意,要提前到小站来过年。

对邀请败军之将姜桂题前来练兵,吴长纯十分不解。而听袁世凯的意思,姜桂题不仅要出任左翼第一营统带,而且要兼任左翼统领。按新建陆军的军制,全军设总统一员,就是袁世凯;全军又分左右两翼,各设一位统领;统领而下,步军每两营设一个分统,分统下面,才是督率一营的统带。也就是说,都是督率一营千把人的军官,但姜桂题却是高他两级的统领。按新建陆军的饷章,步队统带月支薪水银一百两,公费银三百两,合计四百两;而统领两项合计九百余两。不说别的,光收入上的差别就足以令人眼热。

"四哥,姜老汉带兵不严,秉性随意惯了,他做左翼翼长,会做什么样的表率?"吴长纯的理由搬得上台面,"咱新军军纪最严,这是四哥亲手制定的。"

姜桂题是典型的淮军"老将",靠打仗勇敢起家,对年轻军官称为"小鸟孩"。他夏天常披件短外衣,辫子盘在头上,赤足趿拉着鞋,挥一把大号扇子,在旅顺街头溜达。有一天他见到一新兵买鱼不付钱,上去就是一个嘴巴。新兵不认得他,挥手反击一拳。回营后哨官押着新兵来向姜桂题赔罪,姜桂题竟然道:"我扇他大嘴巴子,他还我老拳,都是打嘛,治哪门子罪?"这个士兵自此死心塌地追随,当了他的亲兵,甲午之战时为姜桂题挡子弹而死。

袁世凯解释道:"你的担心也有道理,但还不是全部道理。你不是外人,我就说句不能对别人说的话。咱们练新军,当然要靠严明的军纪;但仅靠军纪不行,还得靠感情笼络人。也就是说,新建陆军从统领到士卒,都要靠严明的纪律形成服从意识,还要靠恩义联结,形成报恩意识。要说笼络士卒、以恩驭下的本事,你我都不比姜老叔,你懂不懂?"

吴长纯当然点头。

"这还不是最重要的,我还有笼络淮军旧将这个大局方面的考虑。"按袁世凯的说法,虽然淮军在甲午战争中一败涂地,淮军的创始人李鸿章身败名裂,但淮军的势力还在,督抚位子上还坐着大批淮军出身的封疆大吏!这一势力笼络好了是借力的好风,如果得罪了,则将处处掣肘。

"我新建陆军,就是要让淮军旧将看作是他们的新生之地,我袁世凯就是要让世人认为要继承淮军衣钵。"袁世凯小声道,"虽然李中堂对我有所误会,但我对他依然视为恩人和靠山。我告诉你,不要以为李中堂从此一败涂地,以他的智慧,决然有东山再起之日。我把受了革职、头顶'蜡杆'的淮军老将请过来,且让他任一翼之长,你说李中堂会怎么想?"

官员被革职,帽顶上便没有品级标志,光秃秃的,俗称"蜡杆"。"蜡杆"而出任翼长,可谓近世罕有。

"哦,我懂了。"吴长纯终于服气地点了点头。